剣より強し

クリフトン年代記 第5部

ジェフリー・アーチャー

戸田裕之 訳

MIGHTIER THAN THE SWORD
BY JEFFREY ARCHER
TRANSLATION BY HIROYUKI TODA

MIGHTIER THAN THE SWORD

BY JEFFREY ARCHER

THE WINE TASTER from A TWIST IN THE TALE

Published by K.K. HarperCollins Japan, 2025

ハリーに

貴重な助言を与えてくれ、
調査をしてくれた以下の人々に感謝する――

サイモン・ベインブリッジ、アラン・ガード、
ケン・ハワード教授（ロイヤル・アカデミー）、
アリソン・プリンス、キャサリン・リチャーズ、
マリ・ロバーツ、ニック・ロビンズ博士とスーザン・ワット。

そして、『スターリン――赤い皇帝と廷臣たち』と
『スターリン――青春と革命の時代』の著者であり、
博学な助言をしてくれた
サイモン・セバーグ・モンテフィオーリ。

クリフトン家
バリントン家
家系図

クリフトン家

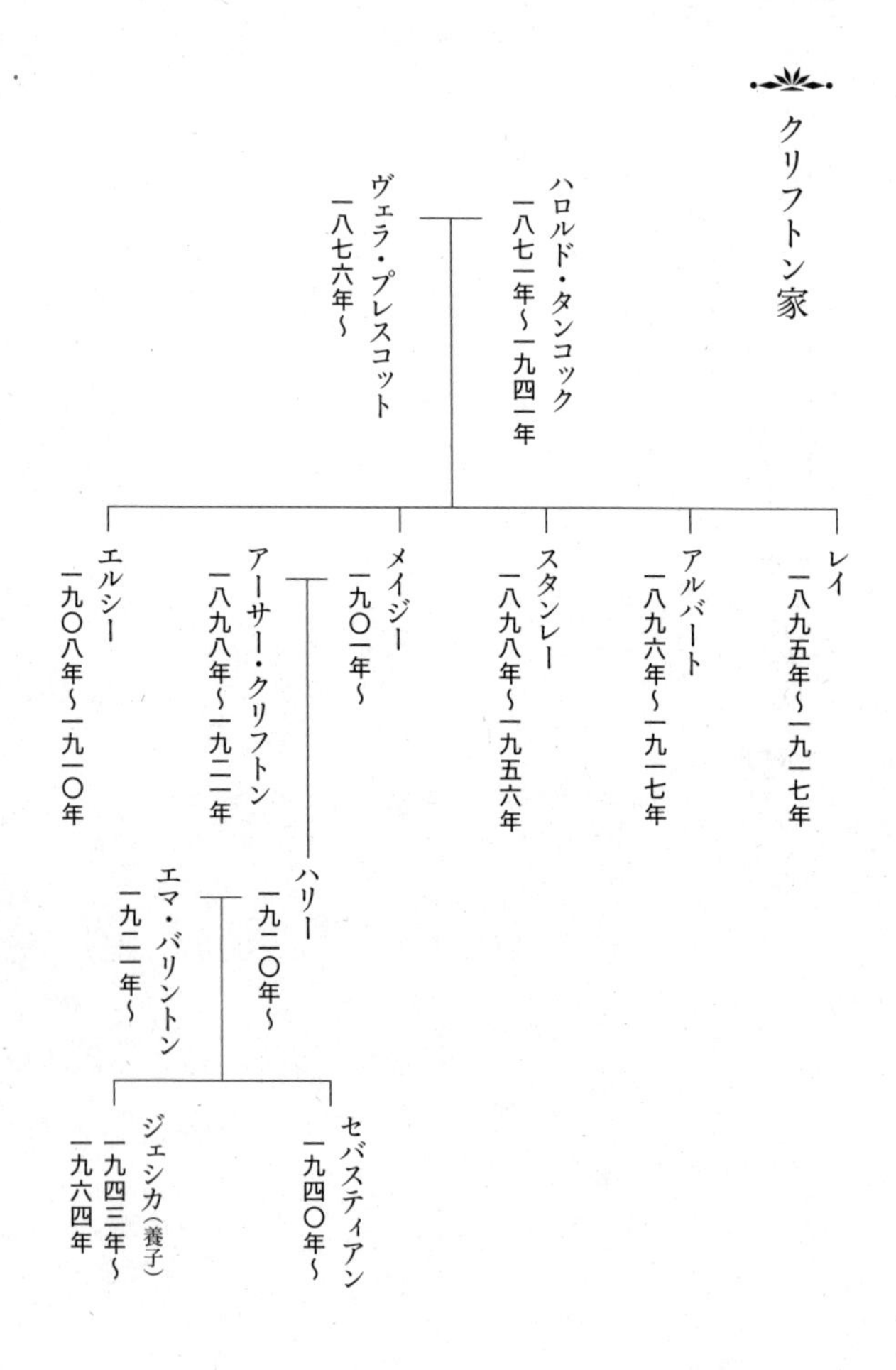

ハロルド・タンコック
一八七一年〜一九四一年
ヴェラ・プレスコット
一八七六年〜
レイ
一八九五年〜一九一七年
アルバート
一八九六年〜一九一七年
スタンレー
一八九八年〜一九五六年
メイジー
一九〇一年〜
アーサー・クリフトン
一八九八年〜一九二一年
エルシー
一九〇八年〜一九一〇年
ハリー
一九二〇年〜
エマ・バリントン
一九二一年〜
セバスティアン
一九四〇年〜
ジェシカ（養子）
一九四三年〜
一九六四年

バリントン家

サー・ウォルター・バリントン
一八六六年～一九四二年

メアリー・バリントン
一八七四年～一九四五年

ニコラス
一八九四年～一九一八年

ヒューゴー
一八九六年～一九四三年

ジェシカ
一九四三年～
一九六四年

レティシア
一八七八年～一九四五年

アンドリュー・ハーヴェイ
一八六八年～一九四五年

フィリス
一八七五年～一九五八年

エリザベス・ハーヴェイ
一九〇〇年～一九五一年

ジャイルズ
一九二〇年～

エマ
一九二一年～

グレイス
一九二三年～

真に卓越した人々の支配の下、
ペンは剣より強し

——エドワード・ブルワー＝リットン
一八〇三年—一八七三年

剣より強し

おもな登場人物

ハリー・クリフトン――ブリストル出身の作家
エマ――ハリーの妻。バリントン海運会長
セバスティアン――ハリーとエマの息子
ジャイルズ・バリントン――ハリーの親友、労働党議員。エマの兄
グウィネッズ――ジャイルズの妻
サマンサ・サリヴァン――セバスティアンの婚約者
ドン・ペドロ・マルティネス――セバスティアンの学友の父。武器商人
ヴァージニア――ジャイルズの元妻
ハロルド・ギンズバーグ――ニューヨークの出版社社長
ロバート・ビンガム――フィッシュ・ペースト会社社長
デズモンド・メラー――バス会社創設者
セドリック・ハードキャッスル――ファージングズ銀行会長
アーノルド――セドリックの息子。弁護士
エイドリアン・スローン――ファージングズ銀行不動産部門責任者
アレックス・フィッシャー――ハリーの同窓生
アナトーリイ・ババコフ――スターリンの元専属通訳
エドワード・メイクピース――ヴァージニアの弁護士
ドナルド・トレルフォード――エマの弁護士
カリン・ペンジェリー――ドイツ語の通訳
グリフ・ハスキンズ――ジャイルズの選挙代理人

プロローグ

一九六四年十月

ブレンダンはノックをせずに黙ってドアノブを回すと、だれにも見られていないことをもう一度確認してからなかへ滑り込んだ。夜のこの時間にキャビン・クラス担当の若造がファースト・クラスの年配の貴族の船室で何をしているのかと不審がられ、弁明をせまられるような事態は避けたかった。もっとも、そんな心配はそもそもないはずだったが。

「邪魔が入る心配はなさそうですか？」なかに入ってドアを閉めるや、ブレンダンは訊いた。

「明日の朝の七時までは邪魔をする者はいないし、それ以降は、われわれを邪魔する要素は残っていないはずだ」

「よし」ブレンダンは両膝をつくと、大きなトランクを解錠し、蓋を開けて、完成に一カ月以上かかった複雑な機械の部品を検めた。それから三十分を費やし、導線が緩んでいないこと、すべてのダイヤルが正しくセットされていること、そして、スイッチを入れて時計が動き出すことを確認した。ようやく立ち上がったのは、すべてが完璧かつ正常であることに満足してからだった。

「準備完了だ」彼は言った。「いつ作動させたいんです？」

「午前三時だ。これを全部片づけるのに三十分」マッキンタイヤ卿が二重顎に触りながら付け加えた。「それから、私がもう一つの客室へ移動する時間が必要だ」

ブレンダンがトランクのタイマーを三時にセットした。「あとは、あんたがここを出る前にスイッチを入れ、秒針が動いていることをもう一度確認するだけでオーケーです。それから三十分後に爆発します」

「手違いが生じる可能性はないのか？」

「百合があの女の船室にある限り、その可能性はありません。このデッキと一つ下のデッキにいて、生存の見込みのある者は皆無です。あの花の下の土には六ポンドのダイナマイトが仕込んであるんです。必要量をはるかに上回っているけど、そのほうが金を回収するためには確実ですからね」

「私の鍵は持っているな？」

「ええ」ブレンダンが答えた。「七〇六号室です。枕の下に新しいパスポートとチケットが隠してあります」

「気にかけるべきことはもうないのか？」

「ありません。ここを出る前に、秒針が動いていることだけ確認してください」

マッキンタイヤ卿は笑みを浮かべた。「では、ベルファストで会おう」


ハリーは船室の鍵を開け、妻を先に入れるべく脇へ寄った。

エマが腰を屈めて百合の香りを嗅いだ。〈バッキンガム〉の処女航海を祝福して、皇太后が贈ってくれたものだった。「もうへとへとよ」彼女はそう言いながら立ち上がった。「皇太后は毎日こんな日々なんでしょう、どうやって凌いでいらっしゃるのか、わたしには見当もつかないわね」

「それが彼女の仕事で、彼女はそれが得意なんだろう。だけど、ほんの何日かでも〈バリントン海運〉の会長をつとめようとしたら、彼女といえども、へとへとになること請け合いだね」

「それでも、彼女の仕事より、いまのわたしの仕事のほうがましね」エマがドレスを脱いでワードローブに戻し、バスルームへ消えた。

ハリーは〝ＨＲＨ〟と頭文字が記された皇太后からのカードをもう一度読んだ。実に心のこもったメッセージだった。エマは花瓶をブリストルへ持って帰って会長室に置き、月曜の朝ごとに百合を活け換えるとすでに決めていた。ハリーは微笑した。当然だ。

エマがバスルームから出てくると、今度はハリーがそこへ入ってドアを閉めた。エマはドレッシング・ガウンを脱いでベッドに入ったが、あまりに疲れていて、ハリーが推薦してくれた新人作家の手になる『寒い国から帰ってきたスパイ』を何ページかでも読む気にすらなれなかった。彼女はベッドサイドの明かりを消し、夫に聞こえないことはわかっていたが、それでも言った。「おやすみなさい、マイ・ダーリン」

ハリーがバスルームを出てきたときには、エマはぐっすり寝入っていた。彼はまるで子供にしてやるようにして上掛けを掛け直し、額にキスをしてささやいた。「おやすみ、マイ・ダーリン」そして、自分のベッドに入った。妻の寝息が耳に心地よかった。それが鼾（いびき）になる予兆だとは夢にも思わなかった。

妻をとても誇りに思いながら、ハリーは横になっていた。進水式は完璧だった。寝返りを打ち、しばらくまどろんだような気がしたが、瞼は鉛のように重くなっているにもかかわらず、また、疲労困憊（こんぱい）しているにもかかわらず、眠ることができなかった。何かが気になった。

もう一人、無事に戻ることのできたキャビン・クラスでしっかりと目を覚ましている男がいた。夜中の三時だというのに、仕事はやり遂げたというのに、眠ろうとしていなかった。それどころか、最後の仕上げにかかろうとしているところだった。

待たなくてはならないときの不安はいつも同じだった。自分に直結する手掛かりを残してはいないだろうか？　作戦が失敗に終わり、国に帰ったときに笑いものにされる原因になるようなミスをしでかしてはいないだろうか？　救命ボートに乗り込むまでは、緊張が緩むことはあり得ない。別の港に向かう、別の船に救助されれば、そのほうがもっといいのだが。

五分十四秒……。

自分の同胞、同じ大義を信じる兵士たちだって、自分に勝るとも劣らないぐらいの不安に苛まれるはずだ。待つのはいつでも作戦の最悪の部分で、自分ではどうすることもできないし、できることももはや何もないのだ。

四分十一秒……。

一対〇で勝っていて、しかも相手のほうが強く、ロス・タイムに得点する力があるとわかっているサッカーの試合のほうがまだましだ。地区司令官の指示がよみがえった――警報が鳴ったら、真っ先に甲板に出て、真っ先に救命ボートに乗れ。なぜなら、明日のこの時間には、敵は三十五歳以下のアイルランド訛りのある男を捜しはじめているはずだからだ。だから、おまえたち、絶対に口を開くなよ。

三分四十秒……三十九秒……。

リーアム・ドハティは船室のドアを睨みつけ、起こり得る最悪の事態を想像した。爆弾が爆発せず、ドアが蹴破られて十人かそれ以上の警官が雪崩れ込んできたあげく、何度殴ったかなんかお構いなしにむやみやたらに警棒を振り回したら……。しかし、聞こえるのはリズミカルなエンジン音だけで、〈バッキンガム〉は穏やかに大西洋を横断しつづけていた。絶対に到達するはずのない町、ニューヨークへ向けて。

二分三十四秒……三十三秒……。

ドハティは想像しはじめた――フォールズ・ロードへ戻ったらどんな扱いが待っているんだろう。半ズボンのがきどもは、通りで出会うたびに畏怖の目でおれを見上げるはずだ。大きくなったらおれのようになるのだけが夢だと感じるに違いない。皇太后が命名をすませたわずか数週間後に、その船を爆破した英雄なんだ。無辜の命が失われるのはやむを得ないし、一つの大義を信じている者にとって、そもそも無辜の命など存在しない。実際、アッパー・デッキの船室にいる連中なんて顔も見ていない。そいつらのことは明日の新聞を読めばわかるだろうし、おれが完璧に仕事をこなしていたら、おれの名前がそこに出ていることもないはずだ。

一分二十二秒……二十一秒……。

手違いが生じる可能性があるだろうか？　ダンギャノンの家の二階の寝室で作った装置が、最後の最後におれを失望させることはないか？　失敗を示す静寂に苦しもうとしているのではないだろうか？

六十秒……。

ドハティはささやくような声でカウントダウンを始めた。

「五十九、五十八、五十七、五十六……」

ラウンジの椅子に崩れ落ちていたあの男は、実はあそこでずっとおれを待っていたのではないか？　いま、警察がこの船室へ向かっているところではないか？

「四十九、四十八、四十七、四十六……」

百合が取り替えられ、花瓶ごと捨て去られてはいないだろうか？　ミセス・クリフトンが花粉アレルギーだったりしないか？

「三十九、三十八、三十七、三十六……」

敵がマッキンタイヤ卿の船室の鍵を開けてなかに入り、開けっ放しになっているトランクを見つけているのではないか？

「二十九、二十八、二十七、二十六……」

ファースト・クラスの洗面所から忍び出た男の捜索が、船内ですでに始まっているのではないか？

「十九、十八、十七、十六……」

敵は……ドハティは寝台の縁を握り締めて目を閉じた。カウントダウンの声が大きくなった。

「九、八、七、六、五、四、三、二、一……」

ドハティは数えるのをやめて目を開けた。何も起こらなかった。失敗へ常につづくと決まっている、不気味な静寂があるばかりだった。うなだれ、信じてもいない神に祈った。その瞬間、轟音とともに激しい衝撃が襲ってきて、ドハティは嵐のなかの木の葉のように船室の壁まで吹っ飛ばされた。何とか立ち上がったとき、悲鳴が聞こえて、彼は笑みを浮かべた。果たしてアッパー・デッキの乗客が何人生き残れるか、それは神のみぞ知るところだった。

ハリーとエマ

一九六四年—一九六五年

1

「ＨＲＨ」ハリーは半覚半睡の気怠い状態から抜け出しながら呟き、そのとたんにはっとしてベッドに起き上がった。ベッドサイド・ランプをつけ、ベッドを降りて、急いで百合が活けてある花瓶のところへ行った。そして、皇太后のメッセージをもう一度読み返した。

〝ブリストルの忘れがたい日をありがとう、わたしの第二の家の処女航海がうまくいくことを祈ります〟。そして、署名があった――〝ＨＲＨエリザベス皇太后〟。

「何という初歩的な間違いだ」ハリーは言った。「おれとしたことが、どうして気づかなかったんだ」そして、ドレッシング・ガウンをひっつかんで船室の明かりをつけた。

「もう起きる時間なの？」眠たそうな声が訊いた。

「そういうことだ」ハリーは答えた。「問題が起こった」

エマが目を細くしてベッドサイドの時計を見た。「でも、まだ三時を過ぎたばかりじゃないの」抗議しながら夫を見ると、彼はいまも食い入るように百合を見つめていた。「それで、問題って何なの？」

「〝ＨＲＨ〟は皇太后の略称じゃない」

「そんなこと、だれだって知ってるわ」エマはまだ半分眠っていた。

「この花を贈った人物を除けば、だ。皇太后の正しい呼び方が〝Her majesty（ハー・マジェスティ）〟で、〝Her（ハー・）Royal Highness（ロイヤル・ハイネス）〟ではないことを、そいつはどうして知らなかったんだろう？　〝ハー・ロイヤル・ハイネス〟は王妃の呼称だ」

　エマが渋々ベッドを出て夫のところへやってくると、自分の目でカードを確認した。

「急いで船長にきてもらってくれ」ハリーは言い、さらに付け加えた。「花瓶のなかに何が入っているかを確かめなくちゃならない」そして、膝をついた。

「水だけなんじゃないの？」エマが花瓶へ手を伸ばした。

　ハリーはその手首をつかんだ。「もっとよく見るんだ、マイ・ダーリン。十二本の百合というような繊細なものを活けるには、この花瓶はずいぶん大きすぎる」そして、今度はもっと切迫した声で繰り返した。「船長を呼んでくれ」

「でも、花屋が間違えただけってこともあるんじゃないの？」

「そうであることを祈ろう」ハリーはドアへと歩き出した。「だけど、そんな悠長なことをしている余裕はないんだ」

「どこへ行くの？」エマが受話器を手に取りながら訊いた。

「ジャイルズを起こす。爆発物のことなら、ぼくよりあいつのほうが経験があるからね。

何しろ、二年ものあいだ、迫ってくるドイツ軍の足元にそれを埋め込んでいたんだから」

通路に出たとき、年配の男が大階段のほうへ姿を消すのが見えて、ハリーはそれが少し気になった。年齢の割に足取りが速いように思われた。ジャイルズの船室のドアをしっかりとノックしたが返事はなく、もう一度、今度は拳(こぶし)を固く握り締めて、断固としてドアを叩いた。ようやく眠そうな声が返ってきた。「どなた？」

「ハリーだ」

その声が切迫しているのに気づいたジャイルズはすぐにベッドを飛び出し、ドアを開けた。「どうした？」

「一緒にきてくれ」ハリーが説明抜きでいきなり言った。

ジャイルズはドレッシング・ガウンを羽織り、義理の弟のあとを追って通路に出ると、ハリーとエマの船室に飛び込んだ。

「おはよう、エマ」妹に挨拶するジャイルズに、ハリーがカードを渡して言った。「ＨＲＨだ」

「なるほどな」ジャイルズはカードを検めたあとで言った。「この花を贈ったのは皇太后ではあり得ない。しかし、そうだとすると、だれが贈ったんだ？」そして、腰を屈め、花瓶に目を凝らした。「だれにせよ、この花瓶なら大量のプラスティック爆弾を仕掛けることはできるだろうな」

「あるいは、二パイントの水かもしれないわよ」エマが言った。「二人とも、本当に根拠があって心配してるの？　杞憂じゃないという確信があるの？」

「もし水だったら、花がもう萎れはじめているのはなぜなんだ？」ジャイルズが訊いたとき、ドアにノックがあってターンブル船長が入ってきた。

「お呼びでしょうか、会長？」

　夫と兄が両膝をついている理由をエマが説明しはじめた。

「陸軍特殊空挺部隊の隊員が四名、本船に乗っています」船長がエマをさえぎった。「彼らの一人なら、ミスター・クリフトンがお持ちの疑問に答えられるはずです」

「彼らが乗っているのは、恐らく偶然ではないんだろうな」ジャイルズは言った。「四人が四人とも、ニューヨークで同時に休暇を取ることにしたなんて信じられないからな」

「あの四人の乗船は内閣官房長官のサー・アラン・レドメインの要請によるものです」船長が答えた。「しかし、それはあくまでも予防措置としてのことだとサー・アランは私に断言しておられますが」

「例によって、彼はわれわれが知らない何かを知っているんだ」ハリーが言った。

「そういうことなら、それが何であるかを突き止めるときかもしれんな」

　船長は船室をあとにすると足早に通路を下り、一一九号室の前で初めて足を止めた。スコット－ホプキンズ大佐は数分前のジャイルズよりはるかに早く、すぐさまノックに応えた。

「あなたのチームに爆弾処理の専門家はいますか？」

「ロバーツ軍曹がそうです。パレスティナで爆発物処理班に所属していました」

「いますぐに彼が必要です。会長の船室なんですが」

大佐は理由を訊くような時間の無駄はせず、すぐさま部屋を出て通路を走った。大階段へ出たところで、こっちへ走ってくるハートリー大尉と遭遇した。

「たったいま、リーアム・ドハティを特定しました。ファースト・クラスのラウンジの洗面所を出てくるところでした」

「間違いないか？」

「間違いありません。入ったのは貴族とおぼしき人物でしたが、出てきたのはリーアム・ドハティでした。そのあと、キャビン・クラスのほうへ下りていきました」

「それですべての説明がつくかもしれんぞ」ハートリーの一歩後ろについて階段を下りながら、スコット－ホプキンズは言った。「ロバーツの船室は何号室だ？」そして、走り出した。

「七四二号室です」ハートリーが赤い鎖をまたいでもっと狭い階段へ入りながら答えた。

二人は第七層(デッキ・セヴン)で初めて足を止めた。クラン伍長が暗がりから姿を現わした。

「この数分のあいだに、ドハティがおまえの前を通っていかなかったか？」

「やっぱりそうだったのか」クランが声を上げた。「やつのことはフォールズ・ロードをこれ見よがしに歩きまわってたのを見て知ってたのに。さっき七〇六号室に入っていきました」

「ハートリー」大佐はふたたび通路を走り出しながら言った。「おまえとクランはドハティから目を離すな。やつを船室から出さないようにしろ。もし出てきたら、逮捕するんだ」そして、七四二号室のドアを殴るようにしてノックした。二度目のノックは必要なかった。ロバーツ軍曹はものの数秒でドアを開け、スコット－ホプキンズ大佐に挨拶した。

「おはようございます、サー」夜の夜中にパジャマ姿の指揮官に起こされるのはいつものことだと言わんばかりだった。

「おまえの道具箱を持ってついてこい、ロバーツ。もたもたするな、無駄にする時間は一瞬たりともないんだ」大佐は今度も動き出しながら言った。

　ロバーツは三層分の階段を上ったところでようやく指揮官に追いついた。ハリーとエマの船室の前の通路に着いたときには、指揮官が要求している自分の特殊技能のどれが必要かがわかっていた。彼は会長の船室へ飛び込むと、ちょっとのあいだ花瓶に目を凝らし、それからゆっくりと周囲を歩いて観察した。

「もし爆弾なら」彼はついに言った。「でかいやつですね。無力化できなかったらどれだけの数の命が失われるか、見当もつきません」

「それで、どうなんだろう、無力化できるのか?」船長が訊いた。驚くほど落ち着いた口調だった。「もしできないということであれば、私は何をおいても乗客の命に責任を持たなくてはならなくなる。この航海が悲惨な結末に終わったほかの処女航海と比較されるようなことになってはならないからな」

「遠隔時限装置があるはずですが、それを何とかしない限り爆弾を無力化するのは無理です。この船のどこか別の場所にあるはずです」ロバーツが言った。「たぶん、かなり近くだと思います」

「その貴族とおぼしき船室だ、絶対に間違いない」大佐が言った。「なぜなら、あの船室の客がリーアム・ドハティ、アイルランド共和国軍の爆弾の専門家だと、いまわかったからだ」

「やつの船室は何号室だろう」船長が言った。

「三号室だ」少し足取りの速すぎる老人のことを思い出して、ハリーが答えた。「通路沿いだ」

船長とロバーツ軍曹が通路へ飛び出し、そのあとにスコット-ホプキンズ、ハリー、ジャイルズがつづいた。船長が船室のドアをマスター・キイを使って開け、脇へ寄って、ロバーツ軍曹をなかに入れた。軍曹はすぐさま部屋の真ん中に置いてある大きなトランクのところへ行き、そろそろと蓋を開けて、なかをうかがった。

「何てことだ、爆発まであと八分三十九秒しかないじゃないか」

「その一本を切断すればいいんじゃないのか？」ターンブル船長が色とりどりの導線を指さして訊いた。

「そうなんですが、どれを切断すればいいんでしょうね」ロバーツ軍曹は船長を見ようとせず、赤、黒、青、黄色の導線を用心深く分けていった。「このタイプの爆弾はこれまでに数え切れないほど相手にしてきてるんですが、確率は常に四分の一なんです。そんなの、引き受けたい危険じゃありません。これが砂漠の真ん中で、おれ一人だというなら考えないでもないかもしれませんが、海の真ん中の船の上で、何百人もの命を危険にさらすとあってはね」

「それなら、大急ぎでドハティをここへ引っ張ってこようじゃないか」ターンブル船長が提案した。「やつなら、どれを切断すればいいか知ってるだろう」

「それはどうですかね」ロバーツ軍曹が疑った。「やつは爆弾の専門家じゃないとおれは踏んでるんです。だとすると、この仕事をしたやつはほかにいるんですよ。この船に乗ってるはずだけど、どこにいるかわからないでしょう」

「時間がなくなりつつあるぞ」スコット－ホプキンズ大佐が容赦なく進む秒針を見つめて念を押した。「七分三秒、二秒、一秒……」

「では、ロバーツ、きみの考えを聞かせてくれないか」船長は依然として落ち着いていた。

「気に入らないとは思いますが、サー、状況を考えると、できることは一つしかありません。それだって、残り時間が七分を切っていることを考えれば、恐ろしく危険ではありますがね」

「勿体をつけていないで、さっさと言え」大佐が急かした。

「あのろくでもない花瓶を運び出し、舷側から海へ放り投げて、祈るんです」

ハリーとジャイルズは会長のスイートに駆け戻ると、花瓶を挟んで向かい合った。エマはもう着替えていて、いくつか質問したそうにしていたが、賢明な経営者の例に漏れず、沈黙を守っていた。

「そうっと持ち上げるんです」ロバーツ軍曹が言った。「熱湯を縁まで張った洗面器を扱うように、静かに」

ハリーとジャイルズは重量挙げの選手のように腰を落とすと、重たい花瓶をゆっくりとテーブルから持ち上げた。最終的に腰を伸ばして立ち、手が滑ることもないと確信を得てから、開け放したドアのほうへ横向きになって船室を移動した。途中にある障害物は、スコット－ホプキンズ大佐とロバーツ軍曹が素速く取り除いた。

「ついてきてください」船長が言い、ハリーとジャイルズは通路へ出ると、じりじりと大階段のほうへ移動した。花瓶は信じられないほど重く、これを船室に運んできたのが大男だったのをハリーは思い出した。チップをもらうのを待とうとしなかったのも当たり前だった。あの男はいまごろベルファストへ帰る途中か、〈バッキンガム〉の運命と失われた船客の命の数を知ろうと、たぶん危険の及ばないどこかでラジオの前に坐っているのだろう。

大階段の下へたどり着くと、階段を一段上るたびに、ハリーはその数を声にしはじめた。十六段上ったところで足を止めて息を整え、そのあいだに船長と大佐が、エマの誇りと歓(よろこ)びでもあるサン・デッキへつづくスウィングドアを開けて押さえた。

「できるだけ船尾に近いところまでお願いします」船長が言った。「そのほうが船体に被害が生じる可能性が低くなります」本当かな、とハリーは疑った。「ご心配なく、もうそんなに遠くはありません」

そんなに遠くないってどのぐらいなんだろう、とハリーは思った。いますぐにでも舷側から花瓶を放り投げてしまえればどんなにありがたいか。しかし、そんなことを口にするわけにはいかなかったから、ジャイルズと一緒に、黙って船尾へと亀の歩みをつづけた。「お前さんの気持ちはよくわかってるぜ」ジャイルズが義理の弟の胸の内を読み取って言った。

一行はスウィミング・プールの脇を、テニス・コートを、サン・デッキをのろのろと通り過ぎた。いまは眠っている船客が朝になったらすぐに出てきて使えるよう、すべてがきちんと整えられていた。彼らが果たして生きて朝が迎えられるだろうかとは、ハリーは考えないようにした。

「二分」ロバーツ軍曹が時計を見て、無益な告知をした。

ハリーの目の隅に、船尾の手摺りが見えてきた。あと数歩だったが、エヴェレスト登頂と同じで、最後の数フィートに最も時間がかかることもわかっていた。

「五十秒」軍曹が告げたとき、花瓶はついに腰の高さの手摺りにたどり着いた。

「あの学年末、フィッシャーを川へ投げ込んだよな、憶えてるか？」ジャイルズが訊いた。

「忘れろったって忘れられるわけがないだろう」

「それなら、三つ数えたらあのろくでなしを今度は海へ投げ込んで、永久に葬ってやるとしよう」ジャイルズが結論した。

「一――」二人は勢いをつけようと花瓶を抱えた腕を振ろうとしたが、ほんの数インチ動いただけだった。「二――」もう二インチ分の勢いがついたかもしれなかった。「三――」可能な限りの反動をつけ、残っている力をすべて注ぎ込んで、船尾の手摺り越しに花瓶を宙へ放り出した。ハリーは勢いを失って降下しはじめた花瓶を見て、甲板に落下するか、よくても手摺りにぶつかるだろうと確信した。しかし、花瓶は危うく手摺りを掠めるようにしてそのまま海に落ち、小さな水しぶきが上がった。ジャイルズが両手を突き上げ、勝利の雄叫びを上げた。「やったぞ！」

数秒後、爆発が起こり、ハリーとジャイルズをよろめかせた。

2

ペドロ・マルティネスがイートン・スクウェアの自宅を出てくるのが見えた瞬間、ケヴィン・ラファティは〝空車〟の表示を点灯させた。受けている命令は誤解のしようがないほど明確だった。客が逃げようとしたら、〈バッキンガム〉爆破の請負い契約にある二回目の報酬支払いをする気がないものと見なし、しかるべく罰すること、というものである。

元々の命令はアイルランド共和国軍ベルファスト地区司令官が認めたもので、その後一つだけ修正がなされ、ペドロ・マルティネスの二人の息子のどちらを排除するかはラファティが決めてもいいことになった。しかし、そのディエゴもルイスもすでにアルゼンチンへ逃げ帰っていて、イギリスへ戻ってくるつもりはまったくないことも明らかだったから、ラファティがそのために特別に考えたロシアン・ルーレットの候補者になり得るのは、ペドロ・マルティネス本人しかいなかった。

「ヒースロー空港まで行ってくれ」タクシーに乗り込むや、マルティネスが言った。ラファティはイートン・スクウェアを出ると、後部座席から喧（やかま）しく浴びせられる抗議を無視して、スローン・ストリートをチェルシー・ブリッジのほうへ向かった。午前四時、雨はいまだ激しく、十数台を追い抜いただけで橋を渡ることができた。数分後、タクシーはランベスの人気のない倉庫の前に停まった。周囲に人がいないことを確認するやラファティは運転席を飛び降り、倉庫の外側の扉の錆びた南京錠を外して、車をなかへ入れた。そして、そのまま倉庫内でUターンし、仕事が終わったらすぐに逃げられるよう態勢を整えた。

そのあと、扉に閂をし、倉庫の真ん中の梁からぶら下がっている埃まみれの裸電球をつけると、ポケットから拳銃を出してタクシーへ戻った。年齢はペドロ・マルティネスの半分で、身体もペドロ・マルティネスのいつの時代よりも引き締まっていたが、油断は禁物だった。人間というのは自分が死のうとしているとわかると思いがけない力が出て、生き延びるために超人的な最後の努力をすることが往々にしてある。それに、ラファティは先刻承知だったが、ペドロ・マルティネスが死の可能性に直面するのはこれが初めてではなかった。しかし、今回は単なる可能性ですませるわけには、もはやいかなかった。

ラファティはタクシーの後部座席のドアを開けると、ペドロ・マルティネスに拳銃を向け、銃口を振って降りろと指示した。

「金なら持ってきた、ここにある」タクシーを降りたペドロ・マルティネスが言い、バッグを掲げてみせた。

「ヒースローで渡すつもりだったってか？」支払われるべき額が耳を揃えてそこに入って

いたら、マルティネスを生かしておくしかないことはわかっていた。「二十五万ポンドを？」

「いや、あるのは二万三千をちょっと超えた額だ。これは頭金だよ、わかるだろう。残りは自宅にあるから、戻ってくれれば――」

イートン・スクウェアの自宅がほかの家財ともども銀行の管理下にあることは、ラファティも知っていた。この取引を完全に履行する気がないことをアイルランド共和国軍に知られる前に、ペドロ・マルティネスが空港へたどり着こうとしていたのは明らかだった。

ラファティはバッグをひったくって後部座席へ放った。ペドロ・マルティネスの死をそもそもの計画より長びかせてやることにした。考えてみればこれから一時間、ほかにすることもない。

ラファティは電球の真下にある木の椅子のほうへ銃口を振った。そこは過去の処刑で飛び散った血が乾いてこびりついていた。ペドロ・マルティネスを力尽くで無理矢理椅子に坐らせると、抵抗する隙を与えず、椅子の背に両腕を縛りつけた。最後に両脚を一つにまとめて拘束し、後ろへ下がって出来映えを確かめて、われながらよくできたと満足した。過去に何度かやったことのある作業だった。

いまはもう、ペドロ・マルティネスをいつまで生かしておくかを決めるだけでいい。気にしなくてはならないのは、ベルファストへの早朝便に間に合うようにヒースロー空港へ行くことだけだ。ラファティは時計を見た。まだ生き延びるチャンスがあるかもしれないと信じている犠牲者の表情を見ているのは、いつもながら楽しかった。

　ラファティはタクシーに戻り、ペドロ・マルティネスのバッグを開けて、五ポンドの新券の束を数えはじめた。二十二万六千ポンド不足しているとしても、少なくとも金額については、マルティネスは本当のことを言っていた。ラファティはバッグを閉めると、トランクに入れてロックした。考えてみれば、ペドロ・マルティネスが持っていたってもう何の役にも立たないのだ。

　地区司令官の命令ははっきりしていた——〝仕事が完了したら、死体は倉庫に残しておくこと。処分はほかの工作員がする〟。ラファティに要求されているのはたった一つ、電話をして、〝集荷準備完了〟というメッセージを伝えること。そのあとはヒースロー空港へ行って長期間用駐車場の最上階にタクシーと金を置いておけば、また別の工作員が金を回収して運ぶことになっていた。

　ラファティはペドロ・マルティネスのところへ戻った。彼はいまもラファティを見つめていた。選択肢を与えられていたら、ラファティはペドロ・マルティネスの腹に銃弾をお見舞いし、何分かたって絶叫が鎮まったら今度は股間に一発撃ち込んでおそらくはもっと大きな絶叫を上げさせて、最後に口のなかに銃口を押し込んでやりたかった。そして、ペドロ・マルティネスの目を何秒か見つめてから、警告も何もなしで引鉄を引く。しかし、それだと三回発砲しなくてはならない。一回ならだれにも気づかれずにすむかもしれないが、三回となると間違いなく気づかれる。まして、夜の夜中だ。というわけで、ラファティは地区司令官の命令に従うことにした。発砲は一回、絶叫はなし。

笑顔を向けてやると、見上げているペドロ・マルティネスの顔に希望が浮かんだが、それも自分の口に向かって銃口が近づいてくるまでだった。

「さあ、お口を開けてもらえるかな」ラファティは優しい歯医者が子供を促すように言った。彼の犠牲者すべてに共通していることが一つあるとすれば、歯の根が合わなくなるところだった。

マルティネスが抵抗し、闇雲にもがいたが、そのあいだに前歯を一本呑み込むはめになった。肉づきのいい顔の弛みを汗が流れ落ちた。数秒待たされただけで引鉄が引かれたが、撃鉄が落ちる音しか聞こえなかった。

まだ生きているとわかったとき、意識を失う者もいれば、信じられずに見つめるだけの者もいる。あるいは、激しく嘔吐する者もいる。ラファティは意識を失うやつらが嫌いだった。最初からやり直すにしても、完全に意識が戻るのを待たなくてはならないからだ。しかし、ペドロ・マルティネスは協力的なことに、しっかり覚醒してくれていた。

銃口が口から引き抜かれると――ラファティはフェラチオを連想した――、犠牲者が笑みを浮かべることがよくあった。最悪の事態は免れたと想像するのだ。しかし、再度シリンダーを回転させると、ペドロ・マルティネスは死を覚悟することになる。問題なのは〝いつ〟だけだった。〝どこで〟と〝どんなふうに〟は、すでに決まっていた。

　最初の一回で成功すると、ラファティはいつもがっかりした。自己記録は九回、平均は四回か五回というところだった。まあ、回数にこだわっているわけでもなかったが。というわけで、ラファティはふたたびペドロ・マルティネスの口に銃口を押し込み、一歩後退した。返り血を浴びるのはご免だった。このアルゼンチン人は愚かにもまたもや抵抗し、そのせいでもう一本の、今度は金歯を失うはめになった。ラファティはそれをポケットにしまい、二度目の引鉄を引いた。が、また撃鉄が落ちる音が聞こえただけだった。銃口を引き抜きながら、さらに歯がなくならないかと期待したが、半分に折れただけに終わった。

「三度目の正直ということもある」ラファティは三度（みたび）銃口を押し込み、引鉄を引いた。やはり銃弾は飛び出さなかった。焦（あせ）りが募り、四度目で朝の仕事が完了することを願いはじめた。今度は少し力を込めてシリンダーを回転させたが、顔を上げると、ペドロ・マルティネスは失神していた。がっかりしたどころではなかった。弾丸が脳味噌（のうみそ）を貫くとき、はっきり覚醒していてほしかった。生きているのがあと一秒に過ぎないとしても、そのときこそが楽しいのだ。ラファティはペドロ・マルティネスの髪をつかむと、口をこじ開け、銃口をそこに戻した。四度目の引鉄を引こうとした瞬間、部屋の隅で電話が鳴り出した。甲高い音が冷たい夜の空気のなかでけたたましく谺（こだま）してラファティを驚かせた。これまで、その電話が鳴ったことは一度もなかった。過去に使ったことがあるとすれば、それは自分がある番号にかけて「集荷準備完了」とメッセージを伝えるときだけだった。

　仕方なくペドロ・マルティネスの口から銃口を引き抜き、電話のところへ行って受話器を取った。そして、こっちからは何も言わずに耳を澄ました。

「おまえの任務は解かれた」教養があるとわかる、歯切れのいい訛りの声が告げた。「二回目の支払いを回収する必要はない」

　回線の切れる音がして、そのあとに電子音がつづいた。

　ラファティは受話器を戻した。シリンダーをもう一度だけ回転させせようか。そして、もし銃弾が発射されたら、戻ったとき、電話があった時点でマルティネスはすでに死んでいたと報告すればいい。地区司令官に嘘をついたのは一度だけだったが、そのせいで左手の指を一本失うことになった。訊かれたら、イギリス当局に尋問され、その最中に切断されたのだと説明するのが常だったが、どっちについても信じる者はほとんどいなかった。

　ラファティは渋々拳銃をポケットにしまい、ゆっくりとペドロ・マルティネスのところへ戻った。彼は椅子に力なく坐ったまま、両脚のあいだにがっくりと頭を落としていた。ラファティは腰を屈め、両手首と両足首を縛めているロープをほどいてやった。ペドロ・マルティネスはそのまま前のめりに床に崩れ落ちた。ラファティは髪をつかんでペドロ・マルティネスを引きずり起こすと、まるでじゃがいもを詰めた麻袋か何かのように肩に担ぎ上げてタクシーの後部座席に放り出した。抵抗してくれるのではないかと一瞬期待したが……そんな幸運は訪れなかった。

倉庫から車を出し、扉を閉めて南京錠をかけ直して、ヒースロー空港を目指した。そこでほかのタクシーの運転手に紛れ込むことになっていた。

空港まで二マイルのところで、ペドロ・マルティネスがあの世ではなく、この世へ戻ってきた。ラファティがルームミラーで見ていると、意識を取り戻しはじめ、何度か瞬きをしてから、窓の外を流れていく郊外住宅の屋並みを見つめた。そして、状況を理解しはじめたとたんに前に身を乗り出し、後部座席を吐瀉物まみれにした。ラファティの同僚は喜ばないはずだった。

ペドロ・マルティネスが萎えた身体をようやく叱咤し、何とか背筋を伸ばした。そして、座席の端を両手でつかんで身体を支えると、自分を処刑するはずだった男を見つめた。どうして考え直したのか？　いや、考え直したのではないかもしれない。処刑の場所を変えただけではないのか。ペドロ・マルティネスはそうと悟られないよう身を乗り出し、たった一回でいいから逃げるチャンスはないかとうかがったが、ラファティの疑いの目が数秒ごとにルームミラーへ戻ってくるのを惨めに確認できただけだった。

ラファティは幹線道路を外れると、長期間用駐車場の方向を示す標識に従って車を走らせた。最上階へ上がると一番奥の隅に駐め、運転席を出てトランクを開けた。そして、手の切れるような五ポンド紙幣の束が旅行鞄のなかで並んでいるのを確かめて満足した。自分たちの大義のためにこの金を母国へ持って帰りたかったが、これだけの大金を持って捕まる危険を冒すわけにはいかなかった。しかも、いまは警備員が驚くほど増員されて、ベルファスト行きの便のすべてに目を光らせていた。

旅行鞄からアルゼンチンのパスポートと、ブエノスアイレス行きのファースト・クラスの片道航空券、現金十ポンドを取り出し、拳銃を旅行鞄に入れた。万一捕まったときに持っているわけにはいかない、もう一つのものだった。トランクを閉めて施錠し、運転席のドアを開けて、今朝これから回収にくる仲間のために鍵と駐車券を座席の下に入れた。そして、今度は後部座席側のドアを開け、脇へ寄ってペドロ・マルティネスが出てくるのを待った。が、彼は動かなかった。逃げるつもりがあるだろうか？　命が惜しければ、それはないだろう。だって、おれがもう銃を持っていないことを知らないんだから。

ラファティは肘をがっちりとつかんでペドロ・マルティネスを外へ引っ張り出すと、一緒に最寄りの出口へ向かった。一階へ下りる途中の階段で二人の男とすれ違ったが、ラファティは気にもとめなかった。

どちらも一言も発しないままターミナル・ビルへの長い道のりを歩き、コンコースへ着いたところで、ラファティはペドロ・マルティネスにパスポート、航空券、二枚の五ポンド札を渡した。

「残りはどうしたんだ？」ペドロ・マルティネスが鼻で嗤った。「だって、おまえの仲間は〈バッキンガム〉を沈めるのに失敗したんだろ？」

「いま生きているだけでも運がいいと思え」ラファティは言い、くるりと踵を返して人混みに紛れ込んだ。

タクシーへ引き返して金を取り戻すという考えがペドロ・マルティネスの頭をよぎったが、それも一瞬だった。諦めて、渋々ＢＯＡＣの南米カウンターへ行き、係の女性に航空券を差し出した。

「おはようございます、ミスター・マルティネス」彼女が言った。「イギリスでの滞在は快適でしたでしょうか？」

3

「その目の周りの黒い痣はどうしたの、お父さん?」その日の朝食のとき、〈バッキンガム〉の〈グリル・ルーム〉で家族と合流したセバスティアンが訊いた。

「お母さんに殴られたんだよ、腹を決めて鼾をたしなめたとたんにだ」ハリーは応えた。

「わたしは鼾なんかかきません」エマが二枚目のトーストにバターを塗りながら言った。

「寝てるときに、一体どうやって自分が鼾をかいているかいないかがわかるんだろうな?」ハリーは言い返した。

「それで、あなたはどうなんです、ジャイルズ伯父さん? あなたも母が鼾をかいていることを指摘して腕を折られたんですか?」セブが訊いた。

「鼾なんかかかないと言ってるでしょう!」エマが繰り返した。

「セブ」サマンサが強い口調でたしなめた。「相手がだれだろうと、答えたくないとわかっている質問をすべきじゃないわ」

「いかにも外交官の娘らしい発言だ」ジャイルズがテーブルの向かいのセバスティアンの

恋人に向かって微笑した。

「いかにもぼくの質問に答えたくない政治家らしい発言ですね」セブが言った。「でも、ぼくは必ず答えを見つけずには――」

「おはようございます、船長からご挨拶を申し上げます」船内放送が雑音混じりに告げた。「本船は現在、二十二ノットで航行中です。気温は摂氏二十一度、これからの二十四時間、天候の変化は予想されていません。みなさまにとって素晴らしい一日になることをお祈りいたします。また、本船がご提供申し上げる素晴らしい施設を是非ともご利用いただくことをお薦めいたします。とりわけアッパー・デッキのサン・ラウンジとスウィミング・プールは本船の売り物となっております」そして、長い間があったあとで声がつづいた。「昨夜遅く大きな音で目が覚めたがあれは一体何だったのかと、複数のお客さまからお問い合わせをいただきました。どうやら午前三時ごろ、国防艦隊が大西洋で夜間演習を行なっていたらしく、数海里は離れていたにもかかわらず、好天で空気が澄んでいたために、実際よりかなり近くに聞こえたものと思われます。発砲音で起こされたお客さまにはもとよりお詫び申し上げますが、戦時中、海軍に籍を置いていた者としては、夜間演習が不可欠であることも承知している次第です。しかしながら、本船に危険が及ぶことは絶対にないということもお約束いたします。ご静聴、ありがとうございました。これからの一日をどうぞお楽しみくださいますよう」

まるで準備されていた原稿を読んでいたみたいだと感じたセバスティアンは、テーブルの向かいの母を見た。だれが原稿を書いたかは疑う余地がなかった。「ぼくも重役会のメンバーだったらよかったんだけどね」彼は言った。

「どうして?」エマが訊いた。

「重役会のメンバーだったら」セブはまっすぐに母を見て言った。「昨夜、本当は何があったのかを知り得たかもしれないでしょう」

十人の男が起立したまま、エマがテーブルの上座に着くのを待った。馴染(なじ)みのないテーブルだったが、〈バッキンガム〉のボールルームは緊急重役会用には造られていなかった。

エマはテーブルを囲んでいる面々を見渡した。笑顔は一つもなかった。大半が過去に大なり小なり生死の危機に直面していたとしてもこれほどの規模の経験は初めてで、サマーズ海軍少将でさえ口元を強(こわ)ばらせていた。エマは自分の前の青い革のフォルダーを開いた。それは初めて会長に選任されたときにハリーがプレゼントしてくれたもので、この危機を感知して対処してくれたのもやはりハリーだった。

「念を押すまでもないことですが、今日、ここで話し合われることはすべて、絶対に口外無用の秘密であることを承知しておいてもらわなくてはなりません。なぜなら、この船に乗っている全員の安全は言うまでもなく、〈バリントン海運〉の将来を示唆(しさ)することになると言っても過言ではないからです」

エマはエイヴォンマスを出港する前日に総務担当重役のフィリップ・ウェブスターが用意してくれた議事日程に目を落とした。それはすでに旧くなってしまっていて、修正された議事日程には議事項目が一つしかなく、それが間違いなく今日の唯一の議題だった。

「では、会議を始めます」エマは言った。「最初にわたしから――これはオフレコです――今早朝の数時間に起こったことのすべてを報告し、そのあとで、これからどうすべきかを話し合うことにします。昨夜、午前三時を過ぎた直後、わたしは夫に起こされました……」二十分後、エマはメモをもう一度確認した。過去については一つの遺漏もないと思われたが、将来については予測する術がないことを認めざるを得なかった。

「結局は何事もなくすませられたということかな？」質疑応答になったとたんに、海軍少将が訊いた。

「お客さまの大半は船長の説明を受け入れてくださって、不審に思われていらっしゃる様子もありません」エマはファイルをめくった。「ただし、現時点で三十四人のお客さまから苦情をいただいています。そのうちのお一人を除いては、ご迷惑をかけたお詫びとして近い将来のある時期に〈バッキンガム〉の無料航海に招待するということで納得してもらいました」

「しかし、三十三人では絶対に収まらないはずだ、はるかに多くなるのは間違いない」ボブ・ビンガムの変わることのない北部地方のぶっきらぼうな口調が、表向きは冷静を保っている古手の重役たちを切り裂いた。

「そうおっしゃる根拠は何でしょう?」エマが訊いた。

「苦情を訴える手紙を書くだけで無料の旅を手に入れられるとわかったら、そのとたんにほかの船客だって大半が自分たちの船室へ直行し、紙にペンを走らせるに決まっているからですよ」

「全員があなたのように考えるとは限らないのではないかな」海軍少将が言った。

「だから、私がこの重役会にいるのです」ビンガムは一歩も譲らなかった。

「あなたの報告によると、会長、無料航海に招待するという申し出を断わったお客さまがいることになりますね」ジム・ノウルズが言った。

「そういうことです」エマは認めた。「残念ながら、わが社を訴えるとおっしゃっているアメリカ人のお客さまがいらっしゃいます。そのお客さまは、今早朝の数時間、甲板に出ていたけれども、国防艦隊の姿など見えなかったし、音も聞こえなかったが、それなのに足首を折ることになったとおっしゃっています」

いきなり全員が一度に口を開き、エマはそれが収まるのを待ってから言った。「十二時に、ミスター――」エマはファイルを確かめた。「ヘイドン・ランキンと会うことになっています」

「彼のほかに何人のアメリカ人が乗っているのかな」ビンガムが訊いた。

「百人ほどだけど、なぜそれを訊くんですか、ボブ？」

「そのなかに悪どい弁護士が多くないことを祈ろう。さもないと、われわれは死ぬまで裁判に忙殺されることになりかねない」テーブルの周りで神経質な笑いが上がった。「お願いだから保証してくれませんか、エマ、ミスター・ランキンは弁護士ではないんですな？」

「弁護士どころか」エマは答えた。「政治家です。ルイジアナの州議会議員なの」

「もぎたての林檎（りんご）の樽のなかにいることに気づいた欲の深い虫けらというわけか」滅多に意見を口にしない重役のドブズが言った。

「きみは何を言おうとしているんだ、オールド・チャップ？」クライヴ・アンスコットがテーブルの向かいから言った。

「自分の名前を全国に知らしめる機会を見つけたとたぶん思っている地方政治家、と言おうとしているんだ」

「われわれにとってはそれだけで十分だ」ノウルズが言った。

テーブルにしばらく沈黙が落ちたが、ボブ・ビンガムが淡々とした口調でそれを破った。

「彼にいなくなってもらうしかなさそうだが、唯一の問題はだれが引鉄を引くかだ」

「それは私ということにならざるを得ないんじゃないかな」ジャイルズが言った。「だって、樽のなかの虫けらは、ここには私しかいませんからね」ドブズがとたんに恥ずかしそうな顔をした。「あなたが会う前に、会長、私が彼に当たってみましょう。何かできるかもしれません。民主党員であってくれるのを祈りましょう」

「ありがとう、ジャイルズ」エマは言った。兄に会長と呼ばれることに、いまだに慣れることができないでいた。

「あの爆発で船が被った被害はどのぐらいなんだろう」それまで黙っていたピーター・メイナードが訊いた。

全員の目がテーブルのもう一方の端にいるターンブル船長に向けられた。

「当初恐れていたほどではありません」船長が起立して答えた。「四基のメイン・スクリューのうちの一基が爆発で損傷しましたが、エイヴォンマスへ戻れば交換可能です。それから、船体に多少の損傷を受けましたが、表面的で軽微なものに過ぎません」

「それで速度が落ちるということがあるのかな」マイケル・キャリックが訊いた。

「二十四ノットから二十二ノットに減速したのですが、だれにも気づかれることはないはずです。残りの三基のスクリューは順調に稼働していますし、ニューヨーク到着は四日の早い時間と以前から予定していましたから、予定より数時間遅れたとしても、それに気づくのはよほど注意深いお客さまだけでしょう」

「ランキン議員は絶対に気づくだろうな」ノウルズが無意味に言った。「乗組員には被害をどう説明してあるんだ？」

「説明はしていません。彼らは質問をするために給料をもらっているのではありませんから」

「しかし、エイヴォンマスへの帰りの航海はどうなんだ？」ドブズが訊いた。「予定通りに戻れるという望みがあるのか？」

「ニューヨークには三十六時間とどまることになっていますが、その間（かん）に、わが機関員たちが全力で修理に当たるでしょう。ですから、出港するころには、本船はきちんとしている（シップ-シェイプ・アンド・ブリストル・ファッション）はずです」

「上出来だ」海軍少将が言った。

「しかし、それはわれわれが抱えている最も小さな問題かもしれないぞ」アンスコットが言った。「忘れないでもらいたいが、この船にはアイルランド共和国軍が乗っているんだ。そいつらがこの航海中、ほかに何を企（たくら）んでいるかわからないんだからな」

「三人はすでに逮捕しました」船長が応えた。「文字通り鉄格子（てつごうし）のなかにぶち込んで、ニューヨークに着いた瞬間に当局に引き渡します」

「しかし、それ以上の人数が本船に乗り込んでいる可能性はないのか？」海軍少将が訊いた。

「スコット－ホプキンズ大佐によれば、アイルランド共和国軍は通例、工作チームを四人ないし五人で編成するのだそうです。そうであるとすれば、あと二人いる可能性はありますが、絶対に派手なことはしないで、ひたすら大人しくしているんじゃないでしょうか。なぜなら、三人の仲間が捕まり、任務の失敗も明らかになったわけで、ベルファストへ戻ったときにみんなに思い出させたいようなことではないからです。それに、会長の船室へ花を届けた男がもうこの船にいないことは確認できます——出港する前に下船したに違いありません。万一まだ工作員が本船にいるとしても、われわれと一緒にこの船でブリストルへ戻ろうとはしないのではないでしょうか」

「ランキン議員やアイルランド共和国軍と同じぐらい危険なものがあるんじゃないかな」ジャイルズが言った。経験を積んだ政治家にふさわしく、ブリストル港湾地区選出の国会議員は庶民院の注目を集めていた。

「だれのことを、あるいは、何のことを言っているの?」エマが兄を見ながら訊いた。

「第四階級だよ。この航海に新聞記者を招待しているのを忘れないでくれ。彼らはいい記事を期待しているんだろうが、いまやその記事を独占できる立場にあるんだ」

「それはその通りだけど、この部屋にいるわたしたち以外、昨夜何があったかはだれも正確に知らないし、いずれにせよ、招待を受けてくれたのは〈デイリー・テレグラフ〉、〈デイリー・メール〉、〈デイリー・エクスプレス〉の三人だけよ」

「三人でも多すぎるぐらいだ」ノウルズが言った。

「〈デイリー・エクスプレス〉の記者は旅行担当なの」エマは言った。「昼食の時間まで素面（しらふ）でいることは滅多にないわ。だから、彼の船室には〈ジョニー・ウォーカー〉と〈ゴードン・ジン〉を少なくとも二本、常に切らさないようにしてあるの。〈デイリー・メール〉はこの航海に十二人を無料招待しているから、批判的な記事に関心を持つとは考えにくいわね。ただ、〈デイリー・テレグラフ〉のデレク・ハートは早くも色々嗅ぎ回ったり、聞き回ったりしているけどね」

「業界では〝冷酷（ハートレス）〟と呼ばれて有名だよ」ジャイルズが言った。「あいつにはもっと大きな材料をくれてやって、それだけに目を向けさせるようにしなくちゃならないだろうな」

「〈バッキンガム〉が処女航海でアイルランド共和国軍によって沈没させられかねなかったという以上に大きな材料なんて、何があるの？」

「イギリスが労働党政府によって沈没させられかねないという材料だよ。われわれは自国通貨の下落を食い止めるために、国際通貨基金（IMF）から十五億ポンドの借入れをすることを発表しようとしている。〈デイリー・テレグラフ〉の編集長はその記事に喜んで数ページを割くはずだ」

「そうだとしても、会長」ノウルズが言った。「これだけの大きな問題なのだから、最悪の結果を想定して準備を進めるべきだと考えます。考えてみれば、乗船中のアメリカの政治家がことを公（おおやけ）にすると決めたら、あるいは、〈デイリー・テレグラフ〉のミスター・ハートがたまたま真相に突き当たったら、さらに、これは絶対にあってほしくないことではありますが、アイルランド共和国軍が次の企てを計画していたら、これが〈バッキンガム〉の最初で最後の航海になる恐れがあります」

ふたたび長い沈黙が落ちたあと、ドブズが言った。「まあ、われわれはこの航海が忘れられない休日になると乗船客に約束したからな」

笑う者はいなかった。

「ミスター・ノウルズの懸念は当たっていると考えます」エマは言った。「その三つの可能性のどれであれ、一つでも現実になったら、どれだけの数の無料招待を行なおうと、ジンを何本提供しようと、わたしたちを救うことにはならないでしょう。株価は一夜にして暴落し、資本準備金は底を突くことになります。また、本来なら乗船してくださるであろうお客さまが、隣りの船室にアイルランド共和国軍の爆弾犯がいるのではないかとちらりとでも思われたら、予約はまったく入らなくなるはずです。お客さまの安全が何よりも優先されなくてはなりません。それを頭に入れた上で提案するのですが、みなさんには今日一日、できる限りの情報を収集してもらい、同時に、すべては何事もなく順調であるとお知らせして、お客さまを安心させてもらえないでしょうか。わたしはずっと船室にいますから、何かわかった場合に所在が不明だという心配はありません」

「それはいい考えとは言えないな」ジャイルズがはっきり異議を唱え、エマの顔に驚きを浮かべさせた。「会長はサン・デッキに出て、自分がリラックスして楽しんでいるところを見せるべきだ。そのほうが、心配することは何もないとはるかに客を納得させられるだろう」

「いい考えだ」海軍少将が同調した。

エマはうなずいた。会議の終了を知らせるべく立ち上がろうとしたとき、総務担当重役のフィリップ・ウェブスターが小声で訊いた。「ほかに話し合うべきことはないでしょうか」

「ないと思うけど」すでに立ち上がっているエマが答えた。

「あと一つだけ、会長」ジャイルズが言い、エマはもう一度腰を下ろした。「政府の一員となったいま、私は会社の重役という立場を辞さざるを得ません。女王陛下に仕えながら、一方で利潤を追求する地位を保持することを認められていないからです。いささか大仰に過ぎると思われるのは承知していますが、新たに閣僚になった者は全員が署名誓約することになっているのです。それに、いずれにしても私がこの重役会のメンバーになった理由はたった一つ、フィッシャー少佐が会長になるのを阻止するためですからね」

「ありがたいことに、あの男はもうここにいない」海軍少将が言った。「あいつがいたら、この船で何が起こったか、いまごろ世界じゅうが知っていたことだろう」

「もしかしたら、それが彼がこの船に乗っていないそもそもの理由かもしれませんよ」ジャイルズがほのめかした。

「そうだとしたら、あいつは貝のように固く口を閉ざしているだろうな。もちろん、テロリストを援助し、煽動した容疑で逮捕されたいというなら別だがな」

エマは身震いした。たとえフィッシャーであっても、そこまで卑劣だとは思いたくなかった。しかし、ジャイルズが学校だけでなく、軍でもどういう目にあわされたかを知っている身としては、フィッシャーがかつてレディ・ヴァージニアのために動き、二人がかりでエマの大義を潰しにかかったのを、本来ならさもありなんと予測すべきだった。エマは兄を見て言った。「少し前向きな話をしましょうか、これほど難しいときに重役として社に奉仕してくれたことに対して、わたしは兄に感謝の意を表わし、それを記録に残したいと考えます。ただし、彼の辞任によって重役会に二つの空席ができました。わたしの妹のドクター・グレイス・バリントンも辞任したからです。この二人に代わる適切な候補を、どなたか推薦していただけないでしょうか」そして、そこにいる面々を見渡した。

「提案させてもらってもよろしいかな」海軍少将が言った。「〈バリントン海運〉は西部地方の企業であり、地元との繋がりも長期に及んでいる。そして、会長は代々バリントン家から出ている。そうであるならば、そろそろ次世代の会長をだれにするかを考える時期にきているのかもしれない。セバスティアン・クリフトンをこの重役会に迎えれば、一族のなかから経営者を出すという伝統もつづくことになる」

「でも、彼はまだ二十四歳ですよ！」エマは抵抗した。

「われらが敬愛する女王陛下が玉座に着かれたときとそう変わらないでしょう、ちょっと若いだけだ」海軍少将が思い出させた。

「あの抜け目のない老体も――セドリック・ハードキャッスルのことだが――、ファージングズ銀行における彼の専属秘書として十分に優秀だと考えていたし」ボブ・ビンガムが介入し、エマに片目をつぶって見せた。「私の得ている情報では、近々かの銀行の不動産部門の次席責任者に昇進することになっている」

「それから、これは他言無用に願いたいが」ジャイルズが付け加えた。「正式に政府の一員になった時点で、私はすでに、ためらうことなくセバスティアン・クリフトンに一族の共有財産の管理者を肩代わりしてもらっています」

「では、私に残されているなすべきことはたった一つ」海軍少将が言った。「セバスティアン・クリフトンを〈バリントン海運〉の重役会に加えるよう提案することだけですな」

「喜んでその提案を支持しましょう」ビンガムが加勢した。

「息子がそこまで持ち上げられると、正直言って照れくさいわね」エマは戸惑いを口にした。

「これからはたびたび照れくさい思いをすることになるんじゃないかな」ジャイルズが雰囲気を軽くしようとして言った。

「投票に移ってよろしいですか、会長?」総務担当重役のウェブスターがお伺いを立て、エマがうなずいてもう一度着席するのを待ってからつづけた。「ミスター・セバスティアン・クリフトンを〈バリントン海運〉の重役として招請すべしというサマーズ海軍少将の提案があり、ミスター・ビンガムがそれを支持されました」そして、一拍置いてから結論を促した。「賛成の方は？」エマとジャイルズを除く全員の手が挙がった。「反対の方は？」だれの手も挙がらず、そのあとに拍手が起こって、エマはとても誇らしかった。「この評決をもって、ミスター・セバスティアン・クリフトンが〈バリントン海運〉の重役に選出されたと決しました」

「セブがやってきたときにこの重役会がまだあることを祈りましょう」総務担当重役が閉会を宣言するや、エマは兄にささやいた。

「彼は天国でリンカーンやジェファーソンと一緒にいると、私はいつも考えているんです」

オープン－ネックのシャツにスポーツ・ジャケットという服装の中年の男は、顔を上げたものの、読んでいた本を閉じはしなかった。いまもそこにあることを主張している残り少ないか細い金髪が慎重に櫛を入れられて後ろへ撫でつけられ、時期尚早に禿げはじめている事実を隠そうとしていた。杖が椅子に立てかけられていた。

「申し訳ありません」ジャイルズは詫びた。「お邪魔をするつもりはなかったんですが」

「かまいませんよ」男は紛れもないアメリカの南部訛りで応えたが、依然として本を閉じようとしなかった。「実は昔から恥ずかしいと思っているんです」彼が付け加えた。「あなたの国の歴史をわれわれがいかに知らないかをね。それなのに、あなた方はわれわれの国の歴史にとても詳しくておられる」

「それはわれわれがもはや世界の半分を支配していないからであり」ジャイルズは言った。「あなた方が世界の半分をまさに支配しようとされているからですよ。ところで、二十世紀の後半に、車椅子の男が大統領に選ばれる可能性があるものですかね」そして、男が読んでいる本に目を走らせた。

「それはどうだろう」アメリカ人がため息をついた。「ケネディがニクソンに勝ったのはテレビ討論のおかげなんです。ラジオで聞くだけだったら、だれもがニクソンが勝つと結論したでしょうね」

「ラジオでは、汗をかいていたとしてもわかりませんからね」

アメリカ人が訝しげに片眉を上げた。「どうしてアメリカの政治にそんなに詳しいんです?」

「私は国会議員なんです。あなたは?」

「バトン・ルージュ選出の州議会議員です」

「そして、おそらくは四十歳にもなっておられないでしょうから、きっとワシントンも視野に入れておられるんでしょうね」

　ランキンは微笑しただけで、そうだともそうでないとも言わなかった。「今度は私が質問する番だ。私の妻の名前は何というでしょう」

　ジャイルズは受けに回るタイミングを心得ていた。「ローズマリーとおっしゃるはずです」

「そういうことなら、ここで会ったのは偶然でないことがいまやはっきりしたわけですな、サー・ジャイルズ、用件は何でしょう」

「昨夜のことで、お話ししなくてはならないことがあるのですよ」

「なるほど、そう言われても驚きはしませんがね。あなたは間違いなく、今朝の未明に何があったか、本当のことを知っている数少ない一人でしょうからね」

　ジャイルズは周囲を見回し、だれにも聞かれる恐れがないことを確認してから言った。

「この船がテロリストの攻撃の標的になったのです。もっとも、幸いなことにわれわれの手で——」

　アメリカ人がそれはどうでもいいというように手を振ってさえぎった。「詳しい話を聞く必要はありません。どうすればいいかだけ教えてもらえれば結構です」

「わが国の国防艦隊が実際にそこにいたのだと、この船に乗っておられるお国の方々を納得させていただきたいのです。それを成功させていただければ、私の知っているだれかは永遠にあなたに感謝するでしょう」

「そのだれかはあなたの妹さんですね?」

ジャイルズはうなずいた。もはや驚きはしなかった。

「さっき、彼女を見かけたんです。あたかも世はこともなしといったふうではあったけれども、深刻な問題を抱えておられるに違いないとわかりました。ぼんやりと日光浴を楽しむなど、普通、遣り手の会長——私にはそう感じられますね——がすることではないでしょう」

「申し訳ない。しかし、われわれが直面しているのは——」

「言ったでしょう、詳しいことを教えてもらう必要はないんです。彼と同様」ランキンは読んでいる本のカヴァー写真を指さした。「明日の新聞の見出しに興味はありません。私も長く政治の世界にいるから、頼まれたことをするのには慣れていますからね。しかし、サー・ジャイルズ、それはすなわち、あなたに貸しを作るということですよ。そして、その貸しを返してもらうときが必ずあるということでもあります。それを肝に銘じておいてもらいましょう」彼はそう付け加えて、『ローズヴェルト自伝』に戻った。

「もう入港したの?」サマンサと一緒に両親の朝食のテーブルに加わりながら、セバスティアンが訊いた。

「もう一時間以上前のことよ」エマは答えた。「お客さまの大半はもう上陸なさっているわ」

「そして、あなたにとっては初めてのニューヨークで」サムが自分の隣りに腰を下ろすセブに言った。「わずか三十六時間後にはわたしたちはイギリスへ戻らなくちゃならないの。だから、無駄にする時間は一瞬もありませんからね」

「どうして三十六時間しか港にとどまらないのかな？」セブが訊いた。

「客船というのは動いていなくてはお金にならないし、港湾使用料金が恐ろしく高いからよ」

「初めてニューヨークを訪れたときのことは憶えていらっしゃいますか、ミスター・クリフトン？」サマンサが訊いた。

「忘れられるはずがないよ」ハリーは感慨を覚えた。「犯してもいない殺人の容疑で逮捕され、アメリカの刑務所で半年過ごすことになったんだからね」

「そうでした、すみません」サマンサが謝った。以前にセバスティアンに教えてもらった話だった。「そんなおぞましい経験を思い出させてしまったなんて、わたしが迂闊でした」

「気にすることはないさ」ハリーは言った。「ただし、今回はセブが逮捕されないようにしてくれよ。一族の伝統にしたくないからね」

「その心配は絶対にありません」サマンサが言った。「どこへ行くかを決めてありますから。メトロポリタン美術館、セントラル・パーク、〈サーディーズ・レストラン〉、そして、ブリック・コレクションです」

「ジェシカが大好きだった美術館ね」エマが言った。

「でも、一度も訪れることはなかった」セバスティアンが言った。

「あの子のことを思わない日は一日もないわ」エマが言った。

「彼女をもっとよく知ることができなかったのが本当に残念です」サマンサが言った。

「妹よりぼくのほうが先に死ぬんだと信じて、疑いもしなかったんだけどね」長い沈黙がつづき、明らかに話題を変えたがっているセバスティアンが訊いた。「だとすると、ナイトクラブへは一軒も行かないんだな？」

「そんな不真面目なことに遣う時間はないわ」サマンサが言った。「いずれにしても、父からお芝居の切符を二枚もらっているけどね」

「何を観にいくの？」エマが訊いた。

「『ハロー・ドーリー！』です」

「それは不真面目じゃないのか？」ハリーが訊いた。

「父はワグナーの『ニーベルングの指輪』ですら流行を追いかけすぎてるという考えの持ち主なんだよ」と説明してから、セバスティアンが訊いた。「ジャイルズ伯父さんはどこ？」

「真っ先に船を降りていったわよ」ウェイターに二杯目のコーヒーを注いでもらいながら、エマは答えた。「わが国の大使に国連へ拉致されたの。午後の開会の前に彼が演説のリハーサルができるようにってね」

「わたしたちの訪問予定に国連も組み込むべきかもしれないわね、やってみましょうか」サマンサが提案した。

「それはやめたほうがいいな」セバスティアンが言った。「この前、ぼくが演説の場に同席したとき、伯父さんはその直後に心臓発作に襲われて労働党の党首になり損ねたんだから」

「その話は聞いてないわね！」

「ぼくたちの一族についてきみが知らないことはまだたくさんあるよ」セバスティアンが認めた。

「それで思い出した」ハリーが言った。「おまえにお祝いを言う機会がなかったが、重役になったんだってな、おめでとう」

「ありがとう、お父さん。この前の議事録を読んだいまとなっては、次の重役会が待ちきれないよ」セバスティアンは不安げな母の顔を見てつづけた。「早くほかの重役の面々と顔を合わせたいんだ、とりわけあの海軍少将とね」

「独特な人よ」エマは言ったが、次の重役会が自分にとって最後になるのではないかという思いは依然としてあった。事実が明るみに出れば、辞任する以外に選択の余地はない。しかし、海上でのあの最初の朝の記憶が薄らぐにつれて気持ちが楽になり、〈バッキンガム〉が無事にニューヨークに着いたいまは多少の自信も戻りつつあった。窓の外を一瞥すると、少なくとも目に入る範囲には、タラップの下に群れてフラッシュを閃かせ、吼えたり唸ったりしている猟犬のようなメディアの姿はなかった。もしかすると大統領選の結果のほうに関心があるのかもしれないが、〈バッキンガム〉が何事もなくエイヴォンマスへの帰途に就くまで安堵の吐息をつく気にはなれなかった。

「それで、お父さんはこの三十六時間をどう使うつもりなの?」セバスティアンが訊き、思いに耽っていたエマは現実に引き戻された。

「私の本を出版してくれているハロルド・ギンズバーグと昼食をとることになっているんだ。最新作をどう考えていて、どういう売り方を計画しているのか、きっとそのときにわかるだろう」

「発売前なのはわかっているんですけど、母のために一冊何とかしてもらえないでしょうか」サマンサが言った。「大ファンなんです」

「いいとも、もちろんだよ」ハリーが請け合った。

「九ドル九十九セントだ」セバスティアンが差し出した手に、サマンサは熱い茹で卵を載せた。「それで、お母さんはどうするの? 船体の塗装をし直すとか?」

「けしかけるな」ハリーが真顔で制した。

「わたしはだれよりもあとに船を降りて、だれよりも早く戻ってくるわ。もちろん、いとこのアリステアを訪ねて、フィリス大叔母さまの葬儀に参列できなかったことを謝るつもりではあるけどね」

「あのときはセブが入院していたんだったな」ハリーがエマの記憶を呼び戻した。

「それで、ぼくたちはどこから始めるんだ？」セバスティアンがナプキンを畳んで訊いた。

サマンサが窓の外を見て天気を確かめた。「セントラル・パークまでタクシーで行き、遊歩道を散策してメトロポリタン美術館へ向かいましょう」

「それなら、そろそろ出発するほうがいいな」セブが席を立ちながら言った。「では、よい一日を、敬愛するご両親さま」

手をつないでダイニングルームを出ていく二人を、エマは微笑して見送った。「あの二人が一緒に寝ていると、どうしてわからなかったのかしらね」

「エマ、いまは二十世紀も後半なんだ。その現実と向き合おうじゃないか、ぼくたちはそういう立場にはいない――」

「違うわ、道徳的なことを言ってるんじゃないの」エマはさえぎった。「わかっていたら、特別船室をもう一部屋売ることができたのに、というだけよ」

4

「ありがとう、よく戻ってくれた。文字通りのとんぼ返りだったかな」サー・アラン・レドメインが言った。無理にそうしなくてもよかったのに、というような口振りだった。

陸軍特殊空挺部隊（SAS）の指揮官はニューヨークへ着いた〈バッキンガム〉を降りたとたんに電報を渡され、車でジョン・F・ケネディ空港へ連れていかれて、一番早いロンドン行きの便に乗せられたのだった。ヒースロー空港では、タラップの下にすでに車と運転手が待ちかまえていた。

「あなたが今朝の新聞をお読みになりたいはずだ、と内閣官房長官がおっしゃっておられました」運転手はそれだけ言って、ホワイトホールへと車を出した。

〝心の奥底では、あなたは彼が負けることを知っていた〟というのが〈デイリー・テレグラフ〉の見出しだった。大佐はゆっくりと紙面をめくっていったが、〈バッキンガム〉についての言及も、デレク・ハートの名前で書かれた記事もなかった。それがあるとすれば、リンドン・ジョンソンが選挙でバリー・ゴールドウォーターに地滑り的な勝ちを収めたとしても――そして、実際にそうだったのだが――間違いなく一面を飾っているはずだった。〈デイリー・エクスプレス〉は〈バッキンガム〉について真ん中あたりの紙面を割き、最新の豪華客船で大西洋を横断する愉しさを専属の旅行記者が手放しで褒めちぎっていた。〈デイリー・メール〉は〈自由の女神〉の前でポーズを取る十二人の幸運な読者の写真を載せ、その十二人が将来のどこかで無料招待されるとの情報を付け加えて、国防艦隊に眠りを妨げられた不都合には一切触れていなかった。

一時間後、着替えをする間も髭を剃る間もなく、スコット－ホプキンズ大佐はダウニング街一〇番地の内閣官房長官執務室で本人と向かい合っていた。

大佐はまず詳細な事後報告を行ない、そのあとで内閣官房長官の質問に答えた。

「ともあれ、今度の一件では少なくとも多少のいいこともあったんだ」サー・アランが机の下にあった革のアタッシェケースを机の上に載せた。「きみのＳＡＳの仲間がずっと目を離さなかったおかげで、アイルランド共和国軍の倉庫をバタシーで突き止めることができた。それに、ペドロ・マルティネスをヒースローまで乗せたタクシーのトランクから、二万三千ポンドを超す現金が見つかった。あの金がどうなったかを地区司令官に説明できなかったら、ケヴィン・〝指が一本少ない男〟・ラファティは、間もなく〝指が二本少ない男〟と呼ばれることになるのではないかな」

「それで、ペドロ・マルティネスはどうなりましたか？　やつの所在はわかっているんでしょうか」

「ブエノスアイレスのわが国の大使が確言してくれたが、やつはいつもの根城を足繁く訪れているそうだ。息子たちを含めて、やつらをウィンブルドンやアスコット競馬場で見ることは二度とないのではないかかな」

「ドハティとやつの仲間はどうなりました?」

「北アイルランドへ帰る途上にある。もっとも、今度乗っているのは豪華客船ではなくて、イギリス海軍の船だがね。ベルファストへ着き次第、最寄りの刑務所へ直行することになっている」

「罪状は何でしょう?」

「それはまだ決まっていない」サー・アランが答えた。

「ミセス・クリフトンから教えてもらったのですが、〈デイリー・テレグラフ〉の記者があちこちうろついて、めったやたらに訊き回っているそうです」

「デレク・ハートだ。あの男はろくでもないことにジャイルズがくれてやったＩＭＦ融資の話を無視し、ニューヨークへ上陸したとたんに、国防艦隊の件を記事にして送ってきた。だが、そこには不平や言い訳があまりに多すぎた。だから、記事を差し替える決断を編集長にさせるのは難しくなかったというわけだ。そもそも編集長の興味が、保守強硬派のレオニード・ブレジネフがどうやって不意打ちのクーデターを成功させてフルシチョフを追い落としたかにあるとあっては、尚更難しくなかったのではないかな」

「どうやって成功させたんですか？」大佐が訊いた。

「それは明日の〈デイリー・テレグラフ〉を読めばわかるだろう」

「ハートはいま、どうしているんでしょう？」

「聞いたところでは、南アフリカのヨハネスブルグへ向かっているそうだ。ネルソン・マンデラというテロリストへのインタヴューを試みようとしているらしい。だが、難しいだろうな。その男は二年以上前から刑務所にいて、近づくのを許された新聞記者は一人もいないんだから」

「それはわれわれがクリフトン一家の護衛体制を解いてもいいということでしょうか？」

「いや、それはまだだ」サー・アランが言った。「ペドロ・マルティネスから金を取れなくなったいま、アイルランド共和国軍は確かにバリントン家とクリフトン家に興味を失っている。しかし、ハリー・クリフトンが別件で私を助けてくれるかどうかを確かめる必要がまだあるんだ」大佐が訝しげに片眉を上げたが、内閣官房長官は立ち上がって陸軍特殊空挺部隊の指揮官と握手をしたあとで一言だけ言った。「また連絡する」

「どうするか、考えは決まったのかい」セントラル・パークの東側の〈ボートハウス・カフェ〉の前を通り過ぎながら、セバスティアンは訊いた。

「決まったわよ」サマンサが答え、彼の手を放した。セブは彼女の顔を見て不安げに待った。「ロンドン大学で博士号取得のための勉強をしてもいいという申し出を受け入れるって、もうキングズ・カレッジに文書で知らせたわ」

セブが歓喜も露わに文字どおり宙に飛び上がり、声を限りに叫んだ。「万歳！」誰一人として振り向かなかったが、二人がいるのはニューヨークだった。「それはぼくが新しいアパートを見つけ次第、きみが引っ越してきて一緒に住めるということかな？　一緒に探すこともできるわけだ」彼女が答える間もなくセブは付け加えた。

「あなた、本当にそうしたいの？　確かなの？」サマンサが小声で訊いた。

「これ以上ないぐらい本気だよ」セブは彼女を両腕で包んだ。「きみはストランド街を本拠にし、ぼくはシティで仕事をしているわけだから、探すとしたらどこかその近くがいいかもしれないな、たとえばイズリントンとか？」

「確かなのね？」サマンサが念を押した。

「ブリストル・シティがザ・カップを獲得することはないのと同じぐらい確かだよ」

「ブリストル・シティってだれ？」

「ぼくたちはまだお互いをそこまで知っているわけじゃないから、彼らの問題をきみにわかれというのは確かに酷だよな」セバスティアンは公園を出ながら言った。「時間をかければ——かなりの時間だけどね——、ぼくの土曜の午後を定期的に台無しにしてくれている十一人の絶望的な男どもについて教えられるかもしれないけどね」そう付け加えたところで、二人は五番街に着いた。

ハリーが〈ヴァイキング・プレス〉に入っていくと、見憶えのある女性が受付で待っていた。

「おはようございます、ミスター・クリフトン」ハロルド・ギンズバーグの秘書が一歩前に出て彼を迎えた。こういう待遇をしてもらえる作家は何人ぐらいいるんだろう、とハリーは思った。「ミスター・ギンズバーグがお待ち兼ねです」

「ありがとう、カースティ」ハリーは応え、彼女に案内されてオーク材の羽目板張りの社長室に入った。そこには過去の、そして、現在の作家の写真が飾られていた――ヘミングウェイ、ショウ、フィッツジェラルド、そして、フォークナー。ギンズバーグ・コレクションに加えてもらうのは死んだあとでなくてはならないのだろうか、とハリーは訝った。

もう七十が近いというのに、ハリーの姿が見えた瞬間、ギンズバーグが机の向こうで勢いよく立ち上がった。ハリーは笑みを浮かべざるを得なかった。スリー－ピースのスーツに金鎖のハーフ－ハンター（蓋に直径の半分ほどの窓を開けた懐中時計）といういでたちは、イギリス人よりもイギリス人らしく見えた。

「さてさて、私の贔屓（ひいき）の著者殿はお元気かな？」

ハリーは笑って握手をし、ギンズバーグの机と向かい合っている、後ろをボタンで留めたハイ－バックの革張りの椅子に腰を下ろしながら訊いた。「週に何度、作家を迎えてその言葉を使うんです？」

「週？」ギンズバーグが言った。「少なくとも一日に三度か、ときにはそれ以上使っているよ――作家の名前が思い出せないときは特にね」ハリーは苦笑した。「しかし、きみの場合は本心だとわかってもらえるんじゃないのかな。なぜなら、『ウィリアム・ウォーウィックと聖職衣を剝奪された司祭』を読んで、初版を八万部と決めたんだから」

ハリーの口が開いたが、言葉は出てこなかった。ウォーウィック・シリーズの前作の初版が七万二千部だったことを考えると、ギンズバーグがどれだけ本気であるかがよくわかった。

「返本の山にならないことを祈りましょう」

「予約注文の数字を見る限りでは、八万でも足りないはずだ。ただし、申し訳ないんだが」ギンズバーグが言った。「まず教えてもらえないかな、エマは元気かね？　処女航海はうまくいったのか？　目を皿のようにして今朝の〈ニューヨーク・タイムズ〉を読んだんだが、それに関する記事がまったく見つからないんだ」

「エマについては、これ以上ないほど元気です。あなたによろしく伝えてくれと言っていました。いまこの瞬間に船橋で真鍮部品を磨いているとしても、私は驚かないでしょうね。それから、処女航海については、〈ニューヨーク・タイムズ〉に記載がなくて、彼女は心底ほっとしているんじゃないでしょうか。もっとも、私にとってはこの経験全体が次の作品のアイディアを与えてくれたかもしれないんですがね」

「そのアイディアとやらを是非とも聞かせてもらいたいな」

「申し訳ないけど」ハリーは応えた。「それは辛抱してもらうしかありません、あなたが辛抱を得意としていないのはよくわかっていますけどね」

「そういうことなら、きみが背負い込んだ新たな責任のせいで筆の進みが遅くならないよう祈ることにするよ。ともあれ、色々おめでとう」

「ありがとうございます。もっとも、私が〈イギリス・ペン・クラブ〉の会長を引き受けた理由は、ある人物のためでしかないんです」

ギンズバーグが訝しげに片眉を上げた。

「アナトーリイ・ババコフというロシア人を、可及的速やかに獄から出してやりたいんです」

「きみがババコフにそこまで思いを入れる理由は何なんだ？」ギンズバーグが訊いた。

「犯してもいない罪で刑務所に閉じ込められたら、ハロルド、嘘じゃありません、だれだって同じ思いになりますよ。それに、いいですか、私も無実の罪でアメリカの刑務所にいたことがあるんです。まあ、シベリアの強制収容所に較べれば、正直なところ〈ホリデイ・イン〉ですがね」

「ババコフがどんな罪を犯したことになっているのか、私はそれすら思い出せないんだがね」

「本を書いたんですよ」

「それはロシアでは犯罪なのか？」

「自分の雇い主について本当のことを語ると決めたら犯罪になりますね、その雇い主がヨシフ・スターリンなら尚更です」

「思い出した、『アンクル・ジョー』だ」ギンズバーグが言った。「しかし、あの作品は刊行されなかったはずだ」

「刊行はされたんですが、書店に並ぶはるか以前にババコフが逮捕されたんです。そして、見せかけの裁判で二十年の刑を宣告されました。しかも、上訴権なしでね」

「ソヴィエトがそこまでして人目に触れさせるべきでないと決めたとしたらその本には何が書いてあるんだろうと、世間の関心をさらに引くことになるだけなのではないのかね」

「それはわかりません」ハリーは言った。「しかし、『アンクル・ジョー』が刊行されて数時間と経たないうちに書店から排除されたことはわかっています。その出版社は閉鎖され、ババコフは逮捕されて、裁判のあとはだれも彼の姿を見た者がいないんです。もし一冊でも残っているのなら、五月にモスクワで開かれる世界書籍会議に出席したときに見つけ出すつもりです」

「きみがその一冊を手に入れたなら、私は是非ともそれを翻訳出版したいものだな。なぜなら、それが大ベストセラーになるだけでなく、スターリンがヒトラーに負けず劣らずの悪だったと、ついに暴くことになると断言できるからだよ。しかし、いいかね、ロシアというのは巨大な干し草の山で、そこから一本の特別な針を探すのは至難の業だぞ」

「確かにそのとおりですが、私はババコフが言わなくてはならなかったことを突き止めると決めたんです。いいですか、彼はスターリンの専属通訳を十三年つとめて、あの体制の内側をよく知っている、非常に数少ない人間の一人であるはずなんです――もっとも、直接目にしたことについての自分なりの見方を公にすると決めたときにKGBがあそこまでの反応をするとは、彼といえども予想しなかったということです」

「そして、スターリンの昔の味方がフルシチョフを退けて力を取り戻したいま、隠したままにしておきたい問題を抱えている連中がいることは疑いの余地がない」

「たとえば、スターリンの死に関する真実がそうでしょうね」ハリーは言った。

「何であれこれほどやる気になっているきみを見るのは初めてだな」ギンズバーグが言った。「しかし、あの巨大な熊にちょっかいを出すのは賢明とは言えないかもしれないぞ。強硬派からなる新体制は、それがどこの国の人間であろうと、人権をほとんど無視しているようだからな」

「自分の考えを表明できないのであれば、私が〈ペン・クラブ〉の会長である意味は何なんです?」

ギンズバーグの机の後ろの本棚で、旅行用携帯時計が十二時を告げた。

「私のクラブで昼飯を食いながら、もう少し肩肘張らない話をするのはどうだろう。たとえば、いまセバスティアンが何をしようとしているかといったようなことをね」

「あのアメリカのお嬢さんに結婚を申し込もうとしてるんじゃないかな」

「昔からわかっていたことではあるが、あの子は実に抜け目がないな」

サマンサとセバスティアンが五番街でウィンドウ・ショッピングを満喫し、ハリーが〈ハーヴァード・クラブ〉でギンズバーグとリブ-アイ・ステーキを堪能しているとき、一台のイエロー・キャブが六十四丁目とパークの角の洒落た褐色砂岩の家の前で停まった。タクシーを降りたエマの手には、蓋に〈クロケット&ジョーンズ〉の紋章が描かれた靴箱があった。そこにはサイズ九の誂えの黒のブローグが一足収められていた。それがいとこのアリステアにぴったりであることは知っていた。なぜなら、彼が靴を誂えるのは昔からロンドンのジャーミン・ストリートだったからである。

玄関に立って、磨き上げられた真鍮のドア・ノッカーを見上げながら、エマは初めてこの階段を上がったときを思い出していた。まだ十代を抜け出すか抜け出さないかという若さで、逃げ出したくて木の葉のように震えていた。だが、持っているお金のすべてをアメリカへくるために使ってしまい、犯してもいない殺人の罪でアメリカの刑務所に収監されているハリーを見つけようにも、ニューヨークで頼るべき人物をほかに知らなかった。大叔母のフィリスに会うや、エマは一年以上もイギリスへ戻らなかった。戻ったのは、ハリーがもはやアメリカにいないとわかったときだった。

今回はもう少し自信を持って階段を上り、真鍮のノッカーをしっかりとドアに打ちつけてから、一歩下がって待った。いとこが絶対に在宅しているという確信があったので、あらかじめの約束は取りつけていなかった。彼は〈シンプソン、アルビオン&スチュアート〉のシニア・パートナーを最近退いたにもかかわらず、田舎を好むタイプではなく、週末にも足を向けなかった。究極のニューヨーカーで、六十四丁目とパークの角で生まれてそこで死ぬと決まっているはずだった。

ややあってドアが開いたとき、エマはそこに立っている男性を見て驚いた。この前会ってから二十年以上経っているはずなのに、すぐに見分けがついた。黒のモーニング・コート、ストライプのズボン、白のシャツにグレイのタイ、何一つ変わっていなかった。

「いらっしゃいませ、ミセス・クリフトン」エマが毎日立ち寄っているかのような口調だった。

エマは彼の名前を何とか思い出そうとし、できなくて当惑した。ハリーなら絶対に忘れないだろうに。「本当にご無沙汰してしまったわね」彼女は取り繕った。「アリステアに会いたくて寄せてもらったの、在宅かしら」

「お気の毒ですが、マダム」執事が言った。「ミスター・スチュアートは事務所のパートナーでいらしたミスター・ベンジャミン・ラトレッジの葬儀に参列なさっていて、コネティカットからお戻りになるのが明日の夕刻なのです」

エマは失望を隠せなかった。

「よろしければ、お入りください。お茶をお淹れしますので。確か、お好みはアール・グレイと記憶しておりますが？」

「ご親切に、どうもありがとう」エマは言った。「でも、船に戻らなくてはならないのよ」

「もちろんでございます。〈バッキンガム〉の処女航海は成功裏に終わったのでございましょうね？」

「わたしが願っていた以上にね」エマは認めた。「お手数だけど、わたしがよろしく言っていたと、会えなかったのをとても残念がっていたと、アリステアに伝えていただけるかしら」

「喜んで伝言をお預かりいたします、ミセス・クリフトン」執事はわずかに頭を下げ、ドアを閉めた。

階段を降りながらタクシーを探しはじめたそのとたんに、まだ靴箱を持ったままでいることに気がついた。またもや当惑を覚えながらふたたび階段を上がり、今度は少しおずおずと真鍮のドア・ノッカーを鳴らした。

　ややあって同じようにドアが開き、同じように執事が姿を現わした。「どうなさいました？」その顔には同じように温かい笑みが浮かんでいた。

「本当にごめんなさい、これをお預けするのを忘れていたの。アリステアへのプレゼントなんだけど」

「ミスター・スチュアートのご贔屓の靴屋を憶えていていただいたとは、ご配慮ありがとうございます」執事がエマから靴箱を受け取って言った。「ミスター・スチュアートもご親切をお喜びになるに違いありません」

　エマはそこに立ったまま、いまだに彼の名前を思い出そうと虚しい試みをつづけていた。

「エイヴォンマスへの帰路の航海も同じく成功裏に終わるよう、心からお祈りしております」

　彼は今度も頭を下げ、静かにドアを閉めた。

「ありがとう、パーカー」エマは言った。

5

ボブ・ビンガムは着替えを終えると、すぐにワードローブの姿見で服装を確認した。襟幅の広いダブルのディナー・ジャケットが近い将来にファッション界へ戻ってくることはなさそうで、妻のプリシラもたびたびそれを注意していた。彼はそれに対して、このスーツは〈ビンガムズ・フィッシュ・ベースト〉の会長だった父親によく似合っていたのだから、自分にも似合っているはずだと反論していた。

プリシラは同意しなかったが、最近では二人の意見が一致することは多くなかった。ボブはいまも彼女と仲のいいレディ・ヴァージニア・フェンウィックを責めていて、その理由はジェシカ・クリフトンの時宜を得ない死と、あの運命の日を境に息子のクライヴ――当時、彼はジェシカと婚約していた――がメイブルソープ・ホールに戻ってこないことにあった。プリシラは子供っぽいほどにヴァージニアに威圧されていたが、ボブはいまも、プリシラが最終的には理性を取り戻し、あのろくでなしの女の正体に気づいて、自分たちはふたたび家族としてともに過ごせるようになるという希(のぞ)みを捨てていなかった。しかし、残念ながら、それはいますぐというわけにはいきそうになかったし、いずれにせよ、ボブにはもっと切迫した問題があった。今夜は会長のテーブルの賓客として公の場に招かれているのだが、プリシラが取り乱さずにいられるのはせいぜい数分ではないかという不安が拭（ぬぐ）えず、何とか何事もなく船室へ戻れればいいがと願うばかりだった。

　ボブはエマ・クリフトンを高く評価していた。彼女は敵からも味方からも〝ブリストルのボアディケア（ボアディケアは古代イングランドに住んだケルト族であるイケニ族の女王。ローマ人の支配に反旗を翻して撃破するも、最後は敗れて自殺した）〟と呼ばれていて、ボブの見るところでは、自分がその綽名（あだな）で呼ばれていることを知ったら、彼女はそれを栄誉と受け止めるはずだった。

　その日の早い時間、彼女はビンガム夫妻の船室のドアの隙間に備忘のためのメッセージを残し、午後七時半ごろに〈クィーンズ・ラウンジ〉で待ち合わせて、それからディナーにしようと提案していた。ボブは時計を見た。すでに七時五十分、バスルームで水の流れる音は聞こえていたが、妻が姿を見せる気配は依然としてなかった。ボブは船室を歩きまわりはじめた。ほとんど苛立（いらだ）ちを隠せなかった。

　レディ・ヴァージニアが会長を相手取って名誉毀損（きそん）の訴訟を起こしていることをボブは十分に承知していたし、あのやりとりがあったときに彼女のすぐ後ろに坐っていたのだから忘れようもなかった。今年の年次総会の質疑応答の時間に、レディ・ヴァージニアは一般参加者として質問をし、〈バリントン海運〉の重役の一人が持ち株のすべてを売却し、それによって会社を倒産させようとしたというのは事実かと問い質した。彼女が言っているのは、もちろん、ペドロ・マルティネスの敵意ある乗っ取りから会社を守るための、セドリック・ハードキャッスルのささやかな策略のことだった。

それに対してエマは強腰に対応し、会社の評判を貶める意図を持ってレディ・ヴァージニアの持ち株を売却し、二週間後に買い戻して、そのうえ彼女にかなりの利益を上げさせたのは、彼女を代表して重役会に席を置いているフィッシャー少佐だったことを指摘した。「わたしの弁護士から連絡をさせます」その問題に関してレディ・ヴァージニアはそれだけを言えばよく、一週間後、エマは連絡を受けた。実際に裁判になったときに妻がどちらに味方するかは、ボブには疑いの余地がなかった。友人を助けられるかもしれないような有益な武器をディナーのあいだに手に入れたら、プリシラはエイヴォンマスに着いたその足で、レディ・ヴァージニアの弁護団に貴重な情報を届けるに決まっている。エマがその裁判で負けたら、彼女自身の評判が地に落ちるだけでなく、〈バリントン海運〉の会長職をも間違いなく辞さざるを得なくなることを、両陣営とも十分にわかっていた。

アイルランド共和国軍のことも、航海の最初の朝の緊急重役会で話し合われた内容についても、ボブはプリシラに一言も話さず、国防艦隊の話を繰り返しただけだった。妻は夫の話を信じなかったが、セバスティアンが重役に指名されたこと以外は何も知り得なかった。

ニューヨークで買い物に一日を費やし、フィッシュ・ペーストを何箱か売らなくては元が取れないぐらいの散財をしたあと、プリシラはその話を一度も蒸し返していなかった。だが、妻がディナーの席でその話題をエマに持ち出すのではないかとボブは危惧(きぐ)し、そのときはうまく話題を逸(そ)らさなくてはならないと覚悟していた。せめてもの救いは、この航海に加わるという脅しをレディ・ヴァージニアが実行しなかったことで、もしこの船に乗っていたら、航海初日の夜の早い時間に何があったのかをきっちり突き止めずにはいないはずだった。

　プリシラがようやくバスルームから出てきたときには、すでに八時十分になっていた。

「ディナーを始めたほうがいいかもしれないわね」エマは言った。

「だけど、ビンガム夫妻が同席するんじゃなかったのか?」ハリーが訊いた。

「そうだけど」エマが時計を見た。「約束の時間を三十分以上過ぎてるわ」

「いや、待つべきだよ、ダーリン」ハリーがきっぱりと言った。「きみはこの会社の会長で、自分がきみを不愉快にさせたとプリシラに見られてはならないんだ。なぜなら、それがまさしく彼女の望みだからだよ」エマは抵抗しようとしたが、それより早くハリーが付け加えた。「それに、ヴァージニアが法廷に持ち出せるような言葉を絶対に吐いちゃだめだぞ。だって、プリシラ・ビンガムがどっち側についているかは疑いの余地がないんだからな」

この一週間、エマはそれ以外の多くの問題に直面していたから、まだ裁判になると決まったわけではないヴァージニアとのことはとりあえず脇へ置いていた。それに、ヴァージニアの弁護士からはもう何カ月もなしのつぶてで、彼女が裁判をやる気を失ったのではないかとさえエマは思いはじめていた。が、ヴァージニアが何もしないで静かにしていることが不気味ではあった。

エマがヘッド・ウェイターに注文をしようとしたとき、ハリーが立ち上がった。

「お待たせして本当にごめんなさいね」プリシラが言った。「わたしったら、すっかり時間を忘れてしまって」

「どうぞ気になさらずに」ハリーは椅子を引いてやり、彼女がゆっくりと腰を下ろすのを待った。

「注文をしましょうか」エマが言った。どれだけ待たされたかをビンガム夫妻に思い出させようとしているのが見え見えだった。

プリシラが革装のメニューを時間をかけて見直し、何度も心変わりを繰り返したあと、ようやく何を食べるかを決めた。ウェイターが注文を訊いて退がるや、ニューヨークの一日は楽しかったかとハリーは訊いた。

「ええ、もちろんですよ。五番街にはとてもたくさん素敵なお店があって、品物の種類もロンドンよりはるかに多くありましたからね。でも、ああいう経験はひどく疲れるものなのね。実際、船に戻ったとたんにベッドに倒れ込んで眠ってしまったぐらいですもの。ところで、ミスター・クリフトン、あなたは何か買い物をなさったのかしら？」プリシラが応えた。

「いや、私は出版社と約束があったし、エマは長く会っていないいとこを探しにいっていたんですよ」

「ああ、そうでしたね、あなたが小説を書く人だってことをすっかり忘れていたわ。本を読む時間が取れないんですよ」プリシラが言っているあいだに、熱々のトマト・スープの皿が彼女の前に置かれた。「わたし、スープは頼んでいないわよ」そして、ウェイターを見上げた。「お願いしたのはスモーク・サーモンよ」

「大変失礼いたしました、マダム」ウェイターが詫びてスープを下げた。声が届く距離にまだウェイターがいるあいだに、プリシラが言った。「長期遊覧旅行用の客船が経験豊かなスタッフを雇うのは、きっととても難しいんでしょうね」

「よろしかったら先に始めさせていただきます」エマはスープのスプーンを手に取った。

「いとこの方には会えたのかな？」ボブが訊いた。

「残念ながら、会えませんでした。コネティカットへ行っていて留守だったんです。それで、そのあとハリーと合流したんですけど、運よくチケットを二枚入手できたので、リンカーン・センターで午後のコンサートを楽しみました」

「だれが出演していたのかな？」ボブが訊いた。そのとき、プリシラの前にスモーク・サーモンの皿が置かれた。

「レナード・バーンスタインです。自分のミュージカル『キャンディード』の序曲を指揮し、そのあとでモーツァルトのピアノ・コンチェルトを演奏してくれました」

「どうすればそんな時間を作れるのか、わたしにはまるでわからないわね」プリシラが口にサーモンを入れたままで言った。

買い物に一生を費やしたりしないからだとエマは言ってやろうとしたが、ハリーに目顔で制せられて思いとどまった。

「私も昔、バーンスタインがロイヤル・フェスティヴァル・ホールでロンドン交響楽団を指揮するのを見たことがある」ボブが言った。「あのときはブラームスだった。実に素晴らしかったよ」

「あなたは今日、何をなさっていたんです？　奥さまがお疲れになったという買い物に同行して、五番街を往き(い)つ復り(もど)つされたんですか？」

「いや、ロワー・イーストサイドを覗(のぞ)いてみたよ。アメリカの市場に割り込む努力をしてみてもいいかどうかを確かめるためにね」

「それで、結論は？」ハリーは訊いた。

「アメリカ人はわが社のフィッシュ・ペーストを受け入れる準備がまるでできていない、というのが結論だ」

「では、できている国はどこなんです？」

「実を言うとロシアとインドだけだが、彼らにもそれぞれに問題がある」

「どんな問題ですか？」エマが心底関心がありそうな口振りで訊いた。

「ロシア人は代金を払うのが好きでないし、インド人は払えない場合が少なくないんだ」

「もしかして単品生産という問題を抱えていらっしゃるんじゃありませんか？」エマはほのめかした。

「多角化も考えたんだが――」

「フィッシュ・ペースト以外のことを話題にできないかしら」プリシラが言った。「だって、いまは休暇中のはずでしょう」

「もちろんです」ハリーは言い、話題を変えようと付け加えた。「クライヴは元気ですか？」そして、その言葉を口にした瞬間に後悔した。

「ありがとう、至って元気にしているよ」ボブ・ビンガムがすぐさま取り繕った。「あなたたちはきっとセバスティアンを誇りに思っているんだろうね。何しろ重役会に招かれたんだからな」

　エマが微笑した。

「だけど、ほとんど驚くには当たらないんじゃないかしら?」プリシラが言った。「だって、そうでしょう、母親がその会社の会長で、一族が株の大半を所有していてごらんなさいよ。率直に言わせてもらうけど、コッカースパニエルだって重役にできるし、ほかの重役たちだって尻尾を振って同意するんじゃないかしらね」

エマが爆発するのではないかとハリーは危惧したが、幸いなことに彼女の口は食べ物でふさがっていて、長い沈黙がつづいた。

「これはレアなの?」自分の前に置かれたステーキを見てプリシラが咎めた。

ウェイターが注文を確認した。「いえ、マダム、ミディアムでございます」

「わたしはレアをお願いしたのよ。間違いようのないぐらいはっきりとね。これを下げて、作り直してちょうだい」

ウェイターが何も言わずにすぐさま皿を下げると、プリシラがハリーを見た。「小説を書いて生計を立てることなんてできるものなのかしら」

「確かに楽ではありませんね」ハリーは認めた。「イギリスには素晴らしい書き手が大勢いますから、尚更です。しかし——」

「それでも、あなたはお金持ちの女性と結婚なさってるわよね。だとしたら、そんなに問題はないいんじゃないかしら?」

ハリーは言い返さなかったが、エマは違った。「なるほど、ようやくわたしたちに共通する点が見つかったようですね、プリシラ」

「そうね」プリシラが間髪を入れずに応じた。「だけど、わたしは昔風に育てられて、男性が女性の面倒を見るのが物事の自然の道理だと信じているわ。だから、その逆はどうしても正しくないように思われるわね」そしてワインを口にし、エマが言い返そうとした瞬間に笑みを浮かべて付け加えた。「あなたも飲んでみればわかると思うけど、このワインはコルクの臭いがするわ」

「私は素晴らしいワインだと思ったがな」ボブが言った。

「ワインに関しては、愛しい夫はいまだにボルドーとブルゴーニュの違いがわからないの。わたしたちがパーティを開くときは、常にわたしがワインの選択を任されるのよ。ウェイター！」プリシラがソムリエに言った。「メルローの別のボトルを持ってきてちょうだい」

「かしこまりました、マダム」

「あなたたちがイングランドの北部へくることはそんなに多くはないんだろうな」ボブが言った。

「確かに頻繁には行かないけど」エマが応えた。「わたしの一族のなかにハイランズ出身の家系があるわ」

「わたしもよ」プリシラが言った。「わたしはキャンベルの生まれなの」

「調べてみればわかると思うけど、あそこはローランズです」エマが言い、ハリーはテーブルの下で妻の脚を蹴った。

「いつもながら、あなたはきっと正しいんでしょう」プリシラが言った。「それに、立ち入った質問をしてもきっと気にしないわよね」ボブがナイフとフォークを置き、横目で不安げに妻をうかがった。「航海の初日の夜だけど、本当は何があったのかしら？　だって、国防艦隊を見た人なんかいないのはわかってるんだもの」

「あの時間、きみは熟睡していたじゃないか。どうしてそんなことがわかるんだ？」ボブが言った。

「それなら、あなたは何があったと思うんです、プリシラ？」エマは質問に質問で応じた。答えたくないときに兄がよく使う戦術だった。

「船客のなかには、タービンの一つが爆発したと言っている人たちがいるわ」

「機関室はいつでもお客さまに調べていただけるよう開けてあります」エマは言った。

「事実、今朝は詳しい説明のできるガイド付きの船内見学をしてもらったはずですけど」

「あなたの船室で爆弾が爆発したという人たちもいるわ」プリシラは怯まなかった。

「いつでもわたしたちの船室にきていただいて結構ですよ、大歓迎します。そうすれば、そんな根も葉もない噂を流した人たちに、あれは誤った情報だったと訂正してあげられるでしょうしね」

「こう教えてくれた人もいるのよ」プリシラは執拗だった。「アイルランドのテロリスト・グループが夜半ごろにこの船に乗り込んできて――」

「この船が予約で完売になっていて、空いている船室は一つもないとわかり、タラップを降りて、ベルファストまで遠路はるばる泳いで帰ったと？」

「それとも、火星人が宇宙から飛来してこの船の煙突のなかに降りたなんて話を聞いたとか？」ハリーが言ったとき、ウェイターがレアのステーキを運んで戻ってきた。

プリシラがそれを一瞥するかしないかのうちに立ち上がった。「あなたたち、みんなして何かを隠してるわね」そして、ナプキンをテーブルに置いた。「エイヴォンマスへ着くまでに、それが何かを絶対に突き止めてみせますからね」

テーブルに残された三人に見送られながら、彼女は滑るように優雅にダイニングルームを出ていった。

「申し訳ない」ボブが詫びた。「私が恐れていた以上によくないことになってしまった」

「奥さんのことはご心配なく」ハリーは言った。「何しろ、私の妻は鼾をかきますからね」

「かかないわよ」エマが否定すると、男二人が笑いを爆発させた。

「きみたちのような楽しい夫婦でいられるのなら、財産の半分を差し出してもいいんだがな」

「その財産、喜んで頂戴しますよ」ハリーが言い、今度はエマがテーブルの下で夫の脚を蹴飛ばした。

「ともあれ、ボブ、あなたに感謝しなくてはならないことがあります」エマは会長の口調に戻った。「航海の最初の夜に実際に何があったかを奥さまが知らないのは間違いありませんからね。でも、万に一つ突き止められたら……」

「この会議を始めるに当たって、まずわたしの息子のセバスティアン・クリフトンをこの重役会に歓迎したいと思います」

〝異議なし〟の声がボールルームに響いた。

「このような若さで彼が重役になったことを尋常ならず誇りに思う一方で、ミスター・セバスティアン・クリフトンに一言言っておくべきだとも考えています。それは彼がどのような貢献をするかを、この重役会が並々ならぬ関心を持って見ているということです」

「ありがとうございます、会長」セバスティアンが口を開いた。「温かい歓迎と、有益な助言に感謝します」それを聞いて、重役の何人かが笑みを浮かべた。彼は母親の自信と父親の魅力をともに備えていた。

「では、本題に入ります」会長が言った。「〝国防艦隊事件〟として知られることになった問題についての最新状況を報告させてください。まだ気を許す余裕はありませんが、わたしたちが最も恐れていたことは現実になっていないようです。大西洋の両側のメディアに何であれ重要な意味のある情報が流れた形跡はいまのところまったくありませんが、それはとりわけダウニング街一〇番地のささやかな支援があったからだと聞いています。航海初日の夜の早い時間に逮捕された三人のアイルランド人は、もうこの船に乗っていません。この船が入港してお客さまが全員上陸されるや、イギリス海軍のフリゲート艦に移され、いまはベルファストへ向かっています。

「損傷したスクリューは、百パーセントの能力が戻ったわけではありませんが、いまも六十パーセントの回転数を維持していて、エイヴォンマスへ戻ったらすぐに取り替えることになっています。船体の損傷については、本船がニューヨークへ着いて以来、保守営繕班が昼夜を分かたず作業に励み、第一級の仕事をしてくれました。修理の跡に気づく者がいるとしても、それはよほど経験を積んだ船乗りに限られるはずです。エイヴォンマスでは、船体に関する作業も続行されます。わたしの予想では、〈バッキンガム〉が八日後にニューヨークへ向けての二度目の航海に出発するときには、われわれが問題を抱えていたなどとはだれも考えないはずです。しかしながら、わたしたちのだれであれ、この事件のことを重役室以外の場所で話し合うのは賢明ではないと考えます。また、この件について訊かれた場合には、公式見解となっている国防艦隊の線で押し通してください」

「保険の支払い請求をすることになるでしょうか？」ノウルズが訊いた。

「それはしません」エマはきっぱりと否定した。「なぜなら、それをしたら、答えたくない質問が山ほど発せられるのが必定だからです」

「それはわかりましたが、会長」ドブズが言った。「この国防艦隊事件では、どのぐらいの費用がかかることになるのでしょう？」

「いまの段階でこの重役会に正確な数字を提出することはできませんが、わたしが教えられているところでは、七千ポンドほどになる可能性があります」

「状況を考えれば、ささやかな数字だな」ビンガムが言った。

「同感です。ですが、国防艦隊事件についてはこの重役会の議事録に残す必要もないし、株主に開示する必要もありません」

「会長」総務担当重役が言った。「私の立場としては、何らかの説明をできるようにしておかなくてはなりませんが」

「では、国防艦隊の演習だったということにしてください、ミスター・ウェブスター。それから、何であれ開示する場合には、必ずわたしの許可を得てください」

「承知しました、会長」

「では、もう少し明るい知らせに移りたいと思います」エマはファイルのページをめくった。「エイヴォンマスへの帰路に関しては、〈バッキンガム〉の船室稼働率は百パーセントを達成しました。それから、ニューヨークへの二度目の航海に関しても、すでに予約が七十二パーセントに達しています」

「それはいい知らせだ」ビンガムが言った。「しかし、今回のことの埋め合わせとして、近い将来のある時期に百八十四の船室を無料で提供することになっているでしょう、それを忘れるわけにはいきませんよ」

「〝ある時期に〟というところがみそなのですよ、ミスター・ビンガム。これから二年のあいだに均等に割り振れば、わが社のキャッシュ－フローにさしたる影響はありません」

「しかし、残念ながら、ほかにもわが社のキャッシュ－フローに影響を及ぼす可能性のある材料があるようです。しかも、悪いことに、それはわれわれにはどうしようもないことなのです」

「その材料とは何でしょう、ミスター・アンスコット？」エマは訊いた。

「私はこの航海のあいだにあなたの兄上と非常に興味深いおしゃべりをし、ポンドの国外流出を阻止するためにＩＭＦから十五億ポンドを借り入れなくてはならないというわが国の先行きについて、かなり楽観しておられるとわかりました。兄上はまた、政府が全企業に対して七十パーセントの法人税を課し、さらに、年収三万ポンドを超す個人に対しては九十パーセントの所得税を課すことについても言及されました」

「大事（おおごと）だな」海軍少将が言った。「私なんか葬式を出す金もなくなってしまいそうだ」

「そして、それにとどまらず」アンスコットがつづけた。「首相は最新の考えとして――私にはほとんど受け入れられませんが――仕事であれ観光であれ海外へ出る場合、何人（なんぴと）も五十ポンド以上の現金を持ち出すことを認めないようにしようとしているようです」

「それが現実になったら、だれも海外旅行をしたいという気にならないぞ」ドブズが不満を隠せない様子で言った。

「それを回避する方法があるかもしれません」セバスティアンが言った。

　そこにいる全員が新参の重役を見た。

「わが社のライヴァルがどうしているかを少し探ってみたんですが、どうやら〈ニューヨーク〉と〈フランス〉の所有者たちは税金問題の解決策を見つけたようです」セブが早くも重役会の注目を集めた。「〈ニューヨーク〉は本社がいまもマンハッタンにあり、従業員の大半もそのままであるにもかかわらず、もはやアメリカの会社が所有する船として登録されていません。税金の問題を避けるために、会社がパナマで登録されているのです。実際、これを注意深く見てもらえれば」そして、〈ニューヨーク〉の大判の写真をテーブルの中央に置いた。「船尾に小さなパナマ国旗が掲げられているのがわかると思います。しかし、事実を言うなら、ダイニングルームの皿から船室の敷物に至るまで、船上のありとあらゆるものに星条旗が麗々しく描かれているのです」

「〈フランス〉も同じことをしているのかな？」ノウルズが訊いた。

「ほとんど同じですが、いかにもフランス的な微妙な違いがあります。〈フランス〉の船尾に翻(ひるがえ)っているのはアルジェリアの国旗なんです。もっとも、せいぜいが政治的な譲歩に過ぎないいんでしょうが」そして、もう一枚の、今度は大型客船〈フランス〉の写真がセブの同僚に回覧された。

「それは合法なのか？」ドブズが訊いた。

「どちらの政府も、それについては残念ながら何もできません」セブが答えた。「二隻と も年間三百日以上海の上にいて、乗客が知り得る限り、何から何まで以前とまったく変わっていません」

「その話は気に入らないな」海軍少将が言った。「私には正しいことに思えない」

「われわれの第一の義務は株主に対するものでなくてはならない」ボブ・ビンガムが同僚に思い出させた。「そうであるならば、私は以下の提案をさせてもらいたい。この問題についてはミスター・クリフトンに文書にして提出してもらい、次の重役会で話し合うということでどうだろうか？」

「名案だ」ドブズが同意した。

「その案に反対はしないけど」エマは言った。「財務担当重役がもう一つの解決策を考えているようです。そちらのほうが魅力的だと考える重役がいるかもしれません」そして、マイケル・キャリックに向かってうなずいた。

「ありがとうございます、会長。実際、至って簡単なことなのです。われわれが二隻目の客船の建造計画をこのまま進め、特定の契約期間内に〈ハーランド・アンド・ウォルフ〉との再発注オプションを行使すれば、以後四年間は法人税の支払いを避けることができます」

「何か落とし穴があるような気がするが」ノウルズが懸念を口にした。

「それはないと思います」エマは答えた。「いかなる企業も、その価格が原契約において合意されたものでありつづける限り、設備投資計画に関しては税の支払いの免除を主張できるんです」

「政府はなぜそれに同意したんだろうな？　それ以外の徴税に関しては情け容赦がないのに？」メイナードが訝った。

「なぜなら、失業者を減らしつづける役に立つからですよ」セバスティアンが答えた。

「労働党はこの前のマニフェストでそれを約束しています」

「そういうことであるなら、その解決策に文句はない」ドブズが言った。「しかし、〈ハーランド・アンド・ウォルフ〉の申し出を受けるか受けないかを決めるまでの時間的な余裕はどのぐらいあるんだろう？」

「五カ月とちょっとだ」キャリックが答えた。

「決断するために必要な時間としては十分以上だ」メイナードが言った。

「しかし、われわれの客が五十ポンド以上を国外へ持ち出せないことの解決にはならないのではないかな」アンスコットが指摘した。

セバスティアンは笑みをこらえられなかった。「ジャイルズ伯父が言っていたんですが、小切手を船上で現金に換えるのを阻止する術はないそうです」

「しかし、〈バッキンガム〉は銀行業務を行なうようにはなっていないだろう」今度はドブズが指摘した。

「ファージングズ銀行でよければ、喜んで船内支店を開設させていただきますが」セバスティアンは応えた。

「では、こうしてはどうだろう」アンスコットが言った。「その提案もミスター・クリフトンの報告書に含めてもらい、それ以外の推薦案があったらそれも文書にして重役全員に回覧して、それから次の重役会を迎えるというのは？」

「異議ありません」エマは同意した。「では、いまここで決めなくてはならないのは次の重役会の日取りだけですね」

いつものことながら、重役全員に都合のいい日を選ぶのにはかなりの時間を要した。

「では」エマは言った。「次の重役会が開かれるころには国防艦隊事件がせいぜい伝説に過ぎなくなっていることを祈りましょう。何か、ほかに話し合うべきことがありますか？」そして、テーブルを囲む面々を見渡した。

「会長」ノウルズが声を上げた。「この重役会のもう一つの空席を埋める可能性のある候補者を推薦してほしいと、前回、われわれに依頼されましたね」

「あなたが考えておられるのはどなたでしょう」

「デズモンド・メラーです」

「〈ブリストル・バス〉の創設者の？」

「そうです。しかし、去年、あの会社を〈ナショナル・バス〉に売却してかなりの金額を手にし、いまは自由にできる時間がたっぷりあるということです」

「それに、輸送事業についての知識も豊富です」アンスコットが加勢し、ノウルズと組んでいることを図らずも露呈した。

「では、来週のどこかでミスター・メラーを招き、わたしがお会いするということでどうでしょう？」エマは言い、二人のどちらかがここでの投票を口にする隙を与えなかった。

ノウルズが渋々同意した。

会議が終わると、エマが嬉しく思ったことに、多くの重役がセバスティアンに歩み寄って歓迎の意を伝えた。というわけで、息子と二人だけで話ができたのはしばらく経ってからだった。

「あなたの計画は完璧に成功したわね」彼女はささやいた。

「そうだね、だけど、重役の大半にはお母さんの案のほうが明らかに好ましかったみたいだな。でも、お母さん、ぼくはまだ納得していないんだ。あれだけ巨額の資本的支出をして二隻目の船を建造するなんて危険を引き受けるべきじゃないよ。イギリスの財政展望がジャイルズ伯父さんが言っているぐらいによくないんなら、次のクリスマスの七面鳥は二羽止まりになる可能性がある。そして、本当にそうなったら、その七面鳥に詰められるのは〈バリントン海運〉の重役会だ」

6

「面会の時間を作っていただいて感謝に堪えません、ミスター・クリフトン」内閣官房長官が部屋の中央の小振りな楕円形のテーブルに案内しながら言った。「どんなにお忙しいかを忘れているわけではないのだから、尚更です」

いま、ダウニング街一〇番地で自分の向かいに坐っているのがこの国で最も忙しい男の一人でなかったら、ハリーは笑ってしまうところだった。秘書が現われ、ハリーの前にお茶のカップを置いた。あたかもここが地元のカフェで、彼が顔見知りの常連客ででもあるかのような態度だった。

「奥さまとご子息はお元気ですか?」

「ありがとうございます、サー・アラン、二人とも元気でやっています」あなたの家族はお元気ですかとハリーは応じたかったが、そもそも内閣官房長官に家族がいるかどうかを知らなかった。彼は雑談を省略し、お茶を一口飲んだあとで、敢えて単刀直入に切り出した。「あの爆弾事件の裏にはペドロ・マルティネスがいたと私は踏んでいるんですが?」

「ご明察です。しかし、あの男はもうブエノスアイレスへ戻っていて、イギリスの土を一度でも踏んだとたんに逮捕されることは彼も彼の息子たちも重々承知しているでしょうから、二度とあなたを煩わせることはないと思いますよ」

「あいつのアイルランドの友だちはどうでしょう?」

「彼らがあの男の友だちなんかであったことは一度もありません。あの男の金に関心があっただけで、それが干上がったとたんに捨ててしまう準備を周到にしていました。しかし、その親玉も手下の二人も、いまや鉄格子の向こうにいて無害です。これからしばらくは、彼らの消息を気にする必要もまずないでしょう」

「あの船にアイルランド共和国軍の工作員がほかに乗っていたかどうかはわかったんでしょうか?」

「二人、乗っていました。しかし、以降、姿を見た者はいません。情報部の報告によれば、ニューヨークのどこかに隠れていて、予見できる将来にベルファストへ戻るとは予想されていません」

「ありがとうございました、サー・アラン」面会は終わりだと考えて、ハリーは言った。

官房長官はうなずいたが、ハリーが立ち上がろうとした矢先に付け加えた。「実を言うと、ミスター・クリフトン、あなたにお目にかかりたかったのはそれだけが理由ではないのですよ」

ハリーはふたたび腰を下ろし、集中しようとした。この男が何かを欲しているのなら、そのときは頭を明晰にしておくほうが賢明だった。

「かつて、あなたの義理の兄上が信じるのが難しいことをおっしゃったのですよ。あなたにお願いして私の欲求を満たしてもらえれば、兄上の言葉が誇張かどうかがわかると思うのですが」

「政治家というのは物事を誇張する傾向がありますからね」

サー・アランは応えず、自分の前のファイルを黙って開くと一枚の紙を取り出してテーブルの上に滑らせてから言った。「ゆっくりとで結構です、目を通してもらえますか」

ハリーはそのメモを見た。そこには三百語ほどが連ねられ、数カ所の地名とホーム・カウンティーズ（ロンドンを取り巻く諸州、特にエセックス、ケント、サリー、ハートフォードシャー）内の軍部隊の動きの詳細と関連する上級将校の階級が含まれていた。ハリーは七段落からなるそのメモを指示されたとおりに読んでいき、目を通し終えると、顔を上げてうなずいた。内閣官房長官がメモを引き上げ、代わりに、罫線入りの用紙とボールペンをテーブルに置いた。

「申し訳ないが、いま読んだことを、今度は書いてもらえませんか」

ハリーは真面目にやることにし、ボールペンを握って記憶を文字にしはじめた。書き終えたものを渡すと、内閣官房長官が元々の文章と照合した。

「やはり本当でしたか」しばらくして、サー・アランが言った。「あなたは視覚から得た情報を写真のような形で記憶できる稀な人だ。ただし、一カ所だけ間違いがありましたが」

「ゴッドマンチェスターではなくて、ゴダルマイニングですよね？」ハリーは言った。

「あなたが本気なのかどうかを確かめたかったものですから」

簡単には感心しない男が感心した。

「では、あなたのパブのクイズ・チームに加えてもらえそうですか？」ハリーは訊いた。

サー・アランはにこりともしなかった。「いや、残念ながら、それよりもう少し深刻なことに加わってほしいのです。あなたは五月に〈イギリス・ペン・クラブ〉の会長としてモスクワへ行かれますね。実は、向こうにいるわが国の大使サー・ハンフリー・トレヴェリアンが、非常に微妙な、外交行嚢で送る危険すら冒せない文書を手に入れているのです」

「どういう文書なのか、訊いてもいいですか？」

「イギリス国内で活動しているロシアのスパイの名前と、どこで活動しているかが網羅されている文書です。サー・ハンフリーは次席にすらそれを見せていません。それをあなたの頭のなかに記録して持ち帰ってもらえれば、われわれはこの国のソヴィエトのスパイ・ネットワークを一網打尽にできるはずです。それに、文字としての記録は一切存在しないから、あなたに危険が及ぶ恐れもありません」

「喜んでお役に立ちましょう」ハリーは即答した。「それで、見返りといっては何ですが、私のほうにもお願いがあります」

「私の力でできることなら何なりと」

「アナトーリイ・ババコフの投獄について、わが国の外務大臣から公式に抗議してもらいたいのです」

「あのスターリンの通訳の？　彼は発禁処分を受けた本を書いていて、そのタイトルは確か……」

「『アンクル・ジョー』です」ハリーは引き取った。

「ああ、そうでした、そうでした。ともあれ、手は尽くしますが、保証は何もできませんよ」

「それから、私がモスクワへ発つ前日に、この国の内外を問わず、すべての通信社に外務大臣名での公式声明を発表してもらいたいのです」

「それができると確約はできませんが、ミスター・ババコフを釈放させるためのあなたの運動を支持するよう、外務大臣に促すことは約束します」

「あなたならきっとそうしてくださると信じています、サー・アラン。ですが、ババコフを窮状から救い出す手助けができないとわかったら」ハリーはそこで間を置いた。「その時点でこの話は忘れてもらって、スパイ文書の持ち帰り役にはほかの人間を見つけてください」

ハリーの言葉はまさに彼が望んだとおりの効果を発揮し、内閣官房長官は言葉を失った。

エマは秘書に案内されて会長室に姿を現わした男を見て、握手をしたとたんに好きになれそうにないとわかった。それでも、煖炉のそばの坐り心地のいい椅子へミスター・メラーを促した。

「ようやくお目にかかれてとても嬉しく思っていますよ、ミセス・クリフトン」彼が言った。「あなたのことはずいぶん前から聞いてもいるし、読んでもいましたからね」

「わたしも最近、あなたについてたくさんのことを読ませてもらいました、ミスター・メラー」エマは腰を下ろすと、向かいに坐った男をもっと詳しく観察した。〈フィナンシャル・タイムズ〉で知った直近のデズモンド・メラーのプロフィールによれば、彼は十六歳で学業を終え、〈クックズ・トラヴェル〉の予約係として就職した。二十三歳のときにはもう自分の会社を立ち上げ、最近、その会社を二百万ポンド近い金額で売却していて、その間にはいくつもの有名な摩擦やら衝突やらを経験し、それを乗り越えていた。しかし、エマに言わせれば、そういった軋轢や闘争は成功した起業家の大半にあることだった。魅力的であるだろうことは予想していたが、四十八歳という実年齢よりはるかに若く見えるのは意外と言わざるを得なかった。身体が引き締まっているのははっきりとわかったし、削ぎ落とす必要のある贅肉はまったくついていなかった。服装のセンスは経済的な成功と足並みを揃えているとは言えなかったが、ハンサムであることは、秘書の見方に同意しないわけにはいかなかった。

「読まれたのが悪い話ばかりでないといいのですがね」メラーが自嘲気味に笑って見せた。

「ともあれ、あなたの最近の企業買収の戦いを忘れることはできませんが、ミスター・メラー、完膚なきまでに相手を叩きのめすのを信条としておられるのは確かなようですね」

「あなたのことだからもちろんわかっていらっしゃるでしょうが、あれは過酷な戦いでした。ああいう場合——こういう表現を許してもらいたいのですが——、人は時として自分の尻を狙われないようにしなくてはならないことがあるんですよ」

少なくとも三十分は邪魔をしないようにと秘書に言ってあったにもかかわらず、この面会を早く切り上げる言い訳はないだろうかとエマは思った。

「あなたのご主人がババコフのためになさっている活動をずっと追いかけさせてもらっているんですが」メラーが言った。「ご主人も自分の尻を狙われないように用心しなくてはならないかもしれませんね」そして、にやりと笑った。

「ハリーはミスター・ババコフの苦境をとても見過ごせないんです」

「それについては、われわれみなが同じ思いです。しかし、申し訳ないが訊かせてください、割に合わないのではありませんか？　あのロシア人どもは人権というものをこれっぽっちも気にしていないように思えますがね」

「そうだとしても、ハリーは自分が信じるもののために戦うのをやめないんです」

「ご主人はたびたび留守にされるんですか？」

「それほどではありません」エマはいきなり話題を変えられた驚きを表わさないようにしながら答えた。「新作の宣伝ツアーや会議で出かけることはときどきありますけどね。でも、民間企業の経営者にとっては、それが姿を変えた祝福になり得ますから」

「その気持ちはよくわかります」メラーが言い、身を乗り出した。「妻は田舎暮らしのほうが好きでしてね、だから、私は平日だけブリストルに単身赴任なんです」

「お子さまはいらっしゃるのかしら？」エマが訊いた。

「最初の妻とのあいだに娘が一人います、いまはロンドンで秘書の仕事をしていますよ。それから、二人目の妻とのあいだに、もう一人娘がいます」

「おいくつになられるんですか？」

「ケリーは四歳です。ああ、ご子息のセバスティアンが最近この会社の重役会に加わられたことは、もちろん存じ上げていますよ」

エマは微笑した。「それなら、お尋ねしてもいいかもしれませんね、ミスター・メラー。あなたがわが社の重役会に加わりたい理由は何でしょう？」

「そろそろデズと呼んでもらえないかな。友人はみんなそうしてくれているのでね。ご承知のとおり、これまでの私は主として旅行業界で経験を積んできたんだが、会社を売却してから不動産業に首を突っ込んでみている。ところが、それでも時間が余るとわかったんだよ。それで、女性の会長の下で仕事をするのも一興かと考えたというわけでね」

エマはその発言を無視した。「もしあなたがわが社の重役になるとしたら、買収を狙っての敵対的公開株式買付けに対してどういう態度をお取りになるのかしら」

「まずは関心がない振りをして、いくら引き出せるか様子を見る。成功の秘訣は忍耐することだ」

「会社を手放さないでおこうと考えるとしたら、それはどういう場合かしら」

「金額が適正でない場合だ」

「でも、〈ナショナル・バス〉に売却したとき、あなたの会社の従業員がどうなるかを心配しなかったのかしら?」

「彼らが半分でも目を開けて見ていれば、早晩その日がくるに違いないとわかっていたはずだ。いずれにせよ、私にとってああいうチャンスは二度となかっただろうからね」

「しかし、〈フィナンシャル・タイムズ〉を信じるなら、買収からひと月もしないうちに、あなたの従業員の半分が余剰人員として解雇されているわね。そのなかには、あなたと二十年以上一緒に仕事をした人たちも含まれているけど?」

「半年分のボーナスを支給された上でだよ。彼らの大半はそれほど苦労せずに別の仕事を見つけている。確か、〈バリントン海運〉にも一人か二人、採用されたはずだ」

「だけど、それからまたひと月もしないうちに、〈ナショナル・バス〉の社名からあなたの名前が消え、それと同時に、あなたが長い年月をかけて築き上げた名声も消えたわよね」

「あなたの名前もハリー・クリフトンと結婚したときに消えた」メラーが言った。「だが、それはあなたが〈バリントン海運〉の会長になる妨げにはならなかったじゃないか」

「名前については、結婚したらそうするしかなかったからだし、それだって将来は変わるのではないかと思っているわ」

「率直に言わせてもらうが、ぎりぎりのところへ追い込まれたら、感傷的になる余裕はないんだよ」

「あなたがどうしてこんなに実業界で成功されたのかを理解するのはそんなに難しくないわね、デズ。それから、きちんとした会社にとって理想的な重役になるであろう理由もね」

「そう思ってもらえたのなら嬉しい限りだ」

「ただし、同僚と相談をしなくてはならないわ。同意を得られないことが万に一つ、ないとは言えないから。相談したら、その結果を連絡させてもらいます」

「楽しみにしているよ、エマ」

7

セバスティアンは翌日の九時直前、グロヴナー・スクウェアのアメリカ大使館の前に着いた。大使と面会の約束を取り付けてあった。

受付へ行き、海兵隊軍曹にともなわれて三階へ上がると、廊下の一番奥のドアをノックした。驚いたことに、ミスター・サリヴァン本人がドアを開けた。

「よくきてくれた、セブ。まあ、入りたまえ」

セブは部屋に入った。グロヴナー・ガーデンズを望むことができたが、景色は目に入らなかった。

「コーヒーでもどうだ?」

「ありがとうございます、結構です、サー」セブは辞退した。最初をどう切り出すか、それだけを心配するあまり、ほかのことを考える余裕がなかった。

「で、どういう用件なのかな?」大使が机の向こうに腰を下ろしながら訊いた。

セブは立ったままだった。

「お嬢さまとの結婚をお許しいただきたくお願いに上がりました」

「昔風とは実にいいものだな」ミスター・サリヴァンが言った。「わざわざ許しを得るために足を運んでくれたとは感激だよ、セブ。サマンサがそれを望んでいるなら、私に否やのあろうはずがない」

「彼女が何を望んでいるかはわかりません」セブは言った。「なぜなら、まだ訊いていないからです」

「そういうことなら、幸運を祈らせてもらおう。なぜなら、いいかね、彼女の母親と父親をそれ以上に喜ばせるものはないからだ」

「よかった、ほっとしました」セブは言った。

「ご両親にはもう話したのか？」

「昨夜、話しました」

「それで、お二人はどう考えておられるんだろう？」

「母は手放しで喜んでくれましたが、父はサムに多少でも分別があれば断わられるだろうと言いました」

　サリヴァンが微笑した。「しかし、娘がイエスと答えたとして、きみはあの子を慣れない環境に留め置くことができるのかな？　なぜなら、きみも知ってのとおり、あの子は学者志望だし、学者の給料はいいとは言えないからな」

「それについては、いま取り組んでいるところです。このあいだ、勤めている銀行で昇進して、いまは不動産部門のナンバー・ツーの地位にいます。それから、ご存じだと思いますが、最近〈バリントン海運〉の重役になりました」

「大いに見込みがありそうだな、セブ。正直に言うが、きみがいつまでもたもたしているのかと、妻は痺れを切らしているぞ」

「それはつまり、祝福していただいているということでしょうか？」

「そう思ってもらってかまわんよ。ただし、忘れるなよ、きみの母上もそうだが、基準を設定するのはサマンサだ。そして、その基準はわれわれ常人にはかなり高いハードルと言わざるを得ない。もっとも、きみの父上のように同じ倫理基準を持っている人間なら別だがね。ところで、用件は問題なく片づいたわけだから、いつまでも畏まっていないで坐ったらどうだ？」


その日の朝、ミスター・サリヴァンに会ったあとでシティへ戻ると、エイドリアン・スローンのメモが机に残されていて、帰社したらすぐにオフィスへくるよう要請していた。セバスティアンは眉をひそめた。数カ月前に上司になったばかりのこの男は、以来、セブの警戒レーダー・スクリーンから消えたことがなかった。セドリック・ハードキャッスルに不動産部門の次長に任じられた瞬間から、セブはスローンを喜ばせることができずにいた。スローンは仕事に関して自分が有能であるという印象を残すことに常に成功していて、公正を期して言えば、不動産部門の月単位の収入と利益は好印象を与えつづけていた。しかし、スローンはなぜかセブを信用していないようで、重要な相談をしようとしなかったし、実際のところ、ことさらに蚊帳の外に置こうとしていた。話し合いのなかで自分の名前が出るとスローンが躊躇なくこき下ろすことも、同僚から聞いて知っていた。

　このことをセドリックに訴えようかと考えたが、母に相談すると、それはやめたほうがいい、早晩スローンにばれてもっと敵意を持たれるのが落ちだと諫められた。

「いずれにしても」エマは付け加えた。「あなたは自分の二本の足で立つことを学ぶべきね。問題にぶち当たったら、だれかがいつでも至れり尽くせりの世話をしてくれると期待するのではなくてね」

「よくわかったよ」セブは言った。「でも、それだったら、ほかにどうすればいいんだろう？」

「しっかり仕事に取り組んで、それを成功させればいいだけのことじゃないの」エマが言った。「だって、セドリックが気に懸けているのはそれだけだもの」

「それはまさにぼくがやっていることだよ」セブは言い張った。「それなのに、スローンはなぜぼくを邪険にするんだろう？」

「その説明は一言でできるわ」エマが言った。「嫉妬よ。会社で出世の階段をさらに上がりたいと考えているなら、それに慣れたほうがいいわね」

「だけど、ミスター・ハードキャッスルのために仕事をしていて、そんな目にあったことは一度もないんだけどな」

「それはそうでしょうよ。だって、セドリックは一度としてあなたを脅威と見なかったんだもの」

「スローンはぼくを脅威だと見てるのかな」

「そうね。彼はあなたが自分の地位を狙っていると考えているんでしょう、そうだとしたら、あなたに対してさらに秘密主義的になり、疑心暗鬼を募らせ、妄想を膨らませるだけでしょうね。まあ、何と呼んでもいいけどね。でも、デズモンド・メラーのお気に入りの表現の一つを使うなら、自分の尻を狙われないよう、しっかり用心することね」


スローンのオフィスへ行くと、秘書が一言一句を聞いていることも意に介さない様子で、上司はすぐに用件を切り出した。

「今朝、私が訪ねたとき、きみは机についていなかったが、クライアントを回ってでもいたのか?」

「いいえ、個人的な用事でアメリカ大使館に行っていました」

それを聞いて、スローンが一瞬沈黙した。「ともかく、私的な用事を処理する場合、これからは勤務時間内ではなく、その前か後にするように。われわれは銀行を経営しているのであって、社交クラブをやっているわけではないんだ」

セブは歯を食いしばった。「これからはそれを忘れないようにしますよ、エイドリアン」

「ミスター・スローンと呼んでもらうほうがいいな、勤務時間中はな」

「用件はそれだけですか……ミスター・スローン？」

「そうだな、いまのところはそれだけだ。だが、今日の終業時間までに、きみの月例報告書を私の机の上に置いておいてもらいたい」

セバスティアンは自分のオフィスへ戻った。後手を踏まずにすんでほっとしていた。月例報告書は週末のうちに準備してあった。彼の数字は今回も――十カ月連続で――上昇していた。だが、最近わかったことだが、スローンはセブの数字に自分の数字を足して、自分の手柄にしていた。そうやって最終的にセブを貶めようと、あるいは、辞職に追い込もうとまで狙っているのだとしたら、セブとしては我慢する必要はなかった。セドリックが会長でいる限り、また、自分が成果を上げつづける限り、いまの地位は安泰だとわかっていた。なぜなら、あの会長は行間を読むのにとても長(た)けているのだから。

午後一時、セブは近くのカフェでハム・サンドウィッチを買い、歩きながら囓(かじ)った。それは母が決して賛成しないだろうことの一つであり、こう言ってたしなめられるに違いなかった――やむを得ないときに机で食べるのはまだしも、歩きながらなんてとんでもない。

タクシーを探しながら、セドリックから教わった、取引がまとまりそうになったときの教訓を思い出していた。そのなかには基本的なことも、もっと複雑なことも含まれていたが、大半は古き良き常識だった。

「自分にどれだけの余裕があるかを知って、絶対に背伸びをしてはならない。相手もまた利益を出そうとしていることを忘れないようにするんだ。それから、いい人間関係を構築しろ。なぜなら、苦しいときの命綱になってくれるからだ。何しろ、銀行という世界にいて確かなことが一つあるとすれば、必ず苦しいときがあるということだ。それから、これは蛇足だが」セドリックは付け加えた。「安物買いはするな」

「あなたはそれをだれに教えられたんです?」セブは訊いた。

「ジャック・ベニーというアメリカのコメディアンだよ」

セドリック・ハードキャッスルとジャック・ベニーの強固な助言で武装して、セブは婚約指輪を捜しにかかった。どこへ行けばいいかは、かつての学友のヴィクター・コーフマンが教えてくれていた。彼はファージングズ銀行からわずか数ブロックの父親の銀行で外国為替部門の仕事をしていて、ハットン・ガーデンのミスター・アラン・ガードなる人物を訪ねろと助言してくれたのだった。

「彼なら目抜き通りに並んでいる宝石店の半額で、もっと大きな石を提供してくれるはずだ」

サンドウィッチを囓りながらタクシーを見つけなくてはならなかったのは、ふたたびスローンの騙(だま)し討ちにあわないためには一時間以内に机に戻っていなくてはならないとわかっていたからだった。タクシーは緑色の入口の前に停まったが、そこに四七番地とはっきり記されていなかったら、気づかずに通り過ぎてしまったに違いない。店内を覗いても宝石を売っているようには見えず、これから交渉する相手は秘密を好む用心深い人物なのだろうと思われた。

ベルを押すと、間もなくして、黒い巻き毛を長く伸ばしてスカル・キャップをその上に載せた、ディケンズの小説に出てきそうな男が現われた。ヴィクター・コーフマンの友人だと名乗ったとたんに、セブはミスター・ガードの内なる聖域へ遅滞なく案内された。

身長はせいぜい五フィート、針金のように痩せて、開襟(かいきん)シャツと穿き古したジーンズという砕けた服装の男が机の向こうで立ち上がり、顧客になるかもしれない相手に温かい笑みを浮かべた。コーフマンの名前を聞くと、その笑みはさらに大きくなり、これから骰子(さいころ)でも振ろうかというように両手を揉(も)みしだいた。

「ソール・コーフマンのお友だちなら、たぶん、特に高価な大型ダイヤモンド(コイヌール)を五ポンドで手に入れられると思っておられるはずだ」

「四ポンドです」セブは言った。

「そして、あなたはユダヤ人ですらない」

「ユダヤ人ではありませんが」セブは言った。「ヨークシャー生まれの人物に訓練されました」

「なるほど、それですべてが了解できました。では、ご用向きをうかがいましょう、お若い方」

「婚約指輪を探しているんです」

「その運のいいお嬢さんはどなたです?」

「アメリカ人です。サムと言います」

「では、サムのために特別なものを見つけなくてはなりませんね、違いますか?」ミスター・ガードが机の引き出しを開け、キイ・リングを取り出すと、そこから一本の鍵を選び出した。そして、壁に埋め込まれた大きな金庫へ行き、頑丈な扉を解錠した。開いた扉の奥に、一ダースのトレイがきちんと重ねられていた。彼は一瞬考えたあと、下から三番目のトレイを選んで引き出し、机に置いた。

いくつかの小さなダイヤモンドがセブにウィンクした。彼はしばらく時間をかけてそれらを検めたあと、重々しく首を横に振った。宝石鑑定人は何も言わず、トレイを金庫に戻すと、その上のトレイを引き出した。

セブは自分に向かって輝いている、さっきより少し大きい石をもうちょっと時間をかけて観察し、ふたたび首を横に振った。

「本当にこの子を買う余裕がおありですか?」宝石商が上から三番目のトレイを取り出しながら訊いた。

黒いヴェルヴェットの布の中央に鎮座する、小さないくつものダイヤモンドに取り巻かれたサファイヤを見た瞬間、セブの目がきらめいた。

「これにします」彼は即答した。

ガードが机の上のルーペを手にして、指輪にさらに目を凝らした。「この美しいサファイヤはセイロンからきたもので、一・五カラットあります。それを取り巻いている八つのダイヤモンドはすべて〇・〇五カラットで、最近インドから買ったものです」

「おいくらですか?」

ガードがしばし考え、ようやく答えた。「どうやら長いお付き合いをいただくお客さまになりそうな気がします。ですから、この見事な指輪を特別価格でお譲りしたいと考えます。百ポンドでいかがでしょう」

「どう言ってもらってもかまいませんが、ぼくは百ポンドなんて持っていません」

「投資と考えられたらどうでしょう」

「だれのための?」

「私ならどうするか、いまお教えしましょう」ガードが机に戻って大判の台帳を開き、何ページかめくったあとで数字の羅列に指を走らせた。「あなたが将来も顧客でいらっしゃるという確信の現われとして、私があれを買ったときの値でお譲りしましょう。六十ポンドです」

「一番下の棚に戻るしかなさそうですね」セブは渋々言った。

仕方がないというように、ガードが両腕を広げた。「あなたのように手強い相手と交渉して儲けを手にしようというのはしょせん無理ですか。仕方がない、可能性のある最低価格を提示しましょう」そして、一拍置いて言った。「五十五ポンドです」

「しかし、ぼくの銀行口座には三十ポンドほどしかないんです」

ガードがまたしばらく考えた。「では、頭金十ポンド、月々五ポンドの一年ローンでよしとしましょう」

「でも、それだと最終的には七十ポンドになるじゃないですか！」

「では、十一カ月にしましょう」

「十カ月にしてください」

「取引成立です、お若い方。これを皮切りに、以降、多くの取引ができることを願っています」彼はそう付け加えて、セブと握手をした。

セブが十ポンドの小切手を切るあいだに、ミスター・ガードが指輪を収めるための赤い革張りの小箱を選んだ。

「あなたと取引ができて嬉しく思っていますよ、ミスター・クリフトン」

「一つ質問があります、ミスター・ガード。ぼくが最上段の棚の宝石を見られるのはいつでしょうか？」

「銀行の会長になったときでしょうね」

8

ハリーがモスクワへ発つ前日、イギリス外務大臣のマイケル・スチュアートがソヴィエト大使をホワイトホールの執務室へ呼び、女王陛下の政府を代表して、アナトーリイ・ババコフに対する恥ずべき扱いを、使用し得る最も強い文言で抗議した。それはババコフの即時釈放と、著作の発禁解除を求めるところまで踏み込んだものとなっていた。

そのあとメディアに発表されたミスター・スチュアートの声明は国内のすべての高級紙の一面を飾り、〈タイムズ〉と〈ガーディアン〉はそれを支持する主だった人々の意見を載せて、その運動を起こしたのが人気作家のハリー・クリフトンであることに言及していた。

その日の午後の首相の質疑応答時間には、野党のリーダーであるアレック・ダグラス－ホームがババコフの窮状に懸念を表明し、今月後半にレニングラードで開かれることになっている、ソヴィエトの指導者レオニード・ブレジネフとの二者会談をボイコットするよう求めた。

翌日には、ババコフのプロフィールと妻のイェレーナの写真が新聞数紙に登場し、〈デイリー・ミラー〉は、彼の著作が刊行されればソヴィエト体制を吹き飛ばす時限爆弾になるだろうと予想していた。作品を読んでもいないのにどうしてそれを知り得たのか、ハリーは不思議だったが、サー・アランがこれ以上はできないほどに手を尽くして支援してくれ、約束を守る決意でいてくれることはわかった。

モスクワへ向かう機内で、ハリーは世界書籍会議で行なうことになっている演説を頭のなかで何度も繰り返した。そして、ＢＯＡＣ便がシェレメーチェヴォ国際空港に着陸したときには、自分の運動が勢いを増し、この演説をジャイルズも誇りに思ってくれるはずだという自信が芽生えていた。

税関を通過するのに一時間かかったが、それは係官によってスーツケースが開けられ、それを自分で詰め直し、もう一度開けられて、ふたたび自分で詰め直さなくてはならなかったからである。彼は明らかに歓迎されざる客だった。ようやくそこを脱し、同行の数人とともに旧いスクール・バスに乗せられてのろのろと市の中心部へ向かい、五十分ほどもかかってマジェスティック・ホテルの前にたどり着いたときには、ハリーは疲れ切っていた。

イギリス代表団のリーダーなのだからホテルで最もいい部屋の一つを割り当ててあるとフロントの女性が保証し、キイを渡してくれた。エレヴェーターは故障していたし、ポーターもいなかったから、ハリーは八階までスーツケースを引きずって階段を上がり、鍵を開けて、ホテルで最もいい部屋の一つに入った。

飾り気のほとんどない箱のような部屋が、セント・ビーズの学校時代を思い出させてくれた。ベッドはマットレスが薄くてごつごつしていたし、煙草の焼け焦げとビールのグラスの置かれた跡が丸く残っている汚れたテーブルが調度として使われていた。隅にある洗面台は蛇口の開閉に関係なく水が垂れていた。風呂を使いたければバスルームは廊下の端にあるとメモが教えてくれていた――〝タオルを持っていくのを忘れないこと。十分以上は浴槽内にとどまらないこと、また、蛇口を開け放しにしないこと〟。かつての寄宿舎生活の思い出に否応（いやおう）なく浸らされていたせいで、ドアがノックされ、寮母（マトロン）が爪の検査に現われたとしても驚かないかもしれなかった。

ミニ－バーはなく、ショートブレッド・ビスケットすらありそうになかったから、階段を下りて、同行団と一緒に夕食をとった。一種類しかないセルフサーヴィスの食事のあと、ビンガムが造っているフィッシュ・ペーストがソヴィエト連邦で贅沢品と見なされている理由がわかりはじめた。

早い時間に引き上げることにしたが、それはとりわけ、初日のプログラムのせいだった。翌朝十一時に、開会にあたっての基調演説をすることになっていたのだ。

ベッドには入ったものの何時間も眠れなかったが、それはごつごつしたマットレスや、紙のように薄い毛布や、きちんと閉じることのできないナイロンのカーテンの隙間から部屋に侵入してくる、眩いネオンのせいだけではなかった。ようやく眠りに落ちたのはブリストル時間で午後十一時、モスクワ時間で午前二時だった。

翌朝、早く目覚めたハリーは赤の広場のあたりを歩いてみることにした。レーニン廟を見落とすことは不可能で、それは広場を睥睨し、ソヴィエトという国家の創設者を常に思い出させていた。クレムリンは巨大な青銅の大砲――もう一つの敵に勝利したことの象徴――に守られていた。絶対に忘れるなとエマに言われていた外套を着て、襟を立てていても、耳と鼻が寒さですぐに赤くなった。ロシア人が大仰な毛皮の帽子をかぶり、マフラーと長外套で身を固めている理由が、いまわかった。仕事に向かう人々と擦れ違っても、間断なく自分の顔を叩きつづけているにもかかわらず、ほとんどだれもハリーに見向きもしなかった。

想定していたより早くホテルへ戻ると、コンシエルジュからメッセージを渡された。会議の議長のピエール・ブシャールが、ダイニングルームで一緒に朝食をとりたがっていた。

「あなたには今朝の十一時に時間を割り当ててある」鶏の卵でできているとはとても思えない、スクランブル・エッグとは名ばかりの代物を早くも放棄して、ブシャールが言った。「そこが最高の参加者の定席と、昔から決まっているんだ。私は十時半に議事録を開き、七十二カ国からの代表団を歓迎する。これは新記録だよ」彼はフランス人らしい大仰さで付け加えた。「私のスピーチの終わりをあなたに知らせるのは、ロシア人が地球上のだれにも真似のできない優れたものを一つ持っていることを各国代表団に思い出させたときだ」ハリーは訝って片眉を上げた。「バレエだよ。幸運にも今夜、われわれ全員がボリショイ劇場で『白鳥の湖』を楽しむことになっているんだ。そのことを代表団に告げたあとで、あなたをステージへ呼び、幕開けの演説をお願いすることになっている」

「褒めすぎですよ」ハリーは謙遜した。「用心したほうがよさそうですね」

「褒めすぎなんかではないよ」ブシャールが言った。「委員会は全会一致であなたを基調演説者に選んだんだ。アナトーリイ・ババコフのためにあなたが運動を起こしたことに、私たち全員が敬服している。世界じゅうのメディアがかなりの関心を示しているし、あなたの演説の予定原稿を見られないかとKGBが私に言ってきたと知ったら、あなたも愉快なはずだ」

それを聞いて、ハリーはちらりと不安がよぎった。自分の運動が国外でこれほど広範に見つめられていることにも、これほど多くが自分に期待されていることにも、いまのいままで気づいていなかった。時計を見て最後にもう一度演説原稿をおさらいする時間がまだあることを確かめると、コーヒーを飲み干し、ブシャールに断わりを言って、急いで部屋へ戻ろうとした。ほっとしたことに、エレヴェーターはもう動いていた。ババコフのことを訴えるとしてもこういう機会は二度とないだろうし、ソヴィエト国内では絶対にあり得ないことを、いまさら思い出す必要はなかった。

　ほとんど走るようにして部屋に入り、原稿を入れておいた小さなサイド・テーブルの引き出しを開けた。が、そこに原稿はなかった。部屋のなかを探したあと、その原稿がいまやＫＧＢの手にあることに気がついた。そこまでして予定原稿を手に入れたかったということか。

　もう一度、時計を見た。四十分後には会議が始まり、ひと月かけて仕上げた演説をすることになっている。しかし、その原稿が手元になかった。

　赤の広場の時計が十時を知らせたとき、ハリーは頭のなかにしかない小論文について校長の面接を受ける前の生徒のように震えていた。自分の記憶力がどれほどのものかを試す以外、選択肢は残されていなかった。

　幕が開く少し前の俳優の気持ちをしみじみと感じながらゆっくりと階段を下り、会議センターへ向かう参加者の流れに合流した。ボールルームへ入ったとたんに、いますぐに部屋へ引き返して閉じこもってしまいたいという思いしかなくなった。さまざまな著者の作品を並べた本棚の群れは、進撃してくるドイツ軍より威嚇的だった。

　会場はすでに混雑しはじめていて、自分たちの席を見つけられないでいる代表団もいたが、ハリーはブシャールの指示通りに前のほうへ進み、二列目の端に腰を下ろした。広いホールを素速く見渡すと、ある一団が目に留まった。例外なくがっちりした体格の男たちが、例外なく黒い長外套を着て、例外なく無表情で、例外なく等間隔で壁際に立っていた。もう一つ例外なく同じなのは、生まれてこの方、本など一冊も読んだことがなさそうなところだった。

開会のスピーチを終えようとしたブシャールが、ハリーの目を見て温かい笑みを浮かべた。

「いまこの瞬間、ここにいるみなさんが待っている基調演説は」彼は言った。「イギリスから参加してくれた、私たちの高名な仲間によるものであります。彼はウィリアム・ウォーウィックなる警察官を主人公とした犯罪小説を九作も世に問うてすべて大成功を収めていますが、私が唯一残念なのは、私が描くベノワというフランス人警察官が、彼の半分の人気しかないことであります。もしかすると、私たちはこれからその理由を知ることができるかもしれません」

ひとしきりの笑いが収まるのを待って、ブシャールはつづけた。「そのハリー・クリフトン、〈イギリス・ペン・クラブ〉会長をここに招き、話をしてもらえるのは、私の名誉とするところであります」

ハリーはゆっくりと演壇へ向かったが、ステージを取り巻いたカメラマンの焚くフラッシュの数の多さに仰天し、同時に、自分の一挙手一投足を追いつづけるテレビ・クルーの執拗さに呆れる思いだった。

彼はブシャールと握手をして演台に向かって立つと、深呼吸をしてから銃殺隊に向かって顔を上げた。

「まず、議長にお礼を申し上げます」彼は口を開いた。「温かい言葉をいただいて感謝に堪えません。しかし、最初にお断わりしておかなくてはなりませんが、今日、私が話すのは、ウィリアム・ウォーウィックなる警察官のことでも、ベノワ警部補のことでもありません。架空の人物ではなく、いまここにいる私たち全員と同じ、実際に存在する生身の人物のことです。その人物は今日のこの会議に出席が叶いませんが、それはここからはるか遠く離れたシベリアの収容所に入れられているからです。その罪状は何か？　本を書いたことです。私はもちろん、その受難者――この言葉は熟慮の上で使うのですが――、アナトーリイ・ババコフの話をするつもりでいます」

ハリーでさえ驚いたことに、圧倒的な拍手が湧き起こった。書籍会議というのはそもそも参加者が少なく、しかもその大半は思慮深い学者たちで、話し手が腰を下ろしてから控え目な拍手をするのが普通だった。だが、少なくともこの中断のおかげで、ハリーは多少なりと考えをまとめる時間ができた。

「ここにいる何人がヒトラー、チャーチル、ローズヴェルトについて書かれたものを読んでいるでしょうか？　彼らは第二次世界大戦の終わり方を決めた四人の指導者のうちの三人です。しかし、最近に至るまで、ソヴィエト連邦から出てくるヨシフ・スターリンについての内側からの情報は、ＫＧＢ当局者によって構成される委員会の検閲を受けた公式パンフレットしかありませんでした。みなさんもご承知のとおり、それを英語に翻訳したかの人物は、その内容にあまりにも幻滅したために、自らが自分流の伝記を書くことにしたのです。それはわれわれみんなが〝アンクル・ジョー〟として知っている人物の異なった側面を、確かに教えてくれるはずのものでした。しかし、刊行されたとたんに一冊残らず破棄され、出版社は閉鎖され、著者は見せしめ裁判のあと、地上から姿を消しました。私が言っているのはヒトラーのドイツのことではありません、今日のロシアのことなのです。

「あなた方のなかには、当局にそこまで非道なことをする気にさせるとは、アナトーリイ・ババコフは一体どんなことを書いたのか知りたいと考える人もおられるかもしれません。私もその一人です。考えてみれば、ソヴィエトは自分たちはユートピア国家の成功例であると吹聴し、一貫してその素晴らしさを讃えつづけています。ほかの世界の手本であり、いずれは私たちも見習わざるを得なくなるとも断言しています。もしそれが事実であるならば、議長、見方を異にするものを読むことができず、独自の意見形成をすることができないのでしょうか？　忘れないでいただきたいのですが、『アンクル・ジョー』の著者は、十三年ものあいだ、スターリンの肩口に立っていた人物なのです。彼の頭の奥底にある考えを知り、日々の生活がどのようなものであったかを目の当たりにしていたのです。しかし、ババコフがそれについて自分の目で見たところの独自のものを書こうと決めたとき、誰一人として――ソヴィエトの人々も含めて――その考えを分かち合うことを許されなかったのです。なぜでしょう？

「イギリス、アメリカ、オーストラリア、アフリカ、あるいは南アメリカ、どこの書店でも、『アンクル・ジョー』は一冊も見つからないでしょう。ソヴィエト連邦で見つからないことは間違いありません。もしかすると、恐ろしくつまらなくて、退屈で、時間を割くのが勿体ないし、得るところもないのかもしれませんが、それは少なくとも私たちに判断を委ねるべきことです」

ふたたび大きな拍手が起こり、会場を呑み込んだ。ロシア語の通訳が行なわれても長外套の男たちがいまもしっかりとポケットに手を入れたまま表情も変えずにいることに気づいて、ハリーは笑みを噛み殺さなくてはならなかった。

彼は拍手が鎮まるのを待って、締めくくりに入った。「今日、この会議に出席されているのは、歴史家、伝記作家、科学者のみなさんで、小説家も何人か含まれています。そして、みなさんは一人残らず、新作を公にすることを保証されています。それが自国政府に対して、指導者に対して、自分たちの政治制度に対してさえ、どんなに批判的であろうとも、です。それはなぜか？　あなたたちの国が、批判、風刺、嘲り、愚弄をもよしとし、国民は信頼されて、本の価値を自分自身で判断できるからです。ソヴィエト連邦の書き手が自分の作品を公にできるのは、彼らが言わなくてはならないことを国家が許した場合に限られます。もしあなた方がロシアに生まれていたら、この部屋にいる何人が投獄されて辛い目にあうことになるでしょうか？

「私はこの偉大な国の指導者たちに言いたい、なぜあなた方の国民はわれわれ西側の国民に保証されているのと同じ権利を認められないのか？　まずはアナトーリイ・ババコフを釈放し、彼の作品の出版を認めるところから始めればいいでしょう。自由という松明を恐れる理由がないのであれば、そういうことです。『アンクル・ジョー』をピカディリーのハチャーズ書店で、ニューヨークの五番街のダブルデイ書店で、シドニーのディモックス書店で、そして、ブリストルのパーク・ストリートにあるジョージ書店で買えるようになるまで、私は諦めるつもりはありません。しかし、私は何をおいても、この会場からわずか数百ヤードしか離れていない、ヴォズドヴィジェンカ通りのレーニン図書館の本棚で『アンクル・ジョー』を見たいのです」

耳をつんざくような拍手が轟いても、ハリーは頑なに演台を離れようとしなかった。伝えるべき最後の一節が残っていた。彼は完全な静けさが戻るのを待ち、顔を上げて付け加えた。「議長、私はイギリス代表団長の特権を行使し、来年ロンドンで開かれるこの国際会議に、アナトーリイ・ババコフを基調演説者として招待するつもりです」

黒の長外套を着ていない者全員が立ち上がり、ハリーにスタンディング・オヴェーションを送った。会場の奥のボックス席にいる上級ＫＧＢが上司を見て言った。「一語たりとも変更されていません。もう一部、われわれの知らない演説原稿を持っていたに違いありません」

「ミスター・ノウルズから一番にお電話です、会長」

エマは電話のボタンを押した。「こんにちは、ジム」

「やあ、エマ。あなたと会ったとデズモンド・メラーから連絡があって、とてもうまくいったと教えてくれたのでね、それであなたのほうの話を聞こうと思ったというわけだ」

「確かにそうだったわね」エマは言った。「ミスター・メラーに好印象を持ったことは、わたしも認めなくちゃならないでしょう。彼は疑いようもなく有能な実業家よ。自分の領域についての知識もとても豊富だし」

「同感だな」ノウルズが言った。「では、彼を重役会に推薦するとあなたが決めたと考えてかまわないのかな」

「いいえ、それは違うわ、ジム。わたしはそうは考えていないの。ミスター・メラーはたくさんの賞賛に値する資質をお持ちだけど、わたしの見るところでは、一つ、絶対に看過できない瑕疵（かし）があるのよ」

「どんな瑕疵があると？」

「彼は一人の人物にしか関心がないの、自分にしかね。〝忠誠心〟という言葉は、自分を対象としてしか使われないの。彼の話を聞いていると、父を思い出させられたわ。わたしが重役になってほしいのは、祖父を思い出させてくれる人なの」

「そうなると、私の立場が非常に微妙なものになるんだがな」

「どうしてかしら?」

「そもそもメラーを重役に推薦したのは私だ、あなたの決断は私の立場をかなり傷つけることになる」

「そんなふうに思われるのはとても残念だけど、ジム」エマは一拍置いて付け加えた。「辞任やむなしとあなたが考えているのなら、もちろん、わたしは理解します」


ハリーは会議のあと、これまで会ったことのない人々と延々と握手をすることになったが、そのなかには、自分の国でもババコフのための運動を推し進めると言ってくれた者もいた。親しみを表わす儀礼的な握手は政治家であるジャイルズなら日常茶飯事だろうが、ハリーにとっては疲労困憊する作業でしかなかった。しかし、この前の選挙運動で、義理の兄に付き合ってブリストルの街を歩いたのはいいことだった。そのおかげで、ジャイルズから多くのことを学べたからである。

会議の出席者たちがボリショイ劇場へ行くバスに乗るころには、ハリーは観劇の最中に眠ってしまうのではないかと心配になるほど疲れ切っていた。だが、幕が上がった瞬間から、席から腰を浮かさんばかりにして身を乗り出し、ダンサーの芸術的な動き、技術、優雅さ、力強さに強く心を打たれて、ステージから目を離すことができなくなった。ようやく幕が下りたときには、これがソヴィエト連邦が本当に世界に先んじている分野の一つであることを疑わなくなっていた。

ホテルへ戻ると、大使との朝食のために明朝七時五十分に大使館の車が迎えにくるという、確認の伝言が遺(のこ)されていた。それなら、ロンドンへ戻る十二時の便に乗るまで十分以上の時間があった。

ロビーの隅に、二人組の男が黙って坐り、ハリーの動きを逐一うかがっていた。その二人がハリーのはるか前に大使からの伝言を読んでいることは明らかだった。彼はキイを受け取ると、その二人に大きな笑みを浮かべて見せ、おやすみと声をかけてからエレヴェーターで八階へ上がった。

服を脱いでベッドに倒れ込むや、すぐに深い眠りが訪れた。

9

「それはまずいんじゃないかな、お母さん」

「どうして？」エマは訊いた。「ジム・ノウルズはわたしを支えてくれたことは一度もないのよ。いなくなってくれたら嬉しいというのが正直なところだわ」

「リンドン・ジョンソンがJ・エドガー・フーヴァーについて何と言ったか憶えてる？ぼくなら彼をテントのなかにいさせて外へ小便をさせるほうを選ぶな。外からなかへ小便をされるよりはね」

「ときどき、あなたのお父さんとわたしがあなたの教育に大金をかけた理由を訝しむ人がいるのよね。だけど、ノウルズを辞めさせたらどんな不都合が生じるというの？」

「会社を貶めることのできる情報を持ってるじゃないか」

「彼には国防艦隊事件を公にする情報はないわよ。そんなことをしたら、二度とシティで職にありつけなくなるもの」

「公にする必要なんかないよ。自分のクラブでアレックス・フィッシャーと静かに昼飯を食べればいいだけだ、そうすれば、三十分後には、あの晩、本当は何があったかを、レディ・ヴァージニアが隅から隅まで知るところとなる。断言するけど、彼女はそれをお母さんとの裁判の証人席で初めて明らかにするはずだ。そうすれば、とんでもない爆弾証言になって、お母さんの評判を失墜させるだけでなく、会社も道連れにできるからね。その爆弾が最終的にいつ落とされるかを心配しながら日を過ごしたくなかったら、そして、それを避けるには、お母さん、残念だろうし、腹も立つだろうけど、我慢するしかないんじゃないのかな」

「でも、メラーが重役になれなかったら自分も辞めると、ノウルズはもう明らかにしているのよ」

「それなら、ミスター・メラーを重役にするしかないね」

「どうしてもというなら、わたしを殺して屍を乗り越えていくのね」

「そんな言葉を使うなんて、お母さんも教育に金をかけてもらった口じゃなかったたっけ？」

とん、とん、とん。ハリーは一瞬目を開いた。とん、とん、とん。だれかがドアをノックしているのか、それとも、どこか外からの音だろうか？　とん、とん、とん。間違いなくドアだった。無視したかったが、執拗で、立ち去るつもりがないことを示唆していた。とん、とん、とん。ハリーは仕方なく冷たいリノリウムの床に立ち、ドレッシング・ガウンを羽織ってドアへと急いだ。

ドアを開けて仰天したが、顔には出さないようにした。

「こんばんは、ハリー」官能的な声だった。

ハリーは信じられない思いで彼女を見つめた。二十年前に恋に落ちた女性、二十代前半のエマと生き写しと言っていい娘が、黒貂の外套を着て――たぶん、その下には何も身につけていなかった――、片手に煙草、もう一方の手にシャンパンのボトルを持って、目の前に立っていた。抜け目のないロシア人のやりそうなことだな、とハリーは思った。

「わたし、アリーナです」彼女がハリーの腕に触れながら甘えた声で言った。「ずっとあなたに会いたかったんです」

「部屋をお間違えだと思うがね」ハリーは言った。

「いいえ、そんなことはないと思うけど」アリーナが脇を擦り抜けようとしたが、ハリーは入口から動かず、行く手を塞いだ。

「わたし、あなたへのご褒美なんです。あんなに素晴らしい演説をなさったことへのね。忘れられない一夜をあなたに提供するって、議長と約束したんです」

「あなたはもうその役目を果たしたよ」ハリーは言いながら、アリーナが仕えているのはどの議長だろうと考えた。

「きっとお役に立てることがあるんじゃないかしら、ハリー？」

「思いつかないな。まあ、あなたの雇い主に伝えてくれないか、感謝はするが、関心がまったくないんだとね」

「もしかして男の子のほうがいいのかしら？」

「いや、結構だ」

「お金？」彼女がほのめかした。

「ご親切痛み入るが、金ならもう十分にある」

「あなたをその気にさせられるものは何もないの？」

「そうだな」ハリーは言った。「せっかくそう言ってくれるのなら、昔から欲しいものが一つあるんだ。あなたの雇い主がそれを持ってこられたら、私は彼らの僕にだってなるだろうな」

「それで、何が欲しいの、ハリー？」ようやく見込みが出てきたといった口振りだった。

「ノーベル文学賞だ」

彼女が怪訝な顔をした。ハリーは思わず身を乗り出し、大好きな伯母さんにするようなキスを彼女の両頬にした。そして、静かにドアを閉めると、ふたたびベッドに潜り込んだ。

「まいったな、何て女だ」まったく眠れなかった。

「ミスター・ヴォーンという方からお電話です、ミスター・クリフトン」交換台の女性が言った。「ミスター・スローンと至急話さなくてはならないとおっしゃっているのですけれども、ミスター・スローンは会議でヨークへ出張中で、金曜までお戻りになりません」

「それなら、彼の秘書に電話をつないで、彼女に対応してもらってくれ」

「サラが電話に出ないんです。まだお昼から戻っていないようです」

「わかった、つないでくれ」セバスティアンは渋々言った。「おはようございます、ミスター・ヴォーン、ご用件を承りましょう」

「私は〈セーヴィルズ不動産〉のシニア・パートナーですが」ヴォーンが言った。「ミスター・スローンと至急話さなくてはならないことがあるのですよ」

「金曜までお待ちになれないことでしょうか？」

「そうなんです。実はいま、シュロップシャーの〈シフナル・ファーム〉を買いたいという申し出がさらに二件ありましてね、入札の締切が金曜なので、ミスター・スローンがいまも関心をお持ちかどうかを確認する必要があるのですよ」

「よろしければ、詳しく教えていただけますか、ミスター・ヴォーン」セブはペンを手に取った。「すぐに調べます」

「ミスター・コリングウッドが百六十万ポンドの申し出を受け入れるにやぶさかでないと考えておられることを、ミスター・スローンにお伝え願えるでしょうか。ミスター・スローンがいまでも成約を望んでおられるのであれば、金曜の五時までに十六万ポンドの頭金が必要になりますが」

「百六十万ポンドですね」セブは訊き返した。数字を聞き間違えていないという自信がなかった。

「そうです、百六十万ポンドです。もちろん、そこには家屋だけでなく、千エーカーの土地も含まれます」

「わかりました。ミスター・スローンから連絡があり次第、その旨を伝えます」セブはそう応えて受話器を戻した。その金額は彼がこれまでにロンドンで関わったどの取引より大きかったし、ましてその場所がシュロップシャーとあってはなおのこと、スローンの秘書にもう一度確認する必要があった。廊下の向かいのサラのオフィスへ行くと、彼女が外出から戻ってコートを掛けているところだった。

「こんにちは、ミスター・クリフトン、どうなさいました？」

「コリングウッドのファイルを見せてほしいんだ、サラ、ミスター・スローンから連絡があったときに、彼に状況を説明しなくてはならないんでね」

サラが訝しげな顔をした。「わたし、そのクライアントのことは知らないんですけど。ちょっと調べさせてください」

彼女は〈A～H〉と記してあるファイリング・キャビネットを開け、〝C〟の項のファイルを手早くめくってから言った。「彼はミスター・スローンのクライアントではありませんね、きっと何かの間違いでしょう」

「〈シフナル・ファーム〉の項も見てくれないか」セブは頼んだ。

サラが〈S～Z〉のファイルを調べていき、ふたたび首を横に振った。

「それなら、きっとぼくの勘違いだ」セブは言い、ファイリング・キャビネットを閉じるサラに向かって付け加えた。「このことはミスター・スローンに黙っていてくれるほうがいいかもしれないな」そして、ゆっくりと自分のオフィスへ引き返した。ドアを閉め、ミスター・ヴォーンとの会話についてしばらく考えてから、電話番号案内をダイヤルした。

ようやく応答があり、セブはシュロップシャーにある〈シフナル・ファーム〉のミスター・コリングウッドの電話番号を調べてほしいと頼んだ。ややあって、答えが返ってきた。

「シフナルの〈シフナル・ファーム〉に、ミスター・D・コリングウッドという方がいらっしゃいますが」

「その人に違いない。電話番号を教えてもらえるかな?」

「お気の毒ですが、問い合わせがあってもお教えできないよう手続きが取られています」

「しかし、緊急の用件なんだ」

「そうかもしれませんが、サー、いかなる状況であれ、その手続きが取られている場合、お教えすることは許されていないのです」電話が切れた。

セブは一瞬ためらったあと、ふたたび受話器を取って、今度は内線の番号をダイヤルした。

「会長室です」耳に馴染んだ声が応えた。

「レイチェル、十五分、会長の時間を取ってくれないか」

「では、五時四十五分においでください。でも、十五分以内で切り上げてくださいね。六時にブキャナン副会長とお会いになる約束があり、ミスター・ブキャナンは絶対に時間に遅れたりはなさいませんから」


予定の時間よりずいぶん早く、車首の左右にユニオン・ジャックをはためかせたロールス－ロイスがマジェスティック・ホテルの前でハリーを待っていた。ハリーが朝の七時五十分にロビーに下りると、あの二人組が彼に気づかないふりをしながら、依然として隅にへたり込んでいた。あいつら、寝たんだろうか、とハリーは訝った。

チェックアウトをすませると、かの二人組に思わず会釈をして、〝荘厳〟とはまさに名ばかりのホテルを出た。専属運転手が後部座席のドアを開けてくれ、ハリーは席に身を沈めて背中を預けると、モスクワへきたもう一つの目的のことを考えはじめた。

ロールス－ロイスは雨に濡れた首都の通りを走り、赤の広場の南端に鎮座する稀有な美しさを持つ建造物、聖ワシーリイ大聖堂の前を通り過ぎた。そのあと、モスクワ川を渡り、左折して、数分後にイギリス大使館の前に着いた。両開きの門が開かれ、王室の紋章が二つに分かれた。車は構内に入り、正面入口の前で停まった。ハリーは感心した。皇帝が住まうにふさわしい豪壮な宮殿が目の前に聳え、訪れる者たちに戦後世界で縮小した地位ではなく、かつての大英帝国を思い出させるに違いないように思われた。

次の驚きは、大使本人が大使館入口の階段で出迎えてくれていたことだった。

「おはようございます、ミスター・クリフトン」サー・ハンフリー・トレヴェリアンが車を降りたハリーに挨拶した。

「おはようございます、大使」ハリーは応えて握手をした。依頼を受けると決めていたから不自然なことではなかった。

大使に案内された大きな円形広間には、ヴィクトリア女王の等身大の像と、彼女の玄孫の全身を描いた肖像画が誇らしげに飾られていた。

「今朝の〈タイムズ〉はまだお読みでないでしょうが」トレヴェリアンが言った。「世界書籍会議でのあなたの演説は、あなたが望まれたとおりの効果を現わしているようですよ」

「そうであればいいんですが」ハリーは応えた。「私がそれを本心から受け入れるのはバコフが釈放されたときだけです」

「それには少し時間がかかるかもしれません」大使が言った。「ソヴィエトというのはことを急がないので有名ですし、それがそもそもの彼らの意志でない場合は尚更です。長期戦になると覚悟されたほうがいいかもしれません。しかし、がっかりはしないでください。なぜなら、あなたが国際社会からあれほどの支持を受けたことに、共産党政治局（ポリトビューロー）が驚いているからです。とはいえ、硬貨には常に裏表があって……あなたはいまや〝好ましから（ペルソナ・ノン・）ざる人物（グラータ）〟と見なされていますがね」

ハリーは大使にともなわれ、ロシアの支配者と同じ運命を辿（たど）らなかったイギリスの支配者の肖像で埋め尽くされている大理石の廊下を歩いていった。大使がまだ数歩手前にいるにもかかわらず、床から天井までの高さのある両開きの扉が二人の使用人によって開かれた。大使はそのまま自分の書斎へ入り、整頓された大きな机の向こうに腰を下ろすと、ハリーに身振りで向かいの椅子を勧めた。

「ここからは邪魔は入りません。そう指示もしてあるのでご心配なく」トレヴェリアンが言い、キイ・チェーンから一本の鍵を選んで机の引き出しを解錠した。

そして、ファイルを取り出し、そこから一枚の紙を抜き取ってハリーに差し出した。

「どれだけ時間をかけていただいても結構です、ミスター・クリフトン、サー・アランのように、一読しただけで完全に記憶しろなどとは言いませんから」

ハリーは順不同に並んでいるうえに、何の繋がりも論理もないように見える人名、住所、電話番号を記憶していき、二度その作業をしたあとで言った。「もう大丈夫だと思います、サー」

信じられないという大使の表情が、納得していないことを物語っていた。「では、確認させてもらってもかまいませんね？」彼は人名リストを引き取り、大使館のレターヘッドのついた用箋(ようせん)を二枚と万年筆を置いた。

ハリーは深呼吸をして、十二人の名前、九件の住所、二十一本の電話番号を書きはじめた。作業を終えるや、用紙を大使に戻して採点を待った。サー・ハンフリーが元々のリストと答案をゆっくりと照合していった。

「〝Pengelly(ペンジェリー)〟の〝l〟が一つ足りませんね」

ハリーは顔をしかめた。

「もう一度、お願いできますか、ミスター・クリフトン」大使が言い、椅子に深く坐り直すと、マッチを擦ってハリーの最初の答案に火をつけた。

追試験は最初の試験よりはるかに早く終わった。

「満点です」大使が二回見直したあとで言った。「あなたが私のスタッフでないのが残念でなりませんよ。いまごろ、ソヴィエトは私があなたのホテルに残したメモを間違いなく読んでいるでしょうから、彼らをがっかりさせないでやりましょうか」そして、机の下のボタンを押した。ややあって、ふたたび扉が開き、白のリネンの上衣(うわぎ)に黒のズボンの職員が二人、ワゴンを押して入ってきた。

熱いコーヒー、こんがり焼いたトースト、オックスフォード・マーマレード、そして、間違いなく鶏が産んだものとわかる卵という朝食をとりながら、二人は色々とおしゃべりをした。来るべき南アフリカとのテスト・マッチでイングランドに勝ち目があるかどうかについては、ハリーはイングランドの勝ちを予想したが、大使は不安げだった。絞首刑の廃止については、ハリーは賛成で、大使は反対だった。イギリスが欧州経済共同体に加わることについては、二人の意見が一致した。一緒の朝食をとることになった本当の理由については、二人とも一言も触れなかった。

ワゴンが退げられ、ふたたび二人だけになると、トレヴェリアンが言った。「うんざりだと思われるかもしれないが、もう一度記憶を確認させてもらえますか」

ハリーは大使の机へ戻り、三度目の試験を受けた。

「素晴らしい。サー・アランがあなたに白羽の矢を立てた理由がいまわかりましたよ」トレヴェリアンがハリーをともなって書斎を出ながら言った。「私の車があなたを空港までお送りします。時間はたっぷりあるとお思いかもしれないが、税関が待ちかまえているような気がするのですよ。私があなたに何かを預けて、ロンドンへ持って帰らせようとしているのではないかと疑ってね。だとすると、荷物検査に長い時間をかけるはずです。もちろん、彼らの疑いは当たっているけれども、幸いなことに、それは彼らの手の届くところにはありませんからね。というわけですから、私に残されているのは、ミスター・クリフトン、お礼を申し上げて、飛行機の車輪が滑走路を離れるまではリストを文字にしないほうがいいと忠告することだけです。もしかすると、ソヴィエト領空を出るまで待ったほうがもっと賢明かもしれません。考えてみると、あなたの一挙手一投足を見張っている者が同乗していないとも限りませんからね」

サー・ハンフリーに正面入口まで見送られ、そこでもう一度握手をしてから、ハリーはロールス-ロイスに乗り込んだ。大使は車が見えなくなるまでそこに立っていた。

ロールス-ロイスがシェレメーチェヴォ国際空港の前に停まったのは、離陸の二時間前だった。大使の言ったとおり、ハリーは税関で一時間を費やすことになった。彼らはスーツケースの中身をすべて、一度、二度と調べ尽くし、さらには上衣と外套の裏地の縫い目までほどいて、その内側を検めた。

結局何も見つからないとわかると、今度は小部屋へ連れていかれ、着ているものを脱ぐように言われた。それも徒労に終わると、医師が現われ、ハリーがそれまで思いもしなかった、しかし、次の作品で詳しく描写は絶対にしないであろう場所まで調べられた。

一時間後、税関通過を許可したことを認める×印がスーツケースに渋々チョークで書かれたが、それはロンドンに着いても姿を現わさなかった。結局抗議はしないことにしたが、スーツケースだけでなくエマがクリスマスにプレゼントしてくれた外套も戻ってこなかったから、ブリストルへ帰る前に〈イード&レーヴェンスクロフト〉で同じものを買わなくてはならなかった。サー・アランが自分に会いたがった本当の理由を妻に知られるわけにはいかないのだから。

　ようやく搭乗便に乗り込んで嬉しかったことに、席がファースト・クラスに格上げされていた。この前内閣官房長官に頼まれて仕事をしたときと同じだった。同じぐらい嬉しいことに、隣りの席が空いていた。サー・アランに抜かりはないということだった。

　離陸して一時間以上経ってから、ハリーはついに男性客室乗務員を呼び、ＢＯＡＣの用箋を二枚持ってきてくれと頼んだ。が、それが届けられたところで考えが変わった。通路を隔てた席にいる二人の男が、あまりにも頻繁にハリーのほうをちらちらとうかがっていた。

　ハリーは座席の背を調節し、目を閉じて、頭のなかで何度もリストを読み返した。ヒースロー空港に着陸したときには、心身ともに疲労困憊していた。自分が専業のスパイでないことが心底から嬉しかった。

　真っ先に機を降りたが、タラップの下でサー・アランが待っているのを見ても驚きはしなかった。ハリーはサー・アランと車の後部座席に収まり、今度は税関職員に煩わされることなく、すぐさま空港をあとにした。

「おはようございます、ミスター・クリフトン」内閣官房長官はそう一言言っただけで、当然のごとくメモ用紙とペンを差し出した。

　ハリーは十二人の名前、九件の住所、二十一本の電話番号を、七時間頭のなかにしっかりしまっておいたあとで書き留めた。そして、もう一度見直してから、サー・アランに渡した。

「感謝のしようもないぐらいです」内閣官房長官が言った。「それから、たぶん喜んでもらえると思うのだが、来週、外務大臣が国際連合で行なう演説に、私が二段落ほど付け加えておきました。うまくいけば、ミスター・ババコフを自由の身にする助けになるかもしれません。ところで、ファースト・クラスの通路を挟んだ席の二人組には気づかれましたか？　万一あなたに何かがあった場合に備えて配置しておいたんですがね」

「私の知る限りでは、近い将来に百六十万ポンドの取引予定はないし」セドリック・ハードキャッスルが言った。「私が失念しているということもあり得ないはずだ。スローンはいったい何を企んでいるんだろうな」

「それはわかりませんが」セバスティアンは言った。「きっとそんなに面倒な話ではないと思います」

「彼は金曜まで戻らないんだったな？」

「はい。いまは会議でヨークにいます」

「では、調べる時間が二日あるわけだ。たぶん、きみの言うとおり、そんなに面倒な話ではないのだろう。しかし、百六十万ポンドだからな」セドリックが繰り返した。「それから、ミスター・コリングウッドは彼の申し出を受けたのか？」

「〈セーヴィルズ不動産〉のミスター・ヴォーンはそう言っていました」

「ラルフ・ヴォーンは昔気質(むかしかたぎ)で、そんな間違いはしない」セドリックがしばらく沈黙したあとで付け加えた。「明日の朝一番でシフナルへ行き、ちょっと探りを入れてみてくれないか。まずは現地のパブから始めるんだ。パブの経営者というのは、村で起ころうとしているすべてのことを知っているのが常だからな。それに、百六十万ポンドが人の噂にならないはずがない。彼の話を聞いたら、地元の不動産屋を調べるんだ。だが、コリングウッドにはどこだろうと絶対に近づくな。それをやったら、必ずスローンの耳に入り、きみが自分を貶めようとしていると考えるだろうからな。これがまったくの無実だとわかった場合に備えて、話はきみと私だけのあいだにとどめておくんだ。ロンドンへ戻ったら、その足でカドガン・プレイスの私の自宅へきてくれ。そうすれば、夕食を食べながら報告を聞けるだろう」

　明日の夜はサマンサと食事をするつもりで〈ミラベル〉のディナー・テーブルを予約してあったが、いまはそれを口にすべきではなかった。マントルピースの上の時計が六時を告げ、ロス・ブキャナン副会長が外で待っていることを知らせた。セブは退出しようと立ち上がった。

「よくやってくれた、セブ」セドリックが言った。「面倒な話でないことを祈ろう。しかし、いずれにせよ状況報告を絶やさないようにしてくれるとありがたい」

セブはうなずいた。〝失礼します〟と挨拶しようと出口で振り返ると、セドリックが錠剤を服もうとしているところだった。セブは気づかなかった振りをし、外に出てドアを閉めた。

10

翌朝、セバスティアンはサマンサが目を覚ます前に起き出し、着替えて、家を出た。

セドリック・ハードキャッスルは自身がファースト・クラスで旅をすることは決してなかったが、上級管理職には、長旅である場合に限って、それを許していた。セブはユーストン駅で〈フィナンシャル・タイムズ〉を一部買ったものの、シュロップシャーまでの三時間、せいぜい見出しを一瞥しただけだった。シフナルに着いたらどういう手順で事を進めるのが一番いい時間の使い方か、頭のなかはそれを考えることで占められていた。

十一時三十分を過ぎてすぐに列車がシュローズベリー駅に着くと、接続列車を待つのではなく、ためらうことなくタクシーでシフナルへ向かった。この場合、時は金なりだった。タクシーがその州庁所在地を出るのを待ち、その瞬間に、最初の質問を運転手に浴びせた。

「シフナルで一番のパブはどこだろう？」

「何を求めておられるかによりますよ、州で一番のうまい食い物か、最高のエールか」

「パブは経営者で判断できるというのが、昔からの私の考えなんだ」

「それなら、〈シフナル・アームズ〉でしょう。ブレッドとシェイラのラムゼー夫婦がやってる店です。彼らはパブだけじゃなくて、村も経営しているんです。亭主のほうは地元のクリケット・クラブの会長で、以前は村のためにボウリング場もやっていて、自分も州代表として二度ばかり大会に出てるんです。かみさんのほうは地方行政区会の議員です。でも、言っときますが、食い物はまずいですよ」

「そういうことなら、〈シフナル・アームズ〉にしよう」セブは座席に背中を預けて戦略をおさらいした。なぜ仕事場にいないか、その理由をスローンに知られてはならなかった。

十二時を数分過ぎて、タクシーは〈シフナル・アームズ〉の前に停まった。運転手にチップを弾もうかとも思ったが、記憶されたくなかった。

さりげなく見えるようにつとめながら、セブはゆっくりとパブに入っていった。その日の口開けの客である場合、それは簡単ではなかったが、それでも、カウンターの向こうにいる男をしっかりと観察した。四十は超えているに違いなかったが、両頬と鼻が自分の売っているものを楽しんでいることを明らかにし、突き出た腹が上品な料理よりポーク・パイを好んでいることを示唆していて、この大男がシフナルのためにボウリング場をやっていたと信じるのは難しくなかった。

「いらっしゃい」店主が言った。「何にします？」

「地元のビールを半パイントもらおうかな」セブは言った。普段は仕事時間中は飲まないのだが、今日は仕事の一部だった。店主が〈リーキンIPA〉を半パイント注いで、カウンターに置いた。「一シリング六ペンスです」ロンドンの半値だった。セブは一口飲んで言った。「悪くない」そして、今度はゆっくりと呷った。「西部地方のものじゃないけど、結構いける」

「ということは、お客さん、あんた、このあたりの人じゃないね？」店主が言った。

「そうなんだ、生まれも育ちもグロスターシャーでね」セブは答え、また一口すった。

「で、シフナルへは何の用で？」

「勤めている会社がシュローズベリーに支店を出すんだけど、ここに家を見つけさえすれば、ぼくと一緒に移り住んでもいいと妻が言ってるんだよ」

「ひょっとしてクリケットをやったりはしませんか？」

「サマーセット・ストラグラーズの先頭打者だよ。ぼくが引っ越したくないもう一つの理由さ」

「われわれのところにはいいプレイヤーが十一人揃ってるんだが、それでも、常に新たな才能を探しているんですよ」

　セブはカウンターの奥の写真を指さした。「カップを掲げてるのはあなたかな？」

「そうです。一九五一年ですよ。私もいまより十五若くて、十五ポンド軽かった。州選手権に勝った最初の年で、言うのも残念だが、最後の年です。もっとも、去年は準決勝まで行きましたがね」

セブはもう一度、ゆっくりとビールを呷った。「このあたりで家を買おうと思ったら、どの不動産屋を訪ねればいいんだろう」

「多少なりともまともな不動産屋は、この町には一人しかいません。チャーリー・ワトキンズ、わがチームのウィケット・キーパーですよ。ハイ・ストリートにあります、見つからないなんて心配はありません」

「そういうことなら、ミスター・ワトキンズを訪ねて相談してみよう。昼食には戻ってくるよ」

「今日のお薦めはステーキとキドニー・パイです」店主が腹を叩いて言った。

「それじゃ、またあとで」セブはビールを飲み干した。

ハイ・ストリートを見つけるのも、派手な看板が微風に揺れている〈ワトキンズ不動産〉を探し出すのも難しくなかった。セブは窓に貼り出してある売り物件広告をしばらく観察した。価格帯は七百ポンドから一万二千ポンドといったところらしく、そうだとすると、何であれ百六十万ポンドの価値のある不動産がこのあたりにあるとは思いにくかった。

喧しくベルの鳴る入口を開けてなかに入ると、若い男が机の向こうで顔を上げた。

「ミスター・ワトキンズはいらっしゃるかな」セブは訊いた。

「来客中ですが、長くはかからないと思います」若者が答えたとき、彼の背後のドアが開いて、男が二人姿を現わした。

「遅くとも月曜には書類を仕上げておくので、あなたの弁護士に頭金を預けておいてもらえれば、契約をもっと早く進めることができるはずです」年上の男のほうが顧客に言いながらドアを開けた。

「この紳士がご用のようです、ミスター・ワトキンズ」机の向こうで若者が伝えた。

「おはようございます」ワトキンズが握手の手を差し出した。「オフィスへどうぞ」そしてドアを開け、顧客になる可能性のある相手を通した。

セブはパートナーの机と椅子が三脚置いてある狭い部屋に入った。壁には過去に取引が成立した物件の写真が、そのすべてに〝売却済み〟と赤く大書して飾られていた。セブは数エーカーの大きな不動産に目を留めた。自分がどういう物件に興味を持っているかを速やかにワトキンズにわからせる必要があった。不動産屋の顔に好意的な笑みが浮かんだ。

「探しておられるのはそういうタイプの物件ですか？」

「数エーカーの農地のついた大きなカントリー・ハウスを見つけられればいいと思っているんだが」セブは言い、ワトキンズの向かいに腰を下ろした。

「残念ながら、そういう物件はそうそう市場に出てこないんですよ。もっとも、一件か二件ですが、あなたが興味をお持ちになるかもしれない物件がなくはありません」ワトキンズが背中を反らすようにして一つしかないファイリング・キャビネットの引き出しを開け、フォルダーを三冊取り出した。「ただし、申し上げておかなくてはなりませんが、サー、だれであれ農業用地に投資している者には税金の支払いを免除すると政府が認めてからというもの、農地の値段が急騰しているんですよ」セブが黙っていると、ワトキンズが最初のフォルダーを開いた。

「〈アスガース・ファーム〉はウェールズとの境に位置していて、広さは七百エーカー、大半が耕作可能地です。そこにヴィクトリア様式の大きな屋敷がついています」ワトキンズが渋々付け加えた。「……もっとも、多少の修理が必要ですが」

「価格は？」

「売り主は三十二万ポンドでの売却を希望しています」ワトキンズがパンフレットを差し出して急いで付け加えた。「あるいは、それに近い金額ですね」

セブは首を横に振った。「少なくとも千エーカーは欲しかったんだけどな」

ワトキンズの目が賭けに勝ったときのように輝いた。「一つ、例外的な物件があります。市場に出てきたばかりなんですが、私は紹介を請け負っているだけでしてね。それに、残念なことに、入札の締切が今度の金曜なんですよ」

「それが本当にいい物件なら、入札を考えてもいいんだけどな」

ワトキンズが机の引き出しを開けてパンフレットを差し出した。〈シフナル・ファーム〉を顧客に紹介するのは初めてだとのことだった。

「こっちのほうが興味をそそられるな」セブはパンフレットをめくりながら言った。「金額はどのぐらいになるんだろう」

　ワトキンズがためらった。数字を明らかにしたくないかのようだった。セブは辛抱強く待った。

「入札を請け負っているのは〈セーヴィルズ不動産〉で、金額は百六十万ポンドです」ワトキンズが言った。今度は彼が辛抱強く、恐らく顧客が法外だと言って降りることを予想しながら待つ番だった。

「昼食をとりながらもう少し詳しく研究し、今日の午後にまたお邪魔してあなたと相談してもいいかもしれないな」

「では、私のほうは物件をお目にかける準備をすべきでしょうね？」

　それは最も望まないことだったから、セブはすぐさま応えた。「それを決めるのは詳しい検討をしたあとにさせてもらうよ」

「でも、時間がありませんよ、サー」

　確かにな、とセブは認め、今度は少し強い口調で繰り返した。「それについては、午後にお邪魔したときに返事をすることにしよう」

「承知しました、それで結構です、サー」ワトキンズが応えるなり立ち上がり、セブを出口まで見送って、もう一度握手をしてから言った。「午後においでになるのをお待ちしています」

　セブはハイ・ストリートへ出ると、足早にパブへ引き返した。ミスター・ラムゼーはカウンターの向こうでグラスを磨いていた。セブは彼の前のストゥールに腰を下ろした。

「どうでした？」

「まあね」セブは言い、店主に絶対に見えるようにして、光沢紙に印刷されたパンフレットをカウンターに置いた。「もう半パイントもらおうか。付き合ってもらえると嬉しいんだけど」

「ありがとうございます、サー。昼飯はどうされます？」

「ステーキとキドニー・パイをもらうよ」セブはカウンターの奥の黒板にチョークで書かれたメニューを見ながら言った。

　客のための半パイントを注いでいるときでさえ、ラムゼーの目はパンフレットから離れなかった。

「その物件については、多少知っていることがあるんですよ」彼が言ったとき、妻が厨房から出てきた。

「ぼくにはちょっと高すぎるように思えるんだけどね」セブは三度、ゆっくりとビールを喉に流し込んだ。

「そうだと思いますよ」ラムゼーが言った。「ほんの五年前までは三十万ポンドで市場に出ていたんですから。それに、その値段でも、若きミスター・コリングウッドは売ることができなかったんですからね」

「今度の税制優遇がその理由かもしれないな」セブはほのめかしてみた。

「私が聞いているのは、そういう理由じゃありませんね」

「その土地を所有した者には何かを建てる計画を許可すると保証されたとか、そういうことはないのかな。住宅とか、いま政府が熱心に勧めている新たな工場とか」

「とんでもない」ミセス・ラムゼーが加わった。「地方行政区会は何の力もないかもしれないけど、州庁の連中が何かを建てたいときには、郵便ポストだろうと立体駐車場だろうと、わたしたちに知らせなくちゃならないんです。それはマグナカルタ以来のわたしたちの権利で、異議申し立てをして手続きを九十日停止させることが認められているんですよ。もっとも、そのあとはどうしようもないんですけどね」

「それなら、あそこには石油、金、あるいは、ファラオの失われた財宝が埋まっているに違いない」セブは冗談に紛らわせてしまおうとした。

「もっと荒唐無稽な話もありますよ」ラムゼーが言った。「ローマ時代の硬貨が山ほど眠ってるという話です、埋もれた財宝ってやつですよ。でも、私のお気に入りは、コリングウッドが列車強盗の一味で、〈シフナル・ファーム〉にその略奪品を埋めてるってやつですがね」

「それから、忘れちゃいけないけど」ミセス・ラムゼーがステーキとキドニー・パイを運んでふたたび姿を現わした。「自分は価格が急騰した正確な理由を知ってるけど、学校の劇場のための募金に十分な寄付をしてくれた者にしか教えないって、ミスター・スワンが言ってるんですよ」

「ミスター・スワンって?」セブはナイフとフォークを手に取りながら訊いた。

「地元のグラマー・スクールの校長だった人です。何年か前に退職して、いまはそれまで勤めていた学校の劇場のための募金活動に専念しているんですよ。わたしに言わせれば、ちょっとそれに取り憑かれてるみたいだけど」

「ところで、南アフリカに勝てるかな?」必要な情報を手に入れたいま、話題を別のところへ移したかった。

「M・J・K・スミスが大車輪で活躍することになるでしょうが」店主が答えた。「私の見るところでは……」

セブはビールを一口飲みながら、ステーキとキドニー・パイの食べてもいい部分を慎重に選んだ。そして、皮が焦げているところなら大丈夫だろうと決めて、店主の話を聞きつづけた。話題はビートルズが大英帝国勲章を授けられるのはハロルド・ウィルソンが若者の票を欲しがっているからだということから、アメリカが月へ人を送り込むかもしれないけれども、それにどんな意味があるのかということにまで及んだ。

騒々しい客の一団が入ってきて、ラムゼーはその対応をしなくてはならなくなった。セブは半クラウン硬貨をカウンターに置いて黙って店を出ると、通りに戻るや、男の子の手を引いた女性にグラマー・スクールの場所を尋ねた。

「この道を半マイルほど上ったところですよ」彼女は教えてくれた。「すぐわかります」

実際には一マイル以上あるように思われたが、詩人のジョン・ベチェマンが賞賛するに違いない、赤煉瓦のヴィクトリア様式の大建築を見落とす恐れは確かになかった。

目当てのものは学校の正門をくぐるまでもなく見つかった。学校に新しい劇場を建設するために一万ポンドの寄付を募る旨の表示がこれ見よがしに掲げられていた。その横に大きな温度計が描かれていたが、その赤い線が達しているのは千七百六十六ポンドに過ぎず、次のような但し書きが付け加えられていた。〝この計画についてもっと詳しく知りたい方は、ミスター・モーリス・スワン（オックスフォード大学文学修士）までご連絡ください。電話番号はシフナル二六一三番です〟。

セブは８２３４と２６１３の二つの数字を手帳に書き留め、ハイ・ストリートへと踵を返した。遠くに赤い電話ボックスが見えた。ありがたいことに、だれも使っていなかった。電話ボックスに入ると、少し台詞の練習をして、手帳の数字を検めた。そして、２６１３をダイヤルし、投入口に四ペニーを入れて待った。ややあって、年配の男の声が応えた。

「モーリス・スワンです」

「こんにちは、ミスター・スワン。私はファージングズ銀行法人寄付部門のクリフトンと申しますが、当行は現在、あなたの募金運動への寄付を考えているところなのです。それでお尋ねするのですが、お目にかかることは可能でしょうか。そうであるならば、喜んでおうかがいしますが」

「会うなら、自宅でなくて学校のほうがありがたいですね」スワンは乗り気なようだった。「そうすれば、私どもがどういうことを計画しているかを見てもらえますから」

「それで結構です」セブは言った。「しかし、残念なことに、私は今日一日しかシフナルにいられないのですよ。今夜にはロンドンへ戻らなくてはなりません」

「では、私がこれから出向きます。十分後に学校の正門の前でどうでしょう」

「お待ちしています」セブは応え、受話器を戻すと、すぐさまグラマー・スクールへ引き返した。長く待つまでもなく、身体の弱そうな男が杖の助けを借りてゆっくりと近づいてきた。

セブが自己紹介をすませると、スワンは言った。「あまり時間がないということなので、ミスター・クリフトン、早速メモリアル・ホールへ行きましょうか。あそこなら、新しい劇場の建設計画を見てもらえるし、どんな質問にも答えられますから」

セブは老人に従って校門をくぐり、校庭を横切って玄関ホールに入った。その間、ミスター・スワンは若者が劇場を持つ重要性と、それがあるとないとでは地元社会にどれほどの違いが出るかを力説しつづけた。

　セブは建物の詳しい設計図を時間をかけて研究していったが、スワンは依然として、このプロジェクトについて熱く語って倦むことがなかった。

「ご覧になっておわかりのとおり、ミスター・クリフトン、新しい劇場はプロセニアム・アーチ（舞台と客席を区別する扉口。アーチ形をなし、幕が全体を覆うようになっている）がつきますが、それでもまだ十分な空間的余裕があって、バックステージに小道具をしまっておくことができますし、舞台袖で待機する演者が窮屈な思いをすることもありません。それに、寄付が満額集まれば、男女の楽屋を分けることもできます」スワンが一歩下がって認めた。「私の生涯の夢ですよ、その完成を一目見てから死にたいんです。しかし、シフナルの小さなプロジェクトにあなたの銀行が関心を持たれた理由は何でしょう？」

「実は、最近政府が打ち出した税制優遇措置を利用したいと考えているお客さまに代わって、私どもがこのあたりの土地を買っているのですよ。この村ではそれが歓迎されていないとわかったものですからね、地元のプロジェクトを多少でも支援することにしたというわけです」

「〈シフナル・ファーム〉もそういう土地の一つなんでしょうか」

　そう訊かれてセブは驚き、すぐには返事ができなかった。「いえ、私どもがミスター・コリングウッドの不動産に注目していたのは事実ですが、あらゆる面から考量して、高すぎると判断しました」

「私がこれまでに何人の子供たちを教えたと思いますか、ミスター・クリフトン」

「わかりません」セブは質問の意図を測りかねた。

「三千人とちょっとです。ですから、だれかが半分しか話さないで逃げようとしているときはわかるんですよ」

「おっしゃっていることがよくわかりませんが、サー？」

「いや、わかりすぎるぐらいわかっておられるはずですよ、ミスター・クリフトン。実はあなたは何かを探ろうとしておられるのであって、私の劇場になんかには丸っきり関心がない。あなたが本当に知りたいのは、だれかが〈シフナル・ファーム〉に百六十万ポンドも出そうとしている本当の理由でしょう。それに近い金額だってだれも出さないときにね、そうではありませんか？」

「そのとおりです」セブは認めた。「その疑問に対する答えを教えてもらえれば、わが行はあなたの新しい劇場のために必ずや相応の寄付をするでしょう」

「あなたが老人になったら、ミスター・クリフトン、そして、いつかはそうなるわけだが、自分が自由に使える時間があることに気づくでしょう。行動的で価値ある人生を送ってきていれば尚更です。そういうこともあって、だれかが〈シフナル・ファーム〉を法外な金額で競り落とそうとしていると聞いたとき、私も好奇心が理性に勝ってしまったのですよ。

というわけで、余分な時間をその理由を探すことに使うと決め、優秀な探偵がやるように、まずは手掛かりを探すことから始めました。そして、最も見込みのなさそうな手掛かりも追いかけ、半年のあいだ入念に調べた結果、いま、だれかが〈シフナル・ファーム〉の提示価格よりも多くを支払おうとしている、間違いのない理由にたどり着いたのです」

セブの心臓の鼓動が大きくなりはじめた。

「私が突き止めた理由を知ったら、あなたは学校の劇場のために相応の寄付をするだけでなく、プロジェクト全体に融資する気になるはずですよ」

「しかし、あなたの突き止めた理由が間違っていたら?」

「そのぐらいの危険は引き受けなくてはならないんじゃないですか、ミスター・クリフトン。なぜなら、入札の締切まで二日しかないのだから」

「では、あなたにも危険を引き受けてもらわなくてはなりません」セブは言った。「なぜなら、あなたが正しいことが証明されない限り、あるいは、証明されるまで、私は八千ポンド以上はあなたにお渡しするつもりがないからです」

「それに同意する前に、今度は私に質問させてください」

「もちろんです」セブは言った。

「もしかして、あなたはあの作家のハリー・クリフトンと関係がありますか?」

「はい、私の父です」

「道理で似ていると思った。父上の作品を読んだことはありませんが、アナトーリイ・ババコフのための運動は大いなる関心を持って見守っているんです。いや、実によかった、ハリー・クリフトンがあなたの父上なら、私にはそれで十分だ」

「ありがとうございます、サー」セブは言った。

「さあ、お坐りなさい、若い方。なぜなら、いまや時間はわれわれの味方ではありませんからね」

セブがステージの縁に腰掛けると、スワンは半年にわたって行なった丹念な調査についてゆっくりと説明していった。セブにとって、そこから導かれる結論は一つしかなかった。しかも、瑕疵を見つけることのできない結論だった。彼はステージから飛び下りた。

「失礼する前に、もう一つ訊いてもいいですか、サー?」

「もちろんですとも、若い方」

「あなたが何を突き止めたかを、どうしてミスター・コリングウッドに教えなかったんですか? だって、あなたが正しいことが証明されるまで支払いをする必要がなければ、彼は一ペニーも失わずにすんだはずでしょう」

「ダン・コリングウッドはグラマー・スクールの私の教え子で」スワンが言った。「子供のころから強欲で愚かでした。大きくなってからもそれはほとんど変わることがなかったんですが、私が明らかにしてやったことには関心を持たず、わずか五ポンドの寄付をして幸運を祈ってくれただけでしたよ」

「それで、彼以外にはだれにも話していないんですね？」セブは訊いた。切羽詰まった声にならないようにしなくてはならなかった。

老人が一瞬ためらった。「実は、もう一人に話しているんですが」彼は認めた。「それ以来、その人物と連絡が取れないんです」

その人物の名前を訊く必要はなかった。

八時を過ぎてすぐ、セバスティアンはカドガン・プレイス三七番地の玄関をノックした。セドリックは黙って出てきてくれ、若い秘蔵っ子を客間へ通した。セブの目はすぐに煖炉の上に掛かっているホックニーの風景画に留まり、そのあと、サイドボードの上のヘンリー・ムーアの彫刻の準備ひな型（マケット）に見とれた。ピカソがヨークシャー生まれなら彼の作品もセドリックのコレクションに加えられただろうことは、セブには疑いの余地がなかった。

「ワインを一杯、付き合ってもらえるかな？」セドリックが言った。「一九五九年の〈シャトー‐ヌフ‐デュ‐パプ〉だ。きみのその表情からすると、どうやら収穫があったのではないかな」

「ありがとうございます、サー」セブは手近の椅子に腰を下ろし、セドリックからグラスを受け取って向かいに坐った。

「一息入れたら、今日のことをゆっくりでいいから話してくれ」

セブはワインに口をつけた。今夜、ミスター・ラムゼーが〈シフナル・アームズ〉で出しているはずのないヴィンテージだった。

二十分後、セブが報告を終えると、セドリックが言った。「スワンというのはなかなか抜け目のない年寄りのようだな。何だか好きになりそうな気がするよ。だが、彼と会って何を学んだ？」セブが専属アシスタントとして仕事をするときに、しばしば発せられる質問だった。

「身体が虚弱だというだけでは、頭がもう鋭くないとは言えないということです」

「よし。ほかには？」

「評判が大事だということです」

「この場合は、きみの父上の評判だな」セドリックが思い出させた。「今日、それがわかったただけでも、セブ、はるばるシフナルまで行った価値はあるぞ。しかし、わが行の最上級職にある一人が私に隠れて取引をしているという事実に、ここへきて向かい合わなくてはならなくなったとはな」そして、ワインを一口飲んでからつづけた。「もちろん、弁明が難しいようなことをスローンがやっていると断定はできないが、どうだかな」

セブは頬が緩みそうになるのをこらえた。「ですが、政府が何を考えているかがわかったいま、われわれはあの取引について何か手を打つべきではありませんか？」

「まあ、焦(あせ)るな。まずはラルフ・ヴォーンと話す必要がある。私が本行の提示を撤回したら彼は喜ばないだろうし、理由を明らかにしたらもっと腹を立てるだろうからな」

「しかし、彼はもっと低い提示価格を受け入れませんかね？」

「もう何日か締切を延ばせばもっと高い金額が出てくるかもしれないと考えたら、それはないだろう」

「ミスター・スワンについてはどうします？」

「結果がどうなろうと、八千二百三十四ポンドを寄付したい。彼はそれに値するだけのことをしてくれたと思う」セドリックがもう一度ワインに口をつけてから付け加えた。「しかし、今夜、われわれにできることはないだろう、セブ。だから、きみも家に帰ったらどうだ。実際、明日は大騒ぎになるだろうから、一日休みを取って、できるだけオフィスから遠いところにいるほうが賢いかもしれないな。だが、月曜の朝には、一番で私のところへきてもらいたい。シュロップシャーへ戻ってもらうことになりそうな気がしているのでね」

　部屋を出て玄関へと廊下を歩きながら、セドリックが訊いた。「今夜、きみに何も予定がなかったのならいいんだがね」

　特にはありませんよ、とセブは内心で答えた。サマンサをディナーに連れていって、結婚を申し込むつもりでいただけです。

11

　月曜の朝まで出勤しなくていいとわかるや、セブはサマンサを驚かせるための週末の計画に取りかかった。午前中を費やして、列車、飛行機、ホテルを予約し、オランダ国立美術館の開館時間まで調べた。アムステルダムの週末を完璧なものにしたかったから、税関を通過するとバスや鉄道の乗り場の標識には目もくれず、タクシー待ちの列に直行した。

「スローンが何を企んでいるかをあなたが突き止めたとき、きっとセドリックは喜んでくれたでしょうね」タクシーが空港を出て車の流れに合流すると、サムが言った。「それで、次はどうなるのかしら？」

「今日の午後五時ごろには、スローンは解雇されるんじゃないのかな」

「なぜ今日の午後五時なの？」

「〈シフナル・ファーム〉の取引が決まるとあいつが考えている時間だからさ」

「それってほとんどギリシャ悲劇に付きものの要素ね」サムが言った。「そして、運がよければ、月曜にあなたが出勤したときにはスローンはいなくなってるわけね」

「ほぼ間違いないと思うよ。だって、月曜の朝一番に自分のところへくるようにって、セドリックが言ってくれたんだから」

「で、あなたがスローンの地位に就くわけ？」サムが訊き、タクシーは高速道路へ向かった。

「そうなるかもしれない。だけど、それは一時的なものになるんじゃないかな。セドリックはもっと経験のある適任者を見つけてくるだろうからね」

「でも、シフナルの取引をうまくやってのけることができたのはあなたのおかげなんだから、彼だってわざわざほかのだれかを捜したりはしないかもよ」

「それも考えられなくはないし、月曜にシュローズベリーへ戻る列車に乗ってることに気づいたとしても驚かないけどね。ところで、運転手はあのロータリーで左へ寄ったかな？」

「いいえ、右よ」サムは笑って答えた。「忘れないで、わたしたちはいま、大陸にいるのよ」そして、セブが前部座席にかじりついていることに気づいて、彼の脚に手を置いた。

「本当にごめんなさい、わたし、あなたが恐ろしい事故にあったことをときどき忘れるみたい」

「大丈夫だよ」セブが言った。

「ミスター・スワンって、いい人みたいね。味方につけておくほうが賢明かもよ」

「セドリックもきみと同じ考えだよ。われわれがあの取引を成功させることができたら、最終的には彼の学校のコンサート・ホールまで建ててやることになるんじゃないかな」

「〈アムステル〉に泊まるのね？」アムステル川を望む豪華な五つ星ホテルが前方で大きくなってくると、サムが言った。

「今回はそうはいかないよ、それはぼくがあの銀行の会長になるまで待ってもらうしかないな。でも、そのときまでは〈ペンシオン・デ・カナール〉に泊まるんだ。新進気鋭の若い遣り手がしばしば使う、有名な一つ星のゲストハウスだ」

タクシーが停まったのは、青果店とインドネシア料理の店に挟まれた、小さなゲストハウスの前だった。サムは微笑して宣言した。「〈アムステル〉よりよっぽどいいじゃない」そして、セブと一緒にロビーに入った。チェックインをすませると、このゲストハウスにはエレヴェーターがなかったしポーターもいなかったからセブが荷物を最上階まで自分で運んで、部屋の鍵を開けて明かりをつけた。

「豪華じゃない」サムはふたたび宣言した。

部屋はセブが信じられないほど狭く、ダブルベッドを挟んで両側に立つのが精一杯だった。「申し訳ない」彼は謝った。「この週末を完璧なものにしたかったんだけどね」

サムは彼に両腕を回して言った。「あなた、ときどき馬鹿になるわね。これこそが完璧なんじゃないの。わたし、新進気鋭の若い遣り手であるほうが好きよ。だって、そのほうが将来の楽しみを与えてくれるんだもの」

セブがベッドに仰向けになった。「自分が何を楽しみにしているかは、わかってるさ」

「オランダ国立美術館を訪ねることかしら？」

「私にご用とか」スローンが勢いよく会長室に入ってきて言うなり、勧められるのも待たずに腰を下ろした。

セドリックは不動産部門の長を見上げたが、笑みは見せなかった。「きみの月例報告書を読み終えたところだ」

「先月より二・二パーセントよくなっています」スローンが念を押した。

「実に素晴らしい。だが、実はもっと成果を上げることができたのではないかな、もし……」

「もし、何でしょう、会長？」スローンがぶっきらぼうに訊いた。

「もし〈シフナル・ファーム〉がきみの報告書に含まれていれば、だよ」セドリックは机の上に置いてあったパンフレットを手に取った。

「〈シフナル・ファーム〉ですか？　あれが私の物件の一つだという確信はおありなんでしょうか。クリフトンのではなくて？」スローンが神経質にネクタイの結び目に触った。

「きみの物件の一つだ、スローン、それには絶対の確信がある。確信がないのは、あれが本行の物件の一つかどうかということだ」

「何を言おうとなさっているんでしょう?」スローンがいきなり防御にまわった。

「数分前に〈セーヴィルズ不動産〉のシニア・パートナーのラルフ・ヴォーンと電話で話したとき、彼が確認してくれた。きみがあの物件に対して、本行を保証人として百六十万ポンドの入札に応じようとしているとね」

スローンが椅子のなかで落ち着かなげに身じろぎした。「確かにおっしゃるとおりですが、会長、あの取引は最終的には締め切られていません。ですから、すべての詳細は来月の月例報告でお知らせせざるを得ないんです」

「すべての詳細とは言わないが、一つ、説明してもらわなくてはならないことがある。登録されている口座がチューリヒのクライアントのものであるのはなぜなのかな?」

「ああ、そうでした」スローンが言った。「いま、思い出しました。いま会長がおっしゃったのはそのとおりで、私どもは匿名(とくめい)を好むスイスのクライアントのために業務を代行していたんですが、そのクライアントのために行なった取引一件について、本行は例外なく三パーセントの手数料を取っています」

「そして、さしたる調査をするまでもなくわかったことがある」セドリックは自分の机の前に積んである書類を軽く叩いた。「去年、そのクライアントは六件の取引をして、かなりの儲けを手にしている」

「しかし、それが私の部門のやるべきことではないんですか?」スローンが抵抗した。

「クライアントに儲けさせ、同時に、本行にそれに見合う手数料が入るようにするのが?」

「そのとおりだ」セドリックは冷静を保とうとした。「残念なのは、そのスイスのクライアントの口座がきみの名義になっていることだ」

「そんなこと、わかるはずがない」スローンがうっかり口走った。「クライアントの口座がスイスにある場合、それは名前ではなく番号で登録されているんですよ」

「確かにいままではわからなかった。だが、たったいま、きみは私が最も恐れていたことを認めたじゃないか。もはやこれまでだな」

スローンが弾かれたように立ち上がった。「私は過去十カ月で、本行のために二十三パーセントもの儲けを上乗せしたんですよ」

「そして、私の計算が正しければ」セドリックは反論した。「きみは同じ期間に、自分のためにさらに四十一パーセントの儲けを上乗せしている。〈シフナル・ファーム〉はきみにこれまでで最大の臨時収入をもたらしてくれることになっていたのではないのかな?」

スローンが椅子に崩れ落ち、必死の形相で言い返そうとした。「しかし……」

「悪い知らせを伝えなくてはならないのは残念だが」セドリックはつづけた。「きみがこの取引をスイスのクライアントのために代行することはできなくなった。なぜなら、数分前に〈セーヴィルズ不動産〉のミスター・ヴォーンと話して、われわれは〈シフナル・ファーム〉の入札を取り下げると伝えたからだ」

「しかし、あの取引はわれわれに大きな利益をもたらす可能性があったんですよ」スローンがいまや傲然と会長を見据えて言った。「百万ポンドの儲けが出たかもしれないんだ」

「きみは本気で〝われわれ〟とは言っていないだろう」セドリックは言った。「本当は〝自分〟と言っているんじゃないのかな。しかし、きみが担保として用意していたのはきみ自身の金ではなくて、本行の金だ」

「しかし、あなたは事実を半分しか知らない」

「断言してもいいが、スローン、私はミスター・スワンのおかげで事実をすべて知っているよ」

スローンがのろのろと立ち上がった。

「あんたは愚かな年寄りだ」彼は吐き捨てるように言った。「現実を見ていないし、現代の銀行がどんなものかをわかっていない。若い人間に道を譲るべきだ、しかも早ければ早いほどいい」

「いずれ間違いなくそうするさ」セドリックも立ち上がり、敵と正面から向かい合った。「しかし、一つ確かなことがある、それはその若い人間はもはやきみではないということだ」

「いつか、必ず後悔するぞ」スローンが机に身を乗り出して会長を睨みつけた。

「私を脅しても時間の無駄だ、スローン。すでにきみよりはるかに大きな男たちが試みて失敗している」セドリックは言った。一言発するごとに声が高くなった。「これからきみがやるべきことはたった一つしか残されていない、それは三十分以内に机を空にし、本行を出ていくことだ。なぜなら、きみがそうしなければ、通りかかった者全員に見えるように、私自らがきみの荷物を歩道に放り出すつもりでいるからだ」

「待ってろ、弁護士に連絡させるからな」スローンが怒鳴り、踵を返して出ていこうとした。

「これからの何年かを刑務所で過ごすつもりがないのなら、それはしないほうがいいのではないかな。なぜなら、今度も断言してもいいが、この愚かな年寄りがこれをイングランド銀行の倫理委員会に報告したら、そのとたんに、きみは二度とシティで働けなくなるからだ」

振り返ったスローンの顔は血の気を失って真っ青で、まるで一枚のチップしか手にない状態で最後のルーレットを回したギャンブラーのようだった。「しかし、いまでも私はこの銀行に富をもたらすことができるんだ、あんたさえ――」

「あと二十九分だ」癇癪が破裂するのをこらえようとしていたセドリックが、ついに机の端をつかんで怒鳴った。

スローンがその場に立ち尽くしていると、セドリックが机の引き出しを開けて錠剤の入った小瓶を取り出し、蓋を開けようとして取り落とした。セドリックもスローンも、小瓶が机から床に落ちるのを見ていた。セドリックがグラスに水を注ごうとしたが、もはや水差しを持ち上げる力がなかった。

「助けてくれ」セドリックがそこに立ったまま注意深く様子をうかがっているスローンを見上げた。

セドリックが後ろへ一歩よろめき、音を立てて床に倒れた。スローンは床に横たわって死と戦っている会長から目を離さずにゆっくりと机の後ろへ回ると、小瓶を拾って蓋を開けた。そして、セドリックが見つめている目の前で、手が届きそうで届かない距離に錠剤をばらまいた。そのあと、空になった小瓶を胸のポケットのハンカチで拭いて会長の手に握らせた。

スローンは会長の上に身を乗り出し、慎重に耳を澄ました。会長の息遣いはもはやそんなに荒くなく、何とか頭を上げようとしたが、この二十四時間自分が仕事をしていた机の上の書類をスローンが掻き集めるのをなす術もなく見ているしかなかった。スローンは会長に背を向けてゆっくりと引き返した。一度も振り返らなかったのは、会長の姿が自分の目に焼き付けられるのを避けるためだった。

ドアを開けて廊下に出た。人の気配はなかった。静かにドアを閉めて会長の秘書の部屋をうかがうと、彼女の帽子もコートももうなかった。明日は土曜だから、ぐずぐずしていないで退勤したに違いなかった。スローンは落ち着きを保とうとしながら廊下を歩いていったが、額に汗が滲んでいたし、心臓が早鐘を打っているのがわかった。

束の間立ち止まり、猟犬が危険の匂いを嗅ぐように耳を澄ました。そして、もう一度賽を振ることにした。

「だれかいないか？」スローンは叫んだ。

その声は天井の高い廊下に、まるでコンサート・ホールのように反響した。だが、返事はなかった。重役室を一つ一つ確かめたが、ドアにはすべて鍵がかかっていた。金曜の六時にまだ最上階に居残っている者はまずいない。いるとしても、セドリックぐらいのものだろう。上司より先に帰ることを考えない下っ端はいまも建物のなかにいるだろうが、会長を煩わせようとする者などいるはずもない。それに、清掃員も月曜の朝の五時まではやってこない。いるのは夜間担当受付のスタンレーだけだが、あの男がフロント・デスクの坐り心地のいい椅子を離れることは、火事にでもならない限りあり得ない。

スローンはエレヴェーターで一階に下り、ロビーへ出た。スタンレーは静かに居眠りをしていたから、わざわざ声をかけてその邪魔をしないことにした。

「オランダ国立美術館は」サムがそこへ入りながら言った。「世界最高の作品を収蔵しているところの一つよ。レンブラントはもちろん目玉だけど、フェルメール、デ・ウィッテ、ステーンといったオランダの巨匠たちの精華もここにあるの。あなたはそれをこれから見ることができるのよ」

二人は手をつないで中央ギャラリーをゆっくりと鑑賞した。サムはたびたび足を止め、ガイドブックに一度も目をやることなく、その作品の性格や特徴を説明した。ほかの客が振り返り、それが度重なると、セブはこう叫びたくなった。「彼女もすごいだろう!」

ギャラリーの奥で、ある一つの作品の前に小さな人だかりができていた。

「『夜警』は」サムが言った。「レンブラントの代表作で、たぶん一番よく知られてもいるでしょうね。でも、哀しいことに、オリジナルを見ることができないのよ。後にアムステルダムの市議会が市庁舎の二本の柱のあいだに収まるよう、あの作品を切り詰めて小さくしてしまったの」

「本当は柱を切り倒すべきだったんだ」ランタンを持った堂々たる服装の男を取り囲む一団から目を離さずに、セブは言った。

「あなたが市議会議員でなかったのが残念だわ」サムが言い、二人は次の部屋へ移動した。

「ここにあるのが、わたしの博士論文のテーマになる作品よ」サムがつづけ、二人は大きなカンヴァスの前で足を止めた。「信じにくいでしょうけど、ルーベンスはこの作品を週末に完成させたの。なぜなら、次の月曜にはイギリスとスペインの平和条約の調印式に出席しなくちゃならなかったからよ。知らない人がほとんどでしょうけど、彼は画家であると同時に外交官でもあったの」そして、次の作品へ移った。

　メモを取るべきだとセブは思ったが、頭にはほかのことがあった。

「これもわたしのお気に入りの一つよ」サムが「アルノルフィーニ夫妻の肖像」の前で立ち止まった。

「どこか別のところで見たことがあるぞ」セブは言った。

「あら、わたしの話を聞いてくれてるときもないわけじゃないのね。それは去年、二人でロンドンのナショナル・ギャラリーに行ったときよ」

「それがどうしてここにあるんだ？」

「たぶん借りてるんじゃないかしら」サムが答え、作品の横の壁に貼られたラベルを読んでから付け加えた。「でも、あと一カ月だけよ。でも、もっと大事なのは、あのときわたしがあなたにどんな話をしたかだけど、憶えてる？」

「憶えてるさ、この作品は富裕な商人の結婚を描いたもので、ファン・エイクはその行事を記録するために制作を依頼されたんだろ」

「悪くない答えだけど」サムが言った。「実際のところは、ファン・エイクはいまの時代の結婚式場カメラマンの仕事をしていたに過ぎないの」

　口を開こうとしたセブより早く、サムが付け加えた。「花嫁のドレスの生地と、花婿のコートの襟の毛皮を見てご覧なさい――実際に手触りがわかるような気がするでしょう」

「花嫁は妊娠していて、しかも出産が近いようにぼくには見えるけどな」

「なかなか大した観察力ね、セブ。でも、当時、富裕な男性は妻を選ぶに当たって確認しなくちゃならなかったのよ、自分の富を引き継ぐ跡継ぎを産むことができるかどうかをね」

「オランダ人というのはずいぶん実際的だったんだな」セブは言った。「でも、金持ちじゃなかった場合はどうなんだ？」

「下層の人々はもっときちんと振る舞うことを期待されていたわね」

セブはその絵の前で片膝を突き、サムを見上げて言った。「サマンサ・エセル・サリヴァン、私はあなたをいまもこれからも、常に尊敬し、愛します。地上の何にもまして、あなたに妻になってもらうことが望みです」

サムが真っ赤になり、セブの前にしゃがんでささやいた。「立ちなさいよ、馬鹿ね。みんなが見てるじゃないの」

「ぼくの質問に答えてくれるまでは立たない」

来館者の小グループが絵の鑑賞をやめて彼女の答えを待っていた。

「もちろん、あなたと結婚します」サムが答えた。「あなたがわたしを逮捕させた日からずっと、あなたを愛しています」野次馬の何人かが彼女の言葉の意味を理解できずに怪訝な顔をした。

セブは立ち上がり、赤い革張りの小箱を上衣のポケットから出して彼女に贈った。その箱を開けたサムは、小粒のダイヤモンドに取り巻かれた精妙な青いサファイヤを見て、今度ばかりは言葉を失った。

セブは彼女の手を取り、左手の薬指に嵌（は）めてやった。婚約者にキスしようと前に身体を傾けたセブに、周囲から拍手が送られた。手をつないでその場を離れながらサムはちらりとファン・エイクの絵を振り返り、あのことを彼に教えたものかどうか思案した。

12

「金曜の夕方は何時に退勤されましたか、サー？」

「確か六時ごろだったと思います、警部」スローンは答えた。

「ミスター・ハードキャッスルとの約束の時間は何時でしたか？」

「五時です。毎月最終週の金曜には、必ず五時に会って、私の部門の数字を検討することになっていました」

「その検討が終わってあなたがこの部屋を出られるとき、ミスター・ハードキャッスルの機嫌はどうでしたか？」

「最高によかったですよ」スローンは答えた。「今月の私の数字は二・二パーセント上がっていたし、私がいま取りかかっているプロジェクトについても詳しい話ができましたからね。それを聞いて、とても興奮しておられました」

「病理医は死亡時刻を金曜の夕刻の六時ごろと推定しています。だとすると、生前のミスター・ハードキャッスルを見たのはあなたが最後ということになると思うのですが」

「もしそうであるならば、検討会議がもう少し長びいていればよかったんですが」

「確かにそうですね。ミスター・ハードキャッスルはあなたがいるあいだに薬を服まれましたか？」

「いや、そういうことはありませんでした。セドリックが心臓に問題を抱えていることはみんなが知っていましたが、彼は従業員の前では薬を服まないようにしていましたから」

「妙に思えるのは、ミスター・ハードキャッスルが小瓶を握っておられるにもかかわらず、錠剤が会長室の床にばらばらに散らばっていたことなんです。せめて一錠ぐらいは手に取れそうなものだと思うんですが、それができなかったのはなぜでしょう？」

　スローンは何も言わなかった。

「それから、夜間受付のスタンレー・デイヴィスによると、あなたは土曜の朝に彼に電話をして、自分宛に荷物が届いているかどうかを確認されたそうですね」

「ええ、そのとおりです。月曜の午前中に予定されていた会議のための資料が必要だったんです」

「それは届いたんですか？」

「ええ、今朝になってからですが」

「ミスター・デイヴィスに聞いたところでは、これまであなたが土曜の朝に電話してきたことはないそうですが」

スローンは誘いに乗らなかった。

「病理医の死亡証明書はミスター・ハードキャッスルの死因が心臓発作であると結論していて、検視官がそれを追認するのは間違いないと思います」スローンは依然として沈黙をつづけた。「これからの何日かは連絡を取れるようにしておいていただけますか、ミスター・スローン、またお尋ねしたいことが出てくるかもしれませんから」

「もちろん、そうしておきましょう。ただし、明日はハダーズフィールドまで行くつもりでいますがね。ミセス・ハードキャッスルにお悔やみを申し上げて、葬儀の手配など、手伝うことがあるかどうかを確かめたいのでね」

「なるほど、配慮が行き届いていますな。ともかく、事情聴取するのはあと一人か二人だけですから、それがすんだら失礼しますよ、ミスター・スローン」

スローンは警部がオフィスを出ていくのを待ってドアを閉めると、受話器を手に取った。

「今日の就業時間が終わるまでに、あの文書にサインして準備する必要があるんだ」

「いま、その文書を作成させているところです、サー」

スローンが次に電話をしたのは、〈セーヴィルズ不動産〉のラルフ・ヴォーンだった。

彼はファージングズ銀行会長の死に悔やみを述べたが、金曜の午後にセドリック・ハードキャッスルと交わした会話の詳細に入っていこうとしなかった。

「あなたもそうでしょうが」スローンは言った。「私どもも会長の死は無念です。それは会長自身も、会長のご遺族も同じでしょう。しかしながら、金曜の夕刻に会長が私に与えられた最後の指示は、〈シフナル・ファーム〉の取引を絶対に成立させろというものでした」

「しかし、あなたもご承知と確信していますが、ハードキャッスル会長は金曜の午後、ファージングズ銀行は入札に加わらないと、取引からの撤退を表明されましたよ。あれには控えめに言っても、かなり当惑させられましたがね」

「それは、そのときまでに私が完全な説明を会長にできなかったからです。会長は今朝一番にあなたに電話をして、撤退を撤回することになっていたんですよ」

「そうであるならば、締切を一週間延長するにやぶさかではありません。もっとも、それ以上は無理ですが」ヴォーンが強調した。

「ありがとうございます、ラルフ。それから、十六万ポンドの保証金は今日のうちにあなたに届けます。あとは、私どもの額を上回る入札をする者がいるかどうか、それを待つだけですね」

「そういう額が出てくるとは、私には想像できませんね」ヴォーンが言った。「しかし、これだけは教えていただきたい。あなたは銀行を代表して百六十万ポンドの入札をする権限を持っておられるんですね」

「セドリックの最後の願いが現実になるのを見届けるのが、私の最低限の義務ですよ」スローンは言い、受話器を戻した。

三本目と四本目の電話はファージングズ銀行の大株主二人にかけたもので、二人とも、彼の提案をミセス・ハードキャッスルが認めたのであればという条件付きではあったが、支持すると言ってくれた。

「明日の就業時間までには、サインをすればいいようにした文書をあなたの机に届けさせます」スローンは二人に請け合った。

そして、スイスのチューリヒ銀行へ五本目の電話をかけた。


その日の朝、セブはオフィスからの電話で母に会長の死を知らせた。

「それは本当に残念ね」エマが言った。「あなたはセドリックを心から敬愛していたものね」

「ぼくがファージングズ銀行を去る日は遠くないと考えざるを得ないよ、スローンがセドリックのあとを襲うとなったら尚更だ」

「とにかく大人しくしていることね。いい仕事をしている者を解雇するのはとても難しいんだから、それを忘れないで」

「お母さんは明らかにスローンに会ったことがないようだね、だから、そんなことが言えるんだ。あいつなら、自分が将軍になると保証されたら、ワーテルローの戦いの朝にだってウェリントンを馘にしただろうね」

「いいこと、ロス・ブキャナンはいまでも副会長なのよ。セドリックのあとを襲うとしたら彼でしょう。それを忘れないことね」

「そうだといいんだけどね」セブは言った。

「わたしは確信しているけど、スローンの動きについて、セドリックはロスにしっかり報告していたはずよ。それから、葬儀の日時と場所がわかったら教えてちょうだい、ハリーもわたしも参列したいから」


「こんなときにあなたを煩わせて本当に申し訳ありません、ミセス・ハードキャッスル。しかし、あなたも私もわかっているとおり、ご主人は私に何も期待しておられなかったわけではないでしょうから」

　ベリル・ハードキャッスルがウールのショールをしっかりと巻き付け、背中を丸めた。大きな革張りのアームチェアのなかにほとんど消えてしまったかのようだった。

「わたしは何をしなくてはならないのかしら？」彼女がささやくような声で訊いた。

「面倒なことは何もありません」スローンは言った。「二通の書類にサインをしていただくだけです。それから、ジョンソン師があなたに葬儀の手順を説明するべく待っておられると思いますが、彼の唯一の懸念が、あの教会では器が小さいのではないかということとなのです。木曜日には、地元の人たちだけでなく、ロンドンからも故人の友人や同僚が会葬にやってくるでしょうから」

「自分のためにだれにもその日の仕事を休んでもらいたくないと、あの人は常々言っていましたけど」ベリルが言った。

「私には彼らを止める勇気がありませんでした」

「お気遣いいただいて、本当に感謝します」

「せめてそのぐらいのことはしないと故人に申し訳が立ちません」スローンは言った。

「ですが、もう一つだけ、処理してもらわなくてはならない些細なことがあるのですよ」そして、ブリーフケースから分厚い書類を取り出した。「あなたのサインをいただく必要があるのです。そうすれば、銀行が遅滞なくいままで通りに日々の仕事をすることができますから」

「今日の午後まで待っていただけないかしら」ベリルが訊いた。「息子のアーノルドがいま、ロンドンからこっちへ向かっているところなの。たぶんご存じでしょうけど、勅撰弁護士で、何であれ銀行に関することについては普段から助言してもらっているの」

「申し訳ないのですが、そうもいかないのです」スローンは言った。「会長が予定しておられた約束を私が代行しなくてはならないのですが、そのためには二時の列車でロンドンへ戻らなくてはなりません。もしよろしければ、私が銀行へ戻ったらすぐに、ご子息の事務所へこの書類のコピーをお届けすることもできますが」そして、彼女の手を取った。「三カ所にサインしていただくだけでいいのです、ミセス・ハードキャッスル。ですが、何であれ疑念をお持ちであるなら、是非ともすべてに目を通してからにしてください」

「それには及ばないでしょう」細かい文字がぎっしりタイプされた印刷物を読もうともせずに、ベリルはスローンの差し出したペンを受け取った。スローンは部屋を出ると、教区司祭に立ち会いを頼んだ。そのあと、ミセス・ハードキャッスルの横に膝を突き、最初の書類の最後のページをめくって署名欄に指を置いた。ベリルは三通の書類すべてにサインをし、立ち会ったジョンソン師は彼女が署名するのを無邪気に見守っていた。

「では、木曜にまたお目にかかります」スローンは立ち上がった。「そのときには、瞠目すべき人生で故人が成し遂げたすべてを、われわれは賛嘆と感謝をもって思い出すことになるでしょう」

そして、司祭とともに老婦人を残して立ち去った。


「ミスター・クリフトン、金曜の午後五時はどこにいらっしゃいました?」

「アムステルダムで、ガールフレンドのサマンサと国立美術館にいました」

「ミスター・セドリック・ハードキャッスルを最後に見たのはいつですか?」

「木曜の午後八時ごろ、シュロップシャーの〈シフナル・ファーム〉から戻ったその足で、カドガン・プレイスの自宅へうかがいました」

「ミスター・ハードキャッスルが就業時間外にあなたを自宅へこさせたがった理由は何でしょう、次の日の朝にオフィスで会えたでしょうに」

それは銀行のある意味で機密事項に関することだと言えば、それ以上は警部も立ち入れず、次の質問に移るしかないはずだということはよくわかっていたが、それでも、セバスティアンはどう答えるべきかを少し考えた。

「私はある取引のことを調べていました。会長はその取引に関して、彼に隠れて本行の上級管理職の一人が動いていると信じる理由をお持ちでした」

「そして、あなたは件の人物がミスター・ハードキャッスルに隠れて動いていることを突き止めた?」

「ええ」

「もしかして、その上級管理職とはミスター・エイドリアン・スローンではありませんか?」

セブは沈黙を守った。

「あなたが何を突き止めたかを知ったあと、ミスター・ハードキャッスルはどんな態度を取られたんでしょう」

「その人物を次の日に解雇するとおっしゃり、そのときにはできるだけオフィスから遠くにいるようにと私に言われました」

「あなたの直属の上司を解雇するからですか?」

「それが金曜の夜に私がアムステルダムにいた理由です」セブは質問を無視して言った。

「いまはそれを後悔しています」

「なぜですか?」

「なぜなら、あの日、私が出勤していれば、ミスター・ハードキャッスルを助けられたかもしれないからです」

「同じ状況に直面したら、ミスター・スローンはミスター・ハードキャッスルを助けただろうと思いますか?」

「父が常々言っているんですが、警察官というのは仮定の質問をしないものなのではありませんか?」

「われわれ全員がかのウィリアム・ウォーウィックのようにいとも簡単にすべての犯罪を解決できるわけではありませんよ」

「スローンが会長を殺したと考えておられるんですか?」セブは訊いた。

「いや、そうではありません」警部が答えた。「しかし、彼がミスター・ハードキャッスルの命を救えた可能性はあるでしょう。もっとも、ウォーウィックの凄腕をもってしても、証明するのは難しいとわかるでしょうがね」

「日暮れてやみはせまり」の最後の節が歌われているとき、ハダーズフィールド主教のアシュリー・タドワース師が六段の階段を上がって説教壇に立った。

彼は人で埋め尽くされた信徒席を見下ろし、会葬者が落ち着くのを待った。席を見つけられない者は通路に立ち、遅れてきた者は教会の後方で肩が触れ合わんばかりに一塊になっていた。それが故人の故人たる所以(ゆえん)だった。

「言うまでもないことですが、葬儀は悲しいものです」主教は口を開いた。「故人が潔白な人生を送る以上のことを多少なりと成し遂げていれば尚更であります。罪のない人生であるだけならば、頌徳(しょうとく)の言葉を送るのは簡単な使命ではありませんが、セドリック・アーサー・ハードキャッスルの場合、その賞賛に値する人生についてその言葉を準備するのは、私にとって難しいことではありませんでした。

「セドリックの生涯を銀行報告になぞらえるなら、彼はすべての口座を清算しないままこの世を去ったと言えるでしょう。この端倪(たんげい)すべからざるヨークシャー人について、どこにでもありそうにない物語を語るのに、私はどこから始めるべきでしょうか?

「セドリックは十五歳で学業を終え、父親のあとを追ってファージングズ銀行に職を得ました。彼は職場でも、自宅でも、父親を常に〝サー〟付けで呼びました。その父親ですが、実は退職がもう少し遅ければ、息子を〝サー〟付けで呼ばなくてはならなくなるところだったのです」

　会葬者のなかから小さな笑いが漏れた。

「セドリックの勤め人としての人生は、見習いとして始まりました。二年後に金銭出納係になったのですが、その時点では口座を開くことができる年齢にも達していませんでした。そこから副部長に進み、次いで支店長に、さらに地域監督官に昇進して、そのあとファージングズ銀行史上最年少の重役に抜擢されました。四十二歳で会長になったとき、意外に思う者は、文字通り一人もいませんでした。彼は二十三年のあいだその地位を保ち、その間に、ファージングズ銀行をヨークシャーの小さな町の一介の地方銀行から、ロンドンのシティにおいて最も尊敬される金融機関の一つに育て上げたのです。

「しかし、セドリックがイングランド銀行の会長になったとしても変わらなかったことが一つあるはずです。それは彼が口癖のように言っていた言葉、すなわち〝小さな金額をいい加減に扱うな、大きな金額は自ずから自分を大事に扱うから〟であります」

「このままうまくやりおおせることができるかな？」スローンは神経質に訊いた。

「それが過去四日にあなたがしたことのすべてが合法で、重役会にも知られていないかどうかという質問であるならば、答えはイエスだ」

「定足数は足りているか？」

「もちろんだ」ファージングズ銀行の主席法律顧問が答えた。「社長、総務担当重役、六人の社外重役が重役会議室であなたを待っている。ところで」彼は付け加えた。「今日、ロンドンで重役会を開くのではなく、ハダーズフィールドの葬儀に参列すべきではないかと彼らが提案したときにあなたがどう答えたか、是非ともそれを知りたいものだな」

「それは諸君が決めることだと、そう言っただけだよ。その結果、彼らはこの世で重役でいるか、あの世で重役になるかを採決して決めることができたというわけだ」

アトキンズが微笑して時計を見た。「そろそろ十時だ、彼らに合流したほうがいい」

二人はスローンのオフィスをあとにし、分厚い絨毯を敷いた廊下を黙って歩いていった。スローンが重役会議室に入ると、いまは亡きハードキャッスル会長を迎えるときに常にそうしていたように、全員が起立した。

「みなさん」全員が着席するのを待って、総務担当重役が言った。「この臨時重役会が招集された目的は一つです、すなわち……」

「セドリック・ハードキャッスルを思うときはいつでも」主教がつづけた。「私たちは何をおいても一つのことを忘れてはなりません。彼はヨークシャー人の典型であったということです。ヘディングリーで行なわれるクリケットのローズ・マッチのお茶休憩（ティー・ブレーク）のときに再臨が起こったとしても、彼は驚かなかったでしょう。ヨークシャーは国であって州ではないと信じて、セドリックは揺らぐことがありませんでした。事実、ファージングズ銀行が国際的になったと彼が見なしたのは、香港に支店を開いたときではなく、マンチェスターに支店を開いたときだったのです」

主教は笑いが収まるのを待ってつづけた。

「セドリックは虚栄心とは無縁だったものの、誇り高くあるのをやめることはありませんでした。自分が日々奉仕している銀行を誇りに思い、多くの顧客や従業員が自分の導きとリーダーシップの下で利益を得ることを、もっと誇りにさえ思っていたのです。今日、この信徒席におられるみなさんのどれほど多くが、最下級の見習いから〈ソニー・インターナショナル〉の会長にいたるまで、彼の知恵と先見性の恩恵に与ったことでしょう。しかし、何よりも記憶されるであろうことは、疑いの余地のない彼の評判、すなわち、誠実であり、高潔であり、上品な人であったということであります。自分の仲間と向かい合うときに、彼はそれを当然の基準と見なしていました。また、いい取引とは双方が得をし、通りで出会ったときはいつでも、双方が帽子を上げてにこやかに挨拶しつづけられるものでなくてはなりませんでした」

「セドリック・ハードキャッスルの悲劇的な死のあと、本重役会が新たな会長を選出することであります。それが本日の議題です」総務担当重役がつづけた。「現在、候補として名前が挙がっているのは、多大な利益を生み出している不動産部門の長、ミスター・エイドリアン・スローン一人だけです。ミスター・スローンはすでに本行の株主の六十六パーセントの支持を取り付けていますが、会長としての指名を受けるには、本重役会の承認も得るべきであるというのが本人の考えです」

それを合図に、マルコム・アトキンズが口を開いた。「私は喜んでエイドリアン・スローンが次期ファージングズ銀行会長になることを支持します。なぜなら、セドリックもそれを欲したはずだと考えるからです」

「私もミスター・アトキンズの考えを支持するにやぶさかではありません」社外重役になって間もないデズモンド・メラーが同調した。

「賛成の方は?」総務担当重役が決を採ろうとした。すぐに全員の手が挙がった。「提案は満場一致で可決されました」

スローンはゆっくりと立ち上がった。「みなさん、まずはお礼を申させてください。これほどの確信を露わにして次期ファージングズ銀行会長に私を選んでくださったことに感謝します。セドリック・ハードキャッスルのあとを襲うのは簡単ではありません。彼が去ったことはわれわれにとって悲劇でしかありません。彼はこれからも長い年月にわたってともにあると、われわれ全員が考えていました。彼はこれ以上賛嘆できないほどの人物でした。私は彼を同僚というだけでなく、友人であると考えていました。したがって、彼からバトンを受け継ぎ、銀行間の競争の次の区間を走ることは、その誇りをいや増してくれるものでしかありません。私はそのような人物の後釜（あとがま）に坐るのです。全員が起立し、かの偉大な人物を記憶に刻みながら黙禱（もくとう）することを、謹んで提案します」

「しかし、究極的には」主教はつづけた。「何より記憶されるべきは、セドリック・ハードキャッスルが家族を大切にする人だったということであります。彼はハダーズフィールドの小学校時代、ミルク係だった彼女が特に三杯目の一パイントを注いでくれた日からベリルを愛し、彼らの一人息子のアーノルドが勅撰弁護士になったときには、これ以上は無理だというぐらいに鼻高々でした。しかし、そういう息子が教育を完成させるのになぜリーズ大学ではなくオックスフォード大学を選択したのか、その理由を理解することは決してありませんでした。

「この説教を終えるに当たって、私の最も古くからの最愛の友人の一人を思う気持ちを、サー・トーマス・フェアファックスにバッキンガム公爵が送った墓碑銘を借りて、短く伝えることをお赦しください。

〝嫉妬が何であるかも、憎しみが何であるかも、彼は決して知らなかった。

　彼の魂は価値と誠実さに満ちていた、

　そして、それ以外もう一つ、まったく時代遅れのものにも満ちていた。

謙遜と呼ばれるものに〟」

マルコム・アトキンズがシャンパンのグラスを挙げた。

「ファージングズの新会長に」アトキンズが乾杯し、スローンはセドリックの机の向こうの椅子に初めて腰を下ろした。「それで、会長としての最初の仕事は何にするつもりなんだ？」

「百六十万ポンドでも安い理由をだれかが感づく前に、シフナルの取引を間違いなく成立させることだよ」

「では、二番目は？」メラーが訊いた。

「セバスティアン・クリフトンを馘にすることだ」スローンは吐き捨てた。「それに、ハードキャッスルと近かったやつ、あいつの時代遅れの哲学を信奉していたやつらもだ。この銀行は現実の世界に参加しようとしていて、そこにあるのは儲けであって人ではない――これが私の唯一のモットーとなるだろう。口座を別の銀行へ移すと脅す顧客がいたら、そうさせてやるさ。それがヨークシャーの人間なら尚更だ。たったいまから、本行の行是はこうなる――〝小さな金額しか預けられないなら、わざわざ本行に口座を持つな〟だ」

棺が墓に下ろされるときセバスティアンは頭を垂れていたから、彼の涙を見た者はいないはずだった。ロス・ブキャナンは思いを隠そうともしなかった。エマとハリーは手を握り合っていた。彼ら全員が、賢くて素晴らしい友人を失った。

　ゆっくりと墓の前を離れようとしていると、アーノルド・ハードキャッスルと彼の母親がやってきた。

「なぜエイドリアン・スローンはこなかったんだ」ロスが訊いた。「それに、言うまでもないが、六人の重役もだ」

「父はスローンを見たくなかったと思いますよ」アーノルドが答えた。「死ぬ直前には、彼を解雇しようとしていたんですから」

「父上から直接聞いたのか？」ロスは訊いた。

「聞きました。金曜の午前中の早い時間に電話をしてきて、一つの部門の長が銀行の金を自分の私的な取引に使って捕まったら、法的にはどういうことになるのかを教えてくれと言ったんです」

「父上はどの部門の長かを明らかにしたのか？」ロスが三度(みたび)訊いた。

「その必要はありませんでした」

「六人の重役って言ったわよね」エマがさえぎった。

「言ったが」ロスが訝った。「なぜそんなことが大事なんだ？」

「六人いれば定足数を満たすのよ。セドリックがいまも生きていたら、スローンが何を企んでいるかを見抜いたはずよ」

「何てこと。彼があの書類にわたしのサインを必要とした理由がいまわかったわ」ベリルが言った。「セドリックは絶対にわたしを赦してくれないわ」

「お母さんだけじゃないよ、ぼくもぎょっとしてる。だけど、心配はいらない、お母さんはまだあの銀行の株の五十一パーセントを持ってるんだから」

「だれか、もっとわかりやすい英語で説明してくれないかな」ハリーは言った。「いったい何の話をしているんだ?」

「エイドリアン・スローンがたったいま、自分をファージングズ銀行の新会長に任じたんだよ」セバスティアンは言った。「一番近い電話はどこですか?」

13

　セバスティアンは時間を確認した。一本の電話をかける時間は辛うじてあった。目に入ったたった一つの電話ボックスは、ほっとしたことに使用中でもなく、故障もしていなかった。彼は記憶している番号をダイヤルした。

「ヴィクター・コーフマンです」

「ヴィクか、セブだ」

「やあ、セブ。何だか地球の裏側から電話してるみたいに聞こえるぞ」

「全然そんなことはないよ。ハダーズフィールド駅からかけてるんだ。セドリック・ハードキャッスルの葬儀に参列していたんだよ」

「そういえば、〈フィナンシャル・タイムズ〉の蓋棺録に載ってたよ。きみはあのすごい人物の下で仕事をしていたんだったな」

「きみは彼のすごさの半分も知らないさ。ところで、それがいま電話している理由なんだ。きみの父上と大至急会わなくちゃならない」

「それなら、父の秘書に電話してくれればいいようにしておくよ。間違いなく面会できるよう、彼女に手配しておくから」

「相談したいことがあるんだが、悠長にはしていられないんだ。今夜、会いたい。どんなに遅くとも、明日の朝でなくちゃ駄目だ」

「でかい取引の匂いがするけど、違うのか？」

「おれの机を通過したなかでは最大の取引だ」

「そういうことなら、おれがすぐに父に話そう。ロンドンへは何時に着く？」

「これから四時十分にユーストン駅に着く列車に乗る」

「駅に着いたら電話をくれ、そうすれば、おれが――」

甲高い笛の音が鳴り響き、緑の旗が振られているのが見えた。セブは急いで受話器を戻すとプラットフォームへ走り、動き出している列車に飛び乗った。

客車の後ろのほうの席に腰を下ろし、息が整うやいなや、セント・ビーズ校でヴィクと初めて出会ったときのことを考えた。そのときは彼やブルーノ・マルティネスと学習室を共有していて、三人は一番仲のいい友だちだった。一方はユダヤ人移民の息子で、もう一方はアルゼンチン人の武器商人の息子だった。時を経るにつれて、三人は離れることのできない親友になった。セブがそのユダヤ人の友だちを守ろうとして目の周りに黒い痣を作るはめになったとき、友情はさらに強固にさえなった。もっとも、その時点ではユダヤ人がどういう人たちなのかをはっきり知っていたわけではなく、民族や宗教に関しては丸っきり無知だったのだが、偏見が教えられるのはしばしば朝食のテーブルであることがすぐにわかった。
葬儀のあと、夫と一緒にブリストルへ戻るために車を発進させる直前に母が与えてくれた、経験と思慮に富んだ助言をセブは思い出した。彼女が正しいことはわかっていた。セブは時間をかけて第一稿を書き、推敲してから第二稿を書き直した。列車がユーストン駅に着くころには最終稿が完成していて、セブは母とセドリックがそれをよしとしてくれることを祈った。

その筆跡を見て、だれが書いたものかをスローンはすぐに悟った。すぐさま乱暴に開封して手紙を取り出したが、一語読み進めるごとに怒りが募った。

親愛なるミスター・スローン
いくらあなたでもセドリック・ハードキャッスルの葬儀の当日に、自分を会長に指名させるためだけに重役会を開くという見下げ果てた真似ができようとは、私には信じられません。しかし、セドリックは私と違って、あなたに二心があったことを意外には思わなかったでしょう。

まんまとやりおおせたとあなたは考えておられるかもしれませんが、私は断言します。あなたはまんまとやりおおせてなどいない。なぜなら、あなたが欺瞞的な行ないをしたことを——なぜなら、セドリックが最も後継者にしたくなかったのがあなただということは、あなた自身も私もよくわかっているのですから——白日の下に晒さらすまで、私の心が休まることがないからです。

この手紙を読んだあとではあなたも驚きはしないでしょうが、私はもはやあなたのような人の道を外れたペテン師の下で働きたくはありません。

S・クリフトン

スローンは癇癪を抑えきれずに椅子から飛び上がり、秘書のオフィスに跳び込むなり怒鳴った。「あいつはまだこの建物のなかにいるのか?」

「だれのことでしょう?」レイチェルが無邪気に訊いた。

「クリフトンに決まってるだろう」

「手紙を渡されて、それをあなたの机に置いておくよう頼まれてからは、姿を見ていません」

スローンは急いでオフィスを出ると、勢いこんで廊下を歩いていった。クリフトンにまだ席にいてほしかった。そうすれば、ほかの行員の面前でやつを馘にすることができる。

「クリフトンはどこにいる?」セバスティアンの部屋に入るなり、スローンは詰問した。セブの若いアシスタントのボビー・ラシュトンが新会長を見上げたが、あまりの剣幕に縮み上がって、一言も発することができなかった。「おまえ、耳が聞こえないのか?」スローンは詰め寄った。「私の言ったことがわからないのか? クリフトンはどこにいるかと訊いているんだ」

「彼なら数分前に荷物をまとめて出ていきました」ラシュトンが答えた。「もうここを辞めたから、戻ってくることはないとも言っていました」

「出ていくのが数分遅かったら、この場で馘を宣告してやれたんだがな」スローンは言い、若者を見下ろして付け加えた。「おまえもあいつと一緒に出ていってもらおうか。一時間以内に必ずこの建物から出ていけ。この部屋にクリフトンが存在したことをほのめかすようなものは、絶対に、何一つ残すな」

スローンは荒い足取りで会長室へ戻ると机に着いた。さらに五通の封筒が届けられていて、すべてに〝親展〟と記され、開封されるのを待っていた。

「セドリック・ハードキャッスルには六度しか会っていないし、それもほとんど社交の場だ」ソール・コーフマンが言った。「取引をしたことも一度もないが、そういう機会があればよかったのにと残念に思っているよ。なぜなら、いまも取引は契約書でなくて握手で成立すると信じていた、シティでは本当に数少なくなった人物の一人だったからな」

「新会長との取引では、契約書すら必要なくなるでしょう」セブは言った。

「エイドリアン・スローンには会ったことがないし、評判を聞いて知っているだけだ。きみがこんなに急いで私と会いたがった理由は彼なのかな？」

「実はそうなんです、サー」セブは答えた。「ハードキャッスル会長が心臓の発作に襲われたとき、私はスローンが関わっている大きな取引について調査していました」

「では、その取引のことをゆっくりと説明してもらえるかな。どんな細かなことも一切省かないでくれよ」

セブは〈セーヴィルズ不動産〉のラルフ・ヴォーンの電話のことから話を始め、それがスローンの企みを気づかせてくれたことを明らかにした。そして、その次の朝、ハードキャッスル会長の指示でシフナルへ行き、ミスター・スワンと会って話を聞いて、スローンがシュロップシャーの千エーカーの農場を購入するのに相場をはるかに超えた金額を払おうとしている理由を突き止めたことを、つまびらかに語った。

セブが説明を終えると、コーフマンの顔に謎めいた笑みが浮かんだ。

「われわれ全員が見落としていたことにミスター・スワンがたまたま気づいたということがあり得るだろうか？　まあ、その真偽は早晩わかるだろう。政府は数週間以内にその結果を調べて詳しく公表しなくてはならないことになっているからな」

「ですが、われわれには数週間なんてないんです、あるのはたった二日なんですよ。忘れないでください、入札の締切は明日の五時なんです。たぶん間違いありません」

「では、その入札で私にスローンに勝ってほしいということか？　政府が何を計画しているかをミスター・スワンが突き止めたという可能性に賭けて？」

「ハードキャッスル会長はその危険を引き受けるつもりでした」

「スローンと違って、セドリック・ハードキャッスルは慎重な人だという評判だったがな」コーフマンがあたかも祈りを捧げるかのように両手を組み合わせ、その祈りが答えを与えてくれると口を開いた。「最終的な結論を出す前に、何本か電話をする必要がある。だから、明日の午後四時四十分にもう一度ここへきてくれないか。私自身が納得できれば、そこから動き出すことにする」

「でも、その時には手後れになっていますよ」

「私はそうは思っていないよ」コーフマンが言った。


セブは呆然（ぼうぜん）としてコーフマンの銀行を出た。コーフマンがあの取引に関わってくれるという確信はまったくなかった。だが、頼るところはほかになかった。

自宅へ急いだ。今朝アパートを出てから起こったことのすべてをサマンサと分かち合いたかった。彼女は常にセブとは異なった角度から物事を見て、彼女のお気に入りのアメリカ風の表現を使うなら、突拍子もない意見を口にすることがしばしばあった。

サムが夕食の支度をしているあいだ、セブは今朝の葬儀にだれが参列していたか、そしてもっと重要なことである、だれが参列しなかったかを、さらには、自分がハダーズフィールドにいる隙を突いてスローンと彼の取巻きどもが何を企んでいたかを語って聞かせ……自分がこれから職を探すことになる理由を明らかにした。

セブがようやくキッチンを往き復りするのをやめて腰を下ろすと、サムが口を開いた。「でも、スローンがいかさまなやつだってことは昔からわかっていたんでしょう。だとしたら、自分に反対する人間が町にいないときを狙って重役会を開いたとしても驚くには当たらないわよ。あなたのお母さまなら絶対にお見通しだったはずだわ」

「母は確かに予測したけど、そのときにはもう手後れだったんだ。でも、ぼくはまだ望みを捨てていない。あいつのリングであいつを叩きのめすことは不可能じゃないはずだ」

「彼のリングに上がっちゃだめよ」サムが言った。「こういう状況でセドリックならどうするか、その答えを見つける努力をするの。スローンじゃなくてね」

「だけど、あいつをやっつけようとするんなら、あいつのように考えなくちゃ駄目だろう」

「そうかもしれないけど、それはあなたが彼のように振る舞わなくちゃならないってことじゃないわ」

「〈シフナル・ファーム〉は人生に一度の、やつを叩き潰す大チャンスなんだ」

「それはスローンと同じように卑劣なことをしてもいいという十分な理由にはならないわよ」

「しかし、サム、こんなチャンスは二度と訪れないかもしれないんだぞ」

「もちろんそんなことはないわよ、セブ。長い目で見て考えるの。そうすれば、エイドリアン・スローンとセドリック・ハードキャッスルの違いがわかるはずよ。なぜなら、わたしには絶対の確信が一つあるの、スローンの葬儀に参列する人はまったくと言っていいほどいないという確信がね」


結果として、金曜はセバスティアンにとって人生で一番長い一日になった。コーフマンが何をしようとしているのかを推理して、前夜はほとんど眠れなかった。

サムがキングズ・カレッジの講義に出席するために出かけると、彼はアパートのなかをうろうろと歩きまわり、上の空で朝刊を眺め、朝食に使った何枚かの皿をとんでもなく長い時間をかけて洗い、公園でジョギングまでしたが、アパートへ帰ってみるとまだ十一時をわずかに過ぎたところでしかなかった。

シャワーを浴び、髭を剃り、ベイクド・ビーンズの缶詰を開けた。間断なく時計に目をやったが、秒針は六十秒ごとに文字盤を一周するだけだった。

昼食とも言えないような簡単な昼食をすませたあと、二階の寝室へ上がってワードローブから一番洒落たスーツを出し、アイロンをかけたばかりの白いシャツを着て、昔のスクール・タイを締めた。そして最後に、中隊付き最先任上級曹長でさえ誇りに思うほどに靴を磨き上げた。

四時、バス停に立ち、四番のバスが市内へ連れていってくれるのを待った。セント・ポールでそのバスを飛び降り、しかし、ゆっくりと歩いてチープサイドのコーフマンの銀行の前に着いた。しかし、まだ四時二十五分にもなっていなかった。銀行のある街区（ブロック）を決して急ぐことなく歩きまわるしか、時間を潰す術はなかった。いくつもの見慣れた金融機関の前を通り過ぎていると、スクウェア・マイル（シティの別称）でどんなに楽しく働いていたかが思い出され、一瞬たりともそれを考えないようにしなくてはならなかった。

四時三十八分、ようやく足取りを速めて銀行へ入り、受付にいる女性に告げた。「ミスター・コーフマンと約束しているんだが」

「どちらのミスター・コーフマンでしょう？」彼女が温かい笑顔で訊いた。

「会長のミスター・コーフマンだ」

「承知しました、サー。お坐りになってお待ちいただけますか、お見えになったことを知らせて参りますので」

セブはもっと大きな時計の秒針がもっと大きな弧を描くのを見ながらロビーをうろつい

たが、結果はまったく同じでしかなかった。われに返ったのは、肩を叩かれて、こう言われたときだった。「会長がオフィスでお待ちだ。案内するよ」

　セブはヴィクが〝父〟と言わなかったことに感心した。両方の掌に汗が滲むのがわかり、のろのろと最上階へ向かうエレヴェーターのなかで、その掌をズボンで擦った。会長室に入ると、ミスター・コーフマンは電話中だった。

「その決定を下すには同僚と相談をする必要があるのですよ、ミスター・スローン。五時ごろに、こちらからお電話しましょう」セブが恐怖を顔に表わすのを見て、コーフマンが唇に指を当てた。「それでかまいませんか？」

　スローンは受話器を置くと、またすぐに上げて、秘書を通すことをせずに番号をダイヤルした。

「ラルフか、エイドリアン・スローンだ」

「そうではないかと思いましたよ」ヴォーンが時計を見て応えた。「喜んでいただけると思うんですが、金曜の最初から最後まで、〈シフナル・ファーム〉に関する電話は一本もありませんでした。というわけですから、あとわずか十五分で、あの不動産があなたのものになると考えて問題はないでしょう。五時を過ぎたらすぐに電話を差し上げますから、そこで書類の処理をどうするかを相談できればと思います」

「私のほうに異存はない」スローンは言った。「だが、電話をかけたときに私が話し中でも驚かないでくれよ。なぜなら、私はいま、〈シフナル・ファーム〉より大きいと言っても過言でない取引に関わっているのでね」

「しかし、いまから五時までのあいだにだれかが入札してきたら――」

「そんなことはあり得ないさ」スローンは言った。「とにかく、契約書が必ず月曜の朝一番にファージングズ銀行に届くようにしてくれればいいんだ。そのときには、小切手がきみを待っているから」


「五時まであと十分ですよ」ヴィクが言った。

「焦るな、息子よ」老人が言った。「取引を成立させようとしているときに疎(おろそ)かにしてはならないことはたった一つ、タイミングだ」そして、椅子に背中を預けて目をつぶった。だが、眠ったわけではまったくなかった。四時五十分から五時十分までは何があっても邪魔をするなと、すでに秘書には言い含めてあった。ヴィクもセブも沈黙を守った。

いきなりコーフマン会長が目を開け、背筋を伸ばして坐り直した。そして、机の上の二台の電話があってほしい場所に正確に配置されているのを確かめた。四時五十四分、コーフマン会長は身を乗り出して黒い電話の受話器を上げると、メイフェアの不動産屋の番号をダイヤルし、シニア・パートナーと話をしたいと頼んだ。

「これはこれはミスター・コーフマン、思いがけない喜びです」ヴォーンが言った。「ご用件をおうかがいします」

「まずはいまの時間を教えてもらえるかな、ミスター・ヴォーン」

「四時五十五分ですが」怪訝な声が返ってきた。「なぜそのようなことを？」

「なぜなら、シュロップシャーの〈シフナル・ファーム〉の入札がまだ締め切られていないことを確認したかったからだよ」

「もちろん、まだ締め切ってはおりません。しかし、申し上げておかなくてはならないと思いますが、すでに別の銀行から百六十万ポンドのオファーが出てきているのですよ」

「では、私は百六十一万ポンドでオファーしよう」

「ありがとうございます、サー」ヴォーンが言った。

「で、いまは何時かね？」

「四時五十七分ですが」

「このまま電話を切らずにおいてもらえるかな、ミスター・ヴォーン。別の電話がかかってきたようだ。ちょっと待っていてくれたまえ」コーフマンは黒い電話の受話器を机に置くと、赤い電話の受話器を取ってある番号をダイヤルした。

三回の呼出し音で応答があった。「エイドリアン・スローンだ」

「ミスター・スローン、貴行が選抜した投資家に薦めているナイジェリアの石油債のことでかけ直しているのですがね。先ほども申し上げたとおり、話を聞いた限りでは、この上なく関心をそそられる好機のように思われます。単一の金融機関が投資するとして、その最高金額はいくらでしょう」

「二百万ポンドです、ミスター・コーフマン。もっと高額の投資をしていただいてもいいのですが、本行の株主の多くがすでに関心を示しておられるものですからね」

「私の同僚の一人と相談するあいだ、このまま待っていてもらえますか?」

「もちろんですとも、ミスター・コーフマン」

コーフマン会長は赤い電話の受話器を机に置くと、黒い電話の受話器を取った。「お待たせして申し訳なかった、ミスター・ヴォーン。しかし、もう一度教えてもらわなくてはならないが、いまは何時だろう?」

「四時五十九分です」

「素晴らしい。お手数だが、あなたのオフィスのドアを開けておいてもらえるかな」

コーフマンは黒い電話の受話器を机に置き、赤い電話の受話器を手にした。「私の同僚が知りたがっているんだが、私どもが二百万ポンド満額を投資したら、その新しい会社の重役会に席を与えてもらえるのですか?」

「それは間違いないでしょう」スローンが言った。「実際、二人分の席を提供できるはずです、なぜなら株の十パーセントを保有なさることになりますからね」

「では、もう一度同僚と相談させてください」コーフマンは赤い受話器を机に戻し、黒い受話器を取った。

「オフィスのドアを開けておいてもらったあいだに何かありませんでしたか、ミスター・ヴォーン？」

「メッセンジャーが十六万千ポンドの銀行為替手形の入った封筒を届けてきました」

「取引を成立させるために要求される十パーセントの保証金です。それで、いま何時ですか、ミスター・ヴォーン？」

「五時二分です」

「では、入札は締め切られたわけだ。三十日以内に残りの九十パーセントを支払えば、〈シフナル・ファーム〉は私のものですな」

「間違いありません」ヴォーンは答えた。認めたくはなかったが、内心では、敗北したことを早くスローンに知らせたくてたまらなかった。

「では、よい週末を」コーフマンは黒い電話を切って赤い電話に戻った。

「ミスター・スローン、私としてはこの最高に刺激的なプロジェクトに二百万ポンド投資したいのは山々なんですが」コーフマンは言った。スローンの顔を見られないのが残念だった。「残念ながら、同僚がうんと言ってくれないのですよ。というわけで、不本意ではあるけれども、オファーを撤回せざるを得ません。さっきのあなたの話では株主の多くがすでに関心を示しておられるそうだから、私が手を引いたからといって大した問題ではないでしょう」

14

　セバスティアンは〈シフナル・ファーム〉の取引についてミスター・コーフマンがどういう戦術に訴えたかをサマンサに教えなかった。たとえ負けたのがスローンであっても、サマンサがそのやり方をよしとしないとわかっていたからだ。教えたのは、ミスター・コーフマンから職を提供しようとの申し出があったことだけにしておいた。

「でも、あの銀行には不動産部門はなかったんじゃないの？」

「いまはあるんだ」セブは言った。「その部門をぼくが設立するよう、ミスター・コーフマンに頼まれたんだよ。最初は小規模な取引から始めることになるだろうけど、結果を出せば、大口の取引だってできるようになるさ」

「素晴らしいニュースじゃないの」サムがセブを抱擁(ハグ)した。

「それに、優秀なスタッフを集めるのもそんなに難しくないだろう。何しろ、スローンはぼくのチーム全員を解雇したし、当然と言えば当然だけど、それ以外にも、レイチェルを含めて何人も辞めているからね」

「セドリックの秘書だったんだけど、新体制の下では一週間と保たなかったんだ。ぼくのところへきてくれと、もう頼んである。月曜に白紙の状態からスタートするんだ。まあ、厳密に言えば白紙じゃないけどね。実は、スローンはぼくのアシスタントを馘にし、ぼくがいたことをちらりとでも匂わせるようなものは一つ残らず処分しろと命じたんだけど、そのアシスタントがぼくの関わっていた仕事のファイルをすべてまとめて持ち出し、チープサイドへやってきて、ぼくに渡してくれたからね」

「レイチェルって？」

「それって合法なの？」

「スローンが気づくことは絶対にないだろうし、そうだとしても、だれが気にする？」

「ファージングズ銀行はエイドリアン・スローンだけのものじゃないわ。それに、あなたはいまもあの銀行に義理があるはずよ」

「スローンにあんな扱いをされたのに、か？」

「そうじゃないわ、セドリックにあんな扱いをしてもらったのに、よ」

「だけど、〈シフナル・ファーム〉の一件には当てはまらないだろう、だって、あの取引に関しては、スローンはセドリックが気づかないのをいいことにこそこそやっていたんだぞ？」

「いまのあなただってそうでしょう、スローンが気づかないのをいいことにこそこそやろうとしてるじゃないの」

「こそこそかどうかはともかく、仕事はするつもりだよ。さもないと、チェルシーにぼくたちのためのアパートを買えないからね」

「あなたが借金を全部返し終えるまでは、何であれ買おうなんて考えるべきじゃないわ」

「ミスター・コーフマンは政府があの取引を公表したら、その時点でぼくに四万ポンドのボーナスを支払うと約束してくれているんだ。そうなったら、借金なんて消えてなくなるよ」

「政府が公表したら、でしょ」サムが言った。「まだ手にもしていないのに、お金を遣いはじめるべきじゃないわ。それに、〈シフナル・ファーム〉の件がうまくいったとしても、あなたはまだミスター・スワンに八千ポンドの借りがあるのよ。だとしたら、アパートを買うどころか、引っ越すことすら考えるべきじゃないかもしれないわ」

　それは話すのをやめておこうとセブが判断した、もう一つのことだった。

　セブはそれからの数週間、セドリックでさえ満足したはずの就業時間の使い方をし、レイチェルやファージングズ銀行時代のチームメイトの力を借りて、ミスター・コーフマンが可能だと考えていた以上の働きを見せた。

　セブはファージングズ銀行時代の自分の顧客を取り込み直すだけでは満足せず、スローンにはもはや勿体ないと確信できた場合に限って、獰猛な海賊よろしく、ファージングズ銀行のほかの顧客の略奪にも手を染めはじめた。

コーフマンのところで仕事をしはじめて三カ月ほどが経ったとき、セブは会長室へ呼ばれた。

「今朝の〈フィナンシャル・タイムズ〉は読んだかな？」セブが入室してドアも閉めないうちに会長が訊いた。

「一面と不動産欄だけですが。なぜそんなことを？」

「ミスター・スワンの予測が当たったかどうかがわかろうとしているからだよ」セブはコーフマンの弁舌をさえぎらなかった。「運輸相が今日の午後三時に議会で声明を発表するらしい。きみとヴィクは現場で傍聴してくれないか。彼の発言内容がわかったら、電話をくれ。そして、私が一財産作ったか、一財産失ったかを教えてもらいたい」

セブは自分のオフィスへ戻るや庶民院のジャイルズ伯父に電話をし、今日の午後の運輸相の声明を現場で聞きたいので傍聴券を二枚、どうにか都合してもらえないだろうかと頼んだ。

「中央ロビーに預けておこう」ジャイルズが言った。

ジャイルズは受話器を戻すと議事日程表を見直し、シュロップシャーに住んでいる一握りの住民にしか影響のない決定にセブが関心を持つ理由は何だろうと訝った。

セブとヴィクは運輸大臣が声明を発表するためにたち上がるはるか以前に、傍聴席の前から四列目に陣取った。ジャイルズ伯父が閣僚席から二人を見上げて微笑したが、その声明に甥の関心を引くような何が含まれているのだろうという謎は、いまも解けていなかった。

運輸大臣が議会に声明を発表すると議長が宣言し、二人の若き銀行家は緑の革張りのベンチに浅く坐り直して身を乗り出した。

「議長」運輸大臣が送達箱（ディスパッチ・ボックス）と呼ばれる議会の演説台を握って口を開いた。「私がここに立ったのは、シュロップシャー州を貫いての延伸を提案されている高速道路について、わが省がどのルートを選定したか、それを議会に開示するためであります」

羽目板張りの壁に〈静粛〉と大書されていなかったら、運輸大臣が新設を提案されている高速道路のルートとしてシフナルの郊外に言及し、そこに〈シフナル・ファーム〉が含まれることを明らかにした瞬間、セブは実際に宙に飛び上がっただろう。

運輸大臣は現地選出の議員の何人かの質問に答え終えると閣僚席に戻り、外交政策についての討論が始まるのを待った。

セブもヴィクも政府が南アフリカに対する経済制裁を可決するかどうかに興味はなかったから、そっと傍聴席をあとにし、中央ロビーへ下りてパーラメント・スクウェアへ出た。

そのときになって、セブはようやく宙に飛び上がって叫んだ。「やったぞ！」

翌朝、セバスティアンが寝惚け眼で朝食のテーブルに着くと、サマンサが〈ガーディアン〉を読んでいた。

「昨夜はどこにいたの？」彼女が訊いた。「帰ってきた音もしなかったけど」

「ヴィクとお祝いをしていたんだ。申し訳ない、そのことを電話で知らせるべきだったよ」

「何のお祝い？」サムが訊いたが、セブはコーンフレイクを深皿によそっていて答えなかった。

「もしかして、新しい高速道路が〈シフナル・ファーム〉のど真ん中を貫くっていうミスター・スワンの予測は正しかったんじゃないの？」サムが言い、自分の前の記事に目を落とした。「〈ガーディアン〉によれば、一握りの投機家がそれでささやかな富を手にするんですってよ」そして、新聞をセブに渡した。セブは見出しを一瞥しただけだった。

「わかってるとは思うけど」セブはコーンフレイクを食べながら言った。「これはつまり、ぼくたちがチェルシーに家を買うのに十分な金ができたということなんだ」

「でも、ミスター・スワンがシフナルで彼の劇場を建てるに十分なお金はどうなるの？」

「それは……」

「それは……のあとは何なの？　ミスター・スワンが教えてくれた情報が正しかったら、劇場を完成させるために必要な八千二百三十四ポンドを支払うと、あなたは彼に約束したのよ」

「だけど、ぼくの稼ぎは年に四千ポンドでしかないんだぞ」セブは抵抗した。

「でも、すぐにも四万ポンドのボーナスが出るじゃない」

「あれには資本利得税がかかるんだよ」

「慈善を目的とした寄付にはかからないわよね」

「セブ、あなた、文書にして約束したわけじゃない」

「でも、自分の言ったことがわかってるの？」

「いずれにしても」セブは急いで付け加えた。「ささやかな富を手にするのはミスター・コーフマンで、ぼくじゃないんだ」

「最初にその危険を引き受けたのはミスター・コーフマンで、ささやかな富を失う可能性があったのも彼でしょう。それに対して、あなたは失うものは何もなかった、得るだけだったのよね」

「きみはわかってない――」セブは反論しようとした。

「いいえ、よーくわかってるわ」サムが言った。

セブはコーンフレイクの深皿を脇へ押しやって席を立った。「出勤しなくちゃ。いままでも遅れてるし、今日はやることが山ほどある」

「ミスター・スワンのおかげで作ることのできたお金の使い道を決めるとか、かしら？」

セブは腰を屈めてキスしようとしたが、サムが顔を背けた。

「本当は、あなた、ミスター・スワンに支払うつもりなんか最初からなかったのよね？」

セブはその質問に答えようとせず、彼女に背中を向けると、足早にドアのほうへ歩き出した。

「ミスター・スワンとの約束を果たさなかったら、あなたはエイドリアン・スローンとまるで変わるところのないいかさま師になるのよ、それがわからないの？」いまにも泣き出しそうな声だった。

セブは黙ってブリーフケースをつかみ、行ってきますも言わずにアパートの玄関を出ると、無事に通りへ下りたとたんにタクシーを停めた。タクシーがシティ・ロードを走り出すと、ソール・コーフマンのように専属の車と運転手を持てるのはいつのことだろうと考えはじめた。しかし、思いはサムへと、彼女の言葉へと帰りつづけた。〝エイドリアン・スローンとまるで変わるところのないいかさま師になるのよ〟

今夜、〈ミラベル〉に二人分の席の予約をして、そこで銀行のこと以外を何でも話し合おう。そして、昼休みにハットン・ガーデンにミスター・ガードを訪ねてマーカサイトのブローチを買おう。そうすれば、サムだってセバスティアン・クリフトンと婚約してよかったと思ってくれるのではないか。

「いつものお席でよろしゅうございましょうか、ミスター・コーフマン？」

ヘッド・ウェイターに同じ言葉をかけてもらえるのはいつのことだろう、とセブは思った。〝いつものお席でよろしゅうございましょうか、ミスター・クリフトン〟と。

〈グリル・ルーム〉での昼食のあいだに、セブは売り手が本当の価値に気づいていないように思われる不動産を一、二件、すでに見つけてあることを会長に告げた。

会長との昼食で少し飲み過ぎたセブは、タクシーでハットン・ガーデンへ向かった。ミスター・ガードが金庫を開け、上から三段目のトレイを引き出した。それがまだそこにあるとわかって、セブはほっとした。ダイヤモンドに縁取られたヴィクトリア朝のマーカサイト・ブローチ、サムも抵抗できないと認めるに違いない。

イズリントンへ戻るタクシーのなかで、いよいよ自信が募った――〈ミラベル〉でのディナーのあいだに、サムの考え方を絶対に変えさせてみせる。

鍵穴に鍵を挿し込んだときまず頭に浮かんだのは、もうここに住むのもそんなに長くはないという思いだった。しかし、ドアを開けると、明かりが全部消えているのがわかった。なぜだろう、サムが夜の講義を聴きに出かけたということがあるだろうか？　明かりをつけたとたんに、何かがおかしいことに気がついた。何かがなくなっている、でも、何が？

サムの私物のいくつかが、セントラル・パークで撮った二人の写真、ジェシカの絵、「夜警」の複製を含めてどこにも見えないとわかった瞬間、酔いが醒めた。

寝室へ飛び込み、ベッドのサマンサ側のクローゼットを開けた。空っぽだった。ベッドの下を覗いてみると、もはやスーツケースはそこになかった。

「嘘だろう」叫びながら寝室を飛び出し、キッチンへ駆け込んだ。セバスティアン宛の封筒が、赤い革張りの小箱に立てかけられていた。セブは急いでそれを開封し、手紙を取り出した。サマンサの太くて力強い文字がそこにあった。

だれよりも愛しいセブ

これはわたしの人生で最も書くのが難しかった手紙です。なぜなら、あなたはわたしの人生だったからです。でも、残念ながら、妹の描いた絵の一枚を最後の一ペニーをはたいてでも買おうと〈アグニュー美術商会〉にやってきた男性と、今朝、朝食の席にいた男性は、同じではありません。

セドリック・ハードキャッスルに寄り添って仕事をすることをとても誇りに思い、エイドリアン・スローンがよしとするすべてを軽蔑していた男性は、彼が多額のボーナスを手にすることを可能にしてくれた人、ミスター・スワンに果たす義務はないといまや考えている男性と同じではありません。あなたはミスター・スワンの言葉を忘れてしまったのでしょうか？　「ハリー・クリフトンがあなたの父上なら、私にはそれで十分だ」という言葉を。

今日、セドリックが生きていてくれさえすれば、こんなことにはまったくならなかったでしょう。なぜなら、彼なら約束を絶対にあなたに守らせたでしょうし、もしあなたが守らなかったら、彼自身がその約束を果たすと、あなたにはわかっているからです。

あなたはこれからもキャリアを伸ばしつづけ、やることなすことすべてでずば抜けた成功を収めるでしょう。わたしはそれを疑っていません。でも、それはわたしがその一部でありたいと願う種類の成功ではありません。

ハリーとエマのクリフトン夫妻の息子であり、ジェシカ・クリフトンの兄にわたしが恋をしたとすれば、それがセバスティアン・クリフトンの妻になりたかった多くの理由の一つです。でも、その男性はもう存在しません。それでも、何があったにせよ、わたしはその男性とともに過ごした短い時間を死ぬまで大切にするでしょう。

サマンサ

セバスティアンは膝から崩れ落ちた。サムの父親の言葉が耳で鳴り響いていた。「きみの母上もそうだが、基準を設定するのはサマンサだ。そして、その基準はわれわれ常人にはかなり高いハードルと言わざるを得ない。もっとも、きみの父上のように同じ倫理基準を持っている人間なら別だがね」

レディ・ヴァージニア・フェンウィック

一九六六年

15

「ご主人さま（ハー・レディシップ）がご在宅かどうか、確かめて参ります」執事が言った。

何をおかしなことを言っているのかしら、とレディ・ヴァージニアは訝った。わたしが家にいるのをモートンは知らないわけがないのに。彼の言葉の真意は、ご主人さまがあなたと話したいかどうかを確かめてくるということだった。

「だれなの、モートン？」彼女は部屋に入ってきた執事に訊いた。

「ミセス・プリシラ・ビンガムさまでございます、ご主人さま（マイ・レディ）」

「ミセス・ビンガムなら、もちろん、わたしは在宅よ」ヴァージニアは横に置いてある電話の受話器を取った。「プリシラ、ダーリン」

「ヴァージニア、ダーリン」

「ずいぶん久し振りね」

「ほんとにそうね。わたし、あなたに話すことがそれはそれはたくさんあるの」

「ロンドンへきて、何日か滞在したらどう？　きっと昔と同じように楽しく過ごせるわ。

買い物にいって、ショウを観て、新しいレストランを一軒か二軒、試してみるの。それから、〈アナベル〉もね。あそこは絶対に行っておくべきよ、ダーリン」

「話を聞いただけでぞくぞくするわ。予定を確かめて、もう一度電話するわね」

ヴァージニアは受話器を戻すと、プリシラのことを考えた。彼女と顔を合わせることはそう多くない。最後に会ったのは、わたしがメイプルソープ・ホールを最後に訪ねたときだ。あのときのプリシラの夫のわたしに対する振舞いは最悪だった。さらに悪いことには、向こう側へ、つまり敵側へ寝返り、〈バリントン海運〉の重役に名を連ねるだけでなく、わたしを代表していたフィッシャー少佐を重役会から即決で追放するのに一役買うことまでしてくれた。もっと腹が立つことに、〈バッキンガム〉のニューヨークへの処女航海にプリシラをともなうと言い張って、それを実現させた。わたしがファースト・クラスの船室を拒絶されたことを彼女に教えたにもかかわらず、だ。

二週間後、その処女航海から戻ってきたプリシラが、初日の夜に何かとんでもなくよくないことが起こったはずなのに、ロバートはそれが何だったのかを教えてくれなかったと知らせてくれた。何があったのかは絶対に突き止めずにはおかないけれども、それは後回しにせざるを得ない。なぜなら、いまのわたしの眼中にあるのはエマ・クリフトンではなくて、ボブ・ビンガムなのだから。

プリシラは数日後にヴァージニアのアパートに現われ、〈バッキンガム〉の処女航海のあいだに起こった災厄について、社交界のおぞましい成り上がりであるエマ・クリフトンとのディナーを堪え忍ばなくてはならなかったことを含めて、滔々と述べ立てた。料理は食べられたものではなかったし、ワインはコルクの臭いがしたし、スタッフはバトリン休暇村のほうがまだましかもしれない。でも、とプリシラは断言した。ミセス・クリフトンには一度ならず、断固として分際をわからせてやったわよ。

「それで、航海の最初の夜に何があったのか、真相を突き止めることはできたの？」ヴァージニアは訊いた。

「できなかったけど、ロバートが重役の一人にこう言うのを聞いたわ。もし本当のことが外に漏れたら、会長は辞任せざるを得なくなるだろうし、会社が倒産に直面する恐れもある、ってね。それって、きっとあなたの名誉毀損の裁判の役に立つんじゃないかしら」

プリシラにはまだ教えていなかったが、その件は保留にしてあった。彼女が雇っている金のかかる弁護士が、勝つ見込みはせいぜい五分五分だと判断していたし、その危険を冒すに十分な経済的余裕がないことを、直近の銀行報告が思い出させてくれていたのである。しかし、ボブ・ビンガムに対する計画は五分五分ではなかった。ある計略をもってすれば、彼は最終的に全財産の少なくとも半分を分割せざるを得なくなるはずだった。そして、そうやって彼をやっつけたら、その時点でエマ・クリフトンと国防艦隊事件に目を向けるつもりでいた。しかし、ボブ・ビンガムに対する計画を成功させるためには、ヴァージニアに負けず劣らずバリントン一族を憎悪しているアレックス・フィッシャー少佐を、ふたたび引き込んで奉仕させなくてはならなかった。

ヴァージニアとしばらく一緒に過ごしたいから、ボルトンズの別宅に何日か泊まることにしたとプリシラが言ったとき、ボブ・ビンガムは喜ばなかった。あの女が何かを企んでいるのが感じ取れたし、何を企んでいるかを推理するのもそう難しくなかった。

プリシラが一週間留守にしてくれていいことはたった一つ、息子のクライヴをメイブルソープ・ホールに呼んで、何日か一緒にいるチャンスができることだった。彼は最近昇進し、もはや父親の援助を当てにしなくてもよくなっていた。実は、クライヴをそこまで断固として自立させた理由は、ジェシカの悲劇的な死かもしれなかった。ジェシカ・クリフトンが自らの命を絶ったあの忌まわしい夜以来、ボブは息子にほとんど会っていなかった。プリシラがあの卑劣極まりない女狐（めぎつね）を招待して週末を一緒に過ごそうとさえしなかったら、あんなことは絶対に起こらなかった。あの事件のあとでプリシラが認めたのだが、ヴァージニアは最初は招待を断わり、招待客のなかにジェシカ・クリフトンがいて、クライヴが週末に彼女にプロポーズしようとしていると知って、思い直したのだった。

ボブはあの嫌な女のことを頭から締め出そうとした。直近の〈バリントン海運〉の重役会の議事録に集中したかった。彼は若きセバスティアン――〝若き〟という形容詞をつけるのはそろそろやめるべきだったが――に同意した。考えてみれば、有能な重役であることを彼はすでに証明していたし、いずれ〈バリントン海運〉の会長になることを疑っている重役もほとんどいなかった。ファージングズ銀行を辞めたあとのありようを見ても、私生活が大変なことになっていると父親がほのめかしてはいるものの、コーフマンのところでも仕事の上では十分な成果を上げていた。

数年前からハリー・クリフトンとは友だちだったが、ジェシカ以外で共通点がほとんどないことを考えれば、それはありそうにないことでもあった。ハリーは幅広い知識と教養を持った人で、文学の人であり、アナトーリイ・ババコフを支援する間断のない主張は、世間の想像力を掻き立てつづけていた。一方、ボブは実業の人で、貸借対照表の人であり、読書は休日にする程度でしかなかった。二人をつないでいるのは単純にクリケットの試合かもしれないが、グロスターシャーがヨークシャーと対戦するときは例外だった。

ボブはある書類に目を落とした。それはセバスティアンが提出することになっている、現時点で〈バリントン海運〉は新たな豪華客船建造に投資すべきでないと考える理由を述べたものだった。

「フィッシャー少佐がお見えでございます」執事がドアを閉めながら淡々と告げた。

「アレックス、またお目にかかれて嬉しいわ」ヴァージニアがダブルのジン・トニックを注ぎながら言った。「何事もなく順調ならいいんですけど」

「タワー・ブリッジのように上がったり下がったりですよ」フィッシャーは飲み物を受け取って答えた。レディ・ヴァージニアに招待されるのは何かをしてほしいときと決まっていた。それはフィッシャーも重々わかっていたが、別に不満ではなかった。〈バリントン海運〉の重役会の席を失って以来、景気はまるでよくなかった。時間を無駄にすることなく、ヴァージニアが用件を切り出した。

「二年前、ボブ・ビンガムにささやかな攻撃を加えて成功したのを憶えているかしら?」

「忘れられるはずがないでしょう」フィッシャーは言い、急いで付け加えた。「いいですか、二度と絶対に繰り返したくないことです」

「違うの、わたしの頭のなかにあるのはそういうことじゃないわ。わたしの代わりに調べてほしいことがあるのよ。ビンガムにどのぐらいの価値があるかを知りたいの。彼の会社、保有株数、不動産――とりわけ、不動産ね――、そして、それ以外の税務当局に知られたくないかもしれない収入源をね。どんな些細なことも、どんなに意味がないように見えることも、一切見落としがないよう、深く、隅々まで探ってちょうだい」

「それで……」

「時給は五ポンド、経費は別に支払うわ。それから、あなたの仕事にわたしが満足したら、ボーナスを二十五ポンドでどうかしら」

フィッシャーは苦笑した。約束したボーナスをヴァージニアが払ってくれたことは過去に一度もなかったし、彼女の場合、経費というのは三等車での旅費のことで、一晩の宿泊代すら含まれていなかった。しかし、いまの自分の身の上を考えると、時給五ポンドは馬鹿にできなかった。

「報告の期限はいつでしょう」

「十日後よ、アレックス。それから、そのときに別の仕事をお願いするかもしれないわね。今度はもっとあなたの自宅の近くでね」

プリシラ・ビンガムがロンドンを訪れたときの予定を、ヴァージニアは軍隊の作戦計画のように綿密に組み上げた。抜かりがあってはならなかった。

月曜、二人は車でエプソム競馬場へ行き、そこでマルムズベリー卿と合流して、馬がゴールする瞬間を真横から見ることのできる、卿専用のボックス席でレースを楽しんだ。プリシラは王族の囲い地へ入る許可証を手にして嬉しさを隠そうともせず、そこで何人もの男性に〈ハートネル〉の服とジャッキー・ケネディふうのピルボックス・ハットを褒められ、本当に久し振りに注目されて満更でもない様子だった。

火曜は〈シンプソン〉での軽い昼食のあと、〈バンケッティング・ハウス〉のドリンク・レセプションに立ち寄り、サヴォイ・ホテルで赤十字を支援するためのディナー・パーティに顔を出して、マット・モンローのセレナードを聴いた。

水曜は〈クィーンズ・クラブ〉の番で、そこで若きチャールズ王子率いるウィンザー・チームとヴィジターのアルゼンチン・チームとのポロの試合を観戦した。プリシラは彼らの大半から目を離すことができなかった。夕刻は特別招待席で「ファニー・ガール」を観た。元々はブロードウェイのスターだったバーブラ・ストライサンド主演の新作ミュージカルで、観終わった帰りの客が列をなし、ウェスト・エンドのほかのすべての劇場を嫉妬させるほどの人気だった。

木曜、どういう手を使ったのかは神のみぞ知るところだが、ヴァージニアがバッキンガム宮殿で催される女王主催のガーデン・パーティの招待券を手に入れ、プリシラはそこでアレグザンドラ王女の拝謁を賜った。夜のディナーはブリッジウォーター公爵と同じテーブルになった。長男のボフィーも同席していたが、彼はプリシラから目を離すことができないでいた。事実、ヴァージニアは彼に、プリシラも気を惹こうとしているのかもしれないけれども、あなたもあからさますぎると注意しなくてはならなかった。

金曜のプリシラは疲労困憊していて、朝はベッドで過ごし、ぎりぎりに起き出して美容院で髪を直したあと、夜はコヴェント・ガーデンで上演されている「ジゼル」を観にいった。

土曜の朝、二人は女王の誕生日の軍旗分列行進式に出席し、近衛騎兵の行進をスコティッシュ・オフィスから見学した。夜はヴァージニアのアパートで静かに二人だけのディナーを楽しんだ。「土曜の夜にわざわざ外へ出ようなんて、ロンドンではだれも夢にも思わないの」ヴァージニアは説明した。「だって、街じゅうが観光客やサッカー観戦のフーリガンで溢れてるんですもの」しかし、ヴァージニアは昔から土曜の夜を、友人の心に疑いの最初の種をまくことに使っていた。

「すごい一週間だったわ」プリシラが夕食の席に着きながら言った。「信じられないぐらい楽しかった。でも、明日はメイプルソープへ帰らなくちゃならないと思うとね」

「帰る必要はないんじゃないの？」ヴァージニアは言った。

「でも、ロバートが待ってるわ」

「そうかしら？　正直に言わせてもらうけど、あなたがあと何日かロンドンにとどまることにしても、彼は気にもしないんじゃないかしら？」

プリシラがナイフとフォークを置いた。どうしようかと本気で考えている様子だった。ヴァージニアは実を言うと、プリシラにはもう一日もロンドンにいてほしくなかった。自分もへとへとに疲れていたし、翌週の計画も何一つ立てていなかった。

「ロバートと別れようと考えたことはないの？」モートンがプリシラのグラスにワインを注いでいるときに、ヴァージニアは訊いた。

「そうしようかと思うことはよくあるけど、彼なしで生きていくのは経済的に無理だもの」

「そんなことはないんじゃないかしら。だって、あなたにはボルトンズに素敵な別宅があるし、言うまでもないことだけど――」

「でも、あれはわたしのものじゃないわ」

「あなたのものになるかもしれないわよ」ヴァージニアは仕事に取りかかった。

「どういうこと？」

「二週間前の〈テレグラフ〉のビジネス欄にロバートの記事が載ってたけど、読んだ？」

「わたし、どの新聞であれ、ビジネス欄は読まないの」

「ともかく、〈ビンガムズ・フィッシュ・ペースト〉についてずいぶん詳しいことが書いてあったのよ。あの会社には千五百万ポンドほどの価値があるみたいね。借入金もないし、かなりの現金の内部留保があるんですって」

「でも、ロバートと別れるとしたら、あの会社とは一切関わりを持ちたくないわ」

「あの会社と関わりを持つ必要なんかないわよ。メイブルソープ・ホール、ボルトンズの別宅、南仏の別荘、それに言うまでもないけど、会社の銀行口座の三百万ポンド、そのすべてを合わせても、まだ彼の持っている資産の半分に満たないの。二十六年のあいだ夫婦であり、その間は夫が家庭をまったく顧みることなく仕事だけに目を向けていて、事実上あなた一人で息子を育てたことを考えれば、彼の富の半分を要求することは十分にできるはずだもの」

「銀行の口座に三百万ポンドあるとどうしてわかるの？」

「〈カンパニーズ・ハウス〉に載っているから、だれでも見られるわ。正確には三百十四万二千九百ポンドよ」

「知らなかったわ」

「それでも、マイ・ダーリン、あなたがどう決心しようと、わたしは常に変わることなくあなたの味方でありつづけるわ」

次の金曜にメイプルソープ・ホールから涙ながらの電話があったときには、さすがのヴァージニアも驚いた。

「わたし、とても寂しいの」プリシラが嘆いた。「それに、ここにはわたしのすることが何もないわ」

「それなら、ロンドンへきて、わたしのところに何日かいたらどう、ダーリン？　あなたが今度はいつロンドンへくるのかって、昨日、ボフィー・ブリッジウォーターが訊いてきたわ」

翌日の午後、プリシラがヴァージニアのアパートの玄関の階段の上に立ち、開口一番こう訊いた。「腕のいい離婚弁護士を知らない？」

「最高の弁護士を知ってるわ」ヴァージニアは答えた。「だって、彼女はわたしの離婚を二件ともうまく成立させてくれたんだもの」

　二十二日後、ロバート・ビンガムは離婚のための法廷召喚令状を受け取った。しかし、フィッシャー少佐はまだボーナスを受け取っていなかった。


　ミセス・ヘイヴァーズ判事が入廷し、全員が起立した。判事は着席すると、戦いの当事者を見下ろした。すでに双方の申立書は読んでいたし、千件の離婚を扱った経験から、自分が何を探しているかは正確にわかっていた。

「ミセス・エヴェリット」

　プリシラの弁護士がすぐに起立した。「はい、裁判長」

「すでに当事者間で和解が成立しようとしているはずですが、その条件の概略を説明してください」

「承知しました、裁判長。この件においては、わたしは原告であるミセス・プリシラ・ビンガムを代表しています。被告であるミスター・ロバート・ビンガムを代表するのは、わたしの博学なる友、ミスター・ブルックです。裁判長、ミセス・ビンガムは二十六年のあいだ被告と夫婦の関係にありました。その間、彼女は忠実で、誠実で、従順な妻でありました。彼女には息子が一人いますが、夫がさまざまな事業に掛かりきりであったために、息子のクライヴを事実上、彼女一人で育てなくてはなりませんでした」

「子守りと、料理人と、メイドと、清掃係の助けを借りて、だ」ボブがささやき、彼の弁護士はきちんとそれを書き留めた。

「学校が長い休暇のときも、裁判長、ミスター・ビンガムは妻や息子と一週間といえどもともに過ごすことは稀で、そのときでさえ、グリムズビーにある自分の工場へ戻りたがるのが常だったのです。故に、わたしどもは以下の提案をしているところです」博学なる代理人がつづけた。「それはミセス・ビンガムは彼女が二十六年住んでいる家族の家、ロンドンの家、そして、彼女と彼女の息子が長い夏休みをともに過ごすのを常とした、南仏のサン・ジャン・カップ・フェラ岬近くの別荘を保有しつづけるということです。また、彼女は本法廷に対し、三軒の家を維持し、すでに慣れ親しんだ生活の仕方をこのままつづけるために三百万ポンドの支払いがなされるようお願いするものです。指摘しておくべきだと考えますが、裁判長、これはミスター・ビンガムの少なからぬ富の五十パーセントにははるかに届きません」ミセス・エヴェリットが着席した。

「ミスター・ビンガムはこれらの条件に同意できますか、ミスター・ブルック？」

ロバートの弁護士はゆっくりと起立し、ガウンの襟を引っ張ってから答えた。「同意します、裁判長。ミスター・ビンガムは同族経営の会社である〈ビンガムズ・フィッシュ・ペースト〉を保有することになりますが、それは彼の祖父が百年以上前に創設したものであります。被告はそれ以外の要求をするものではありません」

「わかりました」ヘイヴァーズ判事が応えた。「ですが、和解が最終的に成立する前に、わたしが必ず原告と被告双方に確認を求めることがあります。それは双方が自分の受け取り分に確かに満足していて、後に非難合戦になったり、提案されたことを完全に理解していなかったとほのめかしたりすることはないかということです。ミスター・ビンガム――」弁護士につつかれて、ボブは弾かれたように起立した。「あなたは動産一切のこの分割に満足していますか」

「はい、裁判長」

「ありがとうございます、ミスター・ビンガム」ヘイヴァーズ判事は法廷の反対側へ向き直り、ミセス・ビンガムに同じ質問をした。

プリシラが起立し、笑顔で判事を見て答えた。「満足しています。実際、夫だった人が二つの荷物のどちらでも、彼の好きなほうを選んでくれれば、わたしはそれで幸せです」

「何という心の広い考えをお持ちなんでしょう」判事が言い、双方の弁護士の顔に困惑が浮かんだ。二人とも、この何の予告もない介入に対する準備ができていなかった。それが結論に何らかの影響を及ぼすことは確かにないはずだったが、弁護士というのは不意打ちを食らうのを喜ばないと決まっていた。

「では、もう一度ミスター・ビンガムに質問しようと思いますが」ヘイヴァーズ判事が言った。「それに対しては慎重に考えてもらうのが相応と判断し、ミスター・ビンガムに一晩、自らの立場を考慮する猶予を与えることとします。では、明朝十時まで休廷」

ボブは思わず立ち上がっていた。「配慮は感謝しますが、裁判長、私の結論が揺らぐことはもはやない――」

ボブの弁護士が彼を引っ張って坐らせた。ヘイヴァーズ判事はすでに席からいなくなっていた。

それがボブにとってその日の最初の驚きだったとすれば、次の驚きはセバスティアン・クリフトンが法廷の後ろのほうに静かに陣取り、メモを取っていたとわかったときにやってきた。そして、もっと驚いたのは、時間があったらディナーを一緒にどうかと訊かれたときだった。

「そうだな、今夜のうちにリンカーンシャーへ戻る予定でいたんだが、明日の朝、短時間とはいえもう一度出廷しなくてはならなくなったわけだから、喜んで申し出を受けさせてもらうよ」

二人はヴァージニアの腕にすがって法廷を出てくるプリシラを見た。彼女は声を殺して泣いていた。

「あの女狐を殺すことができたら」ボブは言った。「終身刑に甘んじるのもやぶさかではないんだがな」

「その必要はないと思いますよ」セブが言った。「実は、レディ・ヴァージニアを始末する、はるかにいい解決策を思いついたような気がしているんです」

翌朝十時、全員が昨日と同じ場所に腰を下ろすと、ヘイヴァーズ判事が入廷した。彼女は着席するやいなや、ベンチに待機している双方の弁護士を見て言った。「解決すべき事柄は一つだけ、すなわち、二つの荷物のうちのどちらをミスター・ビンガムが選んだか、です」

ボブが立ち上がって答えた。「裁判長、あなたに一晩、結論を再考する猶予を与えていただいたことを感謝しなくてはなりません。なぜなら、私は三軒の不動産と三百万ポンドのほうを選ぶことにしたからです。私としては寛容な態度を見せてくれた妻に感謝し、彼女が会社経営においてあらゆる成功を収めてくれることを願うばかりです」

法廷がどよめいた。ボブ・ビンガムを除けば、驚きを露わにしていないのはヘイヴァーズ判事とセバスティアン・クリフトンの二人だけだった。

16

「あんな愚か極まりないことをするなんて、何を考えていたの?」ヴァージニアは詰問した。

「この和解が公正なものだとわたしが考えているって、ロバートにわからせたかっただけよ」

「ところが、それが見事に裏目に出たわよね」

「でも、あんなに愛している会社を彼が手放すなんて、夢にも思わなかったわ」

「そんなこと、わたしはまだ信じてないわよ」ヴァージニアは言った。「あの二人、絶対に何かを企んでいるわ」

「あの二人?」

「そうよ、セバスティアン・クリフトンが法廷にいるからには、何か隠れた思惑があってのことだと、わたしとしたことがどうして気づかなかったのかしら。今度はあいつにしてやられたかもしれないけど、二度とそうはいかないわ」

「でも、彼は子供に過ぎないでしょう」

「若い遣り手だって評判をシティで急速にものにしはじめている子供よ。それから、あいつがエマとハリーの息子だということを絶対に忘れないでちょうだい。だとしたら、信用できるわけがないわ」

「でも、何を企んでいるのかしら」

「それはまだわからないけど、何かを追いかけていることは間違いないんじゃないかしら。でも、わたしが早く動いたら、あいつらの動きをまだ途中で止められるはずよ」

「だけど、わたしに何ができる？　もう家もなければお金もないのよ」

「しっかりしなさい、プリシラ。あなたは去年だけで百万ポンド以上の儲けを出した、千五百万ポンドの価値のある会社を持っているのよ」

「でも、いつまで保つかしら。だって、もうロバートが切り盛りするわけじゃないんだから」

「その心配はしなくても大丈夫よ。わたし、彼の代わりをするのにぴったりの人を知っているの。人間管理の経験が少なくなく、民間企業の重役を務めたことがあって、何よりいいのは、すぐにでも引き受けてくれることなの」

　セバスティアンはその日の午前中のうちにボブと息子のクライヴに自分のオフィスへきてもらい、これから何をする必要があるかを相談した。

「われわれの計画の第一段階は十分に順調に行きました」セブは言った。「しかし、われわれが何を企図しているかをヴァージニアが感づくまでに、そう時間はかからないでしょう。だとすれば、すべての手を間に合うように打つためには、早く、それもすさまじい速さで動かなくてはなりません」

「そういうことなら、私は今日の午後にも車を飛ばしてグリムズビーへ急行しよう」ボブが言った。

「どんなに早くても早すぎることはありません」セブは言った。「なぜなら、遅くとも明日の夜の早い時間にはロンドンへ戻っていてもらう必要があるからです。管理職から工場の労働者までの〈ビンガムズ・フィッシュ・ペースト〉の全従業員、それに国内の顧客に、あなたが工場を訪れた唯一の理由は彼らに別れを告げ、新たな体制の下での幸運を祈るためだと信じさせてください。あなたが向こうを発つ直前に、クライヴがメディアに声明を発表します。いま、彼がその準備をしているところです」

クライヴがブリーフケースを開け、フールスキャップ判の紙を二枚取り出した。

「声明は短く、曖昧(あいまい)なところがなく、的を射ている必要があります」クライヴは父親とセブにコピーを渡した。「お父さんがロンドンへ向かって出発したとわかるまで、この声明を発表することはありません。出発したとわかった時点で、このコピーを〈グリムズビー・イヴニング・テレグラフ〉へ送ります。間違いなく一面を飾るようにするためです。

そのあと、フリート街のすべてのビジネス担当記者への発表を行ないます」

　ボブは声明にゆっくり目を通し、息子が考えて文章にした内容に感心した。が、ここに書かれている自分が言ったことになっている言葉が本当だと、世間、とりわけレディ・ヴァージニアを信じさせるには、もっと多くのことをやる必要があると気がついた。

「それで、ロンドンへ戻ったら、何をすればいいんだろう？」

「ニースへ飛んで、カップ・フェラ岬の別荘へ直行し、そこにとどまってください」セブは言った。

「南仏にとどまる？」ボブが訊いた。「あそこにいて我慢できるのはせいぜい何日かだ。そのあとは死ぬほど退屈で、家へ飛んで帰らずにはいられなくなったものなんだがね」

「そうだとしても、今度はもっと長いこと我慢してもらうしかありませんね」クライヴが言った。「早期引退を自分がどんなに楽しんでいるかを、グリムズビーへ戻るつもりなんか絶対にないことを、世間に信じさせるのであればね」

「まあ、大半の人々は信じ難いとは思わないでしょうがね」セブは言った。

「引退？」ボブがセブの感想を無視して訊いた。「引退するぐらいなら死んだほうがましだ。それに、楽しむということについてだが、私という人間は余暇のために造られていない。だから、その使い方を知らない。というわけだから、教えてくれないかな、仕事をしないでどうやって一日を過ごせばいいんだ？」

「ときどきゴルフをし、そのあとでリヴィエラにたくさんあるミシュランの星を獲得したレストランで時間をかけて昼食をとり、仕上げにニースのもっとエキゾティックなナイトクラブを訪ねるというのはどうです?」

「〈ベイトマン〉を半パイント飲ませてくれたり、新聞紙に包んだフィッシュ・アンド・チップスを食べさせてくれるところはどこにあるんだ?」

「カップ・フェラ岬にフィッシュ・アンド・チップスを食べさせてくれる店は多くないでしょうね」セブは認めた。

「それに、リヴィエラで茹でて潰したグリーンピース（マッシー・ピーズ）を食わせろという注文も多くないだろうね」クライヴが付け加えた。

三人は笑いを爆発させた。

「おまえのお母さんが可哀想だよ、クライヴ」ボブが言った。「レディ・ヴァージニアが本当はどんな親友だったか、もうすぐ知ることになるんだからな」

「ともあれ、少佐、今度は会長よ。重役会もないし、ほかのだれにも答える必要のない会社のね。あなたは白紙から始めて、ルールを自分で作れるのよ」

「そうかもしれませんが、昨日、ボブ・ビンガムの声明がメディアに発表されたあと、あの会社の株が暴落したのはご存じでしょう」

「声明？　どんな？」ヴァージニアが訝った。

フィッシャーはコーヒー・テーブルの〈タイムズ〉を手に取り、ビジネス欄の目玉記事へとページをめくった。ヴァージニアは別れのスピーチのあとで工場の従業員の何人かと握手をしているボブ・ビンガムの写真を見つめ、そのあとで、彼の声明文を注意深く読んでいった。「もちろん、祖父が一八五七年に始めたこの会社を去るのは悲しいことでありますす。二十三年のあいだ会長としてつとめたあととあれば尚更です。しかし、私は〈ビンガムズ・フィッシュ・ペースト〉の将来を悲観してはいません。なぜなら、私の妻であったプリシラの有能な手に委ねられるからです。私を常に支えてくれたように、だれもが妻を同じように支えてくれることを願うものです。しかしながら、私自身はそろそろ南仏の美しいわが家へ引っ込み、自らの力で勝ち得た休息を楽しむ潮時だろうと考えます」

「こんなの、一言だって信じませんからね」ヴァージニアは言った。「だから、少佐、グリムズビーへ発つのが早ければ早いほど、あなたにとってはいいんじゃないかしら。あそこの連中を大人しく従わせるには、あなたの陸軍士官としての技術と経験が必要となるでしょうからね」

クライヴはその日の午後遅い時間に父を車でヒースロー空港へ送ったが、その間、彼から一言も引き出すことができなかった。

「どうしたの、お父さん？」クライヴはついに訊いた。

「従業員の何人かは、私があそこを去るときに泣いてくれた。二十年以上も一緒にやってきた仲間だ。自分が腕まくりをしてトラックへの積み込みを始めないようにするのに、大変な意志の力が必要だった」

「気持ちはわかるよ、お父さん。でも、信じてほしいんだけど、お父さんは正しい決断をしたんだ」

「そうだといいんだがな」ボブが言ったとき、クライヴがターミナルの前で車を停めた。

「それから、カメラマンに気づいたら、笑顔でリラックスしているように見せるんだよ。絶対にそれを忘れないように。お父さんが幸せでないようにメディアに思わせたくないんだ。そうなったら、ぼくたちが何をやろうとしているかをレディ・ヴァージニアに正確に推理されかねないからね」

「賭けてもいいが、あの女はもう感づいているぞ」

「いいかい、お父さんが癇癪を破裂させせなければ、ぼくたちは彼女をやっつけることができるんだよ」

「頼むから、牢獄へ閉じ込めるのはできるだけ短いあいだにしてくれ」一つしかないバッグをチェックインし、息子を抱擁してからボブが懇願した。

「毎日電話して」クライヴは言った。「ぼくたちの側の状況を逐一知らせてあげるからね」

「それから、お母さんから目を離すなよ。ヴァージニアの正体を初めて目の当たりにしたら、そのショックは計り知れないだろうからな」

グリムズビー駅のプラットフォームに降り立ったとき、自分がこれから何をしなくてはならないかをフィッシャーははっきりわかっていた。計画は絶対確実で、最も細かいところまで練り上げられていた。

ロバート・ビンガムがどういう人物で、どういう経営の仕方をしていたかは、レディ・ヴァージニアのために行なった調査から、すでに多くのことがわかっていた。今回、彼女は駆引をしようとせず、彼の要求をすべて呑んでいた——年俸二万ポンドと経費、グリムズビーに泊まらなくてはならないときは必ずハンバー・ロイヤル・ホテルのスイートを使うこと、そして、その料金も支払うこと。

一瞬も無駄にできないような気がして、タクシーの運転手に工場へ直行させた。その車中、準備してきたスピーチのおさらいをした。自分がボスであることについて、従業員につゆほどの疑いも残させるわけにはいかない。フィッシュ・ペーストの工場経営など、そう難しいはずがない。考えてみれば、おれはトブルクで、迫ってくるドイツ軍を相手に中隊を指揮していたんだ。

工場の前でタクシーを降りると、制帽をかぶり、開襟シャツに脂（あぶら）じみたオーヴァーオールという格好のむさ苦しげな男が、鍵をした門の向こうからフィッシャーをうかがっていた。

「何の用だ？」男が訊いた。

「私はフィッシャー少佐、この会社の新会長だ。すぐにここを開けるんだ」

男が帽子の庇（ひさし）に触れて敬礼し、門を引き開けた。

「会長室はどこだ？」フィッシャーは訊いた。

「ボブはあなたが会長室と呼ぶものを一度も持たなかったが、管理部門はあの階段を上がったところですよ」男が言い、中庭の反対側を指さした。

フィッシャーは勢い込んで中庭を横切っていった。少し意外なことに、フルタイムの従業員が二百人、パートタイムの従業員が百人いる工場なのに、活動している様子がほとんどなかった。鉄の階段を二階へ上がり、ドアを開けると、そこは仕切りの少ないオープン－プラン・オフィスで、十いくつかの机が配置されていたが、その広い仕事場で席に着いているのは二人しかいなかった。

一人の若者が勢いよく立ち上がった。「フィッシャー少佐でいらっしゃいますね」待っていたかのようだった。「課長のデイヴ・ペリーです。工場を案内して、質問にお答えするよう言われています」

「むしろ、部長に会わせてもらいたい。そのほうが最大限早く最新の情報を教えてもらうことができるだろう」

「あの、お聞きになっていないのですか？」

「何を？」

「ミスター・ジョプリングは昨日、退職届を提出されました。定年退職まであと二年しかないから、これが後進に道を譲る頃合いかもしれないと言っておられました」

「その後進がきみなのか？」フィッシャーは訊いた。

「とんでもない」ペリーが否定した。「私はまだここへきて数カ月にしかなりません。いま以上の責任を引き受けるなんてあり得ませんよ」

「では、工場長のポロックだな」フィッシャーは言った。「彼はどこにいる？」

「昨日、ミスター・ジョプリングが辞める前の、ほとんど最後の決定です。もっとも、ステイーヴ・ポロックは文句を言える筋合いはないんですけどね。だって、組合の調査が終わるまで給料は満額支払われるし、復職できることもまず間違いないんですから。彼にとって唯一問題があるとすれば、委員会が結論を下すまでに普通は二カ月かかることぐらいです」

「しかし、次席がいるだろう」フィッシャーは苛立ちを隠せなくなっていた。

「はい、レス・シムキンズがそうなんですが、彼はいま、ハル・ポリーで作業効率をよくするための時間動作を勉強しているところなんです。わたしに言わせれば時間の無駄で、効率なんか大してよくはなりませんけどね」

　フィッシャーは荒い足どりで部屋を横切り、階下の工場を見下ろした。「なぜ機械が動いていないんだ？　ここは二十四時間、ノンストップで操業しているんじゃないのか？」眼下では、十何人かの従業員がポケットに手を突っ込み、何もしないでおしゃべりをしていて、一人など煙草(たばこ)を巻いていた。

「通常は八時間三交代で操業しているんですが」ペリーが答えた。「機械を動かすには資格を持った従業員が一定数必要だと法律で決まっているんです。おわかりだと思いますが、規則なんです。ところが、残念ながら、珍しいことにその従業員の大半が、今週は病欠なんです」そのとき、机で電話が鳴り出し、彼は受話器を取って束の間耳を澄ましていたが、やがて答えた。「それは申し訳ありません、サー。ですが、新会長がたったいま到着されたので、会長と話してもらえますか」そして、送話口を手で押さえてフィッシャーに言った。「ボーリック港長(こうちょう)なんですが、問題が起きているようなんです」

「おはよう、ボーリック。この会社の会長のフィッシャー少佐だ。どうしたのかな？」

「おはようございます、少佐。いや、実は至って簡単なことなんですよ。うちの波止場に三日前から鱈(たら)が積み上げられていましてね、それをできるだけ早く引き取っていただきたいのですよ」

「わかった、すぐに引き取りに行かせる」

「ありがとうございます、少佐。というのも、今日の四時までに持っていってもらえなかったら、海へ廃棄処分するしかなくなるものですからね」そして、電話が切れた。

「午前中の引取り便のトラックはどこだ？」

「運転手たちは正午までこのあたりでうろうろしているのが普通なんですが、彼らに港へ行くよう命じる権限を持った者がいないので、今日は仕事を切り上げて帰ってしまいました。あなたがもう五分早く着いておられたら間に合ったんですが、残念です、少佐。彼らが出勤してくるのは、明朝六時です。ボブは毎日だれよりも早く出勤し、自ら港へ行って、積込みを監督しておられました。そうすれば、昨日の鱒をごまかして押しつけられることはあり得ませんからね」

フィッシャーは乱暴に椅子に腰を下ろすと、ミスター・ビンガム宛になっている未開封の手紙の山を見つめた。「いずれにせよ、私の秘書はいるんだろうな？」

「ヴァルです。ここのことについて、彼女が知らないことは何一つありません」

フィッシャーは何とか薄い笑みを浮かべた。「それで、彼女はどこにいるんだ？」

「産休中で、復帰するまでには何カ月かかかると思います。ただし、彼女は〈グリムズビー・イヴニング・テレグラフ〉に臨時雇いの求人広告を出してはいますが」ペリーがそう付け加えたとき、ヘビー級のボクサーのような体格の男が床を踏み鳴らすようにして入ってきた。

「どっちが責任者なんだ？」横柄な口調だった。

ペリーがフィッシャーを指さした。

「荷降ろしを手伝ってもらう必要があるんですがね、旦那」

「何を降ろすんだ？」

「フィッシュ・ペーストの壺を梱包したものを四十八箱、毎週火曜のこの時間と決まってるんですよ。手伝ってくれる者がいないんだったら、このままドンカスターへ持って帰るしかありません。費用は全部そっち持ちでね」

「きみなら手伝えるんじゃないかな、ペリー？」

「私は管理職ですよ、少佐。私が一箱でも手を出したら、組合はストに入るでしょう」

ここに至って、フィッシャーはようやく気がついた——こいつら、全員が同じ台本で芝居をしている。そして、演出家はおれじゃない。

フィッシャーはそれから三日頑張ったが、その間、フィッシュ・ペーストは一本も工場から出荷されなかった。結局、北アフリカのドイツ軍と戦うほうがハンバーサイドの左翼がかった組合の連中を動かすよりはるかに簡単だと判断することになった。

金曜の夜、二百人の従業員全員が給料を手にして帰ったあと、ようやく幕が下りた。フィッシャーはハンバー・ロイヤル・ホテルをチェックアウトし、最終列車でロンドンへ戻った。

「〈ビンガムズ・フィッシュ・ペースト〉の株価がまた十パーセント下がりました」セブは報告した。

「スポット価格はいくらだ?」ボブが訊いた。

セブは自分のオフィスのティッカーテープ・マシンを確認した。「七シリング六ペンスです。いや、七シリング四ペンスになりました」

「しかし、つい一週間前は一ポンドだったんだぞ」

「わかっています、でも、それはフィッシャーが尻尾を巻いてさっさとロンドンへ戻る前のことです」

「では、私が戻って、あそこを片づけるときがきたわけだ」ボブが言った。

「いえ、それはまるっきりまだです。ですが、そっちの旅行代理店の電話番号を手元に置いておいてください」

「そのときがくるまで、私は何をしていればいいんだ」ボブが不満げに呻いた。

「カードゲームでもどうです?」

この一週間、ヴァージニアとプリシラの仲は険悪で、ほとんど言葉も交わさなかったが、朝食のときのたまたまの会話が、それまでくすぶっていた互いへの不満の火種を燃え上がらせることになった。

「昨夜、ボフィー・ブリッジウォーターがわたしに教えてくれたんだけど――」

「ボフィー・ブリッジウォーターなんてただの良家の馬鹿息子で、褒美でもやりたいほどの間抜け野郎じゃないの」プリシラが憤然としてさえぎった。

「でも、運よく称号と千エーカーの土地を手に入れてるわ」

「彼の称号に興味はないし、こんなことになるまで、わたしは何千エーカーもの土地を持っていたわ」

「そして、いまも持っているはずだった」ヴァージニアは言った。「法廷であんな愚かなことさえ口走らなかったらね」

「ロバートがあの会社を手放す気になるなんて、わたしにわかるはずがないでしょう。彼がとても寛容だと思っていることを示そうとしただけなのに、いまは住む家もないなんて」

「まあ、もう少しここにいてもらってもいいわよ」ヴァージニアは言った。「でも、自分の住むところを探しはじめるほうが賢明かもしれないわね。だって、わたしだっていつまでもあなたの面倒をみつづけるのは、期待されてもできないもの」

「だけど、常に支援を当てにしてもいいって、あなた、言ったじゃないの」

「〝常に〟という言葉を使った憶えはないわ」ヴァージニアはレモンのスライスを紅茶に

入れた。

　プリシラが立ち上がり、ナプキンを畳んでテーブルに置いた。そして、一言も言わずに部屋を出ていき、二階の客用寝室へ上がって荷造りを始めた。


「お父さん、こっちへ戻る次の便に乗れるかな？」

「ようやく帰れるのか。しかし、なぜいまなんだ？」

「お母さんがようやく目を覚ましたんだよ。一時間前に、レディ・ヴァージニアのアパートを出たんだ」

「どうして二度とあの女のところへ戻らないとわかるんだ？」

「スーツケースを三つ、タクシーに積んで、ピムリコのマルベリー・ホテルに行ったからだよ」

「これから空港へ向かう」ボブが言った。

　クライヴが受話器を戻して言った。「父をヒースロー空港へ迎えにいって、マルベリー・ホテルへ連れていくべきかな？」

「それはやめたほうがいいんじゃないか」セブは答えた。「邪魔になるだけだよ。電話があるまで待ってるほうがいい」

クライヴはその日の夜、一杯やるために、両親とサヴォイ・ホテルで合流した。

「何てロマンティックなんでしょう」プリシラはボブの手を握っていた。「あなたのお父さまったら、わたしたちが新婚初夜を過ごしたときのスイートを予約してくださったのよ」

「でも、それはまずいんじゃないか、もう夫婦じゃないんだぜ」クライヴは非難を装ってみせた。

「それも、じき元に戻るわ」プリシラが言った。「明日の午前中にヘイヴァーズ判事のところへ行くの。わたしたちの弁護士も、彼女がいいように計らってくれると考えているみたいだしね」

「きっと、彼女なら驚かないんじゃないのかな」クライヴは言った。

「ところで、いきなり賢くなったようだが、それはいつからなんだ?」ボブが訊いた。

「わたしが自立するしかないようにあなたがしてくれたときよ」

「ミスター・ビンガムという方からお電話です」交換手が告げた。

「ボブ、まだロンドンにいるんですか?」セブは訊いた。「あなたと相談しなくちゃならないことがあるんですがね」

「いや、もうグリムズビーに戻って、従業員の大半を復職させているところだ。彼らもほぼ私と同じぐらい延長休暇を楽しんだらしい」

「株価も二ペンス上がっています」

「そうだな。だが、すべてが旧に復して順調に走り出すにはしばらくかかるだろう。株価がこんなに低いうちに、きみも何株か買っておくべきかもしれんぞ」

「もう、ひと月前から買っていますよ」セブは言った。「いまや〈ビンガムズ・フィッシュ・ペースト〉の株の約四パーセントを持っているんです」

「わが社に重役会があれば」ボブが言った。「きみにその席を提供するんだがな。しかし、私はまだきみに借りがある。レディ・ヴァージニアをぎゃふんと言わせてプリシラと私を復縁させてくれたことに対しては特にそうだ。その報酬を支払いたいから、金額はどんなに大きくてもかまわない、請求書を送ってくれないか」

「レディ・ヴァージニアを叩き潰したいまとなっては、それよりもぼくがこのところで直面しているもう一つの問題についての助言をお願いしたいんですが」

「レディ・ヴァージニアを叩き潰すのは、あの女が墓に入るまで不可能だろう。それはともかく、直面しているというのはどんな問題なんだ？」

「ファージングズ銀行を乗っ取って、今度こそエイドリアン・スローンを排除したいんですが、あなたの助けなしでは成就する見込みがないんです」

「すべての戦いに勝つのは無理だとしても」レディ・ヴァージニアが言った。「ワーテルローの戦いのあとでウェリントンがわたしたちに思い出させてくれたとおり、本当に問題なのは最後の戦いだけなのよ」

「今度の特別な戦いでナポレオンを演じるのはだれなんです？」

「エマ・クリフトン以外にいないでしょう」

「それで、私はどんな役を演じるんです？」フィッシャーは訊いた。

「あなたには〈バッキンガム〉の処女航海の最初の夜、本当は何があったのかを突き止めてもらわなくちゃならないわ。なぜなら、国防艦隊云々（うんぬん）は明らかに煙幕以外の何物でもないんだもの。プリシラ・ビンガムは彼女の夫が〈バリントン海運〉の重役の一人にこう言うのをたまたま聞いているの——本当のことが外へ漏れたら、エマ・クリフトンは会長を辞任せざるを得なくなるし、会社が倒産するかもしれない、ってね。わたしにとっては望むべくもない好機なの。だって、そうでしょう、尊敬すべきわれらが会長には、戦いをやめてわたしの費用を払うしか選択肢がなくなるんだもの」

　フィッシャーはしばらく沈黙したあとで言った。「最近ミセス・クリフトンと折り合いの悪い重役が二人ほどいるんです。その一人が飲み過ぎる傾向があるんですよ、無料酒（ただざけ）は特にね。彼があそこの重役を辞めると決めた場合、見返りに提供するものがあるんでしょうか」

「ファージングズ銀行の重役の座よ」

「そういうことならなんとかできるかもしれませんが、それができるとあなたが考える根拠は何でしょう」

「会長のエイドリアン・スローンには、セバスティアン・クリフトンを嫌うあらゆる理由があるの。彼を潰すためなら何でもするでしょうね」

「どうしてそれがわかったんです？」

「ディナー・パーティに行ってごらんなさい、びっくりするような情報が手に入るから。シティで何が起こっているかなんて間違っても女にわかるはずがないとホストが考えていたら尚更よ」

ジャイルズ・バリントン

一九七〇年

17

ジャイルズは自分の五十歳の誕生日をどう過ごすかなどちらりとも頭になかったが、グウィネッズの頭にはあった。

自分の結婚生活について考えると——そして、これでもかというぐらい考えているのだが——、いつ事が間違いはじめたかをいまだに特定することができないのが常だった。息子のウォルターが三歳で悲劇的な死を迎えたこと、グウィネッズにもう子供ができないとわかったことが、みんなの人生を輝かせていた彼女の明るい性格を陰鬱な暗いものに変え、自分だけの世界に閉じこもらせてしまっていた。その悲劇が二人の絆を強めるどころか、ジャイルズが気がついてみると、ゆっくりとではあるもののむしろ弱まりつつあった。そして、国会議員であるが故の自由時間のなさと、閣僚であるが故の忙しいスケジュールが、それに拍車をかけていた。

時間が癒してくれるのではないかとジャイルズは希望的に考えていたが、実際には、二人の生活は別々の、ほとんどカップルではないかのようなものになりはじめていた。この前いつ愛を交わしたかも思い出せなかった。それでも、彼は断固としてグウィネッズに誠実だった。二度目の離婚はしたくなかったし、いつかは昔に戻れるかもしれないと望みをつないでいた。

　公の場に二人で出るときは、本当のことを隠そうとし、有権者、同僚、そして家族にも、自分たちの結婚生活がごまかしであると気づかれないことを祈った。だが、ハリーとエマが一緒にいるところを見ると、そのたびに羨ましく思わないではいられなかった。

　自分の五十歳の誕生日は女王陛下の政府を代表してどこか海外へ向かっているか、外国からの帰途にあるかでもいいと、ジャイルズはむしろそう考えていた。しかしグウィネッズは、節目はそれにふさわしく祝うべきだと主張して譲らなかった。

「どんなことを計画しているのかな？」ジャイルズは訊いた。

「ディナーよ。家族と、仲のいいお友だち数人だけのね」

「どこでやるんだ？」

「庶民院よ。わたしたちならあそこの専用ダイニングルームの一つを予約できるでしょう」

「自分が五十になったことを一番思い出したくない場所だな」

「忘れないようにしてもらいたいんだけど、ジャイルズ、わたしたちのほとんどは毎日ウエストミンスター宮殿へ行っているわけじゃないの。あそこへ行くのはかなり特別なことなのよ」

ジャイルズは敗北したときはそうとわかる男だったから、翌日には招待状を発送した。三週間後、ダイニングルームのテーブルを見渡したとき、グウィネッズが正しかったことが明らかになった。全員がとても楽しそうに見えたからである。

ジャイルズの右隣りに妹のエマ、左隣りにやはり妹のグレイスが坐り、それぞれの隣人とおしゃべりをしていた。ジャイルズはその時間を利用してスピーチを考え、自分のメニューの裏に一つか二つ、メモを走り書きした。

「こういうところで仕事の話をすべきでないのはわかっているけど」エマはロス・ブキャナンに言った。「あなたの助言にわたしがどれだけの価値を置いているかはご存じよね」

「年寄りは」ロスが応えた。「助言を求める若い女性のお世辞に弱いと昔から決まっているからね」

「来年、わたしは五十になるんですよ」エマは思い出させた。「あなたのほうこそお世辞が上手な年寄りじゃないですか」

「来年は七十になる年寄りだよ」ロスが言った。「そのころには私も引退しているかもしれないから、まだ六十九のうちに聞いておこうか。どんなお手伝いをすればいいのかな?」

「実はデズモンド・メラーのことで困っているんです」

「そもそもどうして彼を重役にしたのか、私は理解に苦しんでいるんだがね」

「あれは不可抗力(フォルス・マジョール)だったんです」エマはささやいた。「でも、彼はいまや副会長の座を狙っているんですよ」

「それだけは何があっても避けないと駄目だな。あいつのことだ、副会長の座なんか、本当に欲しているものへの踏み台ぐらいにしか考えていないはずだ」

「そうであったら尚更ですね。セバスティアンに会長職を譲っても大丈夫だとわたしが判断するまでは何としても彼を阻止しないと」

「セブなら、もうその準備はできているし、自分でもそう思っているはずだよ」ロスが言った。「だが、万に一つでもメラーを副会長にするはめになったら、あなたは死ぬまで肩越しに後ろを警戒して過ごさなくてはならなくなるぞ。どんな会長であれ、副会長を任命するとなった場合の鉄則があるんだ。その一つ目は、その人物が会長の座に着こうという野心を持っていないこと。二つ目は、自分より上の地位にいたことがないと疑いなくわかっていること。三つ目は、年を取りすぎていないことだ」

「確かにそのとおりだと思います」エマは言った。「でも、彼が重役会の過半数を説得して味方につけたら、わたしにはほとんどなす術がありません。さらに悪いことに――これはセブの見立てですが――メラーはジャイルズの最初の妻と接触しているかもしれないんです」

「レディ・ヴァージニア・フェンウィックか？」ロスが吐き捨てるように言った。

「それに、アレックス・フィッシャーとも」

「それなら、両肩越しに後ろを警戒しはじめたほうがいいな」

「ところで教えてほしいんだけど、敬愛する叔母さま」セブは言った。「あなたはまだ大学の総長じゃないんですか？」

「総長はエディンバラ公爵よ、知ってるくせに」

「では、副総長はどうなんです？」

「だれもがあなたみたいに野心に燃えているとは限らないのよ、セブ。わたしたちのなかには、どんなに慎ましやかだとしても自分は価値のある仕事をしていて、それ自体を十分な見返りだと考える人がいるの」

「それなら、あなたの学寮（カレッジ）の学長はどうなんです？　それを考えたことはないんですか？　だって、あなた以上に同僚に尊敬され、愛されている人はいないでしょう」

「そう言ってくれるのはありがたいし、セバスティアン、こっそり教えてあげるけど、最近デイム・エリザベスがその職を退いたとき、わたしに声をかけてくれた人も一人や二人はいたわ。でも、わたしの天職は行政職ではなくて教職であって、その運命にとても満足しているの。だから、はっきり断わったわ」

「あなたの天職が教職であることに異論はありません」セブは言った。

「でも、教えてほしいんだけど、セブ、今夜も独りでいるところを見ると、まだあなたの人生に特別な人は現われていないのかしら？」

「いた例はありませんよ、グレイス叔母さま、サマンサを失うなんて愚かなことをしてからはね」

「あれがあなたにとって最高の時でなかったことは確かだわね。わたし、初対面のときに彼女は例外的な女性だとわかったし、そのことについてはいまだに確信があるんだけどね」

「そのとおりです。あれ以降、彼女に勝てないまでも、競り合えそうな女性にすら出会っていないんです」

「ごめんなさい、セブ、こんな話を持ち出して無神経だったわね。でも、時間はかかるかもしれないけど、必ずいい人が見つかるわよ」

「そうだといいんだけど」

「いまもサマンサと連絡を取り合ってるの？　一縷の望みなんてことは……？」

「……あるわけがないでしょう。この何年かのあいだに何通も手紙を書いたけど、まったく返事がないんです」

「アメリカへ行って、自分が間違っていたと謝ったらどうかしら、それを考えてみたことはある？」

「毎日考えています」

「アナトーリイ・ババコフを釈放する運動はどうなんでしょう、進展しているのかしら」プリシラが訊いた。

「残念ながら〝進展〟という言葉は当てはまらないかもしれませんね」ハリーは答えた。彼はジャイルズと同じテーブルの向かいに坐っていた。「何しろ、ソヴィエトという国については、彼らがどういう動きをするか、だれもはっきりしたことがわからないんですよ。ある日、彼の釈放が間近いと思わせたかと思うと、次の日には収容所の鍵を開けることは永久にないだろうと確信させたりするんですから」

「それを変える何かが起こる可能性はないの？」

「クレムリンの指導体制が変われば、可能性はあるかもしれません。スターリンの実像を世界に知らしめたいという人物が指導者になればね。しかし、ブレジネフが権力を握っているあいだは望み薄でしょう」

「でも、彼だって自分が知っていることをわたしたちが知っているとわかっているんじゃないかしら？」

「もちろん、わかっていますよ。だけど、それを外の世界に絶対に認めたくないんです」

「ババコフに家族はいるの？」

「妻は彼が逮捕される直前に国外へ脱出しました。いまはピッツバーグに住んでいます。彼女とは連絡を取っていて、今度アメリカへ行ったときに会えないだろうかと考えているんですがね」

「成功を祈っているわ」プリシラが言った。「わたしたち傍で見ている者があなたの運動を忘れてしまっているなんて、一瞬たりとも思わないでくださいね。それどころか、あなたを見習わなくちゃならないと考えているんですから」

「ありがとうございます」ハリーは言った。「あなたとボブにはずっと支えてもらっています」

「きっとあなたもご承知だと思うけど、彼は奥さまのことをそれはそれは賞賛しているんですよ。その理由を納得するのに、わたしはちょっと時間がかかりましたけどね」

「会社が隆盛を取り戻したいま、彼は今度は何をやろうとしているんです?」

「新しい工場の建設です。いまの設備は大半がとんでもなく時代遅れなんですって」

「安くはすまないんじゃないですか?」

「そうね。でも、欧州経済共同体に参入しようとしているいま、夫に選択の余地はあまりないんじゃないかしら」

「この前見たときは、ブリストルでセブとロス・ブキャナンとディナーを一緒にとっていましたね」

「ええ、三人で何かを企んでいるようなんだけど、わたしには一つか二つしか手掛かりがないから、全体像を見るのは無理なんですよ。ウォーウィック巡査部長なら……」

「ウォーウィック警部補です」ハリーは笑顔で訂正した。

「ええ、そうでした、思い出したわ。この前の作品で昇進したのよね。ウォーウィック警部補なら、彼らが何をやろうとしているかをもっと早く突き止めたに決まってるんですけどね」

「私が独自に入手した情報を一つか二つ、付け加えて差し上げられるかもしれませんよ」

「それなら、メモを交換しましょうよ」

「絶対に忘れてはならないのは、セドリック・ハードキャッスルの葬儀の当日に、エイドリアン・スローンが自らをファージングズ銀行の会長に任じたことを、セブが決して許していないことです」

「葬儀はハダーズフィールドでしたね」

「そうです。でも、なぜそれが関係があるんです?」

「なぜなら、この二カ月のあいだに、ロバートが何度かフェリーでハンバーへ行ったのを知っているからです」

「ファージングズ銀行の株の五十一パーセントを持つことになった、もう一人の女性に会いに、ですか?」

「その可能性はありますね。というのは、このあいだ、アーノルド・ハードキャッスルが一晩、うちに泊まったんだけど、食事のとき以外は二人で書斎に籠もりっきりだったんです」

「それなら、エイドリアン・スローンは二つの眼をしっかりと開けているほうがいいでしょうね。なぜなら、もしボブ、セブ、アーノルドの三人が一つのチームとして力を合わせたら、スローンは天の助けが必要になるでしょうから」ハリーは言い、テーブルの向こうのプリシラの夫を一瞥した。

「〈ビンガムズ・フィッシュ・ペースト〉は、このところ新聞の見出しを飾らなくなったみたいですね」グウィネッズがその会社の会長を見て言った。

「そして、それは悪いことではない」ボブが応じた。「ようやく、ゴシップ・コラムニストを喜ばせるのではなく、国民に食べるものを提供する本業に戻れたということですからな」

グウィネッズが笑って言った。「実は白状しなくてはならないのですけれど、わたし、あなたの会社のフィッシュ・ペーストを家に置いたことが一度もないんです」

「私も白状しなくてはならないが、労働党に投票したことが一度もないのですよ。もっとも、ブリストルに住んでいれば違ったかもしれないが」

　グウィネッズは微笑した。

「ジャイルズが議席を維持する確率はどのぐらいだと思いますか?」ボブが訊いた。

「勝つとしてもぎりぎり、爪を立てるようにしてしがみつくというのが、一番ありそうな結果だと思っています」グウィネッズは答えた。「ブリストル港湾地区は昔から激戦の選挙区なんですが、世論調査によると、今回は本当に大接戦になりそうな雲行きです。ですから、勝敗の行方は地元の保守党がだれを候補に立てるかによるのではないでしょうか」

「しかし、ジャイルズは閣僚としての人気もあるし、議会の両陣営ともに彼を評価しているでしょう。それが有利な材料になるのではありませんかな?」

「ジャイルズの選挙代理人のグリフ・ハスキンズの計算では、それで獲得できるのは千票ほどだそうです。ですが、彼はこう言って止まないんですよ——世論を敵に回したら、それに対してできることは多くない、ってね」

「あなたは庶民院にかなり頻繁に出入りしなくちゃならないんでしょうね」ジーン・ブキャナンが言った。

「実際にはそんなに頻繁に出入りしているわけではないんです」ハスキンズは答えた。

「われわれ選挙代理人は仕事の現場にとどまろうとする傾向があるんですよ。議員が有権者に見放されないようにするためにね」そのとき、ダイニングルームの扉が開き、彼が入ってきて、すべての会話が止んだ。

「いや、どうぞそのまま、お邪魔をするつもりはなかったんです」数年のオックスフォード暮らしにも影響されなかったと見えて、ヨークシャー訛りが濃く残っていた。

「ようこそいらしてくださいました、首相」ハロルド・ウィルソンが言った。

「いや、私は大いに喜んでいるんだよ」ジャイルズがさっと立ち上がった。「何しろ、数分といえども全国炭鉱労働者組合代表とのディナーを抜け出す口実を与えてもらえたわけだからな。それから、ジャイルズ」そして、テーブルを見渡して付け加えた。「この部屋に労働党でなく保守党支持の方のほうが多かったとしても私は驚かないだろうが、その心配はないかもしれないな、グリフがしっかり選別してくれているはずだからな」首相はテーブルに身を乗り出し、ジャイルズの代理人と握手をした。「こちらの魅力的なお二人はどなたかな？」

「私の妹のエマとグレイスです」ジャイルズが紹介した。

「お二人にお目にかかれるとは光栄です」首相が言った。「何しろ、民間企業の女性会長第一号と、名高い英文学者ですから」グレイスが頬を染めた。「そして、私が間違っていなければ」首相がテーブルの向こうを指さして付け加えた。「そちらにおられるのはフィッシユ・ペースト王のミスター・ボブ・ビンガムだ。私の母はあなたのペーストをテーブルに欠かしたことがありませんでしたよ。ハイ・ティー（お茶と夕食を兼ねた、午後四時から五時ごろにとる食事）と呼んでいたもののためにね」

「ダウニング街ではどうでしょう?」ボブが訊いた。

「ダウニング街ではハイ・ティーなるものがないんです」首相はそう答えると、ゆっくりとテーブルを巡って握手をし、メニューにサインをした。

ジャイルズが感動したことに、首相は急ぐ素振りも見せずにそこにとどまり、自分が炭鉱労働者のディナーの賓客であり、そこでスピーチをすることになっているのを大臣私設秘書議員に思い出させられて、ようやくダイニングルームをあとにした。その直前、彼がハリーを脇へ呼んでささやいた。「モスクワでは力を貸していただいて感謝しています、ミスター・クリフトン。われわれが忘れているとは思わないでください。それから、ババコフのことは諦めないでいただきたい、なぜなら、われわれが諦めていないからです」

「ありがとうございます、サー」ハリーは応え、ふたたび全員が立ち上がって首相を見送った。

みなが着席すると、ジーン・ブキャナンがグリフに言った。「首相と昔からお友だちだなんて、とても面白いんでしょうね」

「一度会ったことがあるだけです」グリフが認めてから付け加えた。「ですが、首相は象もかくやというぐらい記憶力がいいんです、絶対に忘れないんですよ」そのとき、ハリーが立ち上がり、手元のワイングラスをスプーンで鳴らして静粛を求めた。

「ご出席のみなさん、私の最も古く、最も親愛なる友人のために、ともに起立して乾杯をお願いします。自分の妹を私に引き合わせてくれた男、私たちの息子のセバスティアンの名付け親である男、ライト・オナラブル・サー・ジャイルズ・バリントン、女王陛下の政府で初めてヨーロッパ問題担当大臣になった男、そして、自分はいまでもイングランド・クリケット・チームの主将であるべきだと信じている男に」

ハリーは笑いが収まるのを待って付け加えた。「彼が今度の選挙でふたたび議席を獲得することは、われわれ全員の願うところであります。そうなったあかつきには、外務大臣になるという彼の生涯の野望が実現することさえあるかもしれません」

温かい拍手と「異議なし（ヒヤ・ヒヤ）」の叫びが部屋に谺し、ジャイルズが感謝の言葉を述べるために立ち上がった。

「ありがとう、ハリー。家族だけでなく、私の最も近しい、そして、最も親愛なる友人たちがたった一つの目的、すなわち、私がどんなに年を取ったかを思い出させるためにこうして集（つど）ってくれたのは本当に素晴らしいことです。私はこれまで最高の家族と友人に祝福されてきたが、だれであれ多少でもものわかった男なら、これ以上は何も望めないことはもちろん理解しているでしょう。しかし、みなさんたちの多くは親切にも尋ねてくれるのではないでしょうか——誕生日に際して何を望むか、とね」ジャイルズがゆっくりとテーブルを見渡したあとで言った。「その答えは、首相、外務大臣、大蔵大臣に同時になることです」だれに促されるでもなく笑いと拍手が起こり、彼は付け加えた。「しかし、当面は今度の選挙でブリストル港湾地区の議席を守ることで満足するつもりです」

また拍手が起こったが、今度は笑いはなかった。

「いや、私が本当に望んでいるのは、今夜ここにきてくださったみなさんが成功し、繁栄することです」ジャイルズはそこで一拍置いた。「労働党政府の下で」

野次が歓声を呑み込み、首相が正しかったことが証明された。実際、ジャイルズの誕生日に招かれたのは保守党支援者のほうが多かった。

「最後にこう明らかにして挨拶を終わります――今度の選挙で勝てなかったら、私は機嫌を損ねるでしょう」笑いが戻ってきた。「かつて、ある賢人が私に教えてくれました。偉大な演説の秘訣はタイミングだと」ジャイルズが笑顔で着席すると、全員が立ち上がってスタンディング・オヴェーションで讃えた。

「それで、今度はどこへ行くの?」ウェイターがミントクリームを挟んだチョコレート〈アフター・エイト〉とコーヒーを客の前に置きはじめると、エマは兄に訊いた。

「東ベルリンだ、外務大臣と会談することになってる」兄が答えた。

「彼らがあの野蛮な壁を崩すときはくるのかしら?」グレイスが訊いた。

「ウルブリヒトが権力を握っている限り、それはないと思う。クレムリンにいるご主人さまの命令を忠実に実行するだけの傀儡だからな」

「あんまり単刀直入すぎてこんなときにする質問ではないかもしれないけど」エマが訊いた。「今度の総選挙はいつになるのかしら？」

「ハロルドは五月にやりたがっている。そのときなら勝てるという自信を持っているんだ」

「何か事故さえなければあなたがブリストルの議席を守るのは間違いないと思うけど」エマは言った。「それでも、保守党は何とかあの選挙区で票を集めて僅差でも上回れるように必死になるんじゃないかしら」

「いまでも労働党に投票するつもりでいてもらってるのかな」ジャイルズが下の妹に訊いた。

「もちろんよ」グレイスが答えた。

「エマはどうなんだ？」

「お断わりよ」

「永久不変というのは本当にあるんだな」

18

目覚まし時計が鳴ったが、グウィネッズは呻いただけで、時間を確かめようともしなかった。彼女が熟練の技を発揮してふたたび眠りに戻る数分前、ジャイルズは寝室を出た。前夜のうちにシャワーを浴び、次の日の朝に着るものはドレッシングルームにあらかじめ準備しておくのが常だったから、明かりをつけて妻を煩わせる必要はなかった。

スミス・スクウェアを望む窓から外を一瞥すると、迎えの車がすでに玄関の前に停まっていた。遅れないためには運転手は何時に起きなくてはならないかは考えないようにした。髭を剃って着替えをすませると、キッチンへ降りてブラック・コーヒーを淹れ、コーンフレイクと果物をとりあえず腹に入れた。五分後、スーツケースを持って玄関へ向かった。ジャイルズが出かけるとき、グウィネッズはいつも一つのことしか訊かなかった——今度は何日？　今回は二日だと答えると、しかるべく荷物を造ってくれた。必要なものはすべて揃っているとわかっていたから、ベルリンでスーツケースを開けるまで、なかを確かめる必要もなかった。

最初の妻は高級コールガールもどきで、二人目の妻は処女だった。ジャイルズは内心密かにすら認めようとしなかったが、実は高級コールガールもどきでもあり処女でもあってくれるほうがいいという、ろくでもない願望を否定できないでいた。寝室ではヴァージニア、それ以外のすべてのところではグウィネッズ。ほかの男たちもこんな夢想をしているのだろうか、としばしば考えた。ただし、ハリーは絶対にそうではなかった。彼は結婚したその日よりもいまのほうがエマを強く愛しているほどだった。二人の関係が羨ましかったが、それは最も親しい友人にさえ決して認めるつもりのない、もう一つのことだった。

「おはよう、アルフ」ジャイルズは後部席に乗り込んだ。

「おはようございます、大臣」運転手が明るく応えた。

アルフはジャイルズが大臣になった日から運転手をつとめていて、一緒に仕事をしている閣僚のだれよりも現実世界の情報に詳しいことが往々にしてあった。

「今日はどちらへいらっしゃるんでしょう、サー？」

「東ベルリンだよ」

「お連れできなくて安心してますよ」

「そりゃそうだろうな。ところで、何か情報はあるのかな？」

「選挙ですが、六月になりそうですよ。たぶん十八日です」

「しかし、メディアはいまも五月と予想しているぞ。その情報の出所はどこなんだ？」

「確か、首相の運転手のクラレンスから聞いたと思うんですが」

「それなら、すぐにグリフに知らせる必要がありそうだ。ほかにも何かあるのかな？」

「次の選挙が終わったら、結果如何にかかわらず閣僚を辞任すると、外務大臣が今日の午前中に発表するそうです」

　ジャイルズはそれには応えず、アルフの何気ない爆弾発言について考えた。今度の総選挙でブリストル港湾地区の議席を維持できれば、そして、労働党が勝利すれば、今度こそ外務大臣の目が出てくるに違いない。問題があるとすれば、二つの仮定(イフ)だけだ。ジャイルズは思わず歪んだ笑みを浮かべた。

「悪くないな、アルフ、全然悪くない」そう付け加えると、赤い箱を開けて書類に目を通しはじめた。

　ジャイルズが昔から好んでいるのは、ヨーロッパじゅうの自分の同役と直(じか)に接触し、廊下やエレヴェーター、バーといったところで意見を交換することだった。現実政治(リアルポリティック)が行なわれるのはそういうところであり、開会が宣せられるはるか前に公務員が下書きを作っている、終わりのない形式的な会議の場ではなかった。

　アルフは表示も何もない門をくぐってヒースロー空港三番滑走路に入ると、ジャイルズの搭乗機から伸びているタラップの横に車を停めた。次の総選挙に負けたら、このすべてを失うことになる。手荷物を預ける列に並ばなくてはならず、チェックイン・カウンター、出国審査、保安検査を経由して搭乗ゲートまで延々と歩かなくてはならず、果てしなく待たされたあとでようやく搭乗案内を聞かなくてはならなくなるのだ。

　アルフが後部ドアを開け、ジャイルズは待機している搭乗機のタラップを上がった。これに慣れるなよ、とハロルド・ウィルソンには言われていた。慣れていいのは女王陛下だけなのだ、と。

　ジャイルズが最後の搭乗客で、彼が最前列に腰を下ろすと、ドアが閉められた。隣りには事務次官がいた。

「おはようございます、大臣」事務次官は世間話などで時間を無駄にする男ではなかった。「この会議は表面上はまったく何の収穫も得られないのではないかと思われていますが」と、彼はつづけた。「いくつか、われわれが利用できるチャンスが出てくる可能性があります」

「たとえば？」

「首相はワルター・ウルブリヒトが第一書記を交代させられようとしているかどうかを知る必要があります。もしそうであるならば、彼らはそのことをそれとなく伝えようとするはずで、われわれはだれが後釜に坐るかを突き止めなくてはなりません」

「そうなったとして、これまでと何か違いが出てくるのか？」ジャイルズは訊いた。「だれが後釜に坐ろうと、モスクワへコレクトコールの電話をしてからでないと何も決められないのは同じだろう」

「同時に外務大臣は」事務次官はジャイルズの疑問を無視してつづけた。「これがイギリスが欧州経済共同体に新たに加入申請するにいいタイミングかどうかを、あなたにどうしても見極めてほしいとも考えておられます」

「私が知らないあいだにド・ゴールが死にでもしたのか?」

「いえ、そんなことはありませんが、去年引退して以来、彼の影響力は衰えが出はじめていて、ポンピドーはそろそろ自分の力を試すときがきたと感じているかもしれません」

そのあと、二人は機内でのすべての時間を費やして公式予定をおさらいし、イギリス政府がこの会議から何を引き出そうとしているかを再検討した。言い換えれば、双方がすでにわかり合っていることについての暗黙の了解を再確認する作業である。

飛行機がベルリンのテーゲル空港に着陸して誘導滑走を停止すると、イギリス大使がタラップの下で待っていた。彼らの乗ったロールス-ロイスは警察に護衛してもらいながら西ベルリンを走っていったが、チャーリー検問所——西側同盟国がそう綽名をつけた、最も有名な壁の横断地点——に着いたとたんに停止した。

ジャイルズが見上げると、てっぺんに有刺鉄線が張り巡らされた、落書きだらけの醜い壁がそこにあった。〝ベルリンの壁〟は一九六一年、ほとんど一夜にして造られたもので、東から西へ移り住もうとする人々の洪水のような流れを堰き止めることを目的としていた。

東ベルリンはいまや、共産主義者の宣伝とはかけ離れていると言っても過言ではない、一つの巨大な刑務所だった。そこが本当に彼らの主張通りのユートピアなら、とジャイルズは考えた。不幸な市民が東へ逃げるのを阻止するために壁を造らなくてはならないのは西ドイツのはずだろう。

「私がいま鶴嘴(つるはし)を持っていたら……」彼は言った。

「私はそれを止めなくてはならないでしょうな」大使が言った。「もちろん、あなたが外交的な事故を作り出したいとおっしゃるなら別ですがね」

「私の義理の弟は自分の信じるもののために戦っているんですが、それを止めたりしたら外交的な事故どころではすまないと思いますよ」

　パスポートの確認が終わると西側の管理区域を離れることができ、運転手はさらに二百ヤードほど走ってから、中間地帯(ノーマンズランド)の手前でふたたび車を停めた。ジャイルズが顔を上げると、武装した警備兵が銃座にいて、厳(いか)めしい顔でイギリスからの客を見つめていた。

　ロールス－ロイスは二つの境界のあいだにとどまり、その間(かん)にフロント・バンパーからトランクまで、あたかもそれがシャーマン戦車ででもあるかのように厳重に調べられて、ようやく東ベルリンへ入ることを許された。しかし、警察の護衛なしでは、街の反対側のホテルへ着くまでにさらに一時間を要した。

　チェックインをすませてキイを渡されたあとの鉄則は、大臣と事務次官が部屋を交換することだった。大臣がコールガールに煩わされたり、間違いなく行なわれている盗聴を用心して一言一言に気を遣わずにすむようにするためである。しかし、東ドイツ秘密警察（シュタージ）ももうさすがにそれに気づいていて、いまは両方の部屋を盗聴しているに違いなかった。

「だれにも聞かれたくない話をする場合には」大使が教えた。「バスルームで、水を流しながらするんです。それが唯一安全な方法です」

　ジャイルズは荷物をほどき、シャワーを浴びてから一階へ下りて、オランダとスウェーデンの会議参加者とともに遅い昼食をとった。古い友人同士であるにもかかわらず、互いの情報を何とか引き出そうとする努力が止むことはなかった。

「ところで教えてくれないか、ジャイルズ。労働党は今度の選挙に勝てそうなのか？」スウェーデン外相のステレン・クリステルソンが訊いた。

「公式な答えは、われわれが負けるわけがないというものだ。非公式には、予断を許さないというところだな」

「もし勝ったら、ミスター・ウィルソンはきみを外務大臣に据えるかな？」

「非公式な答えは、見込みはあるだろうというところかな」

「公式には？」オランダ外相のヤン・ヒルベルトが訊いた。

「首相がふさわしいと考えるところならどこでも、私はそれを受けて女王陛下の政府に奉仕するだけだ」

「それが本心だなんて、私が次のモンテカルロ・ラリーに勝つというぐらいあり得ないな」ヒルベルトが言った。

「そろそろスイートに戻って資料の読み直しをするとしよう」ジャイルズは言った。いつまでも飲んでいて、翌日は欠伸（あくび）で一日を費やすことになるのは新米だけだとわかっていた。しばしば何時間もかけて議論してようやく明らかになることが、思いがけず不用意に表に出てくる場合があり、それを見逃さないためにはしっかり覚醒していなくてはならなかった。

翌朝の会議は、東ドイツのワルター・ウルブリヒト第一書記の代表団歓迎演説で始まった。その内容は明らかにモスクワで書かれたものであり、それを東ベルリンにいる操り人形が読み上げているに過ぎなかった。

ジャイルズは座席に背中を預けて目をつぶり、以前に何度も聞いている演説の通訳に耳を澄ませる振りをしたが、頭はすぐに別のことどもに移ろいはじめた。不意に、不安そうな声がした。「わたしの通訳に間違いがないとよろしいのですが、サー・ジャイルズ？」

ジャイルズは周囲を一瞥した。外務省がはっきり警告していたが、大臣一人一人に通訳がつくはずだけれども、その通訳を信用してはならなかった。その大半はシュタージで、不用意な発言や歓迎されざる振舞いをしたら、東ドイツ政治局の彼らの主人たちに報告されることは疑いの余地がなかった。

ジャイルズが驚いたのは、その若い女性が心配そうな質問をしたことより、彼女の英語に西部地方の訛りがかすかに、しかし、誓ってもいいけれども間違いなく聞き取れたことだった。

「通訳は完璧だよ」ジャイルズは答え、彼女をもっとしっかりと見た。「そんなふうにきみに思わせたとしたら、それは私がこの演説を、あるいは、これに類似した演説を、過去に何度も聞いたことがあるからだ。それだけだ」

彼女はほとんどくるぶしまでの丈の不格好な服を着ていたが、それは〈同志のための共同商店〉でしか買うことのできない既製品のはずだった。だが、彼女は〈ハロッズ〉にも売っていないものを持っていた。豊かな鳶色の髪である。それを編んでしっかりと丸く結い上げ、女性らしさを微塵も感じさせないようにしていた。まるでだれにも気づかれたくないと言っているかのようだった。しかし、大きな茶色の目と、人をうっとりさせる笑顔は、ジャイルズを含めて大半の男を振り返らせずにはおかなかった。最後のシーンで白鳥だったとわかるあの映画の、醜い家鴨の子の一羽のようだった。

罠の臭いがした。シュタージの手先に違いないとジャイルズはすぐに疑い、証拠を見つけられるだろうかと考えた。

「もし私が間違っていなければ、きみにはかすかだがイギリスの西部地方の訛りがあるな」ジャイルズはささやいた。

　彼女がうなずき、今度も人を無防備にさせる笑みを浮かべた。「父がトルロ（イングランド南西部、コーンウォール州の州都）の出身なんです」

「それなら、きみはここで何をしているんだ？」

「わたしは東ベルリン生まれなんです。父が一九四七年にここに駐留していて、そのときに母と出会ったんです」

「たぶん、世界じゅうが祝福できる出会いではなかっただろうな」ジャイルズはほのめかした。

「父は軍をやめて、母と一緒にいられるようにドイツで仕事を探さなくてはなりませんでした」

「真のロマンスと言うべきだな」

「でも、物語の終わりはそんなにロマンティックではなかったんです、残念ですけど。シャーロット・ブロンテよりジョン・ゴールズワージーに近い結末でした。一九六一年に壁ができたとき父はコーンウォールへ両親を訪ねていて、それ以来、わたしたちは一度も会っていないんです」

　ジャイルズは警戒を緩めなかった。「それはおかしいな、だって、きみのお父さんはイギリス国籍を持っているわけだから、きみもきみのお母さんも、いつでもイギリス訪問を申請できたはずだろう」

「この九年間で三十四回も申請しました。そして、三十四回、同じ答えが返ってきたんです。〝却下〟と赤いスタンプを捺(お)されて」

「それは気の毒だな」ジャイルズは言い、正面に向き直ってヘッドフォンを調節すると、歓迎演説の残りを聞いた。

一時間と十二分後、ウルブリヒト第一書記がようやく着席したとき、ジャイルズはその部屋でまだ起きている、数少ない一人になっていた。

ジャイルズは会議室を出て、二つの国のあいだにある対抗措置解除が可能かどうかを話し合う小委員会に合流した。自分と同等の立場にある各国代表団と同じく、彼もまた明確に信じていたが、その話し合いのあいだ、自分の通訳が省ではなく、シュタージから言われてときどき目を光らせているのだろうという明確な印象を持った。彼女については疑いを解いていなかったし、依然として警戒してもいたが、彼女の履歴の概要書を見て、カリン・ペンジェリーという名前だとわかった。だとすれば、少なくとも出自については本当のことを言っているように思われた。

会議から会議へ移動する自分に常にカリンがつきまとっていることに、ジャイルズはすぐに慣れた。彼女は相手方の発言のすべてを、表情を一切変えることなく伝えつづけた。しかし、彼女がどっち側についているかが依然としてよくわからなかったから、必ず慎重に言葉を選んで対応した。

　一日目の終わり、ジャイルズはこの会議はかなり前向きな結果を生んだような気がしていた。それはとりわけ通訳のおかげだと思われた。あるいは、自分たちの耳に心地いいことだけを彼女が通訳したからだろうか？

　共和国宮殿（パラスト・デア・レプブリク）で催された公式晩餐会のあいだ、カリンはジャイルズの真後ろに坐り、果てしなくつづく似たような演説を一言も漏らさず通訳しつづけて、ジャイルズも警戒を解かざるを得なくなった。

「お父さんに手紙を書くのなら、イギリスへ戻ってから私が投函（とうかん）してもいいし、移民当局にいる同僚に声をかけてみることもできなくはないよ」

「ありがとうございます、サー・ジャイルズ」

　ジャイルズは右隣りに坐っているイタリアの大臣を見た。彼は料理を皿の縁に押しやりながら、一年に三人もの首相に仕えなくてはならないことをぼやいていた。

「自分が首相になればいいじゃないか、ウンベルト」ジャイルズは言った。

「それだけはご免被る」イタリアの大臣が応えた。「早々と引退するつもりはないんでね」

　延々と供された料理がようやく最後になり、席を立つことが許されるようになって、ジャイルズはほっとした。何人かの代表に挨拶して部屋を出ると、大使と合流し、車でホテルまで送ってもらった。

キイを受け取り、スイートへ戻ったのが十一時を過ぎた直後、そこから一時間ほど眠ったところで、ドアに低いノックがあった。〈入室ご遠慮ください（ドゥ・ノット・ディスターブ）〉の札を敢えて無視しているに違いなかった。しかし、ジャイルズは驚かなかった。そういう不測の事態があり得ることを、あらかじめ外務省から注意喚起されていたのである。だから、予想は正確にできたし、もっと大事なこと、つまり、どう対処すべきかもわかっていた。

渋々ベッドを出てドレッシング・ガウンを羽織り、ドアのところへ行った。敵が妻に生き写しの――二十年前のだが――女性を送り込もうとするだろうことは、すでに教えられていた。

それでも、ドアを開けたとたんに、一瞬びっくりした。目の前に最高の美人が立っていた。髪はブロンド、頬は秀（ひい）でて、目は深い青、これまで目にしたなかでとびきり短いスカートを穿（は）いていた。

「あなたを送り込んだのがだれかは知らないが、相手を間違えているよ」ジャイルズは気を取り直すや言ったが、大昔になす術もなくヴァージニアに恋をした理由を思い出させられていた。「ともあれ、ありがとう、マダム」そして、シャンパンのボトルを引き取って、ラベルを見た。「一九四七年の〈ヴーヴ・クリコ〉か。だれにせよ送り主によろしく伝えてくれ。素晴らしいヴィンテージだ」そう付け加えてドアを閉めた。

ジャイルズはベッドへ戻りながら笑みを浮かべた。ハリーも誇りに思ってくれるだろう。

二日目、会議はどんどん激烈になっていった。なぜなら、各国代表団が収穫なしで手ぶらで帰るわけにはいかず、何とか取引を成立させようとしていたからである。ジャイルズは東ドイツがイギリスからの医薬品の輸入関税撤廃に同意したときには心底安堵し、新年にフランス大統領の訪問をイギリス政府が公式に招請してくれたら、それを真剣に考慮するとかの国の同役がほのめかしたときには、それを顔には表わさないようにはしたけれども、満足した。そして、誤解することがあり得ないよう、〝真剣に考慮する〟という部分を文字にして残した。

こういう場合の通例として、会談は長びきはじめ、夜に入ってもつづいた。その結果、ジャイルズはディナーの前に東ドイツ貿易相と会談し、ディナーの最中にオランダの同役と会談し、ディナーのあとで西ドイツ外相のワルター・シェールと会談することになった。ディナーのあいだも同席するようカリンに頼んだが、それはもし彼女がシュタージの下で仕事をしているとしたら、ペギー・アシュクロフトよりいい女優だと判定したからだった。そして、彼女がいやでなければ、髪を下ろしてくれることを心から願った。

カリンはオランダの大臣が流暢（りゅうちょう）な英語を話すことを思い出させてくれ、ディナーには通訳を交えないほうがいいのではないかと言ってくれたが、通訳がいてくれたほうが意思の疎通に齟齬をきたす恐れがないというのがジャイルズの考えだった。

　貿易相との午後の会談のとき、ジャイルズは仲間の代表団のだれかが気づいているのではないかと自分でも心配になるぐらい頻繁に、通訳に熱心に耳を傾ける振りをしながら、実はその笑顔に迎えられたくて、カリンを見た。しかし、ディナーに現われたときの彼女は人を驚かせずにはおかない、〈同志のための共同商店〉では絶対に売っていない肩も露わな赤いシルクのドレスをまとって、鳶色の髪を肩の下までゆったりと下ろしていた。彼女は気づかない振りをしつづけたが、ジャイルズは一時として目を離すことができなかった。

　その日の夜の最後の会談のためにスイートへ戻ると、シェールが時間を無駄にすることなく、ドイツ政府の見解を明らかにした。「貴国がＢＭＷ、フォルクスワーゲン、メルセデスにかけている関税は、わが国の自動車産業をしたたかに苦しめている。撤廃は無理としても、せめて引き下げてもらえないだろうか？」

「申し訳ないが、それはまったく不可能だよ、ワルター。きみも知ってのとおり、われわれはわずか数週間後に総選挙を控えていて、労働党はフォード、ＢＬＭＣ、ヴォクスホールから多額の資金援助を期待しているんだ」

「ヨーロッパ経済共同体に加入したら、選択の余地はなくなるぞ」シェールが笑みを浮かべた。

「そうなってくれればいいと思っているよ」ジャイルズは応えた。

「少なくとも誠実に対応してくれたことに感謝する」シェールが握手をして部屋を出ていこうとしたとき、ジャイルズは指を唇に当てて一緒に廊下に出た。そして、左右をうかがってから訊いた。「ウルブリヒトのあと、第一書記はだれになるんだ?」

「ソヴィエトはホーネッカーを据えようとしている」シェールが言った。「率直に言って、われわれとしてもあの男以外には考えられない」

「しかし、彼は追従することしかできない弱虫だろう。生まれてこの方、自分の考えなんか持ったこともない男だ」ジャイルズは言った。「結局はウルブリヒトとまったく変わることのない傀儡になるのが落ちじゃないのか」

「まさにだからこそ、モスクワの共産党政治局はあの男を支持しているんだ」

ジャイルズが両手を宙に広げ、シェールは歪んだ笑みを浮かべることしかできなかった。

「選挙のあと、ロンドンで会おう」彼はそう言うと、エレヴェーター・ホールへと歩き出した。

「そうなることを祈ってるよ」ジャイルズはつぶやいた。部屋へ戻ってみると、嬉しいことに、カリンがまだそこにいた。彼女がバッグを開け、封筒を取り出してジャイルズに渡した。

「ありがとうございます、サー・ジャイルズ」

ジャイルズは封筒に書かれた名前と住所を見ると、それを内ポケットにしまって言った。

「イギリスへ戻ったら、すぐに父上に届くよう投函しよう」

「母も感謝すると思います」

「私にできる、せめてものことだよ」ジャイルズは言い、サイド・テーブルへ行くと、シャンパンのボトルを手に取って彼女に差し出した。「一生懸命仕事をしてくれたことへのささやかな感謝の印だ。母上と一緒に楽しんでくれないか」

「お礼の申しようもありません、サー・ジャイルズ」カリンがボトルを押し戻してささやいた。「でも、正面玄関にたどり着く前に、シュタージに取り上げられてしまいます」そして、シャンデリアを指さした。

「それなら、せめてここで一緒に一杯どうだろう」

「それはまずいのではありませんか、サー・ジャイルズ、状況をよくお考えになったほうが──」

「いまやきみと私しかいないわけだから、ジャイルズと呼んでもらってもいいと思うんだがね」ジャイルズはシャンパンを開けて二つのグラスに注ぎ、自分のグラスを挙げた。「きみが遠からず父上と再会できることを祈って」

カリンが一口飲んだだけでグラスをテーブルに置いた。「そろそろ失礼しなくては」そして、握手の手を差し出した。

ジャイルズはその手を取ると、そっと自分のほうへ引き寄せた。カリンが押し戻そうとした。

「駄目ですよ、ジャイルズ。だって、あなたが考えているのはどうせ――」

ジャイルズはその口をキスで塞ぎ、そのまま彼女の背中のファスナーを下ろした。ドレスが床に落ちると、一歩下がった。彼女の身体のすべての部分に一度に触れたかった。ふたたび彼女を抱擁し、キスを再開した。カリンの唇が割れ、二人はベッドに倒れ込んだ。

ジャイルズは彼女の茶色の目を覗き込んでささやいた。「きみがシュタージの仕事をしているとしても、この愛の交歓が終わるまではそれを言わないでくれ」

19

ジャイルズは庶民院の最前列に坐り、英国クリケット競技会連盟が、南アフリカがイギリス遠征中止を決定したことを外務大臣が議会に知らせるのを聞いていた。そのとき、一枚のメモが回ってきた——〝外務大臣の発言が終わったら話がしたい〟。

ジャイルズにとって、院内幹事長からの呼出しは校長室への呼出しのように思われるのが常だった。しかも、褒められるのではなく、鞭打ち（むちう）ちの罰を受けるために。院内幹事長は閣僚ではないものの、地位に不相応なほど強い力を持っていた。軍隊にたとえるなら、将校が苛立つことなく日々を送れるよう、兵に規則を守らせるのを役目とする中隊付き最先任曹長とも言うべき存在だった。

南アフリカのアパルトヘイトに反対して制裁を強化することについてのラウス選出の議員の最後の質問に外務大臣が答え終わるや、ジャイルズは議場を抜け出し、議員控え室からゆっくりと院内幹事長室へ向かった。

院内幹事長は明らかに待ちかまえていたらしく、ジャイルズは一歩も足を止めることなくすぐさま奥の聖域へ通された。

そこへ足を踏み入れた瞬間、ジャイルズは院内幹事長の顔を見て、褒められるのではなく、鞭打ちの罰を喰らうのだと覚悟した。

「残念ながら、よくない話だ」ボブ・メリッシュが机の引き出しにあった淡い黄褐色の大判の封筒をジャイルズに渡した。

ジャイルズは震える手で封筒を開けると一組の白黒写真を取り出し、しばらくそれを検めてから言った。「どういうことなんだ？」

「どういうことなんだとはどういうことなのかね」

「カリンがシュタージの仕事をしていたとは、まったく信じられないな」

「それなら、ほかにだれがいるというんだ？」院内幹事長が言った。「たとえ彼女がシュタージの禄を喰んでいなかったとしても、どんな圧力をかけられていたかわからないだろう」

「信じてもらわなくてはならないんだが、ボブ、カリンは絶対にそうじゃない。自分がどんな愚かなことをしたかはわかっているし、政府や家族をひどく貶めたことにも弁解の余地はない。しかし、断言できることが一つある、カリンは責められるようなことはしていない」

「白状するが、シュタージが写真を使ったのは初めてなんだ。これまでは、録音テープを送ってくるだけだった。私はこれからすぐに外務省に説明にいかなくてはならん」

「政府に関わることについては何も話していない、それは保証する」ジャイルズは言った。

「それどころか、私より彼女のほうがはるかに捕まるのを恐れていたぐらいだ」

院内幹事長が片眉を上げた。「そうだとしても、私はいまここで対処する必要がある。たぶん、これらの写真はすでにタブロイド新聞の手に渡っているだろう。だから、不愉快な電話に悩まされるのを覚悟しておくんだな。一つだけ助言しておくが、ジャイルズ、グウィネッズには世間に知られる前に打ち明けろ」

「辞任すべきかな?」ジャイルズは訊いた。手の震えを抑えるために机の縁を握り締めなくてはならなかった。

「それを決めるのは私ではないよ。しかし、何であれ早まるのは絶対に駄目だぞ。少なくとも首相に会うまでは何もするな。それから、メディアが接触してきたら、すぐに私に知らせてくれ」

ジャイルズはもう一度自分とカリンの写っている写真を見たが、いまも信じる気になれなかった。

「あなた、一体どうしたの、ジャイルズ? こんな見え透いた色仕掛けに引っかかるなんて?」グウィネッズが言った。「まして、モスクワで何があったか、ハリーに教えてもらったばかりなのに?」

「わかってる、わかってるよ。ぼくはこれ以上あり得ないぐらい愚かだった。きみに苦痛を味わわせて本当に申し訳ないと思ってる」

「このろくでもないハニートラップの女に誑し込まれているとき、わたしや家族のことはちらりとも頭に浮かばなかったの？」

「彼女はハニートラップの女じゃないよ」ジャイルズは小声で言った。

グウィネッズがしばらく黙ったあとで訊いた。「こんなことになる前からこの女を知っていたって、そういうこと？」

「ぼくの通訳だったんだ」

「それだったら、あなたが彼女を誑し込んだんじゃないの？　逆じゃないんじゃないの？」

ジャイルズは反駁しなかった。一つの嘘でも多すぎるぐらいだった。

「あなたが嵌められたとか、酔っぱらっていたとか、あるいは、その場の出来心で思わず愚かなことをしたというのなら、ジャイルズ、わたしだって何とか我慢して赦すことができるでしょう。でも、明らかに最初からその気があったのなら……」グウィネッズが途中で言葉を切って立ち上がった。「わたし、今夜、ウェールズの実家へ帰ります。お願いだから、連絡を取ろうとしないでちょうだい」

スミス・スクウェアに夕闇が迫るなか、ジャイルズは独り坐って、グウィネッズに本当のことを話した結果について考えていた。カリンがシュタージの送り込んだハニートラップ要員に過ぎなかったとしても、それはほとんどどうでもいいことだ。カリンはそういう女で、一夜限りのことでしかなく、名前も知らないと妻に言えば、そのほうがはるかに簡単だっただろう。それなら、なぜそうしなかったのか？　なぜなら、あんな女性にはまったく会ったことがないというのが真実だからだ。優しくて、ユーモアがあって、情熱的で、気が利いていて、頭がいい。いや、とびきり頭がいい。同じように感じていないのなら、彼女はなぜおれの腕のなかで眠ったのか？　朝目覚めて、なぜもう一度おれと愛を交わしたのか？　仕事を終えて、夜のうちにこっそり逃げ出すこともできたのに？　それなのに、おれと同じぐらい大きな危険を冒し、おそらくはその結果にどこからどこまでおれと同じぐらい苦しむことになるほうを選んだのはどうしてなのか？

電話が鳴るたびに、ジャイルズは新聞記者がかけてきたのだろうと覚悟した――〝実はちょっとした写真を入手したものですから、サー・ジャイルズ、コメントをいただけないかと思いましてね……〟。

電話が鳴り、ジャイルズは渋々受話器を取った。

「ミスター・ペンジェリーという方からお電話ですが」秘書が告げた。

ペンジェリー。カリンの父親に違いない。彼もあの罠に関わっていたのだろうか？「つないでくれ」ジャイルズは言った。

「初めまして、サー・ジャイルズ。ジョン・ペンジェリーと申します。あなたが東ベルリンにいらっしゃったときに娘を助けていただいたことのお礼を申し上げようと思いまして」カリンと同じ西部地方の柔らかな訛りがあった。「あなたが親切にも転送してくださった娘の手紙を、たったいま読んだところです。何カ月ぶりかのことで、ほとんど希望を失いかけていたところでした」

その希望もあっという間に潰えてしまいそうだったが、ジャイルズはその理由を教えたくなかった。

「カリンとあの子の母親には毎週手紙を書いているんですが、何通届いているのかすらわかりません。でも、あなたがお会いになったということで少し確信が持てました。もう一度内務省に連絡してみようと思っています」

「内務省の移民対応部署には、私のほうからすでに話をしました。しかし――」

「ご親切にありがとうございます、サー・ジャイルズ。私の家族も私も、あなたに借りができました。私の選挙区の議員でもいらっしゃらないのに」

「立ち入った質問をしてもいいですか、ミスター・ペンジェリー？」

「もちろんです、サー・ジャイルズ」

「カリンがシュタージの仕事をしている可能性があるとお考えですか？」

「いいえ、それは絶対にありません。あの子は私以上にあいつらを嫌っています。実は、あの子が当局に協力したがらないことがビザが下りない理由ではないかと、私はそう注意しつづけているんです」

「しかし、国際会議の通訳という仕事は与えていますよ」

「それはあいつらが必死だったからに過ぎません。カリンの手紙では、二十カ国を超す国から七十人以上の代表団が派遣されたそうではないですか。あなたの通訳を割り当てられて本当に運がよかったとも言っていました」

「運がいいとは言えないと思いますよ。というのは、あなたには申し上げておかなくてはならないでしょうが、お嬢さんと私が一緒のところの写真がメディアの手に落ちる恐れがあって、それは控えめに言っても不運、最悪の場合は――」

「私にはそんなことは信じられません」ペンジェリーがようやく何とかさえぎった。「カリンはとても用心深くて、よほどのことがない限り、危ない橋は決して渡らないんです。あの子がメディアの餌食になるようなことをするとは思えません」

「お嬢さんが責められる筋合いはまったくないんです、ミスター・ペンジェリー」ジャイルズは言った。「非があるのはまったく私のほうで、あなたに直接お詫びしなくてはなりません。なぜなら、あなたがカリンの父親だとメディアが知ったら、あなたの生活が滅茶苦茶にされるからです」

「あの子の母親と結婚したときに、もう同じ目にあわされました」ペンジェリーが言った。

「しかし、私はそれを後悔したことはありません」

今度はジャイルズが沈黙し、どう応えるべきかを考える番だった。「事実は至って単純なんですが、ミスター・ペンジェリー、私はそれを妻に話すことができないんです」そして、ふたたび沈黙した。「私はお嬢さんに恋をしました。避けられるものなら、間違いなく避けたでしょう。それに、これは断言できますが、あなたがお嬢さんとともに耐えなくてはならない苦痛を喜んで共有するつもりでいます。そのうえ、さらに困ったことに、お嬢さんが私をどう思っているかがわからないのです」

「私にはわかります」ペンジェリーが言った。

その電話があったのは土曜の午後、四時を過ぎて間もなくのことだった。それによって、夜半までにはほとんどすべての新聞が一面を差し替えるだろうとジャイルズが考えていたにもかかわらず、〈サンデイ・ピープル〉のスクープになることがすぐに明らかになった。

「私どもが入手した写真ですが、あなたもご覧になっていますよね、大臣?」

「ああ、見た」

「何かおっしゃりたいことはありませんか?」

「ないな」

「閣僚を辞任なさる気は?」

「ノー・コメントだ」

「このことを知って、奥さまはどうなさいました？　ウェールズの実家へお帰りになったとわれわれは理解していますが」

「ノー・コメントだ」

「離婚なさるというのは本当ですか？」

ジャイルズは受話器を架台に叩きつけると、震えを止めることができずに院内幹事長の自宅の電話番号を調べた。

「ボブ、ジャイルズだ。あの件だが、明日の〈サンデイ・ピープル〉が記事にするはずだ」

「それは実に残念だな、ジャイルズ。とりあえず言っておくが、きみはとても優秀な大臣だったし、心底惜しまれるだろう」

ジャイルズは受話器を戻した。たった一つの言葉が耳で鳴り響いていた――〝だった〟。きみはとても優秀な大臣だった。彼は自分の前の書類入れから庶民院のレターヘッドのついた用箋を一枚抜き取ってペンを手にした。

親愛なる首相閣下

まことに慙愧(ざんき)に堪えないことではありますが……

ジャイルズはホワイトホールの枢密院のオフィスに入った。そうすればダウニング街で彼を待ち受けているフリート街の記者の群れ――少なくとも一〇番地への裏口があることを知らない連中――を避けることができた。

恐らく孫に語って面白がらせられるだろう思い出の一つになりそうなことに、ジャイルズがキャビネット・ルームに入っていったとき、ハロルド・ウィルソンはブライヤーのパイプに火をつけ直そうとして失敗していた。

「ジャイルズ、よくきてくれた。きみのいまの状況を考えると、簡単ではなかっただろう。しかし、信じてもらいたいのだが、私もこういう経験は結構しているんだ。その経験から言うと、こういう騒ぎはいずれ立ち消えになるものだ」

「そうかもしれませんが、首相、真面目な政治家という私のキャリアに終止符が打たれることに変わりはありません。それこそが私が真にやりたいと考えていた唯一の仕事なんです」

「同感だとは、私は答えにくいな」ウィルソンが言った。「いま少しのあいだ考えてくれないか。次の選挙できみがブリストル港湾地区の議席を維持できれば――それができると私は確信しているが――投票によって有権者の考えが示されたことになる。私にはその判定に同意しない理由がないだろう。それに、もし私がダウニング街に戻ることができたら、躊躇なくきみを閣僚に再任するつもりでいるんだ」

「〝もし〟が二つありますよ、首相」

「その一つについては、きみが私を助けるんだ、ジャイルズ。もう一つについては、私に何ができるかやってみるさ」

「しかし、首相、これだけ新聞が騒いだあとでは……」

「確かに、彼らは読者を啓発しようとはしないからな。きみが外務大臣だったら残念なことになっていたかもしれない」ジャイルズはここ数日で初めて頰を緩めた。「しかし、いくつかのコメントと」ウィルソンはつづけた。「指導者の一人か二人は、きみが卓越した閣僚だったと指摘している。なかでも〈デイリー・テレグラフ〉は、きみがトブルクで戦功十字章を受けたことを読者に思い出させている。きみはあの凄まじい戦いを何とか生き延びたんだ、この騒ぎを生き延びられないと考える根拠は何がある？」

「グウィネッズが私と離婚するだろうと思うからです。正直に言って、彼女にはそうするに十分な理由がありますからね」

「それは残念だな」ウィルソンが言い、ふたたびパイプに火をつけようとした。「だが、それでもきみはブリストルへ行って探りを入れてみるべきだと、私はいまも考えているんだ。グリフ・ハスキンズの考えをしっかり聞いたほうがいい。今朝、電話をしたんだが、彼はいまでもきみを候補に立てたがっている。そのことには一片の疑いの余地もない」

「おめでとう、少佐」ヴァージニアが言った。「ジャイルズ・バリントンを引きずり下ろす責任をいとも簡単に果たしてくださったわね」

「しかし、皮肉ですよ」フィッシャーは言った。「あれをやった当事者は私でもないし、あいつと一夜をともにさせるためにわれわれが送り込んだ娘でもなかったんですから」

「どういうこと？」

「わたしはあなたの指示どおり、ベルリンへ飛びました。壁の両側に支店を置く女性紹介業者（エスコート・エージェンシー）を見つけるのも難しくありませんでした。そこで一人、特にお薦めの娘が見つかったんです。その娘に、高い報酬と、ジャイルズと一緒にベッドにいる写真をものにできたらボーナスも出すと約束しました」

「それが彼女なのね」ヴァージニアがそこに積んである、普段ならカドガン・プレイスのアパートにあるはずのない、何種類もの朝刊を指さした。

「それがそうじゃないんですよ。翌朝、彼女から電話があって、バリントンはシャンパンのボトルは受け取ったけれども、自分の目の前でドアを閉めてしまったと報告してきたんです」

「だったら、だれなの？」

「わかりません。エスコート・エージェンシーによれば、これまで見たこともないし、たぶんシュタージの回し者ではないかとのことでした。あの会議のあいだずっと、代表団の泊まるホテルのスイートには盗聴と録画ができる監視装置が隠してあったんです」

「でも、どうして彼はあなたの送り込んだ娘を拒否して、この女ならいいことにしたのかしら？」

「それも私にはわかりません」フィッシャーは言った。「ただ間違いないのは、あなたのかつての夫がまだ終わったと決まったわけではないということです」

「だけど、彼は今朝、辞任したわよ。朝のニュースの目玉だったわ」

「大臣は辞任しましたが、国会議員を辞めたわけじゃありません。それに、次の選挙で議席を維持することになれば……」

「それなら、絶対にそうならないようにするまでね」

「しかし、どうやって？」

「その質問をしてくれてとても嬉しいわ、少佐」


「残念だが、国会議員の職を辞する以外に選択肢はないんだ」ジャイルズは言った。

「たかが売春婦と寝たぐらいでか？」グリフが言い返した。

「彼女は売春婦じゃない」ジャイルズは否定した。同じことを訊いてくる者全員に同じ否定を返していた。

「いま辞めるなんて、保守党に議席をくれてやるのと同じだぞ。そんなことをして、首相が感謝すると思うか？」

「しかし、世論調査を信じるなら、いずれにしても保守党が議席を取るはずだ」

「世論調査をひっくり返したことだってあるじゃないか」グリフが言った。「それに、保守党はまだ候補者も選んでいない」

「どう説得されても、おれの気持ちは変わらないよ」ジャイルズは言った。

「しかし、勝てる候補はほかにいないんだ」そのとき机で電話が鳴り、受話器を上げたグリフが秘書に言葉も荒く命じた。「どこのどいつだか知らんが、一昨日(おととい)来いと言ってやれ」

「〈ブリストル・イヴニング・ニューズ〉の編集長ですが」秘書が告げた。

「だれだろうと、返事は同じだ」

「ですが、あなたがいますぐ聞きたいはずのニュースがあるということですけど。明日の新聞の目玉記事だそうです」

「つないでくれ」グリフはしばらく耳を傾けていたが、やがて、叩きつけるようにして受話器を戻した。「それだけわかれば、あとは聞く必要はない」

「それで、待ちきれないかもしれないニュースとは何なんだ？」

「保守党が候補者を発表した」

「われわれの知ってる相手なのか？」

「アレックス・フィッシャー少佐だ」

ジャイルズは思わず笑いを爆発させた。「おまえ、馬鹿を言うのもほどほどにしろよ、グリフ、おれにだって辛抱の限度があるんだぞ」

20

「おはようございます、ジャイルズ・バリントンです。六月十八日木曜日の総選挙の労働党候補者として、ブリストル港湾地区から出馬しています。労働党に投票してください。六月十八日にはバリントンに一票をお願いします。おはようございます、ジャイルズ・バリントンです……」

ジャイルズは過去二十五年で七度選挙を戦い、七度とも勝利し、徐々にではあるものの、次点との得票差を二千百六十六票まで広げていた。前々回と前回の選挙は労働党が政権を取っていたときで、保守党はブリストル港湾地区で勝利を予想されていなかったし、自由党はそもそも自分たちが勝てないことを知っていた。

しかし、この前フィッシャーを相手に戦った選挙では得票数の再計算を要求しなくてはならず、三度の計算のやり直しのあと、わずか四票差で辛うじて逃げ切ったのだった。あのときは最初から最後まで汚ない個人攻撃が行なわれ、ジャイルズの以前の妻のレディ・ヴァージニアもそこに加わり、わざわざブリストルまでやってきて、〝誠実で上品な人物〟という形容で少佐の応援をした。

十五年後のいま、ジャイルズはふたたびその再現をしなくてはならなくなったし、またもや離婚の話を蒸し返される恐れが十分にあった。救いがあるとすれば、選挙が終わるまで離婚については何もしないし、選挙区に応援に入るつもりはないけれども、フィッシャーに投票を促すような発言をすることはあり得ないと、グウィネッズが明言してくれていることだった。

「ささやかな慈悲を垂れてもらったことを主に感謝するんだな」グリフ・ハスキンズはそれだけ言うと、二度とその話を持ち出さなかった。

一九七〇年五月二十九日、首相が議会解散の許しを女王陛下に求めると、ジャイルズは次の日にブリストルへ戻り、三週間に及ぶ選挙運動を開始した。街頭に出て遊説を始めるや、うれしい驚きがあった。歓迎が多く、ベルリンの一件が持ち出されることも、妻はどこにいるのかと訊かれることも、滅多になかった。イギリス人というのは批判の目の厳しい人種ではない、というのがグリフの観察だった。しかし、ジャイルズは彼にも明らかにしていなかったが、カリンへの思いが片時も頭から離れることはなく、毎晩ベッドへ入る直前まで彼女に手紙を書いて、朝にはまるでませた生徒のように、必ず郵便受けを確かめて返事を待ちわびていた。しかし、東ドイツの消印のある郵便物が届くことはなかった。

エマ、ハリー、セブ、そして、労働党を頑として支持する侮り難いミス・パリッシュ

――彼女は選挙運動が開始されると、三週間仕事を休んでジャイルズの下へ馳せ参ずるのを常としていた――は、ジャイルズが街頭演説に出るとき、それぞれが役割を担って同行することにしていた。エマはジャイルズが閣僚を辞任することになった疑いを口にする女性たちに対応し、セブは初めて選挙権を行使する十八歳の有権者を相手にすることに集中した。

しかし、びっくり箱はハリーで、様々な層に人気があることを証明した。アナトーリイ・ババコフを自由の身にするための運動の様子を知りたがる有権者がいるかと思うと、ウォーウィック警部補が次はどんな事件を解決するのかを知りたがる有権者もいた。だれに投票するのかと訊かれるたびに、ハリーはいつもこう答えた。「ブリストルの賢明な有権者のみなさんと同じですよ、私の義理の兄です」

「それじゃ駄目です」グリフが断固として注意した。「〝義理の兄〟という候補者は投票用紙に載っていません」

もう一つ、ハリーをブリストルのケーリー・グラントと見なし、あなたが候補者なら投票するのにと、面と向かって言うグループがいた。

「選挙に出るぐらいなら、焼けた石炭の上を裸足で歩くほうがましですよ」と、ハリーは恐ろしそうに両手を上げて答えることにしていた。

「嫉妬してるんじゃないの、お母さん」

「まさか」エマが言った。「あの人たちの大半は、ハリーの世話をしたいというだけの中年の既婚女性よ」

「彼女たちが労働党に投票してくれるなら」グリフは言った。「ハリーとやりたがっても、私は何とも思いませんがね」

「おはようございます、ジャイルズ・バリントンです。六月十八日木曜日の総選挙の労働党候補として、ブリストル港湾地区から出馬しています。労働党に投票してください……」

毎日、朝はグリフのオフィスでの〝祈りの会議〟で始まった。そのときに候補者と中核を担う運動員に最新情報が伝えられ、一人一人に今日の任務が割り当てられるのである。

最初の月曜、グリフは自分の鉄則の一つを破ることでその会議を始めた。

「フィッシャーに討論を挑むべきだと考えているんだ」

「しかし、これまでは、現職は敵の存在を認めるべきではないと言っていたじゃないか。討論などしたら、敵に自分たちの考えを公にする足場を与え、確かな候補者としての立場を確立してやることにしかならないんじゃないのか？」

「フィッシャーはもう確かな候補者だ」グリフが言った。「あいつが世論調査ですでに三パーセント先行していることがそれを証明している。われわれは何としても方法を見つけて、その差を縮めて追い抜かなくてはならないんだ」

「しかし、あいつはその機会を利用しておれを個人攻撃し、新聞の安っぽい見出しを手に入れるんじゃないのか」

「それを期待しようじゃないか」グリフが言った。「というのは、われわれ独自の世論調査では、ベルリンでの一件は大半の有権者にとってさしたる問題ではないようで、われわれのところに毎日届く郵便もそれを裏付けている。世間は国民健康保険制度、失業、年金、そして、移民に、はるかに大きな関心を持っているんだ。実際、国を留守にしているときに夜の悪癖がぶり返すおまえさんより、二級道路で熱心すぎるぐらい熱心に駐車違反を取り締まっている交通監視員への苦情のほうが多いんだよ。その証拠が欲しかったら」そして、机の上の手紙の山から何通かを取り出した。「読んでやるからよく聞け。いいか、〝親愛なるサー・ジャイルズ、売春婦と寝たことのある者や浮気をしたことのある者が全員あなたに投票したら、あなたの次点との得票差は倍になるでしょう。頑張ってください〟」

「確かにな」ジャイルズは言った。「妻以外との情事の経験のある有権者はバリントンに一票を、か」

　エマが嫌な顔をして兄を睨みつけた。ジャイルズの行ないに対するグリフの適当な態度をよしとしていないのは明らかだった。

「もう一通ある」ジャイルズの感想を無視して、グリフが言った。「〝親愛なるサー・ジャイルズ、私はこれまで労働党に票を入れたことは一度もありませんが、アレックス・フィッシャーのような聖人気取りよりは罪人に一票を入れたいと考えています、敬具〟。まだまだあるぞ。だけど、おれのお気に入りはこれだな。〝親愛なるサー・ジャイルズ、私はあなたの女性の趣味に敬服していると言わなくてはなりません。私は来週ベルリンへ行くことになっているのですが、その女性の電話番号を教えていただけないでしょうか〟」

彼女の電話番号ならおれが知りたいよ、とジャイルズは内心でつぶやいた。

〝フィッシャー、討論の挑戦を辞退〟

「これがやつの最初の過ち(あやま)だ」グリフが言い、みんなが一面の見出しを読めるよう、テーブルに広げた新聞を逆さまにした。

「しかし、世論調査で三パーセント先行しているのはあいつだろう」ジャイルズは言った。

「過ちじゃなくて、常識に過ぎないんじゃないのか」

「まさしくそのとおりだ」グリフが認めた。「だが、過ちはやつが討論を拒否した理由だ。いいか、読んでやるからよく聞いていろよ。〝私はあんな男と同じ部屋にいるのを見られたくない〟。愚かな失策だ。世の人々は個人攻撃を好まない、故に、われわれはこれを有利な材料にしなくてはならない。おまえさんは必ず討論会の会場に姿を現わすことだ。それなのにあいつが出てこなかったら、有権者は独自の結論を引き出すことができる」そして、記事を読みつづけ、間もなく二度目の笑みを浮かべた。「自由党がわれわれを助けてくれることなんかそうそうないが、サイモン・フレッチャーは〈ブリストル・イヴニング・ニューズ〉に、自分は歓んで討論に参加すると語っているぞ。まあ、彼には失うものがないからな。これからすぐにメディアに声明を発表する。諸君は仕事に戻ってくれ。私のオフィスに坐っていても、一票も獲得できないぞ」

「おはようございます、ジャイルズ・バリントンです。六月十八日木曜日の総選挙の労働党候補者として、ブリストル港湾地区から出馬しています……」

勝てるのではないかとジャイルズが多少の自信を持ちはじめたちょうどそのころ、〈デイリー・メール〉に載った〈ギャロップ〉の世論調査が初めて、エドワード・ヒース率いる保守党が三十議席の差をつけて勝利するのではないかと予想した。

「保守党が絶対多数を獲得したいのなら、われわれのところが彼らの必要とする三十五番目の議席になるな」ジャイルズは言った。

「小さい文字で書いてある部分を読んでみろよ」グリフが応えた。「この世論調査は、ブリストル港湾地区は予断を許さない大接戦だとも言っているだろう。ところで、今日の〈ブリストル・イヴニング・ニューズ〉は読んだか?」そして、最初の版を候補者に渡した。

ジャイルズが敬服することに、その新聞は選挙期間中は常に中立な立場を守り、投票日の前日にある特定の候補者を推薦するにとどめて、それより早くだれを支持するかを明らかにすることはなかった。が、今日は、まだ投票日まで二週間あるというのに、その決まりを破っていた。社説の挑発的な見出しが、彼らの立場をはっきりと示していたのである。

〝彼は何を怖がっているのか〟

次の木曜の討論会にフィッシャー少佐が現われなければ、とその社説は書いていた。自分たちは読者に対し、労働党に投票してジャイルズ・バリントンを国会へ返すことを推薦するであろう。

「あいつが出てこないことを祈ろうじゃないか」ジャイルズは言った。

「大丈夫、出てくるさ」グリフが応えた。「出てこなかったら、選挙に負けるんだから。われわれの次の課題は、やつが出てきたときにどう対応するかだ」

「でも、不安なのは言うまでもなくフィッシャーのほうでしょう」エマが言った。「だって、討論にはジャイルズのほうがはるかに長けてるのよ、二十年以上もの議会での経験があるんですもの」

「今度の木曜の夜は、それは関係ないと思いますよ」ミス・パリッシュが言った。「持ち出されたくないあの問題に対処する方法を見つけない限りはね」

　グリフがうなずいた。「秘密兵器を使わなくちゃならないかもしれないな」

「秘密兵器って？」ジャイルズは訊いた。

「ハリーだよ。最前列で坐ってもらい、聴衆に向かって次作の最初の章を読んでもらうんだ。そうすれば、ステージの上で何をしているかなんてだれも気にもしなくなるだろう」

　ハリーを除いて全員が笑った。「それは何を暗示しているんだ？」彼は訊いた。


「おはようございます、ジャイルズ・バリントンです。六月十八日木曜日の総選挙の労働党候補者として、ブリストル港湾地区から出馬しています……」

〝私は参加する〟と、翌日の〈ブリストル・イヴニング・ニューズ〉の一面で見出しが叫んでいた。

　ジャイルズはそれにつづく記事を読み、今度の討論が次のブリストル港湾地区選出国会議員をだれにするかを左右するかもしれないと認めた。

　グリフもそれに同意し、選挙運動を少し休んで、ＢＢＣの政治担当尋問官とも言うべきロビン・デイに厳しく追及されてもいいぐらいにしっかり準備すべきだと提案した。そして、セブにアレックス・フィッシャー役をやってくれるよう頼んだ。

「倫理観の欠如した人物が国会に出るべく立候補すべきだと思いますか？」

「おまえ、どっちの味方なんだ、セブ?」

「おまえさんの味方に決まってるだろう」グリフが言った。「今度の木曜の夜までに、いまの質問に対する答えを見つけておいたほうがいいぞ」

「この選挙運動期間が始まってから、この選挙区で一度も奥さまを見ていないのはなぜでしょう?」

「妻はいま、ウェールズに里帰りをしています」

「そんなことを言ったら、そのとたんに、少なくとも千票が消えてなくなるな」グリフが注意した。

「教えていただきたいのだが、サー・ジャイルズ、近い将来ふたたびベルリンを訪れる予定はおありですか?」

「それは反則だ、セブ」

「おまえさんにとっては反則でも、フィッシャーはそこをこそ狙ってくるに決まってる。だから、絶対に油断しないことだ」グリフが言った。

「確かにそのとおりだな。よし、攻撃をつづけてくれ、セブ」

「おはようございます、ジャイルズ・バリントンです。六月十八日木曜日の総選挙の労働党候補者として、ブリストル港湾地区から出馬しています……」

「会場が変わった」グリフが朝の祈りの会議で告げた。

「どうして?」ジャイルズは訊いた。

「討論を聴きたいという有権者が予想をはるかに超えて多いんだそうだ。それで、ギルドホールからヒッポドローム・シアターへ変更になったらしい」

「だけど、ヒッポの収容規模は二千人だぞ」ジャイルズは言った。

「一万人でないのが残念だよ」グリフが応じた。「有権者とじかに対話ができる、千載一遇のチャンスなんだから」

「そして、フィッシャーがどんなにいかさまなやつかを暴露できる、千載一遇のチャンスでもあるんじゃないかな」セブが付け加えた。

「われわれの陣営に割り当てられた席はいくつだろう?」グリフがミス・パリッシュに訊いた。

「それぞれの候補者に三百ずつよ」

「その席がわれわれの支持者で埋まらない恐れはあるのか?」

「それはあり得ないでしょうね。この一週間、電話が鳴りっぱなしだもの。ローリングストーンズのコンサートもかくやって感じじゃないかしら。実は自由党のわたしの同役に電話をして、余っている席があったら回してもらえないかと訊いてみたぐらいよ」

「そう言われてうんと答えるほど、彼らも愚かじゃないだろう」

「愚かかどうかじゃなくて」ミス・パリッシュが言った。「もっとずっと微妙なことのような気がしているの」

「どんなことだろう?」

「それはわからない。でも、今度の木曜までにはわかるんじゃないかしら」

「三百ずつ割り当てられたとしても、まだ席は余っているだろう。それはどうなるんだ?」グリフが訊いた。「だれが坐ることになるんだ?」

「先着順よ」ミス・パリッシュが答えた。「討論会が始まる一時間前に、わたしたちの支持者百人に並んでもらうつもりよ」

「保守党も同じことをするに決まっているから」グリフが言った。「並ぶのを一時間早めて、数ももう百人増やそう」


「おはようございます、ジャイルズ・バリントンです。六月十八日木曜日の総選挙の労働党候補者として、ブリストル港湾地区から出馬しています……」

それからの一週間、ジャイルズは週末も含めて、一分も気を緩めなかった。街頭演説をこなし、パブを訪れ、夜の集会を開き、六人以上の参加者が見込めるとあればどんな集まりにも顔を出しつづけた。

土曜、彼は州のネクタイを締め、グロスターシャーがミドルセックスと戦うネヴィル・

ロードへ出かけた。だが、試合を観ることができたのはほんの一時間ほどで、それ以外はゆっくりとグラウンドの周縁を歩きまわった。そうやって五千人の観衆すべてに姿を見せたあと、コロネーション・ロードの選挙対策本部へ帰った。

日曜は三つの異なる教会へ行って朝課、聖餐、晩禱に加わったが、それぞれの説教のあいだも思いはしばしば討論へと移ろっていき、どういう議論をするか、言葉遣いから間を置くところまで、細かく検討しつづけずにはいられなかった。

「父の御名（みな）において……」

水曜、グリフの示した世論調査はまだ二ポイント後れを取っていることを告げていたが、ケネディもニクソンと討論するまでは形勢不利だったことをセブが思い出させてくれた。

対決に関することが何一つ疎かにされることなく、細々としたところまで、長い時間をかけて分析された。服装はどうするべきか、髪を整えるときは髭はそのままにして、ステージに上がる一時間前に剃ること、話す順番を選べる場合は、一番最後を選択すること。

「司会はだれがやるの？」セブが訊いた。

「〈ブリストル・イヴニング・ニューズ〉の編集長のアンディ・ナッシュだ。われわれは選挙に勝ちたい、彼は新聞を売りたい、人にはそれぞれに思惑があるんだよ」グリフが言った。

「それから、必ず日付が変わる前にベッドに入るのよ」エマが注意した。「十分な睡眠をとる必要があるんだから」

ジャイルズは日付が変わる前にベッドに入ったが、自分の演説を何度もおさらいし、セブの質問に対する答えを繰り返し練習して、結局は眠れなかった。それに、カリンのことがたびたび頭をよぎって、集中することが難しかった。六時には起きて、その一時間後にはテンプル・ミーズ駅の前でふたたびメガフォンを握り、早朝の通勤客と向かい合おうとしていた。

「おはようございます、ジャイルズ・バリントンです……」

「今夜の幸運を祈っていますよ、サー・ジャイルズ、私も会場に行って応援します」

「申し訳ない、私はあなたの選挙区の人間じゃないのですよ」

「体罰についてどうお考えですか」

「今回は自由党に投票しようと思っているんですよ」

「煙草を一本恵んでもらえませんかね、旦那」

「おはようございます、ジャイルズ・バリントンです……」

21

グリフ・ハスキンズは午後六時直前にバリントン・ホールへジャイルズを迎えに行った。今夜の集まりは絶対に遅刻が許されなかった。

ジャイルズはチャコール－グレイのシングルのスーツにクリーム色のワイシャツを着て、ブリストル・グラマー・スクールのネクタイを締めた。恐らく、フィッシャーは例によってピンストライプのブルーのダブルのスーツに、襟を糊で固めた白いワイシャツ、そして、所属連隊のネクタイを締めているはずだった。

ジャイルズは神経質になるあまり、ヒッポドローム・シアターまでの道中ほとんど口をきかなかった。ハスキンズも気を利かせて沈黙を守った。候補者が頭のなかで演説を繰り返していることはわかっていた。

三十分後、車が楽屋口に停まった。ジャイルズは昔、「自負と偏見」のマチネーのあと、セリア・ジョンソンのサインをもらおうと、そこで待っていたことがあった。ジャイルズはグリフにともなわれて楽屋へ入り、今日の司会者のアンディ・ナッシュに迎えられた。

二人の顔を見て、司会者は安堵したようだった。

　幕が上がるのを待つあいだ、ジャイルズはステージの袖を往きつ復りつして落ち着かなかった。司会者が開会を宣言して静粛を求めるまでまだ三十分もあるのに、すでに客席からは聴衆の期待の話し声がざわめきとなって聞こえていて、十分に調整してきた短距離走者がスタート位置につくよう促されるのを待つときの気持ちがわかるような気がした。

　数分後、アレックス・フィッシャーが取り巻きに囲まれて姿を現わした。全員が大きな声でしゃべっていた。ジャイルズはそれを見て、人が神経質になっているときには色々な形でそれが表に出てくるものなのだとわかった。フィッシャーはまっすぐにジャイルズの前を通り過ぎ、言葉を交わそうとも、差し出された握手の手を握り返そうともしなかった。

　それから間もなくして、自由党の候補者のサイモン・フレッチャーがゆっくりとやってきた。失うものがない人間というのはここまで容易(たやす)くリラックスできるのだと言わんばかりで、すぐさまジャイルズと握手をして口を開いた。「礼を言いたかったんだ」

「何の礼だろう?」ジャイルズは本当にわからなかった。

「私が結婚していないことを、きみは一度も有権者に思い出させようとしなかったじゃないか。フィッシャーはきみと違って、ことあるごとにそれを吹聴していたがね」

「では、みなさん、ちょっとこちらへきてもらえますか」ナッシュが声をかけた。「そろそろ話す順番を決めなくてはならないので」そして、それぞれに長さの異なるストローを握った手を伸ばした。フィッシャーが一番短いストローを引き、フレッチャーが一番長いストローを引いた。

「では、あなたから順番を決めてください、ミスター・フレッチャー」ナッシュが促した。

自由党の候補者がジャイルズのほうへ首を傾けてささやいた。「私に何番目に話してほしい？」

「二番目がいいかな」ジャイルズは答えた。

「では、二番目にしよう」フレッチャーが宣言し、フィッシャーの顔に驚きが浮かんだ。

「では、サー・ジャイルズ、あなたはどうされます？　最初ですか、それとも最後ですか？」ナッシュが訊いた。

「では、最後に話させてもらいます」

「では、これで決まりです。あなたが最初に話してください、フィッシャー少佐。そろそろ登壇をお願いしましょうか」

三人の候補者はナッシュに先導されてステージに上がった。聴衆全員が拍手をしたが、今夜はそれが最初で最後だった。ジャイルズは客席を見下ろしたが、芝居を上演するときと違って、そこの照明は暗くなる気配がなかった。二千人がいまにも襲いかからんばかりに逸り立ち、自分たちの餌食になるはずの三人を痺れを切らせて待ち受けていた。

自宅にいられたらどんなにいいか、とジャイルズは思った。テレビを観ながら晩飯を食っていられたらどれほど平安でいられるだろう。とにかく、ここ以外ならどこでもいい。だが、この気持ちに襲われるのはいつものことであり、どんな小さな集まりに出席するときでも変わることがなかった。横目でちらりとフィッシャーをうかがうと、額に滲んだ汗を急いで拭いているところだった。客席に目を戻すと、エマとハリーが二列目から笑顔で見上げているのがわかった。

「ご来場のみなさん、こんばんは、〈ブリストル・イヴニング・ニューズ〉の編集長のアンディ・ナッシュです。今夜の司会を務めさせていただきます。三人の候補者全員が一堂に集うのは、これ以降も含めて今夜しかないと思われます。では、討論の進め方をお知らせします。まず、一人一人の候補がそれぞれ六分間、最初のスピーチを行ないます。そのあと三十分、聴衆のみなさんとの質疑応答に入ります。そして、最後にそれぞれ二分の締めくくりのスピーチをして、今夜の討論会はお開きとなります。では、最初の演説を行なう候補者をご紹介しましょう、保守党から立候補されているアレックス・フィッシャー少佐です、お願いします」

フィッシャーは確乎とした足取りでステージの中央に進むと、会場の一画からの歓迎と応援の声を受けながら演台に原稿を置き、それを文字通り一字一句読み上げはじめた。顔を上げることは滅多になかった。

ジャイルズは依然として神経質になったまま自分の席で注意深く耳を澄まし、皮肉な物言いや棘のある当てこすりが口にされるのを待ったが、そういう言葉は一言も発せられなかった。それどころかフィッシャーは、もし保守党が次の政権を担えばどういう法律に優先順位を割り当てるかという話に集中した。〝変わる時〟という宣伝文句が等間隔で頻繁にちりばめられているショッピング・パンフレットを読み上げていると言ってもいいぐらいで、自分に対抗する二人の候補者についての言及はまったくなされなかった。そのとき、ジャイルズはフィッシャーが何を企んでいるかがわかったような気がした。自分では個人攻撃は一切しない、それは聴衆という形で紛れ込んでいる手下たちに任せる、ということだろう。フィッシャーが席に戻ると熱狂的な拍手が起こり、彼の支持者がどこに陣取っているかを突き止めるのは難しくなかった。

自由党の候補者はまず、人気テレビ・ドラマの「コロネーション・ストリート」を観るのを諦めて自分の演説を聴きにきてくれたことへの感謝から演説を始め、笑いと好意的な拍手で迎えられたあと、それからの六分間を道路の穴ぼこから周辺部のバス料金まで、この地域の政治課題すべてに費やした。彼が席に戻ろうとすると、会場の別の部分から、保守党に負けないぐらいの拍手と支持の声が上がった。

フレッチャーが着席するや、ジャイルズはすぐに立ち上がってステージ中央へ向かった。思ったほどリラックスしているわけではなかったが、それでもそう見せることには成功していた。演台に置いた葉書には、七つの見出しがタイプされていた――教育、雇用、労働組合、国民健康保険制度、ヨーロッパ、防衛、そして、ブリストル。

ジャイルズはそのメモにほとんど目をやることなく、一つ一つの項目について、聴衆を正面から見据えながら、威厳を露わに堂々と話していった。席に戻ると、支持者が一斉に立ち上がり、いまだだれに投票するかを決めていない人々の大半がそれに同調した。討論が終わったときには勝者は一人しかいないはずだったが、ジャイルズが着席するやいなや司会のアンディ・ナッシュが質疑応答に入ると宣言し、そのあとで付け加えた。「いかなる質問も、この重要な討論にふさわしい価値を有するものであって明日の新聞の安っぽい見出しを飾ることを意図したものでないよう、みなさんにはお願いをしておきます。なぜなら、私はその新聞の編集長として、そういう見出しを採用することはないと断言できるからです」

その念押しは圧倒的な支持の拍手をもって迎えられ、そのおかげで、ジャイルズは今夜初めてリラックスしはじめた。

「はい、四列目のご婦人、あなたです、質問をどうぞ」

「高齢者の人口が増えてきていますが、国の年金はどうなるのでしょう、長期的な計画についてて教えていただきたいのですけれど」

どの候補者に最初に答えさせるかを決める隙を司会者に与える前に、ジャイルズはふたたび立ち上がった。

「労働党が政権を託されて以来、年金支給額は毎年上昇しています」彼は明言した。「なぜなら、文明社会とは老いも若きも同等に厚く遇する社会だと、この政府が考えているからです」

　そのあと、フィッシャーが中央広報局の説明を要約し、そのうえで党の考えを述べた。最後に自由党の候補者が、老人施設にいる母親のことを話した。

「では、次の質問に移ります」ナッシュが二階正面席の男性を指さした。指名された人物はマイクが回ってくるのをしばらく待ってから口を開いた。

「三人の候補者全員にお訊きします、わが国は欧州経済共同体に加わるべきだと考えておられるのでしょうか？」

　フィッシャーはその質問に対して十分な準備をしていて、テッド・ヒースが長年にわたってヨーロッパと関わっていたことを聴衆に思い出させ、保守党が選ばれたならば、イギリスが欧州経済共同体の一員になるべくすべての力を傾注すると付け加えた。

　サイモン・フレッチャーはそもそも欧州経済共同体への参加を考えたのは自由党であることを聴衆に思い出させ、ここへきてほかの二つの党が自分たちに便乗しようとしているのは嬉しい限りであると述べた。

　ジャイルズは立ち上がり、聴衆と向かい合った。自分がベルリンに赴いたときにフランスの大臣から提案を受けたこと、フランスは英仏間に対話の窓が開かれることを歓迎するだろうことを明言したかったが、何であれベルリンに言及したら、それは聴衆のある部分が待ちかまえている材料を自ら持ち出すことにしかならないはずでもあった。というわけで、簡単にこう言うにとどめた。「欧州経済共同体に参加することになれば、三党とも幅広い合意に達することができると言っても問題はないと考えます。したがって、それはどの首相がローマ条約に署名するかということでしかないのではないでしょうか」

そのあと、さらにいくつかの質疑応答が地元、国内、国外について行なわれ、反則も一切なかったから、ジャイルズはこのまま無傷で無事に家にたどり着けるかもしれないと考えはじめていた。「あと二つだけ、質問を受け付けます」ナッシュがちらりと時計を見て言った。「はい、一番後ろ近くに立っておられるご婦人、あなたです、質問をどうぞ」それがだれか、ジャイルズはすぐにわかった。

「三人の候補の全員にお尋ねします。みなさんは結婚していらっしゃるのでしょうか？もしそうであるなら、今夜、ここにご一緒なさっているでしょうか？」十分にリハーサルしたとしか思えない質問が、いかにも罪のなさそうに見える老婦人から発せられた。彼女は保守党の元地方議員であり、ジャイルズはそのときから知っていたし、忘れたこともなかった。

今度はフィッシャーが最初に立ち上がり、同じく十分にリハーサルされた答えを返した。「残念ながら、私はかなり以前に離婚しています。ですが、だからといって、いつの日か私にふさわしいパートナーが見つかるのではないかという望みを捨てたわけではありません。しかし、妻がいるかどうかの如何にかかわらず、私は断言します。だれとでも簡単に、いい加減な肉体的関係を結ぼうと考えることは決してないでしょう」

会場が息を呑み、一部分に陣取った聴衆から凄まじい歓声と拍手が上がった。

自由党の候補が答えた。「私の場合は、私に投票してくれる人を見つけるのと同じぐらい、ガールフレンドを見つけるのが難しいと言わざるを得ません。しかし、少佐と同様、諦めたわけではありません」今度は笑いと拍手が迎えた。

ジャイルズは自分の性的傾向を公にできないフレッチャーを気の毒に思い、パートナーなら最前列にいることを、もう何年も前から幸せに一緒に暮らしていることを、彼が明らかにできる日がくることを願った。

自分の番がきたジャイルズは演台の横に立ち、聴衆をまっすぐに見て微笑した。「私は聖人ではありません」

「そのとおり！」保守党の支持者の一人が野次を飛ばしたが、当惑の沈黙に迎えられただけに終わった。

「自分が道を外れたことは認めますし、みなさんもご存じのとおり、それが今夜、グウィネッズがここにいない理由でもあります。私は深く後悔しています。彼女は決して裏切ることのない誠実な妻でありつづけ、選挙区でも積極的に役割を果たしてくれていました」

ジャイルズは短い間を置いてから付け加えた。「ですが、みなさんが一票を投じるときには、たった一度の愚かな過ちではなく、二十五年のあいだこの偉大な町の人々に奉仕してきた人間の弱さに判断の基準をおいていただければと思います。なぜなら、これからの長い年月、みなさんに奉仕しつづけることを、余人に譲ることなく誉れとしたいからです」

聴衆が拍手をしはじめ、ジャイルズは笑みを嚙み殺して席へ戻ろうとした。そのとき、だれかが叫んだ。「ベルリンについて、もっとわれわれに話しておくときだと思わないか?」

会場にいる人々が密かに抱いていた思いがいまやおしゃべりとなって聞こえはじめ、アンディ・ナッシュがすぐに立ち上がった。が、ジャイルズはすでに演台に向かって立っていた。そして、その両縁を握り締めて不安を抑え込もうとした。二千人が見上げるなか、彼はいまも立ったままでいる質問者と向かい合い、会場が完全に静かになるのを待った。

「もちろん、これ以上ないほどの喜びをもって話させていただきましょう。実際にこの目で見たベルリンは、てっぺんに有刺鉄線を張り巡らせた、高さ十二フィートのコンクリートの壁で分断された悲劇の町でした。その壁は西ドイツ市民が入ってこられないようにするためではなく、東ドイツ市民が出ていけないようにするために造られたもので、その結果、そこは地上最大の刑務所と化してしまっています。共産主義を礼賛(らいさん)できるようなところは皆無に等しいと言っても過言ではありません。ですが、それが完全に崩れ落ちるところを生きているあいだに目の当たりにできるよう、私は祈っています。それについては、サー、あなたにも同意していただけるといいのですが」

質問者が着席し、ジャイルズは席へ戻った。耳に痛いほどの拍手が鳴り響いていた。

最後の質問は労働組合の力に関するもので、それに関しては、ジャイルズの答えも、フィッシャーの答えも、説得力を欠いていた。ジャイルズは集中力を失っていたからであり、フィッシャーは剛速球投手にグラウンドから吹っ飛ばされたショックを払拭できないでいたからだった。

締めくくりのスピーチをするときには、ジャイルズはすでに立ち直っていた。会場を出るのに少し時間がかかったが、それは大変な握手攻めにあっていたせいだった。が、その夜を一番上手に締めくくったのはグリフだった。

「これでようやく勝ち目が出てきたぞ」

22

昨夜のヒッポドローム・シアターでの討論会の記事を偏(かたよ)りのないものにするために、〈ブリストル・イヴニング・ニューズ〉は思い切った試みをした。しかし、行間を読む必要もなく、だれが勝者であるかは疑いようもなく感じ取ることができた。いくつかの留保はあるものの、その新聞はサー・ジャイルズ・バリントンを庶民院へ送り返すべきであると推薦していた。

「まだ勝ったわけじゃないんだ」グリフ・ハスキンズが手近のごみ箱に新聞を突っ込んで言った。「だから、仕事に戻れ。今度の木曜に投票が締め切られるまで、まだ六日と九時間十四分も残っているんだ」

全員が割り当てられた仕事にかかった――戸別訪問運動員が帰ってきたかどうかの確認、投票日の投票用紙の準備、投票所への足を必要としている有権者の再確認、一般からの問い合わせへの回答、最後の最後までのリーフレットの配布、候補への水と食事の提供。

「忙しいほうがいいんだ」オフィスへ戻ってきたグリフが言い、投票日の前の晩に登録されている労働党支持者すべての郵便受けに入れることになっている〝投票前夜のメッセージ〟の作成をつづけた。

投票日の午前五時四十五分、ジャイルズはふたたびテンプル・ミーズ駅の前に立ち、握手をした全員に思い出させた――「今日です、バリントンに一票を！」。

グリフは投票が締め切られる午後十時までの当日のスケジュールを分単位で刻み、ジャイルズは十分をあてがわれて、選挙区で最も人気のあるパブでポーク・パイとサンドウィッチ、半パイントの林檎酒（サイダー）を胃袋に収めることになっていた。

午後六時三十分、雨が落ちはじめた。ジャイルズは天を見上げて悪態をついた。午前八時から十時、午後五時と七時のあいだが労働党支持者が投票所へ足を運ぶピークの時間だというのに、神はそれをご存じないのか？　保守党が票を得る時間帯は午前十時から午後五時と昔から決まっている。午後七時から投票が締め切られる十時までは、だれにもわからない。ジャイルズの祈りが神々の耳に届いたのか、雨は二十分ほど降っただけでやんでくれた。

十六時間ぶっつづけの選挙運動の一日を、ジャイルズは造船所の正門の前に立つことで締めくくった。出勤してくる夜勤の労働者がすでに投票をすませたかどうかを確かめるのである。もしすませていなければ、即座に道路の向かいにある投票所へ急がせなくてはならなかった。

「ですが、投票所へ行ったら仕事に遅刻してしまいますよ」

「私は会長と知り合いです」ジャイルズは言った。退勤してパブへ行こうとしている労働者には、こう繰り返した。「最初の一パイントを頼む前に、必ず投票所へ行ってください」

グリフの率いるチームは定期的に戸別訪問を繰り返し、まだ投票していない有権者がいたら、十時に締め切られる前に投票してくれるよう促しつづけた。

十時一分、ジャイルズは有権者と最後の握手をすると、早く一杯やりたくてたまらずに、そこでとぐろを巻いている造船所の労働者の仲間入りをしようと〈ロード・ネルソン〉へ急いだ。

「一パイント、大至急頼む」彼はカウンターに乗り出すようにして注文した。

「申し訳ないんですが、サー・ジャイルズ、もう十時を過ぎてるんですよ。あなただってうちの営業許可を取り消させたくはありませんよね」

カウンターにいる二人組が空のグラスをつかみ、自分たちの二パイントをそれに分けてくれた。

「ありがとう」ジャイルズはグラスを挙げた。

「いや、おれたち、ちょっと後ろめたいところがあるんですよ」片割れが認めた。「雨宿りしているうちに、投票しそびれてしまいましてね」

できることならその二人に頭からビールをぶっかけてやりたいと思いながら店内を見回し、雨のあいだにどれだけの票を失ったのだろうかと考えた。

数分後、ハリーが〈ロード・ネルソン〉に姿を現わした。「せっかくのところを申し訳ないんだが、グリフに言われて連れ戻しにきた」

「おれは至って従順な男なんだ」ジャイルズはグラスを空にした。

「それで、このあとは？」バリントン・ホールへと車を出しながら、ハリーが訊いた。

「特に目新しいことはないよ。現地の警察がすべての選挙区の投票箱を集めてギルドホールへ運ぶ。市書記のミスター・ハーディの立ち会いの下で投票箱の封が切られ、投票用紙が検められて、集計が始まる。だから、いま市庁舎へ行っても、まだ意味はない。結果が出るのは夜中の三時ごろだろうから、夜半になったあたりでグリフが迎えにくることになってる」

玄関でベルが鳴ったとき、ジャイルズは風呂でうとうとしていた。のろのろと浴槽を出るとドレッシング・ガウンを羽織り、バスルームの窓を開けて下を見た。玄関の階段にグリフが立っていた。

「すまん、グリフ、風呂で寝てしまったらしい。なかに入って、勝手に一杯やっててくれ。大至急準備をして下りていくから」

ジャイルズはこれまでの開票のときと同じスーツを着て、同じネクタイを締めたが、上衣の真ん中のボタンがもはや留まらなくなっているのを認めざるを得なかった。十五分後、彼は階段を下りた。

「訊くなよ、わからないんだからな」正門を出る車のなかでグリフが言った。「言えるのは、出口調査を信じるなら保守党が四十議席ほど勝ってるってことだけだ」

「だとしたら、あいつらが野党に戻ることはないわけだ」

「それはおまえさんが勝ったときに言えることだ。われわれの出口調査だと、まったく予断を許さない大接戦になってる」グリフが言った。「一九五一年の再現だ」そのあとは一言も口をきかなかったが、車が市庁舎の前に停まった瞬間、三週間のあいだに募りに募った欲求不満が、その間ほとんど寝ていないことと相まって、いきなり爆発した。

「おれが考えるだに我慢できないのは、おれたちが負けることじゃない、あのくそったれフィッシャーが勝つことだ」グリフが吐き捨てた。

ジャイルズはときとして忘れることがあったが、グリフ・ハスキンズは大義をとても大事にする男で、そういう人物が代理人をしてくれているのは実に運のいいことだった。

「よし」グリフが気を取り直した。「いまや胸のつかえは取れたわけだから、自分の務めに戻るとしよう」そして車を降り、ネクタイを直して市庁舎へと歩き出すと、一緒に階段を上がりながらジャイルズを見て言った。「勝つに決まってるって顔をするんだぞ」

「そうならなかったら？」

「そのときは、これまで一度もせずにすんだスピーチをしなくちゃならなくなる。たぶん、おまえさんにとっての初体験だ」ジャイルズは笑い、二人は集計が行なわれてごった返している、喧しい部屋へ入っていった。

長い架台式（トレッスル）テーブルが部屋一杯に並べられ、選挙管理委員会関係者と各党から選抜された代表が凄まじい勢いで票を数えたり、見守ったりしていた。黒い投票箱が新たに開けられて投票用紙がテーブルに吐き出されるや、無数の手が伸びて素速く候補者の名前を選り分け、三つの山を作っていった。そして、そこからまた集計が始まった。十枚の薄い束がすぐに百枚の束になり、その時点で、赤、青、黄色のゴムバンドでまとめられ、まるで歩兵の隊列のように整然とテーブルの端に並べられた。

ハスキンズはその手順に油断なく目を凝らしつづけた。一つの簡単な間違いで、百票が敵方の場所に並べられる恐れがあった。

「ぼくたちは何をすればいいのかな」ミス・パリッシュと一緒にやってきたセブが訊いた。

「テーブルを一つ一つ回って、不審なことやおかしなことに気づいたら、私のところへ報告に戻ってきてくれ」

「おまえさんたちは何をするんだ？」ジャイルズは訊いた。

「いつもしてることに決まってるだろう」グリフが答えた。「ウッドバイン地区とアーケイジャ・アヴェニュー地区の票を分析するんだ。あそこの出口調査の検討が終わったら、だれが勝ちそうかがわかるはずだからな」

グリフのチームはテーブルを一つ一つ回っていった。開票作業はゆっくりとではあったが、順調に進んでいた。ジャイルズは会場を一回りし終えるや、うまくフィッシャーを避けてグリフと再合流した。

「アーケイジャ・アヴェニュー地区では二百票先行してる。ウッドバイン・エステイト地区では二百票後れを取っていて、というわけで、予想は不可能だ」

会場をもう一周してジャイルズにわかったのはたった一つ、サイモン・フレッチャーが最下位になるだろうということだけだった。

数分後、ミスター・ハーディがステージ中央のマイクを指でつついた。会場が静かになり、全員が市書記のほうを向いた。

「三人の候補者は壇上へ集まってください、有効か無効かが未定の票の確認をお願いします」ハスキンズが昔から楽しみにしているささやかな儀式だった。

三人の候補者と三人の代理人がその四十二票を検め、うち二十二票が有効であると認めた。ジャイルズに十票、フィッシャーに九票、フレッチャーに三票。

「吉兆であることを祈ろう」グリフが言った。「だって、チャーチルの有名な言葉があるだろう――〝一票で十分だ〟ってな」

「何か意外なことでもあったんですか」会場の調査から戻ってきたセブが訊いた。

「いや、そんなものはないが」ハスキンズが応えた。「市書記が拒絶した一票が面白かったよ。『東ドイツにいるあなたのガールフレンドは郵送で投票ができるのですか』と、こうきたんだ」ジャイルズは何とか笑みを作った。「さあ、仕事に戻ってくれ。一つの間違いも許されないぞ。セブが救ってくれた一九五一年のあの日を忘れるな」

会場のあちこちで、自分たちのテーブルの開票が終わったことを知らせる手が次々と上がりはじめた。選挙管理委員会関係者がそのテーブルの数字をもう一度検め、票を市書記のところへ運んで、市書記がそれを計算機にかけるのである。いまは亡きミスター・ウェインライトがそれぞれの数字を計算機にかけた日のことを、ジャイルズはいまでも憶えていた。そのあと、三人の部下がすべての数字を確認し、さらにもう一度確認したあと、ミスター・ウェインライトがその結果を宣言したのだった。

午前二時四十九分、市書記がステージに戻ってきて、ふたたびマイクを指でつついた。一瞬の静寂が、一本の鉛筆がテーブルから落ちて床を転がる音で破られた。ミスター・ハーディはその鉛筆が拾い上げられるのを待った。

「私、ブリストル港湾地区選挙区選挙管理官をつとめるレナード・デレク・ハーディは、それぞれの候補者に投票された最終的な数字を以下のとおりに発表します――

サー・ジャイルズ・バリントン　一万八千九百七十一

ミスター・サイモン・フレッチャー　三千五百八十六
アレグザンダー・フィッシャー少佐　一万八千――」

〝一万九千〟でなく〝一万八千〟だとわかった瞬間、ジャイルズは勝利を確信した。

とたんに保守党陣営が沸き立った。グリフが歓声に負けじと声を張り上げてミスター・ハーディに再計算を要求し、すぐに受け入れられた。集計手順が最初からやり直され、一つ一つのテーブルで最初の十票が一度、二度と確認され、それが百票になり、最終的に千票になり、市書記へもう一度報告し直された。

「――九百九十四」

午前三時二十七分、市書記がふたたび静粛を求めた。「私、ブリストル港湾地区選挙区選挙管理官をつとめるレナード・デレク・ハーディは……」俯く者もあり、目をつぶる者もあり、壇上を見ていることができずに顔をそむける者もあり、みなが指を交差させて幸運を祈りながら、数字が読み上げられるのを待った。「……最終的な数字を以下のとおりに発表します――

サー・ジャイルズ・バリントン　一万八千九百七十二
ミスター・サイモン・フレッチャー　三千五百八十六

アレグザンダー・フィッシャー少佐　一万八千九百九十三」

これだけの僅差であればさらにもう一度集計のやり直しが主張できることはわかっていたが、ジャイルズはそうしなかった。その代わりに、市書記に向かって渋々うなずくことで結果を受け入れた。

「したがって、私は以下のように宣言します。ブリストル港湾地区選出次期庶民院議員はアレグザンダー・フィッシャー少佐と決しました」

会場の半分から叫びと歓声が上がり、新たに選出された議員が党の仲間に肩車されて会場を練り歩いた。ジャイルズは会場を横切り、選挙運動が始まってから初めてフィッシャーと握手をした。

フィッシャーが勝利の、ジャイルズが敗北の、サイモン・フレッチャーが得票の自己最多記録達成のスピーチを終えると、新たに選出された議員と支持者たちは夜を徹しての祝賀会へと向かい、敗者の陣営は三々五々散っていって、最後にそこに残ったのはグリフとジャイルズだけになった。

「もしも世論が逆風でなかったら勝てたんだろうがな」いまや前議員となったジャイルズの自宅へ向かう車中で、グリフが言った。

「わずか二十一票差か」ジャイルズは応えた。

「十一だよ」と、グリフ。

「十一？」ジャイルズは鸚鵡返しに訊き直した。

「もし十一人の有権者の気が変わっていたらってことだ」

「そして、六時半から二十分、もし雨が降っていなかったらな」

「〝もし〟ばかりの一年だったな」

23

もうすぐ午前五時になろうかというころ、ジャイルズはようやくベッドに入った。ベッドサイドの明かりを消し、頭を枕に乗せて目をつぶったとたん、目覚まし時計が鳴った。呻きながら、また明かりをつけた。朝六時にテンプル・ミーズ駅頭に立って、早朝の通勤客を迎える必要はもうなかった。
「ジャイルズ・バリントンです。労働党の候補者として昨日の選挙を戦い……」彼は目覚ましを止めると深い眠りに落ち、次に目を覚ましたのはその日の午前十一時だった。
遅い朝食――むしろブランチと言うべきか――のあと、シャワーを浴びて着替えると、正午を過ぎた直後、小さなスーツケースを持っただけで、車でバリントン・ホールの門を出た。予定している便がヒースロー空港を離陸するのは午後四時十五分だから、急ぐことはなかった。
もし――これももう一つの〝もし〟だが――ジャイルズがあと何分か家にとどまっていたら、辞任叙勲者リストを作ろうとしているハロルド・ウィルソンからの電話に出ることができたはずだった。新たな野党の党首はジャイルズに、貴族院へ移り、外交問題のスポークスマンとして野党議員席の最前列に坐ってくれないかと申し出るつもりでいたのである。

ミスター・ウィルソンはその日の夕刻、もう一度電話をしてみたが、そのときには、ジャイルズはベルリンに降り立っていた。

ほんの数カ月前、庶民院議員であるライト・オナラブル・サー・ジャイルズ・バリントンはヒースロー空港の滑走路へ車を乗りつけ、搭乗機は彼がファースト・クラスに腰を下ろしてシート・ベルトを締めたとたんに離陸した。

今回は通路を挟んだ席にいる友人とのおしゃべりを一瞬たりともやめる気配のない女性と、〈タイムズ〉をめくらせないようにするのを楽しんでいるとしか思えない男性のあいだに坐るはめになり、ジャイルズは自分が何を失ったかを思わずにはいられなかった。二時間半のフライトは果てしがないように感じられ、着陸すると、ターミナルまで雨のなかを走らなくてはならなかった。

機を降りたのはだれよりも早かったが、荷物を引き取ったのはほとんどだれよりも遅かった。荷物がコンベアに載って出てくるまでにどんなに長い時間がかかるかをすっかり忘れていた。バッグと再会し、税関から解放されてようやくタクシー待ちの列の先頭に出たときには、へとへとに疲れているありさまだった。

「チャーリー検問所だ」ジャイルズはタクシーの後部座席に乗り込みながら行先だけ告げた。

運転手は客の顔を改めて見直し、正気だと判断はしたものの、境界監視哨の数百ヤード手前までしか行かなかった。雨は依然として降りつづいていた。

一方の手にバッグを持ち、もう一方の手に握った新聞を傘の代わりに頭の上にかざして税関建物へと走っていると、この前のベルリン訪問を思い出さずにはいられなかった。なかに入って短い列の後ろについたが、先頭に出るまでには、今度も長い時間がかかった。

「こんばんは、サー」イギリス人らしき係官がジャイルズからパスポートとビザを受け取って言った。

「どうも」ジャイルズは応えた。

「東側へ行かれる理由をお聞かせ願えますか、サー・ジャイルズ？」係官が書類を検めながら丁重に訊いた。

「友人に会いに行くんだ」

「滞在予定は何日でしょう？」

「七日だ」

「この臨時のビザで許されている最大日数です」係官が念を押した。

ジャイルズは七日のあいだにすべての疑問に答えが出ることを、カリンが自分と同じ気持ちなのかどうかがついに明らかになることを願いながらうなずいた。係官が微笑してパスポートにスタンプを捺し、あたかも本気であるかのように言った。「幸運をお祈りします」

建物を出たときには、少なくとも雨はやんでいた。二つの境界監視哨のあいだの中間地帯(ノーマンズランド)を突っ切りはじめたが、今回はイギリス大使が同乗する大使館差し回しのロールス-ロイスに乗ってではなく、自分以外のだれをも代表していない一市民として、長い道のりを自分の足で歩かなくてはならなかった。

東ベルリンの境界に配備されている警備兵が見えたとき、自分が歓迎されざる観光客であることはわざわざ思い出すまでもなくわかっていた。壁ができて以来、塗装というものが一切されたことがないらしい、もう一つの建物に入った。そこは年を取っていたり、疲れていたり、身体が弱かったりして、とにかく腰を下ろしたいと思う訪問者がいるかもしれないなどとは考えたこともないようだった。また列に並び、また――今度はもっと長く――待たされて、ようやくパスポートを税関の係官に渡すことができた。その若い男はどこの国の言葉でも、「今晩は、サー」とは言わなかった。

係官はゆっくりとパスポートをめくっていたが、この外国人は過去四年間に一体いくつの国を訪れたのだろうと訝っているのが、ジャイルズには手に取るようにわかった。最後のページまでたどり着くと、交通警官がするように右掌をジャイルズに向けて言った――「ここで待っているように（ステイ）」。彼が知っている、明らかに唯一の英語だった。そして部屋の奥へ引っ込み、〈所長〉と記されているドアをノックしてなかへ姿を消した。

しばらくしてふたたびドアが開き、背の低い禿頭（とくとう）の男が現われた。ジャイルズと同年配と思われたが、父親のものではないかと思われるほど時代遅れのてかてかのダブルのスーツのせいで、そうと断定するのは難しかった。灰色がかってきているワイシャツの襟と袖口は擦り切れていて、赤いネクタイはアイロンを当て過ぎているようにしか見えなかった。が、意外にも英語は実に流暢（りゅうちょう）だった。

「同行願えますか、ミスター・バリントン」開口一番、男が言った。

〝願えますか〟と訊いてはいるが、実は命令だった。なぜなら、すぐに踵を返し、振り返りもせずに所長室へと歩き出したからである。ジャイルズがあとについていけるよう、若い係官がカウンターの天板を上げた。

所長が机――引き出しが一つついているテーブルをそう呼べればだが――の向こうに腰を下ろした。ジャイルズは硬い木のストゥール――机と同じ工場の製品であることに疑いの余地はなかった――に腰掛けて所長と向かい合った。

「東ベルリン訪問の目的は？　ミスター・バリントン？」

「友人に会うためです」

「友人の名前は？」

ジャイルズはためらった。所長は彼を見つめたままだった。

「カリン・ペンジェリー」

「親戚とか？」

「いや、いま言ったとおり、友人です」

「東ベルリンでの滞在予定日数は？」

「見てのおわかりのとおり、私のビザの有効期間は七日です」

所長はかなり時間をかけ、どこかに遺漏がないかと探すかのようにしてビザを検めていたが、ジャイルズはあらかじめ外務省の友人に見せて、どんなに些細な部分もすべて、正しくきちんと記入されていることを確認していた。

「職業は？」所長が訊いた。

「政治家です」

「それはどういう意味ですか？」

「現職ではないけれども国会議員であり、大臣でした。近年、頻繁に海外へ出ているのはそのためですよ」

「しかし、もう大臣でもないし、国会議員ですらないわけだ」

「そうですね」

「ちょっと待っていただきたい」所長が受話器を上げ、三回ダイヤルを回した。相手が出ると長々と話し出した。ジャイルズには一言も聞き取れない言葉だったが、口調が変わっているところからすると、電話の向こうにいるのははるかに高位の人物だろうと思われた。カリンがここにいて、通訳してくれないのが恨めしかった。

所長が目の前のメモ帳に何かを書き留めはじめ、そのあとに頻繁に〝はい〟がつづいた。さらに何度か〝ヤー〟が繰り返され、ようやく受話器が戻された。

「あなたのビザにスタンプを捺す前に、ミスター・バリントン、一つか二つ、質問に答えてもらわなくてはなりません」

ジャイルズは力のない笑みを浮かべようとしたが、所長がメモに目を落とした。

「あなたはミスター・ハリー・クリフトンと縁戚関係にありますか？」

「ええ、彼は義理の弟です」

「あなたは犯罪者であるアナトーリイ・ババコフを刑務所から釈放すべしという運動の支持者ですか？」

その質問に正直に答えればビザは失効するはずだった。この男はおれがこの数カ月というもの、カリンとの再会を指折り数えるようにして待っていたことがわからないのだろうか？　おれがいま直面しているジレンマを、ハリーならわかってくれるに違いない。

「重ねて訊きますが、ミスター・バリントン、犯罪者であるアナトーリイ・ババコフを釈放せよというあなたの義理の弟の運動を、あなたは支持しているのですか?」

「ええ、支持しています」ジャイルズは答えた。「ハリー・クリフトンは私が知り得たなかで最も素晴らしい男の一人です。作家であるアナトーリイ・ババコフを釈放すべしという彼の運動を、私は徹頭徹尾、支持しています」

所長がパスポートをジャイルズに返し、机の引き出しにビザを入れた。

ジャイルズは一言も発することなく立ち上がり、くるりと背を向けて所長室を出ると、建物をあとにした。また雨が降り出していた。長い道のりを西側へ歩きながら、カリンとの再会の日は果たしてくるのだろうかと思案した。

セバスティアン・クリフトン

一九七〇年

24

「ぼくと同じ年頃のとき、ここまで完璧に愚かで、人に笑われても仕方がないような過ちをしでかしたことがありますか？」セバスティアンはヴェランダで訊いた。

「私の記憶力がいまもちゃんとしていればだが、週に一度じゃすまないぐらいやらかしていたな」ロス・ブキャナンが答えた。「まあ、長い年月のあいだには多少の改善が見られたかもしれないが、威張れるほどではないよ」

「でも、いまも後悔しているほど大きな過ちを犯したことはあるんですか？」手元のブランディに手をつけようともしなかった。

ロスはすぐには答えなかった。セブが何のことを言っているのかはわかりすぎるぐらいよくわかっていた。「取り返しがつかないほど大きな過ちはないな」そして、ウィスキーに口をつけてから付け加えた。「彼女を取り戻すことはできないのか？　絶対に無理なのか？」

「何度か手紙を書いたんですが、返事がないんです。こうなったら、もう一度チャンスを与えてもいいと彼女が考えているかどうかを知るためだけにでもアメリカへ行くしかないと、ようやく決心がついたところです」

「ほかにだれか現われなかったのか？」ロスが訊いた。

「そういう意味では、一度もありません」セバスティアンは答えた。「まったく女性がいなかったわけじゃないんですが、まず間違いなく一晩限りで終わってしまうんです。正直に言いますが、ぼくが愛した女性はサムだけなんですよ。彼女はぼくが一文無しでも気にしないと言ってくれたんです。でも、ぼくは愚かにも気にしてしまいました。あなたの場合、これまでにそういう問題はなかったんですか、ロス？」

「あったとは口が裂けても言えないな。ジーンと結婚したとき、私は自分の口座に二十七ポンド二シリングと四ペンスしかなかった。しかも、〈アバディーン海運〉の社員は借越しを認められていなかった。だから、ジーンが私の金目当てに結婚したのでないことは間違いないからね」

「あなたは運のいい人ですね。ぼくはどうしてセドリック・ハードキャッスルから学ばなかったんだろう？　取引を成立させるにはいつだって握手で十分であるべきなのに」

「そうか、いま私たちが話しているのはモーリス・スワンのことだな」

「ミスター・スワンをご存じなんですか？」

「セドリックが教えてくれたことだけだがね。〈シフナル・ファーム〉の取引を上首尾に終わらせたら、きみはそのときにミスター・スワンに提示した条件を間違いなく満たすと、セドリックは確信していた。ところが、きみはそれをしなかった、そうなんだな？」

セブはうなだれるしかなかった。「サムがぼくと別れたのは、それが理由なんです。彼女を失ったのは、ぼくがチェルシーに住みたがったからであり、一緒にいられさえすれば住むところなんかどこでもいいと彼女が思っていたことに気づかなかったからなんです」

「過ちを認めるのに遅すぎることはないんだ」ロスが言った。「ミスター・スワンが存命であることを祈るしかないな。そうであれば、いまも何とかして劇場を造ろうとしているのは絶対に間違いない。それで、きみはコーフマンのところで十分なのか？」ロスが話題を変えた。

「十分なのかって、それはどういう意味ですか」セブはブランディを手に取りながら訊き返した。

「私が出会ったなかで、きみはだれよりも野心的な若者だ。だから、銀行の会長になるまで、きみが満足することはないのではないかと思っているんだがね」

「銀行って、どの銀行ですか？」

ロスが笑った。「ファージングズ銀行に決まっているだろう。昔からきみの眼中にはあそこしかないと、私はそう睨んでいるんだがね」

「ご明察です。実は、そのために何もしていないわけではないんです。ボブ・ビンガムのアドヴァイスに基づいて、五年前からぼくが成立させた取引の手数料の半分を投資し、ファージングズ銀行の株を買い増してきました。すでに三パーセントを所有していて、それが六パーセントになったら――もうそんなに長くはかからないはずですが――重役になり、一騒動起こしてやるつもりでいるんです」

「果たしてそううまくいくかな。だって考えてみたまえ、エイドリアン・スローンがきみの動きを逐一監視していて、きみがちらりとでも疑う前に、不意を打って先制攻撃を仕掛けてくるのは間違いないんだぞ」

「だけど、あいつにぼくを止める手立てはないんじゃないですか？　いかなる法人であれ個人であれ、株の六パーセントを所有すれば自動的に重役になる資格を得ると、定款に明記してあるんですよ」

「きみが六パーセントを保有した瞬間に、その定款を書き換えればいいだけのことだ」

「そんなことができるんですか？」

「もちろんだ。セドリックの葬儀のあいだに自分で自分を会長にした男だぞ、きみが重役になるのを阻止できるとあれば、定款を書き直すぐらいのことは朝飯前にやってのけるさ。見下げ果てた男だからといって、抜け目のない男でないとは限らないんだ。しかし、率直に言わせてもらうが、セブ、きみは銃後で、もっとはるかに大きな問題に直面しているんじゃないのか？」

「銃後って、コーフマンのところのことですか?」

「いや、バリントンのところだ。母上には警告しておいたが、デズモンド・メラーを重役にしたら、〈バリントン海運〉は終わりへまっしぐらだぞ。きみももちろん知っているとは思うが、あの男はいま、副会長の座を狙っている」

「しかも、この上なくあからさまにね」セブは言った。「でも、母が会長でいる限り、その野望は野望のままで終わりますよ」

「確かに、母上が会長であるあいだはそうだろう。だが、これにももちろん気づいていると思うが、あの男はすでにきみの前庭に戦車隊を整列させはじめているぞ」

「一体何のことをおっしゃっているんです?」

「今朝の〈フィナンシャル・タイムズ〉の法人人事欄を読んでみたまえ、大々的にではないが、エイドリアン・スローンがファージングズ銀行の新しい副会長にメラーを招いたことが書いてある。あの二人に共通しているのは何だ?」

それを聞いて、セブは初めて沈黙した。

「きみの一族を激しく嫌っていることだよ。だが、絶望するには及ばない」ロスがつづけた。「きみには奥の手がある。勝つのは難しいとスローンがわかるはずの切り札だ」

「その切り札とは何ですか?」

「〝何〟ではなくて、〝だれ〟だよ。ベリル・ハードキャッスルと、彼女が持っているファージングズ銀行の五十一パーセントの株だ。ベリルはスローンが送りつけてくる書類には、もはや一切サインする気がない。するとしても、その前に息子に細かく、慎重に目を通してもらってからだ」

「それで、あなたの助言はどういうものなんでしょう」

「あの銀行の株の六パーセントを手に入れたら、スローンの前庭にきみの戦車を一両ぐらいは駐めて、騒動を作り出す程度のことはできるだろう」

「でも、ベリル・ハードキャッスルの五十一パーセントが手に入れば、ぼくはスローンの前庭に全軍を整列させ、あいつは大慌てで尻尾を巻いて撤退するしかなくなるわけだ」

「悪くない考えだろ？　もっとも、そのためには二千万ポンドほどの金を自由にできる人間をきみが知っていなくてはならないがね」

「ボブ・ビンガムはどうでしょう？」セブは言った。

「ボブは金持ちだが、彼をもってしても考慮しにくい金額だろうな」

「ソール・コーフマンは？」

「いまの彼の健康状態を考えると、彼は売り手ではあっても買い手ではあるまい」

　セブは落胆を抑えられなかった。

「とりあえずはあの銀行を乗っ取ることは忘れて、セブ、重役になってスローンを苦しめることに集中するほうがいいな」

セブはうなずいた。「アメリカから帰ったら、すぐにあいつに会いに行きますよ」

「アメリカへ行く前に会っておくべき人物がほかにいるのではないかな」

「きみが理解しなくてはならないのは、サラ、マクベスは野心満々の男であるけれども、彼が王冠を手にするにはマクベス夫人が不可欠だったということだ。これは女性の権利なんか存在しない時代の話で、彼女がスコットランドで何であれ現実に影響力を行使するためには、気弱で優柔不断な夫を説得し、自分たちの家に客として滞在しているあいだに王を殺させるしかなかったんだ。それをわかった上で、サラ、もう一度やってみようじゃないか。自分が卑劣で陰険で悪魔の申し子であり、夫に人殺しをさせようとしているのだということを忘れないように。今度は私を納得させてくれよ、そうすれば、観客も納得させられるということだから」

セバスティアンはホールの後方に坐り、ミスター・スワンの注意深い目に見守られながら熱心に稽古に励んでいる若い一団を眺めていた。ステージが狭くて窮屈なのが気の毒だった。

「ずいぶんよくなったぞ」その場面が終わると、スワンが言った。「今日はここまでにしよう。明日はバンクォーの亡霊の場から始めたい。リック、部屋にいる者のなかで亡霊が見えるのはマクベスだけだということを忘れないでくれよ。きみのディナーの客はきみが苦しめられているものに怯え、なかにはきみが正気を失いつつあると思う者までいるんだ。そして、サラ、きみはそういう客を大丈夫だと宥めようとする。夫の妙な振舞いにもかかわらず、心配することは何もないのだとね。それから、どんなときでも、絶対に亡霊を見ないように。一度でも見てしまったら、呪縛が解けてしまうんだ。では、明日の同じ時間に集合してくれ。そのときには、台詞をしっかり憶えているように。台本を持っての稽古は月曜が最後だからね」

俳優たちは呻き声を上げながらステージを下りると、ふたたび生徒に戻って鞄や教科書を手に取り、ホールを出ていった。マクベス夫人がバンクォーと手をつないでいるのが、セブにはおかしかった。亡霊の場面で彼を見ないようにと釘を刺されたのも無理はなかった。ミスター・スワンはなかなか烱眼の人物と言えた。

ミスター・スワンはディナーの場のための小道具を片づけ、明らかに読み込まれているとわかる台本を古いグラッドストン・バッグに収めると、明かりを消してゆっくり出口へ歩き出した。最初は部屋の奥にだれかが坐っていることに気づかず、それがだれかわかったときには驚きを隠せなかった。

「今年の演目は『オセロー』ではないんです」彼が言った。「しかし、もし演ることになっていたら、イアーゴー役を探すのに遠くへいく必要はなかったでしょうね」

「いいえ、ミスター・スワン、いまあなたの目の前にいるのは、取り返しがつかないかもしれないほどのひどい過ちを犯し、膝を折って王に赦しを乞いにきたハル王子です」

　セバスティアンは財布から小切手を出し、立ち尽くしたままの老人に渡した。

「しかし、これは約束した金額をはるかに超えていますよ」元校長が戸惑った口調で言った。

「いまも新しい楽屋ときちんとした幕がほしい、去年の衣装を使い回したくないと考えておられるのなら、そんなことはありません」

「むろん、シフナル高校の女子生徒のための専用更衣室もあればいいと思っています」スワンが言った。「しかし、いまのあなたの言葉についてお尋ねしたいのだが、ミスター・クリフトン、取り返しがつかないかもしれないほどの過ちを犯したというのは何のことです？」

「話せば長くなりますし」セブは応えた。「あなたを退屈させたくありません――」

「私は老人で、時間なら有り余っています」スワンがセブの向かいに腰を下ろした。

　セブはジェシカの卒業式でサマンサと最初に出会い、口もきけなかったことから話していった。

「人生でそうそうあることとは思えませんね」スワンが笑みを浮かべた。

「二度目に会ったときには、口がきけるぐらいには立ち直っていて、ディナーに誘いました。それから間もなく、これからの人生を彼女と一緒に過ごしたいと自分が思っていることに気づいたんです」老人は沈黙を守るときを心得ていた。「ですが、私があなたとの約束を守るつもりがないとわかったとき、私を残してアメリカへ帰ってしまいました」セブは間を置いた。「それ以来、会っていません」

「では、私があなたの年頃に犯した同じ過ちを繰り返さないでくれとお願いしましょうか」

「あなたも同じ過ちを犯したんですか？」

「ある意味ではもっとひどい過ちです。私が大学を出たばかりで若かったころのことです。ウスターシャーのグラマー・スクールから英語教師としての声がかかりました。私は最高に幸せで、ついにはそこの校長の長女に恋をしたんです。でも、それを彼女に知らせる勇気がありませんでした」

「なぜですか？」

「私は昔からとても恥ずかしがり屋で、女性については特にそうでした。それに、いずれにしても校長が賛成しないだろうと思ったんです。いまでこそ馬鹿げた話に聞こえるでしょうが、当時の世界はいまと違っていましたからね。私は別の学校へ移り、後に、彼女が生涯独身を通したことを知りました。それだけなら、何ということもなく生きていけたかもしれない。でも、わずか一年前、彼女の葬儀に参列したときに、妹さんから聞いたんです。彼女が愛したのは私が最初で最後だったことを、私の気持ちがわからない限り自分のほうからは何もしてはならないと彼女の父親が言ったことを。私は何と愚かだったんでしょう。一瞬のためらいが、死ぬ日までの後悔につながるんです。あなたは若い、同じ過ちを繰り返さないでください。〝臆病者は美しい女性を勝ち得られない〟という言葉があるでしょう」

「ロバート・バーンズですね？」セブは言った。

「あなたにはまだ望みがある」スワンが言った。老人は杖の助けを借りて立ち上がると、セブの腕を取った。「多額の寄付に感謝します。ミス・サリヴァンにお目にかかる栄誉を楽しみにしていますよ」そして、セブに向き直った。「彼女に訊いてみてもらえませんか、ミスター・クリフトン、〈サマンサ・サリヴァン・シアター〉を開いてもいいかどうかをね」

25

「もしもし、敬愛する母上さま、実はちょっと用があってアメリカへ行こうと思っているんだけど、もしかしたら――」

「〈バッキンガム〉に乗せてもらえないかっていうんでしょ？　ええ、もちろんいいわよ。でも、ボブ・ビンガムの規則を忘れないでね。会社関係者の家族といえども、料金は支払うことになっていますからね。来週でよければ、お父さんと同行できるわよ。ハロルド・ギンズバーグに会いにニューヨークへ行くんですって」

セバスティアンは手帳をめくった。「会合を二つほど調整しなくちゃならないけど、大丈夫だよ。それでお願いします」

「それで、アメリカへ行く用って何なの？」

「向こうで参入できそうな分野があるんだけど、その状況を調べてほしいとミスター・コーフマンに頼まれたんだ」

受話器を置いた瞬間、セブは罪悪感に襲われた。アメリカへ行く本当の理由を母に教えなかった、まったく愚かな真似を——またもや——しでかしてしまうことになるのではないか。

しかし、サムがどこに住んでいるのかもわからなかったし、突き止める方法も思いつかなかった。その問題を考えていると、ヴィク・コーフマンがオフィスに入ってきてセブを驚かせた。

「最近、父が同じことを何度も繰り返して口にしてるんだが、気づいてるか?」

「いや、そうなのか?」セブは言った。「ときどき忘れっぽいなと思うことはあるが、会長も七十を超えてるだろう」

「父はポーランドを脱出するとき、出生証明書を持ってきてないんだ。だけど、いつだったか、ヴィクトリア女王の葬儀を憶えていると口を滑らせたことがあるんだよ、だとしたら、八十が近いんじゃないかな。実はちょっと心配なんだ。だって、父に何かあったら、正直なところ、きみは後を引き継ぐ準備ができていないし、おれにはその能力がないからな」

ソール・コーフマンが永久に会長でいられるはずがないという考えがセブの頭をよぎったことは一度もなかったし、ヴィクがいまその話をするまで、会長職を引き継ぐなどとは考えたこともなかった。

いま、セブは十四人の部下——ほとんどが年上だった——を率いていて、彼の部門はこの銀行で第三位の収益を上げ、上位にいる外国為替部門と商品取引部門に肉薄していた。

「そんな心配はまだ早いんじゃないか、ヴィク」セブは友人を安心させてやろうとした。

「父上はまだしばらくは仕事をつづけられるさ、それは間違いない」

しかし、セブは毎週定期的に会長と差し向かいで検討会議をしているのだが、ミスター・コーフマンはある特定の土地開発取引で自分たちが代理人を務めているクライアントの名前を、過去に少なくとも二回は一緒に仕事をしているにもかかわらず、それぞれに異なる三度の会議で訊き直していた。

セブは通りをわずか数本隔てただけのもう一つの銀行のことばかりを余分な時間に考えているせいで、コーフマンのところなら自分の将来が保証されるとは限らないのだという心配がちらりとでも頭に浮かんだことがなかった。彼は最悪のシナリオを考えまいとした。コーフマン会長が体調が原因で引退を余儀なくされ、ファージングズ銀行に乗っ取られて、二つの銀行を束ねる会長に二度目の辞表を書かなくてはならなくなる事態である。

アメリカ行きを中止しようかとまで思ったが、金曜の夜の最後の潮に乗り遅れたら、この試練をふたたびやり直す勇気を持てないことはわかっていた。

父と一緒のニューヨークまでの五日の航海を、セブは徹底的に楽しんだ。父は母と違い、答えたくない質問を果てしなく浴びせることに自分の時間を遣ったりしなかったから尚更だった。

夜はいつも一緒だったし、ときどきは昼飯も二人で食べた。日中の父親はドアに〈ドゥ・ノット・ディスターブ〉の札を掛けて船室に閉じこもり、次作の最終稿の推敲に没頭した。その原稿は、船がニューヨークに着いて一時間もしないうちにハロルド・ギンズバーグに手渡されるはずだった。

というわけだったから、ある朝、いい気分でアッパー・デッキを歩いているとき、父親がデッキチェアに寝そべってお気に入りの作家の作品を読んでいるのを見てちょっと驚くことになった。

「それはつまり、推敲が完了したってこと?」父親の隣りのデッキチェアに坐りながら、セブは訊いた。

「そういうことだ」父親がシュテファン・ツヴァイクの『心の焦燥』を置いて答えた。「あとはハロルドに原稿を渡して、彼の意見を聞くだけだ」

「ぼくの意見は聞きたくないかな?」

「私の作品についてか? それは断わる。だが、もう一つの作品についてなら聞かせてもらいたい」

「もう一つの作品って?」

「『アンクル・ジョー』だ」父親が言った。「ハロルドがミセス・ババコフに、国内外を含めた出版権を十万ドルの前払いと十五パーセントの印税率で取得したいと提案しているんだが、彼女にどうアドヴァイスすべきか、私にはよくわからないんだ」

「だけど、その作品が見つかる可能性はあるの？」

「私も以前はほぼ無理だろうと思っていたんだが、ハロルドによると、ミセス・ババコフは一冊だけ残っている作品の在処を知っているそうなんだ。唯一の問題は、それがソヴィエト国内だということなんだ」

「ソヴィエト連邦のどこなのかを、彼女はミスター・ギンズバーグに教えたの？」

「いや、教えていない。私にしか教えないと彼女が言ってるんだそうだ。ニューヨークでハロルドと会ったらすぐにピッツバーグへ行くのはそのためなんだ」

　父親は息子の次の質問に驚いた。

「ミセス・ババコフにとって十万ドルは大金なのかな、それとも、断わっても平気なぐらいのものなのかな？」

「彼女は一文無しでロシアから逃げてきた。だとすれば、人生が丸ごと変わるぐらいの大金だろう」

「それなら、ミスター・ギンズバーグの提案が妥当なものだとお父さんが考えるんだったら、それを受けるべきだと彼女にアドヴァイスすべきだね。ぼくの場合、取引を成立させようとするときは必ず、相手がどのぐらいの金額を必要としているかを知ろうとつとめるんだ。なぜなら、それがぼくの考え方に影響するからだよ。もし相手が何としても金を欲しいと思っているとわかれば前進を開始するし、そうでもないとわかったら……」

父親がうなずいた。

「だけど、この場合はちょっと特殊で、但し書きをつけなくちゃならないだろうね。というのは、ミセス・ババコフがお父さんにしか作品の隠し場所を教える気がないということは、とりもなおさず、お父さんにそれを取りにいってもらいたいと思ってもいるってことだからね」

「しかし、ソヴィエト連邦のなかだぞ」

「あそこでは、お父さんはいまも〝好ましからざる人物（ペルソナ・ノン・グラータ）〟だものね。だから、何をするにしても、何だろうと約束は一切しないことだよ」

「彼女をがっかりさせたくないんだ」

「お父さん、ソヴィエト帝国に独力で立ち向かうのは面白いに決まってるだろうけど、KGBを相手にして勝てると決まってるのはジェイムズ・ボンドだけなんだよ。だから、現実世界へ戻ってもいいかな、ぼくもアドヴァイスを必要としているんでね」

「私のアドヴァイスをか？」

「違うよ、ウォーウィック警部補のアドヴァイスさ」

「どうして？　おまえ、だれかを殺そうとでもしてるのか？」

「まさか。だれかを探そうとしているだけだよ」

「それがアメリカ行きの理由か？」

「そうなんだ。でも、探しているそのだれかがどこにいるかもわからないし、どうやって探せばいいかもわからない」

「たぶん、この船に彼女の実家の住所が記録として残ってるんじゃないかな」

「どうしてそんなことがあり得るの？」

「彼女は処女航海でこの船に乗ったじゃないか。そのときに、事務長(パーサー)にパスポートを渡さなくてはならなかったはずだ。だとすれば、彼女の住所がファイルされているのはまず間違いないだろう。何年も前のことだから絶対とは言い切れないが、少なくとも最初に当たってみる価値はあるな。普通なら個人情報をほかの船客に明らかにしたりはしないはずだが、おまえはこの船を所有している会社の重役だし、処女航海のときの彼女はおまえの客でもあったわけだから、たぶん問題はないと思う」

「ぼくが探しているのがサマンサだとどうしてわかったの？」

「おまえのお母さんから聞いたんだ」

「でも、ぼくはお母さんに話してないよ」

「そうだとしても、彼女はちょっとした言葉の端々から見抜くんだ。私は長く付き合っていて学んだんだが、お母さんを侮っては絶対にだめだ。もっとも、自分のこととなると、彼女でさえ間違うことはあるがね」

「たとえば、デズモンド・メラーの一件とか？」

「だれであれアレックス・フィッシャーの代わりのやつが、あいつ以上の問題を引き起こせるとは夢にも思わなかったんだがな」

「メラーとフィッシャーじゃ大違いだよ」息子は言った。「メラーは頭がいい、だから、フィッシャーよりはるかに危険なんだ」

「あの男が副会長になる可能性が多少でもあると思うか？」

「思わなかった。でも、ロス・ブキャナンに言われて、いまではあり得ると思い直してる」

「もしかすると、それがエマが最終戦争に打ってでて、メラーがテーブルにカードを出さざるを得なくしようと考えている理由かもしれないな」

「テーブルって、どのテーブル？」

「〈バリントン海運〉の重役会のテーブルだ。あの男に副会長に立候補させ、彼女自身はそれに反対して対抗馬を立てる。それであいつが負けたら、辞任するしかなくなるだろう」

「お母さんが負けたら？」

「敗北を受け入れることを学ばなくてはならなくなるだろうな」

「お母さんの立てる対抗馬ってだれなの？」

「おまえでまず間違いないだろうよ」

「ぼくじゃ勝ち目はまったくないよ。重役会はメラーの側につくに決まってる。ぼくの年齢を考えれば尚更だ。そして、それはお母さんが辞任して終わることを意味する。そう考えると、それだってメラーの長期計画の一部かもしれない。その件に関しては、お母さんと話さなくちゃならないな。それに、いまはそれだけにかかずらわっていられないんじゃないの？」

「レディ・ヴァージニアと彼女の名誉毀損の訴えのことを言っているんなら、それはもう問題じゃないんじゃないだろうか」

「そう考える根拠は何？」

「明確な根拠はないが、ここしばらく、そっちの方面についてはなしのつぶてなんだ。さらに十二カ月、このままの状態がつづいたら、お母さんは訴えの無効を裁判所に申請できる。だけど、それはしないほうがいいと私はアドヴァイスしているんだ」

「なぜ？」

「寝ている蛇に出くわしたら、わざわざ尖った杖でつついて追い払おうとしちゃだめだ。目を覚まして嚙みついてくる可能性のほうがはるかに高いんだから」

「しかも、あの女は毒蛇だからね」息子は言った。「だけど、そもそも彼女はなぜお母さんを訴えているの？　ぼくはその理由も知らないんだけどな」

「今夜のディナーのときに、全部教えてやるよ」

〈バッキンガム〉のパーサーは大いに役に立ってくれ、セバスティアンはミス・サマンサ・サリヴァンの住所を知ることができた。ワシントンDC、ジョージタウン、ケーブル・ストリート二〇四三番地。しかし、そのパーサーをもってしても、彼女がいまもそこに住んでいるかどうかはわからなかった。処女航海以降、彼女が〈バッキンガム〉を利用したことがなかったからである。セブは二〇四三番地が小さなアパートで、サムがそこに独りで、あるいは女友だちの一人と住んでいてくれることを願った。

彼はパーサーに礼を言い、二層分の階段を上がって〈グリル・ルーム〉へ行くと、ディナーをともにするべく父親と合流した。乗客係（スチュワード）が主菜の皿を片づけてしまってから、セブはようやくヴァージニアの訴えを話題にした。

「実にドラマティックなものだった、というか、少なくともあのときはみんながそう思った」父親がアメリカの船では買えないはずの、ハバナの葉巻をつけながら口を開いた。「お母さんは〈バリントン海運〉の年次総会の議長をしていたんだが、一般質疑応答のときレディ・ヴァージニアが質問に立ち、〈バリントン海運〉を倒す意図で持ち株のすべてを売った重役がいるのではないかと訊いたんだ」

「それで、お母さんはその質問にどう対処したの？」

「レディ・ヴァージニアを代表して重役会に席を持っているアレックス・フィッシャーが三度、彼女の株を売り、買い戻して、それによってかなりの儲けを作り出したことを言っているのかと訊き返すことで切り返し、優位に立った」

「でも、それはどう見ても事実なわけだから」息子は言った。「名誉毀損を申し立てるのは無理があるんじゃないのかな」

「それについては私も同感だが、お母さんは蛇をとても先の尖った杖でつつきたいという誘惑に抵抗できずに、こう付け加えた――」父親が葉巻を灰皿に戻し、椅子に背中をあずけて目をつぶった。「『あなたに〈バリントン海運〉を倒そうとする意図があったとしても、レディ・ヴァージニア、あなたは失敗したんです。痛ましいことですね。なぜなら、あなたはこの会社を成功させたいと願ってくださっている、きちんとした普通の人々に打ち負かされたからですよ……』いや、そうじゃない」父親が訂正した。「正確には、エマはこう言ったんだ。『成功してほしい』だ。出席者が歓声を上げ、レディ・ヴァージニアは憤然として会場をあとにしたが、その途中でこう叫んだ。『弁護士に会ってもらいますからね』とな。そして、実際にそうなった。しかし、それはずいぶん前のことだから、訴えを取り下げるようだれかにアドヴァイスされ、また藪に潜り込んだんじゃないのかな」

「そうだとしても、とぐろを巻いてふたたびの攻撃の機会を待っているだけだと思うよ」

航海の最終日の朝、セブは父親と一緒に朝食をとった。しかし、父親はほとんど口をきかなかった。ハロルド・ギンズバーグに原稿を渡す直前になると口数が少なくなるのが常だった。人生で最も長い三日間はいつかというと、と彼はいつだったか息子に言ったことがあった――書き上げたばかりの作品についてのハロルド・ギンズバーグの意見を待っているときだ、と。

「でも、何よりもお父さんを失いたくないときに、どう感じたかを彼が本当に正直に話してくれていると、どうしてわかるの？」

「作品について彼が言うことなんか一言も聞いてはいないよ」父親が認めた。「私の関心はハードカヴァーを何部、第一印象で刷ってくれるかだけだ。それについては、彼もごまかせない。なぜなら、今回、それが十万部を超えたら、ベストセラーの第一位を手にしたと彼が考えていることを意味するからだ」

「十万部以下だったら？」息子は訊いた。

「彼にそれほどの自信がないということだ」

それから一時間と少しが過ぎたころ、父と子は一緒にタラップを下りた。一人は原稿を後生大事に抱えてマンハッタンの出版社へ向かい、もう一人はジョージタウンの住所だけを頼りにタクシーでペン・ステーションへ向かった。

26

セバスティアンは大きな赤い薔薇の花束を抱えて道路の向かい側に立ち、小振りな赤煉瓦の平屋の玄関を見つめた。正面は小さな方形の庭になっていて、芝生は鋏を使って手で刈られたのではないかと思われるほど几帳面に整えられ、周囲をベゴニアが取り巻いていた。掃除の行き届いた小径が最近塗り直されたばかりの玄関へつづいていて、真鍮のドア・ノッカーが遅い朝の陽にきらめいていた。とてもきちんとして、とてもこぎれいで、とてもサマンサらしかった。

エイドリアン・スローンに立ち向かったり、百万ポンドを超す取引で一戦交えるときはいつだって怖いもの知らずなのに、サマンサの家ではないとわかるかもしれない玄関をノックするとなると、どうしてこうも不安でならないのだろうか？　セブは深呼吸をすると、道路を渡ってゆっくりと小径を上がり、おずおずとドアをノックした。ドアが開いたとたんに、踵を返して逃げ出したくなった。サムの夫に違いないという気がした。

「何か？」男が不審げに薔薇を見て訊いた。

は訊いた。

「サマンサはいますか?」不審がすぐさま怒りに変わるのではないかと恐れながら、セブ
「彼女なら引っ越しましたよ、一年以上前になるかな」

「引っ越し先はわかりませんか?」

「悪いけど、わかりませんね」

「でも、郵便物の転送先の住所は残していったんじゃないですか?」セブは必死だった。

「スミソニアンですね」男が答えた。「そこが彼女の仕事場です」

「ありがとう」セブは言ったが、ドアはすでに閉まっていた。

男とのやりとりのおかげで多少大胆さが出てきて、足早に通りへ戻ると、最初にやってきたタクシーを捕まえた。スミソニアン博物館までの車中では、十回以上も内心で自分を叱咤しなくてはならなかった。弱気になるな、やるしかないんだ、どんなにひどい対応をされたとしてもせいぜいのところ……

タクシーを降りて気づいてみると、目の前にあるのはあの平屋とは丸っきり異なる、巨大な、数秒ごとに開閉を繰り返しているかのような一枚板のガラスのドアだった。セブは意を決して一気にエントランス・ホールに入った。洒落たブルーの制服の女性が三人、受付デスクの向こうに立って訪問者の質問に応じていた。

セブがその一人の前に立つと、彼女は薔薇を見て微笑した。「いらっしゃいませ」

「サマンサ・サリヴァンに会いたいんだけど」

「すみません、その名前には心当たりがありません。先週、ここへきたばかりなものですから」彼女が応え、電話を終えたばかりの同僚を見た。

「サマンサ・サリヴァンですか？」その同僚が繰り返した。「お生憎です。彼女はたったいま、学校へ娘を迎えにいってしまったところなのですよ。出勤は明日の十時になりますが」

娘、娘、娘。その言葉がセブの耳で不発弾のように鳴り響いた。知っていたら、アメリカへなんかこなかっただろう——。

「メッセージを残されますか？」

「いや、結構だ」セブは背中を向けて出口へと歩き出した。

「ジェファーソン小学校へいらしたら、まだ間に合うかもしれません」背後から声が聞こえた。「終業は四時ですから」

「ありがとう」セブは振り返ることなく礼を言ってドアを押し開け、建物を出るとすぐにまたタクシーを捜しにかかった。間もなく通りかかった一台に乗り込み、ユニオン・ステーションと行先を告げようとしたが、口を突いて出てきた言葉は違っていた。「ジェファーソン小学校へ頼む」

運転手は午後のラッシュアワーに何とか合流した。前方には長い車の列ができていた。

「四時までに着いてくれたら、メーター料金の二倍を払う」

運転手は車線を変え、次の信号を無視して、セブが思わず目をつぶらないではいられなかったほど狭い隙間を走り抜けた。新ジョージ様式の巨大な煉瓦造りの前で停まったとき、まだ四分の余裕があった。セブはメーターを見て十ドル札を運転手に渡すとタクシーを降り、自分の子供が出てくるのを待ちながらいくつかの塊になっておしゃべりに興じている母親たちの奥へ足早に姿を消した。そして、一本の木を盾にして母親を一人一人検め、自分が知っているたった一つの顔を探した。だが、その顔は見えなかった。

四時、終業のベルが鳴り、扉が開いて、少女たちが賑やかに笑いながら吐き出されてきた。みな、白いシャツに深紅のブレザー、グレイのプリーツ・スカートという服装で、学校鞄が前後に揺れていた。その子たちが階段を駆け下り、まるで磁石に引き寄せられるように一直線に母親へと走っていった。

セブはそういう女の子たちを注意深く観察した。みんな五歳ぐらいに違いないが、サマンサがイギリスにいたのは六年足らずだ、果たしてこういうことがあり得るだろうか？そのとき、妹が階段を駆け下りてくるのが見えた。もじゃもじゃの黒髪が波打っているのも、黒い瞳も、笑顔も、まったく同じだった。どうして忘れることができようか。駆け寄って抱き締めたかったが、その場から動くことができなかった。母親を見つけたのか、彼女はいきなり満面に笑みをたたえると、方向を変えて走っていった。

セブはその女性を見つめた。初めて会ったとき、口がきけなくなった女性だった。今度も大声で呼びかけたかったが、やはりできなかった。二人が車に乗り込み、ほかの母と娘と同じように自分たちの家へ走り出すのを、そこに立って見ているだけだった。間もなく、二人は行ってしまった。

セブは呆然とそこに立ち尽くした。サムはなぜ教えてくれなかったのか？　人生でこんなに悲しいと思ったことも、こんなに幸せだと思ったこともなかった。二人に認めてもらわなくてはならない、なぜなら、何だろうとすべてを犠牲にしても、あの二人と一緒にならなくてはならないのだから。

徐々に人が少なくなり、最後に残った数人の生徒が母親に迎えられると、セブはついに独りになった。いまも薔薇の花束を持ったまま別の道路を渡り、別の扉をくぐった。あの二人がどこに住んでいるかを教えてくれるだれかがいるかもしれなかった。

左右に教室が並ぶ、長い廊下を歩いていった。壁には生徒の描いたスケッチや絵が飾られていた。〈校長　ローズマリー・ウルフ博士〉と記されているドアの手前で足が止まった。自分の母親を描いた生徒の絵に、目が釘付けになった。二十年前にジェシカが描いた絵と言っても通用しそうで、自信に満ちた筆遣いも、独創性も同じだった。そして、これも同じだったが、飾られているほかのどの絵とも格が違っていた。別の廊下を歩いていると、自分が十歳のときにいまと同じ気持ちを経験したことが思い出された。羨望と、それを描いた芸術家を知りたいという欲望である。

「何かご用でしょうか？」厳めしい声が訊いた。

はっとして振り返ると、洒落た服装の長身の女性が威圧的に上から見下ろしていた。セブはグレイス叔母を思い出した。

「絵を見せてもらっていただけです」セブはいくらか気圧されながらイギリス訛りを誇張して答え、それでその女性が警戒を緩めてくれるのではないかと期待した。が、そう簡単に気を許す女性ではなさそうだった。

「それに、これは」セブは付け加え、『私のお母さん』を指さした。「飛び抜けて優れています」

「同感です」女性が応えた。「ですが、ジェシカは稀に見る才能の持ち主で……あなた、大丈夫ですか？」真っ青になって前へよろめき、慌てて壁に手を突いて身体を支えたセブを見て、女性が訊いた。

「大丈夫です、ご心配なく」セブは気を取り直して訊いた。「ジェシカ、とおっしゃいましたか？」

「ええ、ジェシカ・ブルワーです。わたしがこのジェファーソン小学校の校長になって以来初めて出会った、最も完成された芸術家です。もっとも、本人はその才能に気づいてもいませんけどね」

「それもジェシカにそっくりだ」

「あなたはあの家族のお友だちですか？」

「いえ、彼女の母親がイギリスで勉強していたときの知り合いです」

「名前を教えていただければ、わたしのほうから彼女に教えて――」

「いえ、それには及びません、校長先生。ただ、異例とわかってはいるのですが、お願いがあるのです」女性の顔がふたたび厳しくなった。「この絵を買い取らせていただきたいのですよ。イギリスへ持って帰って、あの母娘（おやこ）を忘れないようにしたいんです」

「お気の毒ですが、売り物ではありません」ウルフ博士がきっぱりと言った。「ですが、ミセス・ブルワーとお話しになりたいのであれば、きっと――」

「それはできません」セブは俯いた。

校長が表情を和らげ、見知らぬ侵入者をしげしげと見た。

「そろそろ失礼します」セブは言った。「列車に乗り遅れますので」走り出したかったが、ほとんど動くこともできないぐらい脚に力が入らなかった。別れの挨拶をしようと顔を上げたときも、校長はまだセブを見つめていた。

「あなたはジェシカのお父さまですね」

セブはうなずいた。涙がこみ上げるのをこらえられなかった。ウルフ博士が壁から絵を外して見知らぬ男に差し出した。

「私がここにきたことは、二人には黙っていてもらえませんか」セブは懇願した。「そのほうがいいと思いますので」

「一言も漏らしませんよ」ウルフ博士が応え、握手の手を差し出した。

セドリック・ハードキャッスルならこの女性と仕事をするだろうと思われた。約束を守るのに契約書を必要としない人のようだった。

「ありがとうございます」セブは彼女に薔薇の花束を差し出した。

絵を後生大事に小脇に抱えて、セブは足早に学校をあとにした。外に出るや、ひたすら歩いた。彼女を失うなんて、おれは何と愚かだったのか。その愚かさに、ここへきてもう一つの愚かさが加わった。B級西部劇の悪役カウボーイのようにとにかくこの町を出なくてはならない、しかも大急ぎで。さもないと、ここにいたことを保安官に知られるだけだ。

「ユニオン・ステーション」セブは新たなタクシーをつかまえ、後部席に乗り込むや告げた。車中でも『わたしのお母さん』から目を離すことができず、ふと顔を上げなかったら、そのネオンサインを見ることはなかったはずだった。

「止めてくれ！」セブは叫び、タクシーは路肩に寄って止まった。

「ユニオン・ステーションへ行くんじゃなかったんですか？　まだ十ブロックも先ですよ？」

「申し訳ない、気が変わった」セブは料金を払うとタクシーを降り、歩道に立ってそのネオンを見上げた。今度は躊躇なく建物に入り、勘が当たっていることを祈りながらカウンターへ直行した。

「どの部門にご用でしょう、サー？」そこに立っている女性が訊いた。

「あなたの新聞が取材しているに違いない結婚式の写真を購入したいんだが」

「写真部なら二階です」彼女が階段を指さした。「ですが、お急ぎになるほうがいいですよ、あと数分で閉まってしまいますから」

セブは階段を三段ずつ駆け上がり、〈写真部〉と抜き文字で記されている、面取りをしたガラスのスウィングドアを突破した。今度カウンターの向こうに立っているのは、時計を見ている男性だった。セブは相手より先に口を開いた。

「ブルワー家とサリヴァン家の結婚式は取材しましたか？」

「さて、どうだったでしょう。ちょっと待ってください、調べてみます」

セブはカウンターの前を行ったり来たりしながら、期待し、願い、祈りながら待った。ようやく、若者が分厚いフォルダーを持って戻ってきた。

「どうやらそのようですね」若者がフォルダーを重たそうにカウンターに置いた。

セブが淡い黄褐色の表紙を開くと、何十枚もの写真が現われ、そのうちのいくつかには幸福な瞬間を記録した記事の切り抜きが添付されていた。その写真には、新郎新婦、ジェシカ、両親、新婦付添いの女性たち、友人、司祭までが写っていた。その結婚式の新郎は、本来ならセブ自身がなっていたはずだった。

「お望みの写真があれば」若者が言った。「どれも一枚五ドルです。二日でお渡しできますよ」

「このファイルの写真を全部買いたい場合はどうだろう？　金額はいくらになるかな？」

若者がゆっくりと写真を数えていき、ようやく答えた。「二百十ドルです」

セブは財布から百ドル札を三枚抜き出してカウンターに置いた。「このファイルをいますぐ持ち帰りたいんだが」

「お気の毒ですが、それはできません、サー。でも、さっき申し上げたとおり、二日後にきていただければ……」

セブは百ドル札をもう一枚取り出し、若者を見た。その顔にはどうにも悩ましげな表情が浮かんでいた。この取引は成立する、とセブは確信した。問題は金額だけだ。

「しかし、私にはその権限が……」若者がささやいた。

彼が最後まで言い終わるのを待たずに、セブは百ドル札をもう一枚、四枚の百ドル札の上に置いた。若者はあたりをうかがい、同僚の大半が帰り支度に忙しいのを見て取ると、素速く五枚の紙幣をひっつかんでポケットに突っ込んだ。そして、力のない笑みを浮かべてセブを見た。

セブはファイルを手にして写真部をあとにすると、急いで階段を下り、スウィングドアを抜けて建物を出た。万引きでもしたような気がして、逃げ切ったと確信できるまで走りつづけた。そのあと、ようやく足取りを緩めて息を整え、標識に従ってユニオン・ステーションを目指した。一方の小脇には絵が、もう一方の小脇にはフォルダーがあった。〈アムトラック〉のニューヨーク行き急行の切符を買い、数分後には待機している列車に乗り込んだ。

列車が駅を出るまで、セバスティアンはフォルダーを開かなかった。ペン・ステーションに着いたときには、サマンサに黙っていたことを、ミスター・スワン同様、終生後悔することになるのではないかという気がしていた。なぜなら、彼女がミセス・ブルワーになったのはわずか三カ月前だったからだ。

27

ハロルド・ギンズバーグが自分の前の机に原稿を置いた。ハリーは向かいに坐って判決を待った。

ギンズバーグは秘書が入ってくると眉をひそめ、熱いコーヒーの入ったカップを二つとビスケットの皿が自分たちの前に置かれるあいだも、沈黙を守りつづけた。ハリーが束の間の拷問(ごうもん)に苦しむのを楽しんでいるのが見え見えだった。彼女が出ていってドアを閉めたとき、ハリーは自分が爆発するのではないかと危惧した。

笑みの兆(きざ)しのようなものがギンズバーグの顔に表われた。「この最新作を私がどう思っているか、きっと気になってならないんだろうな」彼が言い、ハリーをさらに焦(じ)らした。

この野郎、絞め殺してやろうか、とハリーは内心で悪態をついた。

「ウォーウィック警部補に手掛かりを与えることから始めるべきかな？」

殺すだけじゃなく、埋めてやってもいいぐらいだ。

「十二万部だよ。きみのこれまでの作品のなかでの最高傑作だと私は考えている。きみの作品を刊行できることを誇りに思っているよ」

ハリーはあまりの衝撃に思わず泣き出し、二人ともハンカチを持っていなかったから同時に笑い出した。ようやく気持ちが落ち着くと、ギンズバーグは『ウィリアム・ウォーウィックと時限爆弾』がなぜこんなに面白いかを時間をかけて説明していった。この二日、ギンズバーグがどういう反応を見せるかを気に病みながらニューヨークの街をうろついたことを、ハリーはあっという間に忘れた。ようやく口に含んだコーヒーはもう冷たくなっていた。

「ということで、話をもう一人の著者に切り替えてもいいかな」ギンズバーグが言った。「すなわち、アナトーリイ・ババコフと、彼の書いたヨシフ・スターリンの伝記だ」

ハリーはカップをソーサーに戻した。

「ミセス・ババコフが私に教えてくれているところでは、彼女は夫のあの本をたぶんだれも見つけられない場所に隠している。ハリー・クリフトンが小説の材料にするに値する話だな」ギンズバーグが付け加えた。「しかし、きみも知ってのとおり、わかっているのはそれがソヴィエト連邦のどこかだということだけで、彼女はきみにしか正確な場所を教えるつもりがない」ハリーはさえぎらなかった。「これは私見だが」ギンズバーグがつづけた。「きみは関わるべきでないと思う。共産主義者どもはきみがイギリスという国の宝であることなどまるで顧慮しない。きみだってそれを忘れてはいないだろう。だから、正確な隠し場所を突き止めるのがきみだとしても、取りにいって持って帰るのは別の人間にやらせるべきかもしれない」

「私が自らその危険を引き受けるつもりがないのなら」ハリーは言った。「ババコフ釈放の努力に費やした年月はいったい何だったんでしょうね。しかし、どうするかを決める前に、一つ教えてください。もし私が『アンクル・ジョー』を手に入れられたとして、そのときには初版は何部になるんです？」

「百万だ」ギンズバーグが答えた。

「それなら、危険を引き受けることになるのは私ではなくてあなたでしょう」

「スターリンの娘のスヴェトラーナが書いた回顧録を忘れないでくれ。『友人への二十の手紙』は一年以上もベストセラー・リストに載りつづけたんだ。しかも、ババコフと違って、父が支配しているあいだはクレムリンに足を踏み入れたことすらなかったんだぞ」ギンズバーグが机の引き出しを開けてイェレーナ・ババコワを受取人にした十万ドルの小切手を取り出し、ハリーに渡して言った。「きみがあの本を見つけたら、彼女は終生豊かに暮らせるんだ」

「しかし、私がそれを見つけられなかったら、あるいは、そこになかったら、どうするんです？　あなたは十万ドルを費やして、それに見合うものを何も手に入れられないんですよ」

「そのぐらいの危険は引き受けるさ」ギンズバーグが答えた。「しかし、どんなにまともなようでも、出版人の本質はギャンブラーなんだ。さて、そろそろもう少し楽しい話をしようじゃないか。たとえば、私の愛するエマのことなんかどうだろう。それに、セバスティアンのこともだ。レディ・ヴァージニア・フェンウィックは言うまでもないな。彼女が何を企んでいるのか、早く教えてくれないか」

ギンズバーグとの昼食がずいぶんと長びいたせいで、ペン・ステーションに着いたとき、〈ペンシルヴェニア・フライヤー〉は発車寸前だった。ピッツバーグへの旅の最初の区間を走るあいだに、ハリーはギンズバーグが十万ドルを手放す前に答えを知りたがっている疑問のすべてを反芻（はんすう）して頭に叩き込んだ。

そのあと、うつらうつらしていると、思いはセバスティアンとの会話へたゆたっていった。息子がサマンサを取り戻せればいいがと願っていたが、それは自分が彼女を変わることなく好ましく思っているからだけではなかった。セブがようやく大人になったと感じていて、自分が恋をした男をサマンサが見直してくれるのを期待しているからでもあった。

列車がユニオン・ステーションに入線すると、ハリーはピッツバーグへ行くことがあったらやってみたいと昔から考えていたことがあるのを思い出した。だが、カーネギー美術館を訪ねる時間はなかった。アメリカにあるカサットの作品の精髄がそこに収められていると、ジェシカがかつて教えてくれたのだけれど。

イェロー・キャブの後部席に乗り込み、運転手に行き先を告げた――ノース・サイドのブランズウィック・マンションズ。名称は中流階級の上品さを感じさせていたが、二十分後に着いてみると、実は荒廃しつつある貧民街だった。タクシーは料金を受け取った瞬間に走り去った。

ハリーは落書きだらけの共同住宅の擦り切れた石の階段を上った。エレヴェーターの扉に〈故障中〉の札が掛かっていたが、いつからそうなのかもわからないぐらい古くて修理される気配もなかった。八階までゆっくりと階段を上がり、八六号室を探した。それはそのブロックの一番奥にあって、入口から顔を覗かせた近隣の住人が、政府当局者に違いないという不審の目で上品な服装の男を値踏みしはじめた。

ハリーが穏やかにドアをノックすると、すぐに応えが返ってきた。待っていたに違いなかった。ハリーは入口に出てきた年配の女性に微笑した。目は悲しげで疲れていて、顔には深い皺が刻まれていた。同い年ぐらいであるはずなのに二十も年上に見えることが、長く夫と離れればなれになっていることの辛さをはっきりと物語っていた。

「ようこそいらっしゃいました、ミスター・クリフトン」ロシア訛りは残っていなかった。

「どうぞ、お入りになって」狭い廊下には何も敷かれていなかった。ハリーは居間へ案内された。手垢(てあか)にまみれたペーパーバックを並べた棚の上に掛かっている夫の大判の写真が、それ以外には何もない壁を唯一飾っていた。

「どうぞ、お掛けになって」彼女が二脚の椅子の一方を身振りで示した。調度と言えるものはそれだけだった。「遠路はるばる足を運んでくださってありがとうございます。わたしの愛するアナトーリイの釈放を求めるという勇気ある努力をしていただいていることに、本当に感謝しています。あなたが決して諦めることのない味方だということがよくわかりました」

　ミセス・ババコフは夫は仕事で帰りが遅くなっているだけで、もういつ姿を見せても不思議ではないと言わんばかりの口振りで、七千マイル以上離れたところで二十年も刑務所に入れられているとは思っていないかのようだった。

「アナトーリイとの最初の出会いを教えてもらえますか？」ハリーは訊いた。

「二人ともモスクワ外国語大学の学生でした。卒業後、わたしは地元へ帰って英語の教師になりましたが、アナトーリイは首席だったおかげでレーニン勲章をもらい、すぐにクレムリンでの仕事を始めました。結婚した当初、わたしも彼も、自分たちはすべてを手に入れたと思っていました。わたしたちは祝福されていたに違いない、とても運がよかった、とね。実際、ロシアの大半の人たちと較べれば、そのとおりでした。でも、それは一夜にして覆（くつがえ）りました。書記長の演説を西側へのプロパガンダの役に立てられるよう翻訳する役目を、アナトーリイが与えられたときです。

「書記長の公式通訳が病気になり、アナトーリイがその穴を埋めることになったんです。とりあえずの代役だということでしたし、彼自身もそうであることを願っていました。でも、彼は国の指導者に気に入られたかったし、実際、気に入られたに違いありません。なぜなら、あっという間にスターリンの筆頭通訳に昇進したからです。彼に会ったことがあれば、あなたもその理由がわかると思います」

「時制が間違っていますが」ハリーは訂正した。「彼に会えば、私にもその理由がわかる、ということですよね」

ミセス・ババコフが苦笑した。「そうですね、彼に会えば、です。そのときから、彼の困難が始まりました」彼女はつづけた。「スターリンに近くなりすぎたんです。一介の役人に過ぎないのに、実物を目の当たりにして、スターリンがどんな人でなしかが否応なくわかりはじめたんです。人民が思い描いている、優しくて、善を行なう、大好きなおじさんというイメージは、真実とはこれ以上ないほどかけ離れていました。アナトーリイは仕事から帰ると、身の毛のよだつような話を聞かせてくれました。でも、わたし以外には、たとえそれが親友でも、決して口にしませんでした。もし大きな声で口にしたら、罰は降格どころではすまなかったでしょう。どこへともなく、さっさと消されたに違いありません。何千人もの人々がそうであったようにね。ええ、何千人です、片眉を上げて訝っただけで反抗したと見なされた人々です。

「彼の唯一の慰めは書くことでした。スターリンが死ぬまで、それが陽の目を見ないことは、あるいは、自分が死んだあとでないと可能性がないかもしれないことは、彼もわかっていました。でも、スターリンがヒトラーと寸分違わない悪であることを、アナトーリイは世界に教えたかったんです。たった一つ違いがあるとすれば、スターリンはその悪をまんまとやりおおせたまま死んだというところです。

「アナトーリイは自分が知り得たことを世界にも知らせたくて我慢ができなくなりました。本当は辛抱して待つべきだったんでしょうが、自分と同じ理想を持っている出版人が見つかると、もはや抑えがきかなくなりました。刊行当日、『アンクル・ジョー』は書店に届く前にすべて処分されました。相手がだれであれ真実を知られることをＫＧＢはよほど恐れたんでしょう、アナトーリイの言葉を刷るための紙型を取り付けた印刷機まで粉々に叩き壊したんです。翌日、彼は逮捕されました。そして、一週間足らずで裁かれ、二十年の重労働を宣告されて、収容所送りになったんです。誰一人読まなかった本を書いた罪でね。彼がアメリカ人で、ローズヴェルトかチャーチルの伝記を書いたのなら、トーク・ショウに引っ張りだこになって、作品はベストセラーになったでしょうにね」

「でも、あなたは何とか脱出した」

「ええ、アナトーリイはどうなるかを予見していました。刊行日の何週間か前に、わたしに有るだけのお金と『アンクル・ジョー』の見本本を一冊くれて、レニングラードの母のところへ行かせたんです。わたしは何とか国境を越えてポーランドへ入りましたが、そのときに、アナトーリイがくれた虎の子のお金の大半を、国境警備兵に袖の下として渡さなくてはなりませんでした。わたしは一文無しでアメリカへ着いたんです」

「『アンクル・ジョー』はどうしました、持ってきたんですか？」

「いいえ、その危険は冒せませんでした。もしわたしが捕まって、『アンクル・ジョー』が押収されたら、アナトーリイの人生のすべてが水の泡になってしまいますもの。だから、だれにも絶対に見つからないところに隠したんです」

　レディ・ヴァージニアが入ってくると、彼女を待っていた三人の男が全員立ち上がった。ようやく打ち合わせを始められるということだった。

彼女の向かいにはデズモンド・メラー、茶色のチェックのスーツはグレイハウンド・レース（電気仕掛けで走る模型の兎をグレイハウンドに追わせて行なう賭けの場）のほうがふさわしいかもしれなかった。彼の左にはフィッシャー少佐、お定まりのダーク・ブルーのピンストライプのダブルのスーツを着ていたが、もう既製品ではなかった。何しろ、いまや国会議員なのだ。彼の向かいには、この四人の集まりを招集した張本人がいた。

「急に集まってもらったのは」エイドリアン・スローンが言った。「われわれの長期計画に重大な不都合が生じかねないことが起こったからです」だれも彼をさえぎらなかった。

「この前の金曜の午後、〈バッキンガム〉でニューヨークへ発つ直前に、セバスティアン・クリフトンが本行の株をさらに二万五千株買い増し、全部合わせると五パーセントをわずかではあるけれども超える量を保有することになったんです。しばらく前にみなさんにお知らせしてあるとおり、総株数の六パーセントを保有すれば、だれだろうと自動的に重役の席を得る資格が生じます。もしそういうことになれば、われわれが半年前から進めてきている計画に気づくのに長くはかからないでしょう」

「わたしたちに残された時間はどのぐらいあるのかしら?」レディ・ヴァージニアが訊いた。

「一日かもしれないし、一カ月かもしれないし、一年かもしれません。それはだれにもわかりません」スローンは答えた。「いま確かにわかっているのは、あの男が自分を重役にしろと主張するためには、あと一パーセントの株を手に入れるだけでいいということだけです。そして、それは間もなくのことだと考えておくべきでしょう」

「かの老婦人の株がわれわれの手に入るまでにどのぐらいかかるんだろう?」フィッシャー少佐が訊いた。「それさえわれわれのものになれば、問題はすべて解決するはずだろう」

「今度の火曜に、彼女の息子のアーノルドと会うことにしてある」デズモンド・メラーが言った。「表向きは法律的な問題の相談に乗ってもらうということになっているが、彼が不開示合意書にサインしてくれたら、本当の目的を明らかにするつもりだ」

「どうしてあなたがその申し出をしないの」ヴァージニアがスローンを見て訊いた。「だって、あなたがこの銀行の会長なんでしょ?」

「私が相手では、何であれ彼は絶対に首を縦に振らないでしょう」スローンは答えた。

「まあ、ミセス・ハードキャッスルの投票権を、彼女の夫の葬儀の日に行使させなかったとあれば無理もありませんがね。しかし、彼はデズモンド・メラーには会ったことがないんです」

「そして、彼が非開示合意書にサインしたら」メラーが言った。「彼の母親の持ち株について、一株三ポンド九シリングで買い取ることを申し出るつもりです。市場価値より三十パーセントも高い金額です」

「きっと不審に思うんじゃないの?　だって、あなたがこの銀行の重役だってことは知ってるんですもの」

「確かにその懸念はあるでしょうが」スローンは言った。「しかし、彼は父親の不動産の一人しかいない管理人ですからね、母親の代わりに最も有望な取引をする責任があります。それに、いまの彼女は株の配当で暮らしているんですが、この二年というもの、私はそれを最小限に抑え込んでいるんですよ」

「それを彼に思い出させたら」メラーが言った。「とどめの一撃を繰り出し、私が真っ先にやるつもりでいるのはエイドリアン・スローンをこの銀行の会長の座から放逐することだと教えてやるんです」

「それをもって最終判断をさせるわけか」フィッシャーが言った。

「だけど、クリフトンに連絡して、もっといい値で買い取ってくれと頼むかもしれないでしょう。そうさせないための手立てはあるの？」

「それが非開示合意のいいところなんですよ。あれに合意したら、申し出については母親以外のだれとも相談できないんです。もっとも、法廷弁護士評議会に訴えられてもいいというんなら別ですが、勅撰弁護士が軽々に冒せる危険ではありません」

「それで、われわれのもう一人の買い手はいまもその気でいてくれているのかな？」フィッシャーが訊いた。

「ミスター・ビシャラなら、その気でいてくれているだけでなく」スローンが答えた。「一株当たり五ポンドで買い取るという約束を文書にし、二百万ポンドの保証金を弁護士に預けて、本気であることを示してくれているよ」

「配当率をはるかに超える大金でしょう、その人がそんなことをしたがる理由は何なの？」レディ・ヴァージニアが訊いた。

「イングランド銀行が最近、彼の申請を却下したからです。ロンドンのシティで銀行家として仕事をする免許を欲しがっていたんですがね。それで、非の打ち所がないと評判のイギリスの銀行を手に入れようと必死になるあまり、ファージングズ銀行にいくら注ぎ込もうとかまわないと思っているようなんです」

「しかし、明らかに企業買収だろう、イングランド銀行が異議を唱えないか?」フィッシャーが訊いた。

「二年間、彼が重役でありつづけ、私が会長でありつづければ、そういうことにはならない。だから、われわれの計画をクリフトンに知られないことがとても重要なんだ」

「しかし、クリフトンが六パーセントの株を手にしたらどうなるんだ?」

「あいつにも一株当たり三ポンド九シリングでの買い取りを申し出る」スローンは答えた。

「それなら、あいつも抵抗できないはずだ」

「私はそこまでの確信は持てないな」メラーが言った。「最近、彼の態度が変化しているんだ。丸っきり異なった行動計画に従って仕事をしているように見えるんだよ」

「それなら、私がその行動計画を書き直してやらなくちゃならんな」


「その本は、本があるべきところにあります」ミセス・ババコフが言った。

「書店、ですか?」ハリーは推測した。

ミセス・ババコフが微笑した。「でも、普通の書店ではありません」

「『アンクル・ジョー』を秘密のままにしておきたいのであれば、私はそれを理解しますよ。公になったらあなたのご主人にもっとひどい罰が与えられるかもしれないとあれば尚更です」

「もっとひどい罰なんてあり得るんでしょうか？　あの本をわたしに預けたとき、彼は最後にこう言いました――『ぼくはこれに文字通り命を懸けてきた。だから、これが刊行されて、世界に、もっと大事なのはロシアの人々に、ついに真実が語られたとわかってもらえたら、この命が本当に犠牲になったとしても嬉しいよ』と。だから、わたしがこれから生きていく目的は一つしかありません。それは何としてでもアナトーリイのあの作品に陽の目を見させてやることなんです、ミスター・クリフトン。そうでなかったら、彼が犠牲にしてきたことの一つ一つがすべて無になってしまいます」ミセス・ババコフがハリーの手を握った。「あの本はレニングラードのネフスキー大通りとボリシャヤ・モルスカヤ通りの角にある、翻訳外国文学専門の古書店に隠してあります」彼女はまるで一人息子と名残りを惜しむ孤独な寡婦のように、いまもハリーの手を握りつづけていた。「一番奥の角の棚の最上段、スペイン語版の『戦争と平和』とフランス語版の『ダーバヴィル家のテス』のあいだです。でも、『アンクル・ジョー』というタイトルを探しても無駄です。なぜなら、ポルトガル語版の『二都物語』の埃まみれのカヴァーをかけてあるからです。あの古書店を訪れるポルトガル人はそんなに多くないと思ったんですよ」

ハリーは微笑した。「それがいまもそこにあって、私が持ち帰ることに成功したら、ミスター・ギンズバーグが出版してもかまいませんか？」

「アナトーリイは誇りに思ったはずです（ウッド・ハヴ・ビーン・プラウド・トゥー・ビー）――」と言いかけ、彼女はふたたび苦笑して言い直した。「アナトーリイは誇りに思うはずです（ウィル・ビー・プラウド・トゥー・ビー）、ハリー・クリフトンと同じ出版社が出版してくれることをね」

ハリーはジャケットの内ポケットから封筒を取り出し、ミセス・ババコフに渡した。彼女はゆっくりとそれを開けると、小切手を抜き出した。ハリーは反応を待ったが、彼女は黙って小切手を封筒に戻して彼に返した。

「しかし、当然のことながら、アナトーリイはあなたに――」

「ええ、そうでしょうね」彼女は小声で言った。「でも、わたしはそれを望んでいません。彼が毎日味わっている苦しみを想像できますか？ そうだとしたら、彼が釈放されるまで、わたしは自分の暮らしがよくなろうと悪くなろうとどうでもいいんです。とりわけあなたなら、きっとわかってくださいますよね」

二人は手を取り合い、黙って坐っていた。影が忍び込んできて、ここには明かりがないことにハリーは気がついた。彼女は断固として夫の刑務所と同じ暮らしをしようとしているのだった。ハリーはあまりの気高さを目の当たりにし、忸怩（じくじ）たる思いにとらわれた。ようやくミセス・ババコフが立ち上がった。

「長くお引き留めしすぎましたね、ミスター・クリフトン。あなたがロシアへ戻らないことになさったとしても、わたしはかまいません。あなたには失うものがありすぎます。その場合、一つだけお願いがあります。この任務を遂行してくれる人をわたしが見つけるまで、どうか、このことはだれにも、一言も言わないでもらいたいのです」

「ミセス・ババコフ」ハリーは言った。「『アンクル・ジョー』がまだそこにあるのなら、私はそれを見つけます。それを持って帰ってきて、必ずきちんとした形で出版します」

　ミセス・ババコフがハリーを抱擁した。「そのお考えが変わったとしても、もちろん、わたしは理解します」

　八階分の階段を下り、いまや人気（ひとけ）のなくなった歩道へ戻りながら、ハリーは悲しみと高揚をともに感じていた。タクシーを捕まえるには何ブロックも歩かなくてはならなかった。彼は気づかなかったが、陰から陰へと移動し、ときどきこっそり写真を撮りながら尾行している男がいた。

「しまった」列車がユニオン・ステーションを出てニューヨークへの長い旅を始めると、ハリーはつぶやいた。ミセス・ババコフとの面会に完全に気を取られていて、カーネギー美術館を訪ねるのをすっかり忘れていた。ジェシカに非難（ウッド・チャスタイズ）されるだろう。いや、時制が間違っている。ジェシカに非難（ウッド・ハヴ・チャスタイズド）されただろう、だ。

レディ・ヴァージニア・フェンウィック
一九七〇年

28

「この会合を始めるにあたって」エイドリアン・スローンは言った。「まずはフィッシャー少佐に心からのお祝いを申し上げます。国会への当選、おめでとうございます」

「異議なし（ヒヤ・ヒヤ）」メラーが新しい国会議員の背中を叩いた。

「ありがとう」フィッシャーが応えた。「まあ、それはジャイルズ・バリントンを負かした余禄と言ってもいいかもしれないがね」

「そして、もし私の思い描いているとおりになれば」スローンは言った。「損失を被（こうむ）ろうとしているバリントンは、彼だけではなくなるはずだ。しかし、まずはデズモンドに訊きたいのだが、アーノルド・ハードキャッスルとの顔合わせの首尾はどうだったんだ？」

「滑り出しは上々とは言えなかった。三ポンド九シリングという途方もない価格を提示しても、母親の株を売ることにまるで興味を示さなかった。しかし、大株主としての私が最初に起こす行動がエイドリアンを辞めさせて重役会からも追放することだと言ったら、丸っきり態度が変わったよ」

「餌に食いついたのか？」フィッシャーが訊いた。

「まあ、当然だろうな」スローンは言った。「あの男はあなたがエマ・クリフトンとジャイルズ・バリントンを毛嫌いしているのと同じぐらい、あるいはそれ以上かもしれないが、私を嫌っているからな」

「それはあり得ないわね」レディ・ヴァージニアが言った。

「しかし、とどめを刺したのは」メラーが言った。「エイドリアンの後釜のファージングズ銀行会長候補の名前を挙げたときだ」そして、勿体をつけたいという誘惑に抗しきれず、自分で限界だと思うまで長い間を置いてから、ようやくつづけた。「ロス・ブキャナンだよ」

「しかし、あの男が電話を一本すれば、ブキャナンの知るところとなって……」

「あなたは忘れているよ、少佐。そのときには、ハードキャッスルはすでに不開示合意書にサインしているんだ。だから、だれにも電話はできない。われわれがこの銀行の名前を〝ファージングズ〟から〝スローンズ〟に変えようとしているとわかったときのあいつの顔を見るのが、いまから楽しみでならないよ」

「その株をもっと高値で買おうというだれかが出てきたら、彼が考えを変えることはできるのかしら」レディ・ヴァージニアが訊いた。

「もう手後れです」メラーが答えた。「あの男はすでに株の譲渡証書にサインしているわけですから、二十一日以内に私が支払いを完了すれば、株は私のものになります」

「あなたはわずかのあいだ損をするだけで」スローンが言った。「ハキム・ビシャラがその株を買えば、とたんにかなりの儲けを手にすることになるんです」

「でも、ビシャラが全額支払わない限り、わたしたちみんなが窮地に立たされるのよ」レディ・ヴァージニアが思い出させた。

「彼はこのところ、日に二度も電話をかけてきて、状況がどうなっているか、最新情報を知りたがっていますよ。レバノンの大統領と会う予定まで延期したほどです。実際、私は売値を五ポンドから六ポンドに釣り上げてもいいと考えているぐらいです。まあ、それは最後の最後になってからですがね」

「それは少し危険じゃないかな?」フィッシャーが危ぶんだ。

「私を信じてもらってかまわないと思うが、彼は喉から手が出るほどファージングズ銀行を欲しがっている。だから、大抵のことには首を縦に振るさ。では、われわれの計画の第二段階へ移ろうか。そこからがあなたの出番なんですよ、レディ・ヴァージニア。あなたの裁判のタイミング、それが決定的に重要なんです」

「来週、エマ・クリフトンに訴答書面が送付されることになっています。わたしの弁護士が教えてくれたところでは、裁判は十一月のどこかで始まるだろうとのことでしたね」

「完璧なタイミングですな」メラーが手帳を見て言った。「というのは、〈バリントン海運〉の重役会議が三週間後に予定されているのですよ。そういうことであれば、私はその席で、ミセス・クリフトンは会社のために、少なくとも裁判が終わるまでは会長職を降りるべきだと主張しましょう」

「そして、その間の会長を務めるのがだれであるかは黙っていてもわかるだろう」スローンが言った。

「私が会長の座についたら」メラーが言った。「何をおいても受託者として真っ先にやるべきは、〈バッキンガム〉の処女航海の最初の晩に本当は何があったのか、それを株主に明らかにすることだろうと思っている」

「しかし、あれについてはわからないことが多すぎるだろう」フィッシャーがいくらか不安げに言った。

「その心配も、そう遠くない将来に消えるさ。私が初めて〈バリントン海運〉の重役会議に出席したとき、ジム・ノウルズがあの航海はまったく何事もなく成功したわけではないようなことを匂わせたんだ。もっとも、どんなに訊いても、詳しいことは教えてくれようとしなかったがね。それで、私はもちろん、その日の午前中に船上で開かれた重役会議の議事録を読んでみた。だが、そこにあるのは、未明に爆発音がしたことへの船長の謝罪と、それが北大西洋でたまたま演習を行なっていた国防艦隊の砲声だったという説明だけだ。海軍本部の記録を一目見れば、あの日のあの時間に国防艦隊がいたのはジブラルタル沖だと、すぐにわかるはずだ」

「では、実際には何があったんだ？」フィッシャーが訊いた。「私もノウルズから実際に何があったのかを聞き出そうとしたんだが、何杯か飲ませてやったあとでも、あいつの口は固いままだったぞ」

「彼をはじめとする重役の全員が非開示合意書にサインしているんだ」メラーが言った。「結局わかったのはそれだけで、完全にそこで行き止まりだと私も諦めかけていた。だが、先月の重役会で、ミセス・クリフトンはそれがどういう結果を招く可能性があるかに気づかないまま、性急な決定をした」

　わかりきった疑問を口にする者はいなかった。

「〈バッキンガム〉の船長がその重役会に出てきて報告したんだが、この前の航海のとき、ジェッセルという三等航海士が酒に酔った状態で船橋（ブリッジ）任務につき、それ以降の航海期間中は自分の居住区に隔離されていたんだ。サマーズ海軍少将は彼を即刻、退職金を支払うことも、推薦状を書くこともしなくていいから解雇するよう要求した。私は少将の要求を支持したが、なぜそうしたかというと、彼を含めた重役全員が、処女航海の初日の夜の監視当直の責任者がジェッセルで、起こったことのすべてを目撃しているに違いないことを忘れていたからだ」

　フィッシャーがハンカチで額の汗を拭いた。

「ジェッセルを見つけるのは難しくなかった」メラーはつづけた。「そして、いまは失業中で、家賃も三カ月分たまっていることを聞き出した。地元のパブへ連れていってやったんだが、彼が解雇に腹を立てて恨んでいるのを突き止めるのに長くはかからなかった。あの会社を倒産させられるぐらいのことを知っているとも、繰り返し言っていた。どうやら自分が口を開かないようにするために私が派遣されたと考えているらしくて、ラムを何杯か飲んだあと、そんなことをされたらますます口を開きたくなるだけだと言って、あのときのことを詳しく語りはじめた。そして、ハリー・クリフトンとジャイルズ・バリントンが大きな花瓶をファースト・クラスの船室からアッパー・デッキへ運び上げるのを目撃したこと、二人がそれを舷側から投げ捨てた直後に爆発が起こったこと、その日の朝に三人のアイルランド人が逮捕されたこと、船長が国防艦隊の演習だと言って船客に謝罪したことを明らかにしてくれた。そしてそのあと、実はあとほんの数秒遅かったら一体どれだけの乗客の命が犠牲になったかもわからず、会社も文字通り跡形もなく沈んでしまうほどの災厄に見舞われていたはずだと教えてくれたんだ」

「しかし、なぜアイルランド共和国軍は真相を公にしなかったんだろう？」フィッシャーが神経質に訊いた。

「これもジェッセルが教えてくれたんだが、その三人のアイルランド人はあの日の午前中のうちに逮捕され、イギリス海軍の船でベルファストへ送り返されて、別の罪状でそこの刑務所に収監された。三人とも最近釈放されたんだが、〈バッキンガム〉について一言でも口にしたら、その日のうちに独房へ逆戻りしなくてはならないという条件が付いている。それに、考えてみれば、アイルランド共和国軍というのは自分たちの失敗を多くは語らないからな」

「だが、その話を裏付ける立場にアイルランド共和国軍がなく、われわれの唯一の証人が勤務中に酒に酔っていたせいで解雇された酔っぱらいだとしたら、六年近くも前のことに、だれが、なぜ関心を持つんだ？」フィッシャーが訊き、さらに付け加えた。「ただでさえ、このところの新聞には、アイルランド共和国軍がバッキンガム宮殿を、あるいはイングランド銀行を、はたまた庶民院を爆破しようとしているという見出しが頻繁に登場しているんだぞ」

「確かにあなたの言うとおりだとは思うが、少佐」メラーが応えた。「〈バルモラル〉の進水式と処女航海の日取りを発表する何週間か前に、私が〈バリントン海運〉の新会長として、あのときに何があったのか事実をありのままに伝えたら、メディアが掌を返す可能性があるのではないかな」

「だが、株価は一夜にして暴落するぞ」

「そして、われわれはその株を銀行取引で得た儲けでほとんどただ同然で手に入れ、重役会を一新して名前を変える。そうすれば、あの会社が元の状態に戻るのに時間はかからない」

「名前を変える？」レディ・ヴァージニアが訝った。

　メラーが笑みを浮かべた。「〈メラー海運〉へね。エイドリアンは銀行を手に入れ、私は海運会社を手に入れるんです」

「わたしは何を手に入れるの？」ヴァージニアが訊いた。

「まさにあなたが昔から欲しかったものですよ、レディ・ヴァージニア、バリントン一族をひれ伏させる喜びです。あなたにはまだ重要な役を演じてもらわなくてはなりません。なぜなら、タイミングがすべてだからです。この前の重役会で私が手に入れたもう一つの情報によれば、クリフトン夫妻は来月、ニューヨークを訪れます。会長として、彼女が毎年やっていることです。そのときが、裁判で何を楽しみにすべきかを、あなたがメディアの友人たちに知らせる完璧なタイミングなんですよ。彼女が大西洋の真ん中にいて動きが取れないあいだに、あなたの側の話を彼らに信じさせることが重要なんです。そうすれば、ミセス・クリフトンは帰ってきたとき、二正面防御を余儀なくされるわけです。つまり、あの晩、本当は何があったのかを自分たちに明らかにしなかった理由を問う株主への民間企業の会長としての対応と、レディ・ヴァージニアの名誉毀損裁判への対応を、同時にやらなくてはならないということです。彼女はそう遠くない将来、あの会社の歴史に付した脚注、すなわち、取るに足りない事柄として、父親のあとを追うことになると思いますよ」

「一つ、気になることがあるわ」ヴァージニアが言った。「あの裁判について、わたしの弁護士の見立ては勝ち負け五分五分なのよ」

「裁判が始まるときには」スローンが言った。「エマ・クリフトンは何であれそれまで持っていた信用を失っているはずです。陪審員はあなたが証人席に立った瞬間に、あなたの側につくでしょう」

「でも、もし勝てなかったら、馬鹿にならない法廷費用をわたしが負担することになるのよ」ヴァージニアは食い下がった。

「ミセス・クリフトンは〈バリントン海運〉の会長でなくなっているわけですから、どう転んでもあなたが負ける要素はないと思いますよ。ですが、まあ万に一つの可能性がないわけではないから、その場合には、本行が喜んでその費用を負担させていただきます。この計画の壮大さを考えれば、何ほどのこともありませんからね」

「それはセバスティアン・クリフトンと彼の六パーセントを解決したことにならない」フィッシャー少佐が割り込んだ。「なぜなら、あいつが重役になったら、すべてを知られてしまうことになる……」

「それについては私が対処する」スローンが言った。「クリフトンに電話をして、会談を提案するつもりだ」

「会うのを拒否するかもしれないだろう」

「それはできないだろうな。あいつの持っている株を一株五ポンドで、しかも手数料を引かずに百パーセントの儲けになるようにして買い取ると提案したら、さすがのあいつだっていちころだろう。私の記憶にある限りでは、あいつは大儲けするチャンスと見た瞬間に、過去の行きがかりなんか忘れてしまうんだ」

「しかし、その買取りの提案を呑まなかったら？」

「そのときは、プランBがある」スローンが言った。「どう転んだって大丈夫だよ」


「初めてお目にかかったときに説明申し上げたとおり、この裁判の勝ち目はせいぜいのところ五分五分です。だとすれば、訴えを取り下げられるほうが賢明かもしれません」

「助言には感謝しますが、サー・エドワード、わたしはその程度の危険なら引き受ける覚悟です」

「そういうことであれば、致し方ありませんな」勅撰弁護士が言った。「しかし、私の意見を記録に残しておいたほうがいいようですね、あとになって誤解が生じないようにね」

「あなたはすでに、自分の立場を極めて明白になさっているじゃありませんか、サー・エドワード」

「では、できる限り客観的に事実を検証していくことから始めましょう。あなたが〈バリントン海運〉を害することを唯一の目的としてあの会社の大量の株を売り、後に買い戻したか、あるいは、そういうことはしなかったか、それはどうでしょう」

「なぜわたしがあの会社を害したがるんです？」

「まさになぜでしょうね。いまの時点で申し上げておくべきだと思いますが、あなたがやったと証明するのは相手側の責任で、あなたがやらなかったと証明するのはわれわれの責任ではないんです。ただし、当該の独立した三件の売買は別です。あれについては、会社がよくないニュースを公にしたのと、あなたが最高値のときに株を売り、その十日後、株価が下落しているときに市場に戻ってその株を買い戻したのは、偶然そうなっただけである。それは公正な見立てですか？」

「ええ、そうですとも。でも、わたしはフィッシャー少佐の助言を聴き、そのあとでそうしただけですけどね」

「証人席に立たれたときには、フィッシャー少佐のことには触れないほうがいいと思います」

「だけど、彼は国会議員ですよ」

「思い出していただくときかもしれませんが、レディ・ヴァージニア、弁護士と不動産業者と国会議員は、大半の陪審員の意見では徴税官吏の後塵を拝しているんです」

「でも、なぜ触れないほうがいいのかしら、事実なのに？」

「フィッシャー少佐はあなたが〈バリントン海運〉の株を売って買い戻した当時のあの会社の重役であり、重役会ではあなたを代表していました。だとすれば、陪審員はあなたがどこから情報を得ていたかを間違いなく推定するはずです。それを念頭におけば、フィッシャー少佐を証人として呼ぶべきでもないでしょうね。もっとも、相手側から証人として呼ばれる可能性があることは、彼に教えておいたほうがいいかもしれません。私が相手側なら、間違いなく彼を呼ぶでしょうからね」

ヴァージニアの顔に初めて不安が浮かんだ。

「そして、それから後にも、あなたは重役会に自分の席を持つために、〈バリントン海運〉の株を大量に購入しましたね。あの会社が新しい会長を選出しようとしているときに」

「ええ、わたしとしてはフィッシャー少佐が次期会長として適任だと考えたんです」

「それも、証人席で触れないほうがいいと私が助言すべきことの一つです」

「でも、どうして？　わたしはフィッシャー少佐のほうがいい会長になると考えたのよ」

「そうかもしれませんが、陪審員は任意に選ばれた十二人の普通の市民で、あなたがミセス・クリフトンへの復讐を目論んでいると感じる可能性は十分にあるんです。あなたが〈バリントン海運〉の株を売買した元々の目的は、彼女と彼女の会社を害することにあったと示唆することになりかねません」

「わたしは最もふさわしい資格のある人物に会長になってもらいたかっただけです。いずれにしても、いまでも、あの女に会長の仕事をする能力があるとは考えていませんけどね」

「いいですか。レディ・ヴァージニア、忘れないでもらいたいのですが、陪審員の半数が女性になる可能性もあるんです。そういう考えを口にすると、彼女たちの反感をまともに買うことになりかねません」

「なんだか、裁判ではなくて美人コンテストの話になりはじめているわね」

「その見方は、レディ・ヴァージニア、そんなに的外れではありませんよ。まあ、それはそれとして、私たちとしては、相手側があなたの元の夫のサー・ジャイルズ・バリントンを証人として呼ぶことも考慮しておかなくてはなりません」

「なぜ？　彼はいかなる意味においても関係していなかったわよ」

「この三件の取引が行なわれたのがあなた方の離婚が成立したあとであり、あなたが〈バリントン海運〉の会長に推したのが二度の総選挙でサー・ジャイルズと戦った人物だったことを別にすればね。陪審員はそれを、偶然にしてはできすぎていると感じるかもしれません」

「でも、相手側がジャイルズを証人に呼んだとしても、彼にエマ・クリフトンを助けられるわけがないでしょう？　だって、元夫で、元国会議員で、元大臣なのよ。あの女を助ける役に立つような材料なんて一つもないじゃないの」

「すべてそのとおりかもしれませんが」サー・エドワードは言った。「彼はいまでも陪審員を魅了するだろうと、私はそういう気がしてならないんですよ」

「そんなことをおっしゃる根拠は何なのかしら？」

「彼は人前で話すことに関して非常に経験が豊富です。それに、送達箱（ディスパッチ・ボックス）の前に立ったことがあれば、証人席に立つ準備は十分にできていることになります。ですから、彼を過小評価する余裕は、私たちにはないんですよ」

「でも、あの男は敗者なのよ」ヴァージニアは感情を抑えきれなくなっていた。

「これは強調しておかなくてはなりませんが、相手側に対する個人攻撃は、何だろうと相手を利することにしかなりません。ですから、証言するときは常に冷静を保って、自分の有利になるよう振る舞うことを、どうか忘れないでください。あなたは被害者であり、シティのやり方など知らないし、会社を倒産させる方法を考えつくことなど毛頭できない素人（しろうと）なんです」

「でも、それだとわたしが弱く見えるわ」

「そうではありません」サー・エドワードはきっぱりと否定した。「それはあなたを無防備に見せるんです。あなたは抜け目のないしたたかな女性実業家を相手にしていると陪審員が見てくれたら、それが有利に働くんです」

「あなた、どっちの側なの?」

「あなたの側ですよ、レディ・ヴァージニア。しかし、あなたの相手がどういう人物であるかを、きっちりと、正確に知っておいてもらうのが私の責任なんです。それを念頭におくならば、私はあなたにもう一度お訊きしなくてはなりません、本当にこの裁判を進めたいと考えておられますか?」

「もちろんよ、絶対にそのつもりです。なぜかというと、サー・エドワード、まだあなたに教えていない証拠が一つ、わたしの手にあるんですもの。でも、それが公になれば、わたしはこの一件を法廷へ持ち出そうなんて考えないでしょうけどね」

29

「お昼に出かけていらっしゃるあいだに、ミスター・スローンからお電話がありました」

レイチェルが報告した。

「どんな用件か教えてくれたか？」セブは訊いた。

「いえ、あなたに直接話すとしかおっしゃいませんでした」

「まあ、そうだろうな。あいつはぼくがファージングズ銀行の株を六パーセント近くまで手に入れていることに気づいたんだ。それで、突然、絶対に直接話す必要に迫られたんだろう」

「明日の十一時に、ファージングズ銀行の会長室で会いたいとのことでした。予定なら空いていますけど」

「ほっとけ。ぼくに会いたかったら、向こうがこっちへくればいいんだ」

「それでかまわないかどうか、電話をして確認しましょうか」

「かまわないんじゃないのか？　だって、今回はぼくが主導権を握っているんだからな」

レイチェルがそれについて何も言わずに踵を返した。「きみはそう思っていないみたいだな、レイチェル?」出口の手前で振り返った彼女が口を開く前に、セブは訊いた。「セドリックならどうしたと思う?」

「スローンの策略に引っかかっているような印象を与えるんじゃないでしょうか。そうすれば、彼が警戒を緩めるでしょうからね」

「そうかな?」セブは言った。「それなら、スローンに電話して、明日の朝十一時に行くと伝えてくれ。会うのをとても楽しみにしていると付け加えてくれるか?」

「それはやり過ぎです。でも、遅刻は駄目ですよ」

「どうして?」

「彼を有利にしてやるだけですもの」


ジャイルズは議席を失ってから初めて庶民院へ戻った。きたくてきたわけではなかったが、それでも、セント・スティーヴンズ入口の警察官は敬礼をしてくれた。

「お目にかかれて何よりです、サー。遠からず返り咲かれることを願っています」

「ありがとう」ジャイルズは応えて建物に入ると、ウェストミンスター・ホールを通り過ぎ、傍聴席で今日の議事を聴ければと考えて辛抱強く待っている市民の並ぶ廊下を抜けて中央ロビーに入った。そこからは足取りを速めたのだが、それはかつての同僚に遭遇し、引き留められて、同情と、ほとんどが口先だけの月並みな言葉を付け加えられたくなかったからだった。

もう一人の警察官の前を通り過ぎて、長い年月自分が歩いた分厚い緑の絨毯に足を踏み入れた。世界で起こっていることを刻々と議員に知らせるティッカーテープ・マシンを一瞥したが、足を止めて最新の見出しを確かめることはしなかった。顔を合わせたくないかつての同僚に出くわすのではないかとびくびくしながら議員図書室の前を通り過ぎ、さらに院内総務執務室の前を通り過ぎると、左に折れて、ずいぶん昔に入って以来、緑のなかった部屋の前で足を止めた。そして、野党党首の部屋のドアをノックし、なかに入った。ジャイルズがダウニング街にいたときの前首相の秘書官が二人、代わることなく机に向かっていた。

「またお目にかかれて何よりです、サー・ジャイルズ。どうぞ、お入りください、ミスター・ウィルソンがお待ちです」

もう一つのドアをノックしてなかに入ると、彼がパイプに火をつけようとしている、目に馴染んだ光景がそこにあった。彼はジャイルズを見て、その努力を放棄した。

「ジャイルズ、今日はずっとこれを楽しみにしていたんだ。顔を見ることができて嬉しいよ」

「私もですよ、ハロルド」ジャイルズは応えた。ウェストミンスター宮殿のなかでは同僚と握手をしないという何百年もつづく伝統があって、二人ともそれに従った。

「わずか二十一票差で負けるとは、ずいぶんと運が悪かったな」ウィルソンが言った。

「きみに勝って出てくる男のことだが、どうにも好きになれないんだ」

「いずれ馬脚を露わしますよ」ジャイルズは言った。「ここにいたら必ずそうなります」

「ところで、選挙後の憂鬱（ポストエレクション・ブルーズ）とは上手（うま）く付き合ってるのか?」

「そうでもありませんよ、ここが懐かしくてたまりません」

「グウィネッズとのことは聞いたよ、残念だ。友人同士でいつづけられるといいんだがな」

「私もそれを願っているんです。なぜなら、非は私にあるんですから。残念なことに、しばらく前から彼女とは気持ちが通い合わなくなっていたんです」

「国会議員という仕事をしていれば、それは仕方がないことではあるがね」ウィルソンが言った。「毎晩十時前に帰る日がほとんどないんだからな、よほど理解のある奥さんでないと務まらんよ」

「あなたはどうなんです、ハロルド? また野党党首に戻って、それと上手く付き合っているんですか?」

「きみと同じで、そうでもないな。それで、教えてほしいんだが、現実世界に出るというのはどんなものなんだ?」

「私にとっては楽しくないし、楽しい振りをするつもりもありません。四半世紀も政治の世界にいれば、それ以外の仕事をする資格を手に入れるのは簡単ではありませんからね」

「それなら、政治に関わる仕事をしたらいいじゃないか」ウィルソンが言い、ようやくパイプに火をつけることに成功した。「貴族院の最前列で外交問題のスポークスマンをしてくれる人材を必要としているんだが、それに打ってつけの人物を一人しか思いつかないんだ」

「おだててくれるじゃないですか、ハロルド。私に会いたい理由はそれではないかと思っていたんですよ。だから、そのことについてはもう十分考えたんですが、決める前に質問を一つさせてもらってかまいませんか」

「もちろんだとも」

「テッド・ヒースが政権を担ってこの方、野党だったときより優秀だと証明しつつあるようには思えないんですよ。どちらかと言えば一度に何でもかんでもやりたがる男というのが、彼に対する有権者の見方です。それよりもっと重要なのは、断言してもいいですが、今度の選挙でわれわれが勝利するチャンスが十分以上にあるということです」

「ユダヤの友人の言葉を借りるなら、是非ともそれが事実になってほしいものだ（フロム・ヨア・リップス・トゥー・ゴッズ・イアーズ）」

「もし私が正しければ、あなたがダウニング街一〇番地に戻るのにそう長くはかからないはずです」

「これもまた、是非とも事実になってほしいものだな」

「あなたもご承知のとおり、本当に力を持っているのは庶民院で、貴族院ではありません。率直に言うなら、貴族院は豪華な老人ホーム、党のために長きにわたってよく働いた小者政治家のための褒美に過ぎないんです」

「最前列に坐って規則を見直してきた者たちは例外と見なしてもいいのではないかな」ウィルソンが言った。

「しかし、私はまだ五十ですよ、ハロルド。もっと高いところからお呼びがかかるまでの人生をそこで過ごしたいと、果たして思えるでしょうか」

「もちろん、仕事はしてもらう」ウィルソンが言った。「影の内閣の閣僚になってもらうつもりだ」

「それでいいと納得できる自信はありませんね、ハロルド。というわけで、訊かないわけにはいかないんですが、次の選挙で私が立候補することにし、地元の仲間もそうしろと言ってくれて、あなたが次の政府を造ることになったら、私は外務大臣になるチャンスがあるんでしょうか」

ウィルソンはすぐには答えず、しばらくパイプを吹かした。考える必要があるときにしばしば見せる癖だった。「そのとたんにというのは難しいだろうな、ジャイルズ。きみもわかってくれるだろうが、それでは現在の影の内閣で外務大臣をつとめているデニスに対して公正を欠くことになる。だが、上級閣僚のポストは保証してもいいし、それを上手くやってくれれば、外務大臣の席が空いたときの候補の一番手であることは請け合うよ。今日の私の頼みを聞いてくれれば、きみはすぐにでも政治の仕事ができる。そして、われわれが選挙に勝てば、貴族院の院内総務を探すことになる」

「私は庶民院の人間なんです、ハロルド」ジャイルズは言った。「いまの時点で、庶民院を諦める準備ができているとはまったく思っていません。ですから、いまあなたが言われた危険を引き受けるのはまったくやぶさかではありません」

「きみの固い決意に敬意を表するよ」ウィルソンが言った。「そして、今度は私が礼を言う番だ。なぜなら、その危険を引き受けることは、自分が次の選挙で返り咲くことができるだけでなく、私がダウニング街一〇番地に返り咲くチャンスが十分にあるときみが信じていない限り、あり得ないわけだからな。しかし、考えが変わったら、遠慮はいらないからすぐに教えてくれ。そのときには、きみはお祖父さまと同じく赤い議員席に坐ることになる。ロード・バリントン・オヴ……」

「ブリストル港湾地区としてね」ジャイルズは引き取った。

　セバスティアンは五年前にそこを辞めてから初めてファージングズ銀行に足を踏み入れると、受付へ行って当直の係に名前を告げた。

「ああ、はい、ミスター・クリフトンですね」男がリストを確認して言った。「会長がお待ちです」

〝会長〟と聞いた瞬間にセブの頭に浮かんだのはセドリック・ハードキャッスルで、自分が辞めざるを得なくなった理由を作り出した簒奪者ではなかった。「面会人名簿に記入をお願いします」

セブはジャケットの内ポケットからペンを取り出し、ゆっくりとキャップを回して少し時間を稼ぎながら、最近の会長の面会者を検めようと、二列に並んだ名前に素速く目を走らせた。大半は心当たりがなかったが、そのなかに二つだけ、見落とそうにも見落とせるはずのない名前があった。デズモンド・メラーについては、スローンが最近副会長に指名したことを知っていたから驚くには当たらなかったが、庶民院議員のアレックス・フィッシャー少佐がファージングズ銀行の会長に会うのにどんな理由が考えられるかがわからなかった。一つ確かなのは、スローンはその答えを教えてくれないだろうということだった。もう一つだけ、目を引いた名前があった。ハキム・ビシャラである。最近の〈フィナンシャル・タイムズ〉にミスター・ビシャラについての記事があったのは憶えていたが、どんな内容だったかを思い出せなかった。

「すぐにお目にかかるそうです。会長室は――」

「最上階だ」セブは言った。「ありがとう」

重役専用階でエレヴェーターを降りると、かつてはセドリックのものだった会長室へとゆっくり廊下を歩いていった。途中、セブが知っている者はいなかったし、セブを知っている者もいなかった。スローンがセドリックに忠実だった人間を寸秒を惜しんで追放したに決まっていた。

スローンの会長室をノックをする必要はなかった。あと二歩のところで、ドアが勢いよく開いたのである。

「よくきてくれた、セブ」スローンが言った。「本当に久し振りだな」彼はそう付け加えてから会長室へセバスティアンを通したが、握手をする危険は冒さなかった。

会長室へ入ったとたんに気づいたのは、セドリックの存在が跡形もなく消え去っていることだった。三十年のあいだこの銀行を経営してきたことへの感謝状、肖像画、写真、彼の功績を次の世代に伝えていくべき銘板、何一つとしてなかった。スローンはセドリックの後釜に坐っただけでなく、彼がいたという事実まで、完全に消し去ってしまっていた。失脚したソヴィエトの政治家のように。

「まあ坐ってくれ」スローンが言った。まるで部下に対する口調だった。

セブはじっくりと自分の敵を観察した。最後に会ってから何ポンドか肥っていたが、上手に仕立てたダブルのスーツで抜け目なくごまかしていた。変わっていないことが一つあるとすれば、シティの大半の人間が一緒に仕事をしたくなくなるはずの不誠実な笑顔だった。

スローンは会長の机に向かって腰を下ろすと、時間を無駄にしたくないとばかりに、決まり文句は一切抜きで本題に入った。

「セブ、きみぐらい聡明な人間なら、私が会いたがった理由はとうの昔に見当がついているはずだな」

「ファージングズ銀行の重役会に席をくれるんじゃないのかな」

「まあ、私の頭にあるのはそれではないな」そして、作り笑いがあの不誠実な笑みへと変わった。「しかし、しばらく前からわかっていたんだが、きみはこの銀行の株を自由市場で買いつづけていて、いまや、わずか二万二千株をさらに手にすれば、自動的に重役の席を獲得できる、あるいは、だれかを代表として送り込む資格を得るんだよな」

「断言しておくが、私は自らが重役会の席に坐るつもりだ」

「それが、今日、きみと話したかった理由だ。きみが私の下で働いていたときにいい関係になかったことは秘密でも何でもない――」

「それが私がここを辞めた理由だ」

「それもまた、きみが日々の銀行経営に関わるのはふさわしくないと私が考えている理由だ」

「私は日々の銀行経営なんかに興味はまったくない。その仕事をするべきスタッフなら、もうあんたのところに優秀なのがいるだろう。私はそんなことは絶対にしたくなかった」

「それなら、何をしたいんだ？」スローンはほとんど苛立ちを隠せなくなっていた。

「この銀行を素晴らしい規範を持っていたあんたの前任者の時代に必ずや戻し、株主を何より大切にして、状況を知らせつづけるのを絶対にやめないようにすることだ。そのための役割を自分も果たしたいと思っているんだよ」セブは小さな手榴弾をテーブルに転がし、それが相手側に届いたときに爆発するかどうかを見てみることにした。「なぜなら、過去の重役会の議事録を読んでみてはっきりわかったんだが、あんたは株主にすべての情報を開示していないじゃないか」

「それはどういう意味だ？」スローンが訊いたが、少し早すぎた。

「どういう意味かは、すべて、よくわかっているんじゃないのかな？」

「もしかしたら、われわれは取引ができるかもしれない。考えてみれば、きみは昔から素晴らしいディーラーだからな」

　悪口を言い立てていた舌の根も乾かないうちにお世辞を並べ立てる。モーリス・スワンならリチャード三世役をスローンに割り当てるだろう。それを演じるのに、スローンなら台本はいらないはずだ。

「どんな取引だろう」セブは訊いた。

「この五年間を平均すると、きみはうちの株を一株当たり二ポンド十シリング前後で買っているはずだ。私はそれを二倍で、つまり、五ポンドで買い取る用意がある。きみも同意してくれると思うが、ずいぶん気前のいい申し出だと思わないか？」

気前がよすぎる、とセブは思った。普通は三ポンドから始めて、四ポンドで手を打つのが妥当だろう。スローンがそこまでしておれを重役にしたくない理由は何だ？

「気前がいいなんてものじゃないが」セブは応えた。「私はいままでも、この銀行の重役になるつもりでいるんだ。私にとって、それは個人的なことなんだよ」

「それなら、私はイングランド銀行に苦情申し立てをして、きみは本行の長期目的を支持することに関心がないと指摘するしかないだろうな」

「率直に言って、私に関心があるのは、ファージングズ銀行が長期的に何を目的にしているのか、それを知ることだけだ。だから、先週イングランド銀行を訪れ、首席法令遵守責任者のミスター・クレイグと長い話をした。彼は親切にもこの銀行の定款を検め、六パーセントの株を保有している限り、私は重役会に席を得る資格があることを確認してくれたよ。彼に電話をして、確かめてくれてもかまわないぞ」

もしスローンが龍（ドラゴン）なら、鼻から火を噴いたはずだった。「一株当たり十ポンドならどうだ？」

スローンは完全に理性を失っていた。セブは二発目の手榴弾を転がしてみることにした。

「そういうことなら、噂はやっぱり本当だったのかな」

「どんな噂だ？」スローンが語気荒く訊いた。

　敢えて二発目のピンを抜く危険を冒してみるか？「あんたに知られないようにしながら、デズモンド・メラーとアレックス・フィッシャーがこっそり何を企んでいるか、本人たちに訊いてみればいいいんじゃないか？」

「それをどうしておまえが知ってる――」

　手榴弾はスローンの顔の前で爆発したが、さらなる一撃を加えたいという思いを抑えられなかった。「あんたはスクウェア・マイルにたくさんの敵がいるんだ、スローン。この会長室にだって一人や二人はいるんだぜ」

「そろそろ引き取ってもらおうか、クリフトン」

「そうだな、確かにそのとおりだ。だけど、来月の重役会であんたやあんたの仲間と会うのを楽しみにしているよ。彼らに訊きたいことが山ほどあるんだ、特にミスター・メラーにね。彼は双方の戦いの火蓋が切られるのをとても喜んでいるようだからな」

　スローンは動かなかったが、三発目の手榴弾がすでに爆発したことは、朱に染まった頬が物語っていた。

　セブは初めて微笑し、引き上げようと立ち上がった。そのとき、今度はスローンが手榴弾を投げた。

「残念だが、しばらくは会えないと思う」

「どうして?」セブは訊いた。立場が変わっていた。

「この前の重役会である決議が可決されたからだ。将来重役会に席を得ようと希望する外部の人間は、だれであれ本行の株の十パーセントを保有していなくてはならない、という決議だ」

「あんたにそんなことはできないはずだ」セブは傲然と言い返した。

「できるし、もうできたんだよ」スローンが言った。「きみも喜んでくれると思うが、イングランド銀行のクレイグ首席法令遵守責任者が、われわれが満場一致でそれを決議したことを祝福してくれた。だから、今度会うのは五年後かな。しかし、聞いて驚くなよ、セブ、なぜなら、もしきみが十パーセントを獲得したとしても、われわれはもう一つの決議を可決すればいいだけなんだからな」

30

「ロシアにはどのぐらいいるんだ？」ジャイルズは訊いた。ハリーがダイニング・テーブルを立ち、コーヒーを振る舞おうと応接間へ案内しようとしたときだった。

「ほんの数時間、長くとも一晩かな」

「目的は何だ？　よほどの理由がない限り、二度とあそこへ行こうと考える人間はいないぞ」

「買い物だよ」

「パリ、ローマ、ニューヨークならわからないでもないが……」ジャイルズは言った。

「ロシアへ買い物に行くやつはいないだろう、現地の人間は別だけどな」

「パリでもローマでもニューヨークでも買えないものがロシアにあれば、話は別なんじゃないかしら」エマが兄にコーヒーを注ぎながらほのめかした。

「そうか、おれも鈍いな。ハリーがついこのあいだまでアメリカにいて、ハロルド・ギンズバーグ以外のだれかを訪ねたことを忘れていたよ。ウォーウィック警部補なら見落とすはずのない手掛かりだ」

「エマの裁判が終わるまでロシア行きは延期するつもりだったんだが」ハリーがジャイルズの推理を無視して言った。「ビザが二週間で切れるし、再発行には半年かかるとソヴィエト大使館が知らせてきたんだ」

「くれぐれも用心するんだぞ」ジャイルズは言った。「ロシアにもウォーウィック警部補がいて、手ぐすね引いておまえを待ちかまえているかもしれないからな」東ベルリンでの自分の経験から、果たしてハリーが税関を通過できるかどうかをジャイルズは疑っていたが、義理の弟がいったんこうと決めたら、何を言っても無駄だということもわかっていた。

「あいつらが気づきもしないうちに入って、気づきもしないうちに出てくるさ」ハリーが言った。「だから、諸君も心配は無用だ。実際のところ、おれはエマが直面している複数の問題のほうがはるかに心配だよ」

「特に心配なのは?」ハリーにブランディを渡しながら、ジャイルズは訊いた。

「来月の重役会で、デズモンド・メラーが副会長に立候補することになっているのよ」エマが答えた。

「あの食わせものが自分を推薦して支持してくれる重役を二人見つけたと、そういうことなのか?」ジャイルズは訊いた。

「そういうことよ。彼の古い友人のジム・ノウルズが推薦して、もっと古い友人のクライヴ・アンスコットが立候補を支持しているわ」

「だけど、メラーが副会長に選ばれなかったら、当然三人とも辞任するしかなくなるだろう？　災い転じて福となる可能性もあるんじゃないのか」

「選ばれてしまったら、そうも言っていられなくなるだろう」ハリーが言った。

「どうして？　万に一つメラーが副会長になったとして、彼にできる最悪のことって何なんだ？」ジャイルズは訊いた。

「裁判が終わるまで、わたしが会長職を降りるよう提案することができるわ」エマが答えた。「そうすることが会社のためになるという理由でね」

「そして、副会長が会長代行になる」

「しかし、それはほんの数週間だろう」ハリーが言った。「裁判が終わったら復職すればいいじゃないか」

「どんなに短期間であれ、メラーにしたい放題をさせる余裕はないだろうな」ジャイルズは言った。「あいつのことだ、エマがもう重役会に出席できなくなったとたんに、〝当面〟を〝永久〟に書き換える方策を見つけるに決まってる。間違いない」

「しかし、会長職を一時的に降りるのを拒否することだってできるだろう、エマ、たとえ彼がきみの次席であるとしてもだ」ハリーは言った。

「月の大半を最高裁判所で自分を守ることに費やさなくてはならないとしたら、わたしに与えられる選択肢は多くはないでしょうね」

「しかし、勝ったとたんに……」ジャイルズが言いかけた。

「勝てば、でしょ」

「証人席に立って、ヴァージニアにとって不愉快な事実を陪審員に明かすのが待ち遠しくてたまらないよ」

「わたしたちはあなたを証人として呼ばないわよ」エマが小声で言った。

「しかし、ぼく以上にヴァージニアを知っている人間はいない――」

「わたしの法廷弁護士のミスター・トレルフォードが懸念しているのはまさにそこなの。元の夫が上手に言葉を選んで話したとしても、いくつかの言葉で、陪審員が最終的に彼女に同情する恐れがなくはないのよ。それに、ミスター・トレルフォードによれば、彼女の勅撰弁護士のサー・エドワード・メイクピースは、あなたの二度目の離婚と、その原因を持ち出すことをためらうほど慎ましくはないんですって」

「だったら、だれを証人に呼ぶんだ？」

「庶民院議員のアレックス・フィッシャー少佐よ」

「しかし、あいつは向こうの証人になるんじゃないのか？」

「ミスター・トレルフォードはそう考えていないわ。フィッシャーは彼らにとって、あなたがわたしたちにとってお荷物になるのと同じぐらい、お荷物になる可能性があるの」

「だとすると、向こうがぼくを証人として呼ぶ可能性があるかもしれないな」ジャイルズが期待の口振りで言った。

「そうならないことを願いましょう」

「証人席のフィッシャーを見られるのなら、金に糸目はつけないけどな」ジャイルズは妹の反対意見を無視して言った。「ミスター・トレルフォードに思い出させてほしいんだが、フィッシャーは恐ろしく短気なんだ。自分が相応の敬意を払って扱われていないと感じたときは尚更だ。国会議員になる前から紛れもなくそうだった」

「それについてはヴァージニアも同じだ」ハリーは言った。「自分が伯爵の娘であることをみんなに思い出させたいという誘惑に抵抗できない。だが、陪審員席に伯爵はそんなにはいないからな」

「それでも」ジャイルズが言った。「サー・エドワードを同様に過小評価するのは間違いだ。トロロプの言葉を借りて向こうの弁護士を形容するなら、彼は〝ダイヤモンドのように聡明で、切れ味鋭く、同時に非の打ち所がない〟」

「来月の重役会でメラーと対峙するときのわたしにも、同じ資質が必要になるかもしれないわね」

「これはぼくの勘だが、メラーとヴァージニアはつるんでるんじゃないかな」ジャイルズが言った。「あいつらにとって、ちょっとタイミングがよすぎるだろう」

「フィッシャーにとってもそうだな」ハリーは付け加えた。

「ところで、もう決めたの？　次の選挙に立候補して、彼と戦うの？」エマが兄に訊いた。

「そろそろ教えておくべきかもしれないけど、貴族院へ行かないかとハロルド・ウィルソンが言ってくれているんだ」

「おめでとう！」エマが飛び上がり、兄に抱きついた。「ようやくいいニュースを聞けたわね」

「でも、断わった」

「何ですって？」

「断わったんだよ。ブリストル港湾地区の有権者ともう一勝負したいと、彼に言ったんだ」

「有権者だけじゃなくて、フィッシャーとももう一勝負したいんだよな。見え見えだぞ」ハリーが言った。

「それも貴族院を断わった理由の一つではある」ジャイルズは認めた。「だけど、今度負けたら終わりにするよ」

「頭がどうかしてるんじゃないの？」エマが言った。

「いまの言葉とまったく同じ言葉を二十五年前に聞いたような気がするな、国政に参加するために立候補すると最初に打ち明けたときにな」

「社会主義者としてね」エマが思い出させた。

「このことを知れば多少は気分がよくなるかもしれないが」ジャイルズが言った。「セバスティアンもおまえと同意見だ」

「あいつがニューヨークから戻ってから会ったのか？」ハリーは訊いた。

「会った。訊かれる前に教えておくが、おれがあの話題を持ち出したとたんに、あいつは貝のように固く口を閉ざしてしまったよ」

「残念だな」ハリーは言った。「滅多にいないぐらい素晴らしい女性なのにな」

「だけど、昼食に連れ出そうと思ってオフィスを訪ねたとき、あいつの机の後ろの壁に一枚の絵が貼ってあったんだ。初めて見る絵だった。『わたしのお母さん』というタイトルがついていて、どう見てもジェシカが描いたとしか思えなかった」

「わたしを描いたってこと？」エマが訊いた。

「そうじゃないんだ。妙なことに」ジャイルズが答えた。「サマンサを描いていたんだよ」

「スローンが一株当たり十ポンドの買値を提示したって？」ロス・ブキャナンが訝った。

「しかし、それは話のつじつまが合わないな。今朝のファージングズ銀行の株価は二ポンド八シリングだぞ」

「単にぼくの限界を見極めようとしただけなんじゃないでしょうか」セブは言った。「まったく関心を示さなかったら、すぐに諦めて癇癪を破裂させせましたから」

「それは驚くに当たらないが、あの男がそこまでしてきみの六パーセントを欲しがる理由は何だろう?」

「そして、メラーとフィッシャーはそこでどんな役割を演じているんでしょう?」

「よからぬことを企む、いかがわしい同盟であることは確かだな」

「実は面会者名簿にもう一つ、その答えを教えてくれるかもしれない名前があったんです。ハキム・ビシャラという人物に会ったことはありませんか」

「会ったことはないが」ブキャナンが答えた。「彼がロンドン・スクール・オヴ・エコノミクスで行なった講演を聴いたことはある。実に素晴らしい内容だったよ。彼はトルコ人だが、教育を受けたのはベイルートで、オックスフォード大学の入学試験で一番の成績を収めたものの、入学を認められなかったんだ」

「なぜです?」

「カンニングをしたと思われたんだな。結局のところ、ハキム・ビシャラはトルコ人絨毯商人とシリア人売春婦とのあいだにできた息子で、そういう男の子がイギリスのパブリック・スクール制度の頂点にある学校の関門を突破することなど不可能だというわけだ。それで、彼はその代わりにイェール大学へ行き、卒業してハーヴァード・ビジネス・スクールの奨学金を勝ち得て、いまはそこの客員教授だ」

「では、学者なんですか？」

「いわゆる学者とはかけ離れている。ビシャラは自分の説を自ら実行しているんだ。二十九歳のとき、大胆にもベイルート商業取引銀行の買収に乗り出して成功させた。いまでは、中東で最も重要視されている金融機関の一つとして確固たる地位を築いている」

「それで、彼はイギリスで何をしているんです？」

「彼はしばらく前から、ベイルート商業取引銀行の支店をロンドンに開くために、イングランド銀行に対して営業許可を申請しつづけている。だが、いまのところ、すべて却下されているんだ」

「理由は何ですか？」

「イングランド銀行は理由を開示する義務を負っていない。それに、忘れるなよ、あの委員会を構成しているのは、ビシャラのオックスフォード入学を認めなかった良家の馬鹿息子どもの同類だ。だが、彼は簡単に諦める男ではない。最近、〈デイリー・テレグラフ〉の財務コラムで読んだんだが、彼はいま、委員会を経由しないで、あるイギリスの銀行を買収しようとしているらしい。だとすれば、その候補として最適なのはファージングズ銀行以外にどこがある？」

「ずっと目の前にあったのに、まるで気がつきませんでした」セブは言った。

「二足す二の答えは、普通は四だ」ブキャナンが言った。「だが、私にはまだ腑に落ちないところが少なからずある。なぜなら、ビシャラは結婚生活もうまくいっているし、敬虔（けいけん）なイスラム教徒で、実直かつ誠実そのもので、まっとうな取引をするという評判を時間をかけて構築している。セドリックと同じだ。だとすれば、そんな彼がスローンと取引をしようと考える理由は何だ？　無節操かつ不誠実そのもので、まったくまっとうでない取引をする男だぞ」

「それを突き止める方法が一つだけあります」セブは言った。「彼に会うことですよ。何かいい口実はないでしょうか？」

「ないな。もっとも、きみがバックギャモンの世界的名手なら話は別だけどな。なぜなら、それが彼の趣味なんだ」

「最初に骰子（さいころ）を振ったときに、〝六〟と〝一〟だったらどうするかぐらいは知っていますが、あまり詳しいとは言えませんね」

「ともかく、彼はロンドンにいるときはいつも、〈クレルモン・クラブ〉へ定期的に顔を出している。いわゆる〝クレルモン・セット〟の一人なんだ。ゴールドスミス、アスピノール、ルーカンがそこに含まれていて、ビシャラ同様、ロンドンの社交界に馴染まないグループだよ。だがな、セブ、丸裸にされたいというのでなかったら、彼との手合わせはやめておくことだ。正直なところ、ビシャラのリングに上がって、きみが有利な立場になることはあり得ない」

「いや、皆無ではありませんよ」セブは言った。「ぼくたちには共通点があるんです」

「もし私が賭け屋だったら、ミセス・クリフトン、あなたの質問に対する答えは五分五分ということになるでしょうが、いかなる裁判でも、不確定要素が一つあるんです。それは証人席に立った証人がどんな演技をするかということです」

「演技？　でも、証人は演技などしないで、真面目に真実を述べなくてはならないのではないんですか？」

「それはもちろんです」トレルフォードが答えた。「しかし、私が欲しないのは、自分たちがあなたの仕切る委員会のメンバーだという印象を陪審員に与えることなんです」

「でも、それがわたしのやっていることです」エマは言った。

「証人席にいるあいだは違います、そうではありません。私としては男性陪審員全員があなたに恋をするようにしたいのです、できれば裁判官までもね」

「女性はどうなんです？」

「女性陪審員には、これほどの目を見張るべき成功を収めるためには、あなたはとても苦労したに違いないと感じてもらわなくてはなりません」

「まあ、少なくともそれは事実ですけどね。サー・エドワードもヴァージニアに同じアドヴァイスをするんでしょうか？」

「それは絶対に間違いありません。サー・エドワードは彼女を、商取引と金融という残酷な世界で敗北し、自分の思いどおりにすることに慣れているいじめっ子――あなたのことです――に踏みつけにされた、悩める乙女として描きたいでしょうからね」

「でも、それはこれ以上あり得ないほど事実とかけ離れているわ」

「何が事実かの判断は十二人の陪審員に委ねるしかないと思いますよ、ミセス・クリフトン。ですが、とりあえずは現実に立ち返って、醒めた目で事実を見ることにしましょう。満員の年次総会でのレディ・ヴァージニア・フェンウィックの質問に対するあなたの応対の最初の部分ですが、会社の議事録にも記録されているわけですから、われわれはそれを正当であるとするための弁明だと訴えます。さらに、フィッシャー少佐はレディ・ヴァージニアが選んで重役会に送り込んだ人物だというだけでなく、重役として内部情報を知り、彼女が有利な形で株を取引できるようにする立場にもあったことを指摘します。おそらくサー・エドワードはそれに反論するのは難しいと判断し、その部分をできるだけ早くやり過ごして、彼女が会場を出ていこうとしたときにあなたが付け加えた言葉に集中しようとするはずです。つまり、〝そこに〈バリントン海運〉を倒そうとする意図があったとしても、レディ・ヴァージニア、あなたは失敗したんです。痛ましいことですね。なぜなら、あなたはこの会社に成功してほしいと願ってくださっている、きちんとした普通の人々に打ち負かされたからですよ〟という発言です。われわれにとって問題なのは、〝きちんとした普通の人々〟という部分なんです。なぜなら、陪審員が自分たちをそう見ていて、サー・エドワードは自分の依頼人がきちんとした普通の人であるだけでなく、彼女が〈バリントン海運〉の株を買いつづけたのはその会社に成功してほしいと願っていたからであり、倒そうなどという意図は金輪際なかったと主張するだろうからです」

「だけど、ヴァージニアは株を売るたびに巨額の儲けを手にし、会社は不安定になって、危険な状態に陥りかねなかったんですよ」

「実は、サー・エドワードがその主張をした場合ですが、私はレディ・ヴァージニアが自分は商取引については子供同然に無知である振りをし、玄人（くろうと）の助言者であるアレグザンダー・フィッシャー少佐の専門意見に頼っていたのだと陪審を納得させようとしてくれるのを願っているんですよ」

「でも、あの二人は〈バリントン海運〉を倒すためにタッグを組んでいたのよ」

「確かにそうかもしれません。しかし、彼女が証人席に立ったら、サー・エドワードはあなたが答えを回避したある質問をレディ・ヴァージニアにするはずです。すなわち、こういう質問です――『レディ・ヴァージニア、あなたはこうおっしゃっています……』」ミスター・トレルフォードが鼻の半月形の眼鏡をさらに押し上げ、正確な言葉を確かめた。

「『〈バリントン海運〉の株主の一人が週末に大規模に株を売却し、会社を倒産させようとしたのは事実かしら？』」

「でも、セドリック・ハードキャッスルは〈バリントン海運〉を倒産させようとしたのではありません。その逆です。彼は〈バリントン海運〉を救おうとしたんです。証人席に立つことができれば、自らそれを説明してくれたでしょう」

「決してミスター・ハードキャッスルの死を喜んでいるわけではありませんが、ミセス・クリフトン、私は相手側が彼を証人に呼べないことにほっとしているのですよ。なぜなら、われわれは絶対に彼を呼ばなかったからです」

「どうして呼ばないんです？　彼は徹頭徹尾道徳的で誠実な人ですよ？」

「それについては、私も疑っていません。ですが、サー・エドワードはミスター・ハードキャッスルがしていたのは、レディ・ヴァージニアがしていたこと――あなたが非難していること――とまったく同じだと指摘するでしょう」

「意図が違います、彼は会社を救おうとしたのであり、彼女は倒そうとしたんです」

「そうかもしれません。しかし、その場合、あなたは議論にも負け、裁判にも負けることになりかねません」

「それでも、彼には生きていてほしかったわ」エマは言った。

「ここで、さっきの言葉はどういう成り行きで発せられたのかを思い出してもらう必要があります、ミセス・クリフトン。なぜなら、判決を考えるとき、陪審員にもあなたと同じ思考の道筋を辿ってほしいんですよ」

「この裁判だけど、楽しみにしているとは言えないわね」エマは認めた。

「そういうことであれば、和解を申し入れるほうが賢明かもしれませんね」

「なぜわたしが和解を申し入れるの？」

「世間に喧伝(けんでん)されずにはすまない派手な裁判を避け、普通の生活に戻るためです」

「でも、それをやったら、彼女が正しかったと認めることになるわ」

「声明文は慎重に言葉を選んで作成します——〝あのときは一瞬かっとなり、多少の無分別があったかもしれません、そのことについては心から謝罪するものです〟でどうでしょう」

「それに附随するお金の問題はどうなるんです？」

「彼女の裁判費用と私の弁護料金を持っていただいて、彼女が選択した慈善事業に多少の寄付をしてもらうことになります」

「信じてもらいたいんですけど」エマは言った。「もしわたしたちがその道を選んだら、ヴァージニアはわたしたちに弱点がある印だと見なして、和解に応じるどころか、さらに強硬に裁判を推し進めようとするでしょう。彼女はこの件を穏やかに収めたいなんて思っていません。自分が勝つところを見せたいんです、法廷にも、メディアにもね。毎日、わたしを貶める見出しが新聞に躍ってくれればもっといいんでしょうけどね」

「そうかもしれませんが、彼女にどの選択肢を選ぶかを助言するのも、サー・エドワードの職業的責任なんです。もし負けたら、あなたの費用と私の費用、そして、サー・エドワード・メイクピースの――これは保証しますが――安からぬ料金も、彼女が払わなくてはならなくなるということをね」

「そんな助言を聴くような女ではありません。ヴァージニアは自分が負ける可能性なんて信じていないし、それはわたしが証明できます」ミスター・トレルフォードは椅子に背中を預け、依頼人の話に注意深く耳を澄ました。そして、話を聞き終えたとき、彼は初めて、自分たちにチャンスがあるかもしれないと確信した。

31

セバスティアンは車を降りるとドアマンにキイと一ポンド札を渡し、〈クレルモン・クラブ〉の入口へと階段を上がっていった。彼のためにドアが開かれ、そのままなかへ入ることができた。

「当クラブの会員でいらっしゃいますか、サー？」フロント・デスクの向こうに立っている、上品な服装の男が訊いた。

「いや」セブは答え、今度は五ポンド札をその男のほうへ滑らせた。

「ここにサインをいただけますか、サー」男がすかさず申込用紙をセブのほうへ向け直した。

セブは指さされたところにサインをし、臨時会員カードを受け取った。「中央遊戯室は左手の階段を上がったところでございます、サー」

セブはゆったりと弧を描いている大理石の階段を上がりながら、きらめくシャンデリアや、油絵や、厚いヴェルヴェットの絨毯に目を奪われた。大金持ちはここを自分の家のように感じるんだろうな、とセブは結論した。さもなければ、彼らが自分の金を手放そうとするはずがない。

遊戯室に入ったが、きょろきょろ見回したりはしなかった。場違いな人間だとそこにいる者たちに思われたくなかった。ゆっくりとバー・カウンターへ行き、革張りのストゥールによじ登った。

「何にいたしましょう、サー?」バーマンが訊いた。

「カンパリ・ソーダを頼む」セブは言った。ドラフト・エールを置いているようなクラブでは絶対になかった。

飲み物が前に置かれると、セブは財布から一ポンド札を出してカウンターに置いた。

「料金は頂戴いたしておりません、サー」

ここを運営している金持ちどもは飲み物の代金は取らないかもしれないが、ほかの方法でその出費を埋め合わせているに違いないと、セブは一ポンド札をカウンターに置いたままにして考えた。「ありがとうございます、サー」セブはバーテンダーの声を聞きながらストゥールを下り、〝ほかの方法〟を見てみようとゆっくり歩き出した。

部屋の奥にルーレット・テーブルが二台並んでいて、それぞれのプレイヤーの前に山と積まれているチップと、彼らの表情のなさから、常連に違いないとセブは睨んだ。大理石の階段も、油絵も、シャンデリアも、そして、無料の飲み物も、彼らがここで手放してくれる金のおかげだと、だれも説明してやっていないのだろうか？　ブラックジャックのテーブルへ目を移すと、少なくともそこは多少賭け率がいいようだった。なぜなら、絵札を数えることができれば、親を負かすことができるかもしれないからだ。しかし、それは一度きりのことで、そのあとは二度とクラブの敷居をまたぐことを許されなくなる。カジノは勝者を好むが、勝ち っ放しは嫌われるということだった。

セブはバックギャモンをやっている二人の男を見た。一方はブラック・コーヒーを、もう一方はブランディを啜っていた。セブはカウンターへ引き返してバーテンダーに訊いた。

「バックギャモンをしているのはハキム・ビシャラかな？」

バーテンダーが顔を上げた。「さようでございます、サー」

セブは背が低くて、肥っていて、赤ら顔の男をさらに観察した。決まった仕立屋を定期的に訪れているかのようだった。禿頭で、二重顎で、それがウェイトトレーニングやランニングより、食べ物や飲み物のほうに大いなる関心があることを示唆していた。その横で、長身のしなやかなブロンド女性が、彼の肩に手を置いて立っていた。彼女が惹かれているのは彼の額に刻まれた深い皺ではなくて内ポケットに入っている分厚い財布だろう、とセブは推測した。その男がイギリス上流階級から拒絶されつづけているのも、驚くには当たらないように思われた。彼と戦っている年下の男が大蛇の餌食になろうとしている子羊のように見えた。

セブはふたたびバーテンダーのところへ引き返した。「どうすればビシャラと対戦できるのかな?」

「百ポンドを手放す覚悟がおありなら、そう難しくはありません」

「彼は金が目的なのか?」

「いえ、楽しまれるのが目的でございます」

「でも、百ポンドだろ?」

「それはあの方との対戦料で、あの方が自分のお気に入りの慈善事業に寄付をなさるのです」

「何か、助言してもらえるかな?」

「承知いたしました、サー。五十ポンドを私にお渡しいただいて、お帰りいただいたほうがよろしいかと」

「いや、そうじゃなくて、私が勝つための助言だよ」

「そういうことであれば、私はあなたに五十ポンドお渡しして、家に帰ります。いずれにせよ、ゲームがつづく数分のあいだ、あなたはあの方との対戦を楽しまれればよろしいかと。もしあなたがお勝ちになるようであれば、あの方はあなたのお好きな慈善事業に千ポンドの寄付をなさいます。まさに真の紳士でいらっしゃいますよ」

人は見かけによらないということか、とセブは二杯目を注文しながら思った。ときどきバックギャモン・テーブルへ目を走らせたが、さらに二十分経ってからようやくバーテンダーがささやいた。「空きましたよ、サー。次の犠牲者を待っておられます」

　急いで振り返ると、ずんぐりむっくりのその男は何とか椅子から抜け出し、若い女性と腕を絡めて引き上げようとしているところだった。

「しかし、私はてっきり……」セブは大蛇を餌食にしたばかりの子羊を改めて見直した。実は子羊のほうが大蛇だったのか。セドリックの声が聞こえるようだった――「きみはそこから何を学んだんだ、若者？」ビシャラは四十歳ぐらいか、もう少し年がいっているかもしれないが、整った顔は日焼けし、身体つきは引き締まっていて、美女を惹きつけるために財布を空にしつづける必要はないように思われた。豊かな黒髪が波打ち、黒い目は射貫くように鋭かった。金を持っていなければ、売れない俳優で通るかもしれなかった。

　セブはストゥールを滑り降りると、ゆっくりとその男に歩み寄った。リラックスして落ち着いているように見えることを祈った。なぜなら、実はそうではなかったからだ。

「こんばんは、ミスター・ビシャラ。いま、一勝負お願いできますか？（アイ・ワンダード・イフ・ユー・ワー・フリー・フォア・ア・ゲーム）」

「ただではありません（ノット・フリー）」男が温かい笑みを浮かべて応えた。「結構高くかかりますよ」

「わかっています。あなたと手合わせする条件はバーテンダーに教えてもらいましたから。でも、それでもお願いしたいんですがね」

「いいでしょう。では、坐ってください」ビシャラが骰子を一つ、盤の上に転がした。

最初の六回が動いたあとでセブは痛ましくも気づいたのだが、この男はまったくの格違いだった。わずか数分後には、ビシャラが自分の駒を盤から取り去りはじめていた。

「教えてもらえますか、ミスター……」

「クリフトン、セバスティアン・クリフトンです」

ビシャラが駒をもう一度並べはじめた。「あなたは明らかに、パブで楽しむ程度のプレイヤーですらありませんよね。だとしたら、百ポンドを手放したいという十分な理由があるに違いないと思うんですが」

「実はそうなんです」セブは小切手帳を取り出しながら応えた。「あなたに会う口実が必要だったんです」

「なぜでしょう？　よかったら教えてもらえますか？」

「私たちにはいくつか共通するところがあるからです、なかでも特に一つのね」

「それがバックギャモンでないことは確かですね」

「確かに」セブは応えた。「ところで、小切手の受取人はだれにすればいいでしょう？」

「小児麻痺支援協会にしてください。まだ質問に答えてもらっていませんよ」

「情報交換ができるのではないかと考えたんです」

「私が関心を持つかもしれない情報を自分が握っているとあなたが考える根拠は何でしょう」

「あなたの名前を面会人名簿で見て、私がファージングズ銀行の株の六パーセントを保有していることに興味を持たれるのではないかと考えたんです」

ビシャラの表情からは何も読み取れなかった。「その株の購入にどのぐらいの金額を費やされたんですか、ミスター・クリフトン？」

「五年前から定期的に購入しているんですが、平均すると一株当たり二ポンド前後でしょうか」

「それなら、投資した価値は間違いなくありますね、ミスター・クリフトン。で、ここでその株を売りたいと考えておられると、そういうことですか？」

「いや、そうではありません。ミスター・スローンはすでに一株当たり五ポンドでの買い取りを提示しましたが、私はそれを断わりました」

「しかし、かなりの利益を手にできたでしょうに」

「短期ではね」

「では、私がもっと高額の条件を提示したら？」

「それでもお断わりするでしょう。いまでも、私の関心はあの銀行の重役になることにしかないんです」

「それはなぜですか？」

「なぜなら、私の社会人としての人生がセドリック・ハードキャッスルの専属助手としてファージングズ銀行で仕事をすることから始まったからです。彼が世を去ったあと、あそこを辞めてコーフマンのところへ移りましたが」

「ソール・コーフマンですか、抜け目のない古狸であり、洗練された経営者だ。でも、なぜファージングズ銀行を辞めたんです?」

「葬儀に参列するかどうかについての見解の相違とだけ言っておきましょうか」

「では、あなたが重役になることをスローンは喜んでいないわけですか?」

「殺人が合法なら、私は殺されるでしょうね」

ビシャラが小切手帳を取り出してセブに訊いた。「あなたの好きな慈善事業は何ですか?」それはセブが準備をしていなかった質問の一つだった。

「ボーイ・スカウトです」

「いいでしょう、信じましょう」ビシャラが笑顔で数字を書き入れた。百ポンドどころか、千ポンドだった。「お目にかかれて何よりでした、ミスター・クリフトン」そして、小切手をセブに渡した。「またお目にかかることになるかもしれません」

セブが差し出された手を握ったあとで踵を返そうとしたとき、ビシャラが付け加えた。

「なかでも特に一つの共通点とは何でしょう?」

「最古の職業ですよ。もっとも私の場合は、母ではなく、祖母ですが」

「この裁判の勝ち目について、サー・エドワードはどのぐらいだと考えているんでしょう」フィッシャーは二杯目のジン・トニックを注いでいるヴァージニアに訊いた。

「わたしたちが負けないことは百パーセントだと確信しているわ。彼の言葉を正確に再現するなら、〝始まったとたんに片がつく易しい案件（オープン・アンド・シャット・ケース）〟なんですって。陪審員はあの女にかなりのダメージを与えてくれるだろうと、彼は自信を持っているわね。五万ポンドになる可能性もあるとのことよ」

「それはいいニュースだ」フィッシャーは言った。「彼は私を証人として呼びますかね？」

「いいえ、あなたを呼ぶ必要はないそうよ。でも、相手側があなたを証人に呼ぶ可能性は皆無ではないとは考えているけどね。でも、ほとんどないんじゃないかしら」

「万一そうなったら、私は困ったことになるのではないですか」

「株の売買に関してはあなたはわたしのプロのアドヴァイザーで、わたしはあなたの判断を信じていたから、詳しいことについてはほとんど関心がなかったと、ひたすらその線を守ってくれれば、困ったことになんかならないわよ」

「しかし、私がそうしたとしても、あの会社を倒そうとしていたのが私だと、だれかがほのめかすかもしれないでしょう」

「あいつらが愚かにもその線での質問を試みたら、これがあなたの裁判でないことをサー・エドワードが裁判官に思い出させるわよ。それに、あなたは国会議員なんだから、ミスター・トレルフォードだってすぐに引っ込むはずよ」

「あなたが負けないことは確かだと、サー・エドワードは言っているんですね？」フィッシャーはいまだ確信が持てなかった。

「作戦をしっかり守っている限り、勝利は確実だそうよ」

「そして、向こう側が私を証人に呼ぶ可能性はまずないだろうと、彼は考えているんですね？」

「そうなったら、彼は驚くでしょうね。でも、わたしはもちろん——」ヴァージニアがつづけた。「もしサー・エドワードの言うとおりに五万ポンドが手に入ったら、あなたと折半すべきだと思っているの。その合意書を作るよう、すでに弁護士に頼んであるわ」

「ありがとうございます、ヴァージニア、あなたは本当に気前のいい人だ」

「そんなことはないわ、あなたの貢献に対する当然の、しかも最低限のお礼よ、アレックス」

32

セバスティアンが風呂に浸かっていると、電話が鳴った。朝のこんな時間に彼に電話をする人物は一人しかいなかった。風呂を飛び出し、滴をあとに残しながら玄関ホールへ急行すべきか、それとも、無視して身体を洗いにかかるべきか。いずれにしても、母のことだ、何分かしたらまたかけてくるに決まっている。というわけで、放っておいた。

案の定、髭を剃っている最中にふたたび電話が鳴った。今度は玄関ホールへ歩いていき、受話器を取ると、向こうが言葉を発する前に言った。「おはようございます、お母さん」

「こんな早い時間に電話をしてごめんなさいね、セブ。でも、あなたのアドヴァイスがどうしても必要なの。デズモンド・メラーが副会長に立候補したら、わたしは反対票を投じるべきかしら、それとも、棄権するほうがいいのかしら?」

「それについてのぼくの考えは、ゆうべ話し合ったときと同じだよ。お母さんが反対票を投じて、それでもあいつが勝ったら、それでお母さんの立場は危うくなるんだ。棄権しておいて、票が半々に割れたら、あなたはそこでキャスティング・ヴォートを握ることになるでしょう。でも、賛成票を投じたら――」

「それは絶対にあり得ないわ」

「それなら、お母さんの選択肢は二つだ。ぼくなら反対票を投じるけどね。だって、彼が負ければ辞任するしか選択肢がなくなるわけだから。ちなみに、ロス・ブキャナンはぼくとは意見が違うんだ。お母さんは棄権し、選択肢を残しておくべきだと考えている。でも、念を押すまでもないと思うけど、この前、フィッシャーが会長に立候補して、お母さんがそれをやったときどうなったかは憶えてるよね」

「今度はあのときとは違うわ。メラーは自分に投票しないとわたしに約束しているのよ」

「文書で?」

「そうじゃないけど」母が認めた。

「それなら、ぼくだったらその約束は信用しないな」

「そうだけど、でも、もしわたしが――」

「お母さん、ぼくが髭を剃り終わらなかったら、お母さんはぼくの票だって獲得できなくなるんだよ」

「そうね、ごめんなさい。いまのあなたの意見、考えてみるわ。それじゃ、重役会で会いましょう」

セブは苦笑しながら受話器を戻した。棄権すると母はすでに決めているくせに、何という時間の無駄だ。時計を見ると、卵を茹でてミューズリ（オート麦、ドライフルーツ、ナッツなどをミックスしたシリアル）を一杯食べる時間はぎりぎりあった。

「あいつは何と言ってた？」ハリーは妻からお茶のカップを受け取りながら訊いた。

「彼自身はわたしが反対票を投じるべきと考えているけど、ロス・ブキャナンは棄権すべきだと言ってるんですって。というわけで、どうすべきかはわからないままね」

「だけど、昨夜、勝つ自信があると言ったばかりじゃないか」

「わたしが投票しなくても、六票対四票でね」

「それなら棄権すべきだな」

「どうして？」

「ぼくもロスと同意見だからだよ。もしきみがメラーに反対票を投じたあげくに負けたら、きみはいまの地位を持ち堪(こた)えられなくなるだろう。だけど、その結果がわかるまで、ぼくはレニングラードへの出発を延期すべきかもしれないな」

「でも、今日発たなかったら」エマが言った。「少なくとも半年は待たないと、新しいビザが発行されないんでしょ？　延期しなくても、裁判には間に合うわよ」

「しかし、今日、きみが投票で負けたら……」

「わたしは負けないわよ、重役のうちの六人はわたしの側につくと約束してくれているんだから、心配することは何もないわ。それに、あなたはミセス・ババコフに約束したんでしょう。だったら、その約束を守らないと。いずれにせよ、あなたが『アンクル・ジョー』を小脇に抱えて戻ってくること以上に大きな個人的勝利はないんだから。さあ、荷造りを始めなさい」

セバスティアンが上衣を着て部屋を出ようとしたとき、三度目の電話が鳴った。時計を見ると、七時五十六分だった。無視しようかとも思ったが、引き返して受話器を取った。

「時間がないんだ、お母さん」

「あなたのお母さまじゃありません」レイチェルだった。「お知らせしておくほうがいいと思ったんですけど、ゆうべ、あなたが退勤なさってすぐに電話があったんです。あなたを煩わせるべきではないと思ったんですが、彼女が緊急の用件だと言ったものですから。今朝、二度電話をしたんですけど、二回とも話し中だったもので」

「彼女？」セブは訝った。

「ローズマリー・ウルフ博士と名乗る女性でした。アメリカからで、自分のことならあなたはご存じだとおっしゃっていました」

「確かに存じ上げているよ。メッセージは残してくれたのかな？」

「いえ、電話番号だけです――２０２-５５５-０３１９。でも、セブ、忘れないでくださいよ、向こうはこっちより五時間遅いんです。だから、ワシントンはいま、夜中の三時ですからね」

「ありがとう、レイチェル。急がないと、〈バリントン海運〉の重役会に遅れるんだ」

　ジム・ノウルズはエイヴォン・ゴージ・ホテルでデズモンド・メラーと合流した。二人で朝食をとることにしてあった。

「接戦になりそうだぞ」ノウルズはメラーの向かいに腰を下ろし、ウェイトレスがコーヒーを注ぐあいだメラーが口を閉ざしているのでつづけた。「私の直近の計算では、五票対五票だ」

「昨日以降、だれが考えを変えたんだ？」メラーが訊いた。

「キャリックだ。私が彼を説得したんだよ。ミセス・クリフトンはひと月、あるいはもっと長くかかるかもしれない裁判に時間を取られる可能性があるんだから、副会長を置くことが何としても大事なんだとね」

「五票のなかには彼女の一票が含まれているのか？」

「いや、含まれていない。かなりの自信を持って言うが、彼女は棄権するはずだ」

「私が彼女の立場なら、そんなことは絶対にしないがな。それで、一回目の投票で私が勝ったら、二度目はどうなんだ？」

「二度目はもっと簡単になる。副会長職が必要なのはせいぜいひと月だと考えているという線から外れさえしなければ、大丈夫だ。迷っている連中も、それならよしとするだろう」

「彼女が絶対に戻ってこられないようにするには、ひと月あれば十分だ」

「だが、彼女が裁判に負けたら、すべては机上の計画のままですむことになる。彼女のほうから辞任せざるを得なくなるだろうからな。どっちへ転んでも、今日からひと月あとには、きみは会長になっているよ。それは間違いない」

「そのときは、ジム、きみは副会長だ」

「裁判の情勢について、ヴァージニアから何か知らせてきているか?」ノウルズは訊いた。

「昨夜、電話があった。彼女が負ける可能性はないと弁護士は断言しているようだ」

「弁護士がそんなことを断言するかな、少なくとも私は聞いたことがないがな」ノウルズは言った。「アレックス・フィッシャーが証人として呼ばれるかもしれないとあれば尚更だ。なぜなら、あの男が打たれ強くないことが過去の経験でわかっているからな」

「ヴァージニアによれば、サー・エドワードは彼を呼ぶつもりはないそうだ」

「彼も私と同じ見方をしているということだな。しかし、彼女が勝ってくれれば、その瞬間に、すべてはわれわれの思惑どおりに落ち着く。もっとも、それはアーノルド・ハードキャッスルの母親の株の代金を、きみがすでに彼に支払ったと仮定してのことだが」

「いや、それはまだだ。ことが最終的にはっきりするまで、一ペニーも払うつもりはない。私だって必要以上に長いあいだ、そういう出費を持ち堪える余裕はないんだ」

「スローンに短期の融資を頼んで埋め合わせればいいじゃないか」

「それができれば、とうの昔にそうしているさ。だけど、銀行が自分のところの株を買う目的で融資することは法律で禁じられている。そんなことはしないでビシャラが自分のほうでやるべきことや取引を最終的に完了させたらすぐに金をすべて取り返し、しかも多額の儲けを手に入れる、というのが私の考えだ。スローンがタイミングを間違わなければ、やつらに与える打撃は倍になる。何しろ、彼はあの銀行の会長にとどまり、私は〈バリントン海運〉の新会長になるんだからな」

「それは今日、われわれが勝ったと仮定してのことだ」ノウルズは言った。


セバスティアンはラッシュアワーの渋滞を抜け出すやすぐにA30に入り、ダッシュボードの時計を見た。まだ二時間の余裕があったが、これ以上時間をかける必要もなかった。そのとき、ダッシュボードで赤いランプが点滅し、あと一ガロンしか燃料が残っていないと警告しはじめた。道路標識によれば次のガソリンスタンドまで二十一マイル、昨夜のうちにやっておくべきことがあったということだった。

セブは内側の車線へ移り、時速五十マイルをしっかり守って燃料タンクの最後の一滴まで消費できるようにしてから、祈りはじめた。まさか、神がメラーの側についているなんてことはあるまいな？

「だれに電話しているんだ？」ハリーはオーヴァーナイト・バッグのジッパーを閉じながら訊いた。

「ジャイルズよ。ロスか、セブか、どっちの考えに賛成なのかを聞いてみたかったの。だって、いまでも〈バリントン海運〉の筆頭株主だもの」

荷ほどきをすべきだろうか、とハリーは考えた。

「外套を忘れないでね」エマが言った。

「サー・ジャイルズ・バリントン事務所です」

「おはよう、ポリー。エマ・クリフトンです。いま、兄と話せるかしら？」

「申し訳ありません、ミセス・クリフトン。いま、サー・ジャイルズは海外にいらっしゃいます」

「どこか刺激的なところなんでしょうね？」

「そうでもないと思いますよ」ポリーが答えた。「東ベルリンですから」

高速道路を降り、出口をガソリンスタンドへ向かいながら、セブはようやく気持ちが楽になりはじめた。しかし、燃料を入れ終わってみると、本当に危ないところだったことがわかった。十二ガロン分の代金を十ポンド札で支払い、釣り銭を待った。

　高速道路へ戻って時計を見ると、九時三十六分だった。最初の標識によるとブリストルまでは六十一マイル、それなら、余裕を持って間に合うはずだし、その自信もあった。

　外側の車線に入ると、ありがたいことに、ずいぶん先まで車の姿がなかった。思いはウルフ博士へ移ろっていった。わざわざ緊急だと言って電話をしてくるとは、いったい何だろう？　つづいて、母のことが頭に浮かんだ。投票をどうするつもりだろう？　そして、デズモンド・メラー、あの男は土壇場でどんな罠を用意しているのか？　最後に、やはりサマンサが思い浮かんだ。果たして可能性は……。

　サイレンが聞こえ、セブは救急車だろうと思って急いで内側の車線へ移った。が、ルームミラーを見ると、一台のパトカーが警光灯を瞬かせながら接近していた。セブは減速して追い越してくれるのを待った。だが、パトカーはセブの横に並びかけると、硬路肩（高速道路の緊急避難用の舗装した硬い路肩）に寄って停まるよう合図した。セブは仕方なく指示に従った。

　パトカーはセブの前で停まり、警官が二人降りて、ゆっくりと歩いてきた。一人目は分厚い革張りのノートを、二人目はブリーフケースらしきものを持っていた。セブはサイド・ウィンドウを下ろして笑みを浮かべた。

「おはようございます」

「おはようございます、サー。時速九十マイル近い速度で走行しておられましたが、わかっていらっしゃいましたか?」

「いや、気づきませんでした」セブは認めた。「本当に申し訳ない」

「運転免許証を拝見できますか、サー?」

セブはグラブ・コンパートメントを開けて免許証を出し、警察官に渡した。警察官はしばらくそれを検めていたが、やがて言った。「お手数ですが、降りてもらえますか、サー?」

セブが運転席を出ると、二人目の警察官がブリーフケースを開け、チューブのついた大きな風船のようなものを取り出した。「これは酒気検知器ですが、サー、あなたの体内アルコール量が限度以下かどうかを調べさせていただく必要があるのですよ」

「朝の十時に?」

「速度違反の場合の標準的な手続きなんです。拒否された場合は、最寄りの警察署まで同行をお願いしなくてはなりません」

「それには及びませんよ、喜んで検査を受けましょう」

彼は文字通りに指示に従った。昨夜はカンパリ・ソーダを二杯飲んだだけだ。二度空気を吹き込むや——二度目は明らかに一度目ほどの力はいらなかった——、二人の警官がオレンジ色の検知器をしばらく観察し、そのあとで一方が宣言した。「問題はありませんでした、サー。十分に限度以下です」

「それはよかった」セブは運転席に戻った。

「ちょっと待ってください、サー、まだすっかり終わったわけではないんです。書類を二通、作らなくてはなりません。もう一度お名前を教えていただけますか、サー？」

「しかし、急いでいるんだけどな」その言葉が口を出た瞬間にセブは後悔した。

「確かにお急ぎのようでしたね、サー」

「セバスティアン・クリフトンだ」

「住所をお願いします」

警官は最後の質問の答えをようやく書き込んで書類を完成させると、速度違反切符をセブに渡し、敬礼して言った。「どうぞ、よい一日を、サー。これからはさらに慎重な運転をお願いします」

セバスティアンは絶望的な思いでダッシュボードの小さな時計に目を走らせた。が、それは正確な時間を忠実に刻んでいた。四十分後、母は重役会の開会を宣言することになっている。最初の議題が新副会長の選挙であることを、セブはいやでも思い出さずにはいられなかった。


レディ・ヴァージニアはサー・エドワードに対し、時間をかけて、〈バッキンガム〉の処女航海の最初の夜に本当は何があったかを教えた。

「面白い話ではありますが」彼が言った。「証拠としては使えません」

「なぜ？　ミセス・クリフトンはそれを否定できないし、そうなったら、彼女は〈バリントン海運〉の会長を辞めざるを得なくなり、わたしたちが裁判に負けることもあり得なくなるんですよ？」

「そうかもしれませんが、裁判官がそれを証拠として認めないでしょう。さらに言えば、それを証拠として使えない理由はほかにもあるんです」

「これ以上、何が必要なの？」

「勤務中に酒に酔っていたかどで解雇されなかった証人、あの会社に不満を持っていないことが明らかな証人、そして、証人席に立つことを嫌がらず、宣誓したうえで証言する重役です」

「でも、あれはまさしく事実なのよ」

「そうかもしれませんが、レディ・ヴァージニア、ハリー・クリフトンの最新作はお読みになりましたか？」

「まさか、読むはずがないでしょう」

「では、私が読んだことに感謝していただきましょうか。なぜなら、『ウォーウィック警部補と時限爆弾』を読んだら、いまあなたがお話しになったことが、ほとんど一字一句そのまま書かれていることがわかるからですよ。そして、間違いないと思いますが、あの作品を読んでいる陪審員が一人や二人は必ずいるはずです」

「でも、そうだったら、それはわたしたちを法廷で有利にしてくれるだけでしょう」

「いえ、それどころか、笑いものにされる可能性のほうが高いでしょうね」


エマはゆっくりとテーブルを見渡した。重役全員が席に着いていたが、セバスティアンの姿だけがなかった。しかし、〈バリントン海運〉の会長を十一年務めてきて、会議の開会時間をずらしたことは一度もなかった。

総務担当重役のフィリップ・ウェブスターが手続きを開始し、前回の議事録を読み上げていった。エマからすれば、もっとゆっくり読んで、時間を稼いでほしかった。「いま読み上げられた議事録のなかに、何か話し合うべき問題はありませんか？」エマは一縷(いちる)の望みにすがる思いで訊いた。挙手はなかった。

「最初の議題に移りましょう。副会長選挙です。ジム・ノウルズの推薦、クライヴ・アンスコットの支持によって、デズモンド・メラーが候補として提案されています。投票に入る前に、質問のある方はいらっしゃいませんか？」

メラーが首を横に振り、ノウルズは何も言わなかった。二人とも、セバスティアン・クリフトンがいつ現われてもおかしくないことをよくわかっていた。エマは期待を込めてサマーズ海軍少将を見つめたが、まるで眠ってでもいるかのようだった。

「すでに全員が十分に熟慮し、意見を決めていると考えます」アンスコットが言った。

「私もそう考えます」ノウルズが同調した。「投票に移ってはどうでしょう」

「その前に」エマは言った。「自分が〈バリントン海運〉の副会長としてふさわしいと考える理由を、ミスター・メラーは重役会に説明したいのではありませんか？」

「その必要はないと思います」メラーはかなりの時間を費やして演説を準備していたが、いまここでそれをやるつもりはなかった。「私のこれまでの仕事が、それを語ってくれるはずです」

いまや引き延ばしの方策が底を突き、エマは投票に移るよう、総務担当重役を促すしかなくなった。

ウェブスターが起立し、一人ずつ重役を指名していく皮切りに、会長の名前を呼んだ。

「ミセス・クリフトン」

「棄権します」エマは言った。

「ミスター・メイナード?」

「賛成」

「ミスター・ディクソン?」

「反対」

「ミスター・アンスコット?」

「賛成」

「ミスター・ノウルズ?」

「賛成」

「ミスター・ドブズ?」

「反対」

彼も約束を守っていた。エマは入口から目を離せなかった。

「ミスター・キャリック?」

「賛成」

エマは驚きを隠せなかった。最後に話したとき、彼はメラーを支持しないと保証してくれたではないか。だれよりもあの特別な席に坐るべきでない人物だと、あのとき言ったではないか。

「サマーズ海軍少将」

「反対」

彼は友人を見捨てるような人物ではない。

「ミスター・クリフトン?」

ウェブスターがテーブルを見渡し、セバスティアンがいないことを確認して、彼の名前の脇に〝欠席〟と記した。

「ミスター・ビンガム？」

「反対」

当然だ。彼はわたしと同じぐらいメラーを嫌っている。

エマは微笑した。四票対四票。会長としてためらうことなくキャスティング・ヴォートを行使し、メラーの副会長就任を阻止すればいい。

「では、最後にミスター・メラー？」

「賛成」メラーがきっぱりと言った。

一瞬、エマは呆然としたが、メラーを見て何とか言葉を絞り出した。「あなたはつい昨日、棄権するとわたしに言ったばかりではありませんか。だから、わたしも棄権したんです。あなたが考えを変えるとわかっていたら――」

「昨夜、あなたと話をしたあと」メラーが言った。「私の同僚の一人、あるいは二人から指摘があったんですよ。役職に立候補した場合、その候補者は自分に投票を許されると〈バリントン海運〉の定款にあることをね。それで、仕方なく彼らの説得を受け入れ、自らに投票したということです」

「でも、あなたはわたしに約束したでしょう」

「今朝、何度もあなたの自宅に電話をしたのですよ、会長。しかし、ずっと話し中でした」

それについては反論できず、エマは椅子に坐り込んだ。

ミスター・ウェブスターが慎重にリストを再点検したが、エマにはすでに結果と、それが持つ意味がわかっていた。

「投票の結果、賛成五、反対四で、ミスター・メラーは副会長に選出されました」

テーブルの周りの何人かは笑顔で「異議なし」の声を上げ、それ以外の者たちは沈黙を守った。

セブは正しかった。最初から反対票を投じるべきだったのだ。そうすれば、キャスティング・ヴォートを行使して、あの男を負かすことができたのに。でも、セブはどこにいるの？　あの子の一票があれば、こんなことにはならなかったのに。いつよりもあの子を必要としているときに、どうしてがっかりさせるの？　その瞬間、エマは凍りつき、民間企業の会長であることをやめて、母親に変わった。息子がまたおぞましい交通事故に巻き込まれたという可能性があるだろうか？　あんな辛くて苦しい思いには二度と耐えられない。投票で負けるほうがまだしもましだ……。

「次の議題に移ります」総務担当重役が告げた。「〈バルモラル〉の進水式と、ニューヨークへの処女航海の予約受付け開始の日取りを決めたいと思います」

「次の議題に移る前に」メラーがこれもまた周到に準備した演説を始めるために立ち上が

った。「何よりも優先される私の義務は、本重役会に以下のことを思い出してもらうことだと考えます。ミセス・クリフトンは現在、不快極まりない裁判に直面しておられ、その裁判にはすでにかなりの程度メディアの目が向けられています。もちろん、われらが会長に対する深刻な容疑が振り払われることを、われわれ全員が望み、そうあれかしと願っています。しかしながら、レディ・ヴァージニア・フェンウィックが勝利した場合、ミセス・クリフトンは現在の立場を考慮しないわけにいかなくなるでしょう。それを考えると、裁判が終わるまで、当面――〝当面〟という言葉を強調しておきますが――、会長職を降りられるのが賢明かもしれません」そして、短い間を置き、仲間の重役を一人一人見てから付け加えた。「これについては、投票の必要がないことを祈ります」

投票になったら、重役会は――一人か二人の例外はあるにせよ――新副会長の提案に気前よく同意するだろう、とエマは感じ取ることができた。彼女は資料を掻き集めると、黙って部屋をあとにした。

メラーが彼女の席に移ろうとしたとき、サマーズ海軍少将が立ち上がり、あたかも相手がUボートの艦長ででもあるかのようにメラーを見据えて言った。「これは私が二十年前に加わった重役会ではない。もはやこのメンバーでいるつもりはない」

彼が部屋を出ていくと、ボブ・ビンガムとデイヴィッド・ディクソンもあとにつづいた。

彼らが出ていってドアが閉まると、メラーがノウルズを見て言った。「望外の余禄だな」

セバスティアン・クリフトン

一九七〇年

33

「重役会の結果をハリーが訊いてきたら、何と答えればいいかしら？」

「事実を教えるんだよ。お父さんはそれしか望んでいないんだから」

「でも、本当のことを教えたら、回れ右をして大急ぎで帰ってくるわ」

「どういうこと？　お父さんはいま、どこにいるの？」

「ヒースロー空港で、レニングラード行きの便に乗るのを待っているわ」

「お父さんらしくないな、こんなときに外国へ行くなんて――」

「わたしが悪いのよ。投票で負けることはあり得ないとわたしが言ったから、彼はそれを信じたの」

「そして、ぼくがちゃんと着いていれば、負けることはなかったんだ」

「まさしくそのとおりね。あなたが昨夜のうちにこっちへきてくれていればよかったんじゃないかしらね」エマは言った。

「お母さんがぼくのアドヴァイスどおりにしてくれていれば、そもそもこんなことにはならなかったんじゃないかな」セブが突っぱねた。

　二人のあいだにしばらく沈黙が落ちた。

「お父さんのレニングラード行きって、そんなに大事なことなの？」

「わたしにとっての今朝の投票とまったく同じぐらい大事なことよ。何週間も前から準備をしていて、いま行かなかったら、次のチャンスが仮にあったとしても、長いこと待たなくてはならないの。いずれにしても、留守にするのはほんの二日よ」エマは息子を見た。

「ハリーの電話にはあなたが出てくれるほうがいいかもしれないわね」

「それで、何て言えばいいの？」セブが訊いた。「重役会の結果を訊かれたら、本当のことを教えないわけにはいかないよ。さもないと、二度と信用してもらえなくなる」そして、マナー・ハウスの前で車を停めた。「電話があるとすれば何時ごろになりそうなんだっけ？」

「出発時間が四時だから、三時ごろでしょうね」

　セブが時計を見た。「だったら、たぶん大丈夫だ。それまでには何かうまい返事をひねり出せるだろう」

　ハリーはオーヴァーナイト・バッグしか持ってきていなかったから、荷物を預ける必要はなかった。着陸したら何をしなくてはならないかは正確にわかっていたし、計画をさらに練り上げる時間は、大陸を横断する長い空の旅のあいだに十分以上にあった。あり得ないことが起こってエマが投票で負けたとしても、それはいずれにせよ問題ではなかった。なぜなら、その場合は次の列車に飛び乗ってブリストルへ引き返すつもりでいたからである。

「レニングラード行きＢＯＡＣ七二六便の最初の搭乗のご案内を申し上げます。これから搭乗手続きを開始いたしますので、乗客のみなさまは三番ゲートまでお越しくださるようお願いいたします」

ハリーは一握りの硬貨を手にして最寄りの電話ボックスへ急ぎ、自宅の番号をダイヤルして、三分間は話せるだけの硬貨を投入した。

「ブリストル四三一三」

すぐに、聞き憶えのある声が応えた。

「やあ、セブ。おまえ、実家で何をしているんだ？」

「お母さんのお祝いを手伝ってるんだ。いい知らせはお母さん自身の口から伝えるべきだろうから、いま呼んでくるよ」

「レニングラード行きＢＯＡＣ七二六便の二度目の搭乗のご案内を申し上げます――」

「もしもし、ダーリン」エマが言った。「電話をくれて本当に嬉しいわ、だって――」回線が切れた。

「エマ、聞こえるか？」返事がなかった。「エマ？」もう一度呼んでみたが、今度も応答はなかった。もう一度かけ直すだけの硬貨は残っていなかった。

「レニングラード行きＢＯＡＣ七二六便の三度目の搭乗のご案内を申し上げます。これが最後のご案内となります」

ハリーは受話器を戻しながら、セブの言葉を正確に思い出した――「お母さんのお祝いを手伝ってるんだ。いい知らせはお母さん自身の口から伝えるべきだろうから、いま呼んでくるよ」。電話口に出たエマは、いつになく明るい声だった。きっと投票に勝ったんだろう。ハリーはそう結論したが、にもかかわらず、一瞬躊躇した。

「ミスター・ハリー・クリフトン、三番ゲートへお急ぎください。間もなく搭乗手続きを終了させていただきます」

「何をお祝いするのよ？」エマは訊いた。

「わからない」セブが答えた。「でも、お父さんがロシアから帰ってくるまでには何か考えておくよ。だけど、とりあえずはもっと差し迫った問題に集中しなくちゃ」

「裁判が終わるまで、わたしたちにできることは多くないわ」

「お母さん、ガール・ガイド（アメリカのガール・スカウトに相当する）みたいに振る舞うのはやめて、メラーやノウルズのように考えなくちゃ駄目だよ」

「それで、あの二人はいま何を考えているのかしら？」

「計画をはるかに超えて、これ以上あり得ないぐらいの上首尾に終わったと考えているさ。お母さんを排除しただけでなく、お母さんが最も信頼していた重役三人が同時にいなくなったわけだからね」

「高潔で恥を知っている三人よ」エマは言った。

「まるでブルータスだけど、その結果、彼はどうなったと思う？」

「残念なのは、あのとき、わたしがまだ重役会議室にいたら、サマーズ海軍少将を――」

「またガール・ガイドに戻ってるじゃないか、お母さん。そんなふうに考えるのはさっさとやめて、ぼくの言うことをしっかりと聞いてくれないかな。まず何より先にお母さんがやらなくてはならないのは、サマーズ海軍少将、ボブ・ビンガム、ミスター・ディクソンに電話をして、いかなる状況であれ重役を辞めてはならないと、彼らを説得することだよ」

「でも、彼らは退席したのよ、セブ。ノウルズもメラーも、彼らが辞めた理由なんか気にもしないでしょう」

「だけど、ぼくはもちろん気にするね。なぜなら、あの三票がもったいないからだよ。意味のない格好付けで犠牲にするなんて、馬鹿げてるとしか言えない。彼らがそのまま重役にとどまっていてくれたら、ぼくの票と、お母さんの票と、ドブズの票があれば、六対五で勝てたはずなんだ」

「でも、裁判が終わるまで、わたしはもう重役会を仕切れないのよ。わたしが会長職を降りたのを忘れたの？」

「いや、お母さんは降りてないよ。重役会を退席しただけだ。だから、また戻らなくちゃだめだ。だって、いま戻らなかったら、裁判のあとでは、その勝ち負けに関係なく、もう会長でなくなっているんだから」

「あなたはほんとに一筋縄ではいかない人間にできてるわね、セバスティアン・クリフトン」

「メラーとノウルズがそのことに気づかなかったら、ぼくたちにはまだチャンスがある。でも、まずはあの三人に電話をしなくちゃ。なぜなら、実際のところ、ぼくたちがすべての投票に勝ったら、あの二人は負けを受け入れるしかないんだから」

「あなたが会長になるべきかもしれないわね、セブ」エマは言った。

「いずれはそのつもりだよ、お母さん。だけど、いまはサマーズ海軍少将に電話をして、すぐに彼を捕まえなくちゃ。だって、たぶん辞表を書いてしまっているだろうからね。投函されていないことを祈るのみだよ」

　エマは電話帳を手に取り、〝S〟の項をめくっていった。

「何か用があったら、ぼくは書斎で長距離電話をかけているから」セブが言った。

十時五十五分、エイドリアン・スローンはファージングズ銀行のエントランス・ホールに立っていた。過去に会長が客を迎えにわざわざ下りてくるのは、だれの記憶にもないことだった。

四分後、ミスター・ビシャラのベントレーが銀行の前に停まり、ドアマンが走っていって後部ドアを開けた。ビシャラと同行の二人が建物に入ると、スローンは一歩前に出て挨拶をした。

「おはようございます、ミスター・ビシャラ」そして、握手をしながらつづけた。「あなたの銀行へようこそ」

「ありがとうございます、ミスター・スローン。ご記憶かとは思いますが、わが弁護士のミスター・モアランドと、わが首席会計士のミスター・ピーリです」

「もちろんですとも」スローンは二人と握手をし、従業員が十分にリハーサルをした新社長歓迎の声を上げるなか、三人を待機しているエレヴェーターへと案内した。

ビシャラが受付デスクの奥に立っている三人の若いポーターに向かって笑顔で小さくうなずき、エレヴェーターに乗り込みながらスローンに言った。「私の銀行家としてのキャリアも、ポーターから始まっているんですよ」

「そしていま、シティで最も尊敬されている金融機関の所有者になろうとしておられる」

「長い年月、待ち焦がれていた日です」ビシャラが認めた。それを聞いて、スローンはさらに自信を深めさえした。これなら計画の変更を強力に推し進めることができそうだ。

「重役専用階へ着いたら、まっすぐ重役会議室へ参りましょう。提示書類が準備されて、あなたのサインを待つばかりになっていますのでね」

「ありがとうございます」ビシャラが言い、エレヴェーターを降りて廊下へ出た。重役会議室へ入ると、八人の重役が一斉に起立し、ビシャラがテーブルの上座に着くのを待ってから、ふたたび着席した。執事がビシャラの好きなトルコ・コーヒーを、淹れたてのブラックで運んできた。やはり好物の〈マクヴィティ〉のショートブレッド・ビスケットの皿も、もちろん添えられていた。万事抜かりがあろうはずがなかった。

スローンはテーブルの反対の端に腰を下ろし、ビシャラと向かい合った。

「重役会を代表して、ミスター・ビシャラ、ファージングズ銀行へようこそと申し上げます。あなたさえよろしければ、所有権の交換手続きを行なわせていただきます」

ビシャラが万年筆を取り出し、テーブルに置いた。

「あなたの前にあるのが提示文書の三通のコピーで、すでにあなたの弁護士に承認されています。双方に修正すべき小さな点がいくつかあり、その修正が行なわれましたが、実質的な意味を持つものは一つもありません」モアランドが同意を示してうなずいた。

「たぶんこのほうが手間が省けると思うのですが」スローンはつづけた。「双方の合意点で最も重要なところだけに焦点を当てるのはどうでしょう。あなたはファージングズ銀行の社長になり、あなたの代表として三人の重役を指名して重役会に送り込むことができます。そして、そのうちの一人が副会長に指名されることになります」

ビシャラは微笑した。自分の頭のなかにある副会長候補を、スローンをはじめとするいまの重役連は気に入らないはずだった。

「私は五年のあいだ会長にとどまり、今日ここにいる八人の重役も契約を更新して、さらに五年、重役にとどまります。そして、これが最後ですが、合意した買収総額は二千九百八十万ポンド、一株当たりにすると五ポンドになります」

ビシャラが自分の弁護士を見て満額の数字を記入した銀行為替手形を受け取り、テーブルの自分の前に置いた。それを見た瞬間、スローンは計画変更を決めた。

「ですが」彼は言った。「この二十四時間のあいだに問題が生じ、契約にささやかな修正を加えなくてはならなくなりました」

ビシャラは〈クレルモン・クラブ〉でバックギャモンをしていると言っても通用しそうだった。なぜなら、その表情からスローンは何も読み取れなかったからである。

「昨日の午前中」スローンはつづけた。「シティの一流金融機関から電話があり、本行の株を一株当たり六ポンドで買い取りたいという提示が示されたのです。自分たちの信用を証明するために、そこは顧問事務弁護士に満額を預けています。その申し出のせいで、私も重役会も非常に難しい状況に置かれることになりました。どうしてかというと、私どもはせいぜいが株主に仕える身だからです。しかし、私どもは今朝、あなたがお見えになる前に重役会を持ち、あなたが一株当たり六ポンドの提示を受けて立ってくださるのなら、もう一方の提示を断わって元々の合意を尊重すると、全会一致の同意を得ました。それゆえ、提示書類を修正してこの変更を文字にし、新たに三千五百七十六万ポンドという数字に書き直す必要があるのです」そして、媚びるような笑みを浮かべて付け加えた。「状況を考慮していただいて、これを受け入れられる解決策と見なしてもらえるとありがたいのですが」

ビシャラがふたたび微笑した。「まず最初に、ミスター・スローン、第三者による対抗提示額と同額を提示し得る機会を与えてくださったことに感謝します」スローンの口元が緩んだ。「しかし、指摘しておかなくてはなりませんが、私たちはほぼひと月前に一株当たり五ポンドで合意していますし、信用を証明するために、私の事務弁護士に保証金を委託しています。ですから、いまの話に驚かないと言えば嘘になるでしょう」

「それについてはお詫びしなくてはなりません」スローンは言った。「ですが、われわれが株主に対して受託者としての義務があることを思い出していただければ、私が直面したジレンマを理解してもらえると思うのですが」

「あなたの父上がどういう仕事をして生計を立てておられたかは知りませんが、ミスター・スローン」ビシャラが言った。「私の父はイスタンブールで絨毯を商っていました。そして、若い私に多くのことを教えてくれました。そのうちの一つがこれです――価格が合意に達し、コーヒーが出てきたら、しばらくは席を立たずに、お互いを気に入った振りをすること。イギリスでそれに匹敵するのは、握手をし、そのあと自分のクラブで昼食をともにすることでしょうかね。というわけで、一株当たり五ポンドの私の提示はまだテーブルにありますから、あなたがそれでよしとされるのであれば、喜んで合意書にサインしましょう」

八人の重役全員が会長を見た。その顔にはビシャラの提示を受け入れるべきだと書いてあったが、スローンは微笑しただけだった。この絨毯商人の息子ははったりを噛ましているだけだという確信があった。

「それがあなたの最終提示であるなら、ミスター・ビシャラ、残念ですが、私としてはもう一つの提示を受け入れるしかないようです。友人同士としてお別れできることを願うのみです」

八人の重役が――一人など汗をかきはじめていた――テーブルの反対の端を見た。

「シティの銀行家の倫理基準は、私がイスタンブールのバザールで父の足元に坐って教えられたものとは明らかに異なっているらしい。そういうことなら、ミスター・スローン、私は自分の提示を撤回する以外にありません」

スローンの唇が震えはじめるのを尻目に、ビシャラは銀行為替手形を弁護士に戻し、ゆっくりと立ち上がって言った。「では、よい一日を、みなさん。あなた方が新しい所有者と、長くいい関係をつづけられることを願っていますよ。それがだれかは知りませんがね」

ビシャラは自分の助言者二人を従えて重役室をあとにすると、ベントレーの後部座席に落ち着くまで一言も発しなかったが、ようやく運転席へ身を乗り出して指示した。「計画変更だ、フレッド。コーフマンズ銀行へ向かってくれ」


「ウルフ博士をお願いしたいんですが」セブは言った。

「どちらさまでしょう？」

「セバスティアン・クリフトンです」

「ミスター・クリフトン、よくかけてきてくださいました。もっといいお話ができないことが残念でなりません」

脚から力が抜けていき、セブは父親の机の椅子に思わず坐り込んだ。サマンサか、それともジェシカに何かあったのだろうか。そうであるなら、早く知りたくてたまらなかった。

「悲しいことに」ウルフ博士がつづけた。「サマンサのご主人のマイケルが、最近、シカゴからワシントンへ帰る機内で心臓発作を起こされたんです」

「それは本当にお気の毒です」

「病院へ搬送されたときにはすでに昏睡状態でした。一時間早いか、一時間遅いかだったら、状況は違っていたかもしれないんですけどね。何週間か前のことなんですけど、お医者さまは回復できるかどうか楽観できないとおっしゃっています。いまの状態にいつまでとどまるのかもわからないとのことなんですが、電話を差し上げたのはこの話をするためではありません」

「たぶんジェシカのことですよね？　彼女の義父のことではなくて？」

「そのとおりです。実を言うと、この国の医療費は法外なほど高いんです。ミスター・ブルワーは国務省の高官で、健康保険ですべてまかなえるんですが、二十四時間体制で看護師を雇うとなるとその費用が馬鹿にならず、その結果、サマンサはこの学期が終わったら、ジェシカをジェファーソン小学校から転校させることにしたんです。学費を払う余裕がなくなったんですよ」

「私が何とかします」

「お気持ちは本当にありがたいんですが、ミスター・クリフトン、本校の学費は半年で千五百ドルです。ジェシカは前の半年に特別カリキュラムを受講していますから、さらに三百二ドル必要です」

「すぐに二千ドル、電報為替で送ります。これ以降も、半年ごとの学費の請求は私宛にしてもらえませんか。ただし、どういう形であれ私が関わっていることを、サマンサにもジェシカにも知られないようにしていただくという条件が付きますが」

「そうおっしゃるのではないかと思っていましたよ、ミスター・クリフトン。ですから、あなたの匿名性を守るための戦略はすでに立ててあります。毎年、美術奨学金として——そうですね、五千ドルというところでしょうか——寄付をしていただくのはどうでしょう。もっとも、その恩恵に浴する奨学生をだれにするかはわたしが決めることになりますが」

「いい解決策(ナイス・ソリューション)です」セブは言った。

「あなたの英語の先生は、〝ナイス〟という言葉の正しい使い方に満足されたでしょうね」

「実際には父が教えてくれたんですけどね」セブは言った。「それで思い出したんですが、妹がカンヴァスや絵の具、画用紙、絵筆、それに鉛筆まで、そういうものを必要としたとき、父はいつでも、絶対に最高級のものを与えたんです。そうしておけば、彼女が成功しなくても自分たちの責任ではないからと、父は常々言っていました。私も自分の娘に同じことをしてやりたいんです、ですから、ウルフ博士、彼女に必要なものは何でも与えてください。五千ドルで足りなければ、その費用も私が持ちます。しかし、くどいようですが、だれのせいでそれが可能になっているかは、母親にも娘にも絶対にわからないようにお願いします」

「改めて念を押されなくても、わたしはすでに、こうしてあなたの秘密を守っているじゃありませんか」

「そうでした、失礼しました」セブは謝った。「失礼ついでに、もう一つ訊かせてください。あなたはいつ退職なさるんでしょう?」

「あなたのお嬢さんがアメリカン・カレッジ・オヴ・アートのハンター奨学金を勝ち得るのを見届けたら、ですね。その奨学金を獲得するのはジェファーソン小学校始まって以来なんですよ」

34

ハリーがトラヴェラーズ・チェックを調べていると、女性客室乗務員がファースト・クラスの客がシート・ベルトを締めていることを確認するための最後の巡回を始めた。ＢＯＡＣ七二六便はレニングラードへと高度を下げつつあった。

「失礼」ハリーは客室乗務員を呼び止めた。「ロンドンへ戻る次の便は何時だろう？」

「この便は四時間後に引き返すことになっていて、今夜の九時十分にロンドンへ出発する予定です」

「それだと、あなたは結構大変なんじゃないのか？」

「そんなことはありません」彼女が笑みを圧し殺して応えた。「わたしたちはレニングラードで一泊すると決まっているんです。ですから、今夜のこの便でお帰りになるとしても、クルーはそっくり入れ替わっています」

「ありがとう」ハリーは言った。「とても役に立ったよ」そして、眼下で刻々と大きくなっていくトルストイお気に入りの街を客室の窓から眺めながら、あの文豪も街の名前が変わったことには愕然としたのではあるまいかと疑った。車輪を下ろす油圧系統の低い唸りを聞きながら、危ない橋を渡っての買い物をすませ、客室のドアがロックされる前にこの機に戻る時間があるだろうかと、不安混じりに考えた。

車輪が滑走路を打つと、ハリーはアドレナリンが湧き出るのを感じた。唯一それを経験したことがあるとすれば、戦争中、敵の前線の背後にいたときだった。あれから三十年近く経っているのを、ときどき忘れることがあった。あのときの自分は体重も軽く、恐ろしく敏捷（びんしょう）だった。まあ、少なくとも今回は、自分に向かって迫ってくるドイツ軍一連隊と対峙するわけではないが。

ミセス・ババコフのアパートを辞してからというもの、彼女の言葉を一言一句残らず記憶に焼き付けることに没頭した。自分の計画をだれかに見つかる恐れがあるから、文字にして残すわけにはいかなかった。レニングラード訪問の本当の理由も、エマ以外には一切教えていなかった。だが、ジャイルズはおれがあの本を回収に行くのだと感づいているに違いない。もっとも、〝回収〟という言葉は正しくないが。

穴ぼこだらけの滑走路を走るせいで大きく揺れる機内で推定したところでは、税関を通り抜けて現地通貨に両替できるようになるまでに、少なくとも一時間はかかるだろうと思われた。実際には、オーヴァーナイト・バッグ一個しか持っていなくて十ポンドを二十五ルーブルに両替しただけなのに、一時間と十四分かかった。そのあとは長いタクシー待ちの列の最後尾につかなくてはならなかったが、それはロシア人が自由企業の何たるかを丸っきり心得ていないせいだった。

「ネフスキー大通りとボリシャヤ・モルスカヤ通りの角まで行ってくれ」ハリーはロシア人の運転手に、通じてくれることを願いながらロシア語で告げた。ロシア語習得に時間をかけてはいたが、実を言えばいくつかの言い回しを使えるようにするだけでよかった。かつて所属した部隊の指揮官の言葉を借りるなら、任務完了後は数時間でイギリスへ戻るのだから。

　市内へ入るとき、ユスポフ宮殿の前を通り過ぎて、ハリーはそこでラスプーチンが暗殺されたことを思い出した。まさかおれを暗殺しようなどと企まれてはいないだろうが、毒を飲まされたうえに敷物でぐるぐる巻きにされ、凍った表面に穴を開けてマーラヤ・ネフカ川に沈められるようなことはご免だからな。ヒースロー行き九時十分発の便に間に合うよう空港へ戻るためには、二十分か三十分しか余裕がないことにハリーは気がついた。が、それでも充分以上のはずだった。

　運転手が古書店の前でタクシーを停め、メーターを指さした。ハリーは五ルーブル札を渡した。

「長くはかからないと思うから、待っていてもらえないかな?」

　運転手が五ルーブルをポケットにしまってぶっきらぼうにうなずいた。

店に足を踏み入れたとたん、ミセス・ババコフがここを宝物の隠し場所に特に選んだ理由がわかった。何かを売ろうとする気はまるでないように見え、本を手にした老女がカウンターの向こうに坐っているばかりだった。ハリーが笑顔を向けても、ドアの上のベルが鳴っても、彼女は顔も上げなかった。

近くの棚から二冊ばかり本を手に取ると、ざっと目を通す振りをしながら、徐々に店の奥へ移動した。一歩ごとに心臓の鼓動が少しずつ速くなった。まだそこにあるだろうか？　もうだれかが買ってしまって、持って帰って確かめたときに、自分が思っていたのとは違う作品だったと気づいただけということがあるのではないのか？　あるいは、『アンクル・ジョー』がどういう内容かを知っていて、捕まるのを恐れて破棄してしまったりはしていないだろうか？　三千マイルの旅が結局徒労に終わる可能性については十を超す理由が考えられたが、それでも、いまのところはまだ、不安より希望が勝っていた。

夫の作品を隠したとミセス・ババコフが教えてくれた棚にようやくたどり着くと、ハリーは目をつぶって祈った。目を開けると、『ダーバヴィル家のテス』はもうそこにないことがわかった。ディケンズの『二都物語』とジョージ・エリオットの『ダニエル・デロンダ』のあいだに、うっすらと埃に覆われた隙間ができていた。『ダニエル・デロンダ』のことは、ミセス・ババコフは何も言っていなかった。

ちらりとカウンターのほうへ目をやると、老女がページをめくるところが見えた。ハリーは爪先立って手を伸ばし、最上段から『二都物語』を引き出した。埃がたっぷりと舞い落ちてきた。開いた瞬間、心臓が止まるかと思った。それはディケンズの『二都物語』ではなく、紛れもなくアナトーリイ・ババコフの『アンクル・ジョー』だった。

獲物を手に入れたことに気づかれないように願いながら、同じ棚からさらに二冊——ジョン・バカンの『緑のマント』と、ダフネ・デュ・モーリアの『埋もれた青春』——を取り、拾い読みをする振りをしながら、ゆっくりとカウンターへ向かった。そして、読書に没頭している老女の邪魔をするのが申し訳ないような気分で、三冊を彼女の前のカウンターに置いた。

老女がその三冊を順番に手に取って値段を確認した。ミセス・ババコフは値段まで鉛筆で書き込んでいた。もう一ページめくられたら事が露見するはずだったが、老女はそうしなかった。そして、指を折って足し算をしたあとで言った。「八ルーブル」

ハリーは五ルーブル札を二枚、彼女に渡した。この前会議でモスクワへきたとき、どんな商店であろうと外貨で買い物をした客がいたら当局へ通報する義務があるだけでなく、このほうが重要なのだが、売ることを拒否して、その外貨を没収しなくてはならないから気をつけるようにと釘を刺されたのだった。ハリーは釣り銭を渡してくれた老女に礼を言った。店を出るとき、彼女はすでに読書に戻っていた。

「空港へ戻ってくれ」ハリーは待ってくれていたタクシーに乗り込むや告げた。運転手は意外そうな顔をしたものの、黙ってUターンすると、さっききた道を引き返した。

ハリーは『アンクル・ジョー』の扉を確認し、幻でないことを確かめた。手に入れるまでの期待と不安が、勝利の喜びに変わっていった。扉をめくり、一ページ目を読みはじめた。ロシア語習得に費やした長い時間が、ようやく報われることになった。ハリーはまたページをめくった。

夕刻のラッシュアワーが始まっていて、空港までは、ハリーが最初に予想していたよりも時間がかかりそうだった。搭乗便に間に合わないのではないかと心配で、数分ごとに時計を見なくてはならなかった。空港についてタクシーを降りるときには、第七章の、スターリンの二度目の妻が死ぬところまで読み進んでいた。運転手にもう一枚五ルーブル札を渡し、釣り銭を待たずに空港へ駆け込むと、案内に従ってBOACのカウンターへ向かった。

「九時十分のロンドン行きに乗れるかな?」

「ファースト・クラスでしょうか、エコノミー・クラスでしょうか?」予約係が訊いた。

「ファースト・クラスだ」

「窓側と通路側、どちらがよろしいでしょう?」

「窓側を頼む」

「六番Aの席へどうぞ」彼女がチケットを差し出した。

奇遇だな、とハリーは面白く思った。きたときと同じ席だった。

「お預かりする荷物はおありでしょうか、サー？」

「いや、これだけだから」ハリーはオーヴァーナイト・バッグを持ち上げてみせた。

「間もなく出発になりますので、サー、通関手続きをお願いいたします」

この娘はいまの台詞を一日に何度口にするんだろうと思いながら、ハリーは喜んでその指示に従った。公衆電話が並んでいるところを通り過ぎながら、エマとミセス・ババコフに電話しようかとちらりと考えたが、このニュースを知らせるのはロンドンへ帰り着くまで待たなくてはならないはずだった。

出国審査窓口まで二歩というところで、だれかに強い力で肩をつかまれた。振り返ると、屈強な若い警察官が二人、両側に立っていた。

「同行願います」片割れが言った。ハリーがロシア語を理解することをまったく疑っていなかった。

「理由は？」ハリーは訊いた。「私はロンドンへ帰るところで、搭乗便に乗り遅れるわけにいかないんだがね」

「その荷物を調べさせてもらわなくてはなりません。法に触れるものを持っておられなかったら、搭乗便には十分に間に合います」

ハリーは彼らが探しているのが薬物とか現金、密輸品であってくれることを祈った。腕をがっちりつかまれて連行されながら、振りきって逃げようかと考えた。が、二十年前ならともかく……。

表示のない扉の前まで連れていかれると、鍵が開けられ、なかに押し込まれた。音を立てて扉が閉まり、鍵のかかる音が聞こえた。ハリーは部屋を見回した。小さなテーブルが一つ、椅子が二脚、窓はなかった。壁には共産党書記長である同志ブレジネフの大きなモノクロ写真が掲げてあるだけだった。

ややあって、ふたたび鍵が回る音がした。ハリーはすでに、ここへきた目的はサンクト・ペテルブルク時代のエルミタージュ美術館を訪ねることだという話を半分完成させていた。扉が開いて、男が入ってきた。きちんとした服装の長身の男を見て、ハリーは初めて不安を覚えた。ダーク・グリーンの制服の肩章には金の星が三つ輝き、胸にはたくさんの勲章がついていて、人を易々と怖じ気づかせることができそうだった。彼とは正反対の、ダーウィンの進化論は誤りだと証明しているかのような男が二人、その後ろに従っていた。

「ミスター・クリフトン、私はマリンキン大佐、この捜査の責任者です。そのバッグを開けていただきたいのですがね」ハリーはバッグを開けて後ろへ下がった。「中身をテーブルに出してください」

ハリーは一泊しなくてはならなくなった場合の用心のために持ってきた、洗面用具入れ、パンツ、靴下、クリーム色のワイシャツと、三冊の本を取り出した。大佐は本にしか関心がないらしく、しばらくそれを検めていたが、やがて二冊をテーブルに戻した。

「テーブルの上のものをバッグに戻してもらって結構です、ミスター・クリフトン」

ハリーは言われたとおりにしながら、長いため息をついた。少なくとも、ここまでにやったことは完全な時間の無駄ではなかった。『アンクル・ジョー』は存在していたし、第七章まで読むこともできた。

「この本がどういうものか、承知しておられますか？」大佐が三冊目の本をかざして訊いた。

「『二都物語』です」ハリーは答えた。「私の大好きな作品です。もっとも、ディケンズの最高傑作であるとは見なされていませんがね」

「いい加減な嘘でごまかそうとしても駄目ですよ」マリンキンが言った。「私たちはあなたたち傲慢なイギリス人が思っているような丸っきりの馬鹿ではありませんからね。あなたもよくご承知のとおり、これはアナトーリイ・ババコフの手になる『アンクル・ジョー』で、あなたは何年も前からこれを手に入れようとしておられましたね。そして、今日、もう少しで思いが叶うところまでいった。あなたは細かいところまで周到に計画しておられた。まずはイェレーナ・ババコワをピッツバーグに訪ね、この本の隠し場所を教えてもらった。そのあと、ブリストルへ戻ってロシア語を磨き、教える側がびっくりするほどに上達した。そして、あと数日でビザが失効するというぎりぎりの時期にレニングラードへ飛んだ。入国したときはオーヴァーナイト・バッグ一つしか持っていなかったし、そこに入っているものが、滞在するとしても一晩だけだとほのめかしていた。ルーブルに替えたのもたった十ポンドだった。タクシーで中心街にある目立たない古書店へ行き、本を三冊買った。そのうちの二冊は、イギリスのどこの書店でも買うことができるものです。そのあと、タクシーで空港へ戻り、次の便で、しかもきたときと同じ席で、イギリスへ帰ろうとした。あなたはだれの目を晦まそうとしていると思っているんです、ミスター・クリフトン？　お気の毒ですが、ミスター・クリフトン、あなたの運は尽きたんです。われわれはあなたを逮捕します」

「何の容疑で？」ハリーは訊いた。「本を買った容疑ですか？」

「それは裁判で明らかにしますよ、ミスター・クリフトン」

「ロンドン行きＢＯＡＣにご搭乗のお客さまにお知らせします……」

「三番にミスター・ビシャラからお電話です」レイチェルが言った。「つなぎますか？」

「頼む」セブは答え、送話口を手で塞いで、少しのあいだ一人にしてほしいと、そこにいる二人の同僚に頼んだ。

「ミスター・クリフトン、バックギャモンの再戦をする頃合いではないかと思ったものですから」

「私の懐にその余裕があるかどうか、あまり自信はありませんが」

「私があなたにバックギャモンの手ほどきをし、あなたは私に情報をくれるだけでいい、そういう条件ならどうでしょう」

「何を知りたいんです？」

「デズモンド・メラーなる人物に会ったことがありますか？」

「ありますが」

「彼についてのあなたの意見は？」

「十段階で、一を最低、十を最高とするなら、一です」

「なるほど。では、庶民院議員のアレックス・フィッシャー少佐についてはどうでしょう？」

「マイナス一です」

「ファージングズ銀行の株の六パーセントですが、いまもお持ちですか？」

「七パーセントになりました。まだ売りには出していません」

「それを訊いた理由はほかにあるんですが、今夜十時に〈クレルモン・クラブ〉でどうでしょう？」

「もう少し遅くしてもらえませんか？　実は叔母のグレイスとオルドウィッチ・シアターで『セールスマンの死』を観ることになっているんですが、叔母は常に最終列車でケンブリッジへ帰りたがるんです。ですので、十一時にしてもらえるとありがたいんですが」

「あなたの叔母上のためなら、喜んで待たせてもらいますよ、ミスター・クリフトン。では、十一時に〈クレルモン・クラブ〉でお目にかかるのを楽しみにしています――あそこなら〝セールスマンの死〟の相談ができますからね」

35

「傲慢と強欲、それがあんたの質問に対する答えだ」デズモンド・メラーが吐き捨てた。「あんたは銀行為替手形を、すなわち金を手にしていたのに、それではまだ満足しなかった。そして、もっと欲しがった。あんたの愚かさ故に、私は破産に直面することになったじゃないか」

「そこまでひどくないのは明らかだろう。だって、きみはいまもファージングズ銀行の株の五十一パーセントを持っているし、それに言うまでもなく、ほかにも資産があるんだから」

「しらばっくれるな、スローン、あんたは私が何に直面しているかを正確に知っているはずだし、それより重要なことに、私がそれをあんたにどうしてほしいかもわかっているはずだ。私はあんたの助言に基づいて、この銀行の株の五十一パーセントをアーノルド・ハードキャッスルから買った。一株当たり三ポンド九シリングでだ。そのためには二千万ポンド超の資金が必要で、それを工面するには銀行から千百万ポンドを借り入れなくてはならなかった。その株と、二軒の家を含むすべての資産を担保にし、さらに個人的な保証をするという書類にまでサインをした。今朝の市場でのファージングズ銀行の株価は二ポンド十一シリングだ。それはつまり、私はいま現在、五百万ポンドを超す元本割れを起こしているということだ。損をすることは絶対にあり得ないとあんたが言った取引でだ。私が破産しないですむ可能性はなくはないかもしれないが、保有している株をいま市場に出したら、失敗者の烙印を押されるのは間違いない。もう一度言うが、それはあんたの傲慢と強欲のせいだ」

「そういう言い方は公正を欠くだろう」スローンは言った。「この前の月曜の重役会で、きみを含めた全員が、提示価格を六ポンドに上げることに同意したじゃないか」

「それはそうだが、あの絨毯商人の息子はあんたのはったりに引っかからず、それでも一株当たり五ポンドでの取引なら契約すると言った。それを受けていれば、私は融資を受けた金額を返済できたし、われわれ全員がかなりの儲けを手にできていたんだ。だから、あんたは一株当たり三ポンド九シリングで私の株を買い、私を窮地から救い出すぐらいのことはしてもいいはずだ。こういうことになったのはあんたのせいなんだからな」

「しかし、すでに説明したとおり、デズモンド、私がどんなにきみを救いたいと思っているとしても、きみのその頼みを実行したら法に触れることになるんだ」

「〝シティの一流金融機関〟から本行の株を一株当たり六ポンドで買い取りたいとの申し

出があったとビシャラに言ったときのあんたは、実はそんな第三者は存在しないにもかかわらず、法に触れることなんか気にもしていないようだったぞ。そうであることを知らないはずがないにもかかわらずな」

「繰り返すが、われわれは全員一致で合意した――」

机で電話が鳴りはじめ、スローンは内線のボタンを押して怒鳴った。「邪魔をするなと言ったはずだ！」

「レディ・ヴァージニア・フェンウィックが緊急の用件だとおっしゃっていますが」

「その緊急の用件が何なのか、早く聞きたいものだな」メラーが言った。

「おはようございます、レディ・ヴァージニア」スローンは言った。声に苛立ちが表われないよう苦労しなくてはならなかった。「あなたの声を聞くことができて何よりです」

「わたしが電話している理由を知ったら、そうは思わないかもしれないわよ」ヴァージニアが言った。「わたしの弁護士から公判前請求書が届いて、手続き開始日の前に二万ポンドを納めなくてはならないの。憶えているでしょうけど、エイドリアン、あなた、裁判費用は自分が持つと約束してくれたわよね。わたしがあのときのあなたの言葉を正しく記憶しているとすれば、ことの規模の大きさを考えれば一ペニーまで負担するってね」

「確かにそう言いましたが、レディ・ヴァージニア、それはミスター・ビシャラとの取引がうまくいったら、という条件が付いていたこともご記憶ではありませんか？　そして、申し訳ないのですが――」

「でも、フィッシャー少佐によれば、その責めを負うべきはあなた一人だそうじゃないの。判断力の驚くべき欠如のせいなんですってね。好きなように受け取ってもらって結構だけど、ミスター・スローン、約束どおりに裁判費用を持ってくれなかったら、警告しておきますけど、わたしはシティに影響力がないわけじゃありませんからね……」

「私を脅しているんですか、レディ・ヴァージニア？」

「言ったでしょ、好きなように受け取ってもらってかまわないわ」


ヴァージニアは受話器を叩きつけると、フィッシャーを見た。「あと二日以内にあの男が二万ポンドを寄越せばよし、さもなければ――」

「合意が文字になって残っていなければ、あの男は一ペニーたりとも手放さないし、文字になっていたとしても、同じかもしれませんよ。だれに対してもそうなんです。あの男はファージングズ銀行の重役の座を私に保証したんですが、ビシャラとの取引に失敗してからは丸っきりなしのつぶてですからね」

「まあ、わたしが何であれ手を打てば、あの男がシティで仕事ができるのもそう長くはないはずよ、それは保証するわ。だけど、ごめんなさいね、アレックス、あなたがわたしに会いたかった理由はそのことではなかったんでしょ？」

「実はそうなんです。今朝、ミセス・クリフトンの法廷弁護士から召喚状が届いて、あなたの裁判の証人として私を呼ぶつもりだと知らせてきたんですよ。それをお知らせすべきだと考えたものですから」

「遅くなって申し訳ありません」セブはバー・ストゥールによじ登りながら詫びた。「劇場を出たら、雨が降っていて、タクシーが捕まらなかったんです。それに、最終列車に間に合うよう、叔母をパディントン駅まで送らなくてはならなかったものですから」

「ボーイ・スカウトの役目ですよ」ビシャラが応じた。

「いらっしゃいませ、サー」バーテンダーが言った。「カンパリ・ソーダでよろしゅうございますか？」

一度しかきていないのに憶えているのか、とセブは感心した。「それでいい、ありがとう」

「それで、叔母上はケンブリッジで何をしていらっしゃるんです？」ビシャラが訊いた。

「ニューナム・カレッジで、英文学の特別研究員（ドン）をしています。一族最高の知識人（ブルー・ストッキング）で、われわれは彼女をとても誇りに思っているんですよ」

「あなたはほかのイギリス人とずいぶん違いますね」

「どうしてそう思われるんです？」セブは訊いた。そのとき、カンパリ・ソーダが前に置かれた。

「あなたはバーテンダーから叔母上まで、だれでも同じように扱われる。それに、私同様、外国人に対して偉ぶらない。大抵のイギリス人はこう言うはずです、私の叔母はケンブリッジ大学で英文学を教えている、とね。しかし、あなたは私が〝ドン〟が何であるかを、そして、ニューナムがケンブリッジ大学にある五つの女子学寮(カレッジ)の一つであることを、さらに、〝ブルー・ストッキング〟が学ぶことを志す女性を意味することを知っていると考えた。あの偉ぶった馬鹿者のエイドリアン・スローンとは大違いです。あの男はハロー校へ行っただけで自分は教養人だと錯覚していますからね」

「あなたも私と同じぐらいスローンを好きでないようですね」

「あなた以上かもしれませんよ。あの男は最近、自分の銀行を私に売ろうとしていかさまな小細工を弄したんです。そういうことがあったあとですからね」

「しかし、あれはあの男の銀行ではありません。少なくとも、セドリック・ハードキャッスルの奥さまがまだ株の五十一パーセントを保有しておられるあいだは違います」

「ですが、彼女はもうその株を持っていませんよ」ビシャラが言った。「最近、デズモンド・メラーが全部買い取りました」

「それはあり得ない」セブは言った。「メラーは確かに金持ちですが、格が違います。ファージングズ銀行の株の五十一パーセントを手にするには二千万ポンド必要ですが、彼はそんな大金は持っていません」

「だから、ファージングズ銀行の重役室で彼らと会っていたとき、メラーは汗をかいていたのか」ビシャラがほとんど独り言のように言った。「あの男は背伸びをし過ぎて、私の申し出がもはやテーブルから引っ込められてしまったいま、買い取ったばかりのその株を手放す必要に迫られているのではないのかな？」

「どんな申し出をされたんです？」セブは飲み物に手も触れずに訊いた。

「恐らくアーノルド・ハードキャッスルの、あるいはもっと正確に言うなら彼の母上のものだった株を、一株当たり五ポンドで買い取ることで合意が成立していたんですよ。契約書にサインする直前になって、スローンが価格を六ポンドに引き上げようとしました。それで、私は申し出を撤回し、テントを畳んで駱駝を集め、砂漠へ引き返したというわけです」

　セブは笑った。「でも、五ポンドだって、スローンもメラーもささやかな富を手にできたでしょうに」

「そこですよ、ミスター・クリフトン。あなたなら取引を尊重して、土壇場になって価格を変えようとはしないはずだ。しかし、スローンは私を絨毯商人風情に過ぎないと見くびったんです。実は、明日、私はメラーと会うことになっているんですが、その前に二つの疑問の答えを得ることができたら、まだファージングズの買収が可能なはずなんです。そのあかつきには、私はスローンとは違いますからね、あなたを喜んで重役に迎えるつもりです」

「何を知りたいんですか？」

「ミセス・ハードキャッスルの株を買ったのが本当にメラーだったのか、そうだとしたら、彼はそのためにいくら払ったのか、です」

「明日の朝一番にアーノルド・ハードキャッスルに電話をしてみましょう。でも、申し上げておかなくてはならないと思うんですが、彼は弁護士を職業としているので、私に負けず劣らずスローンを嫌っているとしても、依頼人の秘密を漏らすことはないはずです。まあ、そうだとしても、電話は必ずしてみましょう。明日の何時にメラーに会うんですか？」

「十二時に、私のオフィスで会うことになっています」

「アーノルド・ハードキャッスルと話したら、すぐにあなたに電話をします」

「ありがとう」ビシャラが言った。「では、もっと大事なことに移りましょう。すなわち、バックギャモンという不確実な芸術における最初の教えです。あれはあなた方イギリス人の発明でない、数少ないゲームの一つです。バックギャモンで憶えておくべき最も重要なことは、確率です。骰子(さいころ)を投げたあとで必ず確率を計算できれば、自分よりそれが下手な相手に負けることは絶対にありません。運が左右するのは、対戦者が同等の技量を持っている場合だけです」

「銀行業務と同じですね」セブは言い、二人は盤を挟んで向かい合った。

ハリーは目を開けた。きちんと見えるようになるまでしばらくかかった。頭を上げようとしたが割れるように痛くて力が出ず、そのまま横になっていた。麻酔が切れはじめているときのような感じだった。もう一度目を開けて、天井を見上げた。コンクリート・ブロックのところどころに罅割(ひびわ)れができていて、その一カ所から水が垂れていた。まるでだれかが蛇口をきちんと閉めるのを忘れたかのようだった。

ゆっくりと左を向いた。結露した壁がすぐそこにあり、手錠でベッドに拘束されていなければ手が届きそうだった。右を向くと、四角い窓のついたドアがあり、三本の鉄格子さえ嵌(はま)っていなければ、そして、左右に立っている警備兵がいなければ、アリスのようにそこから抜け出すことができそうだった。

足を動かそうとしたが、やはりベッドに拘束されていた。禁書を持っていただけのイギリス人になぜこんな予防措置を講じる必要があるのか？　最初の七章は確かに面白かったが、それが破棄処分されなくてはならなかった本当の理由はいまだわからず、何としても残る十四章を読まずにはおかないという決意を固くさせただけだった。そうすれば、自分が二重スパイか、大量殺人者のような扱いを受けている理由もわかるかもしれない。

いつからこの独房にいるのかを知る術はなかった。時計は取り上げられていたし、夜なのか昼なのかすらわからなかった。ハリーは「ゴッド・セイヴ・ザ・クィーン」を歌いはじめた。昂然たる愛国行為というよりは、自分の声を聞きたかったのだ。実は、もし訊かれたらロシア国歌のほうが好きだと認めたはずだった。

鉄格子の向こうに二つの目が現われたが、それを無視して歌いつづけた。そのときだれかが大声で命令し、間もなくしてドアが開いたと思うと、またもやマリンキン大佐が入ってきた。屈強な二人の男も、変わることなく付き従っていた。

「ミスター・クリフトン、あなたをこういう状態でこういうところに押し込めているのは本意ではないのですよ。釈放するまで、あなたの所在をだれにも知られたくなかっただけなんです」

〝釈放するまで〟という言葉が、ハリーには事実を予言する大天使ガブリエルの角笛のように聞こえた。

「これは保証しますが、私どもはあなたを必要以上に長きにわたって拘留するつもりはありません。書類の作成が完了し、あなたが声明文にサインしてくれれば、お引き取りいただいて結構です」

「声明文？　どんな声明ですか？」

「供述書と言うほうがいいかもしれません」大佐が認めた。「ですが、サインしてもらえれば、すぐに車で空港へ送り届けて帰国の途につけるよう手配します」

「サインしないと言ったら？」

「それは恐ろしく愚かなことだと思いますよ、ミスター・クリフトン。なぜなら、その場合は裁判ということになりますからね。罪状、評決、判決、すべてがすでに決まっている裁判です。かつて、あなたが作品のなかで〝世論操作のための裁判〟と形容されたものですよ。次の作品を書くときには、もっとはるかに正確に描写できると思いますよ――」そして、間を置いた。「――まあ、十二年後になりますがね」

「陪審員はどうなっているんだ？」

「十二人の慎重に選ばれた党の労働者が陪審員をつとめます。彼らが必要とする言葉は〝有罪〟だけです。それから、知っておいてもらいたいのですが、裁判のあとで送られる場所と較べると、ここは五つ星のホテルも同然です。そこでは天井から水は漏りません、なぜなら、昼も夜も水が凍っているからです」

「そんなことをして、最後までうまくやりおおせられるわけがない」

「あなたはずいぶんナイーヴな人だ、ミスター・クリフトン。ここでは、あなたの味方はいないんですよ。気遣ってくれるお偉方もいなければ、助言してくれる法廷弁護士もいない。それに、勅撰弁護士が公正無私な陪審員の前で弁護してくれることもあり得ない。それの陪審員も、アメリカと違って任意に選ばれるわけではない。裁判官に対しても、われわれが望む判決を得られるよう働きかける必要もない。いずれにしても、どうするかはあなたが決めることだが、私なら考えもしないでしょうね。いいですか、BOACのファースト・クラスでロンドンへ帰るか、藁(わら)しか敷いてないストロー・クラスとも言うべき家畜運搬列車でノーヴァヤ・ウーダへ連れていかれるか、二つに一つなんです。しかも、後者の場合、残念ながら人間以外の複数の動物と同じ車両で旅をしなくてはならないんですよ。それから、これは教えて差し上げるべきだと思うけれども、あの刑務所から逃げ出すことのできた者は過去に一人もいません」

それは違うな、とハリーは思った。『アンクル・ジョー』の第三章に、スターリンは一九〇二年にその刑務所へ送られたが脱走したと書かれていたはずだ。

36

「どうだ、元気かね、青年？」

「ええ、おかげさまで。あなたはどうです、アーノルド？」

「最高だね。ところで、母上はどうしておられる？」

「来週の裁判の準備をしています」

「仕方がないこととは言え、愉快な経験ではないからな。不確定要素が多すぎるとあれば尚更だ。専門家の予想ではどちらが勝つか予断を許さないが、それでも、徐々にきみの母上が優位だという意見に傾きつつある。レディ・ヴァージニアが陪審員の半分を獲得できると考える者はいないんだ。彼女の場合、彼らを見下して偉そうにするか、侮辱するかしかないからな」

「両方であってほしいと願っていたんですけどね」

「さて、ところで、この電話の用件は何なんだ、セバスティアン？　私の仕事では、相談を受けたら一時間いくらで料金をもらうことになっているんでね。もっとも、まだ時間を計りはじめてはいないがね」

ご冗談を、と笑おうかとセブは思ったが、案外アーノルドは本気かもしれないという気もした。「シティでは、あなたが自分の株をファージングズ銀行に売却したという噂があるんです」

「正確にいえば、私の母の株だ。しかし、それは断わるのは絶対に馬鹿げているはずの提示があったからだよ。それに、売却に同意したとは言っても、エイドリアン・スローンが会長職を降り、ロス・ブキャナンがあとを襲うと保証された時点で、という条件が付けてある」

「だけど、そうはなりそうにないんです」セブは言った。「スローンの代理人はあなたに嘘をついたんです。二つの質問に答えてもらえれば、ぼくはそれを証明できるんですけどね」

「答えるとしても、その質問が私の依頼人に関係しない場合だけだぞ」

「それはわかっています」セブは言った。「教えてほしいのは、あなたのお母さまの株を買ったのがだれで、その買い取り価格がいくらだったかということなんです」

「その質問には答えられないな。依頼人に対する守秘義務を破ることになるからね」セブが内心で悪態をつこうとしたとき、アーノルドがつづけた。「しかし、きみがスローンの代理人だと思っている人物の名前を口にし、それに対して私が沈黙すれば、それによってきみ自身が答えを引き出せるんじゃないのかな。だけど、セバスティアン、これははっきりさせておくが、口にできる名前は一人だけだぞ、これは籤の抽選とは違うんだからな」

「デズモンド・メラー」セブは言い、息を殺して数秒待った。答えは返ってこなかった。

「彼がいくらで買い取ったか、その金額を教えてもらえる可能性はあるんでしょうか」

「いかなる状況においても、それはあり得ない」アーノルドがきっぱりと答えた。「さて、そろそろ失礼させてもらうぞ、セブ。母に会いにヨークシャーへ行かなくてはならないんだ。いますぐ出かけないと、三時九分のハダーズフィールド行きに乗り遅れるんでね。母上に私がよろしく言っていたと伝えてくれ、裁判での幸運を祈っているとな」

「ミセス・ハードキャッスルに、ぼくがよろしく言っていたと伝えてください」セブは言ったが、電話はすでに切れていた。

　時計を見ると、十時を過ぎたばかりだった。三時九分って、おかしいじゃないか。セブはふたたび受話器を取ると、ハキム・ビシャラの直通番号をダイヤルした。

「おはよう、セバスティアン。どうだった、きみの知り合いの優秀な勅撰弁護士から答えは得られたのかな？」

「得られた、と思います」

「いよいよ面白くなってきたかな」

「株を買ったのがデズモンド・メラーであることは認めてくれました。その際の買い取り額は一株当たり三ポンド九シリングのはずです」

「〝はず〟というのは何なんだ？　弁護士は価格を教えてくれたのか、それとも、教えてくれなかったのか？」

「教えてくれたとも、教えてくれなかったとも言えないんです。でも、すぐに出かけないと三時九分のハダーズフィールド行きに乗り遅れると言ったんですよ。だけど、いまはまだ十時を過ぎたばかりで、ユーストン駅まではタクシーで二十分しかかからないんだから……」

「ミスター・ハードキャッスルは頭のいい男だ。三時九分のハダーズフィールド行きが実際にあるかどうかを確かめる必要はないだろう。おめでとう、きみでなくては彼からその情報を引き出せなかったはずだ。私の国で言われているとおり、私は満額を返済するまで、永久にきみに借りができたということだ」

「では、早速ですが、ハキム、その借りを返してもらえませんか。実はお願いがあるんです」

ビシャラはセブの頼みに注意深く耳を傾けた。「きみのボーイ・スカウト隊長がその提案に賛成するという確信はないが、やれるだけのことはやってみよう。しかし、約束は何もできないぞ」

「おはようございます、ミスター・メラー。すでにお目にかかっているとは思いますが、私の弁護士のジェイソン・モアランドと、首席会計士のニック・ピーリです」

メラーは二人と握手をし、三人と一緒に楕円形のテーブルに着いた。

「あなたはファージングズ銀行の重役ですから」ビシャラは言った。「今日はミスター・スローンの使者としておいでになったと考えてかまいませんか？」

「いや、そうではありません」メラーが言った。「いかなる交渉であれ、彼は私が最も代理を務めたくない人物です。あなたの提示を断わった時点で、彼はまったくの笑いものですよ」

「しかし、シティの一流金融機関から一株当たり六ポンドで買うという提示があったと、彼は私にそう言ったはずですが」

「しかし、あなたはそれが事実でないと知っておられた。だから、交渉を打ち切ったんでしょう」

「それで、あなたは私と交渉を再開しようとしておられるわけですか。その株はそもそも彼が売るべきものではなかったということで？」

「実は」メラーが言った。「あの男はロシアン・ルーレットをしていたんですよ、私の銃弾でね。ただし、実際に弾丸は込められていなかったんです。しかし、私はいま、あの銀行の株の五十一パーセントを、あなたの元々の提示額の一株当たり五ポンドでお売りするにやぶさかではないんですがね」

「元々の提示額は確かにそのとおりです、ミスター・メラー。しかし、それはもはやテーブルには出ていません。考えてみれば、ファージングズ銀行の株は自由市場で一株当たり二ポンド十一シリングで買うことができるんです。そして、私はすでに数週間前からそれをやっているんですよ」

「しかし、あなたがお望みの五十一パーセントは、それでは無理でしょう。それが手に入れば、あなたはあの銀行を意のままにできますがね。いずれにせよ、私には一株当たり二ポンド十一シリングで売る余裕はないんです」

「そうでしょうね」ビシャラは言った。「そんな余裕はあるはずがない。ですが、一株当たり三ポンド九シリングなら売る余裕があるはずだ」

メラーがあんぐりと口を開け、しばらくそのままの状態がつづいたあとでようやく訊いた。「四ポンドになりませんか？」

「なりませんね、ミスター・メラー。三ポンド九シリングが最終提示です」ビシャラは会計士から二千五十六万二千ポンドの銀行為替手形を受け取り、テーブルに置いた。

「間違っているかもしれませんが、ミスター・メラー、同じ過ちを二度犯す余裕はあなたにはないのではありませんか？」

「どこにサインすればいいのでしょう？」

ミスター・モアランドがファイルを開き、同じ契約書を三通、メラーの前に置いた。メラーはそれにサインをし終えるとすぐさま手を伸ばし、銀行為替手形が自分のほうへ滑ってくるのを待った。

「そして、私もミスター・スローン同様」ビシャラは万年筆のキャップを外しながら言った。「その契約書にサインする前に、些細な修正をすることに同意していただきたいのですよ。友人と約束したことがありましてね」

メラーが傲然とビシャラを見つめた。「どんな修正でしょう」

弁護士が二通目のファイルを開き、一通の手紙を取り出してメラーの前に置いた。

メラーが時間をかけてそれを読んだあとで言った。

「これにサインはできない、絶対に」

「それは残念です」ビシャラは銀行為替手形をつまみ上げて首席会計士に返そうとした。

メラーは動かなかったが、汗をかきはじめた。ビシャラはそれを見て、時間の問題に過ぎないと確信した。

「いいでしょう、わかりました」メラーが言った。「そのろくでもない手紙にサインしましょう」

弁護士がサインを二度確認し、そのあとで手紙をファイルに戻した。ビシャラは三通の契約書すべてにサインし、会計士がそのうちの一通と、二千五十六万二千ポンドの銀行為替手形をメラーに渡した。メラーは一言も発することなく、礼も言わず、握手すらせずに出ていった。

ドアが閉まるや、ビシャラは弁護士に言った。「もし彼が私のはったりを見抜いたら、あの手紙にサインしなくても話はついただろうにな」


ハリーは法廷で読み上げることになるはずの声明文に目を通した。それによると、自分はMI5の工作員であると白状しなくてはならなかった。そうすれば、即座に釈放され、イギリスへ戻ることができる。もっとも、二度とソヴィエト連邦への入国は許されなかったが。

もちろん、家族や友人はそこに何が書かれてあろうと一顧だにしないに決まっているし、相手の言いなりになる以外に選択肢はなかったのだろうと考えてくれるかもしれない。だが、大多数はハリーを知らないはずで、そういう人たちは声明文に書かれていることを事実だと見なし、ババコフのための戦いはスパイ活動を隠蔽するための隠れ蓑に過ぎなかったと考えるはずだった。サイン一つで自由の身になれるが、評判は地に堕ちる。それより何より、ババコフの大義が永遠に失われてしまう。自分の評判を犠牲にすることも、アナトーリイ・ババコフを犠牲にすることも、そう簡単に受け入れるわけにはいかない。

ハリーは声明文を引き裂き、小さな破片にして、花嫁を待つ紙吹雪のように宙にまき散らした。

一時間後、ペンだけを持って戻ってきた大佐は、床に散らばっている紙の切れ端を信じられないという目で見つめた。

「こんな愚かなことができるのはイギリス人だけですな」彼は言い捨てるとくるりと回れ右をして独房を出ていき、乱暴に扉を閉めた。

そのとおりだ、とハリーは認めて目を閉じた。空いている時間をどう埋めるかははっきりわかっていた。『アンクル・ジョー』の最初の七章のすべてを、可能な限り正確に思い出すのだ。ハリーは集中した。第一章……。


ヨシフ・スターリンは一八七八年十二月十八日、グルジアのゴーリで生まれた。本名はイオシフ・ヴィッサイリオノヴィチ・ジュガシヴィリ。子供のころは〝ソーソー〟とも呼ばれていたが、若き革命家になったときに〝コーバ〟という偽名を名乗った。それは彼自身が比較されたいと考えていたロビン・フッドという物語の主人公に因(ちな)んだものだったが、実はノッティンガムの代官のほうに似ていた。党での位が上がるにつれて、また、影響力が増大するにつれて、その名前をスターリン（〝鋼鉄の男〟）に変えた。しかし……

「ようやく、いい知らせよ」エマは言った。「あなたに最初に知らせたかったの」

「レディ・ヴァージニアがコンクリート・ミキサーのなかに落っこちて、いまはランベスの高層建築の一部になっているとかかな」セブが言った。

「そこまで素敵な知らせじゃないけど、ほぼそれに近いわね」

「お父さんが『アンクル・ジョー』を持って帰ってきたとか？」

「違うわ、ハリーはまだ帰ってきてないの。長くても二日だと約束してくれたんだけど」

「向こうにいるあいだに、エルミタージュ美術館をはじめとして何カ所か訪ねるかもしれないって、ぼくには言ってたよ。だから、そんなに心配することはないんじゃないかな。それで、お母さん、いい知らせって何？」

「デズモンド・メラーが〈バリントン海運〉の重役を辞めたわ」

「理由は何なの？」

「ずいぶん漠然としたものよ――一身上の都合だって、それしか言わないの。それから、〈バリントン海運〉のこれからの成功と、裁判が上首尾に終わることも願ってくれたわね」

「ずいぶんと思い遣りのあることだな」

「あなた、いまの知らせを聞いてもまるで驚いていないみたいだけど、なぜなの？」エマは訝った。

「会長、ミスター・クリフトンがいらっしゃいました。お通ししますか」

「ああ、通してくれ」スローンは椅子に背中を預け、クリフトンがようやく正気になったかと満足したが、これからも手ひどい目にあわせてやるつもりに変わりはなかった。

数秒後、秘書がドアを開け、脇に寄って、セバスティアンを会長室に通した。

「最初に言わせてもらうが、クリフトン、きみが保有している六パーセントの株を一株当たり五ポンドで買い取るという提示は、もはやテーブルには出ていない。だが、善意の印として、一株当たり三ポンドでなら買い取る用意がある。それでも、今朝の市場価格よりまだだいぶ高いはずだ」

「それは確かにそのとおりだが、私の株はまだ売りに出していないのでね」

「それなら、なぜおれに時間を無駄にさせる？」

「そうでもないんじゃないかな。なぜなら、私がここにきたのは、ファージングズ銀行の新しい副会長としての最初の役割を果たすためだから」

「おまえ、いったい何を言ってるんだ？」スローンが机の向こうで椅子から飛び上がった。

「今日の午後十二時三十分、ミスター・デズモンド・メラーが、彼が保有しているファージングズ銀行の五十一パーセントの株をミスター・ハキム・ビシャラに売却した」

「しかし、セバスティアン――」

「それは同時に、ミスター・メラーが最終的に約束を守ることを可能にもした」

「いったい何が言いたいんだ?」

「メラーはアーノルド・ハードキャッスルに対し、あんたを重役会から排除して、ファージングズ銀行の次の会長にロス・ブキャナンを据えると約束したんだ」

ハリーとエマ

一九七〇年

37

「ハリーはどこにいるんですか？」タクシーが王立裁判所の前に停まり、エマ、ジャイルズ、そして、セバスティアンが降り立つと、新聞記者の一人が叫んだ。

エマに心の準備ができていなかったことの一つが、二十人から三十人のカメラマンが列をなして待ちかまえていることだった。彼らは裁判所の前に応急に設置された柵の向こうからフラッシュを焚いて、新聞記者たちは答えが返ってくるとは思っていないにもかかわらず大声で質問を浴びせた。その大半が、執拗に繰り返されるこの質問だった。「ハリーはどこにいるんですか？」

「応えないで」ジャイルズが厳しく注意した。

わたしだってそれがわかればどんなにいいかと答えたい気持ちを抑えて、エマはメディアの群れのあいだを通り抜けた。この四十八時間というもの、ほとんどハリーのことしか考えられなかった。

セブが裁判所の正面入口へ走り、母親が立ち止まらなくてすむよう扉を開けて押さえた。

裾の長い黒のガウンを着て、色褪せた鬘を持ったミスター・トレルフォードが、両開きの扉の向こう側で待っていた。エマは兄と息子を一流の弁護士に紹介した。トレルフォードが驚いたとすれば、ミスター・クリフトンがいないことだったが、そんなことはおくびにも出さなかった。

弁護士は四人の先頭に立って大理石の広い階段を上がりながら、裁判の初日の朝の手続きをエマに説明した。

「陪審員が入廷して宣誓を終えると、すぐに裁判官のオナラブル・ミセス・レーン判事が、彼らが果たすべき役割を教えます。それが終わると、私を呼び、あなたの代わっての冒頭陳述を要請します。私はそれを終えると、証人の喚問を要請します。最初の証人はあなたです。第一印象がとても大事です。陪審員は裁判の最初の二日で結論を出すことがしばしばありますから、クリケットにたとえるなら、先頭打者のあなたがセンチュリーを叩き出せば、彼らの記憶にはそれしか残らなくなるはずです」

トレルフォードが一四番法廷の扉を開けたとき、そこに足を踏み入れたエマの目に最初に映ったのはレディ・ヴァージニアだった。彼女は主任弁護士のサー・エドワード・メイクピースと隅で額を寄せ合うようにして、脇目もふらずに何かを話し合っていた。

エマはトレルフォードに案内され、法廷の反対側、自分たちの席の最前列に弁護士とともに腰を下ろした。セブとジャイルズはその真後ろ、二列目に着席した。

「あの女の夫はどうしてきていないのかしら?」ヴァージニアは訝った。

「それはわかりませんが」サー・エドワードが言った。「間違いなく、裁判には何の関係もありません」

「本当にそうかしらね」ヴァージニアが疑わしげに言ったとき、背後の時計が静かに十時を知らせた。

王家の紋章が割れて左側の扉が開き、背の高い上品な女性が裾の長い赤いローブをまとい、後ろの長い鬘をかぶって、自分の領土を支配する準備を整えて姿を現わした。裁判官席の前の一段低くなった席にいる全員が起立し、一礼した。レーン判事はうなずきを返すとハイーバックの椅子に腰を下ろし、大量の法的資料と何冊もの名誉毀損に関わる革張りの法律書に覆われた机に向かった。全員が着席するや、デイム・エリザベス・レーン判事は陪審員のほうを見た。

「開廷に当たって」彼女は柔らかな笑みを浮かべて口を開いた。「最初に明らかにしておきます。あなた方はこの法廷で最も重要な人々であり、わたしたちの民主主義の証拠であり、裁きの唯一の仲介者であります。なぜなら、この裁判の結論を出すのはあなたたちであり、あなたたちだけだからです。ですが、一つ助言をさせてください。間違いなく気づいておられるはずですが、本件には少なからぬメディアの注目が集まっています。ですから、本件に関する報道を見聞きするのは避けてください。あなた方の考えだけが大事なのです。メディアは数百万の読者、視聴者、聴取者を有しているかもしれませんが、この法廷での投票権を一票たりとも持っているわけではないのです。同様のことが、あなたの家族と友人にも適用されます。ですが、彼らもまた、本件についての意見を持ち、それを喜んで口にするかもしれません。ですが、あなた方と違って」レーン判事は陪審員をじっと見つめたままつづけた。「彼らは証言を耳にするわけではありません。したがって、十分な情報を得て、偏りのない意見を提出することはできません。

「では、これからの手続きを説明する前に、〝名誉毀損〟という言葉のオックスフォード英語辞典の定義を思い出していただきます。すなわち、〝ある人物、あるいは、国に関する、事実でなく、不当な、不名誉〟ということです。本件においては、レディ・ヴァージニア・フェンウィックがそのような名誉毀損を被ったか否かを判定してもらわなくてはなりません。まずミスター・トレルフォードが依頼人であるミセス・クリフトンに代わって冒頭陳述を行なうことで手続きを開始します。手続きの進展にしたがって、わたしがみなさんに逐一解説を行ないます。法律に関わるわかりにくい問題が出てきた場合には、いったん手続きを中断し、わたしがあなた方に関連性を説明します」

レーン判事が弁護人席を見た。「ミスター・トレルフォード、冒頭陳述をもって手続きを開始していただけますか？」

「承知しました、マイ・レディ」トレルフォードは起立するとふたたびわずかに頭を下げ、冒頭陳述を開始すべく、裁判官と同様に陪審員のほうを向いた。そして、自分の前の大判のファイルを開き、背筋を伸ばしてガウンの襟をつかむと、数分前に裁判官が浮かべた以上に柔らかいといってもいい笑みを浮かべて七人の男性と五人の女性を見た。

「陪審員のみなさん」彼は始めた。「私はドナルド・トレルフォード、被告であるミセス・エマ・クリフトンの代理人であります。一方、博学なる友であるサー・エドワード・メイクピースは、原告であるレディ・ヴァージニア・フェンウィックの代理人であります」そして、原告側の二人に向かってぞんざいにうなずいてからつづけた。「これは文書による名誉毀損と口頭による名誉毀損の両方の裁判なのであります。後者の訴えが為されているのは、〈バリントン海運〉会社の年次総会で、被告が会長として質疑応答をしているときにやりとりが加熱し、いまここで争点となっている言葉が発せられたからであります。前者に関しては、後にそれらの言葉がその年次総会の議事録に記録されたからであります。

「当該〈バリントン海運〉の株主であるレディ・ヴァージニアは、その日の朝、一般出席者として総会に参加していて、質疑応答のときにミセス・クリフトンにこう質問しました――『バリントン海運の株主の一人が週末に株を売却し、会社を倒産させようとしたというのは事実かしら?』。そして、その直後に問うています――『重役の一人がそれに関わっていたとすれば、彼は重役を辞任すべきではないのかしら?』。ミセス・クリフトンはこう答えています――『フィッシャー少佐のことをおっしゃっているのなら、すでにこの前の金曜日、わたしのオフィスで面会したときに、彼に辞任を勧告しました。あなたのことですから、当然、すでにご存じなのではありませんか、レディ・ヴァージニア?』。それに対して、レディ・ヴァージニアはこう返しています――『何を言おうとしているの?』。ミセス・クリフトンは以下のとおりに答えています――『あなたの代理人としてフィッシャー少佐が〈バリントン海運〉の重役会に連なっているとき、あなたはフィッシャー少佐に自分が保有しているわが社の株をすべて週末のあいだに売らせ、かなりの利益を確定させたあとで、三週間の取引期限のあいだにそれを買い戻させました。そして、株価が回復して高値を更新したとき、もう一度同じことをし、さらに大きな利益を得たはずです。そこに〈バリントン海運〉を倒そうとする意図があったとしても、レディ・ヴァージニア……あなたは失敗したんです。痛ましいことですね。なぜなら、あなたはこの会社に成功してほしいと願ってくださっている、きちんとした普通の人々に打ち負かされたからですよ』。

「さて、陪審員のみなさん、本法廷が判定を求められているのは、このときのレディ・ヴァージニアに対応したミセス・クリフトンの回答の文言です。その文言によって、レディ・ヴァージニアが名誉を毀損されたかどうか、あるいは、私の依頼人のその言葉が、私の主張するとおりに少なくとも公正なものであったかどうか、それをあなた方に判断していただくことになります。たとえば」トレルフォードはいまも陪審員を見つめたままつづけた。「あなた方の一人が切り裂きジャックに『あなたは人殺しだ』と言ったとしましょう。それは疑いの余地なく公正なものです。しかし、切り裂きジャックが陪審員席に坐っているあなた方の一人に『あんたは人殺しだ』と言い、その主張が活字になって新聞に載れば、それは疑いの余地なく口頭による名誉毀損と文書による名誉毀損の両方を構成します。しかし、本件の場合はもっと高度な判断が求められます。

「というわけで、関連する文言をもう一度見てみましょう。『そこに〈バリントン海運〉を倒そうとする意図があったとしても、レディ・ヴァージニア……あなたは失敗したんです。痛ましいことですね。なぜなら、あなたはこの会社に成功してほしいと願ってくださっている、きちんとした普通の人々に打ち負かされたからですよ』。さて、この言葉を発したとき、ミセス・クリフトンはどういうつもりだったのでしょう？　レディ・ヴァージニアが過剰に反応した可能性はあるでしょうか？　恐らく、いまここで私が口にしたのを聞いただけでは判断できないとみなさんは感じておられるのではないでしょうか。そのためには、原告側、被告側、双方の証人をその目でご覧になり、証言をすべて聞く必要があると思っておられるはずです。それを考慮して、裁判長、私は最初の証人を呼びたいと考えます。ミセス・エマ・クリフトンです」

ハリーは暗緑色の制服を着た警備兵が二人、独房の扉の外に常駐していることに慣れはじめていた。この前その扉が開いてからどのぐらいの時間が経ったかはわからなかったが、記憶を辿る作業は第三章の半ばまで進んでいて、物語はいまも笑わせてくれていた。

　ロマノフスカヤ市長のヤコフ・ブルガーコフはスターリンを顕彰する巨大な銅像を作ると決めたとき、恐るべきことになりかねない問題に直面した。

あまりの寒さに震えが止まらず、わずかなあいだでも眠るという幸せを得ようとしたが、まどろみはじめたとたんに、いきなり独房の扉が乱暴に開いた。一瞬、現実なのか、夢の一部なのかわからなかったが、入ってきた二人の警備兵に両手と両脚の拘束を解かれ、マットレスから引っぱり起こされて、独房の外へ引きずり出された。

長い石の階段の下まできたとき、ハリーは気力を振り絞ってそこを上ろうとしたが、足がひどく弱っていて、最上段のはるか手前で力尽きてしまった。それでも警備兵に引きずられるようにして暗い通路を歩かされ、辛くて悲鳴を上げそうになったが、そんなことをして彼らを満足させるのだけは拒否した。

　何歩か歩くごとに、武装警備兵と出くわした。こいつら、もっとましな時間の使い方はないのか、とハリーは思った。文字通り足元のおぼつかない五十男に目を光らせる以外に？　それでも、一歩また一歩と踏み出していると、とうとう開いているドアへたどり着いた。その向こうへ突き飛ばされ、足がもつれて、不様に両膝をつくことになった。

急いで呼吸を整え、何とか立ち上がろうとした。追い詰められた動物のように部屋を見回すと、もっといい時代には教室だったらしく、木のベンチと小さな椅子が置かれて、教壇だったらしい一段高くなったところには、大きなテーブルと、その向こうにハイ－バックの椅子が三脚並んでいた。その背後の黒板が、部屋の本来の目的を改めて教えてくれていた。

残っている力を何とか掻き集めて、ベンチのところへ行った。弱っていると思われたくなかった。部屋の配置をもう少し注意深く観察すると、教壇の右側に椅子が十二脚、六脚ずつ二列にまっすぐ並んでいた。制服ではなく、多少でも自尊心があれば浮浪者でも拒否するだろう、サイズの合っていないグレイのスーツを着た男が、一つ一つの椅子の上に一枚ずつ紙を置いていっていた。男はその作業を終えると、向かいの木の椅子に腰を下ろした。ハリーの推測では、恐らく陪審員席だった。廷吏役だろうかとハリーは目を凝らしたが、男はじっとそこに坐ったままで、明らかにだれかが現われるのを待っていた。

部屋の奥を見ると、緑の制服の上に厚手の大外套を重ねた男が数人、囚人が逃走を企てるのを待っているかのように立っていた。彼らの一人でも聖マルティヌスの物語を知っていたら、よその国からきて凍えている男を憐れみ、自分の外套を半分に引き裂いて恵んでやったかもしれなかった。

　ベンチに坐ったまま、これから起こること――それが何かはわからなかった――を待っているると、思いはエマへ移っていった。眠れないとき、その思いはたびたび訪れていた。あれおれがあの声明文にサインできなかった理由を、彼女はわかってくれるだろうか？　あれにサインしたら、アナトーリイ・ババコフの柩は二度と開かなくなってしまう。それは絶対に認められることではない。それを理解してくれるだろうか？　彼女自身の裁判はどうなっているだろう？　そばにいてやれないのが本当に申し訳ない。

　その思いは部屋の反対側のドアが勢いよく開いて破られた。七人の女性と五人の男性が入ってきて、指定された席に腰を下ろした。印象からして、この任務を遂行するのは明らかに初めてではないようだった。

　誰一人としてハリーを一瞥すらしなかったが、ハリーのほうは彼らを見つめるのをやめなかった。無表情な顔に、一つだけ共通点を見て取ることができた。彼らの頭と心は国に没収されて、もはや自分自身の意見を持つことを期待されていないというところである。悲観する以外にないこの状況にいても、ハリーは自分がどんなに特権的な人生を歩んできたかを思わずにはいられなかった。あたかも複製されたかのようなこの無表情な連中のなかに、歌手、芸術家、俳優、音楽家、あるいは作家ですら、いる可能性があるだろうか？自分の才能を知らしめる機会を一度も与えられることのなかった人々が？　それができるかできないかは、どこで生まれたかという巡り合わせなのか？

ややあって、さらに二人の男が入室し、教壇に向かって、ハリーには背中を見せる形で最前列のベンチに腰を下ろした。その片割れは五十代か、そこにいるだれよりもいい服装をしていた。スーツはサイズが合っていて、体制を支障なく運営するためには独裁をも許される類いの仕事をしているかのような、自信に溢れた雰囲気を漂わせていた。

もう一方はかなり若く、方角を見定めようとするかのように法廷を見回していた。この二人が検事役と弁護人役であるならば、ハリーの代理をしてくれるのがどちらなのかを推測するのは難しくなかった。

ようやく教壇の後ろのドアが開き、主役の登場を待った。現われたのは女が二人、男が一人、三人は教壇の中央の長テーブルに着席した。

女のほうは六十前後に間違いないと思われた。白髪が混じって見事な灰色になった髪をピンで留めてしっかりと丸く結い上げ、引退した女性校長でも通用しそうだった。ここは彼女の教室でもあったんじゃないか、とハリーが思ったほどだった。ここにいる者のなかでは明らかに最上位で、それは全員が彼女に注目していることでわかった。彼女が自分の目の前のファイルを開いて読み上げはじめた。ロシア語の教師がまずはロシアの古典を読み、それからその作品を最初から最後まで英語に翻訳するという教え方をしてくれたことに、ハリーは内心で感謝した。

「囚人は――」自分のことだろうとハリーは見当をつけたが、彼女は彼がそこにいること
を確認しようともしなかった。「――最近、ソヴィエト共和国連邦に不法に入国し――」
自分を弁護する機会ぐらいはいくら何でも与えられるはずだからメモを取りたかったが、
ペンも紙も渡してもらえないまま、自分の記憶力に頼るしかなかった。
「――その目的はたった一つ、法を犯すことにありました」そして、陪審員を見たが、そ
の顔に笑みはなかった。「あなたたち同志は、この囚人が無罪か有罪かを判定するために
選ばれています。その判断を証人が手助けします」
「同志カサノフ」彼女が検事役のほうを見た。「冒頭陳述をお願いします」
　年上のほうの男が最前列のベンチからゆっくりと立ち上がった。
「同志裁定委員長、これは明白極まりない案件であり、陪審員にいかなる時間をも煩わせ
るべきではありません。囚人は有名な国家の敵であり、この男が罪を犯したのはこれが最
初ではないのです」
　最初の罪が何だったのかハリーは早く聞きたかったが、長く待つまでもなく、すぐに明
らかになった。
「囚人は五年前、わが国の賓客としてモスクワを訪れ、皮肉にもその特権を利用していま
す。ある国際会議で幕開けの演説を行ない、国家に対して七つの罪を犯したかどで有罪を
宣告され、自白もしている犯罪者を釈放すべく運動するよう訴えたのです。アナトーリ

イ・ババコフはあなたもよくご存じのとおり、同志裁定委員長、われらが敬愛する指導者たる同志スターリン書記長についての書き物を著し、その内容が扇動的なほどに名誉を毀損するものであったために、その罪で起訴され、二十年の重労働を宣告された男です。

「それは法に触れると一度ならず指摘されたにもかかわらず、この囚人はこれらの名誉毀損を繰り返しました――」ハリーはその指摘とやらを思い出せなかった。あの日の真夜中に裸同然で、シャンパンのボトルを持ってホテルの部屋のドアをノックした若い女性がそのメッセージを運んできていたというのであれば話は別だが。「――しかしそのときには、国際関係を考慮し、また、われわれの寛大さを示すべく、この囚人が西側へ帰ることを認めました。あそこでは、この種の文書による名誉毀損と口頭による名誉毀損が日常茶飯事なのです。私はときどき訝しく思うのですが、イギリス人はこの前の戦争でわれわれと味方同士であったこと、当時のわれわれの指導者が同志スターリンその人であったことを、果たして憶えているのでしょうか。

「今年の早い時期、囚人はアメリカ合衆国へ渡っています。その目的は一つ、夫が逮捕される数日前に西側へ逃亡した、ババコフの妻と接触することでした。そして、そのイェレーナ・ババコワが、夫の扇動的著作物の隠し場所を囚人に教えたのです。囚人はその情報を頼りにソヴィエト連邦へ舞い戻り、任務を果たそうと企てました。すなわち、その本の所在を突き止め、西側へこっそり持ち帰って出版することです。

「どうしてそんな危険な企てに自ら関わるのをいとわなかったのか、同志裁定委員長、あなたは不思議に思われるかもしれません。その答えは至って簡単です。強欲がなさしめたわざなのです。だれでもいいからあの名誉を毀損するのを目的として書かれた著作物を出版するはずの人間、あるいは会社に売りつけ、自分とババコフの妻に巨額の富が入るようにしたかったということです。そこに書かれているのが最初から最後まで純然たる偽りであり、それを書いたのが、われらが敬愛する当時の指導者に会ったのは学生のときに一度だけという男だと知っていたとしても、そんなことはお構いなしでした。

「しかし、ありがたいことにマリンキン大佐によって優れた捜査活動が行なわれたおかげで、ババコフの書き物をオーヴァーナイト・バッグに隠してレニングラードから逃走しようとしている直前の囚人を、空港で逮捕することができました。この犯罪者がわが国をどれほど害しようとしていたかを本法廷に詳細に理解してもらうべく、最初の証人を呼びたいと考えます。同志ヴィタリー・マリンキン大佐をお願いします」

38

　証人席はすぐそこなのに、たどり着けないのではないかと思うほど脚に力が入らなかった。それでも何とか証人席に立ち、廷吏に聖書を渡されたときも、だれの目にもその手が震えているのがわかったし、だれの耳にも声が震えているのがわかった。

「万能の神に誓います、わたしの証言は真実であり、真実のみであります。故に、神の助けをお願いいたします」

「記録に残すために、姓名を教えてください」トレルフォードが言った。

「エマ・グレイス・クリフトンです」

「職業は?」

「〈バリントン海運〉の会長です」

「その一流企業の会長をいつから務めておられますか?」

「十一年前からです」

　トレルフォードの首が右から左へ振れたのを見て、エマは彼の言葉を思い出した。「私の質問は注意深く聞いてもらわなくてはなりませんが、答えるときは必ず陪審員に向かってお願いします」

「結婚はしておられますか、ミセス・クリフトン?」

「はい」エマは陪審員のほうを向いて答えた。「間もなく二十五年になります」

トレルフォードはこう付け加えてほしいはずだった。「わたしの夫のハリー、息子のセバスティアン、兄のジャイルズも、みな、この法廷にきています」そして、彼らのほうを見れば、陪審員は彼女の一族が幸せで一つにまとまっていると気づくに違いなかった。しかし、実際にはハリーはおらず、どこにいるのかもわからなかった。陪審員を見たままでいると、トレルフォードがすぐさま助け船を出した。「レディ・ヴァージニア・フェンウィックとの初対面のときのことを、本法廷に教えていただけますか?」

「はい」エマは台本に戻った。「兄のジャイルズが……」そして、今度は兄へと視線を送った。ジャイルズは老練なプロらしく、まずは妹に、そのあとで陪審員に笑顔を向けた。

「兄のジャイルズが」彼女は繰り返した。「わたしの夫のハリーとわたしを、婚約したばかりの女性に引き合わせるからとディナーに招いてくれたのです」

「レディ・ヴァージニアに対するあなたの第一印象はどういうものでしたか?」

「目を見張りました。普通なら映画スターとか華やかなモデルでしかあり得ないようなタイプの美人ですもの。ジャイルズが完全に首ったけだということも、すぐに明らかになりました」

「そのうちに、あなたも仲良くなったのですか？」

「いえ、本当のことを言えば、心の友には絶対になれそうにありませんでした」

「それはなぜでしょう、ミセス・クリフトン？」

「関心の対象がまるで共通していなかったのです。わたしは狩りや射撃や釣りにはまったく無縁です。正直なところ、彼女とわたしでは育った背景が違います。レディ・ヴァージニアはわたしが普段は出会うことのないお仲間と交わっていましたから」

「彼女に嫉妬したとか？」

「確かに、容貌にだけは嫉妬しました」エマは大きな笑みを浮かべた。それは何人かの陪審員が笑みを浮かべたことで報われた。

「しかし、残念なことに、あなたの兄上とレディ・ヴァージニアは最終的に離婚することになりましたね」

「それは驚くには当たりませんでした。少なくともわたしの側の一族は例外なくそうだったと思います」エマは言った。

「それはなぜだったのでしょう、ミセス・クリフトン？」

「彼女がジャイルズにふさわしいと思ったことは、わたしは一度もありませんでした」

「では、あなたとレディ・ヴァージニアは友人として別れたわけではない？」

「そもそも友人だったことがないのです、ミスター・トレルフォード」

「それなのに、彼女は数年後にあなたの人生に戻ってきた？」

「はい。ですが、それはわたしがそうしたわけではありません。ヴァージニアが〈バリントン海運〉の株を大量に買いはじめたのです。わたしには意外でした。なぜなら、彼女が〈バリントン海運〉に関心を示したことなど、それまで一度もなかったからです。彼女が七・五パーセントの株を保有していると総務担当重役に教えられるまで、わたしはさして意に介していませんでした」

「七・五パーセントがどうしてそれほど重要なのでしょう？」

「重役会に席を得る資格ができるからです」

「彼女はその責任を引き受けたのですか？」

「いえ、フィッシャー少佐を代理として送り込んできました」

「あなたはそれを歓迎しましたか？」

「いえ、それはできませんでした。彼がそこにいるのはレディ・ヴァージニアの希望に沿うようにするためだけだということが、一日目から、これ以上ないぐらいはっきりわかりましたから」

「もう少し詳しく教えていただけますか？」

「もちろんです。フィッシャー少佐はわたしが重役会に諮（はか）った提案に関して、ことごとくと言っていいほど反対し、自分の提案をすることがしばしばありました。それが〈バリントン海運〉にダメージしか与えないとわかった上でのこととしか思えませんでした」

「しかし、フィッシャー少佐は最終的には辞任しましたね」

「そうでなかったら、わたしが解任したでしょう」

トレルフォードが眉をひそめた。依頼人がコースを外れたのを喜んでいない印だった。サー・エドワードがにんまりし、自分の前のメモ・パッドに何かを書きつけた。

「では、ブリストルのコルストン・ホールでの年次総会に移りましょう。一九六四年八月二十四日の午前中に開かれたあの総会で、当時、あなたは会長職にあり――」

「ミセス・クリフトン自身の口から話していただいたらどうでしょう、ミスター・トレルフォード?」レーン判事が提案した。「いつまでもあなたが促してからではなく」

「承知しました、マイ・レディ」

「当該年度の年次報告を行なったところでした」エマは言った。「その報告はかなりいいものだったと感じていました。わたしどもの最初の豪華客船、〈バッキンガム〉の進水式の日取りを発表できたのですから尚更です」

「私の記憶が正しければ」トレルフォードが言った。「命名式は皇太后殿下によって行なわれることになっていたと――」

「なかなか抜け目がありませんね、ミスター・トレルフォード。ですが、わたしの忍耐力を試すのはやめていただけますか」

「申し訳ありません。マイ・レディ。私はただ――」

「あなたが何を考えておられたかはよくわかっていますよ、ミスター・トレルフォード。ですから、これからはミセス・クリフトンに自身のスポークスマンを務めていただきましょう」

「あなたのスピーチが終わった時点で」トレルフォードが依頼人に向き直って言った。「一般参加者からの質問を受け付けましたね？」

「はい、受け付けました」

「その質問をした人たちのなかに、レディ・ヴァージニア・フェンウィックが含まれていた。この裁判の帰趨がそのときのやりとりにかかっていると考えますので、マイ・レディ、お許しをいただいていることでもあり、ここでこの裁判の原因であるミセス・クリフトンの発言を読み上げて本法廷に知らしめたいと考えます。レディ・ヴァージニアの質問に対する答えとして、ミセス・クリフトンはこう言っています――『そこに〈バリントン海運〉を倒そうとする意図があったとしても、レディ・ヴァージニア、あなたは失敗したんです。痛ましいことですね。なぜなら、あなたはこの会社に成功してほしいと願ってくださっている、きちんとした普通の人々に打ち負かされたからですよ』。冷静な状態でその言葉をもう一度聞いたいま、ミセス・クリフトン、あなたはそれを後悔していますか？」

「それは絶対にありません。あれは事実の表明以外の何ものでもありませんでした」

「では、レディ・ヴァージニアの名誉を毀損しようという意図をもって発せられたものではなかったのですね？」

「そんな意図はこれっぽっちもありません。彼女の代理として重役会に席を得ていたフィッシャー少佐が、わたしにもほかの重役にも一切知らせることなく〈バリントン海運〉の株を売買していたことを株主に知ってもらいたかっただけです」

「なるほど、わかりました。ありがとうございました、ミセス・クリフトン。以上で質問を終わります、マイ・レディ」

「反対尋問を希望しますか、サー・エドワード？」答えは先刻承知のレーン判事が訊いた。

「是非ともお願いする次第です、マイ・レディ」サー・エドワードが答え、鬘を直しながらゆっくりと起立した。そして最初の質問を確認すると、背筋を伸ばして後方へ反り返るようにし、家族のだれもが助言を求める尊敬されている友人として見てもらえることを願いながら、優しいおじさんのようなとびきりの笑顔で陪審員席を見た。

「ミセス・クリフトン」彼が証人席へ向き直って言った。「単刀直入に申し上げます。あなたはレディ・ヴァージニアに会った瞬間から、兄上との結婚に反対だった。これは事実でしょう。しかし、実は彼女と会う以前に、すでに彼女を嫌うことにしていたのではありませんか？」

トレルフォードは驚いた。サー・エドワードがこんなにも早々と匕首を突きつけてくるとは思わず、反対尋問が愉快な経験にならないであろうことをエマに警告しただけだった。

「さっき申し上げたとおり、わたしたちは生まれついて友だちになるようになっていないのです」

「しかし、あなたは最初から彼女を敵視していたのではありませんか？」

「そこまでではありません」

「兄上とレディ・ヴァージニアの結婚式には出席しましたか？」

「わたしは招待されませんでした」

「それは意外でしたか？　彼女を快く思っていないことを、あなたはあからさまにしていたわけですが？」

「意外というより、むしろがっかりしました」

「あなたのご主人は」サー・エドワードがハリーを見つけようとするかのように時間をかけて廷内を見渡した。「招待されたのですか？」

「家族の誰一人として招待状を受け取っていませんでした」

「なぜだと思われますか？」

「それはあなたの依頼人に訊いていただくしかありません」

「もちろん、そうするつもりですよ、ミセス・クリフトン。では、あなたの母上の死に移らせてもらいます。母上の遺言書に関して争いがあったと理解していますが？」

「それは最高裁判所で決着がついています、サー・エドワード」

「ええ、確かにそのとおりです。しかし、間違っていたら訂正していただきたいし、私が言うまでもなくそうなさるでしょうが、ミセス・クリフトン、あなたと妹さんのグレイスが資産のほとんどを引き継ぎ、兄上とレディ・ヴァージニアはほとんど何も引き継がなかったんでしたね？」

「それはわたしが決めたことではありません、サー・エドワード。実際、わたしはそれについて母と話し合おうとしたぐらいです」

「それはあなたがそうおっしゃっているだけですよ、ミセス・クリフトン」

トレルフォードが即座に立ち上がった。「異議あり、マイ・レディ」

「異議を認めます、ミスター・トレルフォード。いまの発言は不適当です、サー・エドワード」

「失礼しました、マイ・レディ。では、こう質問させてください、ミセス・クリフトン、兄上は母上の決定にショックを受けられましたか？」

「サー・エドワード」トレルフォードが立ち上がる前に、レーン判事が制した。

「申し訳ありません、マイ・レディ。どうしても事実を究明せずにはいられないのが私の悪い癖でして」

「わたしたち全員がとてもショックを受けました」エマは言った。「母は兄をとてもかわいがっていましたから」

「しかし、あなたと同じく、レディ・ヴァージニアに対してはそうではなかった。さもなければ、母上は遺言書で、兄上に相応のものを遺されたはずだと思いますよ」そして、サー・エドワードはすぐに付け加えた。「ですが、質問を変えましょう。兄上とレディ・ヴァージニアの結婚は、悲しいかな、離婚という結末になりました。その原因は兄上の姦通でした」

「あなたもよくご存知のとおり、サー・エドワード」エマは冷静さを失わないように努力しなくてはならなかった。「当時は、男性がブライトン・ホテルでプロの女性と一夜を過ごさなければ、裁判所が離婚を認めない時代でした。兄はヴァージニアの要請でそれをしただけです」

「大変に気の毒ですが、ミセス・クリフトン、離婚申し立ての場合、それは〝姦通〟でしかないのです。ですが、少なくともいま、われわれ全員にわかったことがあります。それは何かについて気持ちが昂ぶったとき、あなたがどういう反応をお見せになるかということです」

陪審員席を一瞥すると、サー・エドワードが得点を上げたことがわかった。

「離婚に関する最後の質問です、ミセス・クリフトン、それがあなたとあなたの一族がお祝いをした原因ですか？」

「異議あり、マイ・レディ」トレルフォードが弾かれたように立ち上がった。

「サー・エドワード、あなたはまたもや権限を逸脱しています」

「これからはそういうことのないよう、心して努力します、マイ・レディ」

しかし、トレルフォードは陪審員席を見て、サー・エドワードはその譴責が目的を叶えてくれたと感じるだろうと確信した。

「ミセス・クリフトン、さらに重要な事柄に移らせていただきます。すなわち、私の依頼人が〈バリントン海運〉の年次総会でまったく正当な質問をしたとき、あなたが何を、どういう意図で言われたか、ということです。正確を期すために、そのときのレディ・ヴァージニアの質問をここで繰り返します――『〈バリントン海運〉の重役の一人が週末に大規模に株を売却し、会社を倒産させようとしたというのは事実かしら？』。こう言わせてもらってよろしければ、ミセス・クリフトン、あなたはその質問に対する答えを見事に回避しておられる。もしかして、いまもそうするおつもりですか？」

エマはちらりとトレルフォードをうかがい、その質問には答えるなと助言されていたから沈黙を守った。

「こう示唆してもいいかもしれませんが、あなたがこの質問に答えたくない理由は、レディ・ヴァージニアの質問がこのようにつづいたからではありませんか――『重役の一人がそれに関わっていたとすれば、彼は重役を辞任すべきではないのかしら?』。それに対するあなたの答えはこうです――『フィッシャー少佐のことをおっしゃっているのなら……』。しかし、みなさんがよくご存じのとおりだと思いますが、彼女が言っているのは彼のことではなくて、あなたの近しい友人であり同僚であった、ミスター・セドリック・ハードキャッスルのことだったのですよ、違いますか?」

「彼はわたしが出会ったなかで最高の紳士の一人です」エマは言った。

「本当にそうだったのでしょうか?」サー・エドワードが言った。「そういうことであるなら、いまのあなたの言葉をもっと詳しく検証してみたらどうでしょう。なぜなら、あなたのおっしゃっていることがこんなふうに聞こえるような気がするからです。あなたの近しい友人――あなたが出会ったなかで〝最高の紳士〟の一人――が一夜で株を売却したときには、それは会社を助けるためである。しかし、レディ・ヴァージニアが株を売ったときには、それは会社を害するためである。どうでしょう? 陪審員のみなさんはどっちつかずの返事は許されないと感じておられるかもしれませんよ。ただし、言うまでもありませんが、あなたが私の議論の弱点を見つけ、ミスター・ハードキャッスルが会社のためにしたことと、フィッシャー少佐が自分が代理を務める人物のためにしたことの違いを、本法廷に明白に定義して説明できれば話は別ですがね」

セドリックが株を売ったのは善意であり、〈バリントン海運〉を守るためだったのだという理由を陪審員に説明するのが難しいことを、エマはわかっていた。疑わしいときはとにかく答えないこと、その答えが自分に不利になる場合は特にそうすること、とトレルフォードが助言してくれていた。

サー・エドワードは答えを待ったが、返ってこないのでつづけた。「では、いまの質問にはお答えになりたくないようなので、そのあとのあなたの言葉へ移ってもよろしいですか？――『そこにバリントン海運を倒そうとする意図があったとしても、レディ・ヴァージニア……あなたは失敗したんです。痛ましいことですね。なぜなら、あなたはこの会社に成功してほしいと願ってくださっている、きちんとした普通の人々に打ち負かされたからですよ』。あなたはあの日の朝、ブリストルのコルストン・ホールで満員の出席者を前にして、レディ・ヴァージニアはきちんとした普通の人ではないということを示唆しようとしたのではありませんか、ミセス・クリフトン？　そうではないと否定できますか？」

彼は〝きちんとした普通の人〟という部分を強調した。

「彼女が〝普通の人〟でないことは確かです」

「それには私も同意します、ミセス・クリフトン、彼女は尋常ならざる人ですからね。しかし、私は陪審員のみなさんに申し上げておこうと考えます。私の依頼人がきちんとした人ではなく、彼女の意図が〈バリントン海運〉を倒すことにあったという部分は、名誉毀損に当たります。それとも、ミセス・クリフトン、あなたの見方では、それもまた事実以外の何ものでもないのでしょうか？」

「あの言葉は本心です」エマは答えた。

「では、年次総会の議事録にその言葉を記録するよう自分が主張したことも、正しいと確信しておられるわけですね」

「もちろんです」

「それはしないほうがいいと、当時の総務担当重役は助言しませんでしたか？」

エマはためらった。

「いつでもミスター・ウェブスターに電話をして、証人としてきてもらうこともできるのですよ」サー・エドワードが言った。

「してくれたかもしれません」

「では、なぜ彼はその助言をしたのでしょうね？」サー・エドワードの口調にはたっぷりと皮肉がこもっていた。エマは彼を見つめつづけた。答えが返ってくるのを相手が期待していないことは明らかだった。「あなたがすでに口頭による名誉毀損を犯しているのに、そのうえ、文書による名誉毀損まで犯すのを防ぎたかったからではないでしょうか？」

「わたしは自分の言葉を記録に残したかったのです」エマは言った。

トレルフォードが俯き、サー・エドワードはつづけた。「本当にそうだったのでしょうか？　ここまでのところ、私たちは以下のことを確認したことになりますね、ミセス・クリフトン。すなわち、あなたが私の依頼人との初対面のときから彼女に反感を持ったこと、その強い嫌悪が兄上の結婚式に招かれなかったことで倍加したこと、そして、何年か後、あなたの会社の年次総会の席上、満員の株主の面前で、彼女がきちんとした普通の人ではなく、会社を倒そうと欲した人物であると示唆することによって、レディ・ヴァージニアを貶めようとしたこと、そして、あなたが総務担当重役の助言を容れず、あなたがレディ・ヴァージニアの名誉を毀損した発言をそのまま年次総会の議事録に載せたことです。実は、ミセス・クリフトン、あなたは単にきちんとした普通の人に復讐をしたかっただけなのではありませんか？　いま、あなたの不適切な言葉に対する懲罰を求めているだけの人に？　これを要約するには、かのエイヴォンの詩人、すなわちシェイクスピアの言葉が最もふさわしいと考えます。それはこうです――〝あの男は私の名誉を盗んだ、あの男が豊かになるわけでもなく、実は私が貧しくなるだけなのに〟」

サー・エドワードは長い年月にわたってまといつづけてくたびれているガウンの襟をつかんでエマを凝視しつづけていたが、望んでいた効果を作り出すことに成功したと感じたところで裁判官を見て言った。「以上で反対尋問を終わります、マイ・レディ」

トレルフォードは陪審員席を見て、彼らが拍手喝采をするのではないかと思った。そして、危険を冒すしかないと判断した。しかし、その危険を冒すことを裁判官が許してくれるかどうかはわからなかった。

「あなたの依頼人に対してさらなる質問がありますか、ミスター・トレルフォード?」レーン判事が訊いた。

「一つだけあります、マイ・レディ」トレルフォードは答えた。「ミセス・クリフトン、サー・エドワードはあなたの母上の遺言書に言及されました。母上があなたに、レディ・ヴァージニアに対する感情を口にされたことはありますか?」

「ミスター・トレルフォード」エマが答えるより早く、レーン判事がさえぎった。「よくご承知と思いますが、それは伝聞であり、認められません」

「ですが、母は彼女についてどう考えているかを遺言書に記録しています」エマはレーン判事を見上げた。

「おっしゃっていることがよくわからないのですが、ミセス・クリフトン」裁判官が言った。

「母は遺言書のなかで、わたしの兄に何も遺すつもりがない理由を明らかにしているのです」

トレルフォードが遺言書を手に取って言った。「関連する部分を読み上げてもよろしいでしょうか、マイ・レディ」そして、邪気のない生徒のような口調で付け加えた。「それが助けになるかもしれません」

サー・エドワードがすぐさま立ち上がった。「これは疑いもなく、もう一つの文書による名誉毀損以外の何ものでもありません、マイ・レディ」トレルフォードがどの部分を読み上げるつもりでいるか、わからないはずがなかった。

「しかし、これは公証された公の文書です」トレルフォードは遺言書を記者席にいる新聞記者たちの鼻先に差し出した。

「関連する部分を読ませてもらってから判断すべきかもしれませんね」レーン判事が言った。

「承知しました、マイ・レディ」トレルフォードは遺言書を廷吏に渡して裁判官へ届けさせた。

トレルフォードが下線を引いて強調していたのは二行だけで、レーン判事は何度かそれを読み返したと思われたあとでようやく言った。「すべてを考量すると、この証拠のこの部分を認めるべきではないと考えます。この部分は遺言書の本来の文脈と無関係であると十分に見なし得るからです。ですが、ミスター・トレルフォード」彼女が付け加えた。「手続きを延期して法律的な考え方を議論したいとお考えなら、そのために休廷を宣することはやぶさかではありません」

「いえ、それには及びません、マイ・レディ。あなたの判断を謹んで受け入れます」トレルフォードは答えた。記者席からはすでに数人が抜け出しつつあり、明日の一面には関連部分の文言が躍るはずだった。

「では、手続きを再開します」レーン判事が言った。「次の証人を呼んでいただけますか、ミスター・トレルフォード」

「実はそれができなくなったのです、マイ・レディ。というのは、現在、当該証人は庶民院の討論会に出席しているのです。ですが、明朝十時であれば、フィッシャー少佐は出廷が可能です」

39

ハリーが三列目の木のベンチから見ていると、マリンキン大佐が仮設の法廷へ入ってきて国側の検察官役に直立不動で敬礼し、そのままの姿勢を保ちつづけた。

ハリーの記憶では逮捕されたときより上等な制服を着ていたが、恐らく特別なときのためのものだろうと思われた。上衣では六つのボタンがきらめき、ズボンはしっかりと折り目が入って、ブーツは見下ろしたら顔が映るのではないかというぐらいに磨き上げられていた。五列に並んだ勲章が、彼が敵を取り逃がしたことはないと、だれであろうと疑いを挟む余地なく物語っていた。

「初めて被告を知ることになったときのことを本法廷に教えていただきたい、大佐」

「承知しました、同志検察官。被告を初めて知ることになったのは、彼が五年前、世界書籍会議にイギリス代表として出席して、会議初日に基調演説を行なったときです」

「あなたはその演説を聴きましたか?」

「聴きました。その結果、裏切り者のババコフが長年クレムリン内部で仕事をし、同志スターリンのすぐそばにいたと被告が信じていることがわかりました。実は、その演説がいかにもそれらしかったせいで、被告が着席したときには、会場にいたほとんど全員が事実だと信じてしまったようでした」

「被告がモスクワに滞在中に、あなたは接触を図りましたか」

「いいえ、それはしていません。なぜなら、被告は次の日にイギリスへ帰ることになっていたからです。正直に申し上げると、西側が煽ろうと企てる運動のほとんどがそうであるように、忘れられるのも時間の問題でしかないと考えたのです。すぐに脇へ追いやられて、また新たなそういう運動を企てるという繰り返しの一部に過ぎないと」

「しかし、この件についてはそうではなかったのですね」

「はい。被告はババコフが真実を語っており、ババコフの書いたものが公になれば世界もそれを信じると、明らかに確信していました。今年の早い時期、被告は彼の妻の一族が所有する豪華客船でアメリカへ行きました。ニューヨークに着くや有名な出版人を訪れましたが、そこでババコフが書いたものの出版が話し合われたことは疑いの余地がありません。なぜなら、被告は次の日にピッツバーグ行きの列車に乗りましたが、その目的はただ一つ、あの裏切り者の妻のイェレーナ・ババコワに会うことだったからです。いま私が持っているこのフォルダーには、被告がピッツバーグにいるときに私の工作員が撮影した写真が何枚も収められています」

マリンキンはフォルダーを廷吏に渡し、裁定委員長へ届けさせた。三人の裁定委員はしばらく写真を検めていたが、やがて委員長が訊いた。「被告がイェレーナ・ババコワと一緒にいた時間はどのぐらいですか？」

「四時間とちょっとです。そのあと、被告はニューヨークへ戻り、その日遅くにもう一度件の出版人と会って、翌日、妻の一族が所有する豪華客船でイギリスへ帰りました」

「被告がイギリスへ帰ってからも高度な監視作業をつづけたのですか？」

「はい、すぐに活動を開始しました。われわれの上級工作員の一人が被告の日々の動きを監視し、被告の自宅から遠くないブリストル大学でロシア語の学習を開始したことが明らかになりました。私の工作員の一人が同じクラスに加入して監視をつづけた結果、被告が勤勉な学生で、クラスメイトのだれよりも熱心に勉強していたことがわかりました。そして、その学習を終えて間もなく、ビザが失効するわずか数週間前に、空路でレニングラードへ入りました」

「レニングラードに着いたところですぐに逮捕し、次の便でロンドンへ送還しなかったのはなぜですか？」

「被告がロシアでだれかと接触するかどうかを確かめたかったからです」

「接触したのですか？」

「いいえ、被告は空想的で、一人でいることを好むらしく、大昔であれば、ギリシャ神話のイーアーソーンのように金の羊毛を探しに出ているときのほうが楽しいというタイプのようです。二十世紀のいまに生きている彼にとっては、金の羊毛に当たるのがババコフの架空の物語なのでしょう」

「被告はそれを探し当てるのに成功したのですか？」

「はい、成功しました。恐らく、どこへ行けば夫の書いたものが見つかるか、ババコフの妻がその正確な場所を教えたに違いありません。というのは、被告はレニングラードへ着くやいなや、タクシーで市の周縁部にある〈プーシキン古書店〉へ直行しているのです。そして、目当てのものを見つけるのに五分とかかっていません。それは別の作品の、埃をかぶったカヴァーがかけられていました。そのことから考えると、どこにあるかを、これもババコフの妻が正確に教えていたに違いありません。被告はそれ以外に二冊の本の代金を支払い、待っていたタクシーに戻って、空港へ引き返すよう指示しました」

「そこで被告を逮捕したのですね？」

「そうです。しかし、すぐにではありませんでした。空港に協力者がいるかどうか、いた場合、その協力者にあの書き物を渡そうとするかどうかを確かめたかったからです。しかし、被告はＢＯＡＣのカウンターへ直行し、レニングラードへきたときと同じ帰国便の航空券を購入しました。逮捕したのは、被告が搭乗ゲートへ向かっているときです」

「ババコフの書いたものは、いま、どこにあるのですか？」裁定委員長が訊いた。

「破棄されました、同志裁定委員長。しかし、タイトル・ページは記録のために遺してあります。本法廷が関心を示されるかもしれないので申し上げますが、あれは完本になる前の印刷所が作った見本本のようです。だとすると、存在する最後の一部だったかもしれません」

「逮捕されたとき、被告はどんな反応を示しましたか?」検察官が訊いた。

「容疑は何かと訊きつづけたことからすると、自分が犯した罪の重大さを明らかに理解していないようでした」

「タクシーの運転手の事情聴取はしたのですか?」検察官が訊いた。「それから、古書店で働いていた年配の女性はどうでしょう? 被告の一味ということはなかったのですか?」

「事情聴取なら行ないました。二人とも党員証を携行していて、党員であることも確認されました。また、過去に被告と接触がなかったこともすぐにわかりました。事情聴取がすんだらすぐに解放しましたが、それは私が何を調べているかを、彼らが知らないほうがいいと判断したからです」

「ありがとう、大佐。以上で私の質問を終わります」検察官が言い、着席する前に付け加えた。「ですが、私の同僚はまだ訊くことがあるかもしれません」

裁定委員長がベンチの反対側に坐っている若者を一瞥した。彼は起立して古参の判事を見たが、何も言わなかった。

「この証人への反対尋問を行ないますか？」彼女が訊いた。

「その必要はありません、同志裁定委員長。マリンキン大佐が提出された証言に完全に納得しています」若者はそう答えただけで着席した。

　裁定委員長は大佐に向き直った。

「あなたの努力は賞賛に値します、同志大佐。実に徹底的かつ包括的な捜査を行なってくれました」彼女は言った。「しかし、わたしどもが判決を下す一助になるかもしれない何かを付け加える必要はありませんか？」

「あります、同志裁定委員長。これは確信を持って言えることですが、この囚人はナイーヴで騙されやすい理想主義者に過ぎません。ババコフが本当にクレムリンで仕事をしていたと信じているのです。これは私見ですが、彼にもう一度、供述書にサインするチャンスを与えてやってもいいのではないでしょうか。彼がサインすれば、強制退去については私が自ら監督します」

「ありがとう、大佐。もう重要な任務に戻ってもらって結構です」

　マリンキンが敬礼し、踵を返して退出しようとした。そして、ちらりとハリーに目を走らせてから、一拍置いて出ていった。

　ハリーはその瞬間に気がついた。これは世論操作（ショウ・トライアル）のための裁判なんだ。ちょっと種類が違っているのは、その目的がたった一つ、ババコフがいかさま師であるとおれに信じさせ、イギリスへ帰ったときにそれを真実として、この法廷もどきで演じられたことをそのまま公にさせることだろう。しかし、この三文芝居は周到に構成されていて、依然としておれに供述書へのサインを要求している。それにしても、こいつらは目的を成就するためにどこまでやるつもりなんだろう?

「同志検察官」裁定委員長が言った。「次の証人を呼びますか」

「ありがとうございます、同志裁定委員長」検察官役の男がふたたび立ち上がって答えた。

「アナトーリイ・ババコフをお願いします」

40

ジャイルズは朝食のテーブルに着いて朝刊に目を通しはじめた。二杯目のコーヒーを飲んでいると、セバスティアンがやってきた。

「新聞は何て書いてる？」

「演劇批評家なら、さまざまな見方ができる初日だったと言うかもしれないな」

「そうだとしたら」セブが言った。「裁判官が新聞を読むなと陪審員に指示したのはいいことだったんじゃないの？」

「読まずにいるわけがないじゃないか、嘘じゃない」ジャイルズは言った。「母が遺言書のなかでヴァージニアのことをどう言っているか、それをトレルフォードが明らかにしようとしたとき、裁判官はそれを許可しなかっただろう。だったら、尚更だよ。コーヒーは自分でやってくれ、そのあいだに、何と書いてあるか読んでやるから」そして、〈デイリー・メール〉を手に取ると、セブがテーブルへ戻ってくるのを待って、眼鏡をかけ直して記事を読み上げはじめた。「〝残りの遺産はわたしの愛する娘のエマとグレイスに遺贈します。二人がふさわしいと思えば、どのように使ってもらってもかまいません。ただし、わたしのシャム猫のクレオパトラは、レディ・ヴァージニア・フェンウィックに遺します。何故なら、レディ・ヴァージニアとクレオパトラには多くの共通点があるからです。ともに美しく、りゅうとしていて、虚栄心が強く、狡猾で、巧みな捕食動物であり、地上にいるすべての者は自分に奉仕することになっているのだという考えの持ち主なのです。そのすべての者のなかには、わたしの目の眩んだ息子も含まれています。そういう息子にかけられた彼女の呪いが、手後れになる前に解けてくれることを願うしかありません〟」

「やったね」伯父が新聞をテーブルに戻すや、セブが言った。「何て侮るべからざる貴婦人なんだろう。彼女には是非とも証人席に立ってもらいたかったな。でも、高級紙はどうなの、どんなふうに書いているの?」

「〈デイリー・テレグラフ〉はどちらが有利とも言っていないが、メイクピースのエマに対する反対尋問は法科学的で分析的だったと褒めているな。〈タイムズ〉は原告側でなく被告側がフィッシャー少佐を証人に呼ぶ理由を推測している。見てみろ、見出しの下に〝敵対的証人〟とあるだろう」ジャイルズは新聞をテーブルに滑らせた。

「フィッシャーに関しては、全紙の評価が一致するんじゃないかな」

「あいつが証人に立ったら、黙って見つめつづけてやるだけでいいんだ。あいつはそれが苦手だからな」

「おかしいんだけど」セブが言った。「女性の陪審員の一人が、ずっとぼくを見つめつづけているんだよね」

「よかったじゃないか」ジャイルズは応じた。「だったら、ときどき笑みを返してやるのを忘れないことだ」そして、付け加えた。「だけど、やり過ぎるなよ、裁判官に気づかれるかもしれないからな」そのとき、エマが入ってきた。

「論調はどう？」彼女が新聞を見下ろして訊いた。

「まあ、予想できた範囲内かな」ジャイルズは答えた。「〈デイリー・メール〉はお母さんの遺言書を麗々しく取り上げているよ。だけど、真面目な記者たちは、向こう側ではなくてわれわれのほうがフィッシャー少佐を証人に呼んだ理由を知りたがっているけどね」

「その答えなら、もうすぐわかるわ」エマがテーブルに着いた。「どれから読めばいい？」

「〈タイムズ〉かな」ジャイルズは言った。「でも、〈デイリー・テレグラフ〉はわざわざ読まなくていい」

「初めてじゃないけど」エマが〈デイリー・テレグラフ〉を手に取りながら言った。「明日の新聞を今日読めないのが残念だわ」

「おはようございます」陪審員が着席すると、レーン判事が言った。「本日の手続きはかなり異例のことから始めなくてはなりません。ミスター・トレルフォードの証人である庶民院議員アレグザンダー・フィッシャー少佐は証言をしないとの意向でした。しかし、それでも被告側から証人申請が行なわれました。ミスター・トレルフォードがその申請をなさったとき、わたしはそれが認められるかどうかを判断しなくてはなりませんでした。そして、すべてを考量した上で、ミスター・トレルフォードはフィッシャー少佐を呼ぶ権利があると結論しました。本件の核心であるミセス・クリフトンとレディ・ヴァージニアのやりとりのなかで彼の名前が出てきていたからであり、それ故、状況を解明する上でフィッシャー少佐が役に立ってくれるかもしれないと考えたからです」そして、強調した。「ですが、陪審員のみなさんはフィッシャー少佐がサー・エドワード・メイクピースの証人リストに含まれていないという事実を、絶対に深読みしないでいただきたいのです」

「でも、するよな」ジャイルズはエマにささやいた。

レーン判事が廷吏を見下ろした。「庶民院議員アレグザンダー・フィッシャー少佐は見えていますか?」

「はい。マイ・レディ」

「では、証人を喚んでください」

「庶民院議員アレグザンダー・フィッシャー少佐、お願いいたします」廷吏が叫んだ。

法廷の後ろの両開きの扉が勢いよく開かれ、フィッシャーが颯爽と、ジャイルズでさえ驚いたほどふんぞり返って姿を現わした。国会議員という地位がずいぶんな自惚れを付け加えたのが見え見えだった。

　フィッシャーが右手で聖書を持ち、廷吏が掲げるカードをちらりとも見ることなく宣誓すると、トレルフォードが立ち上がった。フィッシャーは敵を照準に捕らえたかのように弁護士を睨みつけた。

「おはようございます、フィッシャー少佐」トレルフォードは言ったが、返事はなかった。「法廷の記録のために、お名前と職業を教えていただけますか？」

「名前はアレグザンダー・フィッシャー少佐、職業はブリストル港湾地区選出の庶民院議員だ」そう答えて、正面からジャイルズを見据えた。

「この名誉毀損の裁判の案件が関わっている〈バリントン海運〉の年次総会が開かれた当時、あなたは当該の会社の重役でしたか？」

「重役だった」

「重役会にあなたを招請したのはミセス・バリントンでしたか？」

「いや、彼女ではない」

「では、重役として代理を務めてくれるようあなたに依頼なさったのはどなたでしょう？」

「レディ・ヴァージニア・フェンウィックだ」

「その理由をお尋ねしてもよろしいですか？　あなた方は友人でしたか、それとも、単なる職業的な関係だったのでしょうか？」

は笑顔でうなずいた。


「両方だと考えたいな」フィッシャーがレディ・ヴァージニアへ視線を走らせると、彼女は笑顔でうなずいた。

「では、あなたがレディ・ヴァージニアに提供した専門知識とは何でしょう?」

「私は国政に携わるまで、株の仲買を職業としていたんだ」

「なるほど」トレルフォードが応じた。「では、あなたは彼女の株のポートフォリオについて、すなわち、株をどう評価するかについての助言ができた。そして、あなたが賢明な助言をしてくれたことに恩義を感じて、彼女はあなたを自分の代理として〈バリントン海運〉の重役に推したわけですね」

「きみのほうが私よりよほど上手に説明できているのではないかな、ミスター・トレルフォード」フィッシャーがしたり顔で笑みを浮かべた。

「しかし、それだけがレディ・ヴァージニアがあなたを選んだ理由だと断言できますか?」

「断言できるとも、当たり前だ」フィッシャーが声を荒らげ、顔から笑みが消えた。

「ちょっとわからないところがあるのですが、フィッシャー少佐、ブリストルに本拠を置く株の仲買業者が、どうやったらロンドンに住んでいるレディの職業的助言者になれるのでしょうね。彼女なら、いつでも助言以上のことができる有力な仲買人をシティに何人も知っておられるでしょうに。彼女と初めてお会いになられたときの様子をお尋ねしてもよろしいですか?」

「私が初めて保守党の候補者としてブリストル港湾地区から立候補したときに支援してもらった」

「その選挙のときの労働党の候補者はだれでしたか？」

「サー・ジャイルズ・バリントンだ」

「レディ・ヴァージニアのかつての夫であり、ミセス・クリフトンの兄上ですね？」

「そうだ」

「そうですか、それでレディ・ヴァージニアが重役として自分の代理にあなたを選んだ理由がわかりました」

「いったい何を言おうとしているんだ？」フィッシャーが不機嫌な声で訊いた。

「至って簡単なことですよ。つまり、ブリストル港湾地区以外の選挙区で立候補したら、それがどこであれ、あなたがレディ・ヴァージニアと遭遇することはなかっただろうということです」トレルフォードはフィッシャーの返事を待つあいだ、陪審員席を見る余裕があった。返事は返ってこないという自信があったからだ。「いまや原告とあなたの関係がはっきりしたわけですから、あなたの職業的助言の価値と重要性について考えてみることにしましょう。ついさっきのことなので ご記憶と思いますが、少佐、あなたがレディ・ヴァージニアの株のポートフォリオについて助言なさったかどうかをお尋ねしたとき、あなたは否定されませんでした」

「実際、助言したからだ」

「では、陪審のみなさんにお教え願いたいのですが、〈バリントン海運〉の株以外に、どんな株についての助言をレディ・ヴァージニアになさいましたか？」トレルフォードは今度も辛抱強く返事を待ち、またもや返事が返ってこないので、ふたたび口を開いた。「そういうことはなかったというのが答えではありませんか？　あなたに対する彼女の関心は、あなたをしてインサイダー取引をさせること、〈バリントン海運〉の株の状況を自分に教えさせること、それだけだったのではありませんか？　だとすれば、あなた方はお二人とも、重役であるあなたしか知り得ないはずの情報を有利に利用できたわけですよね」

「何を言うかと思えば、世迷い言（よまいごと）もいいところだ」フィッシャーはレーン判事を見上げたが、彼女は無表情だった。

「私の言ったことが世迷い言だとしたら、少佐、それぞれに異なる三度、レディ・ヴァージニアに株を売るよう助言し――いま私の前には、その日付、時間、量を記した記録があるのですがね――、それが三度とも、会社が悪いニュースを公にするわずか二日前だったことを否定できますか？」

「それが助言者に求められていることなんだ、ミスター・トレルフォード」

「そして、三週間後、あなたはその株を買い戻しておられます。それは私が思うに、二つの理由からでしょう。一つ目は早く儲けを確定させるため、二つ目は彼女が〈バリントン海運〉の株の七・五パーセントを保有しつづけ、あなたが重役でいつづけられるようにするためです。さもないと、あなたは内部情報を手に入れる特権を失うことになったはずですからね、違いますか？」

「それは私の職業的評判を貶める無礼な中傷だ」フィッシャーが吼えた。

「そうでしょうか？」トレルフォードは全員に見えるように一枚の紙をかざし、目の前の数字を読み上げた。「当該の三度の取引において、レディ・ヴァージニアはそれぞれ一万七千四百ポンド、二万九千三百二十ポンド、七万百ポンドの儲けを出しておられます」

「依頼人のために儲けを出すのは犯罪ではあるまい、ミスター・トレルフォード」

「もちろん、犯罪ではありません。それは確かです。しかし、少佐、その三度の取引を行なうのに香港の仲買人を使う必要があった理由は何でしょう？　ミスター・ベニー・ドリスコルという仲買人ですが？」

「ベニーは古い友人で、かつてはシティで一緒に仕事をしていたんだ。私は友人を大事にするんだよ、ミスター・トレルフォード」

「それはそのとおりなのでしょうが、少佐、あなたが取引をしておられた当時、アイルランド警察がミスター・ドリスコルの逮捕状を有していたことはご存じでしたか？　容疑は詐欺と株の違法操作ですが？」

サー・エドワードがとたんに立ち上がった。

「異議を認めます、サー・エドワード」レーン判事が言った。「あなたが言おうとなさっているのは、ミスター・トレルフォード、フィッシャー少佐がその逮捕状が出ていることを知っていながら、それでもミスター・ドリスコルと仕事をしようとしていたということではありませんね？」

「それは私の次の質問になったはずのことです、マイ・レディ」トレルフォードが邪気のない生徒の顔に戻って答えた。

「いや、私は知らなかった」フィッシャーが抵抗した。「知っていたら、彼とは絶対に取引をつづけなかったはずだ」

「それなら安心です」トレルフォードは自分の前の大判の黒いファイルを開いて、数字が連ねられた一枚の紙を取り出した。「レディ・ヴァージニアの株を売ったとき、あなたはどういう形で支払いを受けましたか？」

「手数料としてだ。売買価格の一パーセント、それが標準的な相場だ」

「非常に適切かつ正当な相場ですね」トレルフォードはこれ見よがしに紙をファイルに戻すと二枚目の紙を取り出し、それを一枚目に負けず劣らず熱心に検めた。「教えていただきたいのですが、少佐、それぞれの取引について、あなたが忠実な友人のミスター・ドリスコルにレディ・ヴァージニアのために売買を実行してくれるよう依頼したあと、彼も自分自身のために〈バリントン海運〉の株を売買したことをご存じでしたか？　それが法に触れることを、彼は知っていたに違いないのですがね」

「そんなことは知らなかったし、知っていたら、彼のことを証券取引所に通報したはずだ」

「本当にそうでしょうか？　では、彼があなたの取引に便乗して数千ポンドの儲けを手にしたことをご存じなかった？」

「そうだ、知らなかった」

「では、彼が最近、職業倫理に反する営業活動をしたかどで香港証券取引所から資格停止処分を受けたこともご存じではない？」

「知らなかったな。だが、私はもう何年も彼とは取引をしていないんだ」

「そうでしょうか？」トレルフォードは二枚目の紙をファイルに戻し、三枚目の紙を取り出した。そして、眼鏡の位置を調整してから目の前に並んでいる数字を検めた。「この三件の取引において、あなたもまた、自分自身のために〈バリントン海運〉の株を売買し、三度ともかなりの儲けを手にされましたね？」

　トレルフォードは手に持った紙を見つめていたが、内心では薄氷を踏む思いだった。「そんなことはなかった」と答えられたら、いまの質問ははったりだったと見抜かれてしまう。しかし、少佐は一瞬ではあったがためらい、その沈黙のあいだにトレルフォードがこう付け加える隙を与えてくれた。「あなたは国会議員ですから改めて念を押すまでもないとは思いますが、フィッシャー少佐、宣誓した上で事実でない証言をしたら偽証罪に問われることも、それが意味するところも、もちろん承知しておられますね」そして、目の前の数字の羅列を検めつづけた。

「しかし、私は三回目の取引では儲けていない。実は損をしているんだ」

法廷が息を呑み、あちこちでひそひそ話が始まった。トレルフォードはそれが鎮まるのを待ってつづけた。「最初の二回では儲けたけれども、三回目では損をしたのですね？」

フィッシャー少佐は証人席で落ち着かなげに身じろぎし、答えようとしなかった。

「フィッシャー少佐、あなたはたったいま、本法廷で、顧客のために儲けを出すのは犯罪ではないとおっしゃいました」トレルフォードはフィッシャーの正確な言葉を書き留めたメモを見ながら言った。

「言ったが？」フィッシャーが態勢を立て直そうとした。

「しかしながら、資格を持った株の仲買人としてのあなたは、それが犯罪であることをご存じだったはずです」トレルフォードはつづけ、自分の前のベンチから赤い革張りの分厚い書物を取り上げると、紙片を挟んだページを開いた。「〝自らが重役である企業のなかで株を取引することは犯罪を構成する〟とここにはあります」そして、それにつづく記述を正確に読み上げた。「そのあとに、〝当該企業の会長にその旨を知らせ、法的な導きを求めない限り〟と記されています」彼はその文言を全員が理解するのを待ち、力強く書物を閉じて穏やかに訊いた。「あなたはミセス・クリフトンにその旨を知らせましたか？　あるいは、導きを求めましたか？」

　フィッシャーが証人席の縁を握り締めた。手の震えを止めようとしなくてはならなかった。

「〈バリントン海運〉の株の売買でいくらの儲けが出たのか、それを本法廷に教えていただけますか？」トレルフォードは相変わらず紙を見つめていたが、それは最近、自分が香港を訪れたときに宿泊したホテルの領収書だった。彼はしばらく待ってからその領収書をファイルに戻し、レーン判事を見上げて言った。「マイ・レディ、フィッシャー少佐はもはや答える意志をお持ちでないようですので、これ以上質問をつづけても意味がないように思われます」

　そして着席し、エマに向かって笑みを浮かべた。

「サー・エドワード」レーン判事が言った。「この証人の反対尋問を行ないますか？」

「よろしければ、二つだけ」いつになく抑えた口調だった。

「フィッシャー少佐、あなたが自分自身のために〈バリントン海運〉の株を取引していたのを、レディ・ヴァージニア・フェンウィックが知っていたことを示すような事実はありませんか？」

「ありません」

「私が間違っていたら訂正していただきたいのですが、あなたは単に彼女の助言者に過ぎず、彼女の名義での取引は完全かつ厳密に法律の枠内で行なわれたのですね」

「まったくそのとおりです、サー・エドワード」

「ありがとうございます、明言していただいたことに感謝します。質問は以上です、マイ・レディ」

裁判官が忙しくメモを取っているあいだ、フィッシャーは証人席にとどまり、まるでヘッドライトに照らされたときの兎(うさぎ)のように身じろぎもしなかった。レーン判事がようやくペンを置いて言った。「退廷なさる前にお伝えしておかなくてはなりません。フィッシャー少佐、わたしはあなたの証言を文字にしたものを公訴局に提出しようと考えています。そうすれば、さらなる法的措置を講じるべきかどうかを、そこが判断できますので」

証人席を出て法廷をあとにしようとするフィッシャーを追おうと、一斉にベンチを立ち上がったメディアが一団となって廊下へと飛び出していった。あたかも傷ついた狐を追い詰める猟犬の群れのようだった。

ジャイルズが前に身を乗り出し、トレルフォードの背中を叩いて言った。「お見事でしたよ、サー。あいつを十字架に磔(はりつけ)にしてやりましたね」

「フィッシャー少佐についてはそのとおりかもしれませんが、レディ・ヴァージニアについてはそうではありませんよ。サー・エドワードが慎重に言葉を選んで発した二つの質問のおかげで、彼女はまだ生き延びて戦うことができるはずです」

41

おかしい。これがアナトーリイ・ババコフだなどということは、たぶん、いや、間違いなくあり得ない。ハリーは足を引きずるようにして入廷して国側検察官の向かいに崩れ落ちるように腰を下ろした、骨と皮と言っていいほどに痩せ衰えた男を見つめた。

ババコフはワイシャツを着て、その上にスーツをまとってはいたが、まるで人間の姿をした衣紋掛け(ハンガー)のようにしか見えなかった。ワイシャツもスーツもサイズが恐ろしく大きすぎ、ハリーの頭にまず浮かんだのは、今朝、見知らぬだれかから借りたに違いないということだった。もっとも、すぐに本人のものだろうと思い直したが、その根拠は、はるか以前に収容所送りになった日から、そのワイシャツもスーツも着ているはずがないと気づいたからだった。髪は薄くなりはじめていて、残っている部分も白髪が増えて黒灰色になっていた。目も灰色で落ちくぼみ、肌はかさかさで皺が刻まれていたが、それは陽に焼かれたからではなく、シベリアの平原で生まれる凍(い)てつく風に、果てしなく長いあいだ晒されていたからだった。自分と同世代だから五十になるかならないかだとハリーはわかっていたが、それでも、七十、もしかすると八十にも見えなくはなかった。

検察官が立ち上がった。おべっか使いがいじめっ子に代わっていた。彼はババコフをまともに見据え、冷淡かつ傲岸(ごうがん)に、さっきまで証人席にいた大佐に見せていたのとは正反対の態度で命令した。

「名前と囚人番号!」

「ババコフ、七四一六二番です、同志検察官」

「私をそんなふうになれなれしく呼ぶな」

囚人が頭を下げた。「申し訳ありません」

「罪を犯す前の職業は?」

「モスクワ第七地区で教師をしていました」

「その学校に何年勤めた?」

「十三年です」

「教えていた科目は?」

「英語です」

「教員資格はどうやって取得した?」

「一九四一年にモスクワ外国語大学を卒業しました」

「では、卒業後の最初の職業が教師で、以降、それ以外の場所で仕事をしたことは一度もないんだな？」

「はい、一度もありません」

「教師としての十三年のあいだに、クレムリンを訪れたことがあるか？」

「いいえ、一度もありません」

ババコフは〝一度も〟という部分に力を込めていたが、それは彼がこの裁判もどきをお笑いぐさでしかないと見なしている、明らかな証拠のようにハリーには思われた。ソヴィエトの生徒は一人残らず、どこかでクレムリンを訪問し、レーニンの墓に敬意を表することになっていた。もしババコフが校長なら、自身も生徒を引率してそこを訪れていないはずがなかった。しかし、そのメッセージを受け取ったことをババコフに知らせる術をハリーは持っていなかった。それをやろうとすると、ババコフが嘘をついていることが簡単にばれてしまう恐れがあった。

「いつであろうと、われらが敬愛する指導者であり、人民委員会議議長だった同志スターリンに会ったことがあるのか？」検察官がつづけた。

「はい、一度あります。私が学生だったときに、外国語大学の年次国家表彰式に出席されました」

「同志スターリンと言葉を交わしたのか？」

「はい。私が学位を取得したことを喜んでくださいました」

ハリーはババコフがその大学を首席で卒業し、レーニン勲章を獲得したことを思い出した。彼は何故それを黙っているのか？　たぶん、周到に準備して渡された台本にないからであり、その台本どおりのことしか言わないことになっているからだろう。おそらく、いま彼に質問をしている人物が答えも書いたに違いない。

「その束の間の遭遇を除いて、ふたたび同志スターリンと会ったことはあるのか？」

「いえ、一度もありません」今度も、〝一度も〟が強調された。

ハリーの頭のなかで、ある計画が形をなしはじめていた。それがうまくいけば、固く表情を消して裁判官席に坐っている三人に、ババコフがいま話していることのすべては真実だと自分が考え、これまで彼に騙されていたのだと確信して慄然（りつぜん）としていると思わせられるはずだった。

「では、一九五四年のことを訊かせてもらう。あの年、おまえは一冊の本を出版しようと企てた。そのなかで、同志スターリンの専属スタッフ、専属通訳として十三年仕えたと主張している。しかし、おまえはあの時点で、実はクレムリンには一度も足を踏み入れていなかった。あんな嘘をついて、うまく逃げおおせられると考えた根拠は何だ？」

「私だけでなく、あのときサルコフスキー通信で仕事をしていた者も、誰一人としてクレムリンの内部に入ったことがなかったからです。彼らはメーデーの軍事パレードを謁見（えっけん）する同志スターリンを遠くから見たことがあるに過ぎませんでした。ですから、私が側近の一人だったと信じさせるのは難しくなかったのです」

　ハリーはババコフに向かって、やりすぎにならないよう気をつけながら、さも侮蔑するかのように首を振り、眉をひそめて見せた。裁定委員長が自分の前の用紙にメモを取るのがわかった。かすかながら口元が緩んだようでもあった。

「おまえは自分の書いたものを西側で出版し、大金を手に入れることだけを目的として亡命を企てるつもりだった。それも事実なのか？」

「事実です。サルコフスキー通信の者たちを騙せるのなら、私が同志スターリンの側近だったとアメリカ人やイギリス人に信じさせるのははるかに容易だろうと考えたのです。結局のところ、これまでどれほどの数の西側の人々がソヴィエトを訪ねてきているとしても、彼らが同志スターリンと言葉を交わすことなど論外です。彼が英語を話さないことはだれもが知っていることでもありますし」

　ハリーは頭を抱え、そのあと顔を上げて、あからさまな軽蔑を浮かべてババコフを見た。

裁定委員長がまたメモを取った。

「書き物が完成したとき、どうしてすぐに、最初のチャンスがあったときに亡命しなかった？」

「そのための資金が不足していたのです。出版されたらすぐに前払いをすると約束されてはいましたが、その金を手にする前に逮捕されてしまいました」

「しかし、おまえの妻は亡命したではないか」

「はい。あとで合流できればと考え、これまでに蓄えた有り金すべてを持たせて、私より先に逃亡させたのです」

検察官が半ばの事実と嘘をごっちゃにしていることにハリーはびっくりし、こんな茶番をおれが本物だと信じると、たとえ一瞬であれよくも思われるものだと呆れた。しかし、それが彼らの弱点だった。明らかに自分たちのプロパガンダが成功していると受け止めているようだったから、ハリーは彼らの舞台に上がって演技をしてやることにした。

そして、検察官が得点を上げたように見えるたびにうなずいた。しかしそのとき、学校時代に演劇の教師から過剰演技だと一再ならず注意されたことを思い出し、そうならないように気をつけた。

「おまえの妻は逃走するとき、おまえの書いたものを一部、持っていったのか？」検察官が詰問した。

「いえ、持っていっていません。妻が逃走するときには、まだ出版されていませんでした。いずれにせよ、国境を越えるときに調べられたでしょうし、もし持っていれば逮捕されて、その場でモスクワへ送り返されたはずです」

「しかし、見事な捜査努力がなされたおかげで、その出版物が店頭に並ぶ前に、おまえは逮捕され、告訴され、有罪を宣告されたわけだ」

「はい」ババコフがふたたび頭を下げた。

「そして、国家反逆罪で告訴されたとき、おまえはどう答えた？」

「すべての容疑について有罪であると認めました」

「そして、人民法廷は二十年の重労働を言い渡した」

「はい。国家に対してあれだけ卑劣な犯罪を犯したにもかかわらず、とても軽い刑ですんだことは幸運でした」

　ハリーはまたもや、この裁判は徹頭徹尾でっちあげだと見なしていることを、ババコフが自分に知らせようとしているのだと気がついた。しかしハリーとしては、この劇中劇を自分が信じているように見せることが依然として大事だった。

「これで私の証人調べを終わります、同志裁定委員長」検察官役の男は深々と一礼して着席した。

　裁定委員長がベンチの反対側に坐っている若者を一瞥した。

「この証人に何か質問はありますか？」

　若者がおぼつかなげに立ち上がった。「いえ、ありません、同志裁定委員長。この囚人、ババコフは、明らかに国家の敵です」

　ハリーは若者が気の毒になった。今朝、この法廷で聞いた一言一句を、彼はたぶん信じているのだろう。ハリーはかすかにうなずいて自分もそう思うと示して見せたが、若者は経験がないせいで、今度もその芝居を正しく受け取ることができなかった。彼がもっとチェーホフを読んでいれば、話された言葉よりも沈黙のほうが力を発揮する場合がしばしばあることに気づいたはずだったが。

「証人を退廷させなさい」裁定委員長が命じた。

ババコフが法廷から連れ出されると、ハリーはもはやあの男と何の関係も持ちたくないのだというように俯いた。

「同志のみなさん、長い一日でした」裁定委員長が陪審員を見て言った。「月曜は国の祝日です。そのとき、わたしたちはみな、レニングラード包囲戦で命を犠牲にした勇敢な男女に思いをいたさなくてはなりません。したがって、本法廷は火曜の午前に再開することとします。そのときには、わたしが国の立場を要約してお話しします。そうすれば、みなさんもこの囚人が有罪か否かを判定できるはずです」

ハリーは笑いたくなった。おれは証言すらさせてもらえないのか。しかし、これが悲劇であって喜劇でないことは、また、自分にまだ演じるべき役割が残っていることは、いまやよくわかっていた。

裁定委員長が立ち上がり、二人の同僚を従えて法廷を出ていった。そのあとドアが閉まるやいなや、二人の看守がハリーの腕を両側からつかんで部屋から引きずり出した。

さらに四日近く孤独を強いられるとわかって、ハリーは楽しみにしていた、『アンクル・ジョー』をこの先どれだけ思い出せるかという挑戦に早くも取りかかった。第三章。看守に通路を引きずられながら、そこに書かれていた言葉を、声には出さず、しかし実際に口を動かして復唱しはじめた。

スターリンは歴史を作っただけでなく、それを書き換えることも好きだった。そのこれ以上ないほどの好例が、彼の家族の遇し方である。彼の二人目の妻のナジェージダが自ら命を絶ったのは、〝こんな悪魔のような暴君の妻でありつづけるぐらいなら死んだほうがまし〟だったからである。彼女の死を聞いたとき、スターリンはすぐさま、その自殺を国家機密にするよう命じた。自分の同志であろうと敵であろうと、弱みを握られたくなかったからである……。

看守の一人が頑丈な独房の扉を解錠し、もう一人のほうが囚人をなかへ突き飛ばした。ハリーは床に倒れながらも、そこにいるのが自分だけでないことを感じ取った。顔を上げると、隅に男がうずくまり、何も言うなと唇に指を当てているのがわかった。

「英語だけで話すんだ」それがババコフの最初の言葉だった。

ハリーはうなずいた。振り返ると、いまも看守の一人が鉄格子の向こうから見つめていた。あの茶番がまだつづいているということだった。ハリーはババコフから何フィートか離れたところにうずくまった。

「あなたはさっき自分が見聞きしたことのすべてを信じたと、あいつらに思わせる必要があります」ババコフがささやいた。「そう思わせることに成功したら、あなたはイギリスへ帰れます」

「しかし、それではあなたを助けられないでしょう」ハリーは言った。「すべてはあなたの作り事であると認める供述書にサインしなくてはならないとしたら尚更です」

「その心配は無用です。あなたが捕まることなく『アンクル・ジョー』を手に入れる方法を私が教えます」

「まだそれが可能なんですか?」

「可能です」ババコフが請け合った。

新たな同房者の小声での説明を注意深く聞いたあと、ハリーはにやりと笑みを浮かべた。

「なぜ私はそれを思いつかなかったんだろう?」

「面会時間を作ってくれて感謝する」グリフ・ハスキンズが言った。「妹さんの裁判の最中だからな、とりわけありがたく思っているよ」

「おまえさんが〝緊急〟なんて言葉を使うことは滅多にないからな」ジャイルズは応じた。

「それに、始発でロンドンへきたとあれば、深刻なことに違いあるまい」

「数日は公にならないはずだが」グリフが言った。「地元の保守党に潜り込ませてあるスパイによると、今夜、あいつらは執行委員会を開くぞ。しかも議題はたった一つ、ある国会議員への辞任要求だそうだ」

「そうなったら、補欠選挙だな」ジャイルズは思案しながら言った。

「だから、始発列車でロンドンくんだりまですっ飛んできたんじゃないか」

「しかし、保守党中央本部はフィッシャーの辞任を認めないんじゃないかな。ただでさえ、ここまでの世論調査での政府の支持率がこんなに低いんだから」

「メディアがフィッシャーを〝急速に腐敗が進行する少佐〟呼ばわりしつづけたら、あいつらに選択の余地は多くないだろうよ。それに、あの連中が血の臭いを嗅ぎつけたらどうなるかは、おまえさんだってよくわかってるはずだ。率直なところ、フィッシャーはもう何日も持ち堪えられないんじゃないか？　だとすれば、おまえさんは選挙区へ戻るのが早ければ早いほどいいってことになる」

「そうしよう、エマの裁判が終わったら、すぐに戻る」

「それはいつになりそうなんだ？」

「あと数日だろう。遅くとも週末には片がつくはずだ」

「週末に戻ってこられたら、土曜の朝はブロードミードで買い物をしているところを見せ、午後はブリストル・シティの試合を観戦に行くんだ。日曜はセント・メアリー・レッドクリフ教会で朝課に顔を出し、おまえさんがいまも元気で生きていることをみんなに思い出させる」

「仮に補欠選挙があるとして、おれの確率はどのぐらいだと思う?」

「ふたたび候補者に選ばれる確率か? 庶民院へ返り咲ける確率か?」

「両方だ」

「おまえさんが候補者のとりあえず一番手ではあるよ。もっとも、執行委員会の女性陣の何人かは、おまえさんが二度も結婚を破綻(はたん)させている事実をしきりに持ち出しているけどな。だけど、それはおれが何とかする。それに、庶民院の議席をふたたび戦って勝ち取りたいという理由で貴族院の席を蹴ったことも有利に働くはずだ」

「それは極秘だと、おまえには釘を刺しただろう」ジャイルズは言った。

「十六人の執行委員にも、それは極秘だと釘を刺しておいたよ」グリフが応じた。

ジャイルズはにやりと笑った。「それで、返り咲く見込みは?」

「紅(あか)い薔薇飾りをつけて強い者に尻尾を振りたがるプードルみたいな候補者で、今度の補欠選挙には勝てるんじゃないかな。ストライキが起こるたびに非常事態を宣言することしかテッド・ヒースが思いつかない限りはな」

「そういうことなら、そろそろおれのほうのニュースを教えようか」

グリフが訝しげに片眉を上げた。

「カリンに結婚を申し込むつもりなんだ」

「何とか補欠選挙のあとにしてもらえないかな」グリフが懇願した。

42

その裁判に関わっている者全員にとって、長い週末になった。

その日の法廷が延期になってすぐ、ミスター・トレルフォードと簡単な相談をしたあとで、ジャイルズは車でエマをグロスターシャーへ連れていった。

「週末はここで過ごすほうがいいんじゃないか？　マーズデンが世話をしてくれるよ」

「申し出はありがたいけど」エマが言った。「やっぱり自宅にいるべきよ。だって、ハリーから電話があるかもしれないでしょう」

「それはないと思うけどな」ジャイルズは小声で言った。

「どうして？」エマは強い口調で訊いた。

「昨日の朝、法廷が再開する前に、一〇番地へ行ってサー・アランと会ったんだ。彼が教えてくれたところでは、ハリーはこの前の金曜の夜のＢＯＡＣ便を自分で予約しているんだが、それに乗っていない」

「それなら、逮捕されたに違いないわ」

「ぼくもそう思う」

「どうしてすぐに教えてくれなかったの？」

「それがわかったのは、おまえが証人に立つ直前だったんだ。そんなときに教えたら、証言に差し障りが出るだろう」

「サー・アランはほかに何かつかんでいなかった？」

「月曜の午前中までにハリーから連絡がなかったら、外務大臣がロシア大使に電話をして説明を求めるそうだ」

「それでどうにかなるの？」

「もし釈放されなかったら、翌日の世界じゅうの新聞の一面をハリーが飾ることになるんじゃないかとも言ってたな。それはロシアが最も望まないことだ」

「それなら、そもそもなぜ彼を逮捕したのよ？」エマが詰め寄った。

「何か企んでいるんだろうが、さすがのサー・アランもそれが何であるかまでは見当がつかないらしい」

　自分がこの前東ベルリンへ入ろうとしたときの経験を、ジャイルズは妹に話さなかった。ハリーが出国審査窓口を通過できたとも考えにくく、次の便でヒースローへ強制送還されたとも考えにくいとすれば、なおのこと話せるはずがなかった。それなりの理由もなしに、〈世界ペン・クラブ〉のイギリス代表を拘束するというのは理屈に合わない。いかにソヴイエトでも、避けられる悪評を立つがままにするのは好まないはずだ。しかし、サー・アランと同様、ソヴィエトが何を企んでいるのかは見当がつかなかった。

眠れない週末のあいだ、エマはひたすら手紙の返事を書き、読書をし、先祖代々の銀器を磨くことまでして時間をやり過ごそうとしたが、電話のそばから離れることは一度もできなかった。

土曜の朝、セバスティアンが電話をしてきたが、その声を聞いたとき、一瞬、ほんの一瞬ではあったが、ハリーだと思った。

「負けるのはわれわれだと思ってください」サー・エドワードはそういう表現を使った。金曜の夕刻、彼の事務所でレディ・ヴァージニアと打ち合わせをしているときのことだった。弁護士は彼女に、静かに週末を過ごして、夜更かしをせず、飲み過ぎないように助言した。彼女には休息が必要だった。冷静さを保ち、月曜の朝に証人席に立ったときに、トレルフォードと戦う準備ができていなくてはならなかった。

「そして、認めるのは以下のことだけにしてください。〈バリントン海運〉の株に関することは常にあなたの職業的助言者であるフィッシャー少佐に一任していたこと」〝距離をおいて〟という言葉を、弁護士は繰り返しつづけていた。「ミスター・ベニー・ドリスコルなる人物など聞いたこともないこと、セドリック・ハードキャッスルが〈バリントン海運〉の年次総会の前の週末に市場に株を放出したとわかったときは多大なショックを受けたこと、ミセス・クリフトンは事実を伝えるべきであり、あなたを無視して自己の利益のみを考えるべきではないと株主として感じたこと、です。それから、トレルフォードの挑発に腹を立てないようお願いします。なぜなら、あなたが絶対に我慢できないようなことを口にして、巧みに誘ってくるに決まっているからです。とにかく、じっと我慢して、その誘いに乗らないでください。乗ったが最後、彼はあなたを絶対に逃がしませんよ。最後に申し上げておきますが、これまでわれわれのほうに順風が吹いているからといって、それは自信過剰になっていいということではありません。依頼人が勘違いして勝利を確信したが故に最後の最後で負けてしまった事例を、私はいやというほど見てきているんです。だから、よろしいですか」彼は繰り返した。「負けるのはわれわれだと思ってください。それを忘れないようにお願いします」

セバスティアンは週末の大半を銀行で過ごし、残務を片づけた。返事をできていない書状や何十通もの〝至急〟と記された問い合わせを、レイチェルが未決書類入れに残してくれていた。その最初の山を片づけるだけで、土曜日の午前中一杯かかった。

ファージングズ銀行新会長をだれにするかについてミスター・ビシャラは素晴らしい選

択をし、シティは喝采をもってそれを迎えた。そのおかげで、セブの生活はずいぶん楽になった。スローンが去ったときに口座を閉じた顧客が数人いたが、後継者がロス・ブキャナンだとわかって戻ってきてくれた人たちのほうがはるかに多かった。〝底力があり、抜け目のない熟練の経営者〟というのが、ブキャナンに対する〈サンデイ・タイムズ〉の評価だった。

土曜の昼食の直前、セバスティアンは母に電話をして、心配することは何もないと安心させようとした。

「たぶん、電話が通じないだけだよ。ロシアの電話事情は想像できないぐらいひどいんだから」

だが、セバスティアンも自分の言葉に確信があるわけではなかった。母の裁判に間に合うように帰ってくるとはっきり言っていたし、父のお気に入りの格言を思い出さないわけにはいかなかった。〝レディを待たせて許される理由は一つしかない、それは自分が死んだときだ〟。

セブはヴィク・コーフマンと手早く昼食をすませた。ヴィクも自分の父親のことを案じていたが、理由はセブと異なっていた。ヴィクがアルツハイマー症に言及したのは、いまが初めてだった。

「父がたった一本の屋台骨だったということが痛いほどわかりはじめてるよ。すべては父がやっていて、おれたちはときどき手伝いをしていただけなんだ。ファージングズ銀行とコーフマンズ銀行の合併を考えるときかもしれないな」

副会長になって以降その考えが頭をよぎったことがないと言えば嘘になるが、ヴィクがその話を持ち出したいまは、タイミングとしては最悪だった。それ以外に考えなくてはならないことが多すぎるぐらいあった。

「それについては、母の裁判が終わったらすぐに相談することにしよう。ところで」セブは付け加えた。「スローンから絶対に目を離さないほうがいいぞ。きみの父上の健康状態に並々ならぬ関心を持っているという噂が、シティでまことしやかにささやかれているんだ」

セブは二時過ぎに席へ戻り、未開封の手紙の山に勝負を挑んだが、片がついたのは日付が変わるころで、そのあとようやく家にたどり着くというありさまだった。

日曜の朝は警備員に開けてもらって銀行へ入ったが、〝親展〟と記されたクリーム色の封筒に遭遇したのは午後遅くなってからで、右上端にはジョージ・ワシントンの切手が六枚貼ってあった。開封して、ローズマリー・ウルフ博士の手紙に目を通した。いまアメリカへ行く時間が作れるだろうか？　しかし、何としても作るしかないのだが。

ジャイルズはグリフの指示に従い、土曜の午前中は〈マークス・アンド・スペンサー〉

の大きな空の買い物袋を手にブロードミードをうろついた。足を止めて保守党政府のひどさとテッド・ヒースのていたらくを訴える有権者とはだれとでも握手をした。フィッシャー少佐の話を持ち出す者に対しては、当たり障りのないことを言ってお茶を濁した。

「あなたがいまも国会議員でないのが残念ですよ」

「知っていたら、あの男には絶対投票しなかったのに」

「あれはけしからんですよ。あのろくでなしは議員を辞めるべきだ」そういう言葉に対して、ジャイルズは十分に準備した応(こた)えを返した。「それはフィッシャー少佐と選挙区の党支部が決めることです。われわれはそれを見ていればいいんですよ」

そのあと、騒々しくごった返すパブのカウンターで、グリフとプラウマンズ・ランチ（チーズとバター付きパンに、サラダとピクルスがつく、イギリスのパブで昼に供される軽食）を一パイントのサマーセット・サイダーで流し込んだ。

「フィッシャーが辞職して補欠選挙になった場合に備えて」グリフが言った。「〈ブリストル・イヴニング・ニューズ〉に伝えてあるんだ、現地労働党支部は前職しか候補者面接をしないだろうってな」

「乾杯」ジャイルズはグラスを挙げた。「よくそんなことができたな」

「脅したり、すかしたり、ときどき袖の下を渡したりして、そのうえ、会長に大英帝国五等勲爵士(くんしやくし)を約束してやったよ」

「そんなの、いつもやってることじゃないか」

「そうでもないさ、保守党が新人を候補に立てるのであれば、われわれは有権者に馴染みのある名前を候補にするべきだと、党支部の委員会に思い出させてやったからな」

「フィルトンに離着陸する飛行機の騒音がどんどんひどくなってるんだが、あれはどうなんだ。みんな、不満たらたらなんだがね！」パブにいた男が話しかけてきた。

「私はもうあなたの国会議員ではないのですよ」ジャイルズはそう応えて出口へ向かった。

「それは知らなかったな、いつそんなことになったんだ？」男が言った。

　グリフでさえ笑いをこらえられなかった。二人はパブを出ると赤と白のマフラーを巻き、六千人のサポーターに混じって、ブリストル・シティが二対一でバーミンガム・シティを破った試合を観戦した。

　夕刻にはエマがやってきた。ディナーをともにしたのだが、彼女は心ここにあらずで、マーズデンがコーヒーを運んでくるずっと前に帰ってしまった。

　ジャイルズは客間で片方の手にブランディを、もう一方の手に葉巻を持ち、祖父のお気に入りだった椅子にゆったりと坐ってカリンのことを考えはじめた。そのとき電話が鳴り、向こうから聞こえるのがハリーの声であってほしいと願いながら受話器を取ったが、声の主はグリフだった。考えてみれば、夜のこの時間に電話をかけてくるのは彼ぐらいしかいなかった。フィッシャーのことを知らせてきたのだが、それを聞いたとき、ジャイルズは人生で初めてあの男を気の毒に思った。

ミスター・トレルフォードは週末をレディ・ヴァージニアへの反対尋問の準備に費やした。だが、それは簡単ではなさそうだった。彼女もフィッシャーの失敗から学んでいるだろうし、エドワード・メイクピースから終始冷静さを失わないよう、くれぐれも挑発に乗らないよう、念を押されているに違いなかった。というわけで、どんなに頭を捻っても、彼女の防御を打ち破る策を思いつけなかった。

ごみ箱が一杯になっても、目の前のA4判の用紙は空白のままだった。エマの母親が用いたヴァージニアとシャム猫のクレオパトラとの比較がまさにそのとおりであることを、どうすれば陪審員に誇示できるだろうか？　〝ともに美しく、りゅうとしていて、虚栄心が強く、狡猾で、巧みな捕食動物であり、地上にいるすべての者は自分に奉仕することになっているのだという考えの持ち主〟である、という比較を。

過去の〈バリントン海運〉の重役会の議事録を読み返して反対尋問の新しい展望が開けたときには、真夜中の二時になっていた。

金曜の午後、開会が宣言された直後に、フィッシャー少佐は車で庶民院の駐車場を出た。同僚のなかには幸運を祈ってくれる者も少ないながらいないではなかったが、どれも曖昧（あいまい）な口調でしかなかった。彼は西部地方へ向かいながら、現地の執行委員会が自分を支持してくれなかった場合に書かなくてはならない手紙のことを考えた。
　次の日は自宅アパートに終日こもり、朝刊の一面も見なかったし、朝食も昼食も手間を省いてとらないまま、過ぎていく時間を孤独にやり過ごした。陽が傾くはるか前からボトルを開け、何本も空にした。夜は電話の前に坐り、執行委員会での自分への不信任動議投票がどうなったのか、その結果が知らされるのをじりじりしながら待ちつづけた。キッチンへ戻って鰯の缶詰を開けたものの、そこにおいたままで手もつけなかった。客間でBBCのテレビ・コメディ「ダッズ・アーミー」を観たが、笑えなかった。ついに、金曜の〈ブリストル・イヴニング・ポスト〉を手に取り、もう一度、一面の見出しに目を落とした。

〝現地保守党、国会議員の運命を決める〟
（十一面の論説を参照のこと）

　フィッシャーは十一面を見た。編集長とは昔から仲がよかったから、かなり期待したのだが……そこの見出しで止まって、その先の本文を読むことができなかった。

〝名誉ある振舞いを、少佐〟

フィッシャーは新聞を脇へ放り捨て、太陽が一番高い建物の向こうに隠れても、明かりをつけようともしなかった。

十時十二分、電話が鳴った。受話器をひっつかんで耳に当てたとたんに、現地党支部長の声だとわかった。「やあ、ピーター」

「こんばんは、少佐。単刀直入に言います。残念ですが、執行委員会はあなたを支持しませんでした」

「僅差だったのかな?」

「いや」メイナードが答えた。「全会一致でした。というわけですから、執行委員会があなたの公認を正式に取り消すのを待つのではなくて、辞職願いを書いたほうが賢明かもしれませんよ。そのほうがはるかに洗練されているでしょう、そう思いませんか? お気の毒です、アレックス」

受話器を置くや、ふたたび呼出し音が鳴りはじめた。辞職動議が全会一致で可決されたことについてのコメントを、〈ブリストル・イヴニング・ポスト〉の記者が求めてきたのだった。フィッシャーは「ノー・コメント」と言う手間すら省いて受話器を架台に叩きつけた。

酒に霞(かす)む頭でふらふらと書斎をうろついたあと、腰を下ろして両手で顔を覆い、辞職願いの文面を考えた。そして、用箋入れから庶民院のレターヘッドのついた便箋を一枚取り出し、文字を連ねていった。書き終えるとインクが乾くのを待って折りたたみ、封筒に入れて封をしてから机の上に置いた。

身を乗り出して机の一番下の引き出しを開け、軍から支給されている制式リヴォルヴァーを手に取ると、銃口を口にくわえて引鉄を引いた。

43

法廷をボクシング会場にたとえるなら、観客席は一杯に埋まって両陣営とも戦いの準備を整え、あとはゴングが鳴ってどちらが先にパンチを命中させられるかを待つだけだった。リングの一方の側にはミスター・トレルフォードが陣取り、これからすることになっている質問に最後の目を通していた。彼の後ろにはジャイルズ、エマ、そして、セバスティアンが控え、彼の思考の邪魔にならないよう小声で言葉を交わしていた。

ジャイルズが顔を上げると、制服警官が一人、法廷に入ってくるのが見えた。彼は弁護士席へやってくると、トレルフォードに一通の封筒を手渡した。弁護士は自分の宛名の下に〝至急〟と記されている封筒を開けると、手紙を取り出してゆっくりと読みはじめた。その表情からジャイルズは何も読み取れなかったが、用箋のレターヘッドが馴染み深い緑の落とし格子門の紋章であることに気がついた。

サー・エドワードは依頼人とともにリングの反対側に坐り、彼女に最後の指示を与えていた。「とにかく冷静を保って、質問に答える前に、必ず時間をかけて考えてください」

彼はささやいた。「急いではなりません。陪審員のほうを見て、この部屋で大事なのは彼らだけだということを絶対に忘れないように」

第一ラウンド開始のゴングが鳴ってレフェリーが登場すると、観客は静かになり、全員が起立した。レーン判事は月曜の午前中だというのに記者席と一般傍聴席が満員になっているのを見て驚いたかもしれないが、それをおくびにも出さなかった。彼女が一礼すると、一段低くなっている関係者席の全員が答礼した。彼らが着席すると、彼女は独り立ちつづけているサー・エドワードに向かって、最初の証人を呼ぶよう命じた。

ヴァージニアがゆっくりと証人席に入り、ほとんど聞き取れないほど小さな声で宣誓した。ほっそりした体型を強調する黒の仕立てのスーツに黒のピルボックス・ハットをかぶり、宝石類は一切省いて化粧も薄かった。そこにいる全員に、フィッシャー少佐の時宜を得ない死を思い出させようとしているのが明らかだった。陪審員がこの時点で退出して評決を行なえば、その結果は全員一致になるはずであり、サー・エドワードは喜んでその評決を受け入れるに違いなかった。

「記録のために、あなたの姓名と現住所を本法廷に教えていただけますか？」サー・エドワードが鬘を直しながら訊いた。

「ヴァージニア・フェンウィック、カドガン・ガーデンズSW三番地のこぢんまりしたアパートに独り住まいです」

ジャイルズは苦笑した。わたしの名前はレディ・ヴァージニア・アリス・サラ・ルシンダ・フェンウィック、第九代フェンウィック伯爵の一人娘で、スコットランドとトスカナに家を、ナイツブリッジに三フロアの大きなアパートを持っていて、執事、メイド、専属運転手を抱えています、というのがもっと正確な答えだろう。

「確認させていただきたいのですが、あなたは以前サー・ジャイルズ・バリントンと結婚し、いまは彼と離婚されていますね？」

「悲しいことですけれど、そのとおりです」ヴァージニアが陪審員を向いて答えた。「ジャイルズのことは死ぬまで愛していますけれど、彼の一族の人たちは、わたしが彼にふさわしいとは決して思ってくれませんでした」

ジャイルズはあの女を絞め殺してやってもいいと思い、エマは飛び上がって抗議したいと思った。トレルフォードは練りに練って準備した質問のうちの四つを、×印をつけて消した。

「しかし、それにもかかわらず、また、そういう試練に晒されたにもかかわらず、あなたはミセス・クリフトンに対していまも恨みは抱いていないのですね？」

「はい、恨みなど抱いていません。事実、最終的にこの訴えを起こすと決めたときも、気はまったく進みませんでした。なぜなら、ミセス・クリフトンは多くの賛嘆すべき資質をお持ちで、民間企業の会長として疑いもなく傑出していて、野心的な職業女性のお手本でもあるからです」

　トレルフォードが新しい質問をメモしはじめた。

「では、なぜこの訴えを起こされたのでしょう？」

「彼女の一族の会社を意図して倒そうとしたとわたしを責めたからです。これ以上事実とかけ離れていることはありません。わたしは——わたし自身もそうですが——普通の株主を代表して、年次総会の前の週末にあの会社の重役の一人が持ち株すべてを放出したかどうかを知りたかっただけなのです。なぜなら、わたしの見方では、それはしたたかに会社を害したはずだからです。でも、彼女は質問に答えるのではなく、わたしを嘲るほうを選び、会場を埋めた株主に、自分が何を言っているのかすらわたしがわかっていないという印象を与えたのです」

「言葉は完璧だ」ジャイルズはつぶやき、トレルフォードが口元を緩めてささやき返した。

「同感ですな。しかし、サー・エドワードはいかにも独立して質問しているように見えるけれども、彼女はあらかじめ何を訊かれるかがわかっているんですよ。私の反対尋問のときには、彼女には頼るべきカンニング・ペーパーがありませんからね」

「あなたが特に言及されているのは」サー・エドワードがつづけた。「あなたが提起したまったく正当な質問に対するミセス・クリフトンの返事のことですね？」

「そうです。わたしの質問に答えるどころか、大勢の株主の前で——大半はわたしの味方でした――わたしを辱め、わたしの評判を貶めたのです。わたしとしては、もはや法に頼る以外にありませんでした」

「そのときにあなたがおっしゃっていたのは、ミセス・クリフトンが勘違いしたようにフィッシャー少佐のことではなく、ミスター・セドリック・ハードキャッスルのことだったのですね。彼はあなたが指摘したとおり、年次総会の週末に持ち株すべてを売却しています。これが会社を危うくさせたと、そういうことをあなたはおっしゃっていたわけですね?」

「そのとおりです、サー・エドワード」

「よくもぬけぬけとそんなことが言えるもんだな」ジャイルズはささやいた。

「いまは亡きフィッシャー少佐は、あなたの財政面の助言者の一人でしたか?」

「はい。株の売買については、いつも彼が薦めてくれるとおりにしていました。そのたびごとに、彼が誠実で、信頼でき、本当のプロフェッショナルだとわかりました」

エマは陪審員を見る勇気がなかったが、ジャイルズが見たところでは、彼らはヴァージニアの一言一言に聞き入っていた。

サー・エドワードが静寂を求める悲劇の名優のように声を落とし、締めくくりに入った。

「最後に訊かせていただきたいのですが、レディ・ヴァージニア、ミセス・クリフトンを相手取ってこの名誉毀損の訴えを起こしたことについて、何らかの後悔はありませんか?」

「もちろんあります、サー・エドワード。わたしの親愛なる友人のアレックス・フィッシャー少佐の悲劇的で不必要な死によって、この裁判の結果などどうでもよくなってしまいました。この訴えを取り下げて彼の命を取り戻せるのなら、わたしはためらいなくそうするでしょう」ヴァージニアが陪審員のほうを向き、袖からハンカチを出して出てもいない涙を拭いて見せた。

「あなたが証人尋問というこの試練に耐えなくてはならなかったのはまことにお気の毒です。友人であり助言者であったフィッシャー少佐の死の直後とあっては尚更です。以上で私の質問を終わります、マイ・レディ」

自分の事務所で二人きりでいるときなら、トレルフォードは実に見事な尋問をやってのけたと博学な友人を祝福したはずだった。彼は自分のファイルを開き、最初のページに書きつけてあるジャイルズの助言に目を留めた。〝彼女に短気を起こさせろ〟。そして、新規に作り直した最初の質問を見た。

「レディ・ヴァージニア」彼は〝レディ〟を強調して質問を開始した。「あなたはミセス・クリフトンが賛嘆すべき資質を持っている旨を、そしてまた、彼女の兄のサー・ジャイルズ・バリントンへの愛が死ぬまで変わらない旨を、本法廷において明らかにされました。しかし、そうであるにもかかわらず、サー・ジャイルズとの結婚式にはバリントン家の人々もクリフトン家の人々も、一人として招待なさいませんでしたね」

「それは二人で決めたことです、ミスター・トレルフォード。ジャイルズはそれについて、何から何までわたしとまったく同じ考えでした」

「そうであるならば、レディ・ヴァージニア、結婚式のときのお父上の言葉を説明していただけますか？ 〈デイリー・エクスプレス〉にウィリアム・ヒッキーがこう書いていて、それが記録に残っているのですよ。〝わたしの娘は自分の要求にジャイルズが同意しなかったらすべてをなかったことにする準備ができていた〟とね」

「そんなの、ゴシップ記者が新聞を売るために書いた嘘っぱちです、ミスター・トレルフォード。正直に申し上げるけど、そんな戦術を採用なさる必要があるなんて驚きです」

サー・エドワードが思わず笑みを漏らした。その質問がくることを、彼の依頼人は明らかに予想していた。

「あなたは後の証言で」トレルフォードは遅滞なく次の質問に移った。「あなたとサー・ジャイルズの離婚について、ミセス・クリフトンを責めておられますね」

「彼女は恐ろしく意志の固い女性なんでしょう」ヴァージニアが言った。「それはあなたご自身もおわかりになったと思いますけど」

「しかし、あなたの離婚は、もちろん、ミセス・クリフトンと何の関係もありませんでした。離婚の原因は彼女ではなく、あなたの夫との諍(いさか)いにあったのではありませんか？ 彼の母親の遺言書の内容を巡ってのね？」

「それは事実ではありません、ミスター・トレルフォード。ジャイルズが何を相続するかなど、わたしはまったく関心がありませんでした。彼がもっと豊かでも、もっと貧しくてもわたしは結婚したでしょうし、あなたが言及されたから率直に申し上げるけど、わたしのほうが裕福だったんです」

法廷がどっと湧き、レーン判事は自分の席から威嚇的な口調でそれをたしなめなくてはならなかった。

「では、彼の母親の遺言書の正統性に疑義があるから、自分の妹を訴えるべきだとサー・ジャイルズに主張したのはあなたではなかったのですか？　それも二人で決めたことでしょうか？」

「いえ、それはジャイルズが決めたことです。あのとき、それはしないほうがいいとわたしは助言したと思います」

「その答えは考え直されたほうがいいかもしれませんよ、レディ・ヴァージニア。私はいつでもサー・ジャイルズを証人に呼び、質問をして、記録を正しいものにできるのですがね」

「まあ、ジャイルズが彼の一族に軽んじられていると感じたこと、また、母親の遺言書の正統性について訊く権利ぐらいはあると思ったことは認めます。だって、あの遺言書は、あの気の毒な貴婦人が病院で、死の数日前に書き直したものなんですもの」

「その件についての法廷の判断はどういうものでしたか？」

「裁判官はミセス・クリフトンを贔屓したんです」

「いや、そんなことはありませんよ、レディ・ヴァージニア。彼は贔屓なんかしていません。私はキャメロン判事の判定に敬意を表します。彼はあの遺言書が正統なものであり、ミセス・クリフトンの母親はそれを書き直したとき十分な理解力を有していたと裁定しました。当時の彼女があなたに対してどういう気持ちでいたかを考えると、これは特に関連があることです」

　サー・エドワードが素速く立ち上がった。

「ミスター・トレルフォード」サー・エドワードが意見を口にする前に、レーン判事が鋭くたしなめた。「本法廷はその部分についての証言をすでに終えています、これ以上先へ進むことはできません。わかりましたか？」

「申し訳ありません、マイ・レディ。レディ・ヴァージニアに質問したいことがあるのですが、異議がなければ読み上げたい――」

「認められません、ミスター・トレルフォード。質問を変えてください」レーン判事がぴしりと拒否した。

　トレルフォードは陪審員席を一瞥した。その表情から、この案件についての新聞報道を読んではならないという裁判官の指示を彼らが無視していて、ミセス・クリフトンの母親がレディ・ヴァージニアをどう思っていたかをよく知っているに違いないことがわかった。

というわけで、トレルフォードは喜んでレーン判事の要望を容れ、次の質問に移った。

「レディ・ヴァージニア、博識ある裁判官がミセス・クリフトンと彼女の妹のグレイス・バリントン博士が遺産を相続することを認めたにもかかわらず、兄がグロスターシャーの一族の家と、ロンドンのスミス・スクウェアにある家に住みつづけ、ミセス・クリフトンと彼女の夫はもう少し控えめなマナー・ハウスに住むことに合意していたことを、あなたはご存じですか？」

「ジャイルズの姦通が原因で離婚したあとですからね、そのあと彼の一族がどこにどう住むかなんて知るはずがありません。まして、ミセス・クリフトンが何を考えていたかなどわかるはずがないでしょう」

「あなたはミセス・クリフトンが何を考えていたかをご存じなかった」トレルフォードは繰り返した。「そうだとしたら、レディ・ヴァージニア、あなたの記憶力は非常に短い時間しか記憶しないか、まったく自分に都合のいいことしか記憶しないかのどちらかなのでしょうね。なぜなら、あなたはついさっき、自分がミセス・クリフトンをどれだけ敬愛しているかを陪審員の方々に明らかにしたばかりだからです。そのときの正確な言葉を思い出していただけますか？」そして、ゆっくりとファイルのページを遡（さかのぼ）ってめくっていった。

「〝ミセス・クリフトンは多くの賛嘆すべき資質をお持ちで、民間企業の会長として疑いもなく傑出していて、野心的な職業女性のお手本でもあるからです〟。これがあなたの変わらぬ見方だったのですよね、レディ・ヴァージニア？」

「ミセス・クリフトンについてのわたしの見方は変わっていませんし、いまも、申し上げたとおりです」

「あなたは〈バリントン海運〉の株の七・五パーセントを購入しましたか？」

「フィッシャー少佐が代行してくれました」

「目的は何だったんでしょう？」

「長期的な投資です」

「〈バリントン海運〉の重役会に連なりたかったからではありませんか？」

「違います。よくご承知でしょうけど、フィッシャー少佐が重役としてのわたしの利益を代表してくれました」

「一九五八年はそうではありませんでしたね。なぜなら、あの年、あなたはブリストルで開かれた〈バリントン海運〉の臨時総会に自ら出席して、自分には重役席に坐って次の会長をだれにするか投票する権利があると主張しておられますからね。記録のためにおうかがいしますが、そのときはだれに投票されたのでしょう？」

「フィッシャー少佐に投票しました」

「それは、ミセス・クリフトンへの反対票ということですか？」

「違います。二人の経営計画をこれ以上ないほど注意深く聞いて、すべてを考量した上で、ミセス・クリフトン以上にフィッシャー少佐が適任だと判断したのです」

「そうですか、しかし、あのときに自分が何をおっしゃったか、明らかにお忘れのようですね。まあ、そのときの重役会の議事録が記録として残っていますから、記憶をよみがえらせて差し上げたいと思います――〝女性がこの世に存在するのは、重役会で議長を務めたり、労働組合を指導したり、豪華客船を造ったり、シティの銀行から巨額の資金を調達したりするためだとは、わたしは信じていません〟。野心的な職業女性を熱烈に支持する言葉ではほとんどありませんね」

「もう少し先まで読んでいただけないかしら、ミスター・トレルフォード。そこはあまりにあなたに都合がよすぎる部分ですもの」

　トレルフォードは下線を引いた一節の下を見てためらった。

　ミセス・レーン判事が促した。「そのときにレディ・ヴァージニアがどんな発言をしたのか、わたしも知りたいですね」

「私も是非聞かせていただきたい」サー・エドワードが法廷にいる全員に聞こえる声で言った。

　トレルフォードは仕方なく、次の二行を読み上げた。「〝わたしはフィッシャー少佐を支持します。そして、ミセス・クリフトンが少佐の寛大な申し出を受け入れ、副会長職を引き受けることを希望するばかりです〟」そして、顔を上げた。

「もっとつづけてくださらないかしら、ミスター・トレルフォード」レディ・ヴァージニアが言った。

「〝わたしは一切の偏見を持たずにここにきていますし、ミセス・クリフトンに対しても、確証もないのに否定するつもりはありませんでした。ですが、残念なことに、彼女はわたしの期待に応えてくれていないと言わざるを得ません〟」

「これでおわかりだと思いますけど、ミスター・トレルフォード」ヴァージニアが言った。「非常に短い時間しか記憶しないか、まったく自分に都合のいいことしか記憶しないのは、わたしではなくてあなたでしょう」

サー・エドワードが拍手する振りをした。

トレルフォードは素速く質問の方向を変えた。「では、あなたが名誉を毀損し、自分を貶めたと主張しておられる、ミセス・クリフトンの発言に移ります」

「もちろん、心からそう主張させてもらいます」

「〝そこに〈バリントン海運〉を倒そうとする意図があったとしても、レディ・ヴァージニア〟」トレルフォードはあたかも邪魔など入らなかったかのようにつづけた。「〝……あなたは失敗したんです。痛ましいことですね。なぜなら、あなたはこの会社に成功してほしいと願ってくださっている、きちんとした普通の人々に打ち負かされたからですよ〟。

いま、フィッシャー少佐は単に儲けるために〈バリントン海運〉の株の売買を行なったことを認めていて、彼の場合、それは違法になる――」

「彼の場合であって、わたしの場合ではありません」レディ・ヴァージニアが言った。「わたしの場合、彼はわたしの代行をしたに過ぎません。わたしが知る限りでは、ほかの数人の顧客にもまったく同じ助言をしていました」

「では、フィッシャー少佐は仲のいい友だちではなかったのでしょうか？　〈バリントン海運〉の状況を逐一教えていた人物ではなく、単なる職業的助言者だったのですか？」

「たとえ友だちだったとしても、ミスター・トレルフォード、ことビジネスとなったら、彼がわたしの代わりにやったすべてのことには距離が置かれていました」

「私はこう申し上げましょうか、レディ・ヴァージニア、ことビジネスとなったら、距離など置かれていなかった、非常に積極的に関与していた、そして、ミセス・クリフトンがまさに示唆されたとおり、あなた方二人はあの三件の取引を利用して〈バリントン海運〉を倒そうと目論んでいた、とね」

「ミスター・トレルフォード、あなたはわたしをミスター・セドリック・ハードキャッスルと混同なさっているんじゃないかしら？　彼はあの会社の重役であるにもかかわらず、年次総会の前の週末に持ち株すべてを放出したんですよ。その重役はだれなのかとまったく正当な質問をわたしがしたとき、ミセス・クリフトンはその名前を都合よく忘れたようでしたね。非常に短い時間しか記憶しないか、まったく自分に都合のいいことしか記憶しない人がもう一人いたみたいね」

サー・エドワードの笑みが一分ごとに大きくなっていき、トレルフォードは徐々に自信がなさそうな口振りになっていった。彼は急いでページをめくった。

「われわれはみな、フィッシャー少佐の悲劇的な死を悼むものであり……」

「もちろん、わたしもそれは同じです」ヴァージニアが言った。「さっきも申し上げたとおり、あなたのことだからもちろん一字一句記録していらっしゃるんでしょうけれど、これがわたしの親愛なる友人の悲劇的で不必要な死を招く結果になる可能性があると一瞬でも考えていたら、そもそもこの訴えを起こそうとは思わなかったでしょう」

「もちろん、あなたの言葉はしっかりと記憶していますが、レディ・ヴァージニア、今朝、本法廷が開く直前、警察官が入ってきて私に手紙を渡したことにお気づきではありませんでしたか?」

異議ありとすぐに立ち上がれるよう、サー・エドワードが浅く坐り直した。

「それが私宛であり、差出人があなたの親愛なる友人のフィッシャー少佐だと申し上げたら、驚かれるのではありませんか?」

トレルフォードが言葉をつづけようとしても、その言葉は法廷の隅々から湧き起こった耳障りなどよめきに呑み込まれてしまうはずだった。裁判官と陪審員だけが無表情を装っていた。トレルフォードは完全な静寂が戻るのを待ってつづけた。

「レディ・ヴァージニア、あなたの親愛なる友人のフィッシャー少佐が死の間際に認めた最後の言葉を本法廷で読み上げてもよろしいですか？」

サー・エドワードが弾かれたように立ち上がった。「マイ・レディ、私は証拠のなかにその手紙があったことを知りませんし、見てもいません。それ故、それが証拠として認められるかどうか、あるいは、真正なものなのかどうかさえ判断できません」

「封筒が血で汚れていることが、これが真正なものであることを示唆していると思われますが、マイ・レディ」トレルフォードが陪審員に向かって封筒をかざした。

「わたしもその手紙をまだ見ていないのです、サー・エドワード」レーン判事が言った。「ですから、わたしが目を通して、よしと判断するまでは、証拠として認めることはできません」

この手紙が証拠として認められるかどうかの法的な議論がレーン判事とサー・エドワードのあいだで行なわれたことで、トレルフォードは十分に満足した。何らの証拠も開示することなく、得点を挙げることに成功したのだから。

ジャイルズはトレルフォードの顔に浮かんでいる謎めいた表情を見ても、このエマの弁護士が法廷でその手紙を読み上げたいと思っているかどうかすら読み取れなかったが、レディ・ヴァージニアの勝利で始まったかに見えた今朝の法廷で、ふたたび陪審員に疑いの種をまいたことは確かだった。法廷にいる全員が、彼に注目していた。

トレルフォードは手紙を上衣の内ポケットにしまうと、レーン判事に向かって笑顔で言った。「以上で質問を終わります、マイ・レディ」

44

火曜の朝、房の扉が力任せに開けられ、看守が二人、足取り荒く入ってきた。ハリーとババコフは一言もしゃべらず、対角線をなす形で隅に坐っていた。

看守がババコフを立たせて外へ引きずり出したが、ハリーはその男とは一切関係したくないとばかりに俯いていた。間もなく、別の看守が二人、もう少し穏やかな足取りでやってきた。ハリーは両腕をしっかりつかまれたが、揺さぶりもされず、房から突き出されもせず、引きずり出されもしなかった。ババコフの計画が成功したということだろうか？しかし、解放してはもらえず、腕をつかまれたまま階段を上がって通路を歩き、法廷に入った。まるでハリーが逃げるのではないかと恐れているかのようだった。逃げたとしても、そう遠くへも行かないうちに捕まるに決まっているのに。

ハリーは窮屈な房に敷かれた薄いマットレスの上で寝るようババコフを説得しようとしたが、彼は頑としてそれを受け入れなかった。火曜の夜にはシベリアの石の床に戻るのだから、そんな贅沢(ぜいたく)を思い出すわけにはいかないというのがその理由だった。この週末、ざっとまき散らされた藁の上で寝られただけでも十分な贅沢なのだ、と。その夜は二人とも一睡もしなかったというのが本当だったが、ハリーはそのとき、自分が敵の前線の後方にいた日々を思い出した。火曜の朝に看守がやってきたときには、ハリーもババコフも心身ともに疲れ切っていた。使える時間をすべて使って、自分たちがやることにした挑戦のための準備をしたからである。

二人の看守に連れられて法廷に入って驚いたことに、主任検察官と陪審員がすでに位置に着いていた。ハリーの息がまだ整うか整わないかのうちに、部屋の奥のドアが開いて三人の裁判官が姿を現わし、一段高い席に腰を下ろした。

今度もまた、裁定委員長はハリーに一瞥もくれず、すぐに陪審員のほうを見た。そして、自分の前のファイルを開き、これまでの概要と思われるものを読み上げはじめた。その数分のあいだ、その文面から顔を上げることはほとんどなかった。いつ、だれがこれを書いたのだろう、とハリーは不思議でならなかった。

「同志のみなさん、みなさんはすでに証言のすべてを聞き、どういう結論を下すかを考える十分な時間があったはずです。この囚人が問われている容疑について有罪であることに、また、長期の服役にふさわしいことに、何であれ疑いが差し挟まれる余地はあるでしょうか？　みなさんが関心を持たれるであろう事実を一つ、ここで明らかにしておきます。この囚人にとって、被告として法廷に立つのは今回が初めての経験ではありません。すでにアメリカ合衆国で、殺人罪で服役しているのです。ですが、あなた方の評決がそれに影響されることはないようにしてください。なぜなら、この囚人が有罪であるかどうかを決めなくてはならないのは、あなた方であり、あなた方だけなのですから」

　ハリーがいたく感心したことに、彼女が準備された文章を読みつづけているあいだ、ほかの二人の裁判官は真面目くさった顔をぴくりとも動かさなかった。

「同志のみなさん、まずお訊きしますが、退席して評決の話し合いをする必要がありますか?」

　最前列の右端に坐っていた男がいかにも端役らしく立ち上がり、台本どおりの台詞を口にした。「その必要はありません、同志裁定委員長」

「では、評決は完了したのですか?」

「はい、完了しています、同志裁定委員長」

「全員一致ですか?」

「はい、全員一致です、同志裁定委員長」

「評決の結果を教えてください」

　十二人の陪審員全員が椅子に置いてあった一枚の紙を手に取り、それを宙にかざして、〝有罪〟という文字を見せた。

　椅子には紙が一枚しか置いてなかったこと、つまり、〝無罪〟の紙がなかったことをハリーは指摘したかったが、アナトーリイの助言に従い、相応に打ちひしがれているように見せることにした。そのとき、裁定委員長が初めてハリーを見た。

「陪審員は」彼女は宣言した。「全員一致で被告を有罪と判定した。罪状は国家に対する計画的犯罪である。故に、わたくしは裁定委員長として、躊躇なく、労働収容所における十二年の服役を宣告するものである。被告はそこで、被告の友人であり犯罪者であるアナトーリイ・ババコフと房をともにすることができる」そして、ファイルを閉じ、しばらく間を置いてから付け加えた。「しかし、裁定委員長であるわたくしはマリンキン大佐の進言を容れ、自分が犯罪を犯し、恐るべき過ちを犯したことを認める供述書に署名する最後の機会を被告に与える。署名すれば、刑が猶予されて強制国外退去となり、二度とソヴィエト連邦及びその衛星国家に足を踏み入れることが認められなくなる。それらの国のどこであれ、ふたたび入国を企てれば、その時点で執行猶予は自動的に取り消される」今度は短い間を置いて、彼女が訊いた。「供述書に署名するかどうかを答えるように」

ハリーは頭を下げて、ささやくような小さな声で答えた。「署名します」

初めて、裁判官役の三人全員が感情を表に現わした——驚き、である。裁定委員長は安堵を隠せないようで、彼女の上司が具体的に何を欲していたか、それが図らずも明らかにしていた。

「では、ここへくるように」彼女が言った。

ハリーは立ち上がって三人の裁判官のところへ行き、そこで二通の供述書を見せられた。一通はロシア語で、もう一通は英語で書かれていた。彼は両方に注意深く目を通した。

「では、そこに書かれていることを本法廷に読み上げるように」

ハリーがロシア語のほうを最初に読み上げると、裁定委員長の口元が緩んだ。英語で書かれたほうを読み上げはじめたとき、自分を見つめている目が虚（うつ）ろなことに気づいて、ここにいる連中は一言でも英語を解するのだろうかと訝った。というわけで、危険を冒してときどき文言を変え、反応を見ることにした。

「イギリス国民であり、ペン会長である、私、ハリー・クリフトンは、自らの意志ではなく、強制されて、この混乱した文書に署名しました。私は過去三年をアナトーリイ・ババコフと過ごし、彼はそのあいだに、自分がクレムリンで仕事をしていて、人民会議議長である同志スターリンと会ったことが何度かあり、そこには、彼が学位を得て表彰されたときが含まれていることを私に教えました。ババコフはまた、同志スターリンについて著した自分の作品が事実であり、想像された絵空事ではないことも認めていました。

「私はババコフを刑務所から釈放するよう要求しつづけ、いまや、この法廷が、世間を欺（あざむ）くためには嘘までつくことを知りました。私は本法廷に対し、この案件における怠惰さに、また、帰国を認めていただいたことに、深甚（しんじん）なる感謝の意を表するものであります」

裁定委員長からペンを渡され、両方の文書にまさにサインしようとしたとき、ハリーは二度目の危険を冒してみることにした。

「陪審員のみなさん」レーン判事が言った。「そろそろこの複合的な案件の何たるかを要約すべきだと考えます。いくつかの事実が明らかになっています。ミセス・クリフトンは、彼女の一族が経営する会社の年次総会のとき、レディ・ヴァージニア・フェンウィックの質問に対して以下のように答えたことを否定しておられませんし、後にその総会の議事録に文字として記録されています。それはこういう発言でした――〝そこに〈バリントン海運〉を倒そうとする意図があったとしても、レディ・ヴァージニア……あなたは失敗したんです。痛ましいことですね。なぜなら、あなたはこの会社に成功してほしいと願ってくださっている、きちんとした普通の人々に打ち負かされたからですよ〟。

「被告のミセス・クリフトンは、自分のその発言は正当なものであると信じ、一方、原告のレディ・ヴァージニアは、名誉毀損に相当すると主張しておられます。それがそうであるのかないのかが本件の争点であり、その最終判断があなたたちに一任されているのです。

「こう申し上げてよければ、あなた方にとって最も難しいのは、本件の当事者である二人の女性についての判断ではないでしょうか。あなた方はお二人の証言を聞き、どちらのほうがより信用できるかを考慮するについて、ご自身の意見を形作られているところだろうと推察します。そうだとすれば、ミセス・クリフトンが民間企業の会長であることにも、そうであるが故に、敵対的であると彼女が考えているだれかからの質問に答えるときであっても広い心を持つべきであるという見方にも、影響されることは避けてください。あなた方が判定しなくてはならないのは、彼女がレディ・ヴァージニアの名誉を毀損したか、しなかったか、なのです。

「同様に、レディ・ヴァージニアが伯爵の娘であるという事実に畏怖の念を持ちすぎるべきでもありません。彼女にも隣人に対するときと同じように対してください。

「陪審員室へ戻って評議をするときは、時間をかけてください。わたくしは急ぎません。それから、あなた方が下そうとしている判定が、お二人の女性のどちらの人生にも影響を与えることを忘れないように。

「ですが、その前に陪審長、すなわち議長役を務める人を選んでいただかなくてはなりません。最終的に評決が出たら、陪審担当の廷吏に法廷へ戻る旨を伝えてください。そうすれば、わたくしが本件に直接的、あるいは間接的に関わっている人たち全員に、あなた方の決定を聞くべく法廷へ戻るよう知らせることができますから。では、これから陪審員担当廷吏がみなさんを陪審員室へ案内します。審議を始めていただくようお願いします」

　上品な軍服のようなものを着て、その上から校長のガウンのようなものをまとった長身の男性が前に進み出ると、七人の男性と五人の女性を先導して法廷から陪審員室へと向かった。ややあって、裁判官が立ち上がり、法廷に向かって一礼してから裁判官室へ戻っていった。

「あの概要説明はどうだったの?」エマは訊いた。

「よく考慮されて、公正なものでしたよ」トレルフォードが保証した。「文句をつけるところはありません」

「評決に至るまでどのぐらいかかるかな?」ジャイルズが訊いた。

「それを予想するのは不可能です。全員の意見が同じなら——まあ、それはほとんどあり得ないと思いますが——せいぜい二時間というところでしょうか。意見が割れたら、二日かかる可能性もありますね」

「フィッシャー少佐があなたに送った手紙を読ませてもらっていいですか?」セバスティアンが無邪気に頼んだ。

「いや、それはできません、ミスター・クリフトン」トレルフォードが拒否し、封筒をさらに内ポケット深くへ押し込んだ。「あなただけでなく、レーン判事が内容を明らかにしてもいいと認めてくれるまでは、だれにもお見せするわけにいかないのです。気持ちはわかりますがね」そして、セブを見てにやりと笑った。

「いつまでこうしていなくちゃならないの?」ヴァージニアが訊いた。彼女は法廷の反対側に弁護士と一緒に坐っていた。

「わかりません」サー・エドワードは答えた。「敢えて予想するとしたら、一日、もしかしたら、二日でしょうか」

「どうしてフィッシャー少佐は最後の手紙をあなたでなく、トレルフォードに送ったのかしら？」

「それも私にわからないことの一つですね。ですが、正直に申し上げると、あの手紙を陪審員に読み聞かせたいと、なぜトレルフォードが裁判官に対してもっと粘り強く頼まなかったのか、私にはそれが謎なのですよ。それが彼の依頼人に有利に作用するものであるなら尚更です」

「はったりかもしれないわ」

「あるいは、はったりのはったりかもしれません」

「二時間ほど席を外してもいいかしら」ヴァージニアは訊いた。「やらなくちゃならないことがあるの」

「かまいませんよ。午前中に陪審員が戻ってくる心配はありませんからね」

45

運転手付きの車で空港へ送ってもらえるとはハリーは予想もしていなかったが、もっと驚いたのは、その運転手の正体がわかったときだった。

「搭乗便に乗り遅れてもらうわけにはいかないのでね」マリンキン大佐が言った。

「配慮いただだいて痛み入るよ、大佐」ハリーは思わず演技を忘れて応えた。

「私を見くびらないでいただきたいですな、ミスター・クリフトン。空港より鉄道駅のほうがはるかに近いし、鉄道を使えば、まだババコフと一緒に旅ができるんですよ。もっとも、その場合は片道切符で、十二年は戻ってこられませんがね」

「しかし、私は供述書にサインしたじゃないか」ハリーは言ったが、宥める口調になるには努力が必要だった。

「これを聞いたらきっと喜んでもらえると思いますが、すでにあの供述書は〈ニューヨーク・タイムズ〉から〈ガーディアン〉まで、西側の主要な新聞すべてに送られています。あなたがヒースロー空港に着陸する前に大々的に一面を飾るでしょうから、そのあとでそれを否定しようとしても――」

「保証するが、大佐、私は聖ペテロと違って何も否定する必要はないんだ。私はババコフと会って、彼が何を求めている人間かがわかった。いずれにせよ、イギリス人の言葉に二言はないよ」

「それは何よりのことを聞かせてもらいました」大佐が言い、加速しながら高速道路へ入るとさらにアクセルを踏んだ。数秒のうちに、速度計が時速百マイルを示した。ハリーがダッシュボードを握り締めるのを尻目に、大佐は右へ左へと渋滞を縫って走りつづけた。ハリーはロシアの土を踏んでから初めて、心底からの恐怖を味わうことになった。エルミタージュ美術館の前にさしかかったときには、さしものマリンキンも訊かずにはいられないようだった。「エルミタージュを見学したことはありますか、ミスター・クリフトン？」

「ないんだが」ハリーは答えた。「昔から行ってみたいとは思っているよ」

「それは気の毒ですな、二度と機会はないでしょうからね」と応えながら、マリンキンが大型トラックを二台追い抜いた。

ハリーの気持ちがようやく楽になりはじめたのは、空港ターミナルが見えてきて、マリンキンが速度を六十マイルまで落としたときだった。新聞の第一版が街に出まわる前に搭乗便が離陸してほしかった。さもないと、やっぱりシベリア行きの列車に乗ることになるかもしれないのだ。通関手続きに少なくとも二時間かかると考えなくてはならないから、そうだとするとぎりぎりになってしまうはずだった。

車がいきなり道を外れ、二人の警備兵が開けて待っているゲートを通り抜けて滑走路へ入っていった。大佐は高速道路でほかの車に対してそうしたように、ここでも駐機している機体を乱暴に左右にかわしながら突っ走り、ある旅客機のタラップの下でタイヤを鳴らして急停車した。そこにも二人の警備兵がいて、明らかに大佐を待っていたらしく、まだ彼が車を降りてもいないのにさっと直立不動の姿勢を取って敬礼した。マリンキンが運転席を飛び降り、ハリーも助手席から出た。

「もうあなたを逮捕させないでくださいよ」マリンキン大佐が言った。「絶対に、二度と戻ってこないでいただきたい。なぜなら、そのときは、私がタラップの下で待っているからです」二人は握手をしなかった。

ハリーはできるだけ早くタラップを上った。離陸するまで大丈夫だとは思えなかった。タラップを上りきると、男性の上級客室乗務員が進み出てきて迎えた。「ようこそ、ミスター・クリフトン。席へご案内します」搭乗を待たれていたのは間違いなかった。客室乗務員にファースト・クラスの最後尾の列へ連れていかれ、隣りの席にはだれも坐らないとわかってほっとした。腰を下ろすやいなやドアが閉まり、シート・ベルト着用のサインが点灯した。そのときもまだ、ハリーは安堵のため息をつく準備ができていなかった。

「離陸したら何かお持ちしましょうか、ミスター・クリフトン?」男性客室乗務員が訊いた。

「ヒースローまでどのぐらいかかるのかな？」

「ストックホルムへの立ち寄りを含めて五時間半でございます」

「それなら、砂糖抜きの濃いコーヒーと、ボールペンを二本と、予備の用箋をあるだけ持ってきてくれ。ソヴィエト領空を出たら、すぐに教えてくれないか」

「承知いたしました、サー」あたかも毎日そういう要求を聞いているかのような物腰だった。

ハリーが目をつぶって集中しようとしていると、機がタキシングを始めて滑走路の端へと向かい、離陸の準備にかかった。アナトーリイが説明してくれたところでは、彼はあの作品を最初から最後まで諳（そら）んじていて、十六年間、何度もそれを頭のなかで反芻しつづけ、いつか釈放されたらそれを出版できるようにしておこうと考えていたとのことだった。

シート・ベルト着用のサインが消えるや客室乗務員が戻ってきて、ＢＯＡＣの用箋を十二枚とボールペンを二本渡してくれた。

「申し訳ないんだが、これでは一章分にも足りないな」ハリーは言った。「予備のものだけでなく、常備されているものも使わせてもらえないだろうか？」

「最善を尽くしてみます」客室乗務員が言った。「飛行中、二時間ぐらいはおやすみになりますか？」

「いや、できればそれは避けたいと思っている」

「では、読書灯をつけたままにしておかれたらいかがでしょう。そうすれば、機内の明かりが落とされても作業をおつづけになることができますので」

「ありがとう」

「ファースト・クラスのメニューはご覧になりますか、サー？」

「その裏に文字が書ければ、見せてもらいたい」

「カクテルはいかがなさいますか？」

「いや、せっかくだが、コーヒーだけでいい。それから、これから頼むことはとても横柄かつ無礼に聞こえるかもしれないが、もちろんそんなつもりではないことをわかってほしい」

「もちろんでございます、サー」

「ストックホルムへ着くまで、二度と声をかけないでもらいたいんだ」

「お望みのままにいたします、サー」

「ただし、ソヴィエト領空を出たら知らせてほしい」上級客室乗務員がうなずいた。「ありがとう」ハリーはペンを走らせはじめた。

初めてヨシフ・スターリンに会ったのは、一九四一年、私が外国語大学を卒業したときだった。私は一列に並んでスターリンの前を歩く卒業生の一人として、彼から学位取得を祝福された。おまえは十三年ものあいだ、ヒトラーでさえ平和主義者に思われるほどのこの怪物の下で働くことになるのだとそのとき言われても、そんなことはあり得ないと私は思っただろう。しかし、私は自分を責めずにはいられない。なぜなら、学業が首席でなく、レーニン勲章を授けられなかったら、クレムリンでの仕事が提供されることはなかったはずだからだ。もし二番だったら、妻のイェレーナと一緒に学校で英語を教えて終わったはずであり、歴史の脚注にもならなかったに違いないのだ。

ハリーはしばし手を止め、〝最初の半年〟で始まる一節を思い出そうとした。

最初の半年、私は紅い壁に囲まれたクレムリンの六十九エーカーのなかに無数にある、付属的な建物の一つの小さなオフィスで働いた。指導者の演説をロシア語から英語に翻訳するのが仕事だった。そのときは、これをだれかが読むことがあるのだろうかとは考えもしなかった。ところが、二人の秘密警察（ＮＫＶＤ）が私の机にやってきて同行を命じた。私は建物から連れ出され、中庭を横切り、議会建物に入った。それまで足を踏み入れたこともないところだった。たぶん十数回は身体検査をされたあとで、ようやく広いオフィスに入ることを許された。そこで見たのは、同志スターリン、党書記長その人だった。私の身長は五フィート九インチしかなかったが、それでも彼よりずいぶん背が高いように思われた。しかし、何より記憶にあるのは、その黄色い目が射抜くような鋭さで私を見つめていたことである。私は自分が震えているのを悟られないことを願った。年月が経ってから知ったのだが、彼は国に仕える仕事をしている人間が最初に自分の前に現われたときに震えていなかったら、それがだれであろうと疑ってかかったとのことだった。彼はなぜ私に会いたがったのか？　イギリスではクレメント・アトリーが首相になったばかりで、スターリンはあんな取るに足りない小男が（それでも、スターリンより一インチ高かった）、自分が憧れ、尊敬するウィンストン・チャーチルの後継にどうしてなることができたのか、その理由を知りたかったのだ。私はイギリスの選挙制度の奇抜さを説明した。それを聞いて、彼は一言こう言った。『それこそが民主主義が成功しない究極の証拠だ』。

二杯目の熱いコーヒーと形もサイズも異なる紙が、沈黙の上級客室乗務員によってハリーに届けられた。

セバスティアンは十一時を過ぎてすぐ、タクシーで最高裁判所へ向かった。オフィスを出ようとしたまさにそのとき、レイチェルが朝の郵便物と三通の分厚いファイルを届けてきた。来週には普段の生活に戻れるからと、セブは自分に言い訳をしようとした。これ以上はロス・ブキャナンに黙っているわけにいかなかったのだが、アメリカへ行って、サマンサを取り戻す可能性がわずかでもあるかどうかを確かめるつもりだった。もっとも、サマンサが会ってくれるかどうかはまだわからなかったが。ブキャナンは〈バッキンガム〉の処女航海でサマンサに会っていて、後に、セブが手放したなかで最高の資産だと彼女のことを形容していた。

「手放したわけじゃありません」セブは説明しようとした。「取り戻せるものなら取り戻します。どれほどの代償を払ってもね」

タクシーは朝の渋滞に巻き込まれてなかなか進まず、セブは何度も時計を見て、陪審員が法廷に戻る前に裁判所に着けることを祈った。

タクシーを降りて料金を払っているときにヴァージニアの姿を見つけ、セブはその場に凍りついた。後ろ姿ではあったが、見間違いようはなかった。何世代にもわたって醸し出された自信に満ちた雰囲気、スタイル、階級、そういうものが人混みのなかでも彼女を際立たせていた。しかし、裏通りでこそこそと、しかもよりによってデズモンド・メラーと話しているのはどういうことか？　二人が知り合いだということすらセブは知らなかったが、そうだとしても驚きはしなかった。すぐにジャイルズ伯父に知らせて、母に教えるかどうかの判断を仰ごう。裁判が終わるまでは黙っているほうがいいかもしれない。

　セブは二人に気づかれないよう人混みに紛れ込んだ。最高裁判所の建物に入るや広い階段を駆け上がり、鬘をかぶった法廷弁護士や被告を邪魔だと思いながらかわして、ようやく一四番法廷の前のロビーにたどり着いた。

「こっちだ、セブ」と、声がした。

　振り返ると、ジャイルズ伯父と母がロビーの隅に坐り、ミスター・トレルフォードと話して時間を潰していた。

　急いで三人に合流したセブに、陪審員が戻ってくる気配はないことをジャイルズ伯父が教えてくれた。セブは母とトレルフォードがまた話しはじめるのを待ってジャイルズを脇へ連れていき、ついさっきヴァージニアとメラーを目撃したことを告げた。「セドリック・ハードキャッスルは偶然を信じるなと言っていました」と、セブは締めくくった。

「特にヴァージニアが絡んでいる場合はな。あの女の場合は、すべてが本当に細かいところまで計画されていると考えたほうがいい。しかし、いまはおまえのお母さんに教えるべきではないだろうな」

「でも、あの二人はどうやって知り合ったんだろう？」

「アレックス・フィッシャーが共通項に違いない」ジャイルズが言った。「だが、私が気になるのはデズモンド・メラーのほうだ。あいつはいつだってフィッシャーよりはるかに危険で抜け目がない。〈バリントン海運〉の副会長になった直後に辞任した理由も、私にはいまだにまるでわからない」

「それはぼくのせいなんだ」セブは自分とハキム・ビシャラが交わした取引について説明した。

「おまえもやるじゃないか、だけど、用心を怠らないほうがいい。メラーは赦すタイプでも、忘れるタイプでもないからな」

「レディ・ヴァージニア・フェンウィック対ミセス・エマ・クリフトンの裁判の関係者は法廷へお戻りください。間もなく陪審員が評決を下します」

　四人は一斉に立ち上がり、足早に法廷へ引き返した。レーン判事はすでに席に着いていた。全員が陪審員が入ってくるはずの扉のほうを注視して、まるで幕が開くのを待つ観劇者のようだった。

　ようやく扉が開き、私語が止んだ。陪審員担当廷吏が十二人を先導して現われ、脇へ寄って、彼らが陪審員席の自分の位置に戻るのを待った。そして、全員が着席したところで、陪審長に起立を求めた。

　一見したところでは、その人物はまるでばらばらなこのグループにあってさえ、とてもその役にふさわしいとは思えなかった。六十歳前後か、身長はせいぜい五フィート四インチ、髪はなく、三つ揃いのスーツに白いシャツ、所属するクラブか母校のそれではないかとジャイルズが推測するストライプのネクタイという服装だった。通りで擦れ違っても一瞥すらしないだろうと思われたが、その口が開いた瞬間、彼が陪審長に選ばれた理由が全員にわかった。話し方は落ち着いていて威厳があり、彼が法廷弁護士、校長、あるいは高級官僚であっても、ジャイルズは驚かなかっただろう。

「陪審長」レーン判事が身を乗り出して呼びかけた。「全員一致の評決に達しましたか？」

「いえ、達していません、マイ・レディ」陪審長は抑制のきいた冷静な声で答えた。「ですが、われわれが袋小路に入ってしまったことをお伝えすべきだと考えました。これから私どもがどうすべきか、裁判長の助言をいただければと思ったものですから」

「努力しましょう」レーン判事は応えた。あたかも信頼する同僚に対しているかのようだった。

「私たちは何度も投票を行ないましたが、そのたびに八対四という結果になり、その状態は最後まで変わることがありませんでした。というわけで、これ以上つづける意味があるかどうか確信がなくなったのです」

「この段階で諦めるのは早いでしょう」レーン判事が言った。「この裁判にはかなりの時間と努力、そして、お金が使われています。ですから、わたしたちは最低限、評決に至るべくできる限りの努力を絶対にしなくてはなりません。もし可能性があるのなら、十対二の多数決までは認めてもいいと考えます。しかし、それ以下は認められません」

「では、もう一度話し合うことにします、マイ・レディ」陪審長は応え、そのあとは何も言わずに小グループを率いて退廷した。彼ら以外だれも招待されないその会員制クラブの殿（しんがり）を陪審員担当廷吏が引き受けた。

　彼らが出ていって扉が閉まると、レーン判事が退廷するのも待たずに、法廷のそこここで私語が交わされはじめた。

「どっちが八票で、どっちが四票かしら？」というのが、ヴァージニアの最初の質問だった。

「あなたが八票です」サー・エドワードが答えた。「私はその八人の一人一人をほとんど特定できると思いますよ」

「どうしてそんなに自信があるの？」

「二つの理由からです。陪審長が裁判長と話しているあいだ、私はずっと陪審員を観察していました。彼らの大半はあなたを見ていたんですよ。私の経験では、陪審員は負けたほうを見ないものなのです」

「もう一つの理由は何？」

「トレルフォードを見てご覧なさい、まるで嬉しそうでないでしょう。なぜなら、彼もまた陪審員を観察していて、私と同じ経験から、私と同じ結論を導いたんです」

「八票を取ったのはどっちなんだろう？」ジャイルズは訊いた。

「それを予想するのは簡単ではありませんね」トレルフォードは内ポケットの封筒に触りながら答えた。しかし、この裁判に勝つのにあと二票を必要とするのが自分の依頼人でないことにはかなりの確信があった。だとすると、ミセス・クリフトンに少佐の手紙を見せ、それを法廷で読み上げてもいいかどうかを決めてもらうときがきたのかもしれなかった。この裁判にいまも勝ちたいと彼女が願っているのなら、トレルフォードはそうするよう助言するつもりだった。だが、この数カ月を見ていると、彼女が逆の判断をすることもあり得るように思われた。

一九〇二年、二十三歳で初めて服役しているあいだに、スターリンはほかの野心的な党員と同じくドイツ語を習得することにした。そうすれば、カール・マルクスを原文で読むことができるというわけである。もっとも、結局は通り一遍の知識を得ただけで終わってしまったが。その服役中、彼は政治委員会を作ったが、その委員は自薦であり、ほかの囚人を支配していた人殺しや凶悪犯の寄せ集めでしかなかった。従わない者に対しては暴力で言うことを聞かせた。間もなく、看守でさえ痛めつけられるようになったから、彼が脱走したときにはみんながほっとしたはずである。自分は一人も殺していないと彼はかつて私に語ったが、それは事実かもしれない。なぜなら、ほのめかすだけでよかったからである。ある名前をちらりと口にするだけで、その人物について二度と耳にすることはなかった。

私がクレムリンで仕事をしているあいだに知ったスターリンのことについて、何より腹が立ったのは——だれにも、累が及ぶ恐れがあったから妻にさえ口にしなかったが——、スターリンはシベリアのクネイカへ逃亡しているとき、まだ十三歳の子供にすぎないリディア・ペレプリジーナを孕ませて二人の子供をもうけたにもかかわらず、クネイカを出たら二度とそこに戻らず、連絡さえしなかったことである。

ハリーはシート・ベルトを外すと、通路を往復しながら、次の章を思い出そうとした。そして、席に戻った瞬間にペンを動かしはじめた。

もう一つ、スターリンが私たちを定期的に楽しませてくれたのは、彼がロシアじゅうで銀行を襲い、レーニンのために資金を調達して、革命を支えたと主張したことである。彼が急速に昇進したのは確かにそのおかげなのだが、スターリンが憧れたのは政治家であって、カフカスの盗賊と思われることではなかった。親友である同志レオーノフに自分の野望について語ったとき、スターリンは笑顔でこう言っている——『絹の手袋をして革命は成就できない』。そして、自分の手下の悪党にうなずいた。その男は退出するレオーノフのあとを尾け、以来、レオーノフの姿が見られることは二度となかった。

「もうソヴィエト領空ではありません、ミスター・クリフトン」客室乗務員が知らせた。

「ありがとう」ハリーは答えた。

スターリンの傲慢さと自信のなさがほとんど笑い話の域に達したのは、十月革命十周年を記念する「十月」という映画を名監督のセルゲイ・エイゼンシュタインに作らせ、ボリショイ劇場で上映したときだった。スターリンは初日の前日にやってきて、試写を観たあと、トロッキーに言及されている場面をすべて削除するようエイゼンシュタインに命じた。トロッキーは十月革命の天才としてボルシェヴィキ党に認められていたが、スターリンはいまや、彼のことを最も危険なライヴァル視していた。翌日、映画が一般に公開されたとき、トロッキーへの言及場面は最初から最後までなくなっていた。なぜなら、スターリン自らが編集室のある階へ降りて、どの場面を削除するかを指示したからである。〈プラウダ〉はその映画を傑作と絶賛したが、トロッキーの場面が消えていることについては何も言わなかった。〈プラウダ〉の前の編集長だったセルゲイ・ペレスキーは、スターリンを批判したかどで、一夜にして姿を消した大勢の一人だった。

「もう紙がありません」客室乗務員が報告した。

「ストックホルムまではあとどのぐらいだろう」ハリーは訊いた。

「一時間ほどでございます、サー」そして、ためらった。「心当たりがないこともないのですが」

「何でもいいよ。何もしないで一時間を失うよりはましだ」

「二種類ございまして」客室乗務員が言った。「一方はファースト・クラス用、もう一方はエコノミー・クラス用なのですが、お客さまの目的にはエコノミー・クラス用が向いているかと。そのほうが厚くて滲みにくくできていますので」

ハリーがにやりとすると、客室乗務員も同じような笑みを浮かべて、一方の手には巻紙を、もう一方の手には箱入りの紙を持って差し出した。ハリーは彼の助言を容れ、エコノミー・クラス用を受け取った。

「失礼ですが、サー、私はあなたの作品の大ファンでございまして」

「これは私の作品ではないんだ」ハリーはペンを走らせる手を休めることなく応えた。

彼の敵たちが執拗に流したもう一つの噂があった。スターリンは若いころ二重スパイで、皇帝（ツァーリ）の秘密警察のために働きながら、同時に、レーニンの最も信頼の厚い取り巻きだったというのである。彼がツァーリの秘密警察と定期的に会っていることをスターリンの敵たちが突き止めたとき、自分は彼らを二重スパイにしようとしているのだと主張して譲らなかった。そうすれば、彼らは革命の役に立つではないか、と。そして、彼を二重スパイだと訴えたものはだれであれ、そのあとすぐに、必ず謎めいた失踪をした。というわけで、スターリンが果たしてどちらのために働いていたかは、だれも確かめられなかった。どっちでも形勢有利なほうのために働いていたのだろうと皮肉った者が一人いたが、彼もまた、二度と姿を見ることも声を聞くこともなかった。

ハリーは束の間手を止め、次の章の冒頭部分を思い出そうとした。

読者はそろそろ、私も命の不安を感じていたのではないかと気になっているかもしれない。その答えは、〝否(いな)〟である。なぜなら、私は背景に溶け込み、そこにいることをだれにも気づかれない、壁紙のようなものだったからだ。スターリンの側近中の側近でさえ、私の名前を知っている者はほとんどいなかった。何であれ意見を求められたこともだれからもなかったし、支持を命じられたことなどあるはずがなかった。私は下っ端(したっぱ)の小役人(アパラートチク)、さしたる意味もない下級公務員に過ぎず、別の色に張り替えられたとしても、一時間もしないうちに忘れられてしまう壁紙だったはずである。

　クレムリンで働くようになってまだ一年とちょっとしか経っていないとき、私は初めて、だれも口にしない、口にするとしても、耳に入るはずがないときですら恭しい口調でしか話されない男の回想記を書くことを考えた。しかし、勇気を掻き集めて最初の一ページを書くまでには、さらに一年を必要とした。三年後、自信ができるにつれて、私は小さなアパートに帰ると、その日にあったことを一ページ、あるいは二ページ、必ず書くことを毎晩の義務にした。そして、ベッドに入る前には、まるで新しい台本を渡された俳優のようにそれを読み返して記憶し、文字にしたものを破棄した。

　私は捕まることを恐れるあまり、書いているときには必ずイェレーナを窓際に坐らせた。思いがけない訪問者を警戒して、見張りをしてもらっていたのである。そういうことがあった場合は、いま書いているページをすぐに煖炉に放り込む準備を怠らなかった。しかし、訪ねてくる者はいなかった。私のことを何かに対する、あるいは、だれかに対する脅威と考えている者などいなかったからである。


「乗客のみなさま、シート・ベルトの着用をお願いいたします。当機は間もなくストックホルムに着陸いたします」

「機内にとどまっていてもいいかな?」ハリーは訊いた。

「申し訳ございませんが、サー、それはできないことになっております。ですが、ファースト・クラスのラウンジでは朝食をご用意できますし、足りなくなる心配がないぐらいには紙も提供できるはずです」

ハリーはだれよりも先に機を降りると、何分もしないうちにファースト・クラスのラウンジに落ち着き、ブラック・コーヒーと何種類ものビスケットと、五百枚を束にしたタイプ用紙で武装した。機械系統の不具合で離陸が遅れると知らされたとき、それを喜んだ乗客は、おそらくハリーだけだった。

ロマノフスカヤ市長のヤコフ・ブルガーコフは、スターリンを顕彰する巨大な銅像を造ると決めたとき、恐るべきことになりかねない問題に直面した。それは実物の二倍の大きさで、最寄りの刑務所に収容されている囚人を動員して作業に当たらせ、ヴォルガ川とドン川をつなぐ運河の土手に建てられることになっていた。市長が怯(おび)えることになったのは、毎朝現場を視察するたびに、指導者の頭が鳥の糞に覆われていたからである。ブルガーコフは過激な解決策を考えつき、銅像の頭に定期的に電流を流せと命じた。それによって、下っ端の関係者は毎朝、陽が昇る前に小さな死体を除去するのが仕事になった。

ハリーはふたたび記憶を辿り、第四章を書きはじめた。

　スターリンが警備兵を選抜し、彼が生涯信頼していたニコライ・シドローヴィチ・ヴラースク将軍に率いさせて、その精鋭部隊に自分を守らせていた。そうまでしなくてはならなかったのは、粛清のあいだにあまりに多くの敵を作ったからである。当時、スターリンはその時点であろうと将来であろうと自分のライヴァルになりそうな人物は、だれであろうと一人残らず排除していった。ある日スターリンの寵愛(ちょうあい)を受け、次の日には消えていった人物の数は、数え切れないと言うしかない。彼に反旗を翻(ひるがえ)そうとしている者がいると側近がほのめかしただけで、ほのめかされた人物の姿は二度と見られることがなく、声も聞かれなくなった。スターリンは早期引退も、年金生活も信じなかった。スターリンはかつて私にこう言った――『一人殺せば人殺しだが、数千人を殺せば、それはただの数字でしかなくなる』と。

　自分の個人的警護はアメリカ大統領がシークレット・サーヴィスに守られているのとはまるで格が違うと吹聴していたが、それは信じ難いことではなかった。彼は毎晩クレムリンを出て自分の別荘(ダーチャ)へ戻るとき、そして、翌朝クレムリンへ出てくるとき、必ずヴラースク将軍を隣りに置いて、暗殺者の銃弾を彼に受け止めさせるようにしていた。そのうえ、九キロの道のりを三千人の武装工作員に二十四時間体制でパトロールさせ、防弾装甲を施したジルのリムジンを時速八十マイル以下で走らせることは滅多になかった。

乗客全員がロンドン行きの便に乗り換えるよう要請されたとき、ハリーの原稿は七十九ページまで進んでいて、そのころには、スターリンは自らをヘンリー八世とエカテリーナ二世の中間と見なしていた。ハリーはチェックイン・カウンターへ向かった。

「私の搭乗便を一つ遅い便に変更してもらうことは可能だろうか？」

「もちろんでございます、サー。二時間後の便でアムステルダムまで行き、そこでロンドン行きの便に乗り換えてくださいますか。ただ、申し訳ないのですが、その乗継ぎ便の出発をさらに四時間待っていただかなくてはなりませんが」

「言うことなしだ」

46

翌朝の〈タイムズ〉の一面に載ったウィリアム・ウォーウィックの署名入りの供述を読んで、ジャイルズは笑わずにいられなかった。

あいつら、どうしてこれがハリーのサインでないとわからなかったんだ？　ハリーがイギリスへ帰り着く前に何としてもこの供述を世界じゅうの新聞にばらまこうと、よく検討もしないで急いだせいでこんなへまをしでかしたのだとしか考えられなかった。イギリスでも、ジャイルズが外務省にいたときによくこういうことにでくわしたが、それが広報部門から外へ出ていくことはごくごく稀だった。もっとも、戦争が終わってチャーチルがアメリカを訪問したとき、彼は高名な哲学者のイサイア・バーリンとの会談を設定するよう大使館に頼んだにもかかわらず、実際にはポピュラー音楽の作曲家のアーヴィング・バーリンとお茶を飲むはめになったのだが。

ほとんどの朝刊の一面をハリーの写真が飾り、内側のページは人気作家のことと、アナトーリイ・ババコフを刑務所から釈放するための長きにわたる戦いのことが、目玉記事や評価記事となってぎっしり埋まっていた。

　風刺漫画家は大はしゃぎで、ハリーを龍を退治した聖ジョージ、あるいは、ゴリアテを倒したダヴィデになぞらえていた。しかし、ジャイルズが一番気に入ったのは〈デイリー・エクスプレス〉のそれで、そこではペンを持ったハリーが折れた剣を持った熊と戦っていて、こうキャプションがついていた――〝剣より強し〟。

　ウィリアム・ウォーウィックの供述をもう一度読み返しても、ジャイルズの笑いは収まらなかった。ソヴィエトでは、もしかすると文字通りにいくつもの首が飛んでいるのではないかと思われた。

「何がそんなにおかしいの？」朝食に下りてきたエマが訊いた。依然として眠れない夜を過ごしているという顔だった。

「ハリーは外務省が一年かかってなんとかできるかできないかというぐらいの恥を、一日でロシア人にかかせてやったぞ。それから、もっといいニュースもある。ちょっと〈デイリー・テレグラフ〉の見出しを見てみるといい」そして、その新聞を掲げて、妹が読めるようにしてやった。

　〝ウィリアム・ウォーウィック、スパイであることを認める〟

「笑いごとじゃないじゃないの」エマが新聞をどかして言った。「第一版が出たときにハリーがまだロシアにいたら、見出しはまったく違ったものになっていたはずだわ」

「まあ、せめて明るい面を見ようじゃないか」

「明るい面なんてあるの？」

「あるとも。いまのいままで、ハリーはなぜ法廷にきていないのか、なぜそこできみを支援しないのかと、みんなが疑問に思っていた。だけど、いまはみんながその答えを知っている。陪審員にも影響を与えるはずだ。もっといいニュースというのはそれだよ」

「でも、ヴァージニアは証人として見事にやってのけたわ。わたしよりはるかに説得力があった」

「だとしても、陪審員もそろそろ彼女の正体を見抜いているんじゃないのかな」

「もしかして忘れてるといけないから教えてあげるけど、あなたはそれを見抜くのにずいぶん時間がかかったわよね」

ジャイルズはそれなりに真顔に戻った。

「さっきハリーから電話があったわ」エマが言った。「ストックホルムで乗継ぎ便を待ってるんですって。何かほかのことに気を取られているみたいで、詳しいことは教えてくれなかったけど、今日の午後五時より早くにヒースローに着くことはないみたいね」

「ババコフの本は手に入れたのかな？」ジャイルズは訊いた。

「それを聞く前に、彼の小銭が切れたのよ」エマがコーヒーを注ぎながら言った。「いずれにしても、大半の人なら四時間もかからない旅になぜ一週間近くかかったのか、その理由を突き止めるほうにわたしは関心があったの」

「で、あいつは何と説明したんだ」

「してないわ、帰ったら話すと言っただけよ」エマがコーヒーを一口飲んで付け加えた。「わたしに話してなくて、一面にも載っていない何かがあるわね」

「きっとババコフの本に関係することだろう」

「あんな本が何だと言うのよ」エマが吐き捨てるように言った。「刑務所送りにするぞと脅されているのに、そんな危険を冒すに十分な理由なんて何があるの？」

「忘れるなよ、あいつは拳銃一挺、ジープ一台、アイルランド人伍長一人だけを武器に、ドイツ軍一個連隊を丸ごと武装解除した男だぞ」

「そして、運よく生き延びた男でもあるわ」

「あいつがどういう男かは、結婚するはるか前からわかっていたんじゃないのかい。良かれ悪しかれ……」ジャイルズは妹の手を取った。

「でも、自分が先週一杯家族にどんな思いをさせてきたか、お友だちのババコフと同じ列車に乗ってシベリアへ行くのではなくて、イギリスへ戻る飛行機に乗れたのがどんなに運のいいことなのか、わかっているのかしら？」

「あいつの心のどこかには、ババコフと同じ列車に乗りたかったという気持ちがあるんじゃないかな」ジャイルズは小声で言った。「だから、ぼくたちはあいつをこんなに愛し、尊敬しているんだろう」

「わたし、あの人を二度と海外へは行かせませんからね」エマが思いあまった様子で言った。

「西へ向かう限りは大丈夫さ」ジャイルズは雰囲気を軽くしようとした。

エマが俯いたと思うと、いきなり泣き出した。「二度と会えないんじゃないかと思うほど心配しない限り、自分がどんなにその人を愛しているかは気がつかないものなのね」

「そうだな、その気持ちはよくわかるよ」ジャイルズは言った。

ハリーは戦争中にも一度、三十六時間ぶっつづけで起きていたことがあった。だが、そのときはもっと若かった。

誰一人としてスターリンに提起する勇気を持てなかった多くのことの一つに、彼がモスクワ包囲戦でどんな役割を演じたのかということがあった。第二次世界大戦の形勢がどっちへ傾くかいまだわからなかったあのとき、多くの政府閣僚とその関係者はヴォルガ川沿いのクイビシェフへ慌てて撤退した。彼もまたそうしたのか、あるいは彼が主張するとおり、首都を放棄することを拒否してクレムリンにとどまって、自ら街の防御を組織したのか？　彼の主張はいまや伝説となり、ソヴィエトの公式な歴史の一部として記録されている。しかし、クイビシェフ行きの列車が出発する少し前、スターリンがプラットフォームにいるのを目撃した者が複数いて、赤軍が敵を街の門から駆逐してしまうまで、彼の姿をふたたびモスクワで見たという信頼できる報告は一つもない。スターリンのその主張に何であれ疑いを表明して生き延びた者はほとんどいないに等しい。

片手にボールペンを握り、片手にオランダのエダム・チーズを持って、ハリーは一ページ、また一ページと書きつづけた。ジェシカの叱責の声が聞こえた。よくも空港のラウンジに坐り込んで他人の本を書き写してなんかいられるわね。ちょっとタクシーを飛ばせば、レンブラント、フェルメール、ステーン、デ・ウィッテの世界一の傑作が集まっているところがあるというのに。ジェシカのことを思わない日は一日もなかった。とりあえずレンブラントをババコフに置き換えなくてはならない理由を、彼女がわかってくれることを祈るしかなかった。ハリーはふたたび集中して記憶を辿った。

自分は二度目の妻のナジェージダの葬儀の日に棺(ひつぎ)の後ろを歩いたと、スターリンは常に主張した。実はそれをしたのはわずか数分で、その理由は自分が暗殺されるかもしれないと怯えていたからだった。葬列がマネゲ広場の最初の居住ビルにさしかかると、車の陰に姿を消し、やはり背が低くてずんぐりむっくりした体型の、同じような黒い口髭を蓄えた、義理の弟のアリョーシャ・スワニーゼを代わりに立たせた。スワニーゼはスターリンの大外套を着て、彼が悲嘆にくれる寡夫(かふ)に違いないと群衆に思わせた。

「乗客のみなさまにお知らせいたします……」

午後四時、レーン判事は一四番法廷から全員を解放したが、それはその日の夕刻までに陪審員が評決に達することはないという確信を持ったからだった。

「わたし、ヒースローへ行くわ」エマは時計を見て言った。「運がよければ、タラップを降りてくるハリーを出迎えられるかもしれない」

「ぼくたちも一緒に行こうか?」ジャイルズが訊いた。

「だめよ。最初の何時間かは二人きりでいたいの。でも、今夜は遅くならないうちにスミス・スクウェアへ連れていくから、みんなでディナーにしましょう」

行く先をヒースロー空港と聞き、そこまでの料金を考えて喜ばないタクシーの運転手はいない。エマは後部席に乗り込んで行き先を告げた瞬間に、ハリーの便が着陸する前に空港に着けると確信した。

ターミナル・ビルに入って真っ先にしたのは、到着便の表示板を見ることだった。小さな数字と文字が一定の間隔を置いて瞬き、それぞれの便の最新情報を提供していた。それによると、アムステルダムからのBOAC七八六便は、いま乗客の荷物を降ろしているところだった。エマはしかし、ハリーが持っていったのは小さなオーヴァーナイト・バッグ一つだったことを思い出した。そもそもレニングラードには数時間しかとどまらないはずで、泊まるとしても一晩のつもりだったのだ。いずれにせよ、ハリーはだれよりも先に機を降り、高速道路を飛ばして、最後の乗客が税関を通過するより早くブリストルに戻りたがるのが常だった。そうでないと、時間を盗まれたような気がするらしかった。

アムステルダムの荷物札をつけたバッグを持った乗客が何人か通り過ぎていき、エマはハリーと行き違ったのではないかと心配になりはじめた。公衆電話を探してジャイルズに訊いてみようかと思っていると、ようやくハリーが現われた。

「申し訳ない」ハリーが彼女を抱擁して言った。「待っていてくれるとは知らなかったんだ。まだ法廷にいるとばかり思っていたんでね」

「裁判官が四時に解放してくれたの。今日は陪審員の評決が決まりそうにないみたいなのよ」

ハリーが彼女を放して言った。「突拍子もない頼みをしてもいいかな？」

「何なりとどうぞ、マイ・ダーリン」

「二時間ほど、空港ホテルを予約してくれないか」

「しばらくご無沙汰だものね」エマはにやりと意味ありげな笑みを浮かべた。

「理由はあとで説明するよ」ハリーが言った。そのあと、ホテルの宿泊申込用紙に記入してチェックインするまで、まったく口を開かなかった。

エマはベッドに横になり、ハリーが窓際の小さな机に向かってあたかもそれに命が懸ってでもいるかのように何かを書きつづけるのを見ていた。話しかけることも、テレビをつけることも、ルームサーヴィスを頼むことも許されなかった。だから、仕方なく最初の一章を手に取った。ウィリアム・ウォーウィック・シリーズの最新作の原稿だろうと思い込んでいた。

彼女は最初の一節から夢中になった。ハリーが三時間半後にようやくボールペンを置き、自分の隣りにどすんと腰を下ろしたときも、こう言っただけだった。「話しかけないで、黙って次の章を渡してちょうだい」

ダーチャに呼ばれたときはいつも（そうしばしばではなかったが）、私は必ずキッチンで食事をした。実にいい食事だったが、それはシェフのスピリドン・イワノヴィチ・プーチンが、私と三人の毒味役に、スターリンと彼の客にダイニングルームで出すのとまったく同じものを食べさせてくれたからである。それは驚くには当たらない。なぜなら、三人の毒味役は、スターリンが妄想に取り憑かれていたもう一つの証拠だからだ。彼はだれかが自分に毒を盛るに違いないと信じていた。三人の毒味役は黙ってキッチンのテーブルに着き、食べる以外は口を開かなかった。シェフのプーチンの会話も限られていた。彼の領分に入ってくる者はみな、それがキッチンのスタッフであれ、警備兵であれ、毒味役であれ、ほとんど間違いなくスパイだと考えていたからだ。そこには私も含まれていた。彼が口を開くのは――料理が片づけられ、最後の客がダイニングルームをあとにしてからと決まっていたが――、尋常ならず自慢に思っている家族のこと、とりわけ一番若い孫のウラジーミルのことだけと言ってよかった。

客が全員帰ってしまうと、スターリンは自分の書斎へ引き上げ、夜更けまで読書をした。彼の机の前の壁にはレーニンの肖像画が掲げられていた。スターリンはランプの明かりに照らされながら、ロシアの小説を読むのが好きだった。しばしば余白に感想を走り書きしたりもした。眠れないときは薔薇の手入れをし、敷地内をうろつく孔雀を愛でたりした。

そして、ようやく家に入っても、最後の最後までどの部屋で眠るかを決めなかった。いつも移動していて、どこで寝ることになるのかもわからなかった、若い革命家のころの記憶を振り払えなかったのだ。というわけで、ソファで数時間の仮眠を取るのだが、そのときも施錠したドアの前に警備兵を立たせ、自分が呼ぶまで決してその鍵を開けさせなかった。スターリンは昼前に起床することは稀で、アルコール抜きの軽い昼食を取ったあとダーチャからクレムリンへ車列を組んで出発するのだが、同じ車に乗ることは絶対にしなかった。クレムリンに着くと、六人の秘書官とともにすぐに仕事にかかった。彼が欠伸をしたところを、私は一度も見たことがない。

エマはページをめくりつづけ、ハリーは深い眠りに落ちた。

夜半を過ぎてすぐに彼が目を覚ましたとき、エマは十二章までたどり着いていて、その章の冒頭部分はファースト・クラスのメニューの裏に書かれていた。彼女は原稿を掻き集め、きちんと揃えてからハリーのオーヴァーナイト・バッグにしまった。そして、彼を助け起こして部屋から連れ出し、手近のエレヴェーターに乗った。滞在料金の支払いを済ませると、すぐにベル・ボーイにタクシーを頼んだ。ベル・ボーイは後部席のドアを開け、疲れ切った老人とその恋人が乗り込めるようにしてやった。

「どちらまで？」運転手が訊いた。

「スミス・スクウェア二三番地までお願い」

ロンドンへ戻る車中、エマはハリーに最新情報を提供し、裁判であったこと、フィッシャーが死んだこと、ジャイルズが補欠選挙の準備に取りかかっていること、ヴァージニアが証人席でどういう演技をしたかということ、そのフィッシャーからの手紙を今朝、ミスター・トレルフォードが受け取ったことを教えた。

「その手紙には何と書いてあったんだ？」ハリーが訊いた。

「知らない、知りたいかどうかもよくわからない」

「だけど、裁判に勝つ材料になるかもしれないだろう」

「フィッシャーが関わっているんなら、それはないんじゃないかしら」

「それにしても、ほんの一週間とちょっと留守にしていただけなのにな」とハリーが言ったとき、タクシーがスミス・スクウェアのジャイルズの家の前に止まった。

ベルが鳴るや、ジャイルズは玄関へ急行してドアを開けた。親友が一方の手で妻につかまり、一方の手で手摺りを握って、倒れないように身体を支えていた。二人は新たなハリーの護衛となり、それぞれが左右の腕を取って彼を玄関ホールに入れると、ダイニングルームを通り過ぎ、二階の客用寝室へと階段を上がった。「ゆっくり休んでくれ、オールド・チャム」とジャイルズが声をかけても返事もせず、ハリーはドアを閉めた。

夫に着替えをさせ、スーツをハンガーにかけるころには、エマはソヴィエトの刑務所の独房がどんな臭いのするところかを嫌になるほど思い知らされたが、靴下を脱がせてやろうとしたときには、夫はすでに熟睡していた。

彼女はその隣りに潜り込み、聞こえないとわかってはいたが、きっぱりとささやいた。「これからは、どんなに遠くても東へはケンブリッジまでしか行かせませんからね」そして、ベッドサイド・ランプをつけると、『アンクル・ジョー』の続きを読みはじめた。それから一時間経って、ソヴィエトがなぜここまでしてこの作品をだれの目にも触れないようにしたかったのか、ようやくその理由がわかった。

同志スターリンの七十回目の誕生日は、ソヴィエト帝国全土で、カエサルも感心するであろうほどに大々的に祝われた。生きていたいと思う者は、彼については引退という言葉を絶対に発しなかった。若者は早い昇進を恐れていた。なぜなら、それは自らの早期引退をしばしば意味したからである。スターリンは断固として権力を手放すつもりがないように思われ、したがって、死を示唆することはスターリンの葬儀ではなく、彼自身の葬儀を意味した。

スターリンの功績を讃える、果てしなくつづく会議の末席に控えるあいだに、私の頭のなかで、自らが永遠になるためのささやかな計画が形をなしていった。私が書きつづけている非公式な彼の伝記を出版することである。しかし、それはいますぐというわけにはいかなかった。スターリンが死んでからもおそらく長い年月、それをしてもいいときが向こうからやってくるのを待ってからでなくては、『アンクル・ジョー』を引き受けてもいいという勇気ある出版人に接触することはできないはずだった。

スターリンがいつまで権力にかじりつきつづけるのかは予想がつかず、自らの棺が地中に降ろされるまでその力を手放すつもりがないことも明らかだった。そして死後も、せいぜい一人か二人しかいなかった彼の敵は、彼が万一生き返ってきたらと恐れて口を閉ざしつづけた。

スターリンの死については多くのことが書かれている。公式発表は――世界じゅうのメディアに配布するために私が翻訳したのだが――、クレムリンで執務中に心臓発作で死んだことになっていて、長年、それが受け入れられていた。しかし真相は、自分のダーチャで催した側近たちとのディナーで酔っぱらったあとで、客がまだ帰りきらないうちに引き上げた寝室で死んだのである。その側近には、スターリンの次席であり、秘密警察の前の長官でもあったラヴレンチー・ベリア、ニキータ・フルシチョフ、ゲオルギー・マレンコフが含まれていた。

ベリアも、フルシチョフも、マレンコフも、みな自分の命を危惧した。なぜなら、スターリンがもっと若い側近を後継者にするつもりでいたことを知っていたからである。考えてみれば、そもそもは彼ら自身もまさにそういう形でいまの地位を築いたのだった。

翌日、午後遅くなってもスターリンが起きてこないので、病気ではないかと心配した警備兵の一人がベリアに電話をした。ベリアは警備兵の懸念に耳を貸さず、たぶん二日酔いで寝ているだけだろうと取り合わなかった。さらに一時間が経過し、警備兵はふたたびベリアに電話をした。さすがのベリアも今度はフルシチョフとマレンコフを呼び、すぐに車でダーチャへ向かった。

ベリアが前夜スターリンが寝た部屋の鍵を開けるよう命じ、三人は恐る恐る部屋に入った。スターリンは床に倒れていて、意識はなかったが、まだ息はしていた。フルシチョフが屈んで脈を診ようと手を取った瞬間、筋肉がいきなり痙攣した。スターリンが下からベリアを見つめて腕をつかんだ。フルシチョフは床に両膝を突き、両手を首に回してスターリンを絞め殺そうとした。スターリンはしばらくもがいたが、その間、ベリアとマレンコフが彼を押さえつけた。

スターリンが死んだことを確信すると、三人は部屋を出て、ふたたび鍵をかけた。ベリアはすぐさま、スターリンの専属警備兵——十六人で編成されていた——の射殺を命じた。実際に何があったかを証言されないようにするためである。数時間後に公式発表があるまで、スターリンの死はだれにも知らされなかった。その公式発表は、彼はクレムリンで執務中に心臓発作で死んだという、私が翻訳したものと同じだった。実際には、フルシチョフに絞め殺され、何時間も自分の小便にまみれたまま放置されて、そのあとダーチャから運び出されたのだった。

それからの二週間、スターリンの遺体は軍服を着せられ、ソヴィエト連邦英雄金星章と社会主義労働英雄勲章を胸に飾られて、完全正装の形で列柱の間に安置された。ベリア、フルシチョフ、マレンコフは防腐処置を施されたかつての指導者の遺体の横に立つと、頭(こうべ)を垂れ、黙禱して弔意を表わした。

その三人がスターリンの後継として権力を握り、三頭政治体制(トロイカ)を敷くことになるのだが、スターリン自身は彼らが跡継ぎとしてふさわしいとは考えていなかったし、彼らもそれを知っていた。しかし、せいぜいが農民と見なされていたフルシチョフは党の第一書記になり、かつてスターリンからでぶで決断力のない小役人呼ばわりされたマレンコフは首相になり、度し難いセックス依存症だと思われていた、酷薄極まりないベリアは国家保安を牛耳ることになった。

数カ月後の一九五三年六月、フルシチョフはベリアを逮捕し、後に――それほど遠くない後だったが――反逆罪で処刑した。それから一年も経たないうちに、今度はマレンコフを排除し、自らを首相に任じて最高指導者になった。マレンコフの命は助けてやったが、それはスターリンを殺したのはベリアだと、公に発表することに彼が同意したからである。

エマは眠りに落ちた。

47

　翌朝、エマが目覚めると、ハリーが床に這いつくばって形も種類も違う紙を掻き集め、きちんとまとめて束にしようとしていた。ＢＯＡＣの用箋、ファースト・クラスのメニューが十数枚、トイレット・ペーパーまであり、エマは夫を手伝うことにして、もっぱらトイレット・ペーパーをまとめる作業に専念した。四十分後、努力の甲斐あって、一冊の本が完成した。

「法廷へは何時に入っていなくちゃならないんだ？」ジャイルズとセバスティアンとの朝食に合流するために階段を下りながら、ハリーが訊いた。

「一応十時ということになってはいるけど」エマは言った。「正午までに陪審員が法廷に戻ることはないだろうとミスター・トレルフォードは言っているわ」

　朝食はハリーがこの一週間で口にした、ほとんど初めての本物の食事だった。しかし、自分でも驚いたことにあまり食べることができなかった。三人が黙って聴き入るなか、ソヴィエトでの数日の経験を面白おかしく語って聞かせた。タクシーの運転手のこと、古書店の老女のこと、KGBの大佐のこと、裁定委員長のこと、主任検察官のこと、被告側弁護士のこと、陪審員のこと、最後に、アナトーリイ・ババコフのこと。ハリーは大好きになった敬愛すべき人物を真に瞠目すべき男であると評価し、目を開けていられる時間のすべてを費やして彼が語ってくれた物語を披露した。

「その作品が出版されたら、彼はかなりの危険にさらされることになるんじゃないか?」ジャイルズが訊いた。

「その答えは間違いなくイエスだが、彼は何があろうとも自分が死ぬ前に『アンクル・ジョー』を出版すると、断固として決めている。そうすれば、妻が生活の心配をすることなく残りの人生を生きていけるからだ。だから、この裁判が終わったら、すぐにまたアメリカへ飛び、原稿をハロルド・ギンズバーグに渡そうと思う。そのあと、ピッツバーグへ行ってババコフの奥さんに会い、彼から預かったいくつかのメッセージを伝えるんだ」ハリーがそう付け加えたとき、ビッグ・ベンが十時を知らせる最初の鐘を鳴らした。

「もうこんな時間なの?」エマが弾かれたように立ち上がった。「セブ、タクシーを捕まえてちょうだい、そのあいだにハリーとわたしは準備をするから」

セブは苦笑した。母は自分の子供がいつまでも十五歳だと思っているようだけど、いつになったらそういう扱いをやめてくれるんだろう。

十分後、彼らは揃ってホワイトホールからストランド街へと向かった。

「庶民院へ戻るのが楽しみか？」ダウニング街に差しかかると、ハリーが訊いた。

「まだ候補にも選ばれていないよ」ジャイルズが応えた。

「まあ、少なくとも今度はアレックス・フィッシャーに邪魔をされることはないわけだ」

「そうならいいんだが、どうだろうな」と、ジャイルズ。

「きっと楽勝よ」エマは言った。

「政治の世界においては、楽勝なんてものは存在しないんだ」ジャイルズが保証したとき、タクシーが裁判所の前で停まった。

　エマがタクシーを降りもしないうちに、早くもカメラの砲列がフラッシュを弾けさせた。彼女はハリーと腕を組んで、新聞記者とカメラマンの群れのなかを歩いていった。彼らの大半が、被告人より被告人の夫のほうに興味があるようだった。

「戻ってこられて安堵していますか？」一人が叫んだ。

「シベリアよりロンドンのほうが寒いですか」別の声がからかった。

「ご主人が戻ってきたのはいいことですか、ミセス・クリフトン？」三つ目の声が叫んだ。

　エマはジャイルズの規則を破った。「ええ、もちろんです」そして、ハリーの手を握り締めた。

「今日、勝てると思いますか？」別の声が食い下がったが、今度はエマも聞こえない振りをした。両親と伯父が通れるよう、セブが大扉を開けて待っていた。

「ブリストル港湾地区の労働党候補者になることを望んでおられますか、サー・ジャイルズ?」しかし、ジャイルズは笑顔で手を振っただけで、写真は撮らせてやったものの一言も発することなく裁判所の建物へと姿を消した。

四人が大理石の広い階段を上がって二階へ着いてみると、トレルフォードがお気に入りの隅のベンチに坐っていて、エマが近づいてくるのを見たとたんに立ち上がった。エマは彼にハリーを紹介した。

「おはようございます、ウォーウィック警部補」トレルフォードが言った。「お目にかかれるのを楽しみにしていました」

ハリーは法廷弁護士と心のこもった握手をした。「もっと早くここにこられなかったことをお詫びしなくてはなりません。しかし、実は私は——」

「承知していますとも」トレルフォードが言った。「それを読むのを待ちきれませんよ」

拡声器が知らせた。「レディ・ヴァージニア・フェンウィック対ミセス・エマ・クリフトンの裁判の関係者のみなさんは……」

「陪審員の評決が決まったようですね」トレルフォードはすでに歩き出していたが、エマたちがついてきていることを確認しようと後ろを向いたとたんにだれかとぶつかった。弁護士は謝ったが、若者は振り向きもしなかった。前を歩いていたセバスティアンが開けてくれている扉をくぐって、エマとエマの弁護士は最前列の席に戻った。

エマは口もきけないほど神経質になり、最悪の結果を恐れながら、肩越しにハリーを見つめた。ハリーは彼女のすぐ後ろに坐って、陪審人が現われるのを待った。

レーン判事が入ってきて、全員が起立した。彼女が一礼して着席すると、エマは陪審員席の横の扉へ視線を移した。閉じていた扉が長く待つまでもなく開き、廷吏を先頭にして、彼の十二人の使徒が入ってきた。全員がまるで遅れてきた観客のように互いの足を踏んだりして、もたもたしながら自分の席へたどり着こうとしていた。彼らが着席するのを待ち、廷吏が杖を三度床に打ちつけて叫んだ。「陪審長、起立」

陪審長が五フィート四インチの身体の背筋を精一杯伸ばして起立し、裁判官を見上げた。レーン判事が身を乗り出して言った。「全員一致の評決に達しましたか？」

エマは心臓が止まってしまうのではないかと思いながら、陪審長の答えを待った。

「いえ、達しませんでした、マイ・レディ」

「では、少なくとも十対二の多数決には至ったのですか？」

「はい、達しました、マイ・レディ」陪審長が答えた。「しかし、残念ながら一人が最後の最後に考えを変え、この一時間というもの、九対三の膠着状態がつづきました。この状態が変わるという自信が私にはなく、どうすべきか、ふたたび裁判長の導きを求めようと考えた次第です」

「もう少しの時間があれば、十対二にできると考えますか？」

「はい、マイ・レディ。なぜなら、ある特定の一つのことについては、全員が意見の一致を見ているからです」

「ある特定の一つのこととは何ですか？」

「フィッシャー少佐がミスター・トレルフォードに宛てて書いた手紙の内容を知ることを許していただけるのであれば、かなり迅速に結論に達することができるだろう、ということです」

全員の目が裁判官に向けられたが、サー・エドワード・メイクピースだけは例外で、じっとトレルフォードを見つめていた。被告側弁護人は侮るべからざるポーカー・プレイヤーか、その手紙の内容を陪審員に知られたくないか、そのどちらかだった。

トレルフォードが立ち上がり、上衣の内ポケットに手を入れた。が、手紙はもはやそこになかった。法廷の反対側を見ると、レディ・ヴァージニアが微笑していた。

トレルフォードは笑みを返した。

特別収録短編

ワイン・テイスター

THE WINE TASTER

by JEFFREY ARCHER

セフトン・ハミルトンとの初対面は去年の八月後半、妻と一緒にウォリック・スクウェアにあるヘンリーとスーザンのケネディ夫妻のディナーに招かれたときだった。ハミルトンは莫大(ばくだい)な富を遺贈されたけれども、それ以上のものはほとんどないという不幸な人間の一人だった。話してみてすぐに、読書も演劇やオペラの鑑賞もほとんどしていないことが明らかになった。しかし、そうだとしても、バーナード・ショウからパヴァロッティ、ゴルバチョフからピカソまで、あらゆる話題について意見を持ち合わせ、それを開陳してみせるのを憚(はばか)らなかった。たとえば、彼に雇われて農園で働いている者たちの給料よりわずかに少ないだけの失業手当をもらいながら、それでもなお失業者が不満を口にするのが理解できないということもその一つで、どのみちビンゴや酒に遣ってしまうだけなのにと決めつけた。

酒と言えば、その夜ディナーに招かれていたもう一人の客、ワイン協会会長のフレディ・バーカーは、私の妻の向かいに坐(すわ)っていたが、ハミルトンと違ってほとんど口を開かなかった。ヘンリーが電話で教えてくれたところではバーカーは協会の財政基盤を何とか立て直しただけでなく、ワインについて一流の権威でもあり、その有益な詳しい知識を聞くことができるのではないかと私は楽しみにしていた。彼が口を開くと、そのときの話題について常に十分な知識を持ち合わせていることがうかがわれ、ハミルトンが口を閉じて話す時間を与えてくれさえすれば面白い話を聞かせてもらえるに違いなかった。

女主人のスーザンが前菜のホウレンソウのスフレ――口のなかで溶けてしまうような美味さだった――を供するあいだ、主人のヘンリーがテーブルを回ってワインを注いでくれた。

バーカーが香りを嗅いで満足げにうなずいた。「建国二百年にふさわしい、実に素晴らしいオーストラリアのシャブリだ。断言してもいいが、フランス人がオーストラリアの白ワインを無視できなくなるのも遠い先のことではないな」

「オーストラリアだって?」ハミルトンが信じられないという声を上げてグラスを置いた。「あのビールしか飲まない国の連中に、多少なりとでもまともなワインの造り方なんて、初歩の初歩すら理解できるものか」

「いずれあなたにもわかるだろうが」バーカーが口を開いた。「オーストラリア人は――」

「建国二百年と言ったって、実は」ハミルトンがさえぎった。「よろしいか、あいつらは仮釈放二百年を祝っているに過ぎないんだ」笑ったのはそう言った本人だけだった。「半分でも機会があれば、いまでもわが国の犯罪者をあそこに島流しにしてやりたいぐらいだ」

それが本心であることは疑いの余地がなかった。

ハミルトンは毒が入っているのではないかというように恐る恐るグラスに口をつけたあと、軽犯罪者に司法があまりに寛大すぎると考える彼なりの理由の開陳にかかった。気がつくと、私は隣りに坐っている男の立て板に水の高説より料理に気を取られはじめていた。

昔からビーフ・ウェリントンは好物だし、スーザンはナイフを入れても崩れないケーキや、あまりの柔らかさに、食べ終わったときに生まれて初めて食べた肉に夢中になったオリヴァー・ツイストを思い浮かべずにはいられないような肉料理を味わわせてくれた。おかげで、ハミルトンの知ったかぶりの長広舌にも何とか耐えることができた。バーカーが供されたクラレットへの褒め言葉を辛うじてヘンリーに伝えるのを尻目に、ハミルトンはパディ・アッシュダウンが自由党を再建する可能性と労働組合運動におけるアーサー・スカーギルの役割について、だれにも口を挟む隙を与えることなく長々と演説をつづけた。「どんな労働組合だろうとうちの従業員が参加することはあり得ない」ハミルトンが一息にグラスを空にして宣言した。「だって、うちには従業員がいないんだから」そして、ふたたび独りよがりの冗談に声を立てて笑い、空のグラスを高々と、まるで魔法で酒が満たされるかのように差し上げたが、実際にそのグラスを満たしてやったのはヘンリーだった。

しかも、気づいていたら――それはあり得なかったが――さしものハミルトンも恥じ入るはずの謙虚さで。そのあと短い沈黙が落ちたとき、労働組合運動というのは社会が純粋に必要としたから生まれたのではないだろうかと私の妻が仄めかした。

「何を馬鹿なことをおっしゃるのですか、マダム」ハミルトンが言った。「お言葉を返すようですが、知ってのとおり、労働組合は現在のイギリスに凋落をもたらしている、最大で唯一の要因なのですよ。あいつらは自分たちのことにしか関心がない。それはロン・トッドとフォード全体の大失敗を見るだけで一目瞭然だ」

皿を片づけはじめたスーザンが隙をうかがって夫を肘でつつき、すぐさま話題を変えさせた。

間もなくして、濃厚なソースをかけたラズベリー・メレンゲが現われた。見事な出来栄えの作品を切り刻むのは勿体ないような気がしたが、スーザンは子供たちにおやつを分け与える子守りのように慎重かつ気前よく六等分し、そのあいだにヘンリーが一九八一年物のソーテルヌを開けた。バーカーは期待のあまり、文字通り舌なめずりをした。

「それから、もう一つ」ハミルトンがつづけた。「内閣に弱腰の穏健派が多すぎるのも気に入らない」

「あなたなら代わりにだれを登用するのかな？」バーカーが無邪気に訊いた。

ハミルトンが名前を挙げた紳士たちは、無辜の子供たちの大量虐殺は人口抑制計画の一つなのだとヘロデ王が言ったら、一も二もなく納得するだろうと思われる者ばかりだった。

私はふたたびスーザンの料理に気を取られた。最後に私の得意分野、すなわちチェダー・チーズが出てきたとあっては尚更だった。それがケインシャムのアルヴィス・ブラザーズ農場で作られたものであることは一口味わった瞬間にわかった。だれにも得意分野はあるものだが、私の専門分野はチェダー・チーズだった。

チーズが供されると、その夜のハイライトのポルトが姿を現わした。「一九七〇年のサンデマンだ」ヘンリーがワインの専門家のグラスに最初の数滴を落としながらさりげなくつぶやいた。

「ああ、確かにそうだ」バーカーがグラスを鼻に近づけて応えた。「絶対に間違いようがない。サンデマン特有の温もりがあると同時に本物のこくもある」そして、付け加えた。「もう少し寝かしておいたほうがよかったかもしれないな、ヘンリー。サンデマンは年を経てからがより味わいが深くなる」

「あんたはワインのちょっとした権威なんだよな?」ハミルトンが訊いた。今夜、彼が初めて発した質問だった。

「それほどのものではないけれども、しかし——」バーカーは反論しようとした。

ハミルトンがそれをさえぎってつづけた。「あんたたちは、みんなではないにしても、大半がペテン師だ。匂いを嗅ぎ、グラスをくるくる回し、味見をし、吐き出し、持って回った大仰な言い回しで品評して、それを拝聴させようとする。だが、私にそれを期待しても無駄というものだ」

「心外だな、だれもそんなことはしていない」バーカーはさすがにむっとして応じた。

「今夜、あんたはわれわれを騙すチャンスをずっとうかがっていた」ハミルトンが言った。

「『ああ、確かにそうだ。絶対に間違いようがない』なんぞという決まり文句でだ。そうだろう、潔く認めたらどうかね」

「そんなつもりで言ったわけではない――」バーカーは再度反論しようとした。

　ハミルトンがまたもやそれをさえぎって言った。「よかったら、私がそれを証明してみせようか」

　私たち五人はこの不躾な客を見つめた。私は今夜初めて先行きが不安になった。

「聞いているところでは」ハミルトンがつづけた。「セフトン・ホールはイギリス一のワインセラーを誇っているとのことだ。それは私の祖父と父が集めたもので、正直なところ、私はその伝統を引き継ぐ時間を見つけられなかった」それはそうだろうなとバーカーがうなずいた。「だが、執事は主人の好みをよくわかっている。そこでだ、来週の土曜日の昼食に、先生、あんたを招待して最高のヴィンテージ・ワインを四種類提供し、その銘柄を当ててみせてもらうというのはどうだろう。ついては、そのときに賭けを申し込ませてもらいたい」そして、バーカーを正面から見据えて付け加えた。「一本につき五百ポンド対五十ポンド——魅力的な掛け率ではないかな」その目が煽るような挑戦的な色に変わった。

「金額が大きすぎる。論外としか——」

「受けられない？　そうなのか、バーカー？　だとしたら、先生、あんたはペテン師の上に臆病者ということになるな」

束の間気まずい沈黙が落ちたあとでバーカーが応えた。「いいだろう、受ける以外に選択肢はないようだ」

ハミルトンがにやりと満足の笑みを浮かべ、主人を見て言った。「あんたにも立会人としてきてもらわなくちゃな、ヘンリー」そして、私を指さして付け加えた。「それから、作家先生にも同行願えばいい。そうすれば、目先の変わった本物が書けるだろうからな」

ハミルトンの口ぶりからして、私たちの妻の気持ちなど考慮の対象外であることが明らかだった。メアリーが私に向かって皮肉っぽく口元を歪めてみせた。

ヘンリーが懸念の目を向けてきたが、私はこれから繰り広げられるであろうドラマの観客であることにまったく否やはなかったから、大丈夫だと承諾のうなずきを返してやった。

「よし」ハミルトンが襟からナプキンを垂らしたまま立ち上がった。「では、来週の土曜にセフトン・ホールでお三方のおいでをお待ちするとしよう。十二時三十分でよろしいか」そして、スーザンにお辞儀をした。

「申し訳ないんですけど、私はうかがえません」スーザンが言い、自分も招待されているのかもしれないという、まだそこに漂っている疑いを一掃した。

　どっちでもいいとハミルトンが手を振った。

　後味がいいとは言えない客が帰ったあと、私たちはしばらく押し黙ったままでいたが、やがて、だれに促されるでもなくヘンリーが口を開いた。「今夜は申し訳なかった。彼の母親と私の叔母が古い友人で、彼をディナーに招いてやってくれと叔母から何度も頼まれていたものだから。まあ、あれじゃ招待しようとする者はいないだろうがね」

「心配無用だ」バーカーがようやく言った。「きみをがっかりさせないよう最善を尽くす。それから、今夜の素晴らしいもてなしのお礼をしたいんで、きみたち二人にその土曜の夜を空けておいてもらえないだろうか。実はセフトン・ホールの近くにいつか行ってみたいと思っていた宿屋があるんだ。〈ハミルトン・アームズ〉というんだが、料理も並み以上――これは保証する――なんだが、ワインが……」そして、少し間を置いた。「専門家によれば滅多にお目にかかれないほど素晴らしいものが揃っているそうだ」

　ヘンリーと私は予定を記した手帳を確認し、二つ返事で招待を受け容れた。

　それからの十日、私はたびたびセフトン・ハミルトンのことを考え、不安と期待をともに感じながら、その昼食を待った。土曜日の午前中、ヘンリーは私とバーカーを乗せて出発し、十二時三十分を少し過ぎてセフトン・パークに到着した。実際には十二時三十分きっかりに巨大な鍛鉄の門を通り抜けたのだが、玄関に着いたときには十二時三十七分になっていたのだった。

ノックをするまでもなく重厚な樫のドアが開き、燕尾服にウィングカラー、ブラックタイという服装の、長身で上品な男が現われた。彼は執事のアダムズだと自己紹介をし、われわれを午前中に使う居間へ案内した。暖炉では薪が盛大に燃えていて、その上にはセフトン・ハミルトンの祖父と思われる厳めしい人物の写真が飾られ、向かいの壁にはワーテルローの戦いの巨大なタペストリーと、クリミア戦争をテーマにした大きな油絵が掛かっていた。骨董的な価値のありそうな家具調度があちこちに据えられ、円盤を投げる古代ギリシャ人の彫像がこれ見よがしに置かれていた。部屋を見回して気がついたが、そこにある二十世紀のものは電話だけだった。

そのとき、セフトン・ハミルトンが不運な海辺の町を襲う突風のような勢いでやってきたと思うと、すぐさま暖炉を背にして立って、われわれが恩恵にあずかっている暖かさを遮断した。

「ウィスキーだ！」彼はふたたび姿を現わしたアダムズに怒鳴った。「バーカー、あんたはどうする？」

「いや、結構」バーカーは薄い笑みを浮かべて断わった。

「そうか」ハミルトンは言った。「味蕾の敏感さを損ないたくないというわけだな？」

バーカーは応えなかった。昼食の前に知ることになったのだが、敷地が七千エーカーもあって、そのなかにスコットランドを別にすれば国内で最高の猟場があった。セフトン・ホールには全部で百十二の部屋があって、ハミルトンが子供のころから一度も入ったことのない部屋も一つか二つあるとのことだった。最後に、屋根だけで一・五エーカーの広さがあると断言され、その数字は私の記憶に長くとどまることになった。私の家の庭と同じ広さだった。

部屋の隅のグランドファーザー・クロックが一時を知らせた。「戦闘開始の時間だ」ハミルトンが宣言し、率いる部隊があとにつづくことをこれっぽっちも疑わない将軍のように大股で部屋をあとにした。実際、われわれは彼のあとにつづき、廊下を三十ヤード行進してダイニングルームへ移った。そして、二十人は悠々と坐れそうな十七世紀の樫のテーブルを四人で囲んだ。

テーブルの中央には、ジョージ王朝風のデカンタが二つと、ラベルのないボトルが二本鎮座していた。一本目のボトルには透明な白ワイン、一つ目のデカンタには赤ワイン、二本目のボトルにはより豊かな白ワイン、二つ目のデカンタには黄褐色がかった赤い液体が満たされていた。四種類のワインの前に、白いカードが一枚ずつ置かれ、それぞれの横に五十ポンド紙幣の薄い束が添えられていた。

ハミルトンが上手の大きな椅子に腰を下ろし、バーカーと私はワインをあいだに挟んで向かい合う形でテーブルの中央に坐って、ヘンリーは下手の席を占めることになった。

主人の席の一歩後ろに控えている執事のアダムズがうなずくと、四人の使用人が最初の料理を運んできて、魚と車海老のテリーヌを四人の前に置いた。

主人からうなずきの合図を受けたアダムズが一本目のボトルを手に取り、バーカーのグラスを満たした。執事がテーブルを回って残る三人のグラスにワインを注ぎ終わるのを待って、バーカーが儀式を開始した。

まずグラスを回しながらなかの液体を目を凝らして観察し、次に香りを嗅いだあと、一瞬ためらいと驚きの表情を浮かべて口に含んだ。

「ふむ」バーカーがようやく言った。「正直なところ、これは簡単ではないな」そして、もう一度香りを確かめてから、顔を上げて満足の笑みを浮かべた。ハミルトンはバーカーを見つめてわずかに口を開いたが、彼にしては珍しく黙っていた。

バーカーがもう一口、口に含み、専門家としての確信をもって宣言した。「一九八五年のモンタニー・テット・ド・キュヴェ、醸造元はルイ・ラトゥール」全員がハミルトンを見た。その顔はバーカーと対照的で、面白くなさそうに眉をひそめていた。

「醸造元はルイ・ラトゥールで当たりだ。だが、そんなのはトマトソースの製造元がハインツであるのを当てるのとおんなじで難しくもなんともない。それに、父が死んだのは一九八二年だからな、先生、あんたが間違っているのは明らかだ」ハミルトンはそれを確認するために執事を見た。彼は無表情のままで、私たちは何も読み取れなかった。バーカーがカードを裏返すと、こう記されていた。〝シュヴァリエ・モントラシェ・レ・ドモワゼル　１９８３〟彼は自分の目が信じられないという顔でカードを見つめた。

「まずは私の一勝、残るは三つだ」ハミルトンが宣言した。バーカーの反応など気に留める気配もなかった。ふたたび使用人が現われて魚料理の皿を片づけたと思うと、間もなくしてあまり味が濃くならないように調理された雷鳥を運んできた。その酒肴がテーブルに置かれるあいだ、バーカーは一言も発することなく残る一本のボトルと二つのデカンタを見つめるだけで、ハミルトンが来週予定しているシーズン最初の猟の招待客の名前を自慢げにヘンリーに教えるのも耳に入っていないようだった。私の記憶では、それらの名前はハミルトンが理想の閣僚として列挙したものとほぼ同じだった。

　執事のアダムズが一つ目のデカンタのワインをグラスに満たすのを待つあいだに、バーカーは雷鳥を少し口にした。最初の失敗のあとテリーヌに手をつけず、ときどき水を飲んでいただけだった。

「今朝、アダムズと私はこのささやかな挑戦のためにかなりの時間をかけてワインを選んだんだから、今度は正解を聞かせてもらえるといいんだがね」ハミルトンが満足を隠し切れない様子で言った。バーカーはふたたびグラスを回してなかのワインを観察しはじめた。今回はもっと時間をかけているようで、何度か香りを確かめてから、ようやく口に含んだ。

そして、すぐさま会心の笑みを浮かべて即答した。「シャトー・ラ・ルーヴィエール、一九七八年」

「醸造年は当たっているが、先生、ワインを侮辱しているぞ」

すぐさまカードを裏返したバーカーが、信じられないという声で読み上げた――「シャトー・ラフィット、一九七八年」。一九七八年のシャトー・ラフィットといえば、私でさえ知っている、だれでも一度は味わいたいと願うクラレットの逸品だった。バーカーは押し黙ったまま、雷鳥をちびちびと口に入れつづけた。ハミルトンはハーフタイムの得点と同じぐらいワインを楽しんでいるように見えた。「これで私が百ポンド、ワイン協会の会長は零ポンドだ」ハミルトンが押さずもがなの念を押した。当惑したヘンリーと私が会話の接ぎ穂を見つける努力をしていると、ようやく三番目の酒肴が姿を現わした。レモンとライムのスフレだったが、スーザンの作品とは見た目も味もまるで較べものにならなかった。

「では、三回戦だ」ハミルトンが勢い込んで言った。

ふたたびアダムズがデカンタを手に取り、ワインをグラスに満たしはじめた。驚いたことに、バーカーのグラスに注いでいるときに少しこぼれてしまった。

「何を無様なことをしているんだ、馬鹿者」ハミルトンが怒鳴った。

「申し訳ございません」アダムズは謝り、木のテーブルにこぼれた液体をナプキンで拭き取ったが、そうしながらバーカーを見る顔には申し訳なさそうな表情が浮かんでいた。その原因はワインをこぼしたこととは関係がないと私は確信した。しかし、アダムズは何も言わずにテーブルを回った。

バーカーは三度目の儀式を開始した――グラスを回し、香りを嗅ぎ、味をみる。今度はもっと時間をかけていた。焦れたハミルトンがジェイムズ一世時代風の大きなテーブルをずんぐりした指で叩きはじめた。

「ソーテルヌ――」バーカーは答えようとした。

「そんなことはどんな馬鹿でもわかる」ハミルトンがさえぎった。「醸造年と醸造元を当ててもらいたい」

バーカーがためらった。「シャトー・ギロー、一九七六年」

「少なくとも徹底してはいるな」ハミルトンが言った。「必ず間違ってみせるところがな」

バーカーはカードをめくった。

「シャトー・ディケム、一九八〇年」信じられないという声だった。私など高級レストランのワイン・リストの最下段でその文字を見たことがあるだけで、味わったことなどあるはずのないヴィンテージ・ワインだった。ワインのモナ・リザとも言うべき逸品をバーカーが見抜けなかったことが、私には信じられなかった。

バーカーはすぐさまハミルトンに向き直って抵抗を試みようとしたが、そのときに主人の後ろに立っている身の丈六フィート三インチの大男、すなわち執事のアダムズが震えていることに、私とまったく同時に気づいたに違いなかった。ハミルトンが部屋を出ていくことを私は願った。そうすれば、何をそんなに恐れているのか、アダムズに訊くことができる。だが、セフトン・ホールの所有者はいまや得意の絶頂で腰を据え、動く気配もなかった。

一方、バーカーはさらに少しのあいだ執事を見つめていたが、相手がそれを気にしているのを感じ取って目を伏せ、それ以降、二十分後に四つ目のデカンタのポルトが注がれるまで会話に加わらなかった。

「救いの余地のまったくない屈辱を避ける最後のチャンスだ」ハミルトンがバーカーに言った。

数種類のチーズを載せた木の皿がテーブルに現われ、私たち三人のそれぞれが好みのものを選んだ――私はチェダーにこだわったが、それがサマセット産のものでないことをハミルトンに教えてやってもよかった。そのあいだにアダムズがポルトを注いで回り、その顔はもはや蒼白(そうはく)で、いまにも卒倒するのではないかと心配になるほどだったが、何とか四つのグラスを満たし終えて主人の椅子の一歩後ろへ戻った。ハミルトンは執事の異変に気づいていなかった。

バーカーが今回は儀式抜きでいきなり味見をした。

「テイラーズ」バーカーが答えた。

「当たりだ」ハミルトンが言った。「だが、ポルトを供給している会社でしっかりしたところは世界に三社しかないんだから、問題は醸造年だけだ——あんたはその道の偉いさんなんだから簡単にわかるはずだよな、ミスター・バーカー」

バーカーは同意を示してうなずき、きっぱりと答えた。「一九七五年」そして、すぐさまカードを裏返した。

〝テイラーズ　1927〟という文字が、向かい側にいる私にも読み取ることができた。

バーカーはふたたび鋭い視線を主人(ホスト)に送ったが、相手は大笑いをするだけだった。アダムズが苦悩に満ちた目で主人の客を見ていた。バーカーは一瞬ためらっただけで内ポケットから小切手帳を取り出し、〝セフトン・ハミルトン〟という名前と二百ポンドという数字を書き込んでサインをすると、黙ってハミルトンのほうへ押しやった。

「約束はまだ半分しか果たされていないだろう」ハミルトンは勝利を存分に楽しんでいた。

バーカーが立ち上がり、一拍置いてから言った。「私はペテン師です」

「まったくだな、先生」ハミルトンは言った。

生涯で最も不愉快な三時間を過ごしたあと、私は四時を少し過ぎてようやくヘンリーとフレディ・バーカーとともにセフトン・ホールを脱出することができた。ヘンリーが運転する帰りの車のなかは沈黙に支配された。当事者のバーカーを差し置いて最初に何か言うのは遠慮すべきだろうと私は感じていたし、それはヘンリーも同じかもしれなかった。

「きみたちには申し訳ないんだが」ようやくバーカーが口を開いた。「このあと何時間かは私といると気づまりだろうから、よかったら私はここで降りて歩こうと思う。まあ、運動にもなるしね。そのあと、七時半ごろに〈ハミルトン・アームズ〉で落ち合ってディナーということでどうだろう。八時にテーブルを予約してある」そして、それ以上は何も言わずにヘンリーに車を止めてくれと合図し、われわれが見送るなか、車を降りて田舎道を歩き出した。ヘンリーは友人の姿が完全に見えなくなるまで車を出さなかった。

私は全面的にバーカーに同情していたが、どうしてあんなことになったのかは依然としてわからずにいた。ワイン協会の会長ともあろう者がどうしてあんな初歩的な間違いを犯せるのか？　ちなみに言えば、私はディケンズを一ページ読めば、それがグレアム・グリーンの作品でないとわかる。

シャーロック・ホームズのワトソン博士同様、私にももっと詳しい説明をしてもらう必要があった。

その日の夜の七時半を少し過ぎたころ、ヘンリーと私が〈ハミルトン・アームズ〉のプライヴェート・バーの暖炉を囲んで坐っているところへバーカーがやってきた。運動代わりに結構な距離を歩いたおかげで気持ちの整理がついたらしく、とりとめのない話をするだけで、昼食のときのことについては一言も触れなかった。

数分が経ったころだろうか、背後のドアの上の古い時計を見ようと振り返ると、ハミルトン家の執事がカウンターにいて、店の主人と真剣に話し込んでいた。それが気になったのは、彼が昼に見せたのと同じ苦悩の表情でわれわれのほうを指さしたからにほかならない。店の主人もあたかも税関職員に手抜きを知られたかのような、同じぐらい不安げな表情を浮かべていた。

店の主人がメニューを持って私たちのところへやってきた。

「メニューは結構だ」バーカーが言った。「この店の評判は承知している。任せるよ。何であれきみのお薦めを喜んで頂戴しよう」

「ありがとうございます、サー」店主が言い、ワイン・リストを招待主のバーカーに渡した。

バーカーは革表紙のリストを時間をかけて検討していたが、やがて満面の笑みを浮かべて言った。「ワインの選択も見事だし、きみに任せれば期待を裏切ることはないのではないかな」

「承知しました、サー」そう応える店主にバーカーはリストを返したが、私はまったくわけがわからないでいた。彼がこの店を訪れたのは今日が初めてだと思い出したからだ。

私たちがどうでもいいようなお喋りで時間を潰していると、厨房に入っていた店主が十五分ほどしてふたたびやってきた。

「みなさん、テーブルの用意が整いました」案内された隣室のダイニングルームは十二卓しかなく、空いているのはわれわれのテーブルだけで、ここが人気店であることは疑いの余地がなかった。

店主が選んだ料理はコンソメと薄くスライスした鴨肉（かもにく）という軽めの夕食で、セフトン・ホールで昼食をとった私たちにはしっかりした料理は重すぎると知っているかのようだった。

彼の選んだワインがすべてデカンタで供されたことも意外で、ということはどれもハウス・ワインだろうと推測できた。グラスに満たされたそれぞれのワインを味わうたびに、それらが昼にセフトン・ホールで出されたものよりはるかに上質であることが、私のような素人の舌でもわかった。バーカーは一杯一杯をゆっくり時間をかけて味わっているに違いない様子で、一度などいかにも嬉（うれ）しそうにつぶやいたほどだった。「これは本物のマッコイだ」

テーブルが片づけられると、私たちはその夜の締めくくりとして、素晴らしいポルトと葉巻を楽しんでくつろいだ。

そのとき初めて、ヘンリーがハミルトンに言及した。

「今日の昼だけど、本当は何があったのか、謎解きはしてもらえるのかな?」彼が訊いた。

「まだ完全に確信があるわけではないんだ」というのがバーカーの応えだった。「だが、一つ確かなことがある。ハミルトンの父親はワインを知っていたが、息子は知らないということだ」

もっと詳しい説明を私がせがもうとしたそのとき、店主がバーカーのところへやってきた。

「食事も素晴らしかったし」バーカーが宣言した。「ワインに関しては――実に例外的というしかないほど見事だったよ」

「ありがとうございます、サー」店主が感謝しながら勘定書を差し出した。

残念ながら認めなくてはならないが、私は好奇心に負けて、勘定書の一番下の数字を盗み見た。自分の目が信じられなかった――あろうことか二百ポンドにも上っていた。

驚いたことに、バーカーはこう言っただけだった。「とてもリーズナブルだ」そして、小切手を書いて店主に渡した。「シャトー・ディケムの一九八〇年を飲んだのは今日で二度目だし、テイラーズの一九二七年は初めてだよ」

店主が笑みを浮かべた。「どちらもお気に召していただけたのならよろしいのですが、サー。こういう逸品をペテン師どもには飲ませたくはないと、きっとお客さまもお考えでしょう」

そのとおりだ、とバーカーはうなずいた。

店主がダイニングルームをあとにしてバー・カウンターへ戻っていった。

店主が小切手をアダムズに渡すと、執事は束の間それを検めたあと、笑みを浮かべて細かく引き裂いた。

訳者あとがき

ジェフリー・アーチャー〈クリフトン年代記〉第五巻、『剣より強し（原題：*MIGHTER THAN THE SWORD*）』をお届けします。

前作『追風に帆を上げよ』は、ペドロ・マルティネスと手を握ったアイルランド共和国軍の工作員が処女航海中の〈バッキンガム〉に潜入し、爆弾を仕掛けて、バリントン一族とクリフトン一族を含めた船客もろともに沈めてしまおうとするところまででした。その危機はハリーの機転でぎりぎりのところで回避され、工作員も捕らえられて、事なきを得ました。イギリスへ帰ったハリーは、前作でその存在を知ったロシア人作家、いまはシベリアの強制収容所送りになっているアナトーリイ・ババコフを救出し、彼の手になるスターリンの伝記、あの独裁者の実像を暴いた『アンクル・ジョー』を西側で出版すると決心します。そして、単身モスクワに乗り込み、一冊しか存在していない『アンクル・ジョー』を手に入れるのですが、帰りの空港で逮捕されて勾留されるはめになります。一方、エマはレディ・ヴァージニアが起こした名誉棄損の裁判の被告として法廷に立ちながら、彼女を〈バリントン海運〉の会長の座から引きずり降ろそうと画策する者たちとの苦闘を余儀なくされます。そして、ジャイルズは東ベルリンでの国際会議に政府を代表して出席したものの、女性に弱いという弱点をまんまと突かれて窮地に立たされ、アレックス・フィッシャー少佐との選挙戦に敗れて議席を失ってしまいます。バリントン一族とクリフトン一族の目の前に破滅の危機が訪れたかに思われたそのとき……。

本作はまさに絶望と希望が目まぐるしく入れ替わって展開され、ハリー、エマ、ジャイルズのエピソードのどれもがメイン・ストーリイという壮大なドラマに仕上がっています。

著者のジェフリー・アーチャーは一九四〇年生まれ、オックスフォード大学卒業。一九六九年に最年少議員として庶民院入り。政治家として将来有望であったにもかかわらず、詐欺に遭って全財産を失う。そのときに書いた『百万ドルをとり返せ！』が世界的なミリオン・セラーになり、その後もベストセラーを連発して作家としての地位を確固たるものにする。政界復帰も果たして順風に乗ったかに見えるも、コールガールがらみのスキャンダルをすっぱ抜かれ、その裁判には勝ったものの、十二年後のロンドン市長選立候補に際してその事件が蒸し返され、偽証罪で実刑判決を受ける。後にその経験を基にした短編集『プリズン・ストーリーズ』をものしてベストセラーに仕立てる。以降は波乱とは無縁のベストセラー作家でありつづけている。その執筆範囲は小説にとどまらず、ノンフィクション、戯曲、児童物と多岐にわたっている。

大まかな経歴は以上のとおりですが、八十五歳になるいまも健筆をふるっていて、現在進行中の〈ウィリアム・ウォーウィック〉シリーズが完結間近だというのですから、その旺盛な創作意欲と発想力には脱帽するしかありません。

第六作に当たる『機は熟せり（原題：*COMETH THE HOUR*）』は、エマとレディ・ヴァージニアの裁判、アナトーリイ・ババコフの『アンクル・ジョー』に陽の目を見せようと奮闘するハリー、東ドイツで出会ったカリンを危険を冒して呼び寄せようとするジャイルズ、ファージングズ銀行乗っ取りの陰謀と戦うセバスティアンと盛りだくさんな内容になっています。

なお、第六作『機は熟せり』と第七作（最終巻）『永遠に残るは』は本年八月にお目見えする予定です。

〈ウィリアム・ウォーウィック〉シリーズの第六作〝*TRAITORS GATE*〟も、十月に本ハーパーBOOKSから刊行されることになっています。第七作〝*AN EYE FOR AN EYE*〟もすでに本国では書店に並んでいて、最終巻と言われている第八作も九月には店頭に出るとのことです。

また、今シリーズで各巻に収録されている短編ですが、今回は「ワイン・テイスター」です。新潮文庫『十二の意外な結末』に収録されている「泥棒たちの名誉」を改題したものを新訳しました。ご堪能ください。

二〇二五年三月

戸田裕之

*本書は二〇一六年七月に新潮社より刊行された、
『剣より強し』を再編集したものです。

訳者紹介　戸田裕之

1954年島根県生まれ。早稲田大学卒業後、編集者を経て翻訳家に。おもな訳書にアーチャー『狙われた英国の薔薇 ロンドン警視庁王室警護本部』をはじめとする〈ウィリアム・ウォーウィック〉シリーズ、『遥かなる未踏峰』『ロスノフスキ家の娘』(以上、ハーパーBOOKS)、アーチャー『運命のコイン』(新潮社)、フォレット『光の鎧』(扶桑社)など。

ハーパーBOOKS 

剣(けん)より強(つよ)し クリフトン年代記(ねんだいき) 第(だい)5部(ぶ)

2025年4月25日発行　第1刷

著　者　ジェフリー・アーチャー
訳　者　戸田裕之(とだひろゆき)
発行人　鈴木幸辰
発行所　株式会社ハーパーコリンズ・ジャパン
東京都千代田区大手町1-5-1
04-2951-2000（注文）
0570-008091（読者サービス係）
印刷・製本　中央精版印刷株式会社

ISBN978-4-596-72967-5